LE RETOUR DU PARRAIN

Mark WINEGARDNER

LE RETOUR DU PARRAIN

Traduit de l'anglais (États-Unis) par Sabine Porte

Flammarion

Titre original : *The Godfather Returns*
Éditeur original : Random House

ISBN : 2-08-068839-1

alla mia famiglia

Celui qui sacrifie les voies du passé aux tentations de l'avenir sait ce qu'il perd mais pas ce qu'il va trouver.

Dicton sicilien.

Ils étaient en train de tuer mes amis.

Audie Murphy, le soldat le plus décoré de la Deuxième Guerre mondiale, quand on lui demanda comment il avait trouvé le courage de combattre tout un bataillon d'infanterie allemand.

Repères chronologiques

	Le Retour du Parrain (1955-1958)		Le Retour du Parrain (1959-1962)**	
Le Parrain (1945-1954)		Le Parrain II (1958-1959)*		Le Parrain III (1979-1980)

* *Le Parrain II* couvre aussi la jeunesse de Vito Corleone (1910-1939) en flash-back.

** La seconde partie du *Retour du Parrain* couvre également la jeunesse de Michael Corleone (1920-1945) en flash-back.

Personnages

La Famille Corleone

Vito Corleone : premier Parrain de la plus puissante famille du crime de New York.
Carmela Corleone : femme de Vito et mère de leurs quatre enfants.
Sonny Corleone : fils aîné de Vito et de Carmela Corleone.
Sandra Corleone : femme de Sonny, vit en Floride.
Francesca, Kathy, Frankie et Chip Corleone : enfants de Sonny et de Sandra.
Tom Hagen : *consigliere* et officieusement fils adoptif de Vito Corleone.
Theresa Hagen : femme de Tom et mère de leurs trois enfants : Andrew, Frank et Gianna.
Frederico « Fredo » Corleone : deuxième fils de Vito et Carmela (*sotto-capo* 1955-1959).
Deanna Dunn : actrice oscarisée et femme de Fredo.
Michael Corleone : fils cadet de Vito et nouveau Don de la famille Corleone.
Kay Adams Corleone : deuxième femme de Michael.
Anthony et Mary Corleone : enfants de Michael et Kay Corleone.
Connie Corleone : fille de Vito et Carmela.
Carlo Rizzi : mari défunt de Connie Corleone.

L'Organisation de la Famille Corleone

Cosimo « Momo le Cafard » Barone : *soldato* sous les ordres de Geraci et neveu de Sally Tessio.
Pete Clemenza : *caporegime.*

Fausto Dominick « Nick » Geraci, Jr. (alias Ace Geraci) : *soldato* sous Tessio, puis *caporegime,* et boss par la suite.
Charlotte Geraci : femme de Nick.
Barb et Bev Geraci : filles de Nick et Charlotte.
Rocco Lampone : *caporegime.*
Carmine Marino : *soldato* sous les ordres de Geraci et cousin éloigné de la famille Boccicchio.
Al Neri : chef de la Sécurité des hôtels de la Famille.
Tommy Neri : *soldato* sous les ordres de Lampone et neveu d'Al Neri.
Richie « Two Guns » Nobilio : *soldato* sous les ordres de Clemenza, *caporegime* plus tard.
Eddie Paradise : *soldato* sous les ordres de Geraci.
Salvatore Tessio : *caporegime.*

Les Familles rivales

Gussie Cicero : *soldato* sous les ordres de Falcone et Ping-Pong ; propriétaire du L.A. supper club.
Ottilio « Leo le Laitier » Cuneo : boss, New York.
Frank Falcone : boss, Los Angeles.
Vincent « le Juif » Forlenza : boss, Cleveland.
Fat Paulie Fortunato : chef de la famille Barzini, New York.
Cesare Indelicato : *capo di tutti capi,* Sicile.
Tony Molinari : boss, San Fransico.
Sal « Le Jovial » Narducci : *consigliere,* Cleveland.
Ignazio « Jackie Ping-Pong » Pignatelli : *sotto-capo,* puis boss, Los Angeles.
Louie « la Tête » Russo : boss, Chicago.
Anthony « Tony le Noir » Stracci : boss, New Jersey.
Rico Tattaglia : boss, New York (Osvavldo « Ozzie » Altobello lui succède).
Joe Zaluchi : boss, Detroit.

Les amis de la Famille Corleone

Marguerite Duval : danseuse et actrice.
Johnny Fontane : acteur oscarisé et probablement le meilleur crooner de l'histoire de la chanson.
Buzz Fratello : artiste dans des night-clubs (habituellement avec sa femme, Dotty Ames).
Fausto « le Chauffeur » Geraci : camionneur dans l'organisation Forlenza, père de Nick Geraci.
Joe Lucadello : ami de jeunesse de Michael Corleone.

Annie McGowan : chanteuse, ancienne animatrice du spectacle de marionnettes *Jojo, Mrs Cheese & Annie.*

Hal Mitchell : Marine retraité, il sert de prête-nom aux Corleone pour leurs casinos de Las Vegas et Lake Tahoe.

M. Corbett « Mickey » Shea : ancien bootlegger, partenaire de Vito Corleone ; ancien ambassadeur au Canada.

James Kavanaugh Shea : gouverneur du New Jersey et fils de l'ambassadeur.

Daniel Brendan Shea : assistant du Procureur général de New York et fils de l'ambassadeur.

Albert Soffet : directeur de la C.I.A.

William Brewster « Billy » Van Arsdale III : héritier de la fortune des Van Arsdale.

Livre I

PRINTEMPS 1955

Chapitre 1

Un lundi, par une froide après-midi du printemps 1955, Michael Corleone ordonna à Nick Geraci de le retrouver à Brooklyn. Tandis que le nouveau Don franchissait le seuil de la maison de son défunt père à Long Island, deux hommes en tenue de mécano bavaient d'admiration devant les seins de l'opulente blonde nourrie au grain qui présentait un spectacle de marionnettes à la télévision, en attendant que le traître qui devait livrer Michael se décide à agir.

Michael entra seul dans la pièce d'angle surélevée qui avait servi de cabinet de travail à son père. Il s'installa derrière le bureau cylindre qui avait appartenu à Tom Hagen. Le bureau du *consigliere*. Michael aurait appelé de chez lui – Kay était partie le matin même avec les enfants pour aller voir ses parents dans le New Hampshire – si son téléphone n'avait pas été placé sur écoute, tout comme l'autre ligne chez son père. Il s'accommodait de cette situation pour tromper les préposés aux écoutes. Mais l'ingénieuse ligne qui menait au téléphone du cabinet de son père – et la succession de pots-de-vin qui la protégeait – aurait triomphé d'une armée de flics. Michael composa le numéro. Il n'avait pas de carnet d'adresses, simplement la mémoire des numéros. La maison était calme. Sa mère était à Las Vegas avec sa sœur Connie et ses enfants. La femme de Geraci décrocha à la seconde sonnerie. Il la connaissait à peine, mais il l'appela tout de même par son prénom, Charlotte, et lui demanda des nouvelles de ses filles. Michael évitait généralement de téléphoner et n'avait jamais appelé Geraci chez lui. D'habitude, les ordres étaient transmis par l'intermédiaire de trois hommes qui faisaient tampon pour éviter que l'on puisse remonter jusqu'au Don.

Charlotte répondit d'une voix tremblante aux questions polies de Michael et alla chercher son mari.

Nick Geraci avait eu une longue journée. Deux bateaux chargés d'une cargaison d'héroïne qui n'étaient censés arriver de Sicile que la semaine suivante avaient débarqué tard dans la nuit, le premier dans le New Jersey et le second à Jacksonville. Un autre que lui aurait été derrière les barreaux à l'heure qu'il était, mais Nick avait arrangé les choses en remettant de la main à la main une donation en liquide à la Fédération Internationale des Camionneurs dont les gars de Floride avaient travaillé comme des champions, et en rendant une petite visite (assortie d'un respectable tribut) au *capo* de la famille Stracci, qui contrôlait les docks du New Jersey. À cinq heures, Nick était épuisé mais de retour chez lui, et il jouait au palet avec ses filles dans son jardin d'East Slip. Dans son cabinet, une histoire des guerres romaines en deux volumes qu'il venait de commencer était posée à côté de son fauteuil, en prévision de la fin de soirée. Quand le téléphone sonna, Geraci en était à son second Chivas allongé d'eau gazeuse. Tandis que les steaks grésillaient sur son barbecue, il suivait à la radio une double rencontre de baseball opposant les Dodgers aux Phillies. Charlotte, qui finissait de préparer le dîner dans la cuisine, vint lui apporter le téléphone dans le patio en tirant sur son long cordon, le visage livide.

« Salut Fausto. » La seule autre personne qui appelait Nick Geraci par son nom de baptême était Vincent Forlenza, le « parrain » de Geraci à Cleveland. « J'aimerais que tu participes à ce truc organisé par Tessio. Sept heures au Two Toms, tu connais ? »

Le ciel était bleu, sans un nuage, mais quiconque aurait vu Charlotte se dépêcher de faire rentrer les filles aurait cru qu'elle venait d'apprendre qu'un ouragan menaçait Long Island.

« Bien sûr, dit Geraci, j'y mange tout le temps. » C'était un test. Soit il était censé demander ce qu'était le *truc organisé par Tessio*, soit non. Geraci avait toujours été doué pour les tests. Au fond de lui, il penchait pour l'honnêteté. « Mais je ne sais pas de quoi tu parles. C'est quoi, ce truc ?

— Des gens importants de Staten Island viennent pour régler la situation. »

Staten Island signifiait les Barzini, qui tenaient le quartier. Mais si Tessio avait organisé des pourparlers de paix avec Michael et Don Barzini, comment se faisait-il que Geraci l'apprenne de la bouche de Michael et non de Tessio ? Geraci contempla les flammes de son barbecue. Puis il comprit soudain ce qui avait dû se passer. Il secoua la tête et jura en silence.

Tessio était mort. Ainsi que beaucoup d'autres, sans doute.

Le détail révélateur était le lieu de rendez-vous. Tessio adorait ce restaurant. Ce qui signifiait qu'il avait probablement contacté lui-même Barzini et qu'ils avaient l'un ou l'autre décidé de liquider Michael, décision que ce dernier avait en quelque sorte anticipée.

Geraci poussa les steaks à l'aide d'une longue spatule en métal. « Tu veux que je sois là pour assurer la protection à la table, ou quoi ?

— Tu as mis un sacré bout de temps à répondre.

— Désolé. Il fallait que j'ôte des steaks du grill.

— Je sais ce qui t'inquiète, Fausto. Mais je ne sais pas pourquoi. »

Était-ce à dire que Geraci n'avait pas de quoi s'inquiéter ? Ou essayait-il de savoir si Geraci avait joué un rôle dans la trahison de Tessio, et si oui, lequel ? « C'est pas que je sois inquiet, l'ami, répondit Geraci dans sa plus belle imitation de John Wayne, mais j'ai le dos en mélasse tellement j'ai chevauché et je suis complètement sur les rotules.

— Pardon ? »

Geraci poussa un soupir. « Que veux-tu, même quand tout va bien, je suis du genre inquiet. » Malgré la vague d'humour macabre qui l'envahissait, ce fut d'un ton impassible qu'il conclut : « Alors, descends-moi.

— C'est ce qui fait toute ta valeur, dit Michael. Cette inquiétude. C'est ce que j'aime en toi.

— En ce cas, tu m'excuseras d'enfoncer des portes ouvertes, répondit Geraci, et de te conseiller de prendre un itinéraire que tu ne prendrais jamais en temps normal. Et d'éviter Flatbush. »

Cette fois, ce fut au tour de Michael de marquer un long silence. « Flatbush, ah oui ? Et pourquoi ça ?

— Les Bums jouent chez eux.

— Bien sûr, répondit Michael.

— Les Dodgers. Deuxième match d'un doublet avec les Phillies.

— Entendu », dit Michael.

Geraci alluma une cigarette. « Tu n'es pas un fan de baseball, hein ?

— Je l'ai été. »

Geraci n'était pas surpris. À force de voir le côté financier des paris, bon nombre d'affranchis finissaient par perdre tout goût du sport. « Ça pourrait bien être l'année des Bums, dit Geraci.

— C'est ce que j'entends un peu partout, dit Michael. Et naturellement, tu es tout excusé.

— De quoi ?

— D'avoir enfoncé des portes ouvertes. »

Geraci enleva les steaks du grill pour les mettre dans un plat. « J'ai le chic pour ça », dit-il.

Une heure plus tard, Geraci arriva au Two Toms avec quatre de ses hommes qu'il posta dehors. Il s'installa seul à une table et avala un expresso. Il n'avait pas peur. Michael Corleone, contrairement à ses frères – cette brute de Sonny et ce pauvre type de Fredo – avait hérité de la circonspection de son père. Il n'aurait jamais décrété une exécution sur un simple pressentiment. Il aurait vérifié d'abord. Quel que soit le test qui l'attendait, le côté humiliant d'être mis à l'épreuve par les semblables de Michael Corleone, Geraci l'affronterait avec honneur. Il était convaincu d'en sortir indemne.

Bien qu'il n'eût jamais entendu Salvatore Tessio émettre la moindre critique à l'encontre de Michael, Geraci avait la certitude que Sally s'était rallié à Barzini. Il ne pouvait qu'être révolté par le népotisme qui avait permis à un blanc-bec comme Michael d'être promu au rang de Don. Il ne pouvait que voir la folie qu'il y avait à couper l'organisation des racines de son quartier et se déplacer vers l'ouest pour devenir... quoi ? Geraci avait pris le contrôle d'innombrables affaires jadis prospères, fondées par des pères immigrants analphabètes qui avaient peiné dur et conduites à la faillite par des fils nés aux États-unis, bardés de diplômes et pleins de rêves d'expansion.

Geraci jeta un œil à sa montre – Tessio la lui avait offerte à la fin de ses études. Michael n'avait manifestement pas hérité de la ponctualité légendaire du défunt Don. Geraci commanda un autre expresso.

Geraci avait maintes fois prouvé sa loyauté à l'égard de l'organisation des Corleone dont il était peut-être, à moins de quarante ans, le membre le plus rentable.

Il avait été boxeur, catégorie poids lourd, sous le nom d'Ace Geraci (ou l'As, un sobriquet de jeunesse qu'il n'avait jamais renié, malgré le ridicule qu'il y avait à accepter de prononcer son nom à l'américaine, *Ju-RAY-see*) et sous divers pseudonymes (en dépit de ses origines siciliennes, il était blond et pouvait passer pour un Irlandais ou un Allemand). Il avait tenu six rounds contre un homme qui, quelques années auparavant, avait expédié au tapis le champion du monde poids lourd de l'époque. Mais Geraci avait fréquenté les gymnases depuis tout petit. Il avait juré de ne jamais devenir un de ces pauvres types abrutis à force d'avoir reçu des coups, qui empestaient le camphre et traînaient la semelle en serrant contre eux un sachet de doughnuts de la veille. Il se battait pour l'argent, non pour la gloire. Son parrain à Cleveland (dont il s'était peu à peu rendu compte qu'il était également *le* parrain de Cleveland) l'avait mis en contact avec Tessio, qui dirigeait la plus grande entreprise de paris sportifs de New York. Quand les combats étaient truqués, on recevait moins de coups sur la figure. On ne tarda pas à faire appel à Geraci pour les passages à tabac dans les ruelles obscures (à commencer par deux jeunes qui avaient agressé la fille d'un ami de Vito Corleone, un entrepreneur des pompes funèbres du nom d'Amerigo Bonasera). Les tabassages, qui avaient le mérite de punir des parasites et des grandes gueules qui l'avaient bien mérité, permirent à Geraci de payer ses études. À moins de vingt-cinq ans, Geraci avait décroché son diplôme et arrêté de jouer les hommes de main, et il était promis au plus bel avenir dans le régime de Tessio. Il était parti avec de sérieux handicaps – il était le seul parmi ceux qui fréquentaient le Patrick Henry Club à n'être né ni à Brooklyn ni en Sicile, le seul à posséder un diplôme et un des rares à refuser de porter une arme ou d'aller voir les prostituées – mais le meilleur moyen d'avancer était de rapporter de l'argent à ses supérieurs, et Geraci s'y entendait si bien pour remplir les caisses qu'on ne tarda pas à oublier ces travers exotiques. La plus brillante de ses tactiques consistait à minimiser sa part sur toutes les affaires. Il reversait soixante ou soixante-dix pour cent au lieu des cinquante requis. Et s'il se faisait prendre, que pouvait-il lui arriver ? Il recevrait une raclée ? C'était infaillible. Ses versements excessifs constituaient un investissement extrêmement rentable – un véritable jackpot. Plus il rapportait à ses supérieurs, plus il était en sécurité et plus vite il montait en grade. Plus il montait en grade, plus il avait de subalternes qui lui versaient cinquante pour cent à *lui*. Et si ces crétins de rapiats essayaient de se défiler, il était bien assez malin pour s'en apercevoir. D'un bout à l'autre de New York, on comprit vite que ce n'était pas la même chose que de se faire casser la figure par le type le plus costaud avec lequel on se soit jamais bagarré et de voir son orbite réduite en une bouillie sanguinolente par un ancien boxeur professionnel poids lourd. La simple menace de ce dont Geraci était capable devint partie intégrante de la mythologie de la rue. À de rares exceptions près, il lui suffit bientôt de demander son argent pour le récupérer. Et encore. L'intimidation est une arme bien plus efficace qu'un poing ou un revolver.

Pendant la guerre, Geraci contrôla le marché noir des tickets de rationnement tout en occupant dans le civil un poste d'inspecteur de quai de chargement qui lui permettait d'échapper à la conscription. Tessio proposa qu'il devienne membre de la famille Corleone, et lors de la cérémonie ce fut Vito Corleone en personne qui se chargea de lui entailler le doigt. Au lendemain de la guerre, Geraci se lança dans l'usure pour son propre compte. Sa spécialité : les entrepreneurs, qui ne se rendaient jamais compte dans un premier temps du montant astronomique de leurs dépenses et sous-estimaient la difficulté qu'il y avait à se faire payer par tout le monde à la fin des travaux (là encore, Geraci pouvait se montrer utile). Il cibla également les patrons qui avaient une passion maladive du jeu ou toute autre faiblesse pouvant les amener à chercher à obtenir rapidement des liquidités. Geraci fut bientôt en mesure de se servir de leurs affaires pour blanchir de l'argent et donner aux affranchis quelque chose à mettre sur leurs déclarations d'impôt – du moins jusqu'à ce que le moment soit venu de les démanteler. Trente jours durant, les livraisons se déversaient par la porte d'entrée et ressortaient directement par l'arrière : cadeaux aux épouses et aux petites amies, gestes d'amitié à l'attention des flics, ou parfois marchandises vendues aux amateurs de bonnes occasions du quartier. Les factures arrivaient toujours accompagnées d'un mystérieux incendie – la *foudre ritale*. Geraci détestait tout autant la formule que l'aspect rudimentaire de la stratégie finale et il y mit un terme en suivant un cours du soir en droit et en substituant aux incendies des procédures de faillite parfaitement légales. Il constitua toutes les affaires concernées en sociétés (il avait un homme dans le paradis fiscal du Delaware), mettant à l'abri les avoirs personnels du propriétaire. Si celui-ci était un brave type, Geraci y ajoutait quelques milliers de dollars et un terrain en Floride ou dans le Nevada. Quand Michael Corleone avait profité de la semi-retraite de son père pour se lancer en douce dans la drogue et la prostitution, les deux activités dans lesquelles Vito avait toujours refusé de tremper, il avait placé Geraci à la tête du trafic de stups en le laissant choisir dans le *regime* de Tessio plusieurs hommes triés sur le volet. En l'espace de quelques mois, Geraci avait passé un certain nombre d'accords – avec le grand Sicilien Don Cesare Indelicato, ainsi qu'avec les autorités des docks du New Jersey et de Jacksonville et celles des aéroports de New York et du Midwest, où il exploitait plusieurs petits avions appartenant à des sociétés que les Corleone contrôlaient sans en être officiellement propriétaires. À l'insu de la plupart des membres de leur organisation, les Corleone tiraient autant de profit de la drogue que n'importe qui aux États-Unis. Sans cet argent, ils n'auraient jamais pu amasser un trésor de guerre suffisant pour s'attaquer aux Barzini et aux Tattaglia.

Enfin, peu après neuf heures, Peter Clemenza fit son entrée au Two Toms escorté de trois gardes du corps et vint s'asseoir à la table de Geraci. Geraci eut un mauvais pressentiment en voyant que Michael n'était pas venu et s'était contenté d'envoyer ses *caporegime*, ces hommes qui au fil des années avaient supervisé les plus importantes exécutions de la famille. La question était réglée : Tessio était mort.

« Tu veux manger ? » lui demanda Clemenza, la respiration sifflante, épuisé par le simple trajet de sa voiture à la table.

Geraci fit non de la tête.

Mais d'une patte grassouillette, Clemenza désigna les effluves du restaurant. « Comment peux-tu résister ? On va prendre un petit quelque chose. Un en-cas. » Clemenza commanda un *antipasto crudo*, une assiette de caponata, deux paniers de pain et des *linguine* aux clams qu'il engloutit. Clemenza, dernier représentant d'une espèce disparue – dernier *capo* que Michael avait hérité de son père, à présent que Tessio était mort.

« Tessio n'est pas mort », chuchota en sortant Clemenza à l'oreille de Geraci.

Geraci eut un haut-le-cœur. Ils allaient lui demander d'appuyer sur la gâchette pour mettre sa loyauté à l'épreuve. Et la certitude qu'il avait de passer le test avec succès ne lui était d'aucun réconfort.

La nuit était tombée. Il s'installa à l'arrière de la voiture avec Clemenza. En chemin, Clemenza alluma un cigare et demanda à Geraci ce qu'il savait et ce qu'il devinait. Geraci lui dit la vérité. Il ne savait pas encore que, le jour même, les chefs des familles Barzini et Tattaglia avaient été assassinés. Il ne pouvait pas savoir que si Clemenza était en retard, c'est qu'il avait dû tout d'abord étrangler Carlo Rizzi, le beau-frère de Michael Corleone en personne. Ces exécutions, tout comme une série d'autres meurtres stratégiques, avaient été mises en scène de façon à faire croire qu'elles étaient l'œuvre des Barzini ou des Tattaglia. Cela, Geraci ne le savait pas non plus. En revanche, ses suppositions étaient bel et bien exactes. Il accepta le cigare que Clemenza lui offrait sans l'allumer. Il le fumerait plus tard, dit-il.

La voiture se gara devant un garage fermé un peu à l'écart de Flatbush Avenue. Geraci descendit, ainsi que tous les passagers des deux voitures qui s'étaient arrêtées à côté d'eux : de l'une, les hommes de Clemenza, de l'autre, ceux de Geraci. Clemenza et son chauffeur restèrent dans le véhicule. Quand Geraci se retourna et les vit assis là, il fut transpercé par une décharge d'adrénaline. Il chercha du regard ceux qui s'apprêtaient à le tuer, essayant de deviner ce qui allait se passer, essayant de comprendre pourquoi ses hommes se contentaient d'observer la scène, les bras ballants. Pourquoi ils l'avaient trahi.

Clemenza baissa sa vitre. « C'est pas ce que tu crois, petit, dit-il. C'est juste que cette situation est trop... » Il enfouit sa figure joufflue dans ses paumes et frotta rapidement, comme pour se débarbouiller. Il poussa un long soupir. « Avec Sally, ça remonte à si longtemps que je préfère pas y penser. Il y a des choses qu'il vaut mieux ne pas voir. Tu comprends ? »

Geraci comprenait.

Clemenza pleurait. On entendait à peine le gros homme, il n'avait pas même l'air embarrassé. Il fit signe au chauffeur et partit sans rien ajouter en remontant sa vitre, les yeux fixés droit devant lui.

Geraci regarda les phares arrière de la voiture de Clemenza disparaître. À l'intérieur du bâtiment, au fond du premier atelier crasseux, deux cadavres en combinaison étaient posés l'un sur l'autre, leurs sangs noirâtres mêlés dégoulinant au sol. Dans l'atelier d'à côté, flanqué du seul Al Neri, dernier chouchou en date de Michael parmi ses tueurs et ancien flic, avec lequel Geraci avait eu maille à partir, se trouvait Salvatore Tessio. Le vieil homme était assis sur une caisse de bidons d'huile, le dos voûté, les yeux rivés sur ses chaussures comme un athlète retiré d'un tournoi perdu d'avance. Ses lèvres remuaient, sans qu'aucun son intelligible n'en sorte. Il tremblait, mais c'était une sorte de maladie qui le faisait trembler depuis un an. Seuls résonnaient le bruit des pas de Geraci et, venant d'une autre pièce, l'écho ténu d'un rire déformé qui ne pouvait provenir que d'un poste de télévision.

Neri le salua d'un signe de tête. Tessio ne leva pas les yeux. Neri posa une main sur l'épaule du vieux guerrier et la serra dans un geste grotesque de réconfort. Tessio tomba à genoux, les yeux toujours baissés, en continuant à remuer les lèvres.

Neri tendit un pistolet à Geraci, crosse en avant. Geraci n'avait pas l'habitude des armes et n'y connaissait pas grand-chose. Celle-ci pesait une tonne et elle était aussi longue qu'un piquet de tente – un calibre bien plus gros que nécessaire. Il avait suffisamment d'expérience pour savoir que l'arme idéale dans ces cas-là était un .22 muni d'un silencieux – trois coups rapides en pleine tête (le deuxième pour être sûr, le troisième encore plus sûr et pas de quatrième car les silencieux se bloquent quand on tire coup sur coup). Il ne savait pas ce que c'était, mais c'était plus gros qu'un .22. Pas de silencieux. Il se retrouvait dans la pénombre du garage avec Tessio, un homme pour lequel il avait toujours eu de l'affection, et Neri qui un jour l'avait menotté et enchaîné à un radiateur, lui avait massacré les couilles et s'en était sorti à bon compte. Nick Geraci respira à fond. Il avait toujours écouté sa raison et non son cœur. Le cœur n'était que le moteur. C'est la raison qui devait conduire. Il s'était toujours dit que plus tard, quand il se ferait vieux et pépère, le temps viendrait où il s'en irait avec Charlotte jouer les riches abrutis à Key West.

Mais en regardant Tessio, il comprit soudain que cela n'arriverait jamais. Tessio avait une vingtaine d'années de plus que Nick Geraci, ce qui jusqu'alors lui avait toujours semblé beaucoup. Tessio était né au siècle dernier et il allait mourir dans la minute qui suivait. Il avait mené sa vie en écoutant sa raison et non son cœur, et où est-ce que ça l'avait conduit ? Un homme qui l'aimait s'apprêtait à réduire le siège même de sa raison en une bouillie sanglante.

« Pardon », marmonna Tessio, la tête toujours baissée.

Cela pouvait tout aussi bien s'adresser aux Corleone qu'à Geraci ou à Dieu. Geraci préférait ne pas savoir. Il prit l'arme et passa derrière Tessio, dont la calvitie éclairée par la seule lueur des réverbères luisait dans la pénombre.

« Non, dit Neri. Pas comme ça. De face. Regarde-le dans les yeux.

— Putain, c'est une blague ou quoi ? »

Il toussota. « Est-ce que j'ai l'air de blaguer ?

— Qui a eu cette idée ? » demanda Geraci. Neri n'avait pas d'arme à la main mais Geraci ne sortirait jamais vivant de cette saloperie de garage s'il tuait qui que ce soit d'autre que Tessio. Dans le bureau du fond, la télévision éclata en un tonnerre d'applaudissements métalliques.

« Je ne sais pas et je m'en fiche, dit Neri. Je ne suis que le messager, monsieur. »

Geraci leva le menton. Cet abruti n'avait pas l'air d'avoir suffisamment d'humour pour plaisanter. Mais il avait l'air assez sadique pour décider lui-même de rendre l'exécution aussi cruelle que possible. Et pourquoi ce *monsieur* ? Que voulait-il dire au juste ? « Peu importe ce qu'il a fait, dit Geraci, Salvatore Tessio mérite plus de respect.

— Va te faire foutre ! lança Tessio, à voix haute cette fois, le regard toujours rivé sur le sol graisseux.

— Lève les yeux, lui ordonna Neri. Espèce de traître. »

Sans plus trembler qu'avant, le vieil homme s'exécuta et fixa sur Geraci un œil sec, déjà ailleurs. Il marmonna rapidement un chapelet de noms qui ne disaient rien à Geraci.

Geraci leva le pistolet, à la fois révolté et soulagé d'avoir la main aussi ferme. Il appuya doucement le canon sur le front mou du vieil homme, qui resta immobile, sans un battement de cils, sans même un tremblement. Sa chair flasque s'affaissa autour du guidon du revolver. Geraci n'avait jamais tué un homme avec une arme à feu.

« Les affaires, c'est tout », murmura Tessio.

Ce qui faisait la grandeur de mon père, avait dit Michael Corleone lors de l'éloge funèbre de son père, *c'est que pour lui, les affaires n'étaient jamais seulement les affaires. Tout était personnel. Mon père était un homme comme un autre, aussi mortel que quiconque. Mais c'était un grand homme, et je ne suis pas le seul aujourd'hui à avoir vu en lui un dieu parmi les hommes.*

« Qu'est-ce que tu attends ? murmura Tessio. *Sono fottuto.* Descends-moi, espèce de dégonflé. »

Geraci tira.

Le corps de Tessio vola en arrière avec une telle force que ses genoux cédèrent dans un craquement de bardeaux. La pièce s'emplit d'une chatoyante brume gris rose. Un morceau de crâne de la taille d'une kippa rebondit contre le mur du garage, heurta Neri au visage et s'écrasa par terre dans un fracas. À l'odeur âcre du sang de Tessio qui giclait de toutes parts se mêla celle de sa merde.

Nick Geraci se frotta l'épaule – le recul du pistolet faisait l'effet d'un violent crochet du droit – et fut gagné par une vague d'euphorie qui effaça toutes ses hésitations. Il n'éprouvait ni remords, ni peur, ni dégoût, ni colère. *Je suis un tueur*, se dit-il. *Les tueurs sont faits pour tuer.*

Il pivota sur ses talons en éclatant d'un rire non de démence, mais de joie, une joie plus intense, plus exaltante encore que le jour où il avait goûté sa propre héroïne. Il savait ce qui lui arrivait. Ce n'était pas le premier homme qu'il tuait. Parfois, il n'éprouvait rien, mais là encore, c'était peut-être un mensonge. Car la vérité pure et simple, c'est que tuer procurait du plaisir. Tous ceux qui avaient déjà tué quelqu'un pouvaient en témoigner, mais refusaient de le faire. Ils refusaient ! Geraci avait lu un livre sur la Première Guerre mondiale qui consacrait tout un chapitre à cette question. Rares étaient ceux qui acceptaient d'en parler, car le malaise qu'ils ressentaient ensuite, après le plaisir, réduisait la plupart des gens au silence. De plus n'importe quel connard était en mesure de comprendre que si jamais un quidam s'en allait proclamer que ça faisait du bien de tuer des gens et convainquait son auditoire qu'il ne plaisantait pas, les conséquences en seraient désastreuses, pour le coup. Mais tout de même. Ça faisait du bien. C'était quasiment sexuel (là encore, n'importe quel connard était en mesure de comprendre que ça la foutrait mal d'admettre un truc pareil). Tu as du pouvoir et le mort n'en a plus. Tu es vivant et le mort est mort. Tu as accompli un acte que chacun ici-bas a eu envie d'accomplir un jour ou l'autre dans le feu de la colère, mais que la plupart n'oseront jamais commettre. C'était facile, ça faisait un bien extraordinaire. Geraci se laissa presque glisser sur le sol crasseux de ce garage, convaincu que cette fois il n'y aurait pas de malaise après. Il n'y aurait pas d'après. Désormais, il n'y aurait jamais que l'instant présent. Tout dans l'instant présent, pour toujours.

Geraci avait envie de serrer contre lui tous les hommes qui se trouvaient là et de brandir le poing, mais il se contenta de marcher vers eux en levant son pistolet avant qu'ils n'aient eu le temps de braquer les leurs. Les petits merdeux pétant de trouille qu'ils étaient sans doute au fond d'eux-mêmes plongèrent à terre, lui laissant le champ libre devant l'entrée du bureau en dégageant sa cible : le rectangle nébuleux de lumière bleue qui se trouvait derrière eux. Geraci tira. Le choc du recul (comment Neri avait-il pu avoir la bêtise de lui confier un pistolet avec plus d'une balle dans le chargeur ? quel con !) céda la place une seconde plus tard à un bruit sec suivi d'une émanation de fumée toxique, puis d'une petite boule de feu qui gicla en un crachat, et enfin du spectacle gratifiant des minuscules reflets luminescents du verre en train de tomber. Les hommes n'ont jamais fabriqué de machine plus satisfaisante à démolir qu'un poste de télévision.

Puis le silence.

Geraci eut l'impression qu'il était interminable.

« Hé ! cria un homme à la voix rauque, un des hommes de Geraci. Je t'ai vu ! »

Ils éclatèrent tous de rire. Le meilleur des remèdes. Neri tapota Geraci dans le dos. Geraci lui tendit le pistolet. Puis tout le monde se mit au travail.

Les hommes de Clemenza s'attaquèrent à la scie à os au corps des deux types qui avaient reçu pour mission d'assassiner Michael Corleone. Assis sur la caisse de bidons d'huile, Geraci les observait, submergé par une vague d'adrénaline qui amorçait lentement son reflux, il avait l'impression que tout se confondait autour de lui. La vitre sale. Le calendrier orné d'une laitière aux seins nus brandissant une clé à écrou. Les courroies de ventilateur sur leur crochet métallique. Le corps de l'ami. Le bouton de manchette. Un monde d'uniformité indifférenciée.

Quand ils eurent terminé, Neri tendit la scie à Geraci en lui indiquant la tête de Tessio. Autour de la plaie béante, la chair du mort bourgeonnait déjà.

Hébété, Geraci prit la scie et posa un genou à terre. Par la suite, le souvenir de cette scène le mettrait en rage. Mais sur l'instant, il aurait tout aussi bien pu vérifier le pH de sa piscine. Pour qui prend la réalité dans son sens le plus littéral, quelle différence y a-t-il entre scier la tête d'une figure paternelle disparue et séparer la cuisse d'une savoureuse dinde de sa carcasse ? L'os est plus gros, certes, mais une scie à os est un bien meilleur outil qu'un quelconque couteau offert en cadeau de mariage par votre beau-frère.

Nick Geraci ferma les yeux exorbités de Tessio et retira la scie. Le temps de l'après était venu – plus tôt que prévu comme toujours, ce qui était bien dans ses habitudes, songea Geraci dans un instant de lucidité.

Neri serra l'avant-bras de Geraci et lui prit la scie.

« Ça aussi, c'était un ordre.

— Quoi donc ?

— De voir si tu te montrais coopératif. »

Geraci se garda bien de lui demander s'il s'était montré suffisamment coopératif ou pire, de qui venait cet ordre. Il se contenta de se lever sans mot dire, le regard vide, sans rien trahir. Il indiqua la poche de sa veste de costume couverte de sang. Neri hocha la tête. Geraci sortit le cigare que Clemenza lui avait donné, un cubain couleur de chocolat noir, et se rassit sur la caisse de bidons d'huile pour le déguster.

Les hommes de Clemenza déshabillèrent les assassins et fourrèrent leurs vêtements et les dix tronçons de cadavre dans une valise. Seul restait le corps de Tessio.

C'est alors que Geraci comprit tout.

Il n'était pas nécessaire d'envoyer un message aux Barzini. Tous ceux qui étaient mêlés à la trahison de Tessio étaient déjà trop refroidis pour avoir que faire d'un message. Et naturellement, les Corleone voulaient que le corps de Tessio soit retrouvé. Ce secteur de Brooklyn était assimilé aux Barzini. Les flics croiraient que c'était eux qui avaient ordonné l'exécution. Les inspecteurs auraient beau s'interroger sur les cadavres des assassins, impossibles à identifier, le nom des Corleone ne serait jamais associé aux conclusions qu'ils pourraient tirer. Les Corleone n'auraient même pas besoin de déranger leurs juges ni les appuis qu'ils avaient dans la police de New York. Et pour une fois il ne serait pas nécessaire d'effacer des dettes de jeu ou de prolonger des délais de grâce sur des prêts pour que les journalistes se conforment à leur version des faits. Ils présenteraient les choses exactement comme le souhaitait Michael Corleone, emplis de vertu par chaque mot sordide aligné sur le papier.

Geraci devait bien admettre que l'idée était brillante.

Après un dernier regard au cadavre de son mentor, Geraci monta à l'arrière d'une voiture avec Al Neri. Geraci n'avait pas peur, il n'éprouvait même pas de colère. Pour l'heure, il n'était qu'un homme qui regardait droit devant lui, prêt à affronter la suite des événements.

Au cours des semaines qui suivirent les assassinats, Geraci travailla en étroite collaboration avec Michael Corleone. À présent qu'il assistait de près à la guerre qui se déroulait et aidait Michael à en régler les détails, Geraci se rendait compte qu'il avait largement sous-estimé son nouveau Don. Les Corleone avaient une réserve constamment renouvelée d'abris sûrs dans chaque district et une bonne douzaine de banlieues. Ils avaient des garages souterrains pleins de voitures et de camions avec de faux papiers et de fausses plaques d'immatriculation. Certains de ces véhicules étaient blindés, quand ils n'étaient pas équipés de moteurs si gonflés qu'ils auraient pu participer aux 24 Heures du Mans ; d'autres, véritables tas de ferraille apparemment en état de marche, pouvaient tomber en panne sur simple pression d'un bouton dissimulé, bloquant la circulation et barrant la route aux poursuivants ; d'autres encore étaient destinés à être emboutis ou repêchés au fond d'une rivière ou d'un étang. Plusieurs d'entre eux étaient des répliques exactes de voitures que conduisaient des membres haut placés de la Famille, prêtes à leurrer d'éventuels témoins, des ennemis ou la police. Ils avaient un véritable arsenal dispersé dans toute la ville : derrière une penderie chez un teinturier de Belmont Avenue, sous des sacs de sucre et de farine dans l'arrière-boutique d'une boulangerie de Carroll Gardens, dans des caisses au fond d'un entrepôt de cercueils de Lindenhurst. Michael Corleone était décidé à s'emparer du pouvoir politique d'un État (le Nevada) et d'un pays (Cuba) et plus Geraci en apprenait, plus ce genre d'ambitions lui semblait raisonnable. Les Corleone avaient davantage de représentants de la loi à leur solde que le FBI et ils détenaient une photo du directeur dudit FBI affublé d'une robe et en train de sucer la queue de son adjoint.

Le projet de Michael était aussi grandiose que complexe : la paix, doublée d'une réimplantation et d'une expansion massive, puis la réorganisation plus efficace des familles du crime d'un bout à l'autre du territoire, parallèlement au renforcement et à l'extension des liens commerciaux avec la Sicile, le tout pour accéder à la légalité, couronnée par le contrôle absolu de Cuba et l'accès à la Maison-Blanche, voire au Vatican. À l'avenir, tout serait construit avec l'argent des autres : des « prêts », provenant en grande partie des fonds de pension de divers syndicats. Les camionneurs, les électriciens, les vendeurs de jukebox bénéficieraient d'un taux de rendement supérieur à ce qu'auraient jamais pu rapporter des combines boursières. Les Corleone multiplieraient les écrans entre eux et tout ce qui pouvait ressembler de près ou de loin au gangstérisme. D'ici peu, ils seraient en mesure de laisser tomber les prête-noms et d'opérer à découvert, sans que rien ne puisse les distinguer des criminels de haut vol connus de tous les jobards de ce monde sous l'appellation collective des « 500 Plus Grosses Fortunes du Monde ».

Ce n'était pas infaisable, se disait Geraci. Juste inutile : ils étaient déjà dans le seul secteur d'activité de l'histoire mondiale qui rapportât des bénéfices chaque année. Mais Geraci suivait le mouvement. À court terme, il n'avait pas le choix. À long terme, il n'avait rien à y perdre. Si tout se passait bien, il parviendrait à son véritable objectif, se retrouver à la tête du vieux *regime* de Tessio : une affaire traditionnelle enracinée dans les quartiers. Si les Corleone finissaient par se désagréger à force de se disperser, Geraci pourrait toujours récupérer ce qui lui revenait de droit et partir de là.

Il s'efforçait de ne pas penser à Tessio. Un boxeur apprend vite à chasser ses idées noires. Autrement, il est fichu. Du temps où il montait sur les rings, Geraci détestait la boxe, mais dix ans après son dernier combat, il était forcé d'admettre que l'expérience avait été profitable.

Au cours de cet été-là, Nick Geraci et Michael Corleone devinrent plus ou moins amis. À un ou deux détails près, ç'aurait pu durer.

Par exemple, si seulement en août Michael n'avait pas décidé de nommer son frère Fredo au poste de *sotto capo*, fonction à laquelle les Corleone n'avait jamais eu recours et que Michael voulait symbolique – une façon de ramener au bercail ledit Fredo, un brave type passablement calamiteux. Si seulement Michael avait *prévenu* les caïds de son organisation – ne serait-ce qu'eux – que ce n'était que symbolique.

Ou encore si seulement Geraci avait été de New York et non de Cleveland. Si seulement il n'avait pas été à ce point lié à Don Forlenza. S'il avait été moins ambitieux. Si seulement le jour où il avait appris que Michael avait nommé Fredo *sotto capo*, il n'avait pas respectueusement demandé au Don s'il avait perdu la tête. Si seulement les excuses qu'il lui avait aussitôt présentées avaient suffi à effacer cette remarque inconsidérée.

Si seulement *Fredo* avait su que ses nouvelles fonctions n'étaient que symboliques, et que cela avait freiné son besoin de faire cavalier seul. Il n'aurait peut-être pas essayé de fonder sa propre nécropole dans les marais du New Jersey. Il aurait peut-être fêté son quarante-quatrième anniversaire.

Si seulement Tom Hagen avait pu jouer un rôle plus important dans toutes les affaires de la Famille au lieu de se voir retirer son titre de *consigliere* pour pouvoir se présenter au poste de gouverneur du Nevada.

Si seulement, vingt ans auparavant, après avoir fait l'objet d'une seconde tentative d'assassinat mais avant son premier infarctus, Don Forlenza n'avait pas désigné un homme de son âge pour être son successeur. Si seulement Don Forlenza avait succombé à un des nombreux maux dont il souffrait. Si seulement Sal Narducci, qui avait par ailleurs des ambitions modestes, n'avait pas passé deux décennies à se tenir prêt à prendre la relève à tout instant.

Si seulement Vito Corleone n'avait pas observé Narducci dans ses fonctions de *consigliere* lors d'une douzaine de réunions de la Commission. Si seulement, peu avant sa mort, Vito n'avait pas suggéré à son fils qu'en intronisant Narducci dans les fonctions de Don sans attendre que le temps fasse son œuvre, ils élimineraient le principal allié de la Famille Barzini en dehors de New York.

Modifiez un ou deux paramètres et peut-être, qui sait, Nick Geraci et Michael Corleone se prélasseraient-ils à l'heure qu'il est au bord d'une piscine de l'Arizona, côte à côte, avec des allures de vieux croûtons parcheminés, trinquant à une existence bien remplie et lorgnant de l'autre côté deux pépées d'une soixantaine d'années en s'enfilant du Viagra.

Le cours de l'Histoire est tout sauf inéluctable.

Vito Corleone répétait à qui voulait l'entendre que chaque homme n'a qu'un destin. Sa vie offrait une contradiction saisissante avec son aphorisme favori. Certes, il avait fui la Sicile quand des hommes étaient venus l'assassiner. Certes, quand un jeune truand du quartier du nom de Pete Clemenza lui avait demandé de cacher des armes, Vito avait bien dû s'exécuter. Certes, lorsqu'il avait commis son premier méfait en Amérique en volant un tapis précieux, il avait cru sur l'instant qu'il se contentait d'aider Clemenza à le déménager. Tout ça lui était tombé dessus. Ça n'avait rien d'inhabituel. Les ennuis vous tombent toujours dessus. Pour certains, c'est le destin. Pour d'autres, le hasard. C'est du pareil au même. Mais pour ce qui est des autres forfaits auxquels il s'était trouvé mêlé, tous ces détournements de camions en compagnie de Clemenza et de Tessio, un autre jeune truand du quartier malfamé de Hell's Kitchen, Vito avait agi de son propre chef. Quand les deux malfrats avaient invité Vito à se joindre à leur bande de voleurs, il aurait pu refuser. En acceptant, en choisissant de devenir un criminel, un prédateur, il s'engageait dans une voie. En refusant, il se serait engagé dans une autre, qui sait, peut-être une affaire de famille dans laquelle ses trois fils auraient pu entrer sans devenir au préalable des assassins.

Vito était un mathématicien doué d'une remarquable intuition, un brillant expert en probabilités, un visionnaire de génie. Cette croyance en quelque chose d'aussi irrationnel, d'aussi peu imaginatif que le destin ne lui ressemblait pas. C'était indigne de lui.

Néanmoins, quel être humain serait à l'abri de la tentation de trouver une justification au pire acte qu'il ait jamais commis ? Qui de nous, s'il était directement ou indirectement responsable de l'assassinat de centaines de gens, dont l'un de ses enfants, ne risquerait-il pas de se raconter un mensonge, quelque invention qui en apparence pourrait même donner l'illusion de la profondeur ?

Nick Geraci et Michael Corleone étaient tous deux jeunes,

intelligents, inventifs, prudents et endurcis. Ils avaient l'un et l'autre le don de se réinventer, de se débrouiller pour être sous-estimés avant d'en tirer parti. On a souvent dit qu'ils se ressemblaient trop pour ne pas être voués à devenir ennemis. On a souvent dit que les guerres ont pour but d'établir la paix. On a souvent dit que la terre était plate et que les démons se cachaient ici ou là. Rares sont les paroles de sagesse (disait souvent le défunt Vito Corleone) et plus rares encore ceux qui les entendent.

Michael Corleone et Nick Geraci auraient certainement pu faire d'autres choix. Les choses auraient pu mieux tourner. Ils n'étaient aucunement destinés à se détruire l'un l'autre.

Chapitre 2

Le propriétaire du crématorium n'était autre qu'Amerigo Bonasera. Neri avait la clef. Avec Geraci, ils passèrent par la porte d'entrée, ôtèrent leurs vêtements couverts de sang et enfilèrent ce qu'ils purent trouver de mieux dans une pièce du fond. Geraci était baraqué. La seule chose dans laquelle il rentrait à peu près était un costume couleur caca de bébé – et qui plus est deux tailles en dessous de la sienne. Bonasera était quasiment à la retraite et vivait la plupart du temps à Miami Beach. Sans dire un mot, son gendre prit la valise et le ballot de vêtements pleins de sang que lui tendait Neri.

Un des hommes de Geraci le déposa chez lui. Il n'était même pas minuit. Charlotte ne dormait pas et faisait les mots croisés du *Times* au lit. Elle était douée pour les mots croisés, mais ne s'y plongeait que lorsque quelque chose la tracassait.

Nick Geraci se planta au pied de leur lit. Il avait une drôle d'allure dans ce costume, il le savait. Il releva le menton, esquissa un haussement de sourcils qui se voulait comique et écarta les bras à la manière d'un artiste de music-hall en lançant « Me voilà ! »

Sa femme n'eut pas un rire ni même un sourire. L'assassinat de Philip Tattaglia et Emilio Barzini « évoquant un règlement de comptes dans le milieu » avait fait la une des actualités à la télévision. Elle jeta le *Times* sur le lit.

« La journée a été longue, dit Geraci. C'est une longue histoire, OK, Char ? Je préfère ne pas en parler. »

Il la regarda qui le jaugeait. Il regarda ses traits s'affaisser, la regarda se forcer à ne pas dire qu'elle était dans une impasse et ravaler son envie de lui demander ce qui s'était passé. Elle resta muette.

Nick Geraci se déshabilla et balança le costume sur une chaise. Le temps qu'il pisse, se brosse les dents et enfile son pyjama, Charlotte réussit à faire disparaître les vêtements (Geraci ne les revit jamais), éteindre la lumière, se recoucher et feindre de dormir.

Chez ses parents, dans le New Hampshire, Kay Corleone était allongée dans son grand lit de jeune fille aux côtés de ses enfants endormis. Elle s'efforçait de se concentrer sur le roman de Dostoïevski qu'elle avait entre les mains, tourmentée par les questions qu'elle n'avait pas posées et savait ne pas pouvoir poser sur ce qui avait poussé Michael non seulement à lui suggérer cette visite mais également à choisir lui-même les dates.

À Las Vegas, dans une suite d'hôtel plongée dans la pénombre au dernier étage du premier gratte-ciel de Las Vegas, le Castle in the Sand, royaume du steak à un dollar cinquante et du café à cinq cents, Connie Corleone Rizzi serrait contre son sein son petit garçon tout juste baptisé en contemplant, le regard perdu au-delà des lumières de la ville, les dernières lueurs du jour puisées au cœur du désert. Elle était heureuse. En règle générale, Connie n'était pas une femme heureuse. La journée n'avait pas été facile, il avait fallu se lever tôt pour prendre ce vol puis affronter tout au long du trajet le déchaînement infernal de contorsions et d'espiègleries de Victor, son fils de six ans tandis que sa mère, Carmela, ne levait quasiment pas le petit doigt et se contentait de rouspéter à n'en plus finir que ce voyage lui avait fait manquer la messe. Mais le bébé – Michael Francis Rizzi, baptisé la veille et prénommé ainsi en l'honneur de Mike, le frère de Connie, qui avait accepté d'être le parrain – avait été un véritable petit ange et passé son temps à dormir et gazouiller en enfouissant son petit nez contre elle. Quelque part au-dessus des Rocheuses, il avait ri pour la première fois. Depuis, dès qu'elle soufflait sur son front, il riait à nouveau. C'était un signe, se disait-elle. Les bébés apportent leur étoile en naissant. Ce déménagement était l'occasion d'un nouveau départ pour tout le monde. Carlo allait changer. Il avait déjà changé. Il ne l'avait plus frappée une seule fois depuis qu'elle attendait ce bébé. Mike confierait à Carlo davantage de responsabilités dans les affaires de famille. Carlo était censé prendre ce même vol pour chercher une maison et l'aider à acheter ce dont ils avaient encore besoin, mais, à la dernière minute, Mike avait annoncé qu'il avait besoin que Carlo reste sur place. Les affaires. Ni son père ni aucun de ses frères n'avait jamais agi ainsi et donné à Carlo le sentiment de compter. Elle changea son bébé de sein en caressant ses cheveux tout doux et fins. Il sourit. Elle lui souffla sur le front. Il rit, et elle aussi.

Dans la chambre d'à côté, Vincent commença à sauter sur le lit, ce qu'elle lui avait interdit mille fois. Le téléphone sonna. Connie sourit. Ce devait être Carlo. Elle laissa Victor répondre.

« Maaaman ! cria son fils. C'est oncle Toooomm ! »

Hagen.

Connie se leva. Le bébé se mit à hurler.

En bas, dans la rue, drapée dans un long châle noir, Carmela Corleone émergea de l'hôtel en marmonnant en italien, la tête baissée pour protéger ses yeux de la lumière aveuglante des néons. Elle commença à descendre le Strip. Il était neuf heures passées, trop tard pour trouver une messe où que ce soit, d'autant qu'on était lundi, mais dans une ville comme celle-ci, avec toutes ces chapelles destinées aux mariages, une veuve déterminée devait pouvoir dénicher un prêtre sans trop de mal. Ou ne serait-ce qu'un homme d'église. Au pire, un lieu sacré, un lieu de paix où elle puisse échapper à ces lumières éblouissantes et chercher secours pour tenter de sauver l'âme des damnés en implorant humblement la Vierge Marie comme elle le faisait chaque jour, de mère à mère, unies dans l'affliction.

Livre II

SEPTEMBRE 1955

Chapitre 3

Quatre mois plus tard, à Las Vegas, le week-end de la fête du travail, le dimanche matin de bonne heure, Michael Corleone était couché dans son lit, sa femme auprès de lui et ses deux enfants dans la chambre au bout du couloir. Tous dormaient à poings fermés. La veille, à Detroit, au mariage de la fille du plus vieil ami de son défunt père, Michael s'était contenté de saluer d'un signe de tête on ne peut plus bref Sal Narducci, qu'il connaissait à peine, déclenchant ainsi un plan destiné à mettre à mal tous les dangereux rivaux que les Corleone avaient encore. S'il fonctionnait, Michael s'en sortirait blanc comme neige, et la paix régnerait durablement dans le milieu de la pègre américaine. L'ultime victoire sanglante des Corleone était proche. L'ombre d'un sourire flotta sur son visage refait par un chirurgien. Il respirait profondément, régulièrement, calme et détendu, les membres parfaitement immobiles, dormant du sommeil du juste dans la fraîcheur de sa nouvelle maison. Dehors, même dans la lumière blafarde du matin, le désert était brûlant.

Non loin des berges visqueuses de la rivière Detroit, deux individus râblés en chemisette de soie – l'une bleu lagon, l'autre orange fluo – émergèrent du pavillon des invités d'une propriété appartenant à Joe Saluchi, le Don de Detroit, l'homme qui avait sauvé sa ville de la violence arbitraire des truands juifs du Purple Gang. L'homme en orange était Frank Falcone, un ancien de Chicago désormais à la tête du crime organisé de Los Angeles. Celui en bleu lagon, Tony Molinari, était son homologue de San Francisco. Ils étaient escortés par deux hommes en pardessus qui portaient chacun deux valises contenant entre autres les smokings portés lors des noces Clemenza-Zaluchi. La surface de l'eau était couverte de poissons morts. Une limousine sortit d'un garage aussi vaste qu'une grange pour venir les prendre. Quand elle déboucha dans la rue, une voiture de police la suivit. Le flic était à la solde de Zaluchi.

À l'aéroport de Detroit, ils prirent une voie d'accès en terre battue et longèrent une clôture jusqu'à une barrière sur laquelle était écrit RÉSERVÉ AUX VÉHICULES D'URGENCE. La voiture de police s'arrêta. La limousine poursuivit jusqu'au tarmac. Les hommes en chemisette de soie descendirent en buvant du café dans des gobelets en carton. Leurs gardes du corps esquissèrent quelques mouvements de karaté.

Un avion orné du logo d'une conserverie de viande dans laquelle Michael Corleone avait secrètement une participation majoritaire s'avança lentement vers eux. Le logo représentait le profil d'un lion. L'acte de naissance du pilote était au nom de Fausto Dominick Geraci, Jr, mais le brevet accrochée au pare-soleil portait celui de « Gerald O'Malley ». Le plan de vol qu'il avait transmis était vierge. Geraci avait quelqu'un à la tour de contrôle. Il disposait dans divers aéroports des États-unis d'avions dont il n'était pas officiellement propriétaire.

Sous son siège était glissée une sacoche pleine de billets. À l'ouest, le ciel était couvert de nuages menaçants.

De l'autre côté de la rivière, aux abords de Windsor, la porte de la chambre 14 du motel Happy Wanderer s'entrouvrit. Dans l'encadrement de la porte, apparut Fredo Corleone, le nouveau *sotto capo* de son frère, avec sa silhouette de quille, sa chemise froissée et son pantalon de smoking de la veille. Il jeta un œil sur le parking. Il ne vit personne. Il attendit qu'un vieux tas de ferraille poussif, qui faisait suffisamment de bruit pour réveiller quelqu'un, soit passé. Fredo entendit qu'on bougeait sur le lit derrière lui, mais il était hors de question qu'il se retourne.

La voie était enfin libre. Il enfonça un feutre sur ses yeux, referma doucement la porte derrière lui et tourna le coin au pas de course, dévala un talus et traversa un drive-in jonché de vieux gobelets et de pots de pop-corn. Les pots étaient ornés de gros clowns bleus – la tête levée, les traits déformés par un horrible sourire entendu. Le feutre n'était pas à lui. Peut-être appartenait-il à l'homme qui se trouvait dans cette chambre, à moins qu'il n'en ait hérité au hasard d'une des nombreuses haltes de la nuit précédente. Ou bien c'était celui d'un de ses gardes du corps, des nouveaux, des inconnus. Il avait la tête qui cognait. Il palpa les poches de sa chemise, celles de son pantalon. Il avait laissé ses cigarettes dans la chambre. Son briquet, également. Le briquet était un cadeau de Mike : serti de pierreries, fabriqué à Milan. Une date y était gravée, NOËL 1954, mais sans aucun nom, naturellement. Ne jamais mettre son nom sur quoi que ce soit, disait toujours son père. Fredo ne ralentit même pas son allure. Et puis merde, tant pis. Il franchit un fossé boueux et traversa en courant le parking d'un immeuble. Il avait caché la voiture, une Lincoln que Zaluchi lui avait prêtée, derrière un incinérateur. La veste de son smoking était roulée en boule sur la banquette arrière, avec une chemise de satin jaune qui ne lui appartenait pas et une bouteille de whisky qui elle, était bien à lui.

Il monta, prit une rasade et jeta la bouteille sur le siège du passager. *Il serait peut-être temps d'arrêter l'alcool*, se dit-il. Et le reste. Bon sang. Comment ce que vous avez tant désiré peut-il vous inspirer un tel dégoût après ? Ça aussi, il allait y mettre un terme. Finies les boîtes clandestines. Fini de payer des junkies tellement défoncés qu'ils ne savaient même pas à qui était la bite qu'ils suçaient. Ce ne serait pas trop difficile de commencer dès maintenant en profitant de son retour à Las Vegas, où il avait une réputation d'homme à femmes – dans cette si petite ville, il était impossible de se mettre autre chose sous la dent. Il démarra et s'en alla dévotement comme un vieux grand-père canadien partant à la messe. Mais finalement, à un feu rouge, il vida la bouteille de whisky. Une fois sur l'avenue, il accéléra. À ce train-là, il attraperait l'avion de Vegas sans problème. Il se mit à pleuvoir. Ce n'est qu'en mettant les essuie-glaces qu'il remarqua un bout de papier glissé sous celui du côté passager, un tract, peut-être.

Dans la pénombre de la chambre 14 du Happy Wanderer, l'homme nu qui était couché sur le lit se réveilla. C'était un représentant en matériel de restauration de Dearborn, marié, deux enfants. Il poussa l'oreiller de son entrejambe et se leva. Il renifla ses doigts, se frotta les yeux. « Troy ? appela-t-il. Hé, Troy ? Et merde, ça recommence. Troy ? » Puis il vit le briquet. Il vit le flingue de Troy. Troy était bien du genre à avoir un flingue, mais pas un engin pareil. C'était un revolver de cow-boy, un colt 45 avec la crosse et la gâchette recouvertes d'un adhésif blanc. L'homme nu n'avait jamais touché d'arme de sa vie. Il se rassit sur le lit. Il fut pris d'un malaise. Il était diabétique. Il devait y avoir des oranges quelque part. Il se rappelait avoir vu Troy donner cinquante dollars à un barman pour qu'il lui rapporte un sac d'oranges de la cuisine. Il en avait dévoré trois au bar pendant que Troy allait à la porte jeter un œil dans la rue en attendant qu'il ait fini de manger et se soit débarrassé des pelures. Il était incapable de se souvenir de ce qu'étaient devenues les autres oranges.

Son cœur se mit à battre à tout rompre, il dégoulinait de sueur. Il appela la réception et demanda le room-service. « Où est-ce que vous vous croyez ? rétorqua le réceptionniste. Au Ritz ? » Bonne question. Où était-il ? Il faillit le lui demander, mais il valait mieux qu'il s'occupe tout d'abord de son taux de sucre dans le sang. Y avait-il quoi que ce soit à manger ? Un distributeur ou autre chose ? Un moyen quelconque que le réceptionniste lui apporte, mettons, une simple barre de chocolat ? « Et puis quoi encore ? » demanda celui-ci. L'homme dit qu'il était prêt à payer cinq dollars pour qu'on lui en apporte une. Le réceptionniste répondit qu'il arrivait tout de suite.

Il fallait qu'il appelle sa femme. Ça c'était déjà produit. Il avait dit qu'il était avec une secrétaire. Il avait promis à sa femme que ça n'arriverait plus. Il commença à faire le numéro puis se rendit compte qu'il avait besoin du réceptionniste pour téléphoner à l'extérieur. Ce dernier devait être sorti pour aller chercher la barre de chocolat.

Il avait une belle situation, une femme sensationnelle, des enfants sensationnels, une jolie maison. Il venait de décrocher sa carte de membre du Rotary. Et pourtant, le voilà qui se réveillait par un beau dimanche matin dans *un endroit pareil* après avoir passé la nuit à faire *ces choses-là* avec une espèce de malfrat.

Il se releva pour chercher les oranges. En vain. Il vit son pantalon mais pas sa chemise de satin jaune. Son feutre avait disparu. Il ne connaissait pas le nom du bouge devant lequel il avait garé sa voiture. Il allait être obligé de rentrer chez lui en taxi, puis de demander à sa femme de l'accompagner dans les rues malfamées pour la retrouver. Autant racheter une nouvelle voiture, ça serait plus facile.

Il prit le revolver.

Le colt était encore plus lourd qu'il n'en avait l'air. Il passa le doigt sur le canon. Ouvrit la bouche. Il posa l'extrémité du revolver sur sa langue et resta comme ça.

Il entendit un crissement de pneus dehors. C'était une grosse voiture, devina-t-il au bruit que fit la portière en claquant. Ce devait être Troy qui revenait le chercher. Puis une autre portière claqua.

Deux hommes.

Ils avaient fait tout le chemin de Chicago. Ils n'étaient pas venus pour lui, quoique, ça, l'homme nu ne le savait pas. Ils l'avaient suivi pendant des heures, ce qu'il ne savait pas non plus. L'homme nu ôta le colt de sa bouche, se leva et le braqua sur la porte. « On se reverra en enfer », murmura-t-il. Il avait entendu ça dans un film. Il n'avait jamais rien eu d'un dur, mais le fait est qu'avec les doigts enroulés autour de la crosse nacrée de ce six-coups, c'était tout comme.

À Hollywood, en Floride, sous l'auvent de la maison aux murs de corail où elle habitait depuis que Sonny, son père, était mort dans un accident de voiture (elle n'avait aucune raison de douter de ce qu'on lui avait dit), Francesca Corleone appuya sur le klaxon du break de sa mère pendant une bonne dizaine de secondes. « Arrête », lui dit sa sœur jumelle, Kathy, qui lisait un roman français dans le texte, vautrée à l'arrière. Kathy partait pour Barnard University, à New York. Elle voulait être chirurgien. Francesca allait à Tallahassee, en Floride, et rêvait plus que tout de voler de ses propres ailes : quitter la maison, se retrouver seule. Bien que, avec cette horrible affaire de New York et la façon qu'avait eu cette branche de la famille de faire parler d'eux tous dans les journaux, même si ce n'était qu'un tissu de mensonges, le moment n'était peut-être pas bien choisi pour commencer une nouvelle vie. Kathy avait voulu faire ses études à New York, entre autres pour se rapprocher de toute la famille qu'ils y avaient. À présent, évidemment, ils étaient tous partis, à l'exception de leur grand-mère Carmela et de l'horrible tante Connie. Apparemment, oncle Carlo avait simplement disparu – encore un de ces cons qui allaient s'acheter des cigarettes et ne revenaient jamais : une vraie crasse, même de la part d'un saligaud de son espèce, mais Francesca ne pouvait s'empêcher de penser que lorsqu'on était marié à Connie, l'envie devait parfois vous en prendre. Là-bas plus qu'ailleurs, il était probable que Kathy s'entendrait demander à longueur de journée, même par ses professeurs, si elle avait un lien de parenté avec les célèbres gangsters, les Corleone. À en juger d'après les derniers mois à Hollywood, Francesca devait également se préparer à ce qu'on lui pose cette question, même à Tallahassee.

Leur mère, cette mégère avide de tout contrôler, devait les accompagner toutes les deux en voiture. *En voiture !* Jusqu'à New York ! Dieu merci, Francesca se faisait déposer la première. Elle klaxonna encore une fois.

« C'est franchement crispant, dit Kathy.

— Comme si tu le lisais vraiment, ce bouquin. »

Kathy lui répondit en français ou en pseudo français.

Francesca n'avait pas fait de langues, préférant s'en sortir soit en optant pour l'italien – qu'à vrai dire elle ne parlait pas si bien que ça – soit en choisissant une voie qui n'en nécessitait aucune.

« On est italiens, lui dit Francesca. Pourquoi ne pas apprendre l'italien ?

— *Sei una fregna per sicuro*, répliqua Kathy.

— C'est élégant. »

Kathy haussa les épaules.

« Tu sais peut-être jurer en italien, dit Francesca, mais tu es incapable de lire une ligne.

— Je ne peux pas lire une seule ligne de quoi que ce soit si tu ne la boucles pas. »

Leur mère était depuis une éternité à côté, chez ses grands-parents, où elle prodiguait des instructions de dernière minute sur les soins et les repas à dispenser à ses deux fils, Frank, quinze ans, et Chip, dix. De son vrai nom, Chip s'appelait Santino Jr, et il avait toujours été surnommé Tino, jusqu'au jour où il était rentré de son entraînement de baseball en décrétant qu'il ne répondrait plus désormais qu'au nom de Chip. Francesca pouvait toujours essayer de faire pareil – changer de nom en entrant à l'université. Fran Collins. Franny Taylor. Frances Wilson. C'était possible, mais elle ne le ferait pas. Ils avaient américanisé la prononciation de Corleone, c'était déjà beaucoup. Elle était fière de son nom, fière d'être italienne, fière que son père se soit rebellé contre ces gangsters qu'étaient son grand-père et ses oncles pour devenir un homme d'affaires agissant en toute légalité. Quoi qu'il en soit, Francesca changerait de nom le moment venu, quand elle se trouverait un mari.

Francesca klaxonna encore une fois. Pourquoi ça prenait tant de temps ? Nonna et Poppa ne tiendraient aucun compte de ce que leur disait sa mère. Les garçons pouvaient faire n'importe quoi, ils pouvaient tuer, on leur passait tout, Frankie surtout, et encore plus depuis qu'il s'était mis au football. Francesca recommença à klaxonner. « Tu me facilites la tâche », dit Kathy et Francesca finit sa phrase « ... pour partir. Oui, je sais. » Kathy soupira comme seule une jeune Américaine peut soupirer. Quelques instants plus tard, elle caressa doucement les cheveux de Francesca. En dix-huit ans, les jumelles n'avaient jamais été séparées une seule nuit.

Le Castle in the Sand, l'hôtel casino de Hal Mitchell, ne connaissait jamais de répit. Pas plus, ces derniers temps, que Johnny Fontane, qui avait donné ses deux tours de chant (huit heures et minuit), puis passé la nuit à distraire les copains et la clientèle huppée avant de finir dans sa suite, où l'attendaient deux nanas en guise de porte-bonheur (il avait une séance d'enregistrement ce jour-là). L'une, blonde, était une Française qui dansait au casino d'en face et lui avait dit qu'elle avait eu une réplique (« Ça alors, regarde ! ») dans le film de Mickey Rooney qui y avait été tourné l'année précédente – celui où Mickey joue le rôle d'un prospecteur qui se retrouve dans le désert en plein essai nucléaire et reçoit une telle dose de radiation que dès qu'il touche une machine à sous, il décroche le jackpot (il n'y a pas de scène où Mickey Rooney se fait tabasser par une bande d'affranchis). L'autre était une appétissante brune avec une cicatrice en forme de parenthèse qui était probablement payée pour être là (ça ne le dérangeait pas ; selon Johnny, la plus noble réussite de l'homme était d'être un professionnel). Quand, en parfait gentleman, il leur avait demandé si elles voyaient l'une ou l'autre la moindre objection à se mettre au lit – à trois, vous comprenez ? – elles avaient ri et commencé à se déshabiller. La brune, qui disait s'appeler Eve, avait un flair incroyable ; elle sut l'instant précis où c'était au tour de la blonde de lui sucer la bite (quand elle avait vu sa taille, elle avait murmuré avec un grand sourire « Ça alors, regarde ! ») ou à elle de passer à l'action contre la fontaine plantée au milieu de la chambre tandis que la blonde lui massait le dos. Eve sut exactement à quel moment renverser Johnny sur le dos puis placer la blonde sur sa bite et, pour la première fois depuis le début, se mettre à caresser les seins de sa camarade en l'embrassant, ce qui acheva Johnny en quelques secondes. C'était un don. Beaucoup de femmes ne l'avaient pas. La blonde – elle s'appelait Rita, diminutif de Marguerite, il n'oubliait jamais leur nom le lendemain matin – était encore là, endormie, quand il était sorti de la chambre pour monter à la piscine sur le toit. Il détestait les hommes qui vérifiaient la température de l'eau du bout du petit orteil. Il envoya balader son lourd peignoir et sauta dans le grand bain. Une fois le choc passé, il replongea sous l'eau et retint sa respiration en comptant jusqu'à deux cents.

Il avait la tête qui cognait, et la profondeur de l'eau n'avait rien à y voir. Il ne buvait pas autant qu'on le croyait, ou du moins plus autant. Son secret ? Passer de table en table, de boîte en boîte en semant des verres à moitié pleins sur son passage, ce que personne ne remarquait, tout en acceptant chaque verre qu'on lui proposait, ce que *tout le monde* remarquait. Les pauvres pommes qui s'essayaient à rivaliser avec lui se retrouvaient emballés dans un taxi direction la maison, avec l'aimable concours de Johnny Fontane. Il maîtrisait ce qu'il buvait. Il maîtrisait ce qu'il faisait et avec qui il le faisait.

Il refit surface. Il parcourut quelques longueurs pour se dégourdir puis il prit sa respiration et replongea. Il répéta trois fois l'exercice puis sortit. De l'autre côté de la bordure de la piscine, à l'extrémité du toit, un panneau publicitaire proclamait : EXPLOSEZ-VOUS ! LA MEILLEURE VUE SUR LA BOMBE DE TOUT LAS VEGAS ! Sous un nuage en champignon orange violacé une date était mentionnée en lettres amovibles, celle du lendemain. Tôt le matin. Johnny avait appris qu'ils allaient installer un bar, un buffet de petit déjeuner, et même couronner une nana quelconque Miss Bombe atomique. Quelle truffe irait se lever à l'aube pour voir une bombe exploser à cent bornes de là ? Ils croyaient peut-être qu'ils allaient se mettre à briller et faire exploser les machines à sous. Si les gens voulaient payer pour voir une bombe, ils feraient bien d'aller voir le dernier film de Johnny. Il attrapa son peignoir et retourna dans sa chambre en dévalant les marches quatre à quatre.

Elle était partie. Rita. Brave petite. La chambre sentait encore le whisky, la cigarette et la chatte. La statue de femme nue de la fontaine, dont il avait cru la veille que les bras écartés étaient faits pour qu'on s'y accroche avait besoin d'être réparée. Il s'habilla et – pour s'assurer qu'il ne s'endormirait pas au volant sur la route de Los Angeles – avala une des petites pilules vertes que le Dr Jules Segal lui avait prescrites.

Johnny Fontane émergea sans broncher sous le soleil aveuglant du parking réservé aux VIP du Castle. Il agrippa les revers de sa veste, aussi tranchants que des couteaux de boucher, ajusta celle-ci et monta dans sa nouvelle Thunderbird rouge. Les flics du coin connaissaient sa voiture. Il la fit monter à plus de cent soixante avant même d'avoir quitté la ville. Il jeta un œil à sa montre. D'ici deux heures, les musiciens commenceraient à arriver au studio les uns après les autres. Ils passeraient une heure à accorder leurs instruments en papotant, puis Eddie Neil, son directeur musical pour cette séance, les ferait répéter pendant encore une heure environ. Normalement, Johnny y serait en temps voulu pour enregistrer les premiers titres, être à l'aéroport avant six heures, sauter dans l'avion avec Falcone et Gussie

Cicero et rentrer à temps pour le spectacle privé qu'il avait promis d'offrir à Michael Corleone.

Ce n'est qu'à quatre heures du matin, après être arrivé épuisé dans les appartements du Golf & Tennis Club Vista del Mar, que Tom Hagen s'aperçut qu'il avait oublié sa raquette. La boutique n'ouvrait qu'à neuf heures, heure à laquelle il était censé retrouver l'Ambassadeur sur le court 14. Hagen avait horreur d'être en retard. Il demanda au réceptionniste s'il pouvait emprunter une raquette et ce dernier le toisa comme s'il laissait des traces de boue sur la moquette blanche du hall. Il lui dit alors qu'il avait un court réservé de bonne heure et lui demanda s'il y avait un quelconque moyen de pouvoir accéder à la boutique. Le réceptionniste fit non de la tête et lui répondit qu'il n'avait pas la clef. Hagen lui demanda s'il pouvait faire quelque chose tout de suite, ou le lendemain matin avant huit heures et demie, et le réceptionniste s'excusa et lui répondit que non. Hagen sortit deux billets de cent dollars en lui disant qu'il lui serait reconnaissant de faire tout ce qui était humainement possible. L'homme se contenta d'esquisser un petit sourire narquois.

Hagen avait commencé la journée de la veille dans son lit à Las Vegas, puis, juste avant l'aube, il avait pris l'avion jusqu'à Detroit avec Michael Corleone tout d'abord pour rencontrer Joe Zaluchi le jour du mariage de sa fille, puis pour assister au mariage lui-même, faire acte de présence à la réception, et rentrer enfin à Las Vegas. Mike avait pu rentrer chez lui dormir. Hagen était passé régler des paperasses à son bureau pendant une heure, puis il avait fait un saut chez lui, histoire de se changer et d'embrasser sa fille endormie, Gianna, qui avait tout juste deux ans, et sa femme Theresa, qui était devenue collectionneuse d'art et s'enflammait devant un Jackson Pollock que son marchand de New York venait de lui expédier. Quant à ses fils adolescents, Frank et Andrew, ils étaient enfermés dans leurs chambres jonchées de livres de science-fiction et de disques de Noirs, et il était aussi impossible d'embrasser l'un que l'autre, à présent.

Tandis que Tom Hagen mettait ses affaires de tennis dans sa valise, Theresa faisait le tour de la maison en positionnant devant divers murs blancs les sublimes éclaboussures du peintre. Elle avait profité de leur installation à Las Vegas et des vastes surfaces vierges pour faire des folies. Les tableaux valaient plusieurs fois le prix de la maison. Tom était ravi d'être marié à une femme de goût. « Et en face du Rothko rouge du grand couloir, qu'en penses-tu ? lança-t-elle.

— Et dans la chambre ?

— Tu crois ?

— C'est juste une idée comme ça », répondit-il. Il croisa son regard dans un haussement de sourcil qui suggérait que ce n'était pas l'emplacement qu'il avait en tête pour le tableau.

Elle soupira. « Tu as peut-être raison. » Elle posa la toile et lui prit la main.

Le mariage.

Mais il était bien trop fatigué, et il n'était pas dans une situation particulièrement facile.

Hagen n'était plus le *consigliere* des Corleone, toutefois avec la mort de Vito Corleone – qui lui avait succédé dans ces fonctions –, celle de Tessio, et Clemenza qui s'apprêtait à prendre la relève à New York, Michael avait besoin d'un homme d'expérience. Il attendait, pour annoncer le nom du prochain *consigliere*, d'être sûr que la guerre avec les Tattaglia et les Barzini était définitivement terminée. Michael avait une idée en tête, mais la seule chose que Hagen avait pu deviner, c'est qu'il était question de Cleveland. En attendant, Hagen poursuivait ses activités de toujours en songeant lui aussi à passer à autre chose. Il avait quarante-cinq ans, plus que ses parents quand ils étaient morts, et il était décidément bien trop vieux pour toute cette merde.

Il se leva quand on frappa à la porte pour lui apporter le petit déjeuner qu'il avait eu la prévoyance de commander avant de se coucher. Il vida d'un trait la première tasse de café avant même que la porte ne se soit refermée derrière le garçon d'étage. De la lavasse, comme toujours dans le coin. Hagen se félicita d'avoir compté qu'il lui en faudrait deux pots. Il emporta le premier sur le balcon. Huit heures, le soleil émergeait à peine des montagnes et on étouffait déjà. Pourquoi s'embarrasser d'un sauna ? Le temps qu'il finisse son premier pot de café – dix minutes, tout au plus – le peignoir fourni avec la chambre était trempé.

Hagen se rasa, se doucha, enfila sa tenue de tennis et à huit heures et demie, il était planté devant la boutique en guettant l'arrivée de quelqu'un. Au bout d'interminables minutes, il retourna à l'accueil. Un autre réceptionniste lui dit que le directeur était arrivé et qu'il allait le faire appeler.

Hagen retourna devant la boutique. L'attente était insupportable. S'il y avait bien une chose que lui avait apprise Vito Corleone – et que ne lui avait-il pas appris ? – c'était la ponctualité. Il fit les cent pas, n'osant pas aller aux toilettes de crainte de rater le directeur ou un quelconque employé. Quand enfin quelqu'un vint ouvrir la boutique – une Slave qui ressemblait davantage à une masseuse qu'à une directrice de boutique ou une gérante de club – il était neuf heures pile.

Hagen attrapa une raquette, jeta deux cents dollars sur le comptoir et lui dit de garder la monnaie.

« Nous n'acceptons pas le liquide, dit-elle. Nous devons le mettre sur le compte.

— Et comment fait-on ?

— Êtes-vous membre ? Je ne vous connais pas.

— Je suis invité par l'Ambassadeur Shea.

— En ce cas, il doit le mettre lui-même sur son compte. Lui, un membre de sa famille ou son valet », dit-elle la bouche pincée.

Hagen sortit un autre billet de cent et répliqua que si elle avait la grande bonté de régler la question, il y avait là une somme suffisamment conséquente pour couvrir le montant de la raquette et la dédommager de son temps.

Elle le toisa du même regard que le réceptionniste de la veille mais elle accepta l'argent.

Hagen crut que sa vessie allait éclater, mais il était neuf heures cinq. Il déchira le carton de la raquette et courut comme s'il avait la mort aux trousses. *La mort aux trousses*, ce furent les mots exacts qui lui vinrent à l'esprit.

Quand il arriva sur le court 14 avec dix minutes de retard, il n'y avait personne. Il lui arrivait si rarement d'être en retard qu'il ne savait pas quoi faire. L'Ambassadeur était-il venu et reparti ? Était-il également en retard ? Il regarda autour de lui. Il y avait des buissons partout, mais ce n'était pas exactement le genre d'endroit où on pouvait se permettre de pisser dans les buissons. Il resta planté sur place, en dansant d'un pied sur l'autre, se retenant. À tous les coups, l'Ambassadeur avait dû venir et repartir. Finalement, il n'en put plus et se précipita vers les toilettes les plus proches. Quand il retourna sur le court 14, il trouva un mot épinglé sur le filet. *L'Ambassadeur Shea est dans l'incapacité de faire une partie de tennis ce matin. Un brunch un peu plus tard ? 2 h. Au bord de la piscine. Quelqu'un passera vous prendre.*

Le mot ne mentionnait pas où.

Kay Corleone montra la route de l'aéroport de Las Vegas qu'ils venaient de passer. « Il a raté l'embranchement, dit-elle. Michael, nous avons raté l'embranchement. »

À côté d'elle, sur la banquette arrière de leur nouvelle Cadillac jaune, Michael secoua la tête.

Kay fronça les sourcils. « Tu veux dire qu'on va faire toute la route en voiture jusqu'à Los Angeles ? Tu as perdu la tête ? »

C'était leur cinquième anniversaire de mariage. Elle avait déjà été à la messe avec les enfants. Même sa mère et son pasteur baptiste de père les avaient accompagnés. Michael serait très occupé ce soir-là, aussi bien avant, pendant, qu'après le tour de chant privé qu'offrait Johnny Fontane en l'honneur du syndicat des Camionneurs. Mais il avait promis que jusque-là, toute la journée serait une longue balade en amoureux – comme autrefois, mais en mieux.

Michael secoua la tête. « On ne prend pas la voiture. Et on ne va pas à Los Angeles. »

Kay se retourna sur son siège en contemplant la route qu'ils n'avaient pas prise, puis elle regarda son mari. Soudain, elle eut l'impression que son ventre était pris dans un bloc de glace. « Michael, dit-elle. Excuse-moi, mais je crois que ce mariage a supporté déjà trop de surprises... » Elle fit un geste à la manière d'un arbitre signalant une faute.

Il sourit. « C'est une bonne surprise, dit-il. Promis. »

Ils arrivèrent bientôt au bord du lac Mead, près d'un ponton au bout duquel était amarré un hydravion. Ce dernier était immatriculé au nom de la société de production de Johnny Fontane, sans que ni celui-ci ni aucun des employés de ladite société ne fût au courant.

« Surprise numéro un, dit Michael en montrant l'avion.

— Franchement, soupira-t-elle, tu aurais vraiment dû devenir professeur de maths. » L'enthousiasme coupable qui l'avait autrefois saisie en voyant ce qu'il était devenu à la place s'était tellement étiolé qu'elle parlait peut-être sérieusement.

Ils descendirent de voiture.

« Ça, c'est compter, tout au plus faire des comptes. Rien à voir avec les mathématiques. » Il lui indiqua le ponton. « Après vous, madame. »

Kay faillit lui dire qu'elle avait peur, mais elle n'en fit rien, comment aurait-elle pu ? Elle n'avait aucune raison de penser qu'il puisse lui faire du mal.

« Surprise numéro deux...

— Michael.

— ... c'est que c'est moi qui pilote. »

Elle écarquilla les yeux.

« J'ai suivi un entraînement de pilote quand j'étais dans les

Marines, dit-il, avant qu'on m'envoie... tu sais. » *Combattre par cinquante degrés pour des îlots de corail criblés de tunnels macérant dans un salmis de boue et de cadavres grouillants d'asticots.* « Je ne sais pas pourquoi, mais ça me détend de piloter, dit-il. Depuis quelque temps, je prends des leçons. »

Kay souffla. Elle ne s'était pas rendu compte qu'elle retenait sa respiration. Elle ne s'était pas rendu compte que pendant toutes ces absences inexpliquées des dernières semaines, elle avait craint qu'il ait une liaison. Ce n'était pas vrai. Ce qu'elle craignait était bien pire. « C'est bien que tu aies un passe-temps, hasarda-t-elle. Tout le monde a besoin d'un passe-temps. Ton père avait son jardin. Pour d'autres, c'est le golf.

— Le golf, répéta-t-il. Hmmm. Tu n'as pas de passe-temps, toi ?

— Non, répondit-elle.

— Il y a toujours le golf. » Il portait une veste sport coupée sur mesure et une simple chemise blanche sans cravate. Ses cheveux n'étaient pas gominés et ébouriffés par la brise.

« D'ailleurs, que dirais-tu si je retournais à l'enseignement ?

— Ça, c'est un métier, dit Michael. Tu n'as pas besoin de travailler. Qui s'occuperait de Mary et Anthony ?

— Je ne commencerais qu'une fois qu'on sera installés. D'ici là, ta mère nous aura rejoints. Carmela serait ravie de s'en charger. » Quoiqu'en réalité elle redoutât ce que sa belle-mère dirait en apprenant que Kay voulait travailler à l'extérieur. « Ça serait juste un passe-temps.

— Tu veux travailler ? » dit Michael.

Elle détourna les yeux. Ce n'était pas exactement la question.

« Laisse-moi y réfléchir », dit Michael. Son père n'aurait pas approuvé, mais il n'était pas son père. Comme lui, Michael avait jadis été marié à une jeune Italienne, une gentille fille, mais cela, Kay l'ignorait et elle n'était pas cette fille. Ce qui tracassait Michael, c'était la question de sa sécurité, même si le code voulait qu'elle ne courût qu'un risque minime. Michael mit la main sur son bras et le serra doucement.

Kay posa la main sur la sienne. Elle respira à fond. « Écoute, je ne monte pas dans cet engin. Du moins, pas tant que tu ne m'auras pas dit où nous allons. »

Michael haussa les épaules. « Tahoe », dit-il. Un sourire flotta sur ses traits. « Au lac Tahoe. » Il indiqua l'hydravion. « De toute évidence. »

Elle lui avait dit un jour qu'elle aimerait aller là-bas. Elle ne pensait pas qu'il l'avait écoutée.

Il ouvrit la porte de l'hydravion. Kay grimpa à bord. Sa robe remonta et le tissu se tendit en lui moulant les fesses. Michael fut saisi d'une envie irrépressible d'empoigner ses hanches par-derrière, mais il préféra laisser son œil s'attarder sur le spectacle. Quoi de meilleur, quoi de plus excitant que de reluquer ainsi sa femme à son insu.

« Le seul petit problème avec les hydravions, dit Michael en montant à son tour et en mettant les gaz, c'est que parfois ils se retournent.

— Quoi ? ! s'écria Kay.

— C'est rare. » Il avança la lèvre inférieure d'un air de dire que c'était aussi improbable que d'être frappé par la foudre. « Et si un hydravion se retourne, tu sais quoi ? Il flotte. »

Kay le dévisagea. « C'est réconfortant.

— Je t'aime vraiment, dit-il. Tu sais ça, hein ? »

Elle tâcha de prendre la mine inexpressive que Michael ne maîtrisait que trop bien.

« Ça aussi, c'est réconfortant. »

Le décollage se fit tellement en douceur que Kay sentit ses muscles se relâcher un à un. Elle ne s'était pas rendu compte qu'ils étaient à ce point tendus. Ni depuis combien de temps.

Chapitre 4

Au-dessus du lac Érié, le petit avion se jeta dans un orage. Il régnait une température étouffante dans la carlingue, ce qui ne dérangeait pas le moins du monde Nick Geraci. Les autres passagers de l'avion transpiraient autant que lui. Les gardes du corps avaient déjà pesté contre la chaleur. C'étaient des durs. Il avait été comme eux, autrefois, un gros malabar un peu borné, à la fois fiable et corvéable à merci.

« Je croyais que l'orage était passé, dit Frank Falcone, un des hommes en chemisette de soie, celui en orange, qui ignorait la véritable identité du pilote.

— Ça, tu l'as dit », rétorqua celui en bleu lagon, Tony Molinari, qui lui, la connaissait.

Les exécutions des caïds des syndicats du crime Barzini, Tattaglia et Corleone avaient attiré l'attention de tous les représentants de la loi du pays, des bourrins sortis de leur cambrousse au FBI (quoique le directeur de l'agence, sur lequel les Corleone détenaient sans doute des informations compromettantes, persistât à dire que la soi-disant Mafia était un mythe). Pendant tout l'été, même les usuriers qui officiaient dans les bars de quartier avaient dû fermer boutique. Les deux autres Don de New York, Ottilio Cuneo, dit Leo le Laitier, et Anthony Stracci, dit Tony le Noir, avaient veillé au cessez-le-feu. Était-ce à dire que la guerre était finie ? Nul ne le savait.

« Pardon, mais je parlais du vrai orage, protesta Falcone. L'orage qu'il y a dehors. Ce putain d'orage-là. »

Molinari secoua la tête. « Tu ne comprends rien à la plaisanterie, mon vieux. »

Leurs gardes du corps, qui avaient nettement pâli, regardèrent le plancher de l'avion. « C'est dû au lac, dit Geraci. Ça marche comme ça, il y a un écart extrême de température entre l'air et l'eau. » Il essaya de prendre le ton d'un pilote dans le rôle principal d'un film. Il se relâcha. « C'est ce qui permet aux orages de venir d'un peu partout, d'un coup. Ça évite de s'ennuyer, hein ? »

Molinari posa la main sur l'épaule de Geraci. « Merci pour la putain de leçon.

— Il n'y a pas de quoi, monsieur », répondit Geraci.

Falcone avait longtemps été un intermédiaire de premier plan à Chicago – soudoyant les hommes politiques, les juges et les flics – et il avait désormais sa propre affaire à Los Angeles. Molinari possédait un restaurant quatre étoiles sur les quais de San Francisco, ainsi qu'une part de toutes les affaires qu'il voulait. Quand il avait briefé Geraci, Michael l'avait prévenu que Falcone et Molinari avaient toujours eu des divergences, et notamment au sujet des Familles de New York. Falcone les trouvait snobs, Molinari leur reprochait leur violence excessive. De plus, Molinari avait toujours eu pour Vito Corleone un attachement personnel que Falcone n'avait jamais partagé. Mais au cours des deux dernières années, les deux Dons de la côte Ouest avait forgé une alliance aussi prudente qu'efficace, qui concernait en particulier l'organisation de l'importation et de la distribution de drogues en provenance des Philippines et du Mexique (autre raison, Michael n'avait pas eu à le préciser, pour laquelle il avait organisé cette rencontre avec Geraci). Avant que Michael ne se retrouve à la tête de la Famille Corleone, ils avaient été les deux plus jeunes Dons des États-Unis.

« O'Malley, hein ? » dit Falcone.

Geraci remonta prudemment à travers le cumulus pour échapper aux turbulences. Il savait pertinemment ce à quoi Falcone faisait allusion : le nom que portait son brevet de pilote. Les conditions de vol étaient suffisamment critiques pour que Falcone ne s'offusque pas du silence de Geraci. Ce ne sont pas les yeux qui voient, mais le cerveau. Comme l'avait prévu Michael, Falcone associait un nom irlandais à ce Sicilien blond aux épaules carrées, dont il supposait naturellement qu'il travaillait pour l'organisation de Cleveland. Pourquoi pas ? Cleveland employait tant de juifs, d'Irlandais et de Noirs que ses membres l'appelaient l'Association. Les gens de l'extérieur surnommaient son Don, Vincent Forlenza, « le Juif ».

La supercherie était nécessaire. Ce n'était pas facile de se rendre sur l'île de Rattlesnake. Falcone ne serait peut-être jamais monté dans un avion appartenant aux Corleone. Don Forlenza comptait venir au mariage, mais son état de santé l'en avait empêché.

L'avion s'éleva enfin au-dessus des nuages. Ils furent inondés par un soleil aveuglant.

« Alors, comme ça, O'Malley, dit Falcone, t'es de Cleveland ?

— Absolument, j'y suis né et j'y ai grandi. » Trompeur mais vrai.

« On dirait que notre DiMaggio et ses Yanks étaient trop forts pour les Indians, cette année.

— On vous aura l'an prochain », répondit Geraci.

Molinari raconta alors comment il avait vu DiMaggio jouer pour les Seals de San Francisco et qu'à l'époque déjà, c'était un vrai dieu. Au fil des années, Molinari avait amassé un paquet de fric en arrangeant les matchs des Seals, mais jamais du temps où DiMaggio y était. « Les gens se font des idées sur les Italiens, pas vrai, O'Malley ?

— Je ne suis pas sûr d'avoir des idées sur quoi que ce soit.

— On s'est dégoté un *cacasangue*, dit Falcone.

— Pardon ? dit Geraci, bien qu'il sût pertinemment ce que ça signifiait.

— Quel mariole, lâcha le garde du corps de Falcone.

— *On fait le malin, hein ?* » dit Geraci en singeant Curly du trio comique des Three Stooges.

Molinari et les deux gardes du corps se mirent à rire. « Pas mal », dit Molinari. Pour lui faire plaisir, Geraci ajouta un petit rire sardonique parfaitement imité. Là encore, cela fit rire tout le monde à l'exception de Falcone.

La conversation était entrecoupée de silences, bridée par les secousses du vol et le nom inscrit sur le brevet de pilote de Geraci. Ils parlèrent pendant un moment de divers restaurants, puis du match de championnat auquel ils avaient l'intention d'assister au Cleveland Armory au lieu d'aller voir Fontane à Vegas – un spectacle sur invitation offert par Michael Corleone en ouverture d'une convention du syndicat des Camionneurs. Ils parlèrent aussi des *Incorruptibles* qu'ils appréciaient l'un et l'autre, entre autres parce qu'ils trouvaient ça drôle. Geraci l'avait entendu à la radio et il avait été agacé par les stéréotypes de flics purs et durs et d'Italiens assoiffés de sang engloutissant bruyamment leurs platées de spaghettis. Mais il ne l'avait jamais vu à la télévision. C'était un amateur de livres. Il avait juré de ne jamais posséder de téléviseur, toutefois l'année précédente, Charlotte et les filles avaient fini par l'avoir à l'usure. Il connaissait quelqu'un – c'était toujours comme ça, Geraci connaissait quelqu'un ou avait quelqu'un – et un beau jour, un camion s'était garé devant chez lui et deux hommes en costume avait déchargé ce qui se faisait de plus gros dans le genre. Charlotte n'avait pas tardé à servir le dîner sur des plateaux télé. Le samedi, c'était « soirée plateau télé », une abomination qu'heureusement la mère de Geraci n'était plus là pour voir. Nick aurait aimé mettre le poste sur le trottoir, mais il fallait savoir faire la part des choses. La semaine d'après, un entrepreneur qu'il connaissait prit l'équipe d'un chantier de parking du Queens et lui fit arracher les mûriers qui poussaient derrière la piscine de Geraci. Quelques semaines plus tard, Nick y avait une petite maison rien que pour lui, son antre, un refuge à l'écart du bruit et de cette impression d'être réduit à l'état de zombie dès qu'il se servait de cette foutue télévision pour regarder autre chose que du sport.

Geraci replongea en douceur dans les nuages. « On amorce la descente. »

L'avion était secoué de toutes parts. Les passagers observaient chaque traverse, chaque boulon, chaque vis, chaque rivet comme s'ils s'attendaient à ce qu'ils soient pulvérisés.

Geraci essayait de se fier à ses instruments de bord et non à ce qu'il voyait sous ses yeux ou à l'angoisse qu'il éprouvait. Il respira calmement. Bientôt, la surface couleur de merde du lac apparut devant eux.

« L'île de Rattlesnake, dit Molinari en pointant le doigt. C'est ça ?

— Cinq sur cinq, dit Geraci en reprenant le même accent. C'est du jargon de pilote, les gars.

— On va atterrir là-dessus ? dit Falcone. Cette espèce de mouchoir de poche ? »

L'île ne faisait pas même une vingtaine d'hectares, un quinzième de la superficie de Central Park, et vue du ciel, elle donnait l'impression d'être essentiellement occupée par un golf et une piste d'atterrissage d'une exiguïté alarmante. Au nord de l'île, un long ponton se déployait, si loin qu'il se trouvait quasiment dans les eaux canadiennes, ce qui n'avait pas été sans utilité du temps de la prohibition, naturellement. L'île, qui appartenait à un propriétaire privé, était à ce point en marge des États-Unis qu'elle émettait ses propres timbres.

« C'est bien plus grand que ça en a l'air vu d'ici », répondit Geraci qui n'en était pas si sûr que ça. Non seulement il n'avait jamais effectué un atterrissage sur cette île, mais bien que dans les faits, elle appartînt à son *padrino*, Geraci n'y avait jamais mis les pieds.

Molinari tapota la main de Falcone. « Détends-toi, mon vieux », lui dit-il.

Falcone hocha la tête, se cala dans son siège et essaya de récupérer une dernière goutte de café au fond de son gobelet.

Quelques instants avant de se poser, l'avion fut pris dans une turbulence, comme si d'une gifle une main géante l'avait viré du ciel. Il piqua du nez vers la surface du lac. Geraci discernait l'écume des vagues. Il redressa, reprit le contrôle, stabilisa les ailes et frôla une cabane près du rivage.

« OK, fit-il en repoussant le manche d'un coup sec. On remet ça.

— Bon sang, petit », soupira Molinari qui n'avait pourtant que quelques années de plus que lui. Geraci murmura les paroles du « Seigneur est mon berger » en latin et quand il arriva au passage du psaume où il est écrit « Je ne craindrai aucun mal », au lieu d'ajouter « parce que vous êtes avec moi », il dit « parce qu'il y a pas plus balèze que moi dans toute la vallée ».

Falcone se mit à rire. « J'ai jamais entendu ça en latin.

— Tu parles latin ? demanda Molinari.

— J'ai fait le séminaire.

— Oui, c'est ça, pendant une semaine. Ne distrais pas le pilote, Frank. »

Geraci leur fit signe que tout allait bien.

Il trouva une poche d'air à l'écart des turbulences et la seconde tentative d'atterrissage se déroula étonnamment bien. Ce n'est qu'une fois qu'ils furent posés au sol qu'un des gardes du corps se mit à vomir. L'odeur parvint aux narines de Nick qui réprima un haut-le-cœur. Puis l'autre garde du corps se vomit dessus. Quelques instants plus tard, des hommes en ciré jaune apparurent au bout de la piste et vinrent à leur rencontre.

Geraci respira l'air frais par la glace et ses passagers descendirent à terre. Des hommes leur ouvrirent des parapluies, mirent des cales sous les roues, arrimèrent les ailes et emportèrent tous les bagages à l'exception d'un. Un équipage de chevaux blancs attelés à une grande voiture noire capitonnée de velours rouge les attendait sur le rivage pour les emmener au sommet de la colline, à une centaine de mètres de là, tout au plus.

Geraci regarda les hommes dégoulinant de vomi se précipiter pour grimper dans la voiture. Une fois qu'ils furent à l'abri, Geraci traîna son sac au sommet de la colline, ouvrit les portes de la cave et disparut au bas de l'escalier, dans les vestiges d'un casino jadis prospère, passa devant le podium de l'orchestre et le bar couvert de toiles d'araignées puis gagna le vestiaire. Il alluma la lumière. À part la cloison du fond, faite d'une de ces portes métalliques coulissantes que l'on trouvait dans les garages automobiles de Brooklyn, la pièce ressemblait à la suite d'un flambeur de Las Vegas : lit king-size, velours rouge partout, baignoire surélevée. La porte métallique dissimulait une pièce remplie de boîtes de conserve, de masques à gaz, de bouteilles d'oxygène, de générateurs, sans compter une machine pour traiter l'eau, une radio amateur et une chambre forte. Dessous, les profondeurs de la roche abritaient une gigantesque citerne de fuel, et vraisemblablement d'autres salles et d'autres réserves. À la moindre alerte, si la police de l'État effectuait une descente, si des inconnus tentaient de l'assassiner, si les Russes lâchaient une bombe, Don Forlenza pouvait rester caché là pendant des années. Forlenza contrôlait le syndicat qui exploitait la mine de sel du lac situé non loin de Cleveland ; la rumeur voulait qu'une des équipes creusât nuit et jour des galeries menant à l'île de Rattlesnake. Geraci ne pouvait pas s'empêcher de rire. Dire que lui, un simple fils de camionneur, se retrouvait là, dans ce lieu dont le commun des mortels n'entendrait même jamais parler. Il apporta le sac rempli de fric dans l'autre pièce.

Il resta planté là à le contempler.

Le « fric » était une illusion. Le cuir du sac avait davantage de valeur intrinsèque que les milliers de petits bouts de papier qu'il contenait. « L'argent » n'était en réalité que des milliers de coupons établis par un gouvernement qui ne pourrait même pas couvrir un pour cent de ce qui était en circulation. Le meilleur racket au monde : le gouvernement émet tous les coupons qui lui chantent, tout en décrétant des lois interdisant de les retirer de la circulation. D'après ce qu'il avait compris, ces bouts de papier correspondaient à un mois de bénéfices non déclarés d'un casino dans lequel les Corleone et Don Forlenza avaient des intérêts, à quoi venait s'ajouter un cadeau conséquent en hommage à l'hospitalité et à l'influence de Don Forlenza. Ces liasses de billets représentaient le labeur de centaines d'hommes réduits à des tas de biffetons, de pognon, échangés contre le pouvoir de négociation de quelques-uns et les actions de quelques autres, plus rares encore. Du papier dénué de valeur que Don Forlenza accepterait sans réfléchir. De simples coupons.

Minchionaggine, aurait dit son père. *Tu réfléchis trop.*

Fredo baissa la glace et tendit son permis de conduire au douanier. « Rien à déclarer.

— Et ces oranges ?

— Quelles oranges ?

— À l'arrière. Par terre. »

Et le fait est qu'il y avait un filet d'oranges Van Arsdale. Ce n'étaient pas *ses* oranges à proprement parler. Fredo n'aurait jamais mangé une orange même s'il n'y avait plus rien eu d'autre au monde à se coller sous la dent.

« Voulez-vous garer votre véhicule dans cette file, monsieur ? À côté de cet officier en uniforme blanc ?

— Prenez les oranges. Gardez-les, jetez-les, je m'en fiche. Elles ne sont pas à moi. » Son père était en train d'acheter des oranges le jour où on lui avait tiré dessus sous les yeux de Fredo. Une des balles avait pulvérisé une orange avant de transpercer le ventre du vieil homme. Il gardait un souvenir flou de ce jour-là. Fredo se rappelait avoir brandi maladroitement son pistolet. Il se rappelait avoir regardé les hommes s'enfuir en courant dans la 9e Avenue en le laissant indemne, trop insignifiant pour mériter ne serait-ce qu'une balle. Il se rappelait cette orange. Il ne se rappelait pas avoir négligé de vérifier si son père était mort pour aller s'asseoir sur le trottoir en pleurant, même si le cliché qui avait alors été pris de lui avait valu au photographe quantité de prix. « J'avais oublié qu'elles étaient là.

— Mr Frederick. » Le douanier étudiait le permis de conduire de Fredo. Il portait un faux nom, Carl Frederick, mais pour le reste il était parfaitement en règle et avait été délivré par les autorités du Nevada. « Combien de verres avez-vous bu ce matin ? »

Fredo secoua la tête en signe de dénégation. « Par là-bas, vous dites ? À côté de ce type ?

— Oui, monsieur. S'il vous plaît. »

Deux hommes en tenue de flic de Detroit se dirigeaient vers l'officier en blanc. Fredo se gara et se retourna pour attraper la chemise jaune à l'arrière et la jeter sur la bouteille de whisky. L'officier en blanc lui demanda de bien vouloir s'éloigner de la voiture.

C'était plus ou moins exactement ce qui était arrivé à son frère Sonny. Si c'était une embuscade et qu'ils étaient là pour l'assassiner, la seule chance qu'il avait c'était de glisser la main sous le siège, tout de suite, de sortir son pistolet et de sauter de la voiture en tirant. Mais si c'était des vrais ? Il aurait descendu un flic ou deux, ce qui revenait quasiment à signer son arrêt de mort. Quoique Mike, lui, s'en était tiré à bon compte.

Réfléchis.

« Monsieur, insista l'officier. Veuillez descendre immédiatement. »

Si c'était des vrais et qu'ils retrouvaient le pistolet, il se ferait arrêter. Et quelqu'un pourrait arranger ça. Zaluchi, probablement. De toute façon, il était trop tard pour se débarrasser du pistolet.

Fredo tâta une des oranges. Il ouvrit la portière et descendit lentement. Pas de geste brusque. Il lança l'orange à l'officier en blanc et se prépara à mourir. L'homme se contenta de faire un pas de côté. Avant même que l'orange touche terre, les flics empoignèrent Fredo par les bras.

« Vous devriez pas être de la police montée, les gars ? » Fredo regardait partout, à l'affût des hommes armés de mitraillette.

« Vous entrez aux États-Unis, monsieur. Veuillez me suivre.

— Vous savez quoi, cette voiture ? dit Fredo. Elle est à Mr Zaluchi, qui comme vous le savez sans doute est un important homme d'affaires de Detroit. »

Ils ne desserrèrent que très légèrement leur prise. Ils l'entraînèrent sur le bas-côté, derrière le bâtiment triangulaire des douanes. Fredo avait le cœur qui cognait dans sa poitrine. Il continuait à chercher du regard les tueurs, guettant le moindre déclic de mitraillettes que l'on armait, de chargeurs que l'on insérait. Il songea à se dégager et à prendre ses jambes à son cou. Il s'apprêtait à passer à l'acte quand un des hommes lui indiqua une ligne dessinée au sol et lui demanda de marcher le long du trait.

C'était des vrais. Ils n'allaient pas le descendre. Probablement pas.

« Mr Zaluchi est relativement pressé de récupérer sa voiture, dit Fredo.

— Avec les bras comme ça, monsieur », dit un des flics. Il parlait avec un drôle d'accent canadien que Fredo avait toujours trouvé désopilant.

« Vous êtes sûr que vous n'êtes pas de la police montée ? » demanda Fredo, qui s'exécuta néanmoins.

Pour autant qu'il puisse en juger, il avait parfaitement suivi la ligne, mais cette bande de clowns n'avaient pas l'air plus impressionnés que ça. Ils lui firent réciter l'alphabet à l'envers, ce dont il s'acquitta impeccablement. Il jeta un œil à sa montre.

« Si vous voulez me donner vos noms, les gars, dit-il, je suis sûr que Mr Zaluchi sera ravi de faire une donation à votre fonds de pension ou peu importe. Et j'en ferai de même. »

Les flics penchèrent tous deux la tête de côté comme des chiens.

Fredo fut gagné par un fou rire.

« Y aurait-il quelque chose de drôle, Mr Frederick ? »

Fredo fit non de la tête. Trahi par sa nervosité, il s'efforça d'effacer littéralement le sourire de ses traits. Il n'y avait rien de drôle.

« Vous m'excuserez si je vous ai mal compris, dit l'un des deux. Mais ne serait-ce pas une tentative de corruption que vous avez fait là ? »

Il fronça les sourcils. « Il me semble avoir plutôt parlé d'une *donation*.

— C'est bien ça, dit l'autre. Bob a sans doute cru que vous proposiez une sorte de compensation. »

Sitôt qu'un flic connaît un ou deux termes juridiques, il se retrouve affecté à un poste de gonzesse à la frontière. Un *poste de gonzesse* : à cette seule idée, les coins de ses lèvres se retroussèrent irrésistiblement, bien que, loin de s'amuser, il fût furieux contre lui-même. *Une gonzesse*. Pas comme lui, Fredo Corleone, qui avait engrossé la moitié des girls de Las Vegas et retournait là-bas s'occuper de l'autre moitié. Il respira à fond. Il ne rirait pas. « Je ne cherche pas les ennuis. Je ne veux pas avoir l'air présomptueux, mais... – et là encore il dut refréner un fou rire – est-ce que j'ai réussi l'examen, ou pas ? »

Ils échangèrent un regard.

L'officier en blanc apparut au coin du poste de douane. « Ça y est », se dit Fredo. Mais au lieu de tenir le pistolet de Fredo, il avait à la main un clipboard sur lequel était étalé le bout de papier mouillé en lambeaux qu'il tamponnait avec un mouchoir. Le tract. « Mr Frederick ? dit-il. Pouvez-vous m'expliquer ceci ?

— C'est quoi, ça ? » demanda Fredo. C'est alors qu'il se souvint : il avait oublié son pistolet dans la chambre. « Jamais vu. »

L'homme colla son nez sur le mot. « C'est signé “pardon, Fredo” », lut-il. « Qui est Fredo ? »

Dans sa bouche, ça rimait avec *guido*.

Ce qui déclencha chez Fredo une explosion de rire.

Les exercices que lui avaient prescrits le docteur pour se chauffer la voix ne prenaient qu'une demi-heure au maximum, mais Johnny Fontane ne voulait courir aucun risque. Il commença dans le désert, s'arrêta à Barstow pour avaler un thé au miel et au citron bien chaud et il devait en être à sa cinquantième série de fredonnements et d'ululements quand il grilla un feu rouge à quelques rues de la tour de National Records. Un motard de la police de Los Angeles se faufila derrière lui. Ils se garèrent au même moment devant l'entrée de derrière. Phil Ornstein – le numéro deux de National Records – faisait les cent pas sur le trottoir, seul, une cigarette à la main.

Johnny passa les doigts dans ses cheveux clairsemés, prit son chapeau sur la banquette arrière et descendit de voiture. « Occupez-vous de ça, Philly, lança Johnny en indiquant le flic du pouce.

— Entendu. » Phil éteignit sa cigarette. « On croyait que vous prendriez la route après le spectacle de minuit. On vous avait réservé une chambre à l'Ambassador et vous n'êtes jamais venu. »

Le flic ôta son casque. « Vous êtes bien Johnny Fontane ? » demanda-t-il.

Sans ralentir le pas, Johnny se retourna, lui décocha son sourire à un million de dollars, mit ses doigts en pistolet, lui fit un clin d'œil et tira une série de coups imaginaires.

Phil qui s'avançait vers le flic s'arrêta, poussa un soupir et se passa la main dans les cheveux.

« Avec ma femme, on a adoré votre dernier film », dit le flic.

C'était un western, une pure merde. Comme s'il était crédible en cow-boy sur son canasson sauvant de braves gens aux prises avec des desperados. Johnny accorda l'autographe que le flic lui demandait, au dos de son carnet de P.-V.

« Alors, comme ça, vous refaites des disques ? s'enquit le flic.

— J'essaie, répondit Johnny.

— Ma femme adorait vos disques. »

C'est la raison pour laquelle les maisons de disques de New York refusaient de lui signer un contrat – aucun chanteur jouissant d'une plus grande popularité auprès des femmes que des hommes (selon un *pezzonovante* de Worldwide Artists) n'avait jamais rien pu y changer. Mais ce qui horripila plus encore Johnny, c'était cette façon d'en parler au passé : elle « adorait » ses disques. Le cinéma lui allait, quoique, en dépit de la société de production qu'il possédait et son Academy Award (qui se trouvait pour l'heure chez son ex, emmaillotté dans le berceau de poupée de sa fille), les gens qui tiraient les ficelles dans le métier continuaient à le traiter comme un abruti de macaroni qui aurait réussi à resquiller à l'entrée. Les attentes interminables sur le plateau l'ennuyaient à mourir et il en avait marre de tous ces petits malins qui l'appelaient Johnny Qu'Une Prise. À partir de maintenant, s'il pouvait décrocher le bon rôle, tant mieux, mais il voulait passer à autre chose. Ce n'était pas ça qu'il aimait. C'est simple, le cœur n'y était pas. Il n'était pas vraiment un acteur, ni un danseur de claquettes, ni une idole des jeunes, ni même un crooner. Il était Johnny Fontane, chanteur de bar – un chanteur de talent, et s'il se donnait à fond, comme son contrat avec la National lui en offrait l'opportunité, peut-être un des meilleurs qu'on ait jamais vus. Peut-être même le meilleur. Pourquoi pas, après tout ? Rien de plus terrible que de se rendre compte que celui que les autres voient quand ils vous regardent n'est pas celui que vous savez être dans votre for intérieur. Ceci étant, il ne dirait rien. Il ne faut jamais critiquer ceux qui vous sont fidèles, même dans leur dos. « Comment s'appelle votre femme ? demanda Johnny.

— Irene.

— Vous avez déjà emmené Irene à Las Vegas ? »

Le flic fit non de la tête. « On en a déjà parlé.

— Il faut le voir pour le croire. Écoutez, je suis au Castle in the Sand tout ce mois-ci. Une boîte tout ce qu'il y a de plus chic. Si vous voulez venir, je vous ferai entrer. »

Le flic le remercia.

« Quel emmerdeur, dit-il à Phil dans l'ascenseur qui les conduisait au studio. Je parie que c'est le genre à te pomper tout ton talent. Je parie qu'il a une collection d'autographes qui remplirait tout un garage.

— Je vous trouve bien cynique, Mr Fontane.

— Allez, relax, Philly, vous êtes trop sérieux. » Quoiqu'en voyant sa bobine qui se reflétait dans les parois étincelantes de l'ascenseur, Johnny s'aperçut qu'il avait lui-même l'air on ne peut plus sérieux. Il enleva son chapeau, se passa la main dans les cheveux et le remit. « Tout est prêt ?

— Depuis plus d'une heure, répondit Phil. Il y a juste un détail. Écoutez-moi bien. »

Johnny le toisa d'un œil impassible sans rien dire. Cependant, il l'écouterait. C'est Phil Ornstein qui – après qu'il eut essuyé des refus de tous les autres grands labels – avait donné à Johnny un contrat de sept ans (pour une somme dérisoire, mais quoi ? le fric n'était pas un problème). C'est Phil Ornstein qui avait répété à qui voulait l'entendre que Johnny Fontane avait retrouvé sa voix et que non seulement son image de voyou bagarreur et porté sur la bouteille était injustifiée, mais qu'elle ne pouvait qu'augmenter les ventes.

« Je sais que vous vouliez Eddie Neils comme directeur musical, et si vous y tenez vraiment, très bien, on essaiera. »

Johnny appuya sur le bouton d'arrêt de l'ascenseur. Sur ses derniers succès, c'est Eddie Neils qui s'était chargé des arrangements et de l'enregistrement. Johnny était allé chez lui et avait refusé de partir jusqu'à ce que le vieil homme accepte de lui faire passer une audition sur place, au beau milieu de son hall dallé de marbre, entouré de statues d'aigles et de nus, et quand il avait constaté que sa voix ne donnait pas trop mal malgré l'acoustique pourrie, Eddie avait finalement accepté de retravailler avec lui.

« Vous êtes en train de me dire qu'Eddie n'est pas là ?

— C'est exactement ça, répondit Phil en se tapotant le ventre. Hémorragie intestinale. Il a dû être hospitalisé hier soir. Il s'en sortira. Mais...

— Il n'est pas là.

— Non. Bon. Mais le fait est que ce n'est pas lui qu'on voulait pour vous de toute façon. »

Johnny nota au passage que Phil avait eu l'élégance de dire *pour vous* et non *pour votre come-back*. « Depuis le départ, c'est l'autre que vous voulez. Le gamin. Le tromboniste.

— Exact. Cy Milner. Ce n'est pas un gamin. Il a quarante, quarante-cinq ans. Nous nous sommes permis de lui demander d'écrire deux ou trois nouveaux arrangements. »

Milner était tromboniste dans l'orchestre de Les Alley, mais il n'avait été engagé qu'après le départ de Johnny. Ils ne s'étaient jamais rencontrés. « Depuis quand ? Depuis hier ?

— Depuis hier. Il travaille vite. Il est connu pour ça, c'est une vraie légende. »

Ce gamin est une légende et moi, je suis Johnny qu'Une Prise. « Et les arrangements qu'Eddie a déjà faits ?

— On peut s'en servir aussi. C'est comme vous voudrez. »

Phil passa la main dans ses cheveux quasiment inexistants. C'était le genre de type qui prenait inconsciemment les tics des autres.

« Pour qui vous me prenez, un enquiquineur ? » Johnny réappuya d'un coup sec sur le bouton d'arrêt. « Enfin, Philly, je suis un pro. On va donner une chance à ce bon vieux Cy, essayer deux trois trucs, voir si on peut balancer un peu de magie, hein ?

— Merci, Johnny.

— J'ai toujours aimé les juifs bien élevés.

— Allez vous faire foutre, Johnny.

— Et qui ont du cran. »

Johnny sortit de l'ascenseur et parcourut à grandes enjambées le couloir qui menait au 1A, le seul studio assez grand pour l'ensemble à cordes qu'il voulait. Il entra en trombe et se dirigea tout droit vers le blond grisonnant qui se trouvait à l'autre bout de la salle. Il portait un costume en tweed et des lunettes à monture d'écaille dont l'un des verres était si épais que son œil paraissait bizarre. Une carrure de joueur de football, inattendue chez un type avec une baguette de chef d'orchestre. On aurait dit un brave directeur d'école dans un film. Johnny et Cy Milner firent connaissance en échangeant à peine quelques mots. Johnny indiqua le microphone du pouce et Milner hocha la tête.

Milner marmonna des instructions à son ingénieur du son, puis monta sur le podium. Les musiciens prirent leurs instruments. Milner enleva sa veste, leva ses bras musclés et donna un coup de baguette. Johnny était devant le micro, prêt à se lancer.

« Allez-y, messieurs », dit-il. Ce furent ses seuls mots.

Johnny attaqua en force dès la première note et la musique de l'orchestre – des gens d'Eddie Neils, uniquement – s'éleva voluptueusement derrière lui. Comme au bon vieux temps. Il avait l'impression de voler au-dessus de la chanson. Il n'avait pas perdu la main. C'était comme le vélo.

À la fin, les gens qui se trouvaient dans la cabine applaudirent en silence.

Milner s'assit sur un tabouret. Johnny lui demanda ce qu'il en pensait. Milner lui répondit qu'il réfléchissait. Johnny lui demanda s'ils devaient la refaire, à son avis. Le chef ne répondit rien. Il se contenta de se mettre debout en levant les bras. Ils refirent la prise. Milner se rassit et se mit à prendre des notes.

« Que faites-vous ? »

Le chef secoua la tête sans répondre. Johnny regarda Phil, qui comprit le message et les fit tous venir dans la cabine.

« On vire les deux tiers de l'orchestre », dit Milner.

Pas même de « on pourrait », « ce serait peut-être une bonne idée », non, juste cette déclaration sans appel. Johnny s'énerva. C'était exactement le genre d'orchestre qu'il avait utilisé sur ses plus grands succès, exactement ce que les gens avaient envie d'entendre.

Milner tint bon et avala la tirade de Johnny d'un air impassible. Puis il tendit à Phil un bout de papier. C'était la liste des musiciens à supprimer de la pointeuse et à renvoyer chez eux. Phil haussa un sourcil, puis il se montra lui-même du doigt. Milner dit qu'il se fichait de savoir qui s'en occupait.

« Et puis merde, soupira Johnny. Faites ce que vous avez à faire. » Il se laissa lourdement tomber sur un fauteuil en cuir.

Milner se chargea en personne d'envoyer promener les musiciens. Johnny passa en revue la liste des chansons qu'il avait choisies, compara les arrangements signés de Neils et ceux de Milner. Ceux de Milner étaient écrits à la va-vite et parsemés de notes tout juste griffonnées. Où était le bon vieux temps ?

Quelques instants plus tard, Johnny se replaçait derrière le microphone, contemplant la partition posée devant lui sur le pupitre. Celle de Milner, cette fois. Un vieux morceau de Cole Porter qu'il avait déjà enregistré une fois, il y avait de ça des lustres. Il était partagé entre l'envie de tuer Milner et celle de l'embrasser. Il rêvait de prouver qu'il avait tort. Il priait le ciel qu'il eût raison.

Ceux qui avaient eu l'occasion de voir Johnny Fontane chanter dans des clubs ou même enregistrer dix ans plus tôt n'auraient pas reconnu l'homme replié sur lui-même qui broyait du noir en respirant calmement derrière le microphone. Les musiciens restants reprirent leur place. L'ingénieur demanda que l'on vérifie le micro. Les techniciens étaient en train de s'affairer quand un jeune stagiaire entra et demanda où il devait poser le thé de Mr Fontane. Johnny lui indiqua où le mettre sans mot dire, se balançant lentement sur place, gardant les yeux rivés sur la partition sans pour autant la regarder. Tout cela ne prit que quelques instants, mais Johnny eut l'impression que ça avait duré à la fois des heures et moins d'une fraction de seconde. Il ferma les yeux. La dernière fois qu'il avait chanté ce morceau, sa voix était aussi claire que de l'eau de source et pour autant qu'il pouvait en juger, à peu près aussi passionnante.

Johnny s'aperçut à peine que le morceau débutait. Il contrôlait si bien sa respiration après tout ce temps passé dans la piscine qu'il se rendait à peine compte qu'il chantait. Les arrangements étaient insaisissables, toujours justes, se faisant discrets quand il fallait sans avoir besoin qu'on le leur rappelle. Passé le premier couplet, Johnny n'avait plus conscience que du vagabond de la chanson qui essayait de se convaincre à coups de boutades et de belles phrases qu'il pourrait survivre sans la femme qui l'avait quitté. Au premier refrain, il était ce vagabond. Il ne chantait pas pour ceux qui l'entendraient peut-être, dans ce studio, à la radio, dans le secret de leur salon, aux côtés d'une bouteille de whisky qui se vidait bien plus vite qu'elle n'aurait dû. Il se chantait la chanson à lui-même et pour lui-même, prononçant des vérités si intimes, si brûlantes qu'elles auraient pu transpercer une pierre.

Quiconque écoutait réellement le morceau en était réduit à songer aux belles formules et aux faux-semblants qu'inspirait l'amour perdu, à ces flots de reproches que l'on déverse sur tous ceux qui ont la sagesse de vous quitter, avant de sombrer dans le désespoir.

Le morceau s'acheva.

Milner baissa sa baguette et regarda l'ingénieur du son, qui hocha la tête. Tous les gens qui se trouvaient dans le studio – y compris l'orchestre épuré – applaudirent à tout rompre. Milner se dirigea vers la cabine.

Johnny s'écarta du microphone. Il regarda le visage souriant de tous ces béni-oui-oui. Milner sortit de la cabine et commença à réajuster les micros. Il ne dit pas un mot. À cette façon qu'il avait de parler peu, mais suffisamment pour se faire comprendre, on aurait juré un Sicilien.

« Non, dit Johnny. Je vous remercie tous infiniment, mais non. Vous avez été super, les gars, mais moi, je peux faire mieux. On réessaie, d'accord ? »

Milner réajusta un autre micro.

« Dites-moi, Cy, la huitième mesure, vous pouvez me la faire à la Puccini ? » demanda Johnny.

Milner extirpa de la poche de sa chemise un bout de papier froissé qui ressemblait à un ticket de teinturier, s'assit sur le tabouret de piano, griffonna quelques notes et donna quelques brèves instructions à divers musiciens de l'orchestre.

Johnny n'était pas prêt de retravailler avec Eddie Neils.

Il était parti loin avec cette chanson, ailleurs, quelque part, et il pouvait y retourner, il en avait la certitude, aller plus loin encore, plus profond et recommencer une dizaine de fois. Il pouvait remplir tout un 33 tours de chansons qui arracheraient les gens à leur existence, creuseraient plus profond en eux, et – soudain l'idée lui vint – inscrire ces morceaux dans une continuité comme Les Alley à l'époque où Johnny chantait pour lui, mais le tout sur un seul disque, pour que tous les titres entrent en résonance dans une mesure jamais atteinte, même par les meilleurs jazzmen.

Phil Ornstein continuait à féliciter tout le monde. Philly n'allait pas être content de les voir passer toute une séance sur ce seul morceau, mais tant pis. Johnny Fontane était prêt à défier n'importe qui de lui montrer un magasin de disques où les clients entraient en demandant les nouveautés de National Records. Ce qu'ils voulaient, c'étaient les chansons. Les chanteurs.

Milner monta sur le podium. Ses lunettes donnaient l'impression qu'il avait son œil normal fixé sur l'orchestre et l'autre, l'énorme, posé sur Johnny. Ce dernier baissa le regard et ils recommencèrent.

À la huitième mesure, le fantôme de Puccini ouvrit une brèche plus profonde encore dans le morceau et Johnny emplit ses poumons et s'y engouffra d'un coup.

Pendant la première heure de vol, Michael et Kay restèrent relativement silencieux. Kay s'émerveilla devant la beauté saisissante du désert, la comparant aux tableaux de peintres abstraits que Michael aurait dû connaître, il le savait. Il feignit de voir de qui il s'agissait et elle passa un moment à parler d'art tandis qu'il se demandait pourquoi il ne s'était pas montré honnête sur une question aussi banale.

Michael lui demanda si l'installation se passait bien. Kay faillit lui parler de ce jour de la semaine précédente où les Clemenza avaient débarqué dans l'ancienne maison de ses parents, qu'ils avaient déjà rachetée, et trouvé Carmela Corleone à la fenêtre du cabinet de travail de son mari, où elle n'avait quasiment jamais mis les pieds du temps de son vivant. Elle marmonnait des prières en latin, complètement ivre. *C'est chez moi, ici*, avait-elle annoncé. *Hors de question que j'aille m'installer dans le désert.* Il l'apprendrait suffisamment tôt. Qu'est-ce qu'elle croyait ? Il devait déjà être au courant. « Ça va, répondit Kay. Connie m'aide beaucoup. »

Même ce commentaire apparemment neutre était lourd de sens. Michael ne réagit pas à cette allusion à sa sœur, mais il savait que Connie lui en voulait toujours de la mort de son mari, Carlo, bien qu'un procureur qu'il avait connu à Guadalcanal eût imputé le meurtre à un sous-fifre de Barzini.

« C'est étrange, dit Kay après un nouveau silence interminable. De survoler le désert dans un hydravion. »

De toutes parts, d'immenses étendues solitaires et inhabitées de sable et de broussailles s'étendaient à perte de vue. Au bout d'un moment, vers le nord, des masses qui s'avérèrent être des montagnes surgirent peu à peu des brumes.

« Comment vont les enfants ? demanda enfin Michael.

— Tu les as vus ce matin », répondit Kay. Mary, qui avait deux ans, avait crié « Papa, papa » sur tous les tons quand ils étaient partis. Anthony, qui l'année suivante, à la même époque, irait au jardin d'enfants, était par terre, caché sous un carton, et regardait la télévision par un trou. C'était une émission où des personnages de terre glaise se trouvaient confrontés aux problèmes de l'existence : la tentation de ne pas partager son wagon rouge ou la vertu qu'il y avait à admettre son rôle dans la pulvérisation de la lampe à coudre de maman. Il y avait fort à parier que le petit bonhomme de terre glaise ne devrait jamais faire face à l'assassinat de deux de ses oncles. Son papa en gilet de terre glaise ne serait jamais qualifié de « figure présumée de la pègre » par le *New York Times*. Son svelte grand-père de terre glaise ne tomberait probablement pas mort à ses pieds. « Comment les as-tu trouvés ?

— Ils m'ont l'air en pleine forme. Est-ce qu'ils se sont déjà fait des amis dans le quartier ?

— J'en suis encore à déballer les cartons, Michael. Je n'ai pas eu le temps...

— Bien sûr, dit-il. Ce n'est pas une critique. »

Il était suffisamment proche de l'espace aérien de Reno pour s'enregistrer auprès de la tour de contrôle.

« Tes parents ont fait bon voyage ? s'enquit-il.

— Oui. » Son père avait enseigné assez longtemps la théologie à Dartmouth pour toucher une petite pension qui venait s'ajouter à celle qu'il recevait depuis qu'il avait pris sa retraite de pasteur cinq ans auparavant. Avec la mère de Kay, ils avaient acheté une caravane, projetant de voyager à travers les États-Unis. Ils étaient arrivés la veille pour aider Kay à arranger la maison et voir leurs petits-enfants. « Ils ont dit que le camping était si agréable qu'ils n'étaient pas sûrs de vouloir en repartir. » Le Castle in the Sand avait son propre camp de caravaning.

« Ils peuvent rester autant qu'ils le veulent.

— Je plaisantais, dit-elle. Alors, qu'as-tu prévu ? Qu'y a-t-il à faire à Tahoe ?

— Que dirais-tu d'un dîner et un cinéma ?

— Il n'est même pas onze heures.

— Un déjeuner et un cinéma. En matinée. On doit bien pouvoir trouver une matinée.

— Bon, bon, d'accord. Oh Michael, regarde comme c'est beau ! »

Le lac, bien plus grand que Kay ne l'avait imaginé, était parsemé de bateaux de pêche et encerclé de montagnes. La majeure partie de ses berges étaient bordées d'une forêt dense de pins sombres. La surface de l'eau était aussi lisse qu'une table laquée.

« C'est vrai. Je ne connais pas de plus bel endroit. »

Il jeta un œil vers elle. Elle se retournait sur son siège, tendant le cou pour admirer la splendeur qui s'offrait peu à peu à leurs yeux à mesure qu'ils descendaient. Elle avait l'air heureuse.

Michael survola le rivage à basse altitude et vint se poser non loin d'un quai et d'un hangar à bateaux. Il n'y avait apparemment rien d'autre aux alentours qu'une forêt et une clairière sur une langue de terre qui s'avançait dans la mer.

« On n'est pas tout près de la ville, dit Kay.

— Je connais un endroit fabuleux pour déjeuner, juste à côté d'ici. »

L'hydravion s'approchait du quai quand trois hommes en costume sombre émergèrent des bois.

Kay retint son souffle et se recula sur son siège. Ils apparurent sur le quai et elle appela son mari.

Michael secoua la tête. Le sous-entendu était clair : *Ne t'en fais pas. Ils travaillent pour moi.*

Les hommes grimpèrent sur les flotteurs et amarrèrent l'hydravion au quai. Leur chef était Tommy Neri, le neveu d'Al. Al – qui dans son ancien uniforme de la police de New York avait vidé le chargeur d'un revolver de service dans la poitrine de Don Emilio Barzini et éviscéré le principal homme de main de Philip Tattaglia avec un couteau à steak provenant de la cuisine de ce dernier avant de pisser dans sa cavité abdominale encore fumante – était responsable de la sécurité de tous les hôtels que contrôlait la Famille. Tout comme Al, Tommy avait été un flic new-yorkais. Les trois avaient l'air tout juste sortis du lycée. Ils ne prononcèrent quasiment pas un mot et regagnèrent la forêt.

Quand ils repartirent, Kay se tourna vers Michael au pied du quai. La scène appelait une multitude de commentaires mais s'en passait tout aussi bien.

« Attends-moi là », dit Michael. Il se passa la main sur le visage, du côté où il avait été démoli, un geste sans doute inconscient qui trahissait chez lui l'inquiétude. Après avoir été tabassé par ce flic, il était resté des années durant sans rien faire, passant son temps à se moucher et se plaindre d'être défiguré, jusqu'au jour où il s'était fait opérer pour Kay, ce qui avait amélioré les choses, sans qu'il redevienne exactement comme avant, sans que jamais plus il ne redevienne celui qu'il avait été. Elle ne le lui avait jamais dit.

Il alla vers la porte du hangar, attrapa une clef sur le rebord d'une fenêtre et entra.

Kay aurait voulu lui demander à qui appartenait ce hangar, mais elle hésitait. Ce qui la retenait, ce n'était pas la peur de sa réponse, mais le fait qu'il ne veuille pas s'entendre poser cette question.

Quelques instants plus tard, il réapparut en brandissant une douzaine de roses. Elle fit un pas en arrière. Puis elle tendit la main et les prit. Ils s'embrassèrent.

« Joyeux anniversaire, dit Michael.

— Je croyais que mon cadeau c'était ce voyage.

— Ça fait partie du forfait. »

Il replongea dans le hangar et en ressortit avec une couverture de plage rayée et un énorme panier pique-nique avec une nappe à carreaux rouges. Deux longues miches de pain italien croisées comme des épées dépassaient du panier. « *Voilà !* lança-t-il. Il indiqua la clairière d'un signe de tête. « Déjeuner à la plage. »

Kay passa en premier. Elle posa les fleurs et étala la couverture.

Ils s'assirent face à face en tailleur. Ils étaient tous deux affamés et attaquèrent le repas. À un moment, Michael balança une grappe de raisin au-dessus de la tête de Kay.

« D'accord, dit-elle. Je mords. » Elle mordit un grain de raisin.

« Joli », lui dit Michael.

Elle regarda en direction de la forêt, mais les hommes avaient disparu. « Ce n'est pas ce que je voulais dire. Pas seulement. » Elle s'interrompit. Mais pourquoi ne pas lui poser la question ? Ça n'avait rien à voir avec les affaires. Il l'avait amenée là pour une balade en amoureux. Pour leur anniversaire de mariage. « D'où vient ce pique-nique ? »

Il pointa le doigt de l'autre côté du lac. « Je l'ai fait livrer.

— À qui appartient ce terrain ?

— Ce terrain ? Ici ? »

Elle fronça les sourcils.

« Oh, fit-il. Apparemment à toi.

— Apparemment ?

— Il est à toi. » Il se leva. Il sortit un bout de papier de sa poche arrière. C'était la copie d'un acte notarié. Comme tout ce qu'ils possédaient, il était au nom de Kay et non au sien. « Joyeux anniversaire », dit-il.

Kay prit ses roses. À l'idée qu'ils puissent s'offrir ce terrain en plus de la maison de Las Vegas, elle éprouvait un mélange d'effroi et d'excitation. « Une chose est sûre, tu sais comment t'y prendre avec les filles », dit-elle.

Michael savait qu'il n'aurait pas dû dire de ce terrain que c'était un cadeau d'anniversaire. Il en faisait trop. « Ton dernier cadeau », dit-il. Il posa sa main droite sur une Bible imaginaire et leva la gauche. « Je le jure. Finies les surprises. »

Elle le dévisagea. Mangea une fraise. « Tu as acheté un terrain ici sans m'en parler ? »

Il secoua la tête. « J'ai des intérêts dans une société immobilière qui l'a acheté. C'est un investissement. Je me disais qu'on pourrait faire construire ici, pour nous. Pour la famille.

— Pour la famille ?

— Oui.

— Qu'est-ce que tu entends au juste par la famille ? »

Il se retourna vers le lac. « Kay, tu dois me faire confiance. La situation est un peu délicate pour le moment, mais rien n'a changé. »

Tout a changé. Mais elle eut la sagesse de garder ça pour elle. « Tu nous fais déménager à Las Vegas et avant même qu'on ait fini de déballer les cartons, tu nous fais redéménager ici ?

— Fredo avait déjà tout préparé pour nous à Las Vegas. Mais à long terme, le lac Tahoe offre bien plus d'avantages. Pour *nous*, Kay. Tu peux collaborer avec l'architecte, construire la maison de tes rêves. Ça peut durer un an ou deux. Prends ton temps. Il faut faire les choses bien. Les enfants pourront nager dans ce lac, explorer la forêt, monter à cheval, skier. » Il se retourna vers elle. « Le jour où je t'ai demandée en mariage, je t'ai dit que si tout allait bien, d'ici cinq ans, nos affaires seraient parfaitement légales.

— Je m'en souviens, dit-elle, bien qu'il n'en eût plus jamais reparlé depuis.

— Ça tient toujours. Il a fallu mettre les choses au point, c'est vrai, et tout ne s'est pas passé comme prévu. Je n'avais pas imaginé que je perdrais mon père. Et puis il y a eu d'autres aléas. On ne peut pas s'attendre à ce que tout, dans un projet qui met en jeu des êtres humains, se déroule parfaitement. Mais... – il leva l'index – mais, on est près du but. Malgré quelques revers, on est tout, tout près du but, Kay. » Il sourit et s'agenouilla. « Las Vegas a déjà une certaine réputation. Dans tous les cas de figure, nous garderons les activités de l'hôtel et du casino. Mais le lac Tahoe, ce n'est pas pareil. C'est un endroit qui peut nous convenir à tous, et pour longtemps. Nous avons suffisamment de terrain pour construire n'importe quelle maison. Ma mère, tes parents s'ils le veulent. Il y a de la place pour tous ceux qui veulent venir. »

Il n'avait pas parlé de son frère ni de sa sœur. Kay le connaissait assez pour savoir que ce n'était vraisemblablement pas un hasard.

« Je peux circuler en hydravion et n'importe quel avion peut nous emmener à Reno, c'est à deux pas d'ici. Carson City est à moins d'une heure. San Francisco moins de trois.

— Carson City ?

— La capitale.

— Je croyais que la capitale, c'était Reno.

— C'est ce que tout le monde croit. Mais c'est Carson City.

— Tu es sûr ?

— J'y suis déjà allé pour affaires, j'ai même été au capitole. Tu veux que je te le prouve ?

— Vas-y.

— C'est Carson City, crois-moi, Kay. Comment veux-tu que je te le prouve ?

— C'est toi qui as proposé de le prouver. »

Il prit un œuf. Il le tint comme une fléchette et le lui lança.

Elle l'attrapa et d'un même élan, le lui relança. Elle rata sa cible. L'œuf passa devant lui et s'en alla ricocher sur le lac. Michael se mit à rire.

« Ça fait du bien de te voir comme ça, dit-elle.

— Comment ça ?

— Je ne peux pas t'expliquer. »

Il s'assit à côté d'elle. « Moi non plus, il y a des tas de choses que je ne peux pas t'expliquer, Kay. Ça a toujours été mon rêve, sauf que cette fois il commence sacrément à se rapprocher de la réalité : voir nos enfants grandir comme tu as grandi, toi, et non comme moi, des petits Américains qui feront ce qu'ils voudront plus tard. Tu as été élevée dans une petite ville ; eux aussi le seront. Tu es allée dans une bonne université ; eux aussi, ils le pourront.

— Toi aussi, tu es allé dans une bonne université. Meilleure que la mienne.

— Tu as été jusqu'au bout. Eux, ils n'auront aucune raison de lâcher leurs études, et encore moins pour m'aider dans les affaires. Ils ne subiront pas mon influence comme j'ai subi celle de mon père, et le fait de vivre ici y contribuera. Nous allons prendre nos distances avec la famille... »

Kay haussa un sourcil.

« Tu peux l'entendre comme ça te chante, d'accord ? La famille. Notre famille. Nous. Nous allons prendre nos distances avec tous les... » – il prit une bouteille de lait à moitié entamée et la vida d'un trait – « New York, disons. En soi, ça suffira déjà à nous mettre sur une nouvelle voie. Nos intérêts ici – ce n'est pas un État très peuplé, pas encore – nos intérêts nous donneront le moyen de réorganiser mes affaires comme je n'aurais jamais pu le faire à New York. Le plus dur est fait. Écoute-moi bien, d'ici cinq ans, la famille Corleone devrait être aussi *clean* que la Standard Oil.

— Devrait », répéta Kay.

Il soupira. Si elle était pareille à l'époque où elle enseignait, ses élèves devaient être autant à plaindre qu'à envier. « Excuse-moi de ne pas être sûr à cent pour cent. Qu'est-ce qui est sûr dans la vie ?

— La famille, tu dis ? »

Michael choisit de prendre ça comme une plaisanterie. « Que veux-tu que je fasse d'autre ? Partir ? Et quand bien même ça serait possible sans que tu te retrouves veuve, qu'est-ce je ferais ? Tu voudrais que je prenne un boulot de vendeur de chaussures tout en suivant des cours du soir pour finir mes études ? Il y a des gens qui dépendent de moi, Kay, et même si les enfants et toi, vous passez et passerez toujours en premier, il y a d'autres gens dont je dois aussi tenir compte. Fredo, Connie, ma mère, et je ne parle que de la famille proche, pas des affaires. Nous avons vendu la fabrique d'huile d'olive parce que nous avions besoin d'une somme d'argent conséquente et totalement agréée par les autorités, mais il nous reste tout de même une participation majoritaire dans toutes sortes d'activités parfaitement légales : des usines, des sociétés immobilières, des dizaines de restaurants, une chaîne de fast-foods, plusieurs journaux, des stations de radio, des agences de location, un studio de cinéma, et même une société d'investissement de Wall Street. Tous les intérêts que nous avons dans le jeu et le prêt peuvent être exploités là où c'est légal. Quant à ce que nous dépensons pour contribuer à faire élire tel ou tel politicien, c'est strictement la même chose que ce que font tous les syndicats et les grosses sociétés. Je pourrais sans doute tout arrêter et attendre tranquillement que tout ça s'écroule, que nous ayons tout perdu. *Ou alors* – il leva l'index – ou alors, je peux aussi prendre encore quelques risques mesurés et essayer de faire aboutir un projet qui est déjà réalisé, disons, à quatre-vingts pour cent. Tu sais bien que je ne peux pas te donner davantage de détails, mais je te dirai ceci, Kay : si tu veux bien me faire confiance, d'ici cinq ans, nous serons assis ici même et nous regarderons les enfants – Mary, Anthony, et peut-être un ou deux autres, nager dans le lac ; Tom Hagen, mon frère Tom, sera à deux mois de se faire élire gouverneur du grand État du Nevada, et pour la plupart des Américains, le nom de Corleone sera en passe de signifier la même chose que celui de Rockefeller ou de Carnegie. J'ai de grandes ambitions, Kay. De grandes ambitions. Et la principale raison, c'est d'abord et avant tout toi et les enfants. »

Ils rangèrent leur pique-nique. Michael siffla et Tommy Neri sortit de la forêt. Il expliqua qu'avec les autres ils avaient déjà déjeuné, mais que oui, volontiers, ils mangeraient bien un petit quelque chose.

Michael emmena Kay dans le hangar. À l'intérieur se trouvait un Chriscraft bleu lagon plaqué d'épicéa. Il tendit la main. Kay monta à bord. Elle pensait que Tommy Neri allait la suivre, mais il se contenta de détacher le canot et resta en arrière.

« Je me demandais... dit Michael en reculant pour mettre le canot à l'eau. Qu'est-ce qu'on offre traditionnellement pour un cinquième anniversaire de mariage ?

— Du bois. Tiens, d'ailleurs, j'oubliais. » Elle sortit une carte de son sac et la lui tendit.

« Vraiment ? dit-il. Du bois ?

— Vraiment, répondit-elle. Ouvre. »

Michael sourit en montrant du doigt les rives bordées d'arbres du lac. « Regarde, dit-il. Du bois.

— Ouvre la carte », lui dit-elle.

Quand il l'ouvrit, une brochure s'en échappa et tomba par terre. Il la ramassa.

« Regarde. Des bois. »

Ça venait de la boutique d'un country club de Las Vegas.

« Des bois et des fers, les deux. Je t'ai pris un jeu de clubs de golf », dit-elle. Elle serra le biceps de son bras droit. « Tu devras aller là-bas pour qu'on prenne tes mesures.

— Le golf, hein ?

— Ça ne te plaît pas ? Tu n'as pas envie de t'y mettre ?

— Mais si, dit-il en se passant la main sur le côté du visage. C'est parfait. Le golf. Comme tous les bons cadres supérieurs américains. Je suis ravi. Vraiment. »

Michael démarra le canot et ils mirent le cap sur la ville, de l'autre côté du lac. Kay se glissa à côté de lui sur la banquette et il enroula son bras autour d'elle. Il traversa tout le lac à plein gaz. Elle posa la tête sur son épaule et resta ainsi pendant les vingt minutes que dura le trajet.

« Merci, dit-elle une fois arrivés. Tout ça me plaît beaucoup. Ton projet me plaît beaucoup. » Elle se pencha vers lui « Et... »

Elle l'embrassa. D'habitude, Michael n'aimait pas montrer ses émotions en public, mais ce baiser provoqua en lui comme une décharge et quand elle voulut se reculer, il la retint pour continuer à l'embrasser avec plus de fougue encore.

Lorsqu'enfin ils se séparèrent, hors d'haleine, ils entendirent des applaudissements. C'était deux adolescents sur le rivage. Chacun avec une fille. Les filles s'excusèrent. « Ils sont débiles, dit l'une.

— On ne peut pas les sortir », dit l'autre.

À voir leur tenue, ils avaient l'air de sortir de l'église.

« Inutile de vous excuser, dit Michael. Dites, est-ce qu'il y a un cinéma par ici ? »

Les filles lui indiquèrent le chemin. Les garçons étaient restés en arrière et riaient en se donnant des coups de poing dans le bras.

« J'allais dire... dit Kay.

— Que tu m'aimes, dit Michael.

— Tu ne vaux pas mieux que ces gamins, dit-elle. Et toi aussi, tu m'aimes. »

Le cinéma était fermé. Le film à l'affiche était une des productions de la société de Johnny Fontane, qui appartenait à soixante pour cent à une firme basée au Delaware dont les parts étaient détenues par des prête-noms de la famille Corleone. Un jour ou l'autre, Michael finirait par racheter le tout (pour un prix symbolique). Si tant est que ça en vaille la peine. La société de production avait été autrefois relativement rentable. Johnny Fontane ne tenait aucun rôle dans le film, comme dans la plupart de ceux qui étaient sortis récemment. Michael toqua à la vitre.

« C'est fermé, Michael. »

Il fit non de la tête. Il frappa plus fort. Un monsieur chauve en chemise western et salopette ne tarda pas à apparaître dans le hall et les informa que c'était fermé en mimant les syllabes des lèvres. Michael secoua la tête et frappa à nouveau. L'homme s'approcha de la vitre. « Désolé, monsieur. Le dimanche, il n'y a qu'une séance, à sept heures et demie. »

Michael lui fit signe d'ouvrir la porte et ce dernier s'exécuta.

« Je comprends, dit Michael. Mais c'est qu'avec ma femme, on se fait une virée en amoureux et – il se retourna pour jeter un œil à l'affiche – Dick Sanders est une de ses stars préférées au monde, n'est-ce pas, chérie ?

— C'est vrai, oui.

— Eh bien, vous pouvez le voir ce soir. Sept heures et demie. »

Michael regarda la main gauche de l'homme. « Mais voyez-vous, il faut que nous soyons rentrés chez nous avant sept heures et demie, et aujourd'hui, c'est notre anniversaire de mariage. Le cinquième. Vous savez comment c'est, hein ?

— Je suis le propriétaire, dit-il. Pas le projectionniste.

— Votre temps est d'autant plus précieux. Il ne me viendrait pas à l'idée de vous demander de rendre un pareil service pour un parfait inconnu. Mais vous savez faire fonctionner le projecteur, n'est-ce pas ?

— Évidemment.

— Puis-je vous dire un mot, en ce cas ? Seul à seul ? Je n'en ai que pour une seconde, pas plus. »

Le monsieur roula des yeux au plafond, mais Kay voyait bien qu'il était ébranlé par le regard froid de Michael. Il le fit entrer. Ils échangèrent quelques mots à voix basse. Quelques instants plus tard, Michael et Kay étaient assis dans la rangée du milieu et le film commençait. « Qu'est-ce que tu lui as dit ?

— Il s'avère que nous avons des amis communs. »

Au bout de quelques minutes, alors que les héros du film tombaient littéralement l'un sur l'autre dans un Paris en Technicolor reconstitué en studio, le propriétaire du cinéma leur apporta deux sodas et un pot de pop-corn tout juste sorti de la machine. Les deux héros du film se prenaient aussitôt mutuellement en grippe, laissant présager une suite aussi insipide qu'inéluctable qui les verrait tomber amoureux l'un de l'autre. Kay et Michael commencèrent bientôt à se peloter dans le noir comme des gamins. Ils ne pouvaient pas partir, pas après avoir demandé au propriétaire de leur projeter le film en privé. Ils continuèrent à se caresser. Ils y mettaient de plus en plus d'ardeur. « Regarde, chuchota Kay en empoignant sa bite. Du bois. »

Michael éclata de rire.

« Chut, fit Kay.

— Nous sommes seuls, dit Michael. Tout seuls. »

Un an auparavant, l'un des deux hommes qui faisaient les cent pas près du comptoir de contrôle des billets de la porte 10B de l'aéroport de Detroit, était encore un coiffeur de Court Street à Brooklyn qui jouait les bookmakers pour arrondir ses fins de mois et rendait compte à un type qui rendait compte à un type qui rendait compte à Pete Clemenza. L'autre était un chevrier des environs de Prizzi, en Sicile. Au cours des dernières années, la loyauté, les promotions récoltées sur les champs de bataille et une franche pénurie de main-d'œuvre les avaient amenés à monter en grade plus rapidement qu'ils n'auraient jamais pu le faire en temps de paix. Le coiffeur était de la troisième génération et parlait très mal italien ; le chevrier ne maîtrisait pas encore l'anglais. L'embarquement du vol de Las Vegas commençait. Il n'y avait aucun signe de Fredo Corleone. Le chevrier colla un téléphone fantôme à son oreille. Le coiffeur poussa un soupir et hocha la tête. Il n'avait pas le choix. Il se dirigea vers un téléphone public et laissa tomber des pièces dans la fente.

« Secrétariat », dit la voix de Las Vegas. La rumeur courait que les filles du secrétariat téléphonique, celui-ci comme celui de Brooklyn, étaient des nièces de Rocco Lampone, toutes aussi sublimes les unes que les autres, mais personne ne les avait jamais vues ni n'en était sûr.

« C'est Mr Barbier, dit-il.

— Bien, monsieur. Et quel est votre message, Mr Barbier ?

— Nos bagages ont été égarés. » Il faillit dire *perdu*, mais perdu aurait été interprété comme *assassiné*. « Ils ne seront pas sur le vol prévu.

— Bien, monsieur. C'est tout ? »

Est-ce que c'était tout ? Quand Don Corleone apprendrait que les nouveaux gardes du corps de Fredo l'avaient perdu dans un casino au fin fond de Detroit, là pour sûr, ce serait tout. « Dites juste que Mr Barbier et... » Le coiffeur eut un trou. Comment disait-on chèvre en italien ? Il posa la main sur le combiné. Le chevrier se servait un café à l'autre bout de la salle. *Come si dice* 'chèvre' ?

— *La capra* », répondit le chevrier en secouant la tête.

Comme si en ayant grandi dans Court Street le coiffeur avait jamais vu une chèvre, comme s'il avait jamais eu l'occasion d'apprendre ce mot à la con. « Mr Capra et moi-même les cherchons. Nous espérons prendre le prochain vol, avec les bagages.

— Bien, monsieur. Merci, monsieur. »

Sandra Corleone gara son break Roadmaster sur la pelouse à proximité de la résidence universitaire de Francesca.

« Enfin, maman », protesta Francesca. Elle enfila son nouvel imperméable dernier cri. « Tu ne vas tout de même pas te garer là. »

Toutes les autres voitures s'entassaient le long du trottoir et sur l'aire de livraison.

« Je suis sûr que ça ne pose aucun problème », répliqua Sandra qui éteignit le moteur et passa le bras par-dessus le siège pour réveiller Kathy. Comme pour confirmer ses dires, deux autres voitures l'imitèrent. « Il faut bien que les gens puissent se garer quelque part. »

Elles ouvrirent le hayon et Kathy empila dans les bras de Francesca et de Sandra un monceau de cartons qui provenaient tous du magasin de spiritueux du fiancé de leur mère. La plupart des autres étudiants avaient des cartons de déménagement ou des malles de voyage. Kathy se contenta de prendre un ventilateur de bureau et la radio en bakélite de sa sœur. « Il faut bien que quelqu'un ouvre la porte », dit-elle.

Les portes d'entrée étaient grandes ouvertes. Kathy se chargea d'appeler l'ascenseur. Déjà, sa mère était trempée de sueur. Elle posa ses cartons dans l'ascenseur. « Ça va, lâcha-t-elle, si essoufflée qu'elle était incapable d'en dire plus. Elle avait trente-sept ans, elle n'était plus toute jeune et elle avait pas mal grossi depuis qu'ils s'étaient installés en Floride.

« Non, mais je rêve, comment peux-tu laisser maman porter ce qu'il y a de plus lourd ? dit Francesca.

— Je me sens patraque. » Kathy esquissa un sourire narquois. « Non, mais je rêve, comment peux-tu porter un imperméable ?

— On ne sait jamais quand il peut se mettre à pleuvoir », répondit Francesca. Kathy savait pertinemment que c'était la tenue de rigueur. Francesca était en corsaire. Si elles n'étaient pas en robe, les étudiantes étaient censées se couvrir. La plupart choisissaient l'imperméable, avait-on expliqué à Francesca lors des journées d'accueil des première année. La tenue de rigueur ne s'appliquait probablement pas le jour de l'emménagement, mais Francesca ne voulait prendre aucun risque. Elle était du genre à se conformer aux règlements.

Quand elles arrivèrent dans la chambre de Francesca, Kathy posa le ventilateur et la radio, se laissa tomber sur le matelas nu d'un des lits jumeaux, se recroquevilla, se prit le ventre à deux mains et se mit à gémir.

Francesca leva les yeux au ciel. Il lui arrivait si rarement d'avoir des crampes qu'elle était plus que sceptique de voir sa sœur s'en plaindre continuellement. Mais il ne servait à rien de protester, Kathy était désespérante.

« Où sont les draps ? demanda Sandra.

— Sur l'autre lit, répondit Francesca.

— Pas ceux-là. » Elle sortit une lime à ongles et entreprit d'ouvrir les cartons. Francesca fit un voyage toute seule et quand elle remonta, elle trouva le lit fait avec des draps roses et Kathy adossée contre les oreillers des deux lits, le ventilateur orienté vers elle, les yeux fermés, un linge mouillé sur le front, écoutant du jazz à la radio en sirotant un Coca avec une paille.

« Où as-tu trouvé le Coca ?

— C'est la responsable de la résidence qui l'a apporté, dit Sandra. Pour te souhaiter la bienvenue.

— Je me suis fait passer pour toi », murmura Kathy.

Pendant une fraction de seconde, Francesca fut hors d'elle. Mais ce n'était peut-être pas une mauvaise idée. Et après tout ce n'était qu'un Coca. Quant au fait que Kathy se soit fait passer pour elle, ça avait le mérite de l'efficacité et, à long terme, il était peu probable que ça lui attire des ennuis. Elle reconnaissait bien là sa sœur. « Merci », dit Francesca.

Kathy fit un geste de la main. « Il n'y a pas de quoi.

— C'est ça, oui. Et tu as l'intention de le partager, ce Coca ?

— C'est Charles Mingus, là.

— Formidable. Tu as l'intention de le partager, oui ou non ? »

Kathy le lui tendit. « C'est Charles Mingus à la contrebasse. Sensass, hein ? »

Francesca ôta la paille et s'efforça d'avaler autant de Coca que possible, espérant le vider, mais le gaz qui lui remontait dans le nez finit par avoir raison d'elle et elle rendit la bouteille à sa sœur.

Au voyage suivant, sa mère passa la tête dans le salon de la résidence, s'empara d'une chaise en bois à l'air fragile et fit signe à sa fille de la suivre dans un couloir sombre qui menait à la porte latérale. Les cours ne commençaient que le mardi suivant et, grâce à sa mère, Francesca avait déjà violé deux règles d'or qui lui avaient été exposées lors des journées d'accueil – *Ne jamais laisser la porte latérale ouverte* et *Ne jamais prendre de meubles dans le salon*. Naturellement, d'autres filles et leurs parents en profitèrent aussitôt.

Sandra prit trois gros cartons. Elle pouvait à peine marcher. Francesca posa son chargement sur les marches qui menaient à la porte latérale pour attendre sa mère.

« Pourquoi avoir refusé d'aller dans une université de jeunes filles ? » lança Sandra Corleone, à bout de souffle, en montrant de la tête le bâtiment d'à côté, où des dizaines de jeunes gens accompagnés de leurs parents emménageaient. Sa mère avait la voix qui portait. « Comme ta sœur ? »

La robe d'été de sa mère était tellement trempée de sueur que, par endroits, Francesca distinguait son soutien-gorge et sa culotte sombre. Sandra n'avait rien d'une sylphide, soit, mais ses dessous paraissaient exagérément gigantesques. « Comment vas-tu faire pour décharger les affaires de Kathy toute seule ?

— Ne t'inquiète pas pour Kathy. Ça ira. Tu sais, on ne nous avait pas dit que la résidence des garçons serait juste à côté. » Sa voix se fit plus tonitruante encore. « Ça ne me dit rien qui vaille. »

Elles devaient attirer les regards, Francesca en était sûre. Elle fut tentée de reprendre sa mère et de rectifier *la résidence des étudiants*, mais ça n'aurait fait qu'aggraver les choses.

Au voyage suivant, sa mère prit moins de cartons. Mais arrivée devant la porte latérale, elle soufflait comme un bœuf et fut de nouveau forcée de faire une pause. Elle se laissa tomber sur la chaise en bois, qui émit un craquement. Les gens qui vont s'installer en Floride sont censés passer leur temps au soleil et perdre des kilos pour faire de l'effet sur la plage et les courts de tennis. Or sa mère grossissait à vue d'œil. Cet été-là, Francesca avait surpris Stan le Caviste pincer les fesses de Sandra en lui disant « J'aime ton croupion. » Elle frémit.

« Comment peux-tu avoir froid ? lui demanda sa mère.

— Je n'ai pas froid.

— Tu es malade ? »

Elle regarda sa mère au bord de l'apoplexie sur cette chaise qui ployait visiblement sous le fardeau. « Non, répondit Francesca. Ça va.

— Juste à côté, répéta sa mère en montrant la résidence des étudiants du pouce, cette fois. Tu y crois, toi ? Parce que moi, je n'y crois pas. »

Elle parlait si fort que Francesca avait la certitude qu'on l'entendait de la résidence des étudiants. « C'est une excellente université, maman, d'accord ? » Elle tendit la main pour aider sa mère à se lever. « Allez. »

Quand elles arriveraient à Barnard, Francesca le savait, Kathy n'aurait droit qu'à « Pourquoi avoir choisi d'aller aussi loin de la maison ? » Quoi qu'elle fasse, Francesca s'entendait reprocher de ne pas s'inspirer davantage de l'exemple de sa sœur et vice-versa. Avant le bal de la fête annuelle du lycée, sa mère avait pris Francesca à part pour lui vanter les mérites du petit copain de Kathy, que celle-ci avait plaqué le soir même. Sur ce, Francesca avait invité le petit copain en question au bal de Sadie Hawkins. Le lendemain, sa mère avait entrepris d'inventorier tous ses défauts. *Il a changé*, avait dit Sandra. *Ça crève les yeux*.

Francesca fit un autre voyage toute seule. Ce n'est qu'alors qu'elle remarqua le nombre de portes ornées de lettres grecques. Sa mère et Kathy l'avaient dissuadée de venir la semaine précédente, à temps pour la campagne de recrutement du club des étudiantes – sa mère parce qu'elle avait décrété qu'il était plus simple de ne faire qu'une fournée et d'embarquer tout le monde pour une joyeuse virée, et Kathy parce qu'elle estimait que les clubs d'étudiantes étaient réservés aux bourges pimbêches, aux salopes et aux blondes demeurées, mais n'étaient pas pour sa sœur, qui avait déjà une famille et n'avait aucun besoin de jouer les sœurs d'une bande de salopes de bourges blondes demeurées. Francesca avait rétorqué que ça réglait la question : elle se présenterait. Mais elle ne l'avait pas fait. Et ce n'est qu'à présent qu'elle se rendait compte que les amitiés qui s'étaient liées la semaine précédente la renvoyaient peut-être déjà dans le clan des perdants, des exclus, la *singularisaient*.

Quand elle revint dans sa chambre, sa mère avait ouvert les cartons et les valises et commencé à tout ranger. Elle avait également sorti une petite image de la madone et une série de cornes de taureau rouges, que Francesca avait l'intention de faire disparaître dès que sa mère aurait le dos tourné. « Tu n'as pas besoin de faire ça, lui dit Francesca.

— Bah, dit Sandra. Ça ne me dérange pas.

— Sincèrement, je peux m'en occuper. »

Kathy se mit à rire. « Pourquoi ne pas simplement lui dire que tu n'aimes pas qu'elle fouille dans tes trucs ?

— Je n'aime pas que tu fouilles dans mes trucs, maman.

— Je fouille bien dans tes *trucs* à la maison. Tes *trucs* ? J'espère que cette excellente université t'apprendra à ne pas parler comme un de ces pouilleux de beatnik. Quoi qu'il en soit, qu'essaies-tu de me cacher ?

— Rien. » *Beatnik* ? « Et au cas où tu ne l'aurais pas remarqué, on n'est pas à la maison. »

Sandra leva les yeux comme surprise par un vacarme soudain. Puis elle s'assit au bureau de Francesca et éclata en sanglots.

« Ça y est, tu as réussi, soupira Kathy en se redressant.

— Tu n'arranges pas les choses.

— Ce n'est pas à toi que je parlais », répondit Kathy et naturellement, elle avait raison : il n'y a pas que les bâillements et les rires qui sont contagieux.

Les larmes montèrent aux yeux des jumelles, qui éclatèrent elles aussi en sanglots. Elles se blottirent toutes les trois sur le lit. L'année avait été cauchemardesque. L'enterrement du grand-père Vito, qui les avait tous éprouvés. Puis l'étrange disparition d'oncle Carlo. Chip, le plus gentil de la famille, qui s'était fait insulter par un gamin à l'école et avait répliqué en lui fracassant sa thermos sur le crâne. Cependant, il ne leur était arrivé qu'une seule fois de se retrouver ainsi unies, pleurant dans les bras l'une de l'autre. Ce jour-là, les filles étaient au cours de maths de Mr Chromos. Le directeur était venu les chercher et les avait emmenées dans son bureau sans aucune explication. Leur mère y était, le visage rouge et bouffi. Elle leur avait dit « C'est votre père. Il a eu un accident. » Elles s'étaient laissées tomber toutes les trois sur le canapé orange puant du directeur et étaient restées là à sangloter pendant une éternité. Et en cet instant où elles pleuraient de nouveau toutes les trois, elles ne purent sans doute s'empêcher de repenser à ce jour-là. Leurs sanglots redoublèrent, leur souffle se précipita, leur étreinte se resserra encore.

Elles finirent par se calmer. Sandra reprit sa respiration et dit « Si seulement... » Elle fut incapable de poursuivre.

On frappa sèchement à la porte. Francesca leva les yeux, pensant que ce serait là la première impression, réelle cette fois, qu'elle donnerait à la responsable de la résidence. Mais en fait c'était un couple, lui en costume bleu pastel, elle coiffée en caniche, le sourire aux lèvres, qui arboraient des badges disant BONJOUR, JE M'APPELLE, suivis de leur nom.

« Excusez-nous, dit le monsieur, dont le badge portait le nom de BOB. C'est bien la chambre 322 ? »

Le numéro était peint en noir sur la porte. Il avait même l'index dessus.

« Pardon », dit la dame. Ils avaient tous deux un accent du Sud très prononcé. Son badge indiquait BARBARA SUE (BABS). Elle regardait la madone derrière elles, le sourcil froncé. « Vous préférez peut-être qu'on revienne plus tard...

— C'est sa chambre », dit le monsieur qui s'écarta en poussant doucement une jeune fille basanée. La jeune fille gardait les yeux baissés sur ses babies.

« J'ai l'impression que nous dérangeons, dit la dame.

— Est-ce que nous vous dérangeons ? » demanda le monsieur.

Sandra Corleone se moucha. Kathy s'essuya la figure sur l'oreiller de Francesca. Francesca se servit de sa main. « Non, fit-elle. Non. Désolée. Entrez.

— Formidable, dit le monsieur. Je suis le révérend Kimball, voici ma femme, Mrs Kimball et voici notre fille Suzy. Avec un Z. Pas le diminutif de Suzanne. Juste Suzy. Dis bonjour, Suzy.

— Bonjour, dit celle-ci avant de replonger les yeux sur ses souliers.

— Nous sommes baptistes. » L'homme indiqua la madone d'un signe de tête. « Nous avons des catholiques à Foley, ceci dit, la ville d'à côté. J'ai joué au golf un jour avec le chef de leur communauté. Le père Ron. »

Francesca se présenta ainsi que sa famille en prononçant leur nom à l'américaine – même sa mère s'y était mise depuis quelque temps – et se prépara à affronter la sempiternelle question sur l'origine de son nom. Mais elle ne vint pas.

Suzy laissait son regard errer d'une sœur à l'autre, visiblement troublée.

« Oui, nous sommes jumelles, expliqua Kathy. C'est elle qui va partager votre chambre. Moi, je vais dans une autre université.

— Êtes-vous de vraies jumelles ? demanda Suzy.

— Non », répondit Kathy.

Suzy eut l'air plus troublée encore.

« Elle plaisante, la rassura Francesca. Bien sûr que nous sommes de vraies jumelles. »

Le révérend avait remarqué les cornes de taureau. Il les toucha. C'étaient des vraies. « Suzy est une Indienne, dit-il. Comme vous autres.

— Nous l'avons adoptée, murmura la dame.

— Mais pas une Seminole, dit-il en éclatant d'un rire si tonitruant que tout le monde sursauta.

— Je ne vous suis pas », dit Sandra.

Le révérend s'arrêta de rire en poussant un soupir plaintif. Suzy s'installa devant ce qui allait être son bureau et fixa les yeux sur le dessus en formica. Francesca avait envie de lui donner des fleurs, du vin, du chocolat, quelque chose qui puisse lui arracher un sourire.

« La Floride, dit le révérend. Les Seminoles sont de là-bas. » Il mima un joueur de football américain. Il se mit à rire plus bruyamment encore et s'arrêta brusquement.

« Naturellement, oui, dit Sandra. Non, je parlais du fait d'être indiennes. Nous sommes italiennes. »

Le couple échangea un regard. « Intéressant. *Interessante.*

— En effet, dit sa femme. Ce n'est pas la même chose. »

Francesca s'excusa en disant que sa mère et sa sœur devaient partir, mais qu'elle serait de retour dans une seconde pour aider Suzy à ranger ses trucs.

Sa mère broncha imperceptiblement à la mention des *trucs*,

mais elle évita naturellement de reprendre Francesca devant les Kimball.

Francesca et Kathy rejoignirent la voiture main dans la main. Ni l'une ni l'autre ne pouvaient dire un mot, et ni l'une ni l'autre n'en éprouvaient le besoin.

« Tu veux que je conduise, maman ? »

Sandra ouvrit son sac, sortit un mouchoir et les clefs, qu'elle jeta à Kathy.

« Évite de tomber enceinte », dit Kathy.

Leur mère laissa passer ce commentaire, sans même feindre de se scandaliser.

Je ne me transformerai pas en bourge pimbêche, se dit Francesca. *Pas plus qu'en blonde demeurée. Et quant à prendre une autre sœur, hors de question.* Elle étreignit la main de Kathy. « Ne t'esquinte pas les yeux à force de lire, dit Francesca.

— Ne fais rien que je ne ferais pas, répondit Kathy.

— Peut-être que je suis toi », répliqua Francesca.

C'était une vieille plaisanterie. Elles s'étaient toujours demandé comment leur mère avait pu ne pas les intervertir quand elles étaient bébés et avaient toujours été persuadées qu'elles avaient dû être confondues de temps à autre jusqu'au jour où elles avaient été en âge d'affirmer leur identité.

Elles s'embrassèrent sur la joue et Kathy monta dans la voiture.

Ce n'est que lorsque Francesca serra sa mère contre elle que Sandra trouva enfin le courage de parler. « Si seulement ton père était là pour voir ça », murmura-t-elle. Sandra fit un pas en arrière, l'air triomphal. Son regard passa de Francesca à Kathy. « Ses étudiantes. » Elle se moucha. Bruyamment.

« Papa n'aimait pas qu'on pleure, dit Francesca.

— Personne n'aime voir pleurer les siens, dit Kathy.

— Les larmes, ce n'était pas trop son genre, reprit Francesca en s'essuyant la figure sur la manche de son imperméable.

— Tu plaisantes ? protesta sa mère. Sonny ? De nous tous, c'était lui le vrai bébé. Il pleurait au cinéma. Les vieilles chansons italiennes à l'eau de rose le faisaient pleurer comme un veau. Tu ne te rappelles pas ? »

Il y avait sept ans à peine, et déjà les souvenirs de Francesca s'estompaient.

Elle suivit du regard le break qui se frayait un chemin dans l'étroite allée encombrée bordée de palmiers. Quand la voiture tourna à l'angle de la rue, Francesca articula « adieu » en silence. Elle n'avait aucun moyen d'en être sûre, mais elle aurait parié tout ce qu'elle possédait que sa sœur avait fait de même.

Chapitre 5

Nick Geraci entendit des pas résonner dans la pénombre du casino abandonné. Un homme corpulent qui boitait, avec des semelles grinçantes. « J'ai appris pour ta mère, je suis désolé, petit », lança une voix.

Geraci se leva. C'était Sal Narducci, dit le Jovial, l'ancien *consigliere* de Forlenza, vêtu d'un pull en mohair à losanges. Quand Geraci était jeune, Narducci était de ces types qui passaient leur temps assis devant le club italo-américain à fumer d'âpres cigares noirs. Le surnom était inévitable : il y avait à l'époque non loin de là un parc d'attraction dont l'entrée était flanquée d'un automate représentant une femme baptisée Sal la Joviale. Son rire enregistré faisait irrésistiblement penser à une femme qui venait de connaître l'extase de sa vie. Toutes les Sally, tous les Salvatore de Cleveland et la moitié des Al et des Sarah étaient surnommés Sal le ou la Joviale.

« Merci, dit Geraci. Elle était malade depuis un moment. Ça a presque été un soulagement. »

Narducci le serra contre lui. Avant de le relâcher, il le palpa rapidement bien qu'il eût déjà été fouillé à Detroit par les gardes du corps de Falcone et Molinari. Puis Narducci ouvrit la cloison. Sal le Jovial vit le sac, le souleva et hocha la tête. « Ça ne lui a pas fait de bien, l'Arizona ? » Il reposa le sac sans même l'ouvrir comme s'il était capable de compter les billets en les soupesant. Un demi-million en coupures de cent pèse quatre kilos six. « Loin de ce temps pourri qu'on a ici.

— Si, ça l'a vraiment aidée, répondit Geraci. Elle se plaisait, là-bas. Elle avait une piscine, tout ça. Elle avait toujours aimé nager. »

Narducci referma la cloison. « Sa famille venait de la côte, tu sais. Milazzo, comme la mienne. Moi, tu me fais pas traverser un verre de whisky à la nage. Tu y as déjà été ?

— Dans un verre de whisky ?

— À Milazzo, en Sicile.

— En Sicile, oui, à Milazzo, jamais, non. » Il avait été en Sicile la semaine précédente pour régler de petites questions personnelles avec le clan Indelicato.

Narducci posa la main sur l'épaule de Geraci. « Enfin, comme on dit, elle est mieux où elle est.

— Comme on dit, oui.

— Bon sang, regarde-toi un peu. » Narducci tâta les biceps de Geraci comme des fruits qu'il voulait acheter. « Ace Geraci ! Tu serais encore capable de tenir vingt rounds au Garden.

— Non, répondit Geraci. Dix pas plus, onze à la limite. »

Narducci se mit à rire. « Tu sais combien de blé tu m'as fait perdre pendant toutes ces années, un paquet, mon vieux. Un paquet.

— Tu aurais dû parier contre moi. C'est ce que je faisais à l'époque.

— J'ai bien essayé, répondit Narducci. Mais ces jours-là, tu gagnais à tous les coups. Et ton père ? Comment va-t-il ?

— Il tient la route. » Fausto Geraci senior était un ancien camionneur qui avait exercé des fonctions au syndicat. Lié à lui, sans jamais lui être affilié, il avait conduit des camions et rendu divers services au Juif. « Il a ma sœur avec lui. » *Et la Mexicaine à l'autre bout de Tucson dont il croit que personne ne soupçonne l'existence.* « Ça ira. Pour être franc, le travail lui manque.

— Il y a des gens qui ne supportent pas la retraite. Mais il finira par s'y faire avec le temps. »

C'est le genre de problèmes auquel Nick Geraci ne serait sans doute jamais confronté. *Tu entres vivant*, lui avait dit Vito Corleone le jour de son initiation, *tu en ressors mort.* « On y va ? demanda Geraci.

— On y va. » Narducci lui donna une claque sur les fesses et le raccompagna dans le casino. Geraci chercha du regard une issue de secours, un escalier. Au cas où.

« Quand est-ce que le casino a fermé ?

— Après l'époque de la marine italienne, répondit Narducci en parlant de la flottille de vedettes qu'ils exploitaient sur les Grands Lacs durant la prohibition. Maintenant, on a des bateaux. C'est ce qu'il y a de mieux. Aucun merdeux du coin n'a les moyens de faire une descente sur un bateau. Et puis, tes invités sont coincés sur le lac toute la soirée. Tu leur files un spectacle, t'installes quelques chambres avec des filles et puis tu les redéposes devant leur voiture. Tu leur as pris tout leur pognon et ils sont contents. »

Les Stracci possédaient d'immenses casinos sur les falaises des Jersey Palisades, mais à la connaissance de Geraci, aucune des familles de New York n'avait des bateaux de jeu de ce genre. Il envisagerait peut-être d'en lancer quelques-uns une fois que la paix serait établie et que les choses se seraient calmées.

« À part les boîtes réglementaires de Las Vegas et La Havane, on a complètement lâché les activités qu'on avait sur la terre ferme, poursuivit Narducci. Sauf en Virginie-Occidentale, ce qui ne compte pas vraiment. On peut s'acheter tout l'État pour moins que la facture de chauffage d'ici. »

Il fit entrer Geraci dans une pièce froide et humide et ouvrit la porte d'une vieille cage d'ascenseur.

« Détends-toi, petit, lui dit Narducci. Personne ne va t'assassiner, ici.

— Si tu veux que je me détende, répondit Geraci, il va falloir que tu me bordes et que tu me racontes une histoire. »

Ils entrèrent. Narducci sourit et appuya sur le bouton. Il n'avait pas tort, cependant ; Geraci avait été formé ainsi : les ascenseurs sont des pièges mortels.

« Changeons de sujet, dit Narducci. Je voulais te demander... Comment est-ce qu'un grand *cafone* comme toi a réussi la fac de droit ?

— Je connais des gens », répondit Geraci. Il avait réussi par ses propres moyens, en prenant des cours du soir, en se bougeant le cul. Mais Nick Geraci savait ce qu'il fallait répondre. « J'ai des amis.

— Des amis, répéta Narducci. C'est bien, ça, mon gars. » Il prit Geraci par l'épaule et lui frotta le dos comme un équipier de football.

La porte s'ouvrit. Geraci se prépara. Ils pénétrèrent dans un corridor sombre moquetté et encombré de chaises, de banquettes et de petites tables ciselées qui valaient sans doute une fortune. Le corridor donnait sur une salle lumineuse dallée de marbre. Une jeune infirmière rousse avança vers eux le fauteuil roulant de Vincent Forlenza, dit « le Juif ». Narducci repartit pour aller chercher Falcone et Molinari.

« *Padrino*, dit Geraci. Comment vas-tu ? » Il pouvait encore parler et avait probablement toutes ses facultés mentales, mais il ne remarcherait jamais.

« Hé, qu'est-ce qu'ils y connaissent, les docteurs ? »

Geraci embrassa Forlenza sur les joues avant de poser les lèvres sur sa bague. Forlenza l'avait tenu au-dessus des fonts baptismaux.

« Tu t'es bien débrouillé, Fausto, dit Forlenza. On m'a dit grand bien de toi.

— Merci, parrain, répondit Geraci. On a eu une passe difficile, mais on est en progrès. »

Forlenza esquissa un sourire narquois. Il ne pouvait masquer sa désapprobation, aussi légère soit-elle ; les Siciliens n'ont pas la foi des Américains dans le progrès, ils n'emploient pas ce terme comme Geraci venait de le faire.

Forlenza indiqua une table ronde à côté de la fenêtre. La tempête avait redoublé. L'infirmière poussa Forlenza vers la table. Geraci ne bougea pas d'où il était.

Narducci revint, accompagné des deux autres Dons et de leurs gardes du corps qui avaient encore l'air secoués, malgré le brin de toilette qu'ils avaient fait. Frank Falcone entra, la paupière lourde, son regard vide d'expression, presque bovin, parlant de lui-même. Comme prévu, Molinari lui avait révélé la véritable identité de Geraci. Falcone montra des tableaux de messieurs en jodhpurs et de dames corpulentes aux traits pâles coiffées de diadèmes. « Des gens que vous connaissez, Don Forlenza ?

— C'était fourni avec le casino. Anthony, Frank. Je vous présente un *amico nostro* ». Un de nos amis. Un de *mes* amis n'était qu'un associé. Un de *nos* amis était un initié. « Fausto Dominick Geraci Jr.

— Appelez-moi Nick, dit Geraci à Falcone et Molinari.

— Un bon petit gars de Cleveland, poursuivit Forlenza. Autrefois, on l'appelait l'As. Maintenant, il fait des affaires à New York. Et je suis fier d'ajouter qu'il est mon filleul.

— On s'est déjà rencontrés, dit Falcone. Plus ou moins.

— Hé, Frank. Tu permets que l'on puisse être fier de son filleul. »

Frank haussa les épaules. « Bien sûr.

— Messieurs, dit Geraci, je vous apporte les salutations de Don Corleone. »

Forlenza regarda les gardes du corps en montrant Geraci. « Allez-y, faites votre boulot. »

Geraci se laissa fouiller, bien que, naturellement, ç'eût déjà été fait à Detroit. *S'ils remettent ça encore une fois aujourd'hui, on est bon pour sortir ensemble,* se dit-il. Ce coup-ci, ils effectuèrent une fouille en règle, allant jusqu'à passer la main sous sa chemise et sous la ceinture de son caleçon pour vérifier qu'il n'avait pas de micro sur lui. Quand ils eurent fini, deux serveurs aux cheveux blancs portant des nœuds papillon noirs apportèrent un plateau en cristal de *biscotti all'uovo*, de petites coupes de fraises et de quartiers d'orange et des tasses en verre de cappuccino fumant. Ils posèrent une clochette en argent à côté de Forlenza et sortirent.

« Eux aussi étaient fournis avec la boîte. » Forlenza but une gorgée de cappuccino. « Avant toute chose, dit-il, sachez que la décision d'inviter un émissaire de Don Corleone a été prise par moi et moi seul. »

Geraci avait des doutes là-dessus mais il était impossible d'en être sûr.

« Sauf ton respect, Vincent, dit Falcone, ou – c'est comment déjà ? Geraci. Sauf votre respect, je ne peux pas m'habituer à appeler ce petit *pezzonovante* de Michael *Don Corleone.* » Falcone avait des liens avec la famille Barzini et également avec un syndicaliste de Hollywood du nom de Billy Goff que les Corleone avaient soi-disant tabassé. Pour couronner le tout, il avait fait ses classes à Chicago, sous Capone.

« Frank, dit Molinari. S'il te plaît. Ça ne mène à rien. »

Forlenza les pria de s'asseoir, ce qu'ils firent. Narducci prit place dans un fauteuil de cuir à quelques mètres de lui. Les gardes du corps s'installèrent sur un canapé adossé au mur du fond. D'elle-même, l'infirmière se leva en voyant leurs regards, tourna les talons et sortit de la pièce.

Falcone siffla discrètement. « C'est cette blouse blanche. Il suffit qu'on me mette n'importe quelle gonzesse là-dedans pour que j'aie envie de la culbuter sur un chariot, de lui remonter sa blouse et de la baiser comme un malade. À chaque fois que je vais à l'hosto, je bande en permanence, tellement qu'ils sont obligés de me faire une transfusion.

— Frank, intervint Molinari.

— Quoi ? Putain, tu comprends rien à la plaisanterie, mon vieux. »

Forlenza demanda à Molinari et Falcone comment s'était passé le mariage de la fille de Joe Zaluchi et du fils de Pete Clemenza, qui n'était pas dans les affaires à proprement parler (il construisait des centres commerciaux). Ils demandèrent de leur côté comment il se faisait qu'un gars de Cleveland ait atterri avec les Corleone. Geraci leur expliqua que lorsque sa carrière de boxeur avait commencé à battre de l'aile il s'était retrouvé coincé à New York avec femme et enfants et son parrain avait passé des coups de fil. Le visage de Falcone retrouva un semblant d'expression. Forlenza émit un toussotement qui les rappela tous aussitôt à l'ordre, but une longue gorgée d'eau et commença.

« *Sangu sciura sangu*, dit-il. Le sang réclame le sang. Ça été la ruine de notre tradition en Sicile. Une interminable spirale de vendettas y a laissé nos amis plus affaiblis que jamais en un siècle. Et pourtant ici, en Amérique, nous sommes plus prospères que jamais. Il y a suffisamment d'argent, suffisamment de pouvoir pour tout le monde. Nous avons des activités légales à Cuba et, plus particulièrement pour les familles représentées ici, au Nevada. Les bénéfices que nous pouvons en retirer ne connaissent de bornes, pour être franc, que celles de notre imagination *et...* – il leva le doigt – de cette malheureuse tradition que nous avons de nous lancer sans fin dans une course folle à la vendetta. »

Forlenza regarda le haut plafond blanc et poursuivit en sicilien, langue que comprenait Geraci sans toutefois réellement la parler. « Certains d'entre vous dans cette pièce connaissent peut-être le responsable des assassinats de New York. » Il posa tour à tour sur Geraci, Falcone et Molinari un regard d'une durée parfaitement identique, puis il avala une longue gorgée stratégique de cappuccino. « Emilio Barzini, un homme de valeur, et l'un de mes plus chers et plus vieux amis, a été tué. Philip Tattaglia est mort. » Forlenza s'interrompit pour manger un des minuscules *biscotti*, soulignant ainsi ce que sous-entendait l'absence d'éloge de ce pitoyable pleurnichard qu'était Don Tattaglia. « Tessio, le plus ancien, le plus sage *caporegime* de Michael Corleone, a été tué. Le beau-frère de Don Corleone, le père de son petit filleul a été tué. Cinq autres *amici nostri* sont morts. Que s'est-il passé ? Peut-être que l'un d'entre vous le sait. Moi pas. D'après mes sources, Barzini et Tattaglia étaient si déçus que leur trafic de drogue ne bénéficie quasiment d'aucune protection de la part des juges et des appuis politiques des Corleone qu'ils ont fini par s'en prendre à eux et, en échange, ils se sont fait assassiner. Peut-être. D'autres disent que Michael Corleone a tué Barzini et Tattaglia pour pouvoir transférer le siège de ses activités à l'ouest sans que ce déménagement soit interprété comme un signe de faiblesse. C'est une possibilité, certes. Se pourrait-il que nous assistions ici à la vengeance de la mort des fils aînés de Vito Corleone et Philip Tattaglia, il y a sept ans de ça ? Pourquoi pas ? Dans ces affaires-là, sept ans ne sont parfois qu'un battement d'ailes de papillon. À moins – il reprit un biscuit qu'il savoura sans se presser – peut-être, qui sait ? que tout ça ne soit qu'un complot de Don Stracci et Don Cuneo, dont les familles n'ont jamais eu le pouvoir des Barzini ou des Corleone, pour prendre le contrôle de New York. Cette hypothèse a été renforcée dans l'esprit de beaucoup de gens par la rapidité avec laquelle leurs pourparlers de paix ont abouti. Les journaux eux-mêmes se sont emparés de cette supposition gratuite et la propagent auprès des masses imbéciles comme si c'était une certitude. »

Ces mots suscitèrent des rires de connivence. Les histoires que rapportaient les journaux n'étaient qu'un coup monté. La zone d'influence des Stracci, c'était le New Jersey, et les Cuneo contrôlaient le nord de l'État de New York (et la plus grande laiterie de la région, ce qui avait valu à Ottilio Cuneo sont surnom de Leo Le Laitier). Il était peu probable qu'ils aient suffisamment de pouvoir ou d'ambition pour lancer une attaque contre les familles les plus puissantes.

« À moins, qui sait ? déclara Falcone en anglais, qu'ils aient tous été tués par les Corleone. »

Falcone, Geraci en avait la certitude, aurait été le premier surpris d'apprendre que dans cette exagération indignée il avait touché juste.

« Même leurs propres hommes ? » demanda Molinari. Malgré l'amitié qui le liait aux Corleone, il était plus que probable que Molinari ne savait pas non plus ce qui s'était réellement passé à New York. « Enfin, Frank. »

Falcone haussa les épaules. « Je ne sais pas. Je suis comme Vincent, je ne comprends rien à ce bordel. J'entends ce qui se dit, c'est tout. Mais ce que j'entends souvent, c'est que même si Don Vito, paix à son âme, avait juré sur sa vie qu'il ne vengerait pas la mort de son fils, l'autre là, comment il s'appelait déjà ...

— Santino, dit Geraci.

— La voix de l'étranger. » Il leva son cappuccino en un simulacre de toast. « Merci, O'Malley. C'est ça, Santino. Il avait dit qu'il ne le vengerait pas et ne chercherait même pas à en savoir plus. Nous, ce qu'on avait compris, c'est que sa *Famille* n'en ferait rien, mais voyez-vous, dans tout ça, il tenait un double langage. Tout ce qu'il voulait dire, c'est que personnellement il ne ferait rien. Vito s'est retiré du jeu pour que Michael puisse tramer sa vengeance et la mettre à exécution dès que son père serait mort.

— Excusez-moi, intervint Geraci. Il n'y a pas de double langage. Ça ne s'est pas passé comme ça.

— Écoute, Vincent, reprit Falcone, comment se fait-il que les Corleone soient la seule famille de New York représentée ici, hein ? Comment se fait-il que je me retrouve à organiser une réunion avec vous deux et un apprenti *soldato* aux ordres d'un autre ? Même votre *consigliere* n'est pas à la table.

— Il n'a jamais été question de réunion, dit Molinari. Juste d'une petite discussion entre amis. Si ça s'éclaircit, Don Forlenza nous prêtera peut-être quelques clubs, on pourra se faire un golf...

— Très confortable, ce fauteuil, dit Narducci en caressant ses accoudoirs.

— Ou encore aller pêcher en bateau, poursuivit Molinari. Peut-être même prendre un cocktail avec ta copine l'infirmière et passer l'après-midi à l'enculer allègrement. »

Falcone se rembrunit. « C'est pas mon truc, ça. *In culo ?* Pourquoi, il y en a qui disent que je fais ça ?

— J'ai touché une corde sensible, hein ? » dit Molinari.

Don Forlenza vida son cappuccino d'un trait et reposa sa tasse si brusquement qu'elle se fracassa. Autour de la table, il n'y eut aucune réaction. Personne ne fit un geste pour ramasser les débris.

Une porte s'ouvrit. Les gardes du corps se levèrent d'un bond et se mirent devant. Deux hommes de Forlenza firent leur entrée. Sal le Jovial leur fit signe de sortir. Ils disparurent.

« Nous ne sommes pas des petits malins de flics qui s'efforcent de résoudre des crimes », dit Forlenza. Il prononça « résoudre des crimes » comme s'il avait une merde de chat encore fumante dans la bouche et repassa au sicilien. « J'ai mes problèmes tout comme vous, je crois, dit-il en indiquant du geste Falcone et Molinari. Quand j'ai des ennuis à Cleveland, ça ne touche personne à New York. Ça n'y regarde personne. Ce sont mes ennuis, comme il se doit. Mais quand New York a des ennuis – ce qui ne me regarde en rien –, trop souvent, ça me crée des ennuis à moi. Les journaux regorgent de spéculations. La police a questionné et harcelé certains de nos amis qui sont totalement étrangers à la scène des crimes de New York – jusqu'à nos associés, ceux qui gèrent l'argent, qui dirigent les affaires, couvrent les investissements. Il y a des gens à Washington qui font pression sur le FBI pour qu'il retire des agents affectés à la lutte contre le communisme pour nous traquer, nous et nos intérêts. Des sénateurs menacent de suspendre les auditions. Il se peut même que le fisc s'en prenne à nos activités légales. J'ai des petits-enfants qui vont à l'université, qui achètent leur première maison, et les difficultés que j'ai rencontrées ne serait-ce que pour leur faire parvenir l'argent qui m'appartient... »

Il but une gorgée d'eau. Quand il reposa le verre avec précaution, ils suivirent sa main du regard.

« Enfin, vous voyez ce que je veux dire. Les pertes se comptent en millions de dollars et ça doit être la même chose pour vous. »

Falcone entreprit de fabriquer une petite sculpture en empilant des biscuits, des fraises, des écorces d'orange et des éclats de verre qui jonchaient la table.

« Nous avons quatre préoccupations. » À ces mots, il brandit sa main gauche en s'apprêtant à énumérer les raisons de leur inquiétude. Le geste lui était familier. Quel que soit le sujet, Forlenza avait toujours quatre raisons à offrir. Les quatre raisons pour lesquelles les juifs étaient incompris. Les quatre raisons pour lesquelles, toute fierté mise à part, Joe Louis aurait mis K.O. Rocky Marciano. Les quatre raisons pour lesquelles le veau était meilleur que l'aloyau. Si Don Forlenza était né avec deux doigts de plus, il aurait eu six raisons à offrir pour tout expliquer.

« Premièrement, dit-il, repassant à l'anglais, en pliant en arrière son index gauche avec celui de la main droite. New York. Leur faire comprendre que notre système peut résister à tout, mais pas aux querelles intestines, que pour préserver la paix fragile que nous avons acquise, il suffit de la respecter. »

Ces paroles furent accueillies par des hochements de tête approbateurs, y compris de la part de Geraci.

« Deuxièmement – le majeur, cette fois – Las Vegas. Il y a sept ans de ça, nous nous sommes tous retrouvés dans les locaux luxueux d'une banque new-yorkaise et nous avons convenu que Las Vegas resterait ouverte à tous ceux d'entre nous qui voudraient y faire des affaires. Une ville du futur où toutes les Familles pourraient agir librement. Et voilà qu'aujourd'hui les Corleone y ont établi leur siège... »

Geraci s'apprêtait à ouvrir la bouche mais Forlenza lui agita le doigt sous le nez.

« ... et que la section de Chicago s'imagine soudain qu'elle est chargée d'y faire régner la loi.

— Tête de Bite, marmonna Narducci, le regard perdu dans le lointain.

— Pour ton information, dit Falcone en ajoutant des fraises et des tessons de verre sur sa pile, sache qu'il n'aime pas trop qu'on l'appelle comme ça. » Luigi Russo, qui était à la tête de Chicago, préférait être appelé Louie. Il devait son surnom, plus pittoresque (que les journaux avaient été forcés d'abréger en « La Tête »), à une pute qui avait prétendu que la seule chose qui l'intéressait quand il couchait avec elle, c'était de lui fourrer son gros nez dans le sexe. Son corps décapité avait été rejeté un beau jour sur les rives du lac Michigan ; on n'avait jamais retrouvé sa tête.

« Et à ce propos, dit Forlenza, troisièmement – au tour de l'annulaire – Chicago. »

Geraci lança un regard à Falcone, dont les opérations n'étaient autrefois qu'une branche de la section de Chicago. Aucune réaction. Tous les éclats de verre qui jonchaient la table étaient à présent entassés devant lui.

« Quand nous nous sommes réunis, il y a sept ans, Chicago n'était pas même invité, déclara Forlenza. Vous imaginez ? »

À un moment donné, les familles de New York, désireuses de détourner d'elles les visées expansionnistes de Capone, avaient décidé que tout ce qui était à l'ouest de Chicago dépendait de Chicago. L'influence de Cleveland était encore assez présente chez Nick Geraci pour qu'il comprenne à quel point ce plan n'avait de sens qu'aux yeux d'un New-Yorkais. Capone était tombé. Il s'était ensuivi une période de violent chaos. Los Angeles et San Francisco s'étaient séparés. Le New-Yorkais Moe Greene avait imaginé Las Vegas et son rêve était devenu réalité, une ville ouverte où Chicago n'aurait pas voix au chapitre. Après le meurtre de Moe Greene, les Corleone avaient repris son casino et construit le Castle in the Sand, mais la plus puissante force de la ville était une coalition des Familles du Midwest, avec à leur tête Detroit et Cleveland. Chicago avait des intérêts dans la coalition (tout comme la Famille Corleone, mais dans une moindre mesure) et Louie avait laissé entendre qu'il souhaitait davantage de contrôle. Chicago était réunifiée et son pouvoir se renforçait de jour en jour. Avec les troubles qui agitaient New York, nombreux étaient ceux qui voyaient en Russo la figure prédominante du crime organisé aux États-Unis.

Forlenza secoua la tête d'un air incrédule. « Les Familles de New York disaient qu'elles avaient renoncé à essayer de civiliser celles de Chicago. À l'époque, on les traitait de brebis galeuses. De fous furieux.

— De chapons, intervint Molinari en faisant allusion à la traduction littérale de Capone.

— De hordes d'animaux », dit Sal le Jovial.

Falcone tapota sa pile des deux côtés pour la consolider. Elle était haute de deux mains. Il approcha la figure du monticule comme s'il essayait d'apercevoir son reflet dans les plus gros tessons.

« Et quatrièmement – le petit doigt – la drogue. » À ce mot, Forlenza se renversa sans son fauteuil roulant. Il avait l'air exténué.

« La drogue ? répéta Molinari.

— Oh là là, soupira Narducci.

— On ne va pas remettre ça », dit Falcone.

Geraci s'efforça d'éviter toute réaction.

« Oui, je sais, c'est un vieux problème, répondit Forlenza. Mais personne ne l'a jamais résolu. C'est la plus grande menace qui pèse sur notre système. Certes, si nous ne contrôlons pas le trafic, d'autres s'en chargeront, mais si...

— Si nous le contrôlons, l'interrompit Falcone, ce qui entre nous soit dit est déjà le cas, les flics, paraît-il, ne fermeront pas les yeux comme sur le jeu, les femmes, les syndicats, et ainsi de suite. Franchement, Vincent, tu ne pourrais pas changer de disque, un peu ? Ouvre les yeux. Ton truc à toi, c'était ce petit paradis – à cet instant un coup de tonnerre éclata en parfaite synchronisation avec *paradis* – de la contrebande d'alcool. C'est une belle réussite, et là, *salu'*. Mais pour ceux de ma génération, c'est la drogue. Allez savoir ce que ça sera pour la prochaine ? »

Geraci crut entendre Narducci marmonner quelque chose comme « les putes martiennes ».

« Beaucoup d'entre nous, dit Forlenza, quand nous avons prêté serment, ont juré – *juré* sur le saint de notre Famille – qu'ils ne toucheraient pas à la drogue. » Il montra le tas de biscuits, de fruits et d'éclats de verre de Falcone. « Tu fais quoi, là ?

— Je m'occupe, c'est tout. Écoute, Vincent, je t'aime comme si tu étais mon propre parrain, je t'assure, mais tu dois vivre avec ton temps. Là-bas, à l'ouest, on a tout organisé, le système est infaillible, on a des tas et des tas d'intermédiaires entre les pauvres poires qui en prennent – nègres, Mexicains, artistes, gros bonnets et j'en passe –, ceux qui la vendent, et ceux qui la leur vendent à *eux*. Et ainsi de suite, comme tout le reste. Et ça roule impeccablement. Que ce soit les flics ou d'autres, tout ce qu'ils peuvent faire c'est ralentir un peu les choses, surtout en ces temps de troubles, mais le nombre de pépins qu'il devrait y avoir avant qu'ils nous causent des ennuis avec la justice ? Laisse tomber. Aucun risque. »

Geraci savait que la Famille de Cleveland trempait dans le trafic de drogue mais qu'elle se contentait de toucher sa dîme en abandonnant les trois quarts des bénéfices aux Noirs, aux Irlandais et autres. Au lendemain de la Prohibition, Cleveland s'était tout simplement emparé de ce qui restait de mieux, le jeu et les syndicats, pour les développer. Ce n'était pas une organisation ouverte aux idées nouvelles, ni même aux nouvelles têtes. Le père de Geraci disait qu'il y avait plus de dix ans que Cleveland n'avait pas admis de nouveau membre.

Forlenza continuait son bonhomme de chemin en se répétant : l'alcool, c'était une chose – les flics buvaient et ne tenaient pas réellement à le supprimer – la drogue, c'en était une autre.

Tandis que Falcone se penchait pour ramasser un tesson de verre par terre et le mettait sous la lumière, Molinari lui fit remarquer avec diplomatie que Forlenza se faisait peut-être une idée quelque peu naïve de la mentalité actuelle du jeune flic de base.

« Ça suffit », dit Forlenza. Il porta les doigts à sa bouche et siffla. Les serveurs réapparurent. Il leur indiqua les éclats de verre et les biscuits. « Enlevez-moi ça.

— Est-ce que j'ai dit que je voulais qu'on les enlève ? » Falcone posa le tesson et regarda les serveurs. « Si vous enlevez ça, je vous explose la tronche. »

Ça, c'est Chicago, se dit Geraci. *Chicago tout craché.*

Les serveurs restèrent immobiles. Celui de droite – un homme de type slave avec une épaisse tignasse de cheveux gris – était aussi blanc que sa chemise. Celui de gauche, un homme avec une frange de cheveux blancs et une moustache noire comme des pneus se tourna vers Forlenza, la tête légèrement inclinée.

« Enlevez ça, dit Forlenza.

— Essayez un peu. » Falcone prit le dernier *biscotto* et le posa comme une cerise sur sa pile.

« J'ai un petit-fils qui va dans une école hors de prix, déclara Narducci. Il fait des sculptures un peu comme ça. Il faudrait que je te le présente.

— Ah oui ? » Falcone pivota sur sa chaise pour le regarder. « Où ça ?

— Où est-ce que je vais te le présenter ou où est-ce qu'il va à l'école ?

— L'école. »

Narducci haussa les épaules. « Je me contente de régler la note. Pour moi, les jardins d'enfants se valent tous. »

Falcone bondit hors de sa chaise, et à l'instant où il se jetait sur le vieux *consigliere* Geraci lui asséna un coup de poing en plein dans le menton sans même se lever. Sa tête revint brusquement comme un élastique qu'on lâche, puis il tituba et s'écroula par terre.

Les gardes du corps se ruèrent sur la table. Geraci se leva. Le temps parut ralentir. Les amateurs avaient un jeu de jambes si lamentable que ce serait bouclé en un rien de temps, se dit-il.

Molinari éclata de rire. Et étonnamment, une seconde plus tard, Falcone en fit de même, étalé par terre. Les gardes du corps s'immobilisèrent. Geraci ne bougea pas.

« Le jardin d'enfants, dit Molinari. C'est plutôt drôle. »

Falcone se leva en se frottant la mâchoire. « Joli punch, O'Malley. Assis. Pas mal !

— L'instinct », répondit Geraci. Narducci ne le remercia même pas. « Désolé. Ça va ? »

Falcone haussa les épaules. « Ce n'est rien.

— Et qu'est-ce que tu comptais faire ? dit Molinari. Tabasser un vieil homme ?

— Ça ne serait pas la première fois », répondit Falcone, et cette fois, tout le monde éclata de rire. Geraci se rassit et les gardes du corps l'imitèrent. « Je m'en fous, dit Falcone. Enlevez ça. »

Les deux serveurs, visiblement reconnaissants, s'empressèrent de s'exécuter. Celui à la moustache teinte eut même le sang-froid de revenir un instant plus tard pour resservir de l'eau à tous les convives.

« Leur exploser la tête avec quoi au juste ? demanda Forlenza.

— C'est une figure de style », répondit Falcone en déchaînant une fois encore l'hilarité générale.

Depuis un moment, Geraci était à l'affût d'une ouverture, d'une chance de pouvoir dire ce qu'il était venu dire, et le moment semblait bien choisi. Il regarda son parrain.

Forlenza hocha la tête.

Il toussota à nouveau pour les rappeler à l'ordre et profita du silence qui s'était instauré pour avaler une longue gorgée d'eau avec une indolence royale.

« Messieurs, dit Forlenza. Notre invité doit malheureusement s'en aller. En d'autres termes, comprirent-ils, *il faut qu'il parte avant que nous discutions de certaines choses,* et non pas, *il est attendu ailleurs*. Mais il est venu de loin, de très loin, et avant de partir, il aimerait vous dire quelques mots. »

Geraci se leva pour s'adresser à ses supérieurs. Il remercia Don Forlenza et promit d'être bref. « Bien que je sois flatté d'avoir été admis à cette table, dit Geraci, Don Falcone a raison. Ce n'est pas ma place. Comme vous l'avez souligné – indiquant

Falcone tout en songeant à Tessio qui insistait toujours sur les avantages indéniables d'être sous-estimé – je ne suis qu'un apprenti *soldato* aux ordres d'un autre. » Un pur mensonge, mais c'est Falcone qui l'avait lancé.

Dans sa manie de tout répéter, Narducci marmonnait à voix si basse que cette fois Geraci ne parvint même pas à deviner ce qu'il venait de dire.

« L'organisation Corleone, dit Geraci, ne représente de menace pour aucun d'entre vous. Michael Corleone veut la paix. Il est déterminé à veiller à ce que le cessez-le-feu devienne permanent et a pris un certain nombre de mesures pour y parvenir. Il n'a jamais eu l'intention de diriger Las Vegas. Au bout de trois ou quatre ans dans ce qui n'est pour elle qu'une étape transitoire, la Famille Corleone ira s'installer au lac Tahoe. En fait, elle cessera d'être. Nos opérations new-yorkaises se poursuivront d'une manière ou d'une autre, mais la responsabilité des activités du lac Tahoe incombera à Michael Corleone, qui gérera ses affaires comme n'importe quel magnat américain, que ce soit Carnegie, Ford, Hugues ou d'autres.

— La fac de droit, murmura Narducci, vraisemblablement inspiré par la connotation juridique de la tournure.

— À l'avenir, poursuivit Geraci, la famille Corleone n'admettra plus de nouveaux membres. » Le présent, autrement dit, étant incarné par cette soirée. « Michael Corleone renoncera à la vie que nous menons et se retirera tout en respectant les autres organisations et en offrant éventuellement un modèle à ceux qui souhaiteraient le suivre dans cette voie. » Il repoussa sa chaise. « Messieurs, à moins que vous n'ayiez des questions ou des craintes... ? »

Il attendit un moment. Falcone et Forlenza se tournèrent tous deux vers Molinari qui plissa les yeux avec une lenteur infinie. Son amitié notoire avec les Corleone faisait de lui la personne la plus apte et la mieux préparée à entrer dans les détails.

« En ce cas, dit Geraci, je vais voir ce que donne la météo, si jamais nous...

— Rien à foutre de la météo », l'interrompit Falcone. Il avait parié cent mille dollars sur le match. « Quand il faudra y aller, on ira, le crack. »

Narducci marmonna une histoire de « force majeure ».

« Rien à foutre, dit Falcone. Ne le prends pas mal, Vincent, mais je ne veux pas rester coincé...

— Je suis sûr que tout ira bien », dit Geraci en sortant.

Tom Hagen retourna dans sa chambre pour attendre. Il jeta sur le lit sa raquette à trois cents dollars qui n'avait pas servi. Il garda son polo de tennis, enleva son short pour enfiler un pantalon beige, et mit des mocassins à la place de ses tennis. Du faste climatisé de sa chambre, il avait vue sur deux terrains de golf où des hommes en tenue bariolée riaient en buvant des cocktails par groupes de quatre au milieu des vastes étendues de gazon qui, il y avait de cela quelques dizaines d'années à peine, n'étaient encore qu'un désert de sable et de cactus où quiconque avait le malheur de s'aventurer mourait de faim et de soif sous le soleil brûlant, tandis que les vautours tournoyaient en jubilant au-dessus de sa tête. Ça lui faisait penser à ces histoires de l'Antiquité romaine qui racontaient comment, l'été, les empereurs rafraîchissaient leur palais grâce aux esclaves qui charriaient des tonnes et des tonnes de lourde neige à moitié fondue provenant du sommet des montagnes. D'autres esclaves restaient jour et nuit devant les monticules de neige à agiter de grands éventails de papyrus en dégoulinant de sueur. Quand on est roi, aucune région de la planète n'est inhospitalière.

Hagen demanda à la réception de le prévenir dès qu'une voiture viendrait le chercher. Il ajouta qu'il souhaitait être réveillé à 13 h 45.

Ce fut fait. Quand il se réveilla, il était affamé. Hagen détestait déjeuner. À deux heures, toujours rien. Il appela en bas et s'entendit répondre : « Non, monsieur. Il n'y a toujours personne qui vous a demandé. »

Il raccrocha et fixa le téléphone en l'adjurant de sonner, comme un jeune nigaud qui attend que sa petite amie l'appelle. Il décrocha à nouveau et demanda à l'opérateur de lui passer le bureau de Mike. Pas de réponse. Il essaya à son domicile. Si l'enjeu de cette rencontre avec l'Ambassadeur n'était pas aussi important, Hagen aurait déjà pris l'avion pour rentrer. Ce fut le père de Kay qui répondit. Michael et Kay étaient sortis déjeuner pour célébrer leur anniversaire de mariage. Hagen avait oublié. Il rappellerait Mike un peu plus tard. Puis il téléphona chez lui pour dire qu'il était bien arrivé et que tout allait bien. Theresa pleurait parce que Garbanzo, leur teckel arthritique, s'était sauvé. Les enfants avaient écrit des avis qu'ils avaient placardés dans le voisinage et ils étaient partis à sa recherche. Et si jamais le chien s'aventurait du côté du désert ? Il risquait de mourir, les dangers étaient innombrables, est-ce qu'il y avait pensé : les coyotes, les cougars, les serpents, la soif. Il y avait un essai nucléaire le lendemain ; et ça, est-ce qu'il y avait pensé ? Hagen s'efforça de la calmer. Il lui assura qu'il y avait peu de chances qu'un teckel arthritique réussisse à sortir du périmètre du lotissement et encore moins à parcourir les cent kilomètres qui les séparaient du site de l'essai.

Hagen contempla la raquette que l'on trouvait à vingt dollars dans n'importe quel bazar de la ville et qui en prime était de bien moins bonne qualité que celle qu'il avait chez lui. Il imagina son frère Sonny, scandalisé par ce manque de respect, commander tout ce qu'il y avait au menu du room service, manger ce qui l'intéressait et pisser sur le reste avant de démolir la raquette et la chambre au passage en collant les dégâts sur le dos de l'Ambassadeur – *Nous n'acceptons pas le liquide. Nous devons le mettre sur le compte* – et rentrer chez lui. Le ventre de Hagen gronda. Il sourit. Sonny lui manquait.

Le téléphone sonna. Son chauffeur était là.

Hagen descendit, mais il ne vit pas de voiture. Il demanda au gardien du parking. Ça fait un moment que j'ai pas vu de voiture, dit-il. Hagen avait la tête qui cognait. Il avait oublié ses lunettes de soleil. Il avait du mal à plisser les yeux. Quand il retourna dans le hall, il aperçut un Noir en smoking. Il était garé de l'autre côté du bâtiment dans une voiture de golf à six places avec un toit blanc ouvrant. Il était deux heures et demie passées.

« Je crois bien que je n'ai jamais vu de voiture de golf aussi grande. » Hagen mit la main en visière pour se protéger de l'éclat aveuglant de la coque blanche de la voiture.

« Merci, monsieur », répondit le chauffeur, qui avait manifestement appris au cours de sa formation à ne regarder ses employeurs ou leurs associés que s'ils lui adressaient la parole.

Ils traversèrent le terrain de golf, puis un dédale de courts de tennis, puis un autre terrain de golf. Pendant le quart d'heure que dura la balade, ils s'évitèrent mutuellement du regard.

À l'époque où l'Ambassadeur avait commencé à traiter avec Vito Corleone, il s'appelait encore Mickey Shea. À présent, il était connu dans les journaux sous le nom de Mr Corbett Shea. Personne ne l'appelait plus Mickey. Ses amis proches et sa famille l'appelaient Corbett, même sa femme. Tous les autres le surnommaient l'Ambassadeur. Son père avait quitté le comté de Cork pour s'établir à Baltimore où il avait ouvert un saloon en face de celui que possédait le père de Babe Ruth, la légende du base-ball. Aîné de six enfants, Mickey avait travaillé dur dans sa jeunesse – récurant les sols, portant des cartons, enlevant à la pelle le crottin qui souillait les rues, la neige qui recouvrait les passages. Cependant, il menait une vie relativement aisée, surtout comparée à celle des autres gamins irlandais du quartier. Mais ses parents n'avaient pas tardé à abuser des dégustations au comptoir. Ils avaient tout perdu. Sa mère avait été une des rares femmes à choisir une arme à feu pour se suicider, en ouvrant grand la bouche pour coller les lèvres autour des canons sciés d'un fusil de chasse qu'elle avait pris sur l'étagère placée sous la caisse. C'est Mickey qui, sa pelle à neige à la main, avait découvert dans la ruelle derrière le bar le corps quasi décapité de sa mère. Son père avait continué à boire jusqu'à ce que ça finisse par lui régler son compte à lui aussi.

Mickey s'était enrôlé dans l'armée à dix-sept ans et s'était bientôt retrouvé caporal, affecté au ravitaillement. C'est là et non – comme le voulait la légende – dans les rues de Baltimore, qu'il avait appris qu'il y avait le règlement et ce qui se pratiquait en réalité. Le marché noir, déjà lucratif en temps de paix, s'était avéré on ne peut plus juteux dès que les États-Unis étaient entrés en guerre. Dans la semaine qui avait suivi l'armistice, le caporal Shea avait magouillé afin d'obtenir une démobilisation honorable. Il était millionnaire – en espèces, essentiellement. Il s'était installé à New York où il avait ouvert un pub dans le quartier de Tenderloin. Étant à la fois irlandais et habile négociateur, il avait rapidement noué des liens utiles avec la police et, plus important encore, avec des gangs irlandais comme les Marginaux et les Truands. Il avait acheté quelques entrepôts du côté des embarcadères, un solide investissement qui lui permettait d'entretenir son savoir-faire en matière d'import-export. Et il s'en serait peut-être tenu là, n'eût été la Prohibition. Shea était le bootlegger providentiel. Il possédait des entrepôts. Il employait des dockers. Il savait comment transporter des marchandises illégalement. Il avait des amis dans deux villes d'Orient et des hommes au Canada, d'anciens caporaux de la RAF affectés au ravitaillement avec lesquels il avait fait des affaires et était resté en bons termes. Et il ne dirigeait pas n'importe quel pub, mais un pub réputé pour être fréquenté par les flics. Quasiment du jour au lendemain, l'établissement avait été transformé en glacier et son sous-sol vidé et métamorphosé en bar clandestin. Les flics qui faisaient auparavant partie de sa clientèle d'habitués étaient désormais rétribués pour venir y boire à l'œil – une dépense utile, car le bouche-à-oreille n'avait pas tardé à en faire un endroit réputé à l'abri des descentes de police. En un rien de temps, le sous-sol était devenu un des musts du gratin de Manhattan – divas d'opéra et stars de Broadway, rédacteurs en chef de journal et leurs chroniqueurs vedettes, ténors du barreau et conseillers municipaux au teint rubicond, même des présidents de banque et des géants de Wall Street. Shea avait acheté le bâtiment d'à côté et creusé un tunnel dans son sous-sol, triplant quasiment la taille des lieux. Un grand orchestre y jouait tous les soirs. C'était l'opération la plus culottée de tous les États-Unis.

Mais Mickey Shea avait bien observé autour de lui. Pendant la guerre, les types dans son genre avaient pu s'enrichir ; il y avait toutefois au-dessus de lui toute une strate de gens riches et puissants, qui n'avaient jamais eu à se salir les mains en troquant de la morphine et des photos cochonnes contre du sang et des générateurs ou en passant leurs soirées à donner des claques dans le dos à ceux qu'ils soudoyaient. Il s'était servi de ses relations avec les flics de Lower Manhattan pour éviter que les camions d'huile d'olive reconvertis ne soient arrêtés sur le chemin de ses entrepôts (et éviter que ces derniers ne fassent l'objet d'une descente), mais qu'est-ce qui l'empêchait de faire ce que faisaient les camionneurs ? Pourquoi se contenter des revenus de l'entreposage et du bar clandestin quand il lui aurait été tout aussi facile – plus facile, même – de faire venir la marchandise et de la vendre lui-même ? C'est ainsi que ses contacts au Canada lui procurèrent une flotte de vedettes et de camions à mélasse recyclés. Les propriétaires des camions d'huile d'olive ne tardèrent pas à faire exploser ses vedettes et ses camions – bien souvent avec les hommes qui pouvaient malencontreusement s'y trouver. Shea demanda à des flics de demander à d'autres flics de demander à d'autres flics de veiller sur ses gens – une filière ininterrompue de shérifs, de juges et de flics de base du Québec à Manhattan, ce qui avait amélioré les choses sans pour autant résoudre la question.

Un beau jour, Genco Abbandando – le prédécesseur de Hagen au poste de *consigliere,* que Mickey croyait être le propriétaire de Genco Pura, la fabrique d'huile d'olive – avait contacté un commissaire à la solde de Shea pour arranger une rencontre entre ce dernier et Vito Corleone. Ils s'étaient retrouvés au comptoir d'une épicerie italienne du quartier de Hell's Kitchen, où Shea n'avait jamais mis les pieds, bien que ses entrepôts ne fussent qu'à six rues de là. Il détestait les plats relevés et n'avait accepté de manger que du pain et des spaghettis sans sauce. À la fin du repas, Don Corleone lui avait expliqué que les hommes qui exploitaient ces camions reconvertis se contentaient de les louer à Genco Pura, et l'avait laissé mesurer la portée de cette information. Il avait parlé des gaspillages qu'occasionnait la concurrence de l'économie de marché et, là encore, Michael Shea avait vite compris. Don Corleone avait dit à Mickey Shea qu'une personne qui avait autant d'amis (il n'avait pas eu besoin de mentionner au bureau du maire et à Wall Street, et plus encore dans les rangs des forces de l'ordre où les Irlandais régnaient en nombre) ne pouvait être qu'un homme de valeur, un homme digne d'être connu. Shea avait contribué à tisser le réseau de relations que Don Corleone entretenait avec les milieux politiques et judiciaires et qui était appelé à devenir le principal fondement de son pouvoir. Don Corleone avait contribué à amasser une telle fortune pour Shea – avec l'avantage extraordinaire de lui épargner autant les bains de sang que les démonstrations musclées généralement nécessaires pour les éviter – qu'avant même la disparition de cette véritable mine d'or qu'était la Prohibition, Shea avait pu couper tous les liens qui auraient permis de remonter à l'origine de sa fortune et se réinventer un pedigree d'aristocrate : Mr Corbett Shea, président d'une maison de courtage, copropriétaire d'une équipe de baseball, et philanthrope amplement photographié (les innombrables Salles Corbett, Auditoriums Corbett et Bibliothèques Corbett du pays avaient été fondés par l'Ambassadeur). Ses enfants avaient fréquenté l'école chic de Lawrenceville avant d'aller à Princeton. Leurs états de service pendant la guerre étaient systématiquement qualifiés d'héroïques dans les magazines nationaux. Il avait été ambassadeur au Canada pendant les six dernières semaines d'une présidence en fin de mandat – ce qui ne lui avait pas laissé le temps de faire venir sa famille mais lui avait permis en revanche d'obtenir le titre. Sa fille aînée avait épousé un Rockefeller. Son fils aîné était à présent gouverneur du grand État du New Jersey.

L'Ambassadeur n'avait aucun moyen de savoir que c'était Tom Hagen, qui, du temps où Genco était encore *consigliere*, avait personnellement veillé à cette couverture de la presse pendant la guerre.

Et même si Shea croyait avoir acheté son poste d'ambassadeur – ce qui était en grande partie exact – c'est Hagen qui, en coulisses, le lui avait obtenu.

C'est Vito Corleone qui avait appris à Hagen le pouvoir du silence dans ces affaires-là.

Une grille automatique s'ouvrit en douceur. Le chauffeur gara la voiture de golf devant une maison en pierre conçue pour être la réplique réduite de moitié d'un château anglais. Une équipe de Mexicains étalait de la terre et plantait des cactus. Des ouvriers blonds au torse nu, la peau tannée, patinaient les pierres avec de fines brosses. Hagen avait l'impression que sa tête allait exploser.

« Par ici, monsieur. » Le chauffeur ne le regardait toujours pas.

Hagen se dirigea vers l'allée de devant, se demandant si en déboursant trois cents dollars de plus, il pourrait se procurer quatre aspirines et des lunettes de soleil.

« Non, monsieur. Par ici. »

Hagen leva les yeux. Le chauffeur se tenait au milieu des pierres du jardin inachevé. Il lui fit contourner la maison pour l'emmener jusqu'à la piscine, comme s'il n'était pas prudent de le faire passer par l'intérieur. Hagen jeta un coup d'œil à sa montre. Il devrait retarder son vol de retour.

La piscine était en forme de P, un cercle prolongé par un couloir unique pour les longueurs. La partie circulaire était bordée sur tout le pourtour de sept anges de marbre identiques. L'Ambassadeur était assis à une table de marbre blanc, en train de hurler dans un téléphone blanc. Un plat de viandes et de fromages était disposé sur la table. Devant l'Ambassadeur, il y avait une assiette pleine de traînées de moutarde et de miettes. Cet espèce de connard arrogant avait déjà mangé. Sans compter qu'il était dans le plus simple appareil (ce qui aurait pu déconcerter Hagen, si leur dernière rencontre ne s'était déroulée dans le sauna du Princeton Club). Sa peau était de la couleur d'une côte de bœuf saignante. Il avait le torse et le dos aussi imberbes qu'un fœtus de cochon. Lui non plus ne portait pas de lunettes de soleil.

« Hello ! » lança-t-il à l'adresse de Hagen alors qu'il était encore au téléphone.

Hagen hocha la tête. « Monsieur l'Ambassadeur. »

L'Ambassadeur lui fit signe de s'asseoir, ce qu'il fit, et de manger, ce qu'il ne fit pas. « Déjà mangé », articula-t-il en silence en esquissant un geste consterné pour s'excuser du malentendu.

L'Ambassadeur baissa la voix, tout en continuant à parler à mots couverts, mais sa conversation semblait d'ordre personnel et ne concernait apparemment pas les affaires. À un moment, il mit la main sur le combiné pour demander à Hagen s'il avait apporté un maillot. Hagen fit non de la tête. « Dommage », dit l'Ambassadeur.

Naturellement. Seul un *pezzonovante* pouvait se permettre de trôner en costume d'Adam fluorescent. Hagen n'avait aucune intention de se mettre tout nu pour piquer une tête dans la piscine. Mais bien entendu, tout le jeu, de la part de Shea, consistait à insinuer avec grossièreté que c'était hors de question.

L'Ambassadeur finit par raccrocher.

« Hé, hé ! Mais c'est le *consigliere* irlandais ! » s'exclama-t-il avec un accent à couper au couteau.

Hagen se demanda si l'Ambassadeur ne savait réellement pas comment prononcer *consigliere* ou si c'était une manière d'ironiser sur son côté irlandais.

« Germano-irlandais, rectifia Hagen.

— Personne n'est parfait, rétorqua l'Ambassadeur.

— Et je ne suis qu'avocat.

— C'est encore pire », dit l'Ambassadeur. Étrange de la part d'un homme qui avait expédié quatre enfants à la fac de droit, songea Hagen. « Vous buvez quelque chose ?

— De l'eau avec des glaçons », répondit Hagen. C'était une affirmation, non une demande. En public, l'Ambassadeur avait la réputation d'être un homme charmant. L'absence d'excuses de sa part ne pouvait qu'être délibérée et dissimuler une intention bien précise.

« Vous ne voulez pas quelque chose de plus fort ?

— De l'eau avec des glaçons, c'est tout. » De quoi faire passer une poignée d'aspirines. « Avec pas mal de glaçons.

— Moi aussi, j'ai arrêté de picoler, dit l'Ambassadeur, à part un petit Pernod de temps à autre. » Il leva un verre givré à moitié vide. « Du jus de raisin. Vous en voulez ? » Hagen déclina l'offre d'un signe de tête et l'Ambassadeur cria qu'on apporte de l'eau. « Mon père est mort comme le vôtre, vous le saviez ? L'alcool. La malédiction de notre peuple. »

Une jeune Noire en tenue de soubrette apporta une carafe d'eau en argent avec des glaçons et un petit verre en cristal. Hagen vida son verre et se resservit lui-même. « Désolé de vous avoir manqué sur le court, dit-il en mimant une volée. J'ai entendu que vous aviez un sacré jeu. »

L'Ambassadeur le dévisagea comme s'il ne voyait pas de quoi il parlait.

« C'est ce qu'on m'a dit », continua Hagen.

L'Ambassadeur hocha la tête, se confectionna un autre sandwich en un tournemain, se leva, fit signe à Hagen de le suivre et alla au bord de la piscine s'asseoir sur la première marche du bassin circulaire, du côté où on avait pied. Sa bite pendouillait dans l'eau, à moitié immergée devant lui. Il se mit à la tapoter distraitement.

« Je préfère rester ici, à l'ombre, dit Hagen. Si vous n'y voyiez pas d'inconvénient.

— Vous ne savez pas ce que vous ratez. » Il porta le sandwich à sa bouche puis il s'aspergea d'eau avant de mordre dedans. L'estomac de Hagen se mit à gargouiller comme s'il pouvait voir la scène. « Ça rafraîchit », dit l'Ambassadeur.

L'Ambassadeur finit son sandwich. Hagen lui demanda des nouvelles de sa famille. L'Ambassadeur se montra intarissable sur le sujet, et notamment sur Danny (Daniel Brendan Shea, qui avait été rapporteur d'un juge de la Cour suprême avant de devenir procureur général adjoint de New York) et le grand frère de Danny, Jimmy (James Kavanaugh Shea, gouverneur du New Jersey). Danny, dont le mariage l'année précédente avec une descendante en ligne directe du grand patriote Paul Revere avait été un des événements majeurs de la saison de Newport, s'envoyait une vedette du petit écran, l'animatrice d'une émission de marionnettes que regardaient les filles de Hagen. Et Jimmy. Le gouverneur. Bien qu'il n'en soit qu'à son premier mandat, il était déjà question qu'il se présente aux présidentielles.

L'Ambassadeur ne s'enquit pas de la famille de Hagen. Il poursuivit en l'interrogeant sur divers associés et connaissances qu'ils avaient en commun. L'ombre des récents événements de New York planait sur leurs propos apparemment badins, se glissait entre les mots. Mais ils ne prononcèrent ni l'un ni l'autre le nom des morts – Tessio, Tattaglia, Barzini, aucun d'entre eux. Ils s'abstinrent tout deux d'évoquer les événements en question. C'était inutile.

L'Ambassadeur se leva et s'étira sur la marche de la piscine, de l'eau jusqu'aux genoux. Il était grand, un véritable géant pour un homme de sa génération. Il prétendait avoir battu Babe Ruth à plate couture dans une bagarre à coups de poing quand il était jeune. C'était un mensonge, mais Babe Ruth était mort depuis des années et à voir l'Ambassadeur se dresser, la verge noueuse, dans toute sa splendeur vieillissante, l'histoire avait en quelque sorte sa part de vérité. L'Ambassadeur plongea et se mit à faire des longueurs. Il s'arrêta au bout de dix.

« Rien de tel pour conserver la jeunesse, mon gars, dit-il sans être aussi essoufflé que Hagen l'aurait imaginé. Je vous jure. Y a pas mieux, putain. »

N'eût été le soleil de plomb, la migraine et l'agacement qu'il éprouvait devant la désinvolture de l'Ambassadeur à son égard, Hagen aurait peut-être laissé traîner les choses en longueur.

« Alors, monsieur l'Ambassadeur. Marché conclu ?

— Holà ! Vous allez droit au but, dites-moi. »

Hagen jeta un œil à sa montre. Il était presque quatre heures. « Je suis comme ça. »

L'Ambassadeur sortit de la piscine. Par quel miracle la jeune femme en tenue de soubrette surgit-elle de nulle part avec une serviette et un peignoir moelleux, Hagen n'en avait pas la moindre idée. Hagen suivit l'Ambassadeur dans une véranda vitrée qui, dieu merci, était climatisée et plongée dans la pénombre.

« Vous me courtisez. Vous et Mike. Enfin, c'est plutôt *Danny* que vous courtisez. » Il marqua un silence pour que Hagen saisisse le sous-entendu. « Je ne peux pas suspendre l'enquête. Vous le savez bien. Et Danny encore moins. Même s'il le pouvait, c'est un problème local. Ça dépend de la ville de New York, pas de l'État. »

Hagen, à juste raison, interpréta ces propos exactement à l'inverse. Cette petite phrase au sujet de Danny revenait à dire que l'Ambassadeur s'était arrangé pour que rien ne vienne directement de son bureau, qu'il soit impossible de remonter jusqu'à lui.

« Nous ne souhaitons pas faire suspendre quoi que ce soit, déclara Hagen. Il est important que la justice suive son cours. Passer à autre chose, retourner à nos affaires sans plus être perturbés par ces fausses accusations, voilà quel est notre intérêt à tous.

— C'est évident », répondit l'Ambassadeur en hochant la tête. Le marché était conclu, à supposer que Hagen s'en soit bien tiré.

« Et vous me courtisez aussi, monsieur, dit Hagen. Ou plus exactement nos relations d'affaires. Vous n'êtes pas sans le savoir, beaucoup de gens ont leur mot à dire dans le choix de celui qui prononcera le discours d'investiture à la convention nationale de l'an prochain. Nous avons parlé à plusieurs personnes, c'est vrai. La convention doit se tenir à Atlantic City. C'est sûr, à présent.

— Sûr ? »

Hagen hocha la tête.

Le vieil homme brandit le poing en l'air avec une puérilité étonnante. Évidemment, c'était là une nouvelle sensationnelle pour lui. Quand bien même certains des aspects les plus délicats de ce marché tomberaient à l'eau, le gouverneur Shea était à présent assuré de pouvoir à tout le moins s'attribuer le mérite d'avoir fait venir dans son État la convention – avec ses membres et leur argent.

« Le choix de l'emplacement est un signe positif, admit Hagen. Beaucoup de gens trouveront que c'est une bonne idée que le gouverneur de l'État prononce le discours d'investiture. Et après ça, qui sait ? »

Après ça, avait dit Hagen, comme si le discours était désormais du domaine des certitudes, ce dont, à ce stade, l'Ambassadeur ne doutait plus.

« Théoriquement, dit l'Ambassadeur, une fois que Jimmy aura prononcé le discours... »

Hagen acquiesça de la tête. La liste des *si* était interminable. « Je suis prudent de nature, mais optimiste, monsieur. Disons seulement que ce sera la longue course aux élections de 1960. »

La course. Le mot clé. Si les conditions essentielles étaient réunies, les syndicats contrôlés par les Corleone soutiendraient la candidature de James Kavanaugh Shea à la Maison-Blanche.

« Le bruit court que vous avez vous-même des ambitions politiques, dit l'Ambassadeur en escortant Hagen jusqu'à la voiture de golf en traversant cette fois la maison.

— Vous savez comment c'est, monsieur, dit Hagen. On est en Amérique. Le pays de toutes les opportunités. N'importe quel gamin peut devenir président. »

L'Ambassadeur rit comme une baleine, lui tendit un cigare et lui dit au revoir. « Vous irez loin », lui lança-t-il comme si la vie de Tom Hagen se résumait à rien jusque-là, comme si elle ne l'avait mené nulle part.

Chapitre 6

Il faudrait des années avant que quiconque hors de Chicago apprenne que Louie Russo avait ordonné l'exécution de Fredo Corleone. Russo n'avait rien contre Fredo personnellement. C'était une banale coïncidence si la tentative de meurtre avait eu lieu quelques mois après que le fils (et homonyme) de Russo, qui s'était brouillé avec son père, fut parti s'installer à Paris pour y vivre son homosexualité au grand jour. Ceci étant, Russo Jr. avait passé un an à Las Vegas et il était indirectement à l'origine des renseignements que possédait son père sur les penchants occasionnels de Fredo Corleone. Les tueurs étaient censés attendre de trouver Fredo au lit avec un autre homme – de préférence à l'aube, pour que ce soit plus compromettant encore – et s'arranger pour donner l'impression que Fredo avait tué l'autre avant de se supprimer. Cette scène sordide aurait le mérite d'humilier et d'affaiblir Michael Corleone – qui venait de nommer son frère *sotto capo* au grand dam de bon nombre de membres de son organisation – sans que Chicago se voie accusé de quoi que ce soit ou n'ait à craindre de représailles. Ce n'était pas seulement la violence de ces éventuelles représailles que Russo cherchait à éviter. Il rêvait désespérément de siéger à la Commission, l'organe dirigeant de la Cosa Nostra – et il n'obtiendrait jamais gain de cause si l'on apprenait qu'il avait tué un initié d'une autre Famille sans l'accord préalable de la Commission. Et ça aurait pu marcher si après avoir glissé la fausse lettre de suicide sous l'essuie-glace de la voiture d'emprunt de Fredo, un des tueurs n'avait pas été pris d'une terrible colique qui l'avait forcé à s'arrêter dans les toilettes d'une station-service.

Fredo Corleone allait vivre encore quatre ans sans jamais

éclaircir le mystère. Il aurait peut-être pu comprendre ce qui s'était passé s'il n'avait pas déchiré la fausse lettre en mettant en marche les essuie-glaces. L'encre avait bavé et à part ces mots « Pardon, Fredo », le reste était illisible. Fredo se disait qu'elle devait être de cette abominable tantouse de la veille, le représentant de commerce, qui lui demandait pardon – comme ces pervers ne pouvaient jamais s'en empêcher, il le savait par expérience.

Quant aux flics, ils l'emmenèrent dans le bâtiment triangulaire blanc du côté des box de la douane, lui firent passer un test d'écriture, et le criblèrent de questions auxquelles il refusa de répondre sans la présence d'un avocat. Il leur signala que bien qu'il fût un étranger dans cette ville, son cher ami Mr Joe Zaluchi pouvait sans doute lui en recommander un. L'écriture ne correspondait pas et, sur ces entrefaites, un commissaire à la solde de Zaluchi se matérialisa et annonça qu'il reprenait les choses en main. À l'exception de ce dernier, tous étaient encore persuadés d'avoir affaire à un certain Carl Frederick, originaire du Nevada, directeur adjoint d'un camp de caravaning de son état, un de ces rares ivrognes qui se montraient plus dynamiques et cohérents après quelques verres bien tassés.

Fredo déclara qu'il avait des coups de fil à passer et le commissaire fit sortir les autres. Fredo prit place derrière un bureau comme s'il était le maître des lieux et téléphona à l'aéroport pour faire appeler ses gardes du corps qui devaient l'attendre depuis une heure. Le commissaire s'assit à un autre bureau au fond de la pièce et attaqua les oranges confisquées. Il vit une radio cabossée posée sur un meuble classeur, à côté de lui, et l'alluma. Une chanson trépidante de Perry Como retentit à plein volume et Fredo fronça les sourcils. Le commissaire baissa le son et articula en silence « Pardon. »

Fredo continua à attendre, mais ni Figaro – le surnom qu'il donnait au coiffeur – ni le chevrier ne vinrent au téléphone. Il raccrocha et demanda à l'opératrice de le mettre en communication avec Joe Zaluchi. Naturellement, il n'était pas dans l'annuaire. Le commissaire sirotait du café en se goinfrant d'oranges, détournant le regard pour respecter l'intimité de Fredo.

« Commissaire ? dit Fredo. Vous ne sauriez pas comment je peux joindre Joe Z., par hasard ?

— Aucune idée », répondit-il. Il avait adoré ce *commissaire*. « Vous avez besoin de quelque chose ?

— Je lui ai emprunté une voiture. J'ai déjà raté un vol. Si je prends le temps de déposer la voiture à Grosse Pointe, je ne réussirai jamais à... »

Le commissaire l'interrompit d'un geste. « Laissez-la ici. L'aéroport est sur mon chemin. Je vous accompagne. Je m'occuperai de la voiture après. »

L'offre aurait été louche si le commissaire n'avait pas assisté au mariage la veille.

« Merci », fit Fredo en réessayant l'aéroport. Cette fois encore sans succès. Il appela le secrétariat de Las Vegas. « C'est Mister S., annonça-t-il, abréviation de Mister Spectacle. « Si on me demande, dites que j'ai raté mon avion mais que je serai sur le prochain, promis. D'accord ? »

Il est probable que Fredo aurait tout compris s'il n'avait pas demandé au commissaire de baisser le son. À la fin de la chanson, vint l'heure des informations. Entre autres titres, la police enquêtait sur un homicide commis dans un motel de Windsor. Un représentant en matériel de restauration de Dearborn prétendait que la porte de sa chambre avait été enfoncée par deux intrus armés sur lesquels il avait tiré avec un colt .45. L'un des deux était mort ; l'autre – Oscar Gionfriddo, âgé de quarante ans, un fournisseur de distributeurs automatiques de Joliet, Illinois – était dans un état critique au Salvation Army Grace Hospital. L'identité du mort n'avait pas encore été révélée. Le tireur affirmait que l'arme appartenait à un ami. « Je n'avais jamais tiré de ma vie, déclara-t-il. Sa voix se brisa. « J'ai eu une chance incroyable. » Il faisait davantage l'effet d'un gagnant de l'Irish Sweepstakes que de quelqu'un qui venait de tuer un et peut-être même deux hommes.

Naturellement, le commissaire n'avait aucune raison d'en penser quoi que ce soit, et quant à Fredo, le son était bien trop bas pour qu'il entende à l'autre bout de la pièce.

Le téléphone sonna. Le commissaire répondit. C'était le garde du corps, le coiffeur. Figaro. Fredo lui dit qu'il arrivait tout de suite.

« C'est réglé, annonça Fredo au commissaire.

— Vous avez tout ? Enfin, sauf ça. » Il avait la bouche pleine d'oranges. « Vous ne pouvez pas les emporter. Dans ce pays, c'est plus facile de faire entrer un revolver qu'un fruit, c'est fou, non ? »

Un revolver.

Neri avait dit que la caisse de colt Peacemakers était impossible à identifier. Mais tout de même, ce n'était pas malin d'avoir laissé le revolver derrière lui. Fredo risquait de passer pour un imbécile. Pire encore, il se retrouvait sans arme. Il songea à en demander une au commissaire, mais tout de même il ne fallait pas pousser.

« J'ai tout », répondit Fredo en se dirigeant vers la porte.

Ils montèrent dans la voiture banalisée du commissaire. La radio se mit à beugler. « *Et maintenant, musique !* » Le commissaire baissa de nouveau le son en s'excusant. C'était un vieux morceau : le grand orchestre de Les Halley et ses New Haven Ravens, avec les vocalises de Johnny « Memory Lane » Fontane. Un de leurs derniers enregistrements ensemble, avant que Fontane ne quitte le monde de la musique pour le ciné, expliqua le présentateur.

« Ma femme adorait ce disque », dit le commissaire en montrant la radio.

Fredo hocha la tête. « Toutes. Elles sont des paquets à s'être décroché un mari grâce à ça. Des chansons comme celle-là.

— On a du mal à imaginer le nombre de gonzesses qu'un type comme ça peut s'envoyer.

— Moi j'ai aucun mal, répondit Fredo. D'autant qu'en plus John est un mec sensass.

— Vous connaissez Johnny Fontane ?

— C'est un ami à moi », répondit Fredo en haussant les épaules.

Ils se turent jusqu'à ce que la chanson soit terminée.

« Un ami à vous ? demanda le commissaire.

— Un ami à moi. En fait, mon père était son parrain.

— Sans déconner ?

— Sans déconner.

— Je peux vous demander un truc ? dit le commissaire. C'est vrai qu'il a une bite de la taille de votre bras ?

— Qu'est-ce que vous voulez que j'en sache, putain ?

— Je ne sais pas, moi. Au sauna, ou quelque part. C'est juste une rumeur que j'ai entendue et je me disais que...

— Vous êtes une tapette, ou quoi ? » demanda Fredo.

Le commissaire roula les yeux et mit la sirène. Ils firent le reste du chemin jusqu'à l'aéroport comme ça, à cent soixante et sans décrocher un mot.

Chapitre 7

Le bureau d'angle qu'occupait Phil Ornstein au quarante et unième étage était couvert de disques d'or et de photos de sa famille, qui n'avait franchement rien de reluisant, mais pas une seule de célébrité, un choix qui pouvait être soit une affectation, soit une raison de le trouver sympathique. Il installa Johnny Fontane derrière son bureau en acier. « Prenez tout votre temps », lui dit-il, mais il ne pouvait pas parler sérieusement. Milner faisait des réglages avec l'orchestre pour le titre suivant. Johnny fit le numéro de son ancien domicile.

Il s'interrompit à mi-chemin. Ginny et les filles ignoraient qu'il se trouvait à L.A. S'il ne les appelait pas, elles n'en sauraient rien. S'il téléphonait, c'était pour s'excuser de ne pas passer les voir alors qu'il était en ville, mais ce n'était pas tant de s'excuser que d'appeler qui était nécessaire.

Il sortit ses stimulants, regarda l'étiquette, puis il en prit un et l'avala à sec.

Merde. Qu'est-ce qu'il était, un petit *segaiolo* qui avait la trouille d'inviter la reine du bal ? Il connaissait Ginny, son ex, depuis qu'ils avaient dix ans. La voisine pragmatique. Il refit le numéro.

« C'est moi, dit-il.

— Bonjour, ma vie », répondit Ginny. Elle avait pris un ton tout à la fois tendre et sarcastique. Rien de tel que les filles de Brooklyn. « Où es-tu ?

— Qu'est-ce que ça fait du bien de t'entendre, dit Johnny. Qu'est-ce que tu fais ? »

Elles revenaient tout juste de May Company, lui dit-elle. Sa fille aînée venait d'acheter son premier soutien-gorge.

« Sérieux ? dit Johnny.

— Quand est-ce que tu l'as vue pour la dernière fois ? » demanda Ginny.

Il avait donné des concerts qui payaient bien à Atlantic City, dans des clubs privés des Jersey Palisades et dans celui que Louie Russo possédait en dehors de Chicago. Il avait fait un film en extérieur à La Nouvelle-Orléans. Les premières scènes avaient été tournées là, en studio. Ça devait être à ce moment-là. « Le jour de la Commémoration ?

— Question purement rhétorique, dit-elle. Alors, où es-tu en ce moment ?

— Tu te souviens de la Fête du travail, je ne sais plus en quelle année c'était. On avait loué une maison à Cape May et on était tous allés à ce barbecue ?

— Non, répondit-elle.

— Tu plaisantes », dit-il. Il entendait ses filles qui se disputaient dans le fond.

« Bien sûr que je plaisante. C'était ma grande époque. Quand je n'existais pas. »

Les Halley avait exigé que Johnny prétende être célibataire pour que les midinettes continuent à hurler. « Ce n'est pas moi qui l'ai voulu.

— Et que tu avais ta poule à l'autre bout de la ville si bien qu'à chaque fois que tu allais chercher des cigarettes...

— Tu te souviens quand je me suis brûlé les mains en voulant faire griller un épi de maïs et...

— Que tu as remis ça avec les pétards.

— C'est vrai. » Il ne put s'empêcher de rire.

« C'est la fête du quartier, demain, dit-elle. On doit faire un gâteau. Tu veux venir ?

— À la fête ?

— Tu es bien en ville, non ? Je t'entends comme si tu étais juste à côté. »

Il coinça le téléphone sur son épaule pour enfouir les yeux dans ses mains. « Non, répondit-il. La communication est bonne, c'est tout.

— Ah, fit-elle. Tant pis pour toi. Je fais aussi un poulet *scarpariello*. La recette que ta mère m'avait montrée. En fait, c'est les filles qui sont censées le faire. Si elles ne se sont pas entretuées d'ici là. C'est l'âge. »

Johnny les aimait, mais pour autant qu'il pouvait en juger, avec elles, ç'avait toujours été l'âge.

Elle lui demanda s'il voulait leur parler. Il acquiesça mais seule la cadette accepta de lui parler. Philly entra en tapotant sa montre.

« Dis à ta mère que je ferai de mon mieux pour venir à la fête demain, déclara-t-il.

— D'accord », répondit-elle. Elle lui transmettrait le message – la connaissant, il en était sûr – mais à l'intonation de sa voix, il était manifeste qu'elle savait pertinemment qu'il ne viendrait jamais.

Les pilules vertes lui avaient été prescrites par Jules Segal, le même médecin qui avait décelé la présence de kystes sur ses cordes vocales et l'avait envoyé chez un spécialiste pour les faire enlever, permettant ainsi à Johnny de retrouver sa voix et les chemins du studio – un diagnostic qui avait échappé à deux autres spécialistes. Le fait est qu'il y avait des milliers de charlatans d'Hollywood dont l'intérêt pour le corps humain s'était réduit aux parties charnues de leurs *starlettes du jour** et aux finesses de leur swing, et qui s'enrichissaient en distribuant des cachets et en s'occupant des demoiselles en situation délicate, et puis il y avait Segal, qui malgré une réputation similaire, s'était avéré être un médecin de premier ordre, digne d'occuper le poste de chirurgien en chef du nouvel hôpital que les Corleone faisaient construire à Las Vegas. Alors, comment se faisait-il qu'à chaque fois qu'il avalait un de ces cachets – en respectant le dosage recommandé sur le flacon, jamais plus – il piquait du nez ?

Johnny se secoua comme un chien dont l'oreille le gratte. Tout se passerait bien. Il contrôlerait la situation tout en ne contrôlant rien. Ce qui convenait parfaitement à la tâche qui l'attendait. Il tenait le coup avec quatre cachets, vingt tasses de thé, une cafetière entière, un sandwich au jambon et pas une seconde de sommeil. Dans l'interstice entre son crâne et son cuir chevelu, des fourmis microscopiques dansaient une espèce de java endiablée style *hucklebuck*, la dernière danse en vogue. La douleur qu'il ressentait dans les gros muscles du haut de ses cuisses, peu importe comment on les appelait, empirait quasiment de minute en minute. Mais Johnny restait sur pied, dans un tel état d'épuisement qu'il n'avait pas même la force de s'écrouler par terre pour faire un somme. En même temps, il avait un trop-plein d'énergie. Il ne pouvait s'empêcher de saisir la plus infime indication que lui donnait cette espèce de génial abruti qu'était Milner et faire de son mieux pour la mettre en pratique.

---

* En français dans le texte.

Il aurait donné n'importe quoi pour arrêter là.

Il aurait donné n'importe quoi pour que cette sensation se prolonge indéfiniment.

Il était venu là en se disant qu'il graverait la moitié d'un 33 tours. Au bout de quelques minutes d'enregistrement, il avait compris que s'ils réussissaient à boucler ne serait-ce qu'un titre dont ils puissent être tous les deux satisfaits, Cy Milner et lui, ce serait déjà pas mal. Et pourtant, quelques instants avant de devoir partir prendre l'avion qui le ramènerait à Las Vegas, il se retrouva à interpréter le troisième morceau de la journée avec une telle justesse qu'il alla jusqu'au bout sans s'interrompre ni être interrompu.

Quand il ouvrit les yeux, à la fin, il aperçut Jackie Ping-Pong et Gussie Cicero plantés devant la porte du fond du studio. Depuis combien de temps ils étaient là, Johnny n'en avait aucune idée.

Milner avait déjà sorti un bloc de papier. Au pupitre, il avait la baguette fluide et laconique, mais à le voir écrire ses arrangements, on aurait dit un chien errant se jetant sur une côtelette de porc. Il était indifférent à tout ce qui l'entourait dans le studio, y compris au stagiaire qui se tenait à côté de lui avec une bouteille de soda et une poignée de crayons.

Johnny s'assit sur son tabouret et alluma une cigarette. « Maaaman ! Paaapa ! » lança-t-il en regardant d'abord Milner puis Ornstein avant de désigner Ping-Pong et Gussie. « Mon taxi est là. Ne vous couchez pas trop tard ! » Il avait des jambes de plomb. Puis il leva les yeux et fit signe à Gussie et Ping-Pong de venir.

« Mon ami ! » s'écria Jackie en se dandinant vers lui. C'était un véritable mastodonte, une simple connaissance, en fait. « Tu as l'air en pleine forme, tu es beau comme un million de dollars. Et ta voix, n'en parlons pas. »

Johnny savait pertinemment qu'il avait une tête de déterré. « Quoi de mieux qu'un million de dollars ?

— Un million de dollars et une pipe, répondit Gussie Cicero, un copain de longue date.

— Faux, répliqua Johnny. Si une nana sait que tu as un million de dollars, elle te fera une pipe gratis.

— Les pipes gratis sont en général les plus chères. »

Johnny éclata de rire. Il donna une grande claque dans le dos de Cicero. « Je ne sais pas si j'ai l'air en pleine forme, dit Johnny, mais vous deux, vous avez la tronche du bronze que j'ai coulé ce matin. »

Johnny se leva et se laissa embrasser par Ping-Pong et Cicero. Johnny avait cru pendant des années que Jacky devait ce sobriquet à ses yeux globuleux, mais Frank Falcone lui avait appris récemment que ses yeux n'avaient pris cet aspect que bien longtemps après qu'on lui avait donné ce surnom, qui lui venait en fait de son véritable nom, Ignazio Pignatelli. Gussie Cicero possédait le club le plus classe de L.A.. Johnny n'y avait plus rechanté depuis le soir où il s'était cassé la voix sur scène et s'était fait massacrer dans les colonnes de *Variety* comme si la rédaction y voyait une occasion de déboucher le champagne et danser sur sa tombe fraîchement creusée. Gussie et Johnny étaient cependant restés amis.

« Frank Falcone t'envoie ses amitiés », dit Gussie. Gussie avait la réputation d'être un initié de l'organisation de L.A., qui était plus ou moins liée à celle de Chicago.

« Il ne vient pas ? demanda Johny.

— Mr Falcone a attrapé un truc », expliqua Ping-Pong. Il serrait une sacoche flambant neuve dans son poing grassouillet. Il était le bras droit de Falcone. Johnny n'aurait pas su dire en quoi consistaient au juste les fonctions d'un bras droit. Dans ce domaine, il évitait d'en savoir plus que nécessaire. « Et avec ses amitiés, il t'envoie également ceci.

— Joli, dit Johnny.

— Je te trouverai la même, dit Ping-Pong, juste le temps de la faire confectionner et de l'expédier de Sicile. J'ai un gars là-bas, qui travaille comme un fou et en fabrique dix par an. Du cuir vierge, c'est ce qui se fait de mieux. Tu veux que je le fasse envoyer au Castle in the Sand ? Chez toi ? Qu'est-ce que tu préfères ?

Fontane se creusait la tête pour trouver une blague à faire sur ce *vierge*, mais il était trop crevé. Rien ne lui venait. « Elle n'est pas pour moi, celle-là ?

— Je t'en trouverai une.

— Je plaisante, Jack.

— Ce n'est pas une offre. C'est une promesse. D'accord. Mais celle-là, dit-il en la tendant à Johnny, elle est pour Mike Corleone, *capisc'* ? »

En d'autres termes : *Fini de déconner* et *Quoi qu'il arrive, t'as pas intérêt à l'ouvrir.*

La sacoche pleine à craquer était aussi lourde qu'une boule de bowling. Johnny la secoua légèrement comme un gamin avec un cadeau de Noël puis il la colla contre son oreille en faisant mine de vérifier si elle faisait tic-tac.

« T'es un marrant, toi. » Ping-Pong plissa les yeux et resta planté là avec sa grosse figure joufflue, le temps manifestement de s'assurer que le message était passé. « Je regrette, dit enfin Ping-Pong, mais j'ai des affaires de famille à régler.

— Pas de problème », dit Johnny. *Alors comme ça, je suis votre putain d'encaisseur, maintenant.* Mais il resta les bras ballants en avalant l'affront comme de l'acide dans du mauvais ciment.

« C'est dommage qu'on ne te voie pas, dit Ping-Pong. Tu as une voix du tonnerre, John. »

Milner griffonnait toujours. Les musiciens sortaient en file indienne. Johnny salua tout le monde et s'en alla en compagnie de Gussie et de Ping-Pong. Une Rolls-Royce Silver Shadow tournait au ralenti devant l'entrée de derrière.

« Elle est où, la reine ? demanda Johnny.

— Pardon ? fit Ping-Pong en fronçant le sourcil comme s'il croyait s'être fait traiter de pédale.

— D'Angleterre, dit Gussie. Il plaisante. »

Ping-Pong secoua la tête d'un air de soupirer « ah les gamins d'aujourd'hui », dont Johnny se serait volontiers passé.

« C'est ma voiture, Johnny », dit Gussie.

Une Lincoln noire vint se ranger. Ping-Pong et ses hommes montèrent et partirent en trombe.

À cet instant précis, Johnny entrevit un éclat métallique du coin de l'œil et fit un bond de côté. Il trébucha et tomba contre le flanc de la Rolls.

Ce n'était pas une balle.

Johnny ne savait pas trop pourquoi il avait cru que c'en était une.

« Bien rattrapé, dit Gussie. Ça va ? »

Johnny se baissa pour ramasser les clefs de voiture de Cicero. « J'ai eu une longue journée, fit-il.

— Ç'aurait été plus simple de dire non merci, dit Gussie.

— Non merci quoi ?

— Non merci, je ne veux pas conduire ta putain de Rolls. »

Johnny lui jeta les clefs. « Non merci, je ne veux pas conduire ta putain de Rolls.

— Tu vois ? C'est si difficile que ça ?

— Je ne t'ai pas entendu, OK ? Je suis claqué, mon vieux. »

Le soleil n'allait pas tarder à se coucher. Johnny aurait été incapable de dire depuis combien de temps il n'avait pas eu une bonne nuit de sommeil.

Gussie le serra dans ses bras et lui dit que ç'avait été un véritable privilège que de l'entendre chanter. Ils montèrent en voiture et prirent la direction de l'aéroport. Johnny se mit à tourner le bouton de la radio de Gussie, histoire de jeter une oreille à la concurrence. La radio n'était qu'une succession de trucs en vogue. Rock'n'roll. Disc-jockeys au débit incompréhensible. Mambo : encore un truc de vogue. Chanteuses larmoyantes : encore un autre. Pas une seule fois, Johnny ne tomba sur sa voix. Peut-être les autres maisons de disques avaient-elles raison. Peut-être que les disques que Johnny Fontane cherchait à faire n'avaient aucune chance de marcher. Il continua à parcourir le cadran de la radio. Gussie avait dû voir que Johnny était complètement à bout de nerfs et il eut la décence de ne rien dire pendant les trois quarts du trajet, jusqu'à ce qu'ils sortent de l'autoroute pour rejoindre l'aéroport.

« Quelle est la différence entre Margot Ashton et une Rolls Royce ? » demanda alors Gussie.

Margot avait été la seconde femme de Fontane, la première de Gussie. Fontane avait quitté Ginny pour Margot. Celle-ci ne s'était pas contentée de lui prendre son cœur. Elle lui avait tout pris, même sa dignité. Un jour, il avait débarqué sur le plateau d'un film qu'elle tournait et le réalisateur l'avait mis à contribution en lui demandant de faire cuire des spaghettis. Sans même protester, Fontane avait mis un tablier et s'était exécuté. L'amour. Cette saloperie d'amour. « Tout le monde n'est pas monté sur la banquette d'une Rolls, dit Johnny.

— Tu la connaissais ?

— Tout le monde la connaît. Avec différentes bagnoles grand luxe et différentes salopes.

— Il n'y a pas beaucoup de différence entre une salope et Margot Ashton.

— C'est là que tu te gourres, mon pote. Une salope est une salope. »

Gussie se trompa et prit la direction des avions de ligne.

« Tu t'es trompé, lui dit Johnny en lui montrant la route qui desservait les hangars privés.

Gussie fit non de la tête. « En fait, je n'y vais pas non plus. Frank ne veut surtout pas que tu le prennes mal, mais tout un avion pour une seule personne, tu vois... »

Il mit la main dans sa poche de poitrine, s'apprêtant à dégainer un revolver. Mais non, pas un revolver. Johnny se faisait des idées. Gussie sortit une enveloppe. « C'est un avion de ligne mais en première classe. »

Johnny prit le billet. Son avion décollait dans un quart d'heure. « Tu ne viens vraiment pas ?

— En fait, dit Gussie, je n'ai pas été invité.

— Mais bien sûr que tu es invité. C'est moi qui t'invite.

— Ne t'inquiète pas, répondit Gussie. On a quelque chose de prévu, avec Gina. » Gina était la fille qu'il avait épousée après avoir été plaqué par Margot Ashton. Après ça, Margot avait épousé un cheik arabe dont elle avait déjà divorcé. « C'est notre cinquième anniversaire de mariage, incroyable, hein ? » dit-il en se garant. En voyant la Rolls, les porteurs se précipitèrent pour les aider, s'imaginant déjà de grosses valises et des pourboires plus gros encore. « Mais la semaine prochaine, on a pris des billets pour venir te voir tous les deux.

— Tu as *acheté* des billets ?

— Quel que soit le prix, si tu es aussi bon qu'aujourd'hui, ou ne serait-ce qu'à moitié, ça reste une affaire.

— La prochaine fois que tu viens à un de mes spectacles, tu as intérêt à figurer sur la liste des invités, autrement ça bardera, mon pote. »

Il y avait une foule d'une vingtaine de personnes de tous âges. Il déclara aux porteurs qu'il n'avait pas de bagages, à part ce petit sac, mais il leur refila tout de même vingt dollars chacun. Deux types en veste bleu ciel se précipitèrent à sa rencontre pour l'aider à se frayer un chemin à travers la foule, ce qui attira tous les regards, même dans une ville comme Los Angeles. La foule fit boule de neige et se pressa derrière lui jusqu'à la porte d'embarquement. Contre ce que lui dictait son bon sens, Johnny confia la sacoche à un des employés de l'aéroport pour pouvoir signer des autographes laconiques d'une écriture illisible, dont un pour une nana qui le voulait en plein sur la figure. Il refila un billet de cinquante aux deux employés de l'aéroport.

Quand il monta à bord de l'avion, il y eut des applaudissements. Il salua sans ôter ses lunettes de soleil puis s'installa sur son siège. Il glissa la sacoche par terre entre ses jambes. Dans d'autres circonstances, il aurait dragué l'hôtesse de l'air rousse aux gros seins, mais il se contenta de lui demander un oreiller, un bourbon avec des glaçons et un thé chaud avec du miel. Il regarda la sacoche. Un autre que lui l'aurait ouverte, à présent. Johnny n'en avait rien à foutre.

Elle mit une éternité à lui rapporter son bourbon. « Nous n'avons pas de miel, dit-elle.

— Et pas de thé non plus, apparemment.

— J'ai mis l'eau à chauffer. »

Elle tourna les talons. Il regarda la sacoche. Et l'ouvrit.

Elle était bourrée de billets, bien entendu. Sur le dessus, un mot anonyme tapé à la machine disait « On t'avait dit de ne pas regarder. » I e *o* de *on* était orné de deux petits points à l'intérieur ; dessous, il y avait un sourire à l'envers

Johnny fit une boulette avec le mot. Il vit la rousse revenir avec son thé et avala la moitié de son bourbon. Il croqua des glaçons en la regardant poser le thé. Il mit la main gauche en revolver, la braqua sur elle et fit un petit bruit de déclic. Elle rougit.

Le temps que la rousse ait fait le tour de la cabine pour tout préparer avant le décollage, il avait vidé le bourbon et le thé et dormait à poings fermés.

Chapitre 8

« Tu étais bien à la petite fête du club des Tri Delta, n'est-ce pas ? » demanda en se servant la blonde à la voix sucrée qui faisait la queue devant Francesca Corleone au self : des pêches pavies sur du fromage blanc et une feuille de laitue flétrie. Avec un thé sucré. C'était là tout le déjeuner de la demoiselle.

Derrière Francesca, Suzy Kimball fredonnait, les yeux baissés sur son plateau.

« Ce n'était pas moi, dit Francesca. Désolée.

— Oh. » N'importe quelle fille normale en aurait profité pour se présenter. Mais la blonde se contenta de se détourner et se remit à glousser avec les autres filles qui l'accompagnaient.

Il y avait beaucoup d'autres filles dans la file d'attente du réfectoire qui n'arboraient pas de lettres grecques sur leurs vêtements, ne chuchotaient pas entre elles et ne se recroquevillaient pas sous leur imperméable en voyant les étudiants de troisième et quatrième année faire leur entrée. Ces filles-là existaient, mais Francesca ne les voyait pas. Ce qu'elle remarqua, en revanche, c'était la présence, derrière elle, de la discrète Suzy avec son teint basané, qui choisit les plats qu'elle avait choisis et la suivit jusqu'à une table près de la fenêtre.

« Tu sais, dit une voix grave derrière Francesca, avant, c'était une université de jeunes filles. »

Francesca se retourna. À la table voisine, se trouvait un jeune homme bronzé en costume de seersucker. Il serrait dans sa main une réplique de vaisseau spatial. Il portait des lunettes de soleil remontées dans ses cheveux blonds bouclés, des lunettes de pilote.

« Pardon ? dit-elle.

— L'Université des Femmes de Floride. » Ses dents blanches lui donnaient un drôle de sourire forcé. « Jusqu'au lendemain de la guerre. Désolé de m'être montré si indiscret. Il se trouve que j'étais là, avec mon petit frère, je l'aidais à s'installer. C'est bien d'avoir une mère protectrice. Elle t'aime vraiment. Tu as de la chance. »

Sa mère mourait d'envie de les voir quitter le toit familial, son frère et lui, expliqua-t-il. Il finit par poser le vaisseau spatial.

Francesca avait la tête qui tournait, submergée par l'odeur des buissons d'osmanthus en fleur.

Il s'était détourné d'un groupe de jeunes gens – des étudiants de second cycle, visiblement, y compris la demoiselle aux pêches – pour lui adresser la parole. Ce garçon avait quelque chose, un mélange d'aisance et de gaucherie dans cette façon qu'il avait de ne pas pouvoir s'empêcher de parler. Au bout d'un moment, il s'excusa de ne pas s'être présenté. « Je suis Billy Van Arsdale. » Il lui tendit la main.

C'était l'occasion ou jamais. *Fran Collins. Franny Taylor. Frances Wilson. Francie Roberts.* À l'instant où elle lui tendait la sienne, elle s'aperçut qu'elle avait les paumes moites. Pas seulement moites, ruisselantes. Mais c'était trop tard. Plus moyen de reculer. Paniquée, elle saisit la main de Billy du bout de ses doigts légèrement moins trempés, la retourna et l'embrassa sur les articulations.

Les compagnons de table de Billy éclatèrent de rire.

« Francesca Corleone », dit-elle dans un murmure à peine audible, en prononçant malgré elle les quatre syllabes de son nom de famille avec son plus bel accent italien. Elle s'efforça de sourire comme si elle avait agi ainsi par pure plaisanterie. « Alors, hmm. C'est quoi au juste, ce vaisseau spatial ?

— Quel nom ravissant, lui dit Billy.

— Elle est italienne », lâcha Suzy Kimball, les yeux brillants, du ton d'une élève qui pour la première fois de toute l'année connaît la bonne réponse. Elle s'adressait à toute la table de Billy. « Ils aiment bien embrasser, les Italiens. Je croyais que ça se prononçait Corleo*ne*, pas Corleo*ni*. Comment dit-on ? »

Francesca était incapable de dire un mot, elle ne pouvait détacher son regard de Billy.

À l'autre table, une voix lança « Mamma mia, où est la mozzarella ? », provoquant encore une fois l'hilarité générale. Billy fit mine d'ignorer les autres. « Bienvenue à l'Université de Floride. Si je peux t'être utile en quoi que ce soit...

— Et c'est parti... dit un des jeunes hommes attablés.

— Mon chou, dit la fille aux pêches, tu es vraiment incorrigible.

— ... n'hésite pas à me le dire.

— Corleone, hein ? » dit le garçon à la mozzarella. Il brandit une mitraillette invisible en faisant *tac-a-tac-a-tac*. « Tu as un lien de parenté avec eux ? lança quelqu'un d'autre.

— Vous êtes cons, intervint Billy. Ne soyez pas ridicules. Ce sont des cons, dit-il à Francesca. Enfin, quoi qu'il en soit, il faut que je me dépêche, mais si tu as besoin de quoi que ce soit, je suis dans l'annuaire. Sous 'W.B'.

— Oui, très chère, lança Pêches Pavies. William Brewster Van Aaahhhsdale troisième du nom. »

Billy roula les yeux au plafond, serra doucement l'épaule de Francesca, attrapa sa fusée en bois, remit ses lunettes de soleil d'une pichenette et s'en alla. Francesca s'attendait à ce que la tablée voisine continue à l'asticoter, mais ils se désintéressèrent d'elle et reprirent leur conversation.

« Je suis désolée », bredouilla Suzy. Elle tremblait comme un animal de compagnie que l'on a maltraité.

Que pouvait-elle répondre à cela ? « Tu as raison. Je suis italienne. Nous sommes italiens. » Les Italiens aiment bien embrasser. Il y a pire, non ? « Laisse tomber. Mon nom, tu peux le prononcer comme tu veux. »

Suzy leva les yeux, puis mit la main devant la bouche. « Si tu voyais la tête que tu fais.

— Pourquoi ça ? » demanda Francesca.

Un coup de tonnerre éclata.

Suzy fit non de la tête, mais Francesca savait. Elle sentait encore la main de Billy posée sur elle.

Après le déjeuner, elles s'occupèrent de leur chambre. Les vêtements de Suzy ressemblaient davantage à des uniformes : des jupes et des chemisiers quasiment identiques, des soutiens-gorge, des culottes et des chaussettes parfaitement identiques. Elles décidèrent de faire plus de place en superposant leurs lits et Francesca dit à Suzy qu'elle pouvait choisir. Celle-ci choisit le bas. Mais qui irait *choisir* le bas ? Il s'arrêta de pleuvoir. La responsable de la résidence fit sortir toutes les étudiantes, leur donna de petites bougies blanches puis leur fit traverser le campus au pas cadencé pour assister à la cérémonie des première année. Quand elles entrèrent dans le stade de football, la fanfare de l'université retentit. Il se mit à bruiner. Il y avait d'innombrables rangées de chaises pliantes blanches en bois. Suzy et Francesca s'assirent vers le fond. Les deux basanées. Il fallait qu'elle trouve un moyen de prendre ses distances avec cette fille sans être méchante. Du haut d'une estrade disposée sur la ligne des cinquante mètres, un doyen leur souhaita la bienvenue. Puis il leur présenta le président de l'université, un type lugubre en toge noire. Le doyen s'assit et ce n'est qu'alors que Francesca remarqua, à côté du doyen, ce costume de seersucker bleu, ces cheveux blonds, et malgré la distance, ces dents blanches. L'espace d'un instant, elle crut à une hallucination. La chaleur. Puis Suzy enfonça son coude dans les côtes de Francesca, le doigt pointé.

« C'est William Brewster Van Arsdale III ! lança-t-elle.

— C'était une blague, lui dit Francesca.

— Si tu voyais la tête que tu fais encore », lui dit Suzy.

Francesca essaya de hausser le sourcil à la manière de Deanna Dunn dans ce film qui était sorti il y a quelques années, celui où elle jouait le rôle d'une tueuse.

Billy passa toute l'allocution du président à prendre des notes sur des fiches. Francesca, quant à elle, la passa à se répéter que c'était incontestablement le plus idiot de tous les coups de foudre idiots de ce bas monde.

Le président tira sur son écharpe. Il leur dit de bien regarder autour d'eux, qu'un des étudiants qui se trouvaient là ne passerait pas son diplôme et que chacun devait s'assurer que ce ne serait pas lui, puis il ordonna aux pom-pom girls qui se tenaient sur les bas-côtés emmitouflées dans des pulls d'allumer toutes les bougies. Le tonnerre retentit. Il déclara alors qu'il avait le plaisir de leur présenter le président des étudiants. « Naturellement, tous ceux d'entre vous qui ont eu l'occasion de manger des fruits frais de Floride sont déjà de fidèles amis de sa famille. » Le président s'interrompit pour glousser et attirer leur attention sur la satisfaction que lui procurait cette allitération. « Mesdames messieurs, Mr. William Brewster Van Arsdale. »

« Je croyais que tu avais dit que c'était une blague ? » s'étonna Suzy.

Francesca haussa les épaules. Van Arsdale des *Agrumes* Van Arsdale ?

Billy s'avança sur la tribune en saluant. Il sortit le vaisseau spatial de sa veste. Sur ces entrefaites, il se mit à pleuvoir à verse. Billy poursuivit sur sa lancée. La fusée lui servait de support pour parler de l'avènement proche de l'ère spatiale qui ouvrirait à tous les étudiants rassemblés là les voies d'une existence passionnante. Les bougies s'éteignirent. Les gens commencèrent à partir. Subitement, comme souvent en Floride, des trombes d'eau se déversèrent. Francesca boutonna son imperméable. La fanfare courut se mettre à l'abri. En l'espace de quelques instants, la piste qui encerclait le terrain fut inondée. Billy remit la fusée dans sa veste et jeta ses fiches au vent. « Nous devons maintenir un juste équilibre entre notre éducation universitaire et ce que nous avons déjà appris, cria-t-il. L'amour. La famille. Le bon sens. Et puisqu'on parle de bon sens, il est temps d'aller s'abriter ! »

Avant même qu'il n'ait fini sa phrase, presque tout le monde était déjà parti. Sauf Francesca qui restait là, immobile.

Elle se faisait des illusions. C'était ridicule. Il lui parut soudain évident qu'au réfectoire, c'était de deux choses l'une. Soit il jouait les bonnes âmes en tendant la main à ces drôles de filles issues des minorités ethniques. Soit il se moquait d'elle.

Elle le regarda courir aux côtés du doyen et du président en toge en s'abritant sous leurs parapluies.

Naturellement, c'était le genre de types pour lesquels les grands parapluies se déployaient comme par enchantement.

Francesca, qui demeurait la dernière sur le terrain, jeta sa bougie éteinte et enfouit sa tête entre ses mains.

Il valait mieux rentrer. Pas dans sa chambre. *Chez elle.*

Comme toujours dans les moments les plus difficiles, elle s'efforça de se représenter les traits de son père. Elle avait de plus en plus de mal à chaque fois. Il prenait la pose et souriait du sourire qu'il avait sur les photos. Était-ce vraiment son papa qu'elle voyait là ou juste la photo de lui au mariage de tante Connie, où il donnait l'impression de passer le bras autour de toutes les grandes personnes de la famille, celle où il était amoureux de sa maman et prêtait attention à tout le monde ? Francesca et Kathy étaient à l'écart, dansant avec Johnny Fontane, un personnage qui lui semblait à présent aussi irréel que Mickey. Ce jour-là, tout allait bien.

Elle se pencha et resta ainsi sous les torrents de pluie. Au fond d'elle-même, Francesca savait qu'elle ne se rappelait plus vraiment la voix de son père. Et là encore, elle se faisait des illusions : attachant bien trop d'importance aux coiffures d'autrefois, aux smokings et aux robes, au magnifique uniforme des Marines d'oncle Mike avec sa casquette mal ajustée, se laissant berner comme une idiote par les sourires faussement naturels sur le visage des morts, par le talent des photographes, par un bizarre accident de lumière trompeuse. Ça n'avait *jamais* été. Qui pouvait encore l'ignorer ? Il y avait d'autres photos de famille, auxquelles Francesca préférait généralement ne pas penser. Celle de son oncle Fredo sanglotant assis sur le trottoir. Celle de Grand-Père Vito dissimulant son visage au photographe que le *New York Times* avait choisie pour sa nécrologie. Le polaroïd de sa mère sans chemise dans le fauteuil du bureau de Stan le Caviste, que Kathy avait retrouvée camouflée à côté d'un énorme pénis en caoutchouc au fond d'une cache ménagée dans le sommier à ressorts de leur mère. Celle à la bordure dentelée, où son père tuait un thon à coups de bâton quelque part au large des côtes de Sicile en souriant comme un gamin au matin de Noël.

Tu as un lien de parenté avec eux ? Qu'aurait-elle répondu si Billy n'avait pas rabroué ses amis ? Elle n'en avait aucune idée.

Il y avait tant de raisons d'aimer les orages. Peut-être Francesca Corleone pleurait-elle, peut-être pas. Elle n'avait aucune intention de quitter le terrain avant que la dernière grosse goutte soit tombée.

Chapitre 9

Quiconque aurait vu, comme les chauffeurs de ces deux Cadillac qui attendaient au bout du ponton avec des cordages à la main, Michael Corleone se poser sur le lac Mead, aurait pu s'imaginer qu'il avait fait cela des centaines de fois et non une vingtaine seulement. Kay, qui dormait sur son siège à côté de lui, ne bougea même pas – du moins jusqu'à ce Tommy Neri et les deux jeunes tassés à l'arrière n'applaudissent.

Elle se redressa subitement en écarquillant les yeux de panique. « Les petits ! »

Michael éclata de rire. Un peu plus tard, il le regretta. Sur l'instant, cet affolement inutile lui avait paru drôle, et plutôt touchant. Avec n'importe qui d'autre, il n'aurait pas agi sans réfléchir. Kay était la seule personne au monde qui pouvait le pousser à aller à l'encontre de sa nature.

« Désolé, Mrs C., dit Tommy. Mais vous auriez dû voir ça. Votre mari a ça dans le sang. Je peux bien vous l'avouer, maintenant, mais au début, je n'étais pas trop rassuré. Ça fait à peine un an que j'ai pris l'avion pour la première fois, et c'était un avion de ligne. »

Kay se frotta les yeux.

« Je ne me moquais pas de toi, dit Michael. Ça va ?

— Ils flottent vraiment, dit Kay à Tommy. Ils ont des flotteurs. Quoique, il arrive qu'ils se retournent.

— Oui, madame.

— Tu rêvais de quoi ? » demanda Michael.

Elle plaqua la main sur sa poitrine comme pour calmer son cœur battant. « Ça va. On est chez nous ?

— Oui, enfin, on est de retour au lac Mead.

— C'est ce que je voulais dire. Qu'est-ce que tu croyais, que je parlais de l'allée de Long Beach ? »

Michael ne supportait pas que la notion de « chez-soi » puisse être le moins du monde ambiguë. Il ne supportait pas non plus la moindre querelle, aussi anodine soit-elle, devant des gens qui ne lui étaient pas si proches que cela. Il attendit d'avoir rejoint le ponton pour lui répondre. « Non, dit-il. Ce n'est pas ce que je croyais. »

Kay défit sa ceinture et se fraya un passage en écartant les hommes. Elle était en rogne depuis que Michael avait fait un détour jusqu'à leur propriété pour passer les prendre afin de les ramener. Elle monta à l'arrière de leur voiture, la jaune avec un toit noir.

Michael dit aux hommes de saluer Fredo et Pete Clemenza de sa part – la Cadillac rouge appartenait à Fredo ; elle était censée les attendre à l'arrivée de leurs avions respectifs – et leur assura qu'il serait au Castle in the Sand à six heures et demie au plus tard.

Il monta à côté de Kay.

« Une balade en amoureux, dit-elle. Comme autrefois. Toute la journée et jusqu'en fin de soirée. C'est ce que tu avais dit.

— Il fallait bien que je les ramène d'une manière ou d'une autre. De toute façon, tu as dormi pendant tout le vol. »

Elle eut un haussement d'épaules. Il n'avait rien de conciliant. En ce monde, il y avait deux sortes d'épouses. Il avait déjà été marié à l'autre sorte. Mais au bout du compte, une épouse comme Apollonia, en d'autres termes, une épouse comme sa mère, une Sicilienne pour qui tout ce que disait son mari était parole d'évangile, ne lui aurait pas convenu, et encore moins à ses enfants. Pas en Amérique.

Mais là, c'en était trop pour lui. Pas en présence de témoins. Personne, pas même les plus fidèles de ses hommes, ne devait voir le chef de leur Famille se rendre coupable d'une faiblesse, aussi infime soit-elle.

« Ce sont les affaires », dit Michael. Autrement dit, dans le code de leur couple, *on ne discute pas*.

« Tu as raison, dit-elle. Bien sûr. »

Ils firent le chemin du retour au rythme de la country qui passait à la radio.

Les parents de Kay s'étaient garés dans l'allée. De l'autre côté de la rue, une Plymouth grise stationnait devant le chantier de ce qui était censé être la maison de Connie, la sœur de Michael. Un flic quelconque, manifestement – c'était le genre de voiture qu'ils affectionnaient, et si ça n'avait pas été un flic, les gars d'Al Neri s'en seraient déjà occupés.

De la maison retentissait l'écho, le *bruit* plutôt, d'un opéra lugubre ; Michael aurait été incapable de dire lequel. Contrairement au vieux Moustache Pete, Michael n'avait jamais éprouvé le besoin de feindre de s'intéresser à l'opéra. Chez eux, la musique était exclusivement le domaine de Kay.

Celle-ci grimaça, puis leva les yeux au ciel. « C'est papa », dit-elle.

La froideur des relations qu'elle entretenait avec ses parents laissait Michael perplexe. Ils l'avaient toujours soutenue dans tout ce qu'elle avait fait. Des agents fédéraux avaient un jour débarqué dans le bureau même où son père écrivait ses sermons, en traitant Michael de gangster et d'assassin ; malgré cela, quand elle avait décidé de l'épouser, ils lui avaient donné leur bénédiction sans hésiter. Michael s'apprêtait à faire une remarque à Kay – se battant contre les moulins à vent de l'immuable, comme souvent maris et femmes – quand il lui vint à l'esprit que le tourne-disque qu'ils avaient rapporté de New York ne pouvait faire un tel raffut. Le son provenait de la hi-fi de son cabinet privé.

— Il est dans mon cabinet, dit Michael.

— Il est de plus en plus dur d'oreille, et s'il n'y avait que ça, répondit Kay. Sois gentil avec lui.

« Il est dans mon cabinet », répéta Michael.

Elle rajusta sa jupe et lui montra le jardin où sa mère poussait Mary sur la balançoire. Il hocha la tête et entra dans la maison.

Il monta l'escalier et traversa sa chambre. Le cabinet en question était un mélange cauchemardesque d'orange et de marron, avec des chaises en plastique moulées et des lampadaires minimalistes dont les ampoules dispensaient une lumière médiocre. Deux enfants roux qu'il n'avait jamais vus jouaient sur le tapis avec des camions-bennes. Thornton Adams était installé derrière le bureau danois moderne en bois blond de Michael. Anthony était assis sur ses genoux. Ils avaient tous deux les yeux fermés et la tête renversée en arrière avec un air de béatitude digne d'un vitrail de Jésus. Michael traversa la pièce et tourna le bouton du magnétophone à bande encastré dans le mur.

Anthony eut un regard d'affolement qui ressemblait tant à celui de sa mère quelques instants plus tôt que Michael en fut bouleversé. Les enfants qui jouaient par terre se levèrent et s'enfuirent en courant.

« Thornton, dit Michael.

— Je me suis permis de...

— Laissez. Ça ne fait rien.

— On va avoir de gros gros ennuis ? » demanda Anthony.

Le petit avait les lèvres tremblantes et ses yeux étaient écarquillés. Michael avait dû lui donner trois fessées dans sa vie. Ceux qui croient pouvoir expliquer tout ce dont sont capables les êtres humains feraient bien d'avoir un enfant ou deux histoire de remettre les pendules à l'heure. « Mais non, mon pote, dit Michael. Tu ne vas pas avoir d'ennuis. » Il souleva Anthony et le serra contre lui. « Ça te plaît ? Cette musique ?

— J'ai dit à grand-papa qu'on n'avait pas le droit de...

— Ne t'inquiète pas, dit Michael. Qu'est-ce que vous écoutiez ?

— Dis-lui, Tony, suggéra Thornton en remettant ses grosses lunettes à monture noire.

— Puccini.

— C'est un Italien, dit Thornton. Enfin, c'était. » Il gloussa. « Il est mort et bien mort, évidemment.

— Je sais, dit Michael.

— Vous dites ? »

Michael haussa la voix. « Puccini est mort. Vous voulez manger ? Vous voulez que je vous prépare quelque chose ?

— Agnes a un ragoût sur le feu, répondit Thornton. Un truc avec des haricots. »

Michael ne sentait rien. Qu'est-ce qui pouvait bien cuire sans rien sentir ?

« Puccini est mort ? » demanda Anthony, les traits blêmes.

Michael ébouriffa les cheveux de son fils. « Il a eu une belle vie, Puccini », lui dit Michael, bien qu'il n'eût pas la moindre idée de l'existence qu'avait pu mener Puccini. Son fils se détendit à vue d'œil. « Qui sont ces autres enfants ?

— Vos voisins, dit Thornton. Leur jardin est contigu au vôtre. Apparemment, ils étaient déjà amis avec Tony et Mary. Allez, Tony. Il faut qu'on y aille. Désolé si je... »

Michael se contenta de lancer à son beau-père un regard qui s'avéra être amplement suffisant. Il reposa son fils, referma la porte et se retrouva seul.

Dans la pièce voisine, la douche se mit à couler. Kay. Michael sortit son smoking. C'était celui dans lequel il s'était marié (il avait porté l'autre la veille au soir), bien que son pantalon eût pu être rallongé. Il mata discrètement Kay à travers la porte vitrée de la douche et retourna se changer dans son cabinet privé.

Fredo voulait bien faire – voilà qui serait probablement un

jour l'épitaphe idéale pour son frère. Cette voiture, par exemple. Elle était vraiment fabuleuse, avec une calandre en or et des rayons en forme de sabre. Michael continuait à trouver que son frère était totalement branque d'acheter des voitures aussi tape-à-l'œil, mais il suffisait de regarder autour de soi : une simple berline noire se serait-elle aussi aisément fondue dans le décor de l'Ouest que la merveille à ailerons garée dans l'allée de Michael ? Ou encore la hi-fi. La même que celle dont on se servait dans les studios, prétendait Fredo. Ça prenait tout un mur. Qui voulait d'un attirail pareil chez soi ? Nul doute que c'était le truc à la mode, mais Michael n'avait jamais été du style à perdre son temps à écouter de la musique enregistrée.

Il s'installa à son bureau, pleinement conscient de l'état d'épuisement dans lequel il était. Deux jours à New York, un autre à Detroit, puis le décalage horaire et l'effort de concentration qu'il avait dû fournir pour effectuer le vol aller-retour au lac Mead. Et il avait encore devant lui la perspective d'une longue soirée : des réunions au Castle in the Sand, des nouvelles imminentes de l'île de Rattlesnake, un saut au spectacle de Johnny Fontane, sans compter ce qui l'attendait après. La cérémonie. Michael passa distraitement le doigt sur le pourtour du cendrier orné en son centre d'une sirène posée sur son récif. Il avait appartenu à son père. On discernait encore une fissure à l'endroit où le cendrier avait été recollé. Michael alluma une cigarette avec son gros briquet de table haut de quinze centimètres, en forme de lion. Il tambourina sur cet affreux bureau de bois blond et repensa au golf. C'était une excellente idée, le golf, à la fois un sport et un passe-temps, une manière de se détendre et un moyen de faire des affaires. Des clubs personnalisés. Parfait.

Il s'endormit si profondément qu'il aurait pu rester ainsi toute la nuit, courbé en avant, indifférent au monde.

Il se réveilla en sursaut. « Je ne dors pas », lança-t-il.

C'était la main de Kay sur son épaule. « Je t'ai vu me mater, dit-elle.

— Désolé.

— Tu n'as pas à être désolé. C'est le jour où tu arrêteras de me mater que je m'inquiéterai.

— Pourquoi t'es-tu changée ? Où vas-tu ? »

Elle fronça les sourcils. « Voir Johnny Fontane, évidemment. Allez. On y va.

— Voir Fontane ?

— C'est comme quand on habite à New York et qu'on peut

monter en haut de la statue de la Liberté mais qu'on ne le fait jamais. Johnny Fontane chante dans ton casino...

— Nous avons juste des parts.

— ... depuis des semaines, maintenant. On pourrait y aller n'importe quand, mais on ne le fait jamais. Tu te rends compte que la dernière fois que je l'ai entendu chanter, c'était il y a dix ans, au mariage de ta sœur ? C'était la seule et unique fois. »

Puis elle se mit à rire.

« Si tu voyais ta tête, dit-elle. Je sais, je sais, les affaires, tu as des affaires à régler. Allez, vas-y. Vas-y. J'emmène papa et maman et les enfants dîner dans le grill-room qui vient d'ouvrir.

— Je croyais que ta mère avait un ragoût sur le feu.

— Tu as déjà goûté les ragoûts de ma mère ? »

Michael l'embrassa. Il la remercia de cette si belle journée, et de cette si belle vie, aussi. « Ne m'attends pas, lui dit-il. Je rentrerai tard.

— Comme toujours. » Kay sourit, mais ils savaient tous deux qu'elle ne plaisantait pas.

« Tu as fait bon vo' ? » lui demanda Hal Mitchell qui était en tenue de golf. *Vol.* Le sergent avait des difficultés à prononcer les *l* et les *r*. Il avait passé la guerre à se faire charrier car tous les mots de passe comportaient des *l* afin de piéger les Japonais. Ses hommes l'adoraient, cependant. Aucun ne l'avait jamais ouvertement appelé sergent Elmer.

« Sans histoires, répondit Michael en serrant entre ses bras son ancien frère d'armes. Il n'y a pas mieux. »

Derrière Mitchell se trouvait Tom Hagen qui était déjà arrivé, naturellement. Hagen et le vieux cow-boy aux cheveux blancs se levèrent. Le monsieur chauve en fauteuil roulant lui tendit la main. Michael était le seul à être en smoking. Il faisait encore jour, mais il n'aurait guère eu le temps de se changer.

Les murs du bureau de Mitchell étaient couverts de photos de célébrités, à l'exception d'un cliché vieux de douze ans du sergent Mitchell et du première classe Corleone posant devant la carcasse calcinée d'un tank nippon sur la plage de Guadalcanal en compagnie de plusieurs marines qui n'étaient jamais rentrés chez eux. Le bureau donnait sur l'entrée principale du Castle in the Sand. Le fronton proclamait BIENVENUE AUX TRAVAILLEURS AMÉRICAINS ! ; le nom de Fontane reprendrait sa place le lendemain. Sur l'esplanade dallée, les représentants officiels du syndicat ainsi que d'autres amis de la Famille Corleone arrivaient peu à peu pour la convention qui devait commencer le lendemain.

Mitchell offrit à Michael de s'asseoir derrière son bureau, mais ce dernier refusa. Le monsieur en fauteuil roulant était le président d'une banque de Las Vegas. L'homme aux cheveux blancs coiffé d'un chapeau de cow-boy était un avocat qui avait ouvert son cabinet après avoir exercé les fonctions de procureur général de l'État et passé plusieurs années au poste de président du parti républicain. Sur le papier, ces deux hommes, Mitchell et un holding immobilier dirigé par Tom Hagen étaient les quatre plus gros actionnaires du casino. L'entreprise de construction de Michael était, toujours sur le papier, en sixième position, derrière son frère, Fredo, qui avait tenu à figurer sous son propre nom – prenant ainsi un risque qui avait soulevé de nombreuses discussions au sein de la Famille Corleone et de la commission des Jeux du Nevada. Fredo était également censé être là ce soir.

« Fredo Corleone vous prie de l'excuser, dit Hagen. Son vol a été retardé pour des raisons indépendantes de sa volonté. »

Michael se contenta de hocher la tête. Il n'y avait rien à ajouter, pas en la présence de gens qui n'appartenaient pas à la Famille, et encore moins dans cette pièce truffée de micros.

La réunion dura une heure environ. Ce n'était pas une simple mascarade – ni le président de la banque ni le cow-boy de prétoire ne se doutaient un seul instant qu'ils étaient écoutés par des représentants de la loi – et elle ne différait en rien de n'importe quelle réunion des principaux actionnaires de n'importe quelle société privée : problèmes relatifs aux achats, questions personnelles, évaluation de l'efficacité des opérations de marketing et de publicité en cours. Ils discutèrent de l'idée qu'avait lancée Mitchell d'organiser des pique-niques atomiques sur le toit. Dans son for intérieur, Michael se demandait bien quel imbécile irait grimper sur le toit à une heure impossible et débourser dix dollars afin d'entendre un numéro d'amateur auquel il pouvait assister gratuitement en bas et tout ça pour une bouffée de fumée qu'il verrait tout aussi bien de sa fenêtre. Mais il s'abstint de tout commentaire. Il pensait déjà aux deux réunions qui l'attendaient. Pour ce qui était de celle-ci, le débat ne s'anima réellement que lorsqu'il fut question de baptiser le nouveau casino du lac Tahoe. Le consensus finit par se porter sur l'idée suggérée par Mitchell, The Castle in the Clouds, le château dans les nuages, en manière de clin d'œil au Castle in the Sand, le château dans le sable.

À la fin de la séance, Mitchell déclara qu'il espérait les voir accompagnés de leurs femmes au spectacle que donnait Fontane pour quelques invités triés sur le volet. Avec ses dix pour cent de participation dans le Castle in the Clouds, Johnny était leur nouvel associé, après tout. Ils répondirent tous qu'ils ne manqueraient ça pour rien au monde.

Hagen attendit qu'ils soient partis et passa un rapide coup de fil à Louie Russo.

« Don Russo est en route pour le Chuckwagon », annonça Hagen à Michael.

Ils empruntèrent l'escalier de derrière.

« Qu'est-ce qui s'est passé pour Fredo ? demanda Michael.

— Il sera là demain de bonne heure, répondit Hagen. Tout va bien. Il a deux gars bien avec lui.

— Tu veux parler du coiffeur et du petit jeune qui vient de débarquer, le chevrier...

— C'est ça. »

Michael secoua la tête. Le coiffeur était censé être affranchi le soir même, après le spectacle de Fontane. Ce devait être une surprise – c'était ainsi que les initiations se déroulaient – mais encore fallait-il l'avoir sous la main. « Et comment se fait-il que Fredo ait raté l'avion, hein ?

— Je ne sais pas. Ce sont des choses qui arrivent.

— Ça ne t'arrive pas, à toi.

— Mais si, répondit-il. Ça m'est arrivé aujourd'hui même, d'ailleurs.

— Mais tu es tout de même là, à l'heure. »

Hagen se tut. Il avait toujours été indulgent envers Fredo.

« Alors, comment ça s'est passé ? demanda Michael. Palm Springs.

— Exactement comme on avait prévu, toi et moi. On devrait atteindre nos objectifs. »

Ils traversèrent le hall pour rejoindre le Chuckwagon, un café qui n'était ouvert que pour le petit déjeuner. Michael avait une clef. Il s'assit avec Hagen à une table placée dans un coin. Quelques instants plus tard, un des assistants de Hal Mitchell fit entrer Russo et deux de ses hommes dans le café ; ils refermèrent la porte derrière eux. Russo avait un teint blafard, une vilaine moumoute, de gigantesques lunettes de soleil et des mains minuscules. Il fonça vers les interrupteurs et éteignit toutes les lumières. Ses hommes tirèrent les rideaux.

« Hé, vous avez amené votre Irlandais de *consigliere*. » Il avait une voix haut perchée efféminée. « C'est mignon.

— Bienvenue au Castle in the Sand, Don Russo. » Hagen se leva en affichant un sourire exagéré qui seul trahissait son manque de sincérité.

Michael attendit que les hommes de Russo soient allés s'installer sur des tabourets du bar, à l'autre bout de la salle.

« Je vous assure que nous avons réglé notre facture d'électricité, Don Russo », dit-il alors en montrant la suspension au-dessus de sa tête.

« Je préfère le noir, répondit Russo en tapotant ses lunettes si disproportionnées que son nez ressemblait davantage encore à un pénis que ce ne devait être le cas en temps normal. Une petite frappe a essayé de me descendre à travers la vitrine d'un bureau de tabac. J'ai reçu un éclat de verre dans l'œil. J'y vois clair, mais la plupart du temps la lumière me fait mal aux yeux.

— Bien sûr, répondit Michael. Notre seul désir est que vous soyez à votre aise.

— Je vois bien que ça vous embête que j'aie éteint toutes les lumières et fermé les rideaux sans rien vous dire, dit Russo en s'installant à leur table. Pas vrai ? Comme ça, maintenant, vous savez l'effet que ça fait.

— Quoi donc ? demanda Hagen.

— Allez, l'Irlandais. Vous savez très bien de quoi je parle, et votre boss aussi. Vous autres les New-Yorkais, vous êtes tous les mêmes. Vous avez fait un marché. Tout ce qui est à l'ouest de Chicago dépend de Chicago. Le jour où vous vous rendez compte qu'*il y a* quelque chose à l'ouest de Chicago, vous faites machine arrière. Capone a ce qu'il mérite et vous vous dites que cette espèce de fouine syphilitique de Napolitain et Chicago, c'est du pareil au même. Et nous autres, là-dedans ? On est rien. Vous montez votre Commission et nous, est-ce qu'on en fait partie ? Non. Moe Greene embarque tout l'argent de New York et construit Las Vegas. On ne nous a pas consultés. Du jour au lendemain, vous décrétez qu'ici, c'est une ville ouverte. Et vous savez quoi ? Moi, je me dis : super. Les villes ouvertes, ça marche à Miami. Ça marche à La Havane et j'espère sincèrement que ça va durer. Et ça marche peut-être encore mieux ici qu'ailleurs. Mais pourquoi ce manque de respect ? On ne nous a même pas *demandé* notre avis. C'est là que je veux en venir. Et pourtant, on a accepté. On n'était pas en position de discuter. On a eu quelques années, mieux vaut ne pas en parler, où rien n'était correctement organisé. Du coup – je ne dis pas que vous en avez profité, mais dans l'affaire, on s'est retrouvés perdants. *Soit.* Vegas marche très bien comme ça. À Chicago tout est sous contrôle. Pendant quelque temps, à New York, vous avez fait couler le sang dans les rues, mais à ce qu'on m'a dit, vous avez rétabli la paix. J'espère du fond du cœur que c'est vrai. Quand vous avez eu des ennuis, est-ce que je me suis dit, *Hé, mes amis de New York sont dans le pétrin, c'est le moment d'en profiter ?* Non. Je suis resté tranquille dans mon coin. Je ne vous demande pas de me faire une haie d'honneur, mais bon sang, c'est comme ça que vous me remerciez du respect que je vous ai montré dans l'adversité ? Vous installez le siège de toute votre organisation *ici*. Ici ! Une ville censée être ouverte à tous et, techniquement parlant, une ville qui nous appartient de plein droit. Je ne suis pas un imbécile, d'accord ? Mais je ne suis pas avocat comme votre Irlandais, là, et je ne suis pas allé non plus dans une de ces putains d'universités de rupins. Alors, dites-moi, vous. Au nom de quoi je devrais tolérer ça ? »

Louie Russo était censé avoir un QI de 90, mais il avait le génie de deviner les pensées de ses interlocuteurs. Avec ses lunettes, en revanche, il était difficile de deviner les siennes.

« J'apprécie votre franchise, Don Russo, répondit Michael. Il n'y a rien que j'apprécie plus chez un homme que l'honnêteté. »

Don Russo bougonna.

« J'ignore d'où vous tenez vos informations, poursuivit Michael, mais elles sont fausses. Nous n'avons aucune intention de diriger Las Vegas. Nous ne sommes ici que temporairement. Je possède un terrain sur le lac Tahoe et dès que nous aurons achevé de construire là-bas, nous irons nous y installer, définitivement.

— Aux dernières nouvelles, Tahoe aussi était à l'ouest de Chicago », rétorqua Don Russo.

Michael haussa les épaules. « Le moment venu, ça ne vous concernera pas.

— Pour l'instant, je me sens concerné.

— Vous ne devriez pas. À l'avenir, nous n'admettrons plus de nouveaux membres. Je me sépare peu à peu de tout ce que nous avions à New York. Les affaires que je dirigerai ici seront parfaitement légales. Pour en arriver là, je compte sur votre coopération, ou du moins sur votre non-ingérence. Vous le savez – vous faisiez allusion à mes études à Dartmouth –, il n'était pas dans mes intentions de prendre part aux affaires de mon père. Il ne le souhaitait pas non plus. Comme je vous l'ai dit, ce n'est que temporaire. Nous allons ouvrir un nouveau casino au lac Tahoe et nous avons l'intention d'avoir une gestion si irréprochable qu'une armée de flics, d'agents du fisc et de la commission des Jeux pourront y vivre vingt-quatre heures sur vingt-quatre. »

Russo se mit à rire. « Putain, je vous souhaite bien de la chance !

— Je n'ai plus qu'à espérer que vous êtes sincère, dit Michael en se levant, car nous devons y aller. Toutes mes excuses. C'est un plaisir de vous accueillir. Nous serons ravis de vous voir ce soir. »

Tom Hagen ouvrit la porte du bureau en rez-de-chaussée d'Enzo Aguello, un vieil ami de la famille Corleone devenu chef pâtissier du casino. Les trois hommes qui se trouvaient à l'intérieur – les deux *capi* en titre, Rocco Lampone et Pete Clemenza ainsi que le chef de la sûreté, Al Neri – avaient assisté la veille au mariage du fils de Pete à Detroit. Tous les yeux étaient injectés de sang. Lampone n'avait que trente ans, mais il en faisait dix de plus. Il marchait avec une canne depuis qu'il était revenu d'Afrique du Nord, le Purple Heart épinglé à la poitrine et la rotule du genou gauche pulvérisée. Quant à Clemenza, le simple fait de s'extirper de son fauteuil exigeait de lui un tel effort qu'il en avait le souffle coupé. Hagen avait toujours vu en lui un de ces gros bonshommes sans âge, et voilà qu'il avait tout simplement l'air vieux. Il devait avoir dans les soixante-dix ans.

Ils auraient pu se retrouver en haut, dans une suite, mais le bureau d'Enzo avait l'avantage d'être modeste, proche des cuisines et cent pour cent sûr – un bunker de parpaing que Neri avait passé au peigne fin avec l'équipement le plus performant qui soit, en quête d'éventuels micros. Neri se posta dans le couloir après avoir refermé la porte derrière lui.

« Où est Fredo ? » demanda Clemenza.

Mike secoua la tête.

« Tout va bien, dit Hagen. Son avion a du retard. Il y a des orages à Detroit. Il sera là demain. »

Clemenza et Lampone échangèrent un regard. Ils prirent place autour du bureau vert-de-gris d'Enzo sur d'inconfortables chaises en métal pliantes.

« Je comptais pas en parler, dit Clemenza, mais on raconte des trucs drôlement bizarres sur Fredo, je suis désolé de devoir le dire. » Les nouveaux gardes du corps de Fredo venaient du *regime* de Clemenza.

« Mais encore ? » demanda Michael.

Clemenza écarta la question d'un geste. « Crois-moi, c'est tellement dingue et tellement ridicule que ça ne vaut même pas la peine qu'on en parle et comme j'ai cru comprendre que ce sont des racontars de junkies et de nègres, on peut les ignorer à quatre-vingt-dix-neuf pour cent. Mais on sait tous qu'il... » Clemenza grimaça comme s'il avait de l'aérophagie. « Je suis mal placé pour prêcher la tempérance, mais il faut dire qu'il picole trop.

— La tempérance ? » Michael haussa les sourcils. « Où est-ce que tu as appris ce mot ?

— J'envoie mon gamin dans la même université de rupins où t'as été, Mike. C'est comme ça que j'en ai entendu parler. » Il lui fit un clin d'œil. « Sauf que contrairement à toi, il n'a pas lâché ses études.

— Il dit tempérance ? Comme ça, à voix haute ?

— Et comment tu veux faire autrement ? Et tu sais ce que j'ai appris d'autre sur ce mot ? Que c'est une des quatre vertus cardinales.

— Et quelles sont les trois autres ?

— Putain, qu'est-ce que tu veux que j'en sache ? Il y a encore une minute, tu croyais que j'étais trop con pour en connaître une seule. »

Ils éclatèrent tous de rire, puis se mirent au travail.

Tom Hagen n'avait pas été avocat d'affaires bien longtemps mais, à l'époque, la moindre réunion deux fois moins importante et quatre-vingt-dix pour cent moins détaillée aurait requis la présence d'un bataillon entier de secrétaires qui auraient noirci des blocs-notes entiers et encore, la moitié des propos auraient été perdus ou déformés en cours de route. Les hommes réunis autour de cette table ne prirent naturellement aucune note, et malgré leur fatigue, on pouvait être certain qu'ils se souviendraient de tout ce qui s'était dit. Ils passèrent trois heures à mâcher et remâcher vieilles affaires, nouvelles affaires, calamars grillés et *pasta e fagioli*.

Ils discutèrent du préjudice que la guerre avec les Barzini et les Tattaglia avait fait subir à leurs intérêts commerciaux. Ils discutèrent des dispositions prises pour la femme et les enfants de Tessio – le plus triste, le plus improbable des traîtres qu'on puisse imaginer, ancien ami de jeunesse et associé de Vito Corleone –, et des besoins financiers médicaux, funéraires et familiaux des autres victimes que déplorait l'organisation. Ils discutèrent du triomphe de l'opinion erronée quoique largement répandue – auprès de la police de New York et des journalistes, auprès des autres familles du crime organisé, auprès de tous quasiment, à l'exception des Corleone – selon laquelle Tessio et Carlo, le beau-frère de Mike, cette espèce de brute qui battait sa femme et qui était le meurtrier *de facto* de son frère Sonny, avaient tous deux été assassinés par des hommes à la solde de Barzini ou Tattaglia. Pour couronner le tout, le complice des Corleone au bureau du procureur de New York (un camarade de Mike à Dartmouth) s'apprêtait cette semaine-là à mettre en accusation des membres de la Famille Tattaglia pour le meurtre d'Emilio Barzini et des membres de la Famille Barzini pour le meurtre de Philip Tattaglia. Et même si ces arrestations n'aboutissaient à aucune condamnation, comme ce serait vraisemblablement le cas, le FBI considérerait l'affaire close et s'en désintéresserait. Les flics de la ville – dont des centaines avaient subi une perte sèche au même titre que n'importe quel usurier – se félicitaient que les affaires reprennent. L'attention éphémère du public ne tarderait pas à se détourner pour revenir au pain et aux jeux du cirque. C'était immanquable. Tout compte fait, l'actuel cessez-le-feu avait bel et bien les allures d'une véritable paix.

« Tous les dix ans, dit Clemenza en haussant les épaules, ça nous prend et puis on se remet au travail. » Il avait trouvé une boîte entière de cure-dents dans le bureau d'Enzo, et toutes les deux minutes, il en mâchonnait un nouveau. Les autres avaient tous des cigares ou des cigarettes allumées. Le médecin de Clemenza lui avait ordonné d'arrêter de fumer. Il essayait. « C'est réglé comme du papier à musique. Moi, c'est la quatrième fois. »

Ils avaient tous entendu cette théorie de Clemenza. Aucun ne dit rien.

« Alors, Mike ? reprit Clemenza. Tu y crois, toi, à cette paix ? » Il brandissait même son cure-dents à la manière d'un cigare. « Est-ce qu'il faut organiser une réunion de la Commission ? »

Michael hocha la tête, en signe de concentration davantage que d'acquiescement. Hagen savait que Michael avait omis de présenter à la Commission la liste de ceux qui étaient censés être initiés ce soir-là. Il était probable que s'il y avait bien une chose qu'il ne souhaitait pas, c'était que la Commission se réunisse. Mais son visage ne trahit rien. « Rocco ? » dit-il la tête penchée en tendant la paume : après toi.

Ce long silence, nota Hagen impressionné, donnait l'impression que Michael avait sérieusement réfléchi à la question avant de consulter un collaborateur de confiance. Si Sonny avait été encore en vie et à la tête des opérations, il se serait contenté de balancer ce qu'il pensait en se félicitant de faire preuve d'un tel esprit de décision. Michael avait hérité et peaufiné la capacité qu'avait son père de créer le consensus.

Rocco Lampone tira longuement sur son cigare. « C'est la question à soixante-quatre mille dollars, pas vrai ? Comment savoir que la guerre est finie si personne ne vient l'annoncer, hein ? »

Michael croisa les doigts sans rien dire, les traits parfaitement impassibles. La Commission jouait auprès des vingt-quatre Familles du crime le rôle d'un comité exécutif formé des sept ou huit principales Familles qui approuvaient les nouveaux membres, les nouveaux *capi* et les nouveaux boss (ces derniers recueillaient quasiment toujours l'approbation), n'arbitrant que les conflits les plus insolubles. Elle se réunissait aussi rarement que possible.

« Moi je crois que oui, dit enfin Lampone, cette paix, on la tient. On a la parole de qui ? Joe Zaluchi, c'est dans la poche. Molinari, Leo le Laitier, Tony le Noir. À part Molinari, ils sont tous à la Commission, hein ? Forlenza penche en notre faveur, c'est ça ? Et l'As, quelqu'un a des nouvelles ?

— Pas encore, répondit Hagen. Geraci est censé passer après le match où ils doivent aller.

— Ça ne devrait pas faire un pli, dit Rocco. Je parle de Geraci, pas du match. Pour le match, il me plaît bien, l'autre matiné de nègre, là, le gaucher, quel beau crochet il a. C'est pas humain, une rapidité, une facilité pareille. »

Clemenza donna quatre coups sur le bureau de métal et haussa les sourcils.

« Enfin, quoi qu'il en soit, avec Forlenza, ça fait cinq, reprit Rocco. On pense toujours que Paulie Fortunato est le nouveau Don des Barzini ?

— Oui, répondit Hagen.

— Alors, six. C'est un homme raisonnable et qui plus est, il est plus proche de Cleveland que ne l'était Barzini. Autrement dit, il fera ce que fait le Juif. Ne restent plus que les autres. » Au lieu de prononcer le nom de Tattaglia, Rocco esquissa un geste obscène sicilien. Il entretenait avec les Tattaglia de multiples divergences personnelles, viscérales, complexes. C'est lui qui avait surpris Philip Tattaglia dans un bungalow à l'écart de Sunrise Highway, sur Long Island. Philip Tattaglia était planté là tout nu, à part ses chaussettes de soie et ses fixe-chaussettes, devant une prostituée à peine pubère étalée sur le lit qui refoulait ses larmes tandis que cet homme poilu de plus de soixante-dix ans essayait de se branler dans sa bouche ouverte. Lampone avait tiré quatre balles dans son ventre flasque. L'organisation des Tattaglia était en pleine débâcle et Rico, le frère de Philip Tattaglia, avait dû être arraché à une confortable retraite à Miami pour prendre la relève. Il était peu probable qu'un homme dans son genre ait envie d'affronter d'autres vendettas, mais un Tattaglia restait un Tattaglia.

En voyant que Mike se taisait, Rocco fronça les sourcils comme un écolier persévérant qui travaille pour faire plaisir à son maître. Mike était le plus jeune de la pièce, le plus jeune Don des États-unis et ils étaient tous là à vouloir l'impressionner. Il se leva et s'approcha de l'emplacement du mur réservé à la fenêtre, si fenêtre il y avait eu. « Qu'est-ce que tu en penses, Tom ?

— Pas de réunion de la Commission, dit Hagen, pas si on peut l'éviter. » En tant que *consigliere* de Vito, Hagen était le seul d'entre eux à avoir jamais assisté à une telle réunion. Il était également le seul à avoir assisté à un événement plus rare encore, le rassemblement de toutes les Familles – avec son inévitable conclusion : une réunion de la Commission. « Pour la bonne raison que trois membres de la Commission sont morts cette année. Avec autant de nouvelles têtes, si celle-ci se réunit, ils seront bien obligés de se demander s'il faut ou non y inclure Louie Russo. Quoi qu'ils pensent de lui personnellement, Chicago étant ce qu'elle est, ils seront bien obligés de dire oui. Si elle ne se réunit pas, ils pourront le coincer et lui dire qu'ils s'en occuperont à la prochaine réunion. Dès qu'elle se réunira, Russo devra en faire partie, et ce sera alors la porte ouverte à toutes sortes de changements. Des changements imprévisibles.

— Plus ce type vieillit, lâcha Clemenza, plus il a le nez qui ressemble à une bite. »

Mike ne put s'empêcher de sourire. Clemenza avait le même don avec Vito, quoique, pour être franc, il était sacrément plus facile d'arracher un sourire à Vito qu'à Mike.

« À l'époque où on lui a donné ce surnom, il avait juste un gros nez, poursuivit Clemenza en fourrant le cure-dents numéro neuf dans sa petite bouche ronde. Maintenant, le bout est rouge, exactement en forme de tête de nœud. Et ces sourcils ? Des poils pubiens. J'ai pas raison ? Il ne lui manque plus qu'une veine saillante sur l'aile du nez et Tête de Bite se fera coffrer pour exhibitionnisme. Merde, ils ont bien coincé Capone pour fraude fiscale. » Il secoua la tête. « Arrestations de tapettes » – sur ce, Clemenza empoigna ses couilles et prit son plus bel accent de Chicago – c'est comme ça qu'on est à Chiacaaago. »

Ils éclatèrent tous de rire, même Hagen, bien qu'au fond de lui il fût persuadé que si les gangsters juifs et irlandais avaient réussi à disparaître de la liste des ennemis publics pour décrocher des ambassades, c'était que (à l'instar de Hagen) ils payaient leurs impôts, dans une certaine mesure tout du moins. On pouvait comprendre que bon nombre de Siciliens qui avaient dans leurs veines une méfiance séculaire à l'égard de tout gouvernement central n'en fassent pas autant. Et il est vrai que leurs affaires se traitaient en espèces, sans réelle trace écrite. Une centaine d'agents du fisc auraient beau travailler nuit et jour pendant cent ans, ils ne comprendraient pas même un pour cent de ce qui se passait. Il n'empêche, il en allait des gouvernements comme de toute personne ou toute autorité exerçant un grand pouvoir. Ils voulaient ce qui était à eux. Il fallait leur arroser le bec. Ou les descendre.

Ils discutèrent d'une foule de questions pratiques qu'il fallait régler pour que la Famille et ses intérêts redeviennent pleinement opérationnels. Ce n'est que vers la fin que Michael aborda les ambitieux projets à long terme qu'il avait imaginés avec son père durant les mois que Vito avait passés au poste de *consigliere* de son fils. Hagen les mit tous au courant de l'entretien qu'il avait eu avec l'Ambassadeur et du rôle que James Kavanaugh Shea entendait faire jouer à la Famille dans la course de 1960 à la Maison-Blanche. Ils connaissaient déjà le projet de Hagen, qui n'était pas sans rapport avec le précédent : se présenter au poste de sénateur l'année suivante et perdre (quoi qu'il en soit, les Corleone s'étaient déjà mis dans la poche le sénateur en place), puis se servir de la légitimité que lui vaudrait une honorable défaite pour permettre au gouverneur de le nommer à son cabinet. Dès 1960, Hagen serait en mesure de se présenter à l'élection du gouverneur et de l'emporter. Ce qui amena Michael à la dernière question à l'ordre du jour.

« Avant de nous occuper des carences de personnel dans les autres secteurs, il faut régler le problème au plus haut niveau. Tout d'abord, il y a la question de l'ancien *regime* de Tessio. Des suggestions, avant que je fasse mon choix ? »

Ils firent non de la tête. Le choix était évident : le nom de Geraci recueillerait de nombreux suffrages, parmi ceux, notamment, qui n'avaient jamais pu admettre l'histoire de Tessio. Certes, quelques vétérans de New York avaient formulé des griefs à son encontre. Il était le protégé de Tessio, mais Tessio avait trahi la Famille. Il y avait la question du trafic de drogues auquel Geraci avait été autorisé à se livrer (quoique ce ne fût encore qu'une rumeur). Il y avait son âge (quoiqu'il fût plus âgé que Michael). Il était de Cleveland. Il avait un diplôme universitaire et quelques notions de droit. Hagen avait entendu parler de lui pour la première fois le jour où Paulie Gatto l'avait chargé de tabasser les voyous qui avaient agressé la fille d'Amerigo Bonasera. Quand trois ans plus tard Gatto avait été tué et qu'il avait fallu le remplacer à la tête des *soldati*, Geraci avait figuré en second sur la liste de Clemenza, juste après Rocco. Rocco avait su exploiter la chance qui lui était offerte et il était à présent *capo*, mais Geraci était du genre à plaire à Michael. De surcroît, la Famille avait rarement connu un type qui lui rapportait autant d'argent. Il y avait d'autres options, des anciens, comme les frères DiMiceli ou peut-être Eddie Paradise. Des hommes solides, fidèles, mais qui n'arrivaient pas à la cheville d'Ace.

« Je n'ai pas d'avis sur la question, si ce n'est que si le Christ en personne était en passe d'être promu *capo*, il y en aurait encore pour rouspéter. J'ai pas mal d'expérience et je n'ai jamais vu un gars rapporter autant que Geraci. Ce gamin est capable d'avaler vint-cinq cents et de chier une liasse entière de billets de mille. Je ne le connais pas à fond, mais ce que je sais, c'est qu'il est doué. Il m'a fait bonne impression. »

Michael hocha la tête. « Une autre suggestion ?

— Juste un mot sur Eddie Paradise, dit Rocco.

— Oui ? » fit Michael.

Rocco haussa les épaules. « C'est un type bien. Il est réglo. Tout le monde le connaît.

— Très bien, reprit Michael. Autre chose ?

— Eddie est le cousin de ma femme, c'est tout, dit Rocco. Quand elle m'a demandé si je voulais bien le parrainer... – vous êtes tous mariés, vous avez tous de la famille. Non, rien d'autre.

— Le parrainage est noté, dit Michael. Très bien. Je choisis Fausto Geraci. »

La nouvelle fut chaleureusement accueillie. Hagen n'avait jamais entendu quiconque appeler Geraci « Fausto », mais il était rare que Michael appelle les gens par leur surnom, une bizarrerie qu'il avait héritée de son père. Sonny était tout le contraire. Il avait beau connaître un type depuis des années, bosser avec lui, dîner chez lui, les trois quarts du temps, il ne connaissait pas son nom de famille, jusqu'au jour où il le voyait imprimé dans la gazette à la rubrique des mariages ou des enterrements.

« Ce qui m'amène à toi, Tom, dit Michael. Enfin, à ton poste. »

Hagen hocha la tête.

Michael se tourna vers Pete et Rocco. « Maintenant que Tom

va être davantage mêlé à la politique, il faut l'éloigner de certaines activités. Depuis qu'il s'est retiré de son poste de *consigliere*... »

À l'époque, Hagen n'avait pas été consulté ; il n'avait jamais souhaité ce changement.

« ... Tom est resté un conseiller de confiance, comme tout bon avocat. Et il continuera à en être ainsi. Ce qui laisse un vide au poste de *consigliere*. Tom a fait de l'excellent travail, et mon père... » Michael retourna la paume de sa main. Aucun mot ne pouvait rendre justice à la grandeur de l'ancien Don. « Je ne vois pas de successeur évident. Pendant un an ou deux, je répartirai les responsabilités de *consigliere* entre tous les *capi*, et je ferai également appel à toi, Tom, si nécessaire. »

Ce n'était pas un hasard s'il n'avait pas mentionné Fredo, se dit Hagen.

« Mais toujours est-il, poursuivit Michael, que dans certaines situations je dois être accompagné de mon *consigliere* – les réunions de la Commission, ce genre de choses. Et il n'y a personne que je souhaite avoir davantage à mes côtés dans ces occasions que le plus vieil ami de mon père, Pete Clemenza. »

Hagen applaudit et donna une claque dans le dos de Pete. Clemenza répondit que ce serait un honneur. Rocco le serra dans ses bras. Clemenza appela Neri en lui disant de demander à Enzo de leur rapporter une bouteille de strega pour trinquer. Hagen sourit. C'était ça aussi : une fois que les hommes comme Clemenza auraient disparu, dans les grandes occasions, on ne trinquerait plus à la strega ou la grappa maison, mais au Jack Daniel's ou au Johnnie Walker. Bientôt, dans les salles de réunion, on entrechoquerait des tasses de lavasse.

Il s'avéra qu'Enzo avait une bouteille de strega dans le tiroir de son bureau. Il se joignit à eux pour porter un toast. « Puissions-nous vivre pour mourir le sourire aux lèvres, lança Clemenza, tandis que tous les autres chialeront comme des veaux. »

Ils s'apprêtaient à partir quand on frappa à la porte.

« Désolé, les gars, dit Neri en ouvrant la porte. J'ai cru que vous aviez fini et... »

Johnny Fontane l'écarta du coude pour passer, une luxueuse sacoche de cuir à la main, et d'une voix à peine audible, un chuchotement, presque, dit quelque chose comme « Alors, les gars, elles sont comment, vos gonzesses ? » Neri maugréa. Il n'était pas du genre à se laisser pousser du coude ainsi, pas même par une belle petite gueule de *pezzonovante* comme Johnny Fontane.

« Justement, on parlait de toi, dit Clemenza. La statue que tu as démolie, là-haut dans ta chambre, tu sais quoi, elle vaut dans les trois cent mille.

— Tu as fait une affaire, répliqua Fontane. J'aurais dit cinq cent mille. »

Il n'avait jamais été proche de Michael mais il prit la liberté de traverser la pièce et passa son bras libre autour de son épaule. Michael n'eut aucune réaction. Il se tut.

Hagen n'avait que faire des gens du show-business.

Hal Mitchell apparut dans l'embrasure de la porte, essoufflé, s'excusant, à présent en smoking lui aussi. « C'est juste que la première partie vient de commencer et...

— Premièrement. » Fontane souleva la sacoche aussi haut qu'il le pouvait. « Ceci. » Il la laissa tomber. Elle atterrit violemment sur le bureau sous le nez de Michael. « Un colis par avion, de la part de Frank Falcone. Il regrette de ne pas pouvoir venir, tout comme M. Pignatelli. »

Ce devait être un « emprunt » au fonds de pension des syndicats de Hollywood que contrôlait Falcone – un investissement destiné au Castle in the Clouds.

Michael resta assis. Il baissa les yeux sur la sacoche. À part cela, il était parfaitement immobile. Ses traits n'auraient pas été plus vides d'expression s'il avait passé tout l'après-midi à l'état de cadavre.

Sur la tempe du chanteur, une veine se mit à tressaillir.

Michael passa le doigt sur le rebord du verre qu'il avait fini.

Les autres gardèrent le silence en laissant Fontane et Michael se toiser du regard, attendant que Johnny passe au deuxième point. Ils avaient du mal à croire qu'un service aussi insignifiant en échange de tout ce qu'on avait fait pour lui puisse déclencher une scène d'une telle puérilité.

Hagen ne comprendrait jamais le manque de gratitude de Fontane. Dix ans plus tôt, au mariage de Connie, Hagen était parti avec une double mission : obtenir la citoyenneté américaine pour Enzo Aguello et, pour Fontane, obtenir le rôle dont il rêvait dans un film de guerre. Depuis, Enzo s'était montré un ami indéfectible, allant jusqu'à rester à l'hôpital aux côtés de Michael sans être armé alors que deux voitures de tueurs s'apprêtaient à assassiner Vito – un acte de courage qui avait sans doute sauvé la vie du Don. Qu'est-ce que Johnny Fontane avait donné en échange ?

Personne n'avait collé un revolver sur la tempe de Johnny pour le forcer à signer un contrat avec l'orchestre de Les Halley, et pourtant Vito Corleone avait dû envoyer un de ses hommes en coller un sur celle de Halley pour l'en dégager. Les Corleone avaient forcé Jack Woltz à lui donner le rôle dans son film de guerre, rôle qu'il aurait eu s'il n'avait pas commencé par s'amuser à baiser une starlette dont Woltz était amoureux. Hagen frissonna. Après tant de meurtres, comment se pouvait-il que la seule vision qui hantât encore ses cauchemars fût celle de Luca prenant une machette et décapitant le cheval de course de Woltz ? Une scène à laquelle Hagen n'avait pas même assisté. Et dont Johnny ignorait tout, car Woltz avait étouffé l'affaire comme prévu. Encore une offrande des Corleone : la grâce de l'ignorance. Les Corleone avait même acheté à Fontane un Academy Award. Toutes ces faveurs et c'est comme ça qu'il se comportait ?

Dans la pièce, le silence s'épaissit.

Fontane se balançait d'un pied sur l'autre. Croyait-il réellement pouvoir l'emporter dans une guerre des nerfs avec Michael ?

Fontane finit par pousser un long soupir. « D'accord, mais il y a autre chose. » Il montra sa gorge. « Je suis vraiment désolé, mais je crois que je ne vais pas pouvoir monter sur scène ce soir. »

Michael se contenta de répondre : « Ah oui ? »

Clemenza retroussa les lèvres et lança un cure-dents ramolli au ras de l'oreille de Fontane. « Je croyais que le copain médecin de Fredo avait arrangé ça. Ta gorge. Le chirurgien juif, l'autre là, Jules Stein.

— Segal, rectifia Johnny. C'est vrai. » Il regarda autour de lui. « Ça me fait penser, d'ailleurs. Vous auriez pas vu Fredo ? J'ai un truc pour lui. Un cadeau. Un cadeau de ma part.

— Son avion a été retardé », répondit Hagen.

Fontane haussa les épaules. « Bon, ça attendra, dit-il. Écoutez, les gars, vous me connaissez. Je suis un pro. » À le voir chuchoter ainsi comme en aparté, on aurait dit ces femmes qui font cela exprès pour attirer les hommes à elles. « La voix est impeccable, mais la gorge ? » Il secoua la tête. « Pas à cent pour cent. J'ai quand même assuré les spectacles ici, j'ai rempli la salle. Aujourd'hui, j'ai fait une séance d'enregistrement sensationnelle à Los Angeles. Il y a des fois comme ça, on le sait, c'est tout. Mais voilà le hic. Dans l'avion, au retour, je me suis endormi. Quand je me suis réveillé, ma gorge ? Une douleur pas croyable. Alors je pensais...

— Ça, c'est ta première erreur, lâcha Clemenza.

— ... me faire un petit gargarisme à l'eau salée et aller me pieuter. Je ne vaux rien quand je suis comme ça. Couille Molle pourrait prolonger un peu. » Morris Streator, dit Couille Molle, un comique qu'il avait secouru des Catskills, assurait ses premières parties avec une patience à toute épreuve. « Il est sur scène, là. Il fait un malheur. Demande un peu au sergent. »

Personne ne le fit. La question n'était pas de savoir si les invités appréciaient ou non les plaisanteries grivoises.

« J'ai pris la liberté d'appeler Buzz Fratello. Avec Dotty, ils n'ont pas de spectacle ce soir. Ils pourraient me remplacer. En fait, ils sont en chemin.

— Ah oui ? fit Clemenza, impressionné. Plus je vois ce Buzz, plus il me plaît.

— Pas question, Johnny », intervint Hal. Il n'avait pas été convié à entrer et, tout comme Neri, était resté devant le seuil. « Buzz Fratello et Dotty Ames sont sous contrat en face. » En d'autres termes, avec la Kasbah que contrôlait l'organisation de Chicago. « En exclusivité.

— Ils ne commencent là-bas que la semaine prochaine. C'est un spectacle privé, non ? Une soirée ? Ça revient au même que de chanter dans les bars, après tout. On le fait tous. »

Michael restait immobile, les yeux rivés sur Fontane. Au bout d'un moment interminable, Michael leva la main à plat et se donna un petit coup sur la mâchoire du bout des doigts en un geste si identique à celui du défunt Don que Hagen en eut froid dans le dos.

« Mike, reprit Fontane. Michael. » Il n'arrivait à rien. Ceci dit, il fallait reconnaître qu'il avait un certain mérite. Tout autre que lui se serait retourné vers les autres hommes présents dans la pièce pour tenter de déchiffrer les visages les moins impénétrables. Il aurait même pu sortir une vanne – c'était dans sa nature, d'habitude. Mais Johnny tint bon. « Don Corleone. J'ai le plus grand respect pour toi. Sérieusement. Mais là ? C'est juste un spectacle. »

Michael croisa les mains sur le bureau. Il ne cilla même pas. Enfin, il toussota. Après ce silence interminable, ce fut comme un coup de feu.

« Ce que tu fais ne m'intéresse aucunement, déclara Michael. Sors. »

Chapitre 10

Frank Falcone avait misé cent mille dollars sur le match du Cleveland Armory. Il avait l'intention d'être au premier rang, avait-il annoncé à Nick Geraci, quand bien même ce dernier devrait revenir à la nage en le portant ficelé sur le dos. Don Forlenza offrit les services d'un de ses bateaux. Sal le Jovial lui fit remarquer que les plus gros avaient déjà levé l'ancre pour le match. Il ne restait plus que des barques de pêcheurs qui n'étaient pas faites pour naviguer si loin au large en pleine tempête.

Le vol n'était pas bien long, un quart d'heure tout au plus. Geraci leur dit de ne pas s'inquiéter : il avait volé dans des conditions cent fois pires que celles-là – ce qui était faux, naturellement –, et alla préparer l'avion. Il joignit par radio la tour de contrôle de Burke Lakefront Airport, qui lui recommanda fermement de ne pas décoller. Il fit mine de ne pas avoir entendu.

Le bimoteur décolla de Rattlesnake Island et s'enfonça dans le ciel sombre avec à son bord Tony Molinari, Frank Falcone, Richard Aspromonte, dit « le Singe », Lefty Mancuso et leur pilote, officiellement inscrit sous le nom de Gerald O'Malley. Dès qu'ils furent en vol, ce fut une lutte de chaque instant. Nick Geraci était si préoccupé par les écueils que la tempête semait sur sa route qu'il ne savait pas trop s'il y avait un problème de carburant. Probablement pas. Il avait vérifié les deux réservoirs avant le décollage. Il bascula sur le second non tant par précaution que par besoin de se changer les idées. Il s'efforçait de distinguer les lumières de Cleveland à travers l'épaisse couche de nuages quand il crut entendre le moteur crachoter, et sans même réfléchir, il repassa sur le premier réservoir et cria à la tour de contrôle que c'était un sabotage, ce dont un pilote dix fois plus expérimenté que lui aurait eu du mal à juger dans de pareilles conditions.

L'avion en détresse approcha de Cleveland. Les derniers mots du pilote à la tour de contrôle furent « *Sono fottuto.* » Traduction : « Je suis foutu. »

Puis à moins d'un mille du rivage, l'avion s'enfonça dans les eaux sales écumeuses du lac Érié.

Geraci avait déjà reçu des mauvais coups au football quand il était au lycée, et bien pire encore sur le ring. Un jour, sur le lac Havasu, il se trouvait avec son père dans un hors-bord qui avait heurté de plein fouet un ponton d'aluminium. Si l'on avait combiné le plus agressif des tacles, le plus brutal des coups de poing et cet accident de hors-bord auquel il avait miraculeusement survécu, ç'aurait encore été deux fois moins violent que de s'écraser en avion sur le lac Érié.

L'avion se retourna. Une minute plus tard, lui sembla-t-il, Geraci se retrouva sous l'eau. Sa porte était bloquée. Il dégagea ses jambes et entreprit d'agrandir le trou du pare-brise à coups de pied. Les eaux étaient d'un noir d'encre. Il tentait de se faufiler par le trou quand une main lui saisit le bras. Il faisait trop sombre pour savoir qui c'était. Il essaya de tirer l'homme par le trou du pare-brise pour le secourir. Il était coincé. Si Geraci persistait, ils allaient mourir tous les deux. Il était presque à bout de souffle. La main le serrait en étau, s'enfonçant dans la chair de son bras. Geraci souleva les doigts un à un. Il sentit les os craquer, il les entendit.

Geraci se dégagea de l'épave qui sombrait. Il trouva la surface de l'eau en se repérant au bruit de la pluie battante. Ses poumons se contractaient, sa pomme d'Adam était agitée de soubresauts. Des picotements lui parcoururent le bras. Il sentit un tiraillement sur le haut du crâne, comme l'impression de se vider. Il n'atteindrait jamais la surface. Il allait aspirer de l'eau. C'était fini. *Trouve-toi une dernière pensée, une belle et noble pensée*, mais il était hanté par la perspective de mourir là, dans ces eaux sales, si près de chez lui. Il continua à nager. Sa mère adorait nager. Sa mère ! Ah. Ça c'était bien, comme dernière pensée. Il l'aimait. C'était une bonne mère, une femme bien. Il la voyait d'ici. Elle était plus jeune que la dernière fois qu'il l'avait vue. Elle sirotait un martini dry en lisant un magazine de cinéma au bord de la piscine municipale du quartier où il avait grandi. Elle était morte, elle aussi.

Dans la salle dite Beautiful Oasis du Castle in the Sand, Johnny Fontane et ses invités exceptionnels, Buzz Fratello et la ravissante et talentueuse Miss Dotty Ames en personne, achevèrent leur spectacle sensationnel par un interminable pot-pourri hilarant de chansons d'ivrognes, devant un auditoire qui ignorait tout du crash. Le public de la soirée – exclusivement des invités –, était composé en grande partie de représentants officiels du syndicat des Camionneurs venus des quatre coins des États-unis accompagnés de leurs femmes (ou de leurs simulacres en plus jeune). Michael avait également convié quelques privilégiés en gage de paix – gîte et couvert inclus, ainsi que mille dollars de plaques de casino offerts par la maison. La soirée étant privée, ceux qui n'avaient pas le droit de mettre les pieds à Las Vegas en temps ordinaire avaient tout de même pu y assister. C'est ainsi qu'au pied de la scène étaient assis le frère de Don Molinari, Butchie (qui avait fait de la prison pour détournement de véhicule et extorsion de fonds), et plusieurs autres caïds de San Francisco. Dans les toilettes des hommes, essayant d'uriner en agonisant sa bite de jurons italiens plus inventifs les uns que les autres, se trouvait Carlo Tramonti (homicide, vol qualifié, incendie criminel, escroquerie à l'assurance), patron de La Nouvelle-Orléans et force montante de La Havane. Chacune des autres Familles de New York était représentée par un membre, parfois plusieurs, tous accompagnés de leurs femmes et de leurs gardes du corps. L'homme pâle aux lunettes gigantesques installé tout au fond dans une loge était Louie Russo de Chicago, dit « La Tête » (recel, coups et blessures, corruption d'agent fédéral), en qui certains membres du FBI voyait « un candidat potentiel au poste toujours vacant de '*capo di tutti i capi*' de toute la soi-disant Cosa Nostra ». La seule apparition de tous ces gens avait fourni aux Corleone une couverture suffisante pour faire venir bon nombre de leurs propres associés sans éveiller les soupçons. Également à noter – d'autant qu'ils s'étaient mis au bord de la scène, pour essuyer toutes les bonnes blagues lourdes de sous-entendus – la présence des heureux jeunes mariés rougissants, en pleine lune de miel, Miss Susan Zaluchi de son nom de jeune fille et son mari, Ray Clemenza. Allez, vous tous, on les applaudit bien fort.

Dans sa loge tapissée de velours noir, Michael Corleone se renversa en arrière et prit une longue bouffée de cigarette. Il jeta un œil à sa montre. Une montre suisse, qui avait plus de cinquante ans. Elle avait appartenu à un Marine du nom de Vogelsong qui dans son dernier soupir avait émis le souhait qu'elle revienne à Michael.

Si tout s'était passé comme prévu, à l'heure qu'il était, tous les passagers de l'avion devaient être morts.

Michael avait vu des avions s'écraser. De près. Il n'imaginait que trop aisément la terreur qui se dépeignait sur les visages à l'instant où l'avion avait plongé. Il secoua la tête. Il préférait ne pas y penser.

À la place, il se dit ceci : son plan avait marché. Certes, il y avait eu des contretemps, des dommages de guerre et des rectifications de dernière minute, mais en définitive, tout avait bien marché.

Maintenant, la Commission pouvait se réunir. Hagen avait tort : aucun accord ne serait durable si Chicago n'y était pas associé, mais aucune paix associant Chicago ne servirait au mieux les intérêts des Corleone si Louie Russo venait à la table des négociations sans être motivé. Ce crash devrait amplement suffire à le motiver.

Jamais sans doute Michael n'avait fini une cigarette aussi rapidement et ne l'avait savourée à ce point. Il en alluma une autre et inhala à pleins poumons.

Il avait fait ce qu'il avait à faire. Point final. C'est pourquoi il dormirait sur ses deux oreilles. Quand tout ça serait fini, d'ici un mois ou deux, il prendrait des vacances et dormirait douze heures par nuit. Lui était-il jamais arrivé de prendre des vacances depuis qu'il était adulte ? Ces années qu'il avait passées à se cacher en Sicile étaient tout sauf des vacances. Il était parti en permission pendant la guerre – Hawaï, la Nouvelle-Zélande. Mais des vacances en famille ? Jamais. Il faudrait qu'il aille à Acapulco avec Kay et les enfants. Revoir Hawaï, en temps de paix. Pourquoi pas. Jouer les pitres avec Anthony et Mary comme son père en prenait toujours le temps, se faire enterrer dans le sable, étaler de l'huile solaire sur le joli dos de Kay, peut-être même voir s'il pouvait lui faire un autre enfant. Il mettrait des chemises à fleurs et danserait le mambo.

Michael leva son verre d'eau à moitié plein. *On a réussi, papa*, se dit-il. *On a gagné.*

« Seigneur, soupira Clemenza, le visage cramoisi, de rire en pointant un pouce grassouillet sur Fratello qui courait autour de la scène comme un cinglé bourré d'amphétamines. Il est pas croyable, ce type, hein ?

— Pas croyable », dit Michael.

Fontane s'était fait discret, assurant les numéros tranquilles et se contentant de blaguer dans ceux où il risquait de forcer sa voix, mais il avait un tel charisme, même lorsqu'il ne faisait aucun effort – peut-être encore plus dans ces moments-là – que c'en était extraordinaire. C'était une crapule, certes, mais c'était aussi un artiste. Michael ne supportait pas qu'on lui parle comme Fontane lui avait parlé cet après-midi-là, mais de la même manière, il était incapable de lui en vouloir longtemps.

Fratello ? C'en était gênant. Voilà un type qui avait roulé sa bosse pendant des années en jouant « le *cafone* au saxophone ». Puis il avait laissé tomber le saxophone et s'était mis à chanter comme un Noir avec un accent italien de parodie, avait épousé une blonde aux jambes interminables deux fois plus jeune que lui et paf : Buzz Fratello et Dotty Ames, vedettes du *Starbright Soap Variety Hour.*

Fratello boucla le spectacle en piquant un sprint sur scène avant de plonger à terre et de se laisser glisser sur plus de trois mètres entre les jambes de Dotty en s'arrêtant pile au bon moment pour lever les yeux sur l'entrecuisse de la belle puis se les frotter avec une mimique d'incrédulité. Fontane éclata de rire. Dotty aida Buzz à se mettre debout et ils saluèrent tous les trois. Le public se leva. Les chanteurs sortirent de scène. Les ovations se poursuivirent. Les musiciens de l'orchestre continuèrent à jouer un air de fanfare ; de toute évidence, il allait y avoir un bis.

Michael sentit une main sur son épaule.

« Téléphone, lui chuchota Hal Mitchell. C'est Tom. »

Michael hocha la tête et éteignit sa cigarette. L'heure du grand show avait sonné. Il jeta un œil à la table de Louie Russo. Quelqu'un lui glissait quelque chose à l'oreille à lui aussi et quand Michael croisa le regard du chuchoteur, celui-ci détourna les yeux. Michael tendit la main et tapota l'épaule de Clemenza.

Quelques secondes plus tard – tandis que l'orchestre attaquait une improvisation rafistolée de « Mala Femmina » et que Buzz, Dotty et Fontane revenaient sur scène en gambadant bras dessus bras dessous pour le bis – Louie Russo devait commencer à entrevoir certaines des conséquences de ce qui s'était ou non passé sur le lac Érié. Mais lorsqu'il jeta un œil au-dessus de ses lunettes de soleil en direction de la loge de velours noir dans le coin, elle était vide. La bougie avait même été soufflée.

La tête de Nick Geraci perça la surface de l'eau. Il chercha sa respiration et quand l'oxygène se propagea dans ses bras et ses jambes, il se mit à hurler. C'était la première fois qu'il sentait la douleur atroce de ses côtes brisées et de sa jambe cassée.

À une centaine de mètres de là, une tache d'huile en flammes marquait l'endroit où l'avion s'était écrasé sur le lac Érié. Au milieu flottaient une des ailes, un grand pan du fuselage portant le logo du lion et la moitié supérieure de ce qui s'avéra être le corps de Frank Falcone.

Geraci ne savait pas exactement ce qui s'était passé ni quel était le responsable ; la douleur et l'adrénaline l'empêchaient d'y voir clair. Seule une conviction le raccrochait à la raison : s'ils étaient tous morts là-bas, autant l'être lui-même. Un sauvetage risquait de signer son arrêt de mort.

À travers le rideau de pluie, il discernait la masse floue des tours de Cleveland. Il s'en éloigna à la nage. Plein nord. Direction l'île de Rattlesnake, le Canada, le premier bateau qui passerait. Quelque part au calme où il puisse s'accorder le temps de réfléchir à ce qui s'était passé. Quelque part où il puisse tenter de prendre son destin en main. Il avait l'impression d'avoir la jambe en feu tant la douleur était perçante et ses côtes brisées lui interdisaient presque de respirer, mais lorsque la vedette des gardes-côtes le repéra, Geraci était à près d'un quart de mille du lieu du crash, inconscient, en grave état de choc, sombrant, les poumons remplis d'eau.

À l'abri du parapet de la plus haute des trois tours mauresques du Castle in the Sand, enchâssé dans une flèche en miroir, se dissimulait une salle de danse tournante qui ne portait pas de nom ; c'était là que la cérémonie devait se dérouler.

« Je parie que tu renifles l'encre d'imprimerie d'ici, dit Clemenza à Michael en le poussant doucement du coude. Tu sens presque son goût, j'ai pas raison ? Dans le fond de la gorge, hein ? Comme de l'huile, mais en pire. »

Dans les portes de cuivre étincelantes de l'ascenseur, le reflet de Michael buvait de l'eau glacée dans un verre en cristal. Avec ses cheveux soigneusement lissés, il avait l'air d'un homme invulnérable, maître de lui, un homme de respect qui avait le vent en poupe et le monde à ses pieds.

« Je t'assure, dit Clemenza, je n'avais jamais vu ton père aussi... »

Michael hocha la tête.

« Il pleurait comme une madeleine, poursuivit Clemenza. C'était la première fois depuis toutes ces années que je le voyais dans cet état-là. »

C'était Clemenza qui avait accompagné Michael pour qu'il soit affranchi, quelques semaines après son retour d'exil en Sicile. Les meurtres de Sollozzo et McCluskey qui lui avaient servi à asseoir sa réputation s'étaient déroulés trois ans plus tôt. Clemenza avait obtenu des billets pour un match des Dodgers grâce à un ami qu'il avait dans l'équipe. Au second rang, juste derrière le lanceur. C'était le premier match de baseball auquel Michael assistait depuis que les Noirs avaient été autorisés à jouer. Il ne savait pas de quand ça datait, il n'était pas même au courant. Il avait passé sept des huit années précédentes loin des États-unis, à combattre et tuer, risquant en permanence d'être lui-même assassiné. Il avait raté beaucoup de choses. Il n'avait pas même assisté à l'enterrement de son frère. Les Dodgers avaient battu Chicago 4-1.

Sur le chemin du retour, ils s'arrêtèrent devant ce qui avait été autrefois, avant qu'il ne quitte le pays, la rédaction d'un quotidien. Un des usuriers à la solde de Clemenza s'était retrouvé pour les raisons habituelles en possession du bâtiment. Clemenza lui dit qu'il devait jeter un œil aux locaux pour savoir s'il valait mieux les louer, les vendre ou y mettre le feu. Ce qui était vrai.

Quand ils entrèrent dans l'immense salle déserte où se trouvait autrefois la presse d'imprimerie, Tessio et le père de Michael étaient assis dans la pâle lumière de fin d'été, au bout d'une longue table dont la peinture bleue s'écaillait. Sur la table, il y avait un cierge, une image pieuse, un pistolet et un couteau. Michael savait ce qui l'attendait : ils l'admettaient au sein de la Famille. Après tous les récents événements, ce n'était qu'une formalité. C'est Michael lui-même qui avait eu l'idée de tuer ces hommes – celui qui avait organisé l'exécution de Vito Corleone et le flic pourri qui, lorsqu'il était venu achever le travail à l'hôpital, avait dû se contenter de démolir la figure de Michael. C'est à Sonny, en tant que Don par intérim, qu'avait incombé la responsabilité de donner son feu vert à ces assassinats (Tessio avait protesté en disant que ça revenait à « faire monter un gars de dernière division pour le balancer en championnat du monde »). Par la suite, Vito avait prétendu qu'il n'avait jamais voulu de cette vie pour Michael, mais il avait toujours été évident qu'il estimait que personne d'autre n'aurait la compétence nécessaire. Le jour de l'initiation de Michael, son père avait marmonné quelques paroles inintelligibles puis ses épaules s'étaient soulevées. Il s'était mis à sangloter. Clemenza l'avait imité. C'est Tessio qui avait achevé la besogne avec une ténébreuse éloquence, dans un mélange d'anglais et d'italien. Après ça, ils avaient descendu deux bouteilles de Chianti. Vito ne pouvait pas s'arrêter de pleurer. L'odeur d'encre et de graisse s'était gravée en Michael mais, curieusement, pas l'intensité de la scène. Le lendemain, ses vêtements empestaient tellement qu'il avait dû les balancer à la poubelle. Une semaine plus tard, le bâtiment avait été détruit dans un incendie. La foudre, avait conclu le capitaine des pompiers. Un mois après, ce dernier avait quitté sa brigade pour aller s'installer en Floride. À présent, il servait de prête-nom pour des opérations de blanchiment – magasins de vins et spiritueux, distributeurs automatiques, immobilier – et il était fiancé à Sandra, la veuve de Sonny.

Les portes de l'ascenseur s'ouvrirent. Michael et Pete entrèrent et montèrent ensemble jusqu'au dernier étage.

« Forlenza ne buterait jamais son propre filleul. » Clemenza – qui sur l'ordre de Michael avait assassiné Carlo Rizzi, le père du filleul de Michael – avala trois olives enfilées sur un cure-dents et laissa ce dernier pendouiller au coin de sa bouche. « Je ne vois pas non plus comment un type d'une autre organisation aurait pu mettre les pieds sur cette putain d'île sans que le Juif soit au courant, poursuivit-il. Moi je dis que c'est un accident. »

La seule information qu'avait pu dénicher Hagen était qu'il y avait un survivant. Elle n'avait pas été confirmée. Si le survivant était un des deux Dons ou un de leurs hommes, ça passerait mieux. Si c'était Geraci, difficile d'imaginer la suite des événements. Ils pourraient peut-être prétendre que c'était un pilote privé du nom d'O'Malley, sans aucun lien avec la Famille Corleone ; ou bien ils ne pourraient pas. Et il serait quasi impossible de savoir ce que Geraci savait ou avait pu deviner. Par ailleurs, il y avait la question de la tempête. Tout serait peut-être mis sur le compte de la tempête, auquel cas, le crash n'aurait pas tout l'effet escompté. Mais Michael envisageait déjà les moyens de tourner à son avantage une éventuelle incertitude sur les causes du crash. « Les accidents n'arrivent pas à des gens pour qui la seule idée d'accident est un affront personnel, déclara Michael.

— Un sabotage, alors ?

— Je ne sais pas. Je suis d'accord avec toi. Forlenza n'assassinerait pas son propre filleul, même s'il avait une raison. Et pour autant que je sache, il n'avait pas de raison de le faire. Mais je ne suis pas si sûr qu'il soit impossible de se glisser en douce sur cette île.

— Si ce n'est pas Forlenza... »

Michael haussa les épaules et leva un sourcil en gardant les yeux fixés sur ceux de Pete.

« *La testa di cazzo.* » Clemenza tira sur le bouton d'arrêt d'urgence d'une main et martela la paroi de l'autre. « Russo. »

Michael hocha la tête, l'air de réfléchir. « Un seul avion, dit-il, et qui est-ce que ça touche ? Ça nous frappe nous, ça frappe Molinari, ça frappe un des leurs, Falcone, une tête brûlée qui s'était peut-être montré un peu trop indépendant à leur goût, et le tout en donnant *l'impression* que l'ordre vient de Forlenza. Leurs quatre principaux rivaux non pas seulement ici à Las Vegas, mais dans tout l'ouest du pays.

— 'Tout ce qui est à l'ouest de Chicago dépend de Chicago', répéta Clemenza d'un ton ironique. *Quello stronzo.*

— Si jamais tu as raison, une merde n'est rien à côté de ce type. » Il secoua la tête d'un air chagriné qui avait, il en était sûr, toutes les apparences de la sincérité.

Clemenza gonfla ses grosses joues et souffla lentement, puis il rappuya sur le bouton. Quand les portes de l'ascenseur s'ouvrirent, une petite douzaine de personnes étaient déjà éparpillées dans la salle de danse. Clemenza tapota Michael dans le dos. « Il ne faut pas que cette saloperie te gâche la soirée, lui chuchota-t-il. Amuse-toi, OK ? Tu t'es donné tout ce mal pour te faire arranger la figure quand tu as été amoché par ce flic. Montre-toi un peu. Souris. »

Michael avait menti.

Enfin, pas exactement menti. Disons plutôt qu'il avait mené l'âne à l'abreuvoir et Pete Clemenza avait bu tout son saoûl. Si Pete était si prompt à accuser Russo, il ne serait pas le seul.

Le fait est que Michael avait voulu frapper ses quatre principaux rivaux de l'ouest. Ça, c'était le plus facile. Le plus dur, c'était de faire en sorte de ne pas avoir à en endosser la responsabilité. En orchestrant l'accident de telle façon que personne ne sache tout ce qu'il avait fait (ni Hagen, ni Pete, personne), il se pouvait qu'il y soit parvenu.

Frank Falcone était une menace. Depuis que Michael avait fait assassiner Moe Greene, Falcone avait été le principal obstacle sur la route de l'expansion des Corleone à Las Vegas. Pignatelli se montrerait plus docile à l'égard de Chicago que ne l'était Falcone, mais étant donné les intérêts qui le liaient aux Corleone – que ce soient les parts qu'il possédait dans le Castle in the Clouds ou la sacoche qu'il avait fait livrer par Johnny Fontane en guise de tribut pour l'assassinat de Falcone – il ne représentait pas de menace.

Tony Molinari était un allié de longue date, certes, mais sa méfiance grandissante envers le projet qu'avait Michael d'installer le siège de ses opérations au lac Tahoe, à trois cents kilomètres à peine de San Francisco, constituait un problème qui ne pouvait que s'aggraver avec le temps. Malheureusement, il était devenu une tumeur cancéreuse qu'il valait mieux supprimer tout de suite.

Forlenza était un vieil homme. Il était préférable de le discréditer de son vivant que de le tuer. Il se vantait depuis des années auprès des autres Dons de la véritable petite forteresse qu'était son île. La responsabilité du crash lui retomberait sur le dos, si ce n'est totalement, du moins en partie. Même si personne ne s'en prenait à lui pour se venger, ses hommes feraient pression afin qu'il se retire. Sal Narducci – qui avait conclu un marché avec Michael Corleone et supervisé le sabotage de l'avion – deviendrait Don. Il y avait fort à parier qu'après avoir attendu ça pendant des années il ne dirait rien sur la méthode qu'il avait employée pour arriver à ses fins. L'installation de Narducci dans les fonctions de Don aurait également l'avantage de couper les liens que Cleveland entretenait avec les Barzini.

La beauté de ce plan, c'est qu'il conviendrait à Chicago. Il serait impossible de prouver que Russo était à l'origine du crash et tout aussi impossible de prouver le contraire. Mais une fois que Michael aurait révélé à la Commission que le pilote qui avait été tué était en réalité son nouveau *capo*, tous les principaux intéressés se demanderaient qui avait le plus à gagner dans l'affaire.

Forlenza tuerait-il son propre filleul ? Non.

Michael Corleone tuerait-il son nouveau crack de *capo* ? Inimaginable.

Restait Chicago.

Michael avait réussi à toucher Chicago sans tuer un seul des hommes de Russo. Il n'aurait ainsi pas à se soucier d'une éventuelle vengeance de ce dernier. La seule perte tangible qu'essuierait Russo, c'est que le jour où il viendrait s'asseoir à la table des négociations, il se retrouverait en position de faiblesse. Ce qui en l'occurrence arrangeait les affaires de Michael.

La décision la plus difficile avait été de tuer Geraci.

Geraci avait incontestablement été d'une efficacité remarquable à la tête du trafic de drogue, mais son agressivité posait problème. Son ambition ne connaissait pas de limite, elle était si démesurée que lui-même avait du mal à la comprendre. Malgré son indéfectible loyauté, les liens qu'il avait avec Forlenza seraient toujours un sujet d'inquiétude. Il n'avalerait jamais l'histoire de Tessio. Et quand Michael avait nommé Fredo *sotto capo*, Geraci lui avait demandé, en public, s'il avait perdu la tête. Ils dînaient au restaurant Patsy's. Ils étaient seuls à leur table. Personne n'avait entendu. Geraci s'était excusé. Mais rares étaient les Dons qui auraient toléré un tel irrespect. C'était peut-être dérisoire, mais Michael en avait tiré la conviction que toutes les petites incertitudes qu'il pouvait avoir à son propos étaient fondées et ne pouvaient que s'aggraver.

Néanmoins, seule cette dernière incartade justifiait l'élimination de Geraci. Et encore, il aurait pu la lui pardonner. Il n'y avait pas eu de trahison. Geraci avait bien davantage de points à son actif qu'à son passif. Michael l'aimait bien.

Vito Corleone n'aurait jamais sacrifié Fausto Geraci Jr.

C'était davantage l'acte d'un Marine qui avait vu un bon millier d'hommes se faire tuer apparemment au hasard : un mal nécessaire en échange de la possibilité d'atteindre un bien qui lui était supérieur.

C'était un plan irréprochable, à moins qu'il y ait réellement eu un survivant.

Clemenza avait menti, lui aussi.

L'initiation de Michael n'était pas la seule fois où il avait vu le Don dans cet état-là. À peine remis de ses blessures, Vito était rentré de l'enterrement de Santino tellement dévasté par le chagrin que ce souvenir hantait encore tous ceux qui l'avaient vu. Michael n'était pas là. Tous ceux qui étaient présents ce jour-là – la mère de Michael, sa sœur et son beau-frère, ses frères, Tom et Fredo, et Pete Clemenza qui peu après que son ami se fut mis à sangloter, l'avait embrassé et était rentré chez lui pour laisser les membres de la famille entre eux – étaient poursuivis par l'image de cet homme brisé et l'écho de ses atroces lamentations. Ils n'en avaient jamais parlé entre eux, et encore moins à ceux qui n'étaient pas là, même Michael.

De nombreux spectateurs du show de Fontane firent une apparition dans la salle de danse. C'était une simple réception, en apparence. Il n'y eut pas d'exode de masse des représentants du syndicat, des musiciens de l'orchestre ou des femmes. Pour autant que les treize nouveaux pussent en juger, l'instant d'avant, tous ces gens étaient là et celui d'après, des initiés de la Famille Corleone apportaient deux longues tables déjà recouvertes de nappes blanches au centre de la piste de danse et tous ceux qui n'avaient rien à faire là avaient disparu.

Quelqu'un éteignit les lumières.

D'un bout à l'autre de la pièce, des hommes posèrent la main sur l'épaule des initiés et les félicitèrent en chuchotant à voix rauque (ils auraient été quatorze si Fredo n'avait pas fait rater son avion à Figaro). C'étaient des hommes que les nouveaux admiraient depuis des années – dirigeant leur quartier, arborant des costumes sur mesure, pérorant chez le coiffeur, dans les bistrots et sur des caisses de pêches vides devant certains garages, conduisant des voitures sublimes et baisant des femmes plus sublimes encore, prodiguant leurs faveurs et veillant sur les leurs, jugeant en dernier ressort une population calomniée qui en avait besoin, opérant dans un monde qui à l'époque leur avait paru mystérieux, puissant, inaccessible. À l'extérieur de la salle de danse plongée dans l'obscurité, des touristes inconscients de la scène nageaient dans la piscine installée sur le toit.

Quand les lumières de la salle se rallumèrent, la table fut préparée : treize places, chacune avec un cierge, une image pieuse, un poignard et – symbole de l'expansion de la Famille dans le Far West (en d'autres termes, c'était l'idée de Fredo) – un colt .45 rutilant qui n'était pas chargé.

On fit asseoir les treize nouveaux. Le reste des invités – ils étaient cinquante-deux à avoir pu venir, dont certains avaient assisté au spectacle ; d'autres étaient arrivés discrètement en ville et s'étaient rendus tout droit au Castle in the Sand – prirent place sur les chaises disposées en cercle.

Michael Corleone s'installa avec le reste de ses troupes. Il but le silence jusqu'à la dernière goutte. Il n'était pas superstitieux, mais il travaillait avec des hommes qui l'étaient et savait pertinemment qu'ils comptaient et recomptaient le nombre de ceux qui se trouvaient au centre en n'appréciant guère de toujours retomber sur ce même chiffre : treize. Mais le risque qu'il y avait à les laisser s'attarder sur cette insignifiante coïncidence valait bien le spectacle réjouissant de ces hommes assis à la table qui marinaient dans une angoisse à peine dissimulée. Aux yeux de tous, il était limpide qu'ils essayaient – en vain – de donner l'impression que ce n'était là qu'un événement banal dans leur existence. Ils savaient qui il était, ils savaient qu'il était à la tête des opérations, et il était comique de les voir s'efforcer par tout les moyens de l'éviter du regard. Il entendait la voix du sergent Bradshaw, son ancien instructeur : *Bande d'imbéciles, vous refusez d'admettre la peur. Un* MARINE *n'a pas peur d'admettre qu'il a peur. Bande d'imbéciles, vous méprisez le danger. Bande d'imbéciles, vous ignorez le danger. Face au danger un...* MARINE... N'IGNORE... RIEN.

Enfin, Michael se leva.

« Je vais vous raconter l'histoire d'un jeune garçon, dit-il en s'approchant des tables. Il était né il y a mille cent quarante ans dans la campagne de Sicile, près du village de Corleone. Il passa une enfance riche et heureuse, jusqu'au jour où, quand il avait douze ans, des hordes d'Arabes qui remontaient vers le nord en traversant les montagnes assassinèrent ses parents. L'enfant caché dans une jarre en terre cuite vit la lame d'un cimeterre décapiter sa mère et les lèvres mortes de sa tête tranchée crier des mots d'amour à son fils unique. Ces meurtres étaient des actes de pure barbarie. Les Arabes n'avaient rien à protéger, rien à venger. Ils ne cueillirent pas même une seule tomate sur les plants, un seul grain de raisin dans la vigne, une seule olive dans la plantation. Ils avaient tué pour tuer et repartirent vers le nord, pour rejoindre leur objectif, Palerme. »

Michael sortit un cigare de la poche de poitrine de sa veste de smoking. Ils furent plus d'un, autour des tables, à frotter leurs paumes moites sur leurs cuisses.

« Ce jeune garçon s'appelait Leolucas », reprit Michael. Il s'interrompit pour allumer son cigare et souligner toute l'importance de ce nom. « Bien qu'il n'eût que douze ans, il réussit non seulement à diriger le domaine de ses parents mais à travailler la terre aussi longtemps et aussi durement que n'importe quel paysan deux fois plus âgé que lui. Mais au fil des années, il entendit dans la solitude des champs l'appel de sa seule et unique destinée. Il vendit ses biens, distribua son argent aux pauvres et se fit moine. Après bien des années, il retourna dans le village de son enfance, où il se montra d'une générosité sans bornes et fut aimé de tous ceux qui le connaissaient. Il mourut paisiblement dans son lit à l'âge de cent ans.

— *Cent'anni !* » s'écria Clemenza. Tous ceux qui avaient un verre à la main le vidèrent d'un trait.

« Cinq cents ans plus tard, poursuivit Michael en faisant le tour des hommes assis autour des tables, c'est grâce à l'intercession de Leolucas que le village de Corleone fut protégé d'une épidémie de peste noire. Et en 1860, plus de mille ans après sa mort, Leolucas vengea la mort de ses parents en apparaissant sous l'aspect d'une tour de flammes blanches devant l'armée d'occupation française des Bourbon, les faisant fuir de Corleone pour aller se jeter entre les mains de Garibaldi qui les chassa de Sicile. Ces miracles et bien d'autres qui ont eu lieu sur le site où il est enterré ont été reconnus par le Saint-Père à Rome. Leolucas est aujourd'hui et à jamais... » Michael tira une majestueuse bouffée de cigare, s'avança vers une des tables et prit l'image pieuse placée devant Tommy Neri, qui était un des treize. Il embrassa l'image et la reposa. « ... le saint patron de Corleone. Messieurs ? »

Il fit un large geste de la main. Les treize hommes embrassèrent chacun l'image de saint Leolucas.

« Quelques années seulement après la terrifiante apparition de saint Leolucas dans la tour de flammes, reprit Michael, dans une petite maison jouxtant les champs que jadis le bienheureux Leolucas avait possédés et labourés, un autre garçon naquit. Il passa également une enfance heureuse, jusqu'au jour où, alors qu'il avait lui aussi douze ans, des hommes vinrent assassiner son père. Ce meurtre fut perpétré avec trois décharges de *lupara.* Sa mère fut poignardée. Étripée comme une bête. Mortellement blessée, elle parvint elle aussi à crier des mots d'amour à son fils. Le garçon s'enfuit. Les meurtriers se lancèrent à sa poursuite, sachant qu'un jour il essaierait de les tuer. Cet homme s'appelait... » Michael tira longuement sur son cigare. Il se sentait envahi par le flot de son destin. « ...Vito Andolini. Il immigra, seul, vers les rives glacées de l'Amérique où, pour empêcher les meurtriers de le retrouver, il changea de nom de famille et adopta le nom de son village natal. C'est un des rares gestes sentimentaux qu'il ait jamais eus – tous étaient liés d'une certaine manière à *la famiglia* » – à ces mots, il se cogna la poitrine de son poing – « à sa *figliolanza* bien-aimée » – là, il se toucha le menton. « Il travailla dur, aida ses amis, bâtit un empire et ne nourrit jamais de mauvaises pensées. Un jour, il retourna bel et bien en Sicile et vengea la mort de ses parents. Vito Corleone qui est mort paisiblement dans son jardin au début de l'année était mon père. Moi, Michael Corleone, je suis son fils. Mais... » – il indiqua les hommes du second cercle – ces hommes d'honneur eux aussi font partie de *la famiglia Corleone*. Si vous souhaitez être des nôtres, nous vous invitons à renaître sous ce nom. » Michael se rassit. Fredo était censé prendre la relève. En dépit de ce que pensaient tous les Nick Geraci, la nomination de Fredo au poste de *sotto capo* était davantage une manière de l'encourager qu'un travail à proprement parler. Fredo avait reçu un certain nombre de fonctions étroitement déterminées, une petite équipe d'hommes fiables mais médiocres, un lupanar dans le désert et quelques responsabilités symboliques dont il s'acquittait avec son inconséquence coutumière. Michael s'y était résigné. On peut cravacher un âne autant qu'on veut, on n'en fera jamais un cheval de course.

Clemenza planta sa canne par terre, poussa un grognement et se leva.

Incontestablement, les treize comprenaient déjà les formalités de la cérémonie. Mais il y avait des conventions à respecter. Clemenza commença par leur expliquer la structure de la Famille. Michael Corleone était le Parrain, qui jouissait d'une autorité absolue. Frederico Corleone était le *sotto capo*. Rocco Lampone et lui-même, Pete Clemenza étaient les *caporegime*. Clemenza s'abstint de toute allusion au rôle du *consigliere*. Il en allait ainsi depuis la mort de Genco Abbandando, tout d'abord à cause de Hagen, qui n'était pas sicilien et ne pouvait ni participer, ni assister à ces cérémonies, ni même y être mentionné, mais également parce qu'à l'époque où Vito avait brièvement assuré les fonctions de *consigliere*, les registres étaient restés fermés. Clemenza ne cita pas une seule fois le nom de Nick Geraci.

« Avant de vous joindre à nous, poursuivit Clemenza, il y a des choses que vous devez bien comprendre. » Il passa au sicilien et se mit à tourner autour du cercle des treize. « Notre organisation n'est pas une histoire d'affaires. C'est une histoire d'honneur. Si vous acceptez de vous joindre à nous, cette organisation doit passer avant le pays. Elle doit passer avant Dieu. Elle doit passer avant votre femme, avant votre mère, avant vos enfants. Si vous êtes convoqués alors que votre mère est sur son lit de mort, vous embrasserez son front fiévreux et vous vous en irez exécuter les ordres de vos supérieurs. »

Il s'arrêta devant la chaise par laquelle il avait commencé. Il se penchait à ce point sur sa canne qu'il donnait l'impression d'être en passe de basculer en avant. « Vous comprenez ? Vous êtes bien d'accord ? »

Les hommes acquiescèrent sans hésiter.

En retour, Clemenza hocha lentement la tête et se rassit.

Michael se leva de nouveau et, comme s'il voulait compenser la fragilité de Clemenza, s'avança vers les tables d'un pas martial. Il avait trop mangé, trop bu, trop agi et pas assez dormi. Un flot de bile lui remonta dans la gorge.

« Il y a, déclara-t-il, deux lois auxquelles vous devez obéir à tout prix. Vous ne devez jamais trahir les secrets de cette société, selon l'ancienne tradition de l'*omertà*. Toute violation de cette loi est punie de mort. Vous ne devez jamais maltraiter la femme ou les enfants d'un autre membre. Toute violation de cette loi est punie de mort. Jurez-vous, sur votre propre vie, de respecter ces lois ? »

Ils s'exécutèrent.

Les plus anciens avaient sans doute noté l'absence de la troisième loi, que tous les membres initiés par Vito Corleone devaient jurer de respecter : *Vous ne devez jamais vous livrer au trafic de stupéfiants.* Il n'y eut pas un seul commentaire, pas même un murmure.

« Vous entrez vivants, dit Michael, vous en ressortez morts. »

Le jour où je t'ai demandée en mariage, Kay, je t'ai dit que d'ici cinq ans nos affaires seraient parfaitement légales.

Michael s'approcha de Tommy Neri. « Les instruments par lesquels vous vivez et mourez sont l'arme à feu » – Michael tint le cigare entre ses dents et prit le colt d'une main – « et le couteau. » Il saisit le poignard de l'autre. Il posa les armes croisées l'une sur l'autre devant Tommy.

« Acceptes-tu, si tu en reçois l'ordre, de te servir de l'arme à feu et du couteau pour venir en aide à cette Famille ?

— Oui, Parrain. »

Michael tira sur son cigare et le prit pour allumer le cierge de Tommy Neri. Puis il indiqua la main droite de Tommy. Tommy la tendit. Michael prit le poignard, entailla l'index de Tommy, celui-là même avec lequel il presserait la gâchette, le replia dans sa paume et lui serra le poignet en prenant soin d'appuyer le plus loin possible de la blessure pour que le sang coule en plus grande quantité.

Un par un, les douze autres hommes lui firent la même réponse et se soumirent au même rituel.

Michael revint au bout de la table. Il tapota le poing fermé de Tommy. Ce dernier l'ouvrit, puis il rapprocha ses deux mains, la droite ensanglantée et l'autre, propre, tourna les paumes vers le haut et les mit en coupe. Michael prit l'image de saint Leolucas, y mit le feu avec le cierge et la laissa tomber entre les mains de Tommy Neri. « Fais-la rouler », chuchota-t-il.

Tommy fit passer d'une main à l'autre le saint enflammé.

« Si *jamais* tu trahis tes amis, dit Michael, tu brûleras. » Il souffla une petite bouffée de cigare dans le visage stoïque de Tommy. « Comme l'image de notre saint patron bien-aimé brûle ta paume ensanglantée. Tu acceptes ?

— Oui, Parrain. »

Michael regarda l'image se consumer jusqu'à la cendre. Puis, tendrement, comme un amant, il étala la cendre sur les paumes de Tommy et l'embrassa doucement sur les deux joues.

Un par un, les douze autres hommes se soumirent au même rituel et lui firent la même réponse.

« Vous êtes maintenant des hommes qualifiés », dit enfin Michael. « *Gli uomini qualificati*. Messieurs, veuillez vous présenter à vos frères. »

La salle explosa en une cacophonie de félicitations, de bouchons de champagne, de toasts en italien et de bénédictions. Les hommes du second cercle restèrent à leur place pour s'assurer que les nouveaux initiés faisaient respectueusement le tour de la salle en se présentant et en embrassant chacun des anciens membres sans en oublier un seul. Michael les avait déjà embrassés. Il s'éclipsa par la porte arrière et descendit par l'escalier. Il savait qu'il risquait d'apprendre en rentrant chez lui que ses ennuis s'étaient démultipliés. Mais il y avait aussi une chance que sa journée soit finie, une chance qu'il puisse se reposer et livrer bataille le lendemain avec la tête claire. Déjà, le seul fait d'être sorti de cette salle, loin de la fumée et des vapeurs d'alcool, lui faisait du bien. Les seuls baisers qu'il voulait, c'étaient ceux de sa femme, de son fils et de sa fille.

Vous en ressortez morts.

Michael regagna la voiture. Il attendait qu'Al Neri le retrouve après avoir été récupérer les revolvers déchargés, quand soudain, il eut un haut-le-cœur. Il lutta quelques instants. Puis il s'agenouilla et vomit. Tout remonta – la strega, le whisky, les plats qu'Enzo avait si amoureusement préparés, tout le pique-nique et apparemment jusqu'au dernier grain de pop-corn du cinéma.

« Ça va, boss ? » Les revolvers s'entrechoquaient dans la taie d'oreiller dont Neri s'était servi pour les embarquer, comme les chaînes du fantôme de Jacob Marley dans la mise en scène d'*Un chant de Noël* dans laquelle Michael avait joué quand il était petit. Neri était le chef de la sécurité ici, mais tout de même, dévaler quinze étages et traverser des enfilades de salons et de couloirs avec une taie d'oreiller bourrée de treize revolvers ? On croyait rêver.

« Oui, oui », répondit Michael. Il dégoulinait de sueur. Il réussit à se redresser d'un pas chancelant. Il avait déchiré son smoking au genou. « Impeccable. Allons-y. »

Les nouveaux initiés pouvaient garder les poignards qui avaient servi à leur couper l'index. C'était de pures merveilles avec un manche serti de pierres précieuses, qui n'avaient rien coûté à la Famille. Nick Geraci connaissait quelqu'un.

Chapitre 11

Fredo Corleone remonta l'allée à fond au volant de sa Chevrolet de location et pila sous l'auvent du service des voituriers. À l'arrière, Figaro se réveilla en poussant un juron en anglais, Capra en sicilien. « On se retrouve là-haut, les gars », lança Fredo en sautant de la voiture. Il sortit d'une liasse un billet de vingt pour le voiturier, puis en s'apercevant qu'il travaillait là régulièrement, il se ravisa. « Juste par curiosité. Quel est le plus gros pourboire que vous ayez jamais reçu ? »

Le voiturier le regarda d'un drôle d'air. « Cent dollars, répondit-il. Une fois. »

Fontane, se dit Fredo. Il sortit deux billets de cent. « Trouvez-moi une bonne place, OK, et virez-moi ces deux clodos d'abord. Alors, qui est-ce qui détenait le record avant moi ?

— Vous, monsieur, répondit le voiturier. La semaine dernière. »

Fredo éclata de rire, rentra dans l'hôtel et se mit à courir. Il était trois heures du matin, mais à l'intérieur du Castle in the Sand, un des rares signes sinon le seul qui pouvait laisser penser qu'il n'était pas une heure plus décente était la présence de femmes en robe d'intérieur et bigoudis, hypnotisées, la cigarette pendant au coin de leur bouche maussade sans la moindre trace de rouge à lèvres, qui enfilaient des pièces dans des machines à sous comme si elles étaient en train de préparer le dîner pour une famille d'une ingratitude absolue. Il est pour le moins inhabituel de voir quelqu'un courir dans un casino, mais il n'y en eut pas un seul, ni parmi ces dondons, ni aux tables de black-jack, pour lever ne fût-ce qu'un œil. Les chefs de salle l'observèrent, tout comme les sentinelles de la cabine de surveillance – si tant est qu'il y ait eu quelqu'un là-haut –, mais c'étaient là des hommes qui avaient déjà vu Fredo Corleone leur foncer ainsi sous le nez. En d'autres termes, si jamais qui que ce soit d'étranger aux caméras de sécurité ou à la commission des Jeux du Nevada leur demandait s'ils avaient vu passer Mr Corleone, ils répondraient en fronçant les sourcils : « Qui ça ? »

Il occupait une suite du troisième étage – cinq pièces, dont un petit salon avec un bar et une table de billard de compétition. Il était parti depuis deux semaines à New York pour régler des affaires et essayer d'aider sa mère à s'organiser pour le grand départ vers l'ouest. Dès qu'il ouvrit la porte, il sut que quelque chose n'allait pas. Le premier détail concret qu'il remarqua fut que les rideaux étaient tirés et que la pièce était plongée dans un noir d'encre. Fredo ne fermait jamais les rideaux et n'éteignait jamais la télévision, même quand il n'y avait plus que la mire, même quand il s'absentait de la ville. Qaund il dormait pendant la journée, il mettait un masque. Il bondit en arrière dans le couloir, hors de la ligne de tir, et plongea la main dans sa veste pour sortir son revolver.

Pas de revolver. Ce sublime colt Peacemaker, ce même revolver qui avait descendu des milliers de desperados dans un millier de films poussiéreux, était perdu au fin fond de la grande banlieue de Detroit.

À l'autre bout du couloir, une porte s'ouvrit et une rombière en résille et robe d'intérieur sortit avec un gobelet de métal plein de pièces et un fer à cheval, un vrai. Elle traînait dans son sillage une espèce de lavette en maillot de corps et bermuda coiffé d'un chapeau de cow-boy blanc rutilant qu'il avait dû s'acheter ce jour-là. Fredo se figea sur place. Aucun bruit ne provenait de sa chambre. La rombière avait dû voir Fredo s'accroupir près d'une porte au bout du couloir, mais elle garda la tête baissée et se dirigea tout droit vers l'escalier. Le mari lui fit un signe de la main, le visage tordu en un rictus désespéré.

La porte de l'escalier se referma.

Fredo compta jusqu'à dix. « Hello ? lança-t-il. Qui est là ? »

Il aurait dû aller trouver la sécurité. Mais il était épuisé et n'avait pas les idées en place. Il voulait juste prendre une douche rapide et monter à la salle de danse. Il ne voulait pas passer pour une couille molle qui appelait la sécurité de l'hôtel sous prétexte qu'une nouvelle femme de chambre ignorait qu'il ne fallait jamais fermer les rideaux de Mr Corleone ni éteindre son poste de télévision.

Il n'y avait pas un seul bruit. Ce devait être ça, se dit-il, une nouvelle femme de chambre. À l'instant où il entra et tendit la main vers l'interrupteur, l'idée lui traversa soudain l'esprit que c'était précisément au moment où les types baissaient la garde et se disaient *oh et puis merde, ce n'est rien* qu'ils recevaient une prune pile entre les deux yeux.

À la seconde où il alluma la lumière, il entendit la chasse d'eau. Son cœur faillit lui arracher les côtes, mais avant même qu'il n'ait eu le temps de courir, de plonger, ou même de crier « Qui est là ? », une femme nue apparut dans l'embrasure de la porte de la salle de bains, une blonde platine. Elle hurla.

« Bon sang, s'écria-t-elle, tu m'as fichu une de ces trouilles ! »

Un fort accent français. Apparemment authentique. Fredo referma la porte du couloir derrière lui et sentit son cœur qui ralentissait légèrement. « On se connaît ? »

Elle s'avança vers lui et sourit. Sa toison était d'un noir de jais, alors qu'elle avait même les sourcils blonds. « Tu sais depuis quand je t'attends ?

— Sérieusement, ma jolie. Tu es qui, au juste ? Qu'est-ce qui se passe ici ? Qui t'a fait entrer ?

— Depuis cinq heures cet après-midi », poursuivit-elle. Elle montra le seau à champagne à côté du lit. « La glace, ça fait des heures qu'elle a fondu. » Elle haussa les épaules en faisant rebondir ses petits seins. Ses mamelons d'un rouge fané étaient si énormes qu'ils en recouvraient quasiment toute la surface. « Je suis désolée, mais la bouteille, elle est vide maintenant. »

L'accent était authentique. Elle avait également la voix pâteuse.

« Écoute, mon chou, je crois que tu ne sais pas à qui tu as affaire, OK ?

— Moi, je crois bien que si. » Elle se déhancha et avança sa lèvre inférieure en faisant la moue. « Tu es Fredo Corleone, non ?

— Pourquoi ne pas commencer par me dire qui tu es ? »

Elle tendit la main en pouffant de rire. « Je m'appelle Rita. Marguerite. Mais... » – elle baissa une épaule, comme soudain intimidée – Je préfère Rita, maintenant. »

Fredo ne lui serra pas la main. « Enchanté, Rita. Et qu'est-ce qui m'empêche au juste de te faire coffrer pour effraction ?

— Ça ne te suffit pas qu'une femme nue t'attende dans ta chambre pour te faire l'amour ?

— Je perds patience, poupée.

— Ah ! » Elle rejeta la tête en arrière, exaspérée. « Tu n'es pas drôle. C'est Johnny Fontane qui m'envoie, d'accord ? Je suis... » – elle rit comme d'une triste blague connue d'elle seule – « ... Je suis un cadeau, un cadeau pour toi. Johnny a dit que je devais t'attendre nue dans ton lit.. » Elle rougit. « Mais une fille, quand ça boit du champagne ça doit aller faire un petit pissou. »

Un petit pissou ? « C'est vraiment gentil de la part de Mr Fontane, mais il est vraiment très tard, tu es vraiment très ivre et je suis vraiment très fatigué, sans compter que j'ai encore un truc à faire ce soir. Demain matin. N'importe quand. Tu devrais y aller, mon chou. Si tu veux un taxi, je t'en appelle un. »

Elle hocha la tête, tourna les talons et alla prendre ses vêtements qu'elle avait si soigneusement pliés sur le dossier de la chaise qu'il en fut bouleversé. Elle avait de jolies jambes musclées. Il n'avait pas remarqué.

Il alla chercher des vêtements pour se changer dans sa penderie. Quand il revint, la seule chose qu'elle avait réussi à enfiler, c'était un soutien-gorge en coton à fleurs. Il ne comprendrait jamais ça. On pourrait penser qu'elles se couvrent la chatte en premier puisque généralement c'est ce qui se dévoile en dernier, mais si vous laissez une femme s'habiller toute seule, les trois quarts du temps, elle commencera par le soutien-gorge. La fille était assise au bord du lit et pleurait, la tête enfouie dans les mains.

Ah, les nanas bourrées, se dit-il en secouant la tête.

« Je suis vraiment désolée, dit-elle.

— Faut pas être désolée, dit Fredo. Écoute, c'est pas... je ne sais pas... » Il posa la main sur sa joue. Elle leva les yeux vers lui. C'était de vraies larmes et elle essayait de les retenir. Elle avait l'air furieuse contre elle-même. « Tu es très belle, OK ? C'est juste qu'il est tard et il faut que j'aille quelque part. Les affaires. Je veux dire, si tu tiens vraiment à m'attendre ici, je... »

Elle secoua la tête ; « Tu ne comprends pas. » Elle s'essuya la figure avec son slip. Il était assorti à son soutien-gorge. Il aperçut l'étiquette ; du bas de gamme. « Je ne fais pas ça. Je veux dire... » Elle leva les yeux au plafond. « Enfin, je veux dire, si, mais c'est juste que... » Elle poussa un long soupir. « Je suis une danseuse, d'accord ? Je suis dans un show, en ce moment, un truc classe. Même pas seins nus. C'était censé être... une blague. On dit comme ça ? Un défi que je me suis lancé. Je ne suis pas une... »

Fredo alla lui chercher un mouchoir. Il avait été avec pas mal de nanas depuis qu'il s'était installé à Las Vegas, et s'il y a bien une chose qu'il avait apprise, c'est que lorsqu'elles pleuraient, il était toujours préférable de la boucler et leur donner un bon mouchoir que de leur dire que tout s'arrangerait.

Il s'assit à côté d'elle. Il lui passa la main dans le dos. Le petit bout de cul rond qu'il apercevait avait une peau si fine et si lisse, que la plupart des femmes, même les plus jeunes, auraient rêvé de l'avoir sur la figure. Il fallait bien reconnaître que les postérieurs de danseuses, c'était autre chose. Finalement, il décida qu'il avait assez perdu de temps comme ça. Johnny voulait juste être sympa avec lui, mais à tous les coups, il se l'était envoyée en premier et lui avait tourné la tête en la forçant à accepter de faire quelque chose qu'elle n'aurait jamais fait dans son petit patelin de France. « J'ai une idée », dit-il.

Elle leva les yeux vers lui. Apparemment, elle avait réussi à endiguer ses larmes.

« Combien Johnny t'a-t-il donné pour venir ici ?

— Mille dollars.

— Bouge pas, je reviens. »

Fredo alla dans le petit salon, tira sur la copie de Mona Lisa montée sur charnière, ouvrit le coffre-fort et sortit deux billets de mille. Elle n'en avait probablement jamais vu un seul de sa vie, et encore moins deux. Pour le motif, le gouvernement ne s'était franchement pas foulé. Au verso, il y avait simplement écrit MILLE DOLLARS. Et le président Cleveland au recto ? Qu'est-ce qu'on lui devait au juste, à Cleveland ? Il plia les billets en deux, revint dans la chambre et les glissa dans sa main.

« Garde les mille que tu as déjà, dit-il, et garde ça aussi. T'as pas à t'en vouloir d'être une pute, OK, comment veux-tu être une pute si on ne... tu vois ?

— Baise pas ? »

Il sentit dans sa voix une note d'espoir qui le laissa perplexe – à croire que ça lui remonterait le moral de baiser. Il s'était efforcé de ne pas prononcer le mot de baiser, déjà qu'elle était toute chamboulée à la simple idée d'être une putain. « Exact, si on ne baise pas, dit-il. C'est là que ça coince. »

Elle hocha la tête et prit l'argent pour le glisser dans la poche de la robe rouge qui était posée à côté d'elle.

« Tout ce que t'as à faire, c'est d'aller voir Johnny et quand il te demandera comment c'était » – comme il ne manquerait pas de le faire, Fredo connaissait Johnny – « il faut que tu promettes de lui dire » – Fredo s'interrompit pour lui lancer un grand sourire assorti d'un clin d'œil – « que je suis à l'aise le meilleur coup que t'aies jamais eu.

— À l'aise », répéta-t-elle en enfilant son slip. Elle avait l'air attristée. « D'accord.

— Sensass », dit-il.

Le téléphone sonna. C'était Figaro, son nouveau garde du corps qu'il préférait appeler ainsi car il était embarrassé d'écorcher systématiquement son nom. Oui, dit Fredo. Tout allait bien.

En la regardant s'habiller, il ôta ses chaussures, ses chaussettes et sa chemise.

Il les rejoignait dans une minute, dit-il. Figaro lui expliqua qu'il restait encore quelques gars là-haut. C'était parfait, répondit Fredo. Michael était-il encore là ? Non. « Dommage. » Soulagé, Fredo raccrocha.

Il ne portait plus de maillot de corps depuis longtemps, depuis le film. Après avoir vu ça, il suffisait qu'un type mette un maillot de corps pour que les filles d'aujourd'hui le trouvent ringard. Ce n'est qu'une fois torse nu, en pantalon, qu'il se dit que s'il était ne serait-ce qu'à moitié aussi gentleman qu'il le prétendait, il aurait soit attendu qu'elle soit partie, soit changé de pièce. Sa robe était en satin rouge. De la voir ainsi, dans sa robe, en sachant qu'elle portait en dessous des sous-vêtements bas de gamme, ça lui fit une drôle d'impression. Ça lui fit quelque chose.

« Il est beau, ce tableau », dit-elle. Elle montrait la Madone accrochée dans son petit cadre en pin au-dessus du lit. À l'origine, il y avait dans la chambre une énorme croûte représentant un Indien sur un cheval blanc qui contemplait le soleil couchant, avachi sur sa selle. « C'est toi qui l'as peint ?

— Hein ? Non.

— Tu connais le peintre ?

— C'est juste un tableau, OK ?

— J'ai eu tout le temps de le regarder. Il n'y aucune vanité chez le modèle. C'est un beau tableau.

— Un beau tableau ?

— J'ai fait les beaux-arts. » Elle baissa les yeux. Le vernis à ongles de ses orteils était écaillé. « Il y a longtemps.

— C'est un beau tableau, répéta-t-il.

— OK, dit-elle en prenant son sac.

— OK », fit-il en la raccompagnant à la porte.

Elle sortit une cigarette. Il mit la main à sa poche. « Merde, fit-il. J'ai perdu mon briquet.

— Tu es gentil, dit-elle en lui glissant la cigarette derrière l'oreille.

— Pas exactement », répondit-il. Il lui rendit la cigarette. « Je ne fume pas celles-là, mon chou. »

Elle se pencha vers lui. Ça semblait parti pour être un petit bisou sur la joue, mais il y avait une autre particularité que Fredo avait notée chez ces filles qui espéraient faire carrière à l'ouest, c'est qu'à trois heures du matin, beaucoup de choses qui auraient eu toutes les apparences de la normalité selon les règles en vigueur à trois heures de l'après-midi prenaient une tournure que les messieurs sagement endormis dans leur lit de Long Island n'imagineraient jamais. Elle écarta les lèvres et Fredo obéit, plongeant la langue dans sa petite bouche mouillée, enfonçant les mains dans la masse rêche de sa chevelure platine. Elle laissa échapper un petit gémissement qui parut les surprendre tous deux.

Ils se regardèrent dans les yeux. Elle écarquilla les prunelles comme si elle venait de retrouver une boucle d'oreille qu'elle avait perdue. Elle n'avait pas menti, ce n'était pas une professionnelle. Une professionnelle ne vous regarde pas comme ça.

« Ma vie est tellement bordélique.

— C'est ce que tout le monde se dit, la rassura Fredo. Ceci dit, tu as sans doute raison. Dans ton cas à toi. »

Cette Rita avait un drôle de sourire contraint.

« Ah oui ? fit-elle. Et toi, alors ?

— Je n'ai pas à me plaindre, répondit-il. Ça m'arrive, ceci dit. Mais je contrôle la situation.

— Tu crois ? » Elle posa son index sur son torse nu et fit un petit mouvement de tournevis.

Ils recommencèrent à s'embrasser. Avec tout ce champagne, sa bouche avait un goût aigre, mais il ne se laissa pas rebuter.

« Fray-die Cor-le-o-ne », dit-elle.

S'il n'avait pas été trois heures du matin, il se serait tout de suite dit qu'il était aberrant de courir le risque qu'un jour cette fille aille raconter qu'elle s'était retrouvée le cul à l'air devant Fredo Corleone et qu'il l'avait payée deux mille dollars pour ne *pas* la baiser. Pourquoi était-il si pressé de monter là-haut ? Il n'y avait plus rien d'intéressant à y faire. « À ton service, dit-il.

— Espèce de salaud », fit-elle. Elle avait un drôle de ton.

« Tu dis ?

— Rien. » Elle poussa un gros soupir et tendit la main vers la poignée de la porte. « On se retrouve à la page des comics, OK ? »

D'accord. C'était une imitation de gangster de film noir. Il posa la main sur la sienne. « Reste », lui dit-il.

Elle grimaça avec sa drôle de bouche en coin. « Je ne sais pas, dit-elle. Tu reprendras ton argent ?

— Ce n'est pas pour ça que je t'ai payée, répondit-il. Je t'ai payée pour filer des cauchemars à Johnny Fontane. »

Elle parut méditer longuement la question. « Du coup, je pourrais lui rendre son argent ? »

Fredo eut un sourire. « Parfait. Dis-lui, tu sais, ce que je t'ai payée pour lui dire. Tu veux que je l'écrive ou tu as compris ?

— À l'aise, dit-elle. Le meilleur coup que j'aie jamais eu. Compris.

— Et puis dis-lui de reprendre son argent, que c'était tellement bien que tu n'en veux pas.

— Ça, je ne sais pas trop, dit-elle. Peut-être... demain ? On pourrait recommencer au début. Sortir ensemble, je ne sais pas, moi ?

— On est déjà demain, ma jolie. »

Elle avait toujours l'air de méditer. Elle mit un doigt dans sa bouche, le suça puis le passa lentement sur le torse nu de Fredo en le faisant glisser du cou jusqu'à la boucle de sa ceinture. Elle resta la main posée là.

« J'aime le sexe. » On aurait dit un aveu d'échec. Et puis, elle avait une petite voix, rien à voir avec ces voix rauques dont on vous rebat les oreilles à propos des Françaises. Elle avait encore la langue pâteuse. « C'est mal, tu sais, mais comme un homme, j'aime ça. »

L'espace d'un instant, cette phrase – *comme un homme, j'aime ça* – fit à Fredo l'effet d'un choc électrique. Bien que de toute évidence, elle ne lui donnait pas le sens qu'il avait imaginé pendant une fraction de seconde. Puis il se reprit et empoigna ses petits seins à deux mains.

Elle poussa un gémissement, mais cette fois, on aurait dit une professionnelle. Elle en faisait trop. Ça ne pouvait être si bon que ça.

Ils se rapprochèrent du lit. Elle lui défit sa ceinture et lui arracha son pantalon et son caleçon. Fredo tomba à la renverse sur le lit. Dressée devant lui, elle passa la main dans son dos pour ôter sa robe.

« Non », lui dit-il.

Elle se retourna pour qu'il s'en charge.

« Garde-la, dit-il. Elle est géniale. »

Elle haussa les épaules et s'assit à côté de lui sur le lit. Ils s'embrassèrent un moment et elle lui mit main sur la bite. Il aurait pu mettre ça sur le compte de tout ce qu'il avait bu ce jour-là – le matin et Dieu sait combien de verres pendant qu'il attendait à l'aéroport de Detroit, quoique rien depuis. Et puis aussi sur le compte de la fatigue, le décalage horaire. Il ne voulait pas penser au reste, hors de question. Ça ne s'était jamais passé. Et de toute façon, il avait déjà culbuté des girls mieux que ça les yeux fermés. Maintenant qu'il y pensait, évidemment, il était foutu. *Bon, OK, ne pense plus à ta bite*, se dit-il. Il se força à penser à elle, s'imagina l'embrasser en lui empoignant les nichons, se dit que ça serait fabuleux de la baiser comme ça, dans sa robe brillante, ce qui pouvait arriver en, mettons, dix secondes s'il arrêtait de penser à toutes ces choses qu'il avait en tête. S'il pouvait arrêter de penser tout court. Il fallait vraiment qu'il ralentisse sur la bouteille.

Elle se laissa tomber à genoux et le prit dans sa bouche si vite qu'il n'eut pas le temps de dire non. Un terrible frisson lui parcourut l'échine. « Non », lui dit-il en la relevant par les aisselles.

Elle eut l'air blessée.

« Ce n'est pas mon truc, expliqua-t-il. Ne prends pas ça mal, OK ? Viens m'embrasser. »

Elle obéit. Il la laissa le caresser, tira sur son slip à fleurs et en fit de même pour elle. Ils s'embrassèrent encore.

« Et si tu te mettais à genoux ? »

Elle poussa un soupir. Elle avait l'air de perdre patience. L'air d'une fille au turbin.

« *Non*, dit-il. Comme je t'ai dit. » Puis il s'efforça de se montrer plus tendre. Elle n'avait rien fait de mal. C'était visiblement une brave fille qui était prête à baiser avec lui gratis, sans doute parce qu'elle avait entendu dire que c'était un dangereux gangster, mais aussi parce qu'il avait été gentil avec elle quand rien ne l'y obligeait. Il la mit à genoux, remonta sa robe rouge et attrapa sa bite tout en cherchant sa chatte de l'autre main. Elle passa la main derrière elle pour l'aider. C'était un geste si vulnérable qu'il banda aussitôt comme un malade entre ses doigts, la pénétra et attaqua d'emblée à fond. Il devait agir, sans réfléchir. Il se cramponnait à ses hanches, les doigts enroulés sur ses os. Il lui dit de le supplier. Elle se mit à psalmodier qu'elle le désirait si fort, qu'elle en voulait encore et encore, puis elle répéta à n'en plus finir, *ah t'es un caïd, toi, t'es un caïd*, et il ferma les yeux et accéléra le mouvement autant que ses forces le lui permettaient.

Son corps se tendit et il cria.

« Retire-toi, souffla-t-elle en haletant. Retire-toi, caïd. » La voix perçante. « Caïd. »

Il ne se retira pas. Il fit rouler ses hanches en moulinets fébriles contre son cul musclé de danseuse en laissant s'égoutter en elle le peu qu'il lui restait. Après ça, sa bite était devenue si sensible qu'il se mit à avoir mal et dut se retirer. Ç'aurait été excitant, pourtant, ces petites perles s'écoulant une à une sur son cul et sur sa robe rouge. Quoi de meilleur ? Il aurait été incapable de dire pourquoi il ne l'avait pas fait.

C'était faux. Il le savait pertinemment. Il aimait les engrosser. Allez savoir pourquoi.

Quoique, encore une fois, ce n'était pas toute la vérité.

Il se laissa retomber sur le dos. Il ferma les yeux et du haut de la paume, se donna une demi-douzaine de petits coups en staccato sur la tête. Il se haïssait de tout son être.

Rita roula sur le côté et se recroquevilla en boule. Évidemment, elle se remit à pleurer.

Il se leva, alla à la fenêtre et ouvrit les rideaux en grand.

C'était mieux. Il adorait ces néons. Le jour n'allait pas tarder à se lever.

Le téléphone sonna à nouveau. Il décrocha dans le petit salon. Il dit à Figaro d'attendre encore une minute, il montait tout de suite. Ils avaient bien fait de venir au lieu de rester à Los Angeles, insista Figaro, car il y avait des nouvelles que Fredo préférerait sans doute entendre de vive voix. Fredo lui demanda s'il était sourd. Il avait dit qu'il montait tout de suite, OK ?

Fredo sortit un autre mouchoir blanc de la plus belle qualité qui soit et le posa sur le lit à côté de Rita. « Hé, chérie », dit-il. Comme un cow-boy. « Hé, ma belle. »

Elle se moucha et garda un silence de mort.

« Je reviens tout de suite », lui dit-il. Il jeta un œil à sa montre – une habitude qu'il avait depuis tout petit – et réussit à se doucher et se raser en moins de cinq minutes. Il enfila un peignoir si épais qu'il lui donnait toujours l'impression d'avoir des rembourrages de footballeur américain et ressortit. Elle était encore là.

« Je suis désolée », dit-elle.

Il aurait pu se passer de ça. Certes il voulait qu'elle parte, et sur-le-champ, mais il n'avait pas envie de se sentir minable. Elle ne pleurait pas, c'était déjà ça.

« Ça été vite expédié, lui dit-elle. La douche.

— Je sais où tout se trouve, maintenant. » Il répondait toujours la même chose quand on lui faisait cette remarque.

« Il vaut mieux que je parte. Je suis désolée. Je sais qu'il vaut mieux que je parte.

— Tu peux rester autant que tu voudras, lui dit-il. Je suis vraiment désolé, mais j'ai...

— Des affaires à régler, dit-elle. Oui. Je sais. » Elle se tamponna les yeux et lui montra la salle de bains. « Je me dépêche. »

Au moins, elle n'avait pas parlé de *pissou*. Il profita du fait qu'elle était dans la salle de bains pour enfiler des vêtements et appeler la réception pour lui commander un taxi réglé d'avance.

Au bout de douze minutes d'attente insupportable, elle réapparut, les cheveux peignés, le visage tout rose d'avoir été frictionné, du rouge aux lèvres, portant un parfum qu'elle devait avoir sur elle en arrivant. Elle s'en était aspergée. Il y a peu de choses qui le rebutaient autant que les filles qui s'aspergeaient de parfum.

Il alluma la télévision et la raccompagna dans le couloir.

« On a conclu un marché, tu te rappelles ? dit-il en appuyant sur le bouton de l'ascenseur.

« Mais oui. » Elle leva la main droite. « Je tiens toujours parole, dit-elle d'un air sombre. » Elle se força à sourire. « De toute façon, tu ne me crois pas capable de dire ça. À l'aise. »

Qu'est-ce qu'il pouvait répondre à ça ? Il se dit qu'il devrait lui demander son numéro, mais les trois quarts du temps, ça ne faisait qu'aggraver les choses.

L'ascenseur arriva, venant abréger les affres de son silence. Quand elle monta dans la cabine, il lui donna une petite tape dans le dos.

« Bonne chance, pour tes affaires, lui dit-elle en lui soufflant un baiser. Cor-le-on-e. »

Il regarda les portes se refermer. Il contempla son reflet déformé dans les portes de cuivre soigneusement lustrées. Il n'y avait pas grand-chose à voir. Il appuya sur le bouton du sixième étage, plaqua les mains contre le métal froid et laissa pendre sa tête lasse. Qui avait dit que la vie était facile ? Et pourtant il était là. Il avait commis des erreurs, comme tout le monde, mais il était encore là pour en parler, contrairement à bien des gens qu'il avait connus.

Les portes se rouvrirent et il monta.

Il avait la réputation d'être un brave type, mais aussi un faible et un incapable. Il le savait bien. Mais combien de gars auraient assuré comme Frederico Corleone après une journée pareille ? Il s'était réveillé au beau milieu d'un coup plus que foireux auquel il préférait ne plus penser, sans même savoir où il se trouvait, sans même savoir dans quel putain de pays. Et pourtant, au petit matin, il avait réussi à s'arracher et filer de là, et dans la bonne direction, s'il vous plaît. Bon, d'accord, il avait oublié son flingue sur place, mais c'était de l'autre côté de la frontière, et il y avait toutes les chances que ça n'aille pas plus loin. Il avait peut-être un peu merdé à la douane, mais bon sang, les oranges n'étaient même pas à lui, s'il avait bu un coup, c'était juste histoire de se secouer les méninges ; quant au fait d'avoir mentionné le nom de Joe Zaluchi, c'était un risque calculé. Ç'aurait très bien pu servir de laisser-passer. OK, ça n'avait pas marché. Ceci dit, il n'y a pas beaucoup de types qui auraient gardé leur calme après s'être fait pincer. Sur la ligne blanche, il avait assuré comme un champion. Ces culs-terreux de douaniers en étaient restés comme deux ronds de flanc. Deux bis, impeccables à chaque fois. Il n'avait pas fait de gaffe, il n'avait même pas demandé à parler à un avocat. Ces corniauds l'avaient laissé repartir, persuadés qu'il était Carl Frederick, directeur-adjoint du caravaning du Castle in the Sand (ce qu'il était sur le papier ; il était passé devant, sans jamais y entrer).

Au bout du compte, si les gens prenaient Mike pour un génie et Fredo pour un incapable, c'était uniquement parce que Mike voulait bâtir un empire colossal alors que Fredo, lui, voulait seulement s'amuser et récupérer une petite part des affaires qui lui revenaient de plein droit. Quelque chose d'un peu plus grand qu'un camp de caravaning, mais plus petit que General Motors. Qu'est-ce qu'il y avait de mal à ça, hein ? Mais Mike n'était même pas prêt à lui accorder *ça*. La seule chose qu'il avait bien voulu lui donner, c'était un putain de titre. *Sotto capo*. Sous-chef. Et pourquoi pas bouffon du roi ? Dépendeur d'andouille ? Vice-président ?

Il descendit au sixième et se servit de son passe pour entrer dans la pièce dérobée. Ce dispositif ? C'était Fredo qui en avait eu l'idée. Les gens étaient ravis, à tel point que d'autres prétendaient même y avoir pensé. Il avait entendu dire que d'autres casinos s'en étaient inspirés. Et alors ? On se fichait bien des compliments. Mais tout de même.

« Voulez-vous boire quelque chose, monsieur ? lui demanda le barman de l'étage secret.

— Non, répondit Fredo. Ou alors, juste une bière bien glacée, OK ? »

Il aurait mieux fait de prendre l'escalier. Histoire de se fouetter un peu le sang. Mais il était claqué, la sensation de la bière glacée entre ses mains lui faisait du bien et, cette fois encore, il attendit l'ascenseur.

Quand il arriva, Figaro, Capra et deux des gars de New York

en déboulèrent. Ils n'avaient pas exactement l'air de sortir des réjouissances auxquelles ils étaient censés avoir assisté. Il était impossible que Figaro ait appris qu'il avait raté sa soirée d'apothéose. C'était la première fois que la cérémonie se tenait hors de New York, il n'aurait jamais pu deviner et personne ne le lui aurait dit.

« Bon sang, dit Figaro. On allait envoyer une équipe de secours. En fait, on est l'équipe de secours. T'étais où ?

— Putain, tu m'appelles vingt fois de suite dans ma chambre et tu veux savoir où j'étais ?

— Non, mais pourquoi tu as mis tout ce temps ? Il n'y avait déjà plus beaucoup de monde quand on est arrivés, mais là, il n'y a plus personne. Sauf Rocco. Il t'attend. »

La nouvelle que Fredo était censé apprendre de vive voix.

« Quelqu'un de ma famille ? » demanda Fredo.

Figaro fit non de la tête. « Non, non. Tu ferais mieux de monter voir Rocco.

— Il n'y a vraiment plus un chat, là-haut, demanda Fredo, ou juste une poignée de gars ? À part Rocco, je veux dire. »

Capra – qui s'appelait en réalité Gaetano Paternostro, un nom à coucher dehors et bien trop solennel pour ce petit gars de la campagne à la bouille de gamin – arrêta Figaro avant qu'il ait eu le temps de répondre et lui demanda ce que Fredo venait de dire. Ce dernier commençait à en avoir marre. Fredo parlait couramment l'italien et ce putain de coiffeur aurait tout aussi bien pu être un bouffeur de mayonnaise du fin fond de l'Ohio. Comme bookmaker, il rapportait peut-être gros, mais jusque-là Fredo ne voyait pas ce que Mike trouvait à ce type.

« J'ai demandé à cette ronflante baudruche qu'est notre ami le coiffeur, dit Fredo en dialecte sicilien, combien il restait de nos autres amis là-haut dans la salle de banquet ? »

Capra éclata de rire. « *Non lo so. Cinque o forse sei.* »

Fredo hocha la tête. Il ferait un saut là-haut de toutes les manières. À quoi bon avoir fait la route de nuit au lieu de prendre l'avion le lendemain s'il ne faisait pas acte de présence ? « Écoute, dit-il à Figaro. Pourquoi j'ai mis tout ce temps à ton avis ?

— Tu crois que si je le savais je me ferais chier à te le demander ? On me donne un boulot, je le fais, point barre. Avec tout le respect que je te dois, *non rompermi i coglioni*, d'accord ? »

Capra était allé au bar avec les deux autres. Du café pour tous.

— Je ne te casse pas les couilles. » Fredo haussa un sourcil.

« Mais tu veux dire que tu ne l'entendais pas ? Là-bas, dans le fond ?

— Tu te fous de ma gueule. » Il faut dire qu'il lui avait donné en gros la même excuse le matin même.

« Une Française. Une danseuse, j'ai oublié de lui demander où ça. Je suis tombé sur elle en montant et de fil en aiguille, tu sais comment c'est. *Che fica.* »

Figaro était chauve, il avait dix ans de plus que Fredo et, hormis avec les putes, il était probable qu'il ne savait pas comment c'était. Il secoua la tête. « Eh ben mon salaud, tu veux battre un record, ou quoi ? »

Le moteur qui faisait tourner la salle de danse avait été coupé. Il flottait une épaisse fumée mêlée d'odeurs d'alcool renversé. Quatre vieux qui avaient appartenu à l'ancien *regime* de Tessio jouaient aux dominos autour d'une table couverte d'une nappe blanche souillée. Deux d'entre eux étaient les frères DiMiceli, dont l'un (Fredo les confondait toujours) avait un fils, Eddie, qui avait été initié le soir même. Il ne connaissait pas les deux autres. Fredo n'était pas vraiment au point sur les gars de Brooklyn.

Avachi dans un fauteuil turquoise, seul dans son coin, Rocco Lampone regardait par la fenêtre en marmonnant entre ses dents. Décor mis à part, Fredo avait l'impression d'être entré dans un de ces bistrots de Gowanus, à Brooklyn, où les habitués se pointent dès le matin pour avaler un café allongé au brandy et restent là, plongés dans un silence pitoyable ou encore se chamaillent sur ce qui passe au jukebox ou ce qu'il advient du monde.

« Pas possible, mais qui voilà ! s'écria un des frères DiMiceli. Notre sous-chef en personne ! »

Fredo attendit que l'un des autres plaisante sur la question. Ce titre, il ne l'avait pas demandé. Il savait qu'il passait pour un faible aux yeux de ces hommes. Il savait qu'ils n'avaient pas vraiment saisi la nature de ses responsabilités ni les raisons qui avaient poussé Mike à créer ce poste. Et le fait qu'il ait raté la cérémonie n'allait pas arranger les choses. Mais autour de la table, les anciens se contentèrent de hocher la tête et le saluèrent en bougonnant.

Rocco fit signe à Fredo d'approcher. Une chaise en métal était posée à côté de lui, près de la fenêtre. Dehors, une petite formation de cuivres installée sur une scène de fortune jouait sur le toit un morceau de jazz tiré de cette comédie musicale sur les Noirs qui était alors en vogue. La piscine était déserte, mais le toit grouillait de gens. Une bonne vingtaine de machines à sous, quatre tables de black-jack et deux de dés avaient été transbahutées là-haut. Il y avait également plusieurs bars approvisionnés et un buffet de petit déjeuner.

« C'est quoi ce merdier ? demanda Fredo en pointant le doigt.

— T'étais où ?

— Detroit. Los Angeles. J'ai raté l'avion. C'est une longue histoire.

— Je sais, j'ai entendu. T'étais où depuis que t'es rentré ? À l'hôtel. Et tu me fais attendre comme si je... » Rocco massa son genou abîmé. « Et tu me fais attendre. Ici. Que tu veuilles bien monter. »

Un des joueurs de dominos gloussa. Fredo regarda par-dessus son épaule. Le glousseur frotta la tête d'un type chauve qui n'eut pas l'air de trouver ça drôle et se laissa faire sans bouger.

« Sérieux, dit Fredo, qu'est-ce qui se passe en bas ?

— Assieds-toi. S'il te plaît. » Rocco n'avait jamais été très bavard. À le voir, il était manifeste qu'il ne savait pas trop ce qu'il devait dire, ni comment il devait s'y prendre.

Fredo s'assit. « Est-ce que c'est mamma ? lâcha-t-il.

— Non. » Rocco. « Il y a eu un accident, dit-il. Des amis à nous. Apparemment, c'est grave. »

Sur la scène branlante, le maire de Las Vegas – une ancienne danseuse des Ziegfried Follies, une sacrée nana, de l'avis de Fredo, et qui avait encore de beaux restes bien qu'elle ne fût plus toute jeune – ajusta l'écharpe orange fluo sur les impraticables obus de la brune réjouie à qui Hal Mitchell venait de décerner, après une absence totale de compétition, semble-t-il, le titre de Miss Bombe atomique. Le diadème s'avéra plus difficile encore à mettre. La nouvelle Miss était coiffée d'un énorme chignon cartonné de laque qui imitait vaguement la forme d'un champignon atomique. Le maire tenta tout d'abord de le poser par-devant, ce qui était impossible sans plonger le nez entre ses nichons, puis elle essaya par-derrière et le fit tomber à plusieurs reprises. La maire renonça et tendit son diadème à la jeune brune. Miss Bombe atomique dut se couronner elle-même. Elle ne se laissa pas démonter pour autant. C'était là une jeune femme au comble du bonheur. Son maillot était si décolleté qu'on lui voyait presque le nombril. Le tromboniste fit jouer l'orchestre. Miss Bombe atomique s'avança vers le micro et se mit à chanter « Louanges au Seigneur et faites passer les munitions ».

Les tables de jeux étaient prises d'assaut. Les machines à sous étaient toutes occupées. Éparpillés dans tous les coins, des gens installés sur des chaises longues ou assis devant des tables à pique-nique achevaient consciencieusement des assiettes en carton garnies de montagnes d'œufs.

Ce n'est qu'une fois que Fredo fut descendu – son escorte sur les talons, même dans son propre hôtel : Figaro et Capra, plus les deux gars de New York, qui le suivraient comme des ombres jusqu'à ce qu'arrive ce qui devait arriver après la mort de ces hommes à Cleveland – qu'il comprit ce qui se passait.

Miss Bombe atomique chantait en bondissant et en arborant un sourire si radieux, si manifestement sincère que tout être raisonnable aurait rêvé de lui coller une gifle ou de lui briser le cœur ; elle entonna le célèbre « *Take the A train* » d'Ella Fitzgerald, auquel on avait substitué de nouvelles paroles. « Lance la Bombe A. »

Fredo n'avait rien contre le fait d'arracher les pigeons à leur chambre aussi souvent que possible et, tant qu'à faire, dès l'aube, mais il en avait assez vu. Il inclina la tête vers la sortie et ses gardes du corps éreintés le regardèrent comme s'il était le Messie qui leur apportait des chocolats.

À cet instant précis et sans raison apparente, le silence se fit. L'orchestre s'arrêta de jouer, les invités parurent ravaler au fond de leur gorge le brouhaha monotone de leurs conversations et la rumeur lointaine de la circulation se manifesta soudain en cessant. Fredo leva les yeux et, devant lui, il la vit : une fumée blanche aux allures de boule de pissenlit en direction du nord-est.

Puis le bruit revint.

C'était tout ?

De toutes parts, sur le toit, les gens se prélassaient et jouaient. Les zombies collés à leurs machines à sous avaient les yeux rivés sur les décalcomanies de fruits. La reine de beauté fut semble-t-il la seule à applaudir. C'est alors que la tête de Fredo fut projetée en arrière par un souffle si brûlant qu'il eut l'impression de se retrouver dans un conduit de sèche-linge tapissé de lampes à bronzer. Il se protégea les yeux à deux mains.

Quelques secondes auparavant, sur un marais salant situé à une centaine de kilomètres de là, se trouvait une bourgade baptisée Doomtown, la ville du Malheur – un groupe de maisons américaines tout ce qu'il y a de plus ordinaire, quoique de constructions diverses (il n'y en avait pas deux identiques), qui chacune répandait les effluves d'un repas américain ordinaire refroidissant sur la table de la salle à manger ; chaque table était entourée de silhouettes d'hommes et de femmes vêtus de diverses tenues flambant neuves provenant d'une chaîne de grands magasins. Dans la ville, à diverses distances de la tour de quinze mètres qui constituait l'épicentre de la bourgade, des dizaines de cochons étrangement calmes étaient parqués dans des enclos individuels. Sous l'œil de deux cents soldats américains tapis dans des tranchées qu'ils avaient eux-mêmes creusées à un kilomètre et demi de la périphérie de Doomtown, le gouvernement des États-unis fit exploser une bombe de vingt-neuf kilotonnes. En l'espace d'une seconde, les maisons, les mannequins et les cochons placés à proximité de la tour furent réduits à l'état de flammes, de vent et de poussière. Un peu plus loin, dans le ronronnement des caméras du gouvernement, les façades prirent feu et les débris pulvérisèrent des porteurs de lanterne noirs en fonte et désintégrèrent des poupons souriant dans leurs chaises hautes. Des cochons en flammes couraient dans tous les sens avant d'exploser. Une demi-seconde plus tard, tout cela se transforma également en poussière. Dans la demi-seconde qui suivit, un vent chaud pire que vingt ouragans mis bout à bout se chargea de raser les trois quarts de ce qui subsistait de la ville. De la poussière – ça pouvait être n'importe quoi, du sable, du sel, du verre, des particules d'acier, de bois ou d'uranium, des cendres d'os de cochons tués sous le simple prétexte que leur peau ressemblait vaguement à celle de ces humains impatients d'étudier ce qu'il en restait – transperça à vitesse supersonique des repas de Thanksgiving, des voitures rutilantes, des pères de famille en plastique avec du vrai tabac dans leur pipe, du matériel de surveillance à circuits intégrés, des murs de brique, tout.

Les tranchées s'écroulèrent. Les soldats furent enterrés vivants, mais tous survécurent – enfin pour l'heure.

La plupart des cochons situés à plus de mille mètres de la tour survécurent également, mais ils étaient si gravement brûlés qu'ils furent abattus bien avant que quiconque ait pu sortir les compteurs Geiger.

Les Hagen ne retrouveraient jamais Garbanzo, leur teckel arthritique. C'était préférable.

La scène principale se jouait à Doomtown : un site officiellement classé confidentiel et cependant – dans la mesure où il fallait bien que les maisons (construites par un certain entrepreneur de Las Vegas) et même ces repas (fraîchement livrés par avion par un certain grossiste en restauration) viennent de quelque part – à mi-chemin entre la rumeur et le secret de Polichinelle.

Le toit du Castle in the Sand de Hal Mitchell n'était qu'un

simple numéro amateur. Entre le moment où Fredo pensa à se protéger les yeux à deux mains et celui où ses mains touchèrent son visage, la chaleur intense s'évanouit. Puis une espèce de poussière retomba, imperceptible à l'œil et tout juste tangible. Elle resta superbement ignorée. Les gens continuèrent à jouer et bougèrent à peine.

« Ça ne me dit rien qui vaille, dit Fredo.

— Quoi, cette merde, là ? » répondit le coiffeur en montrant la poussière, l'atmosphère même.

Le jeune chevrier tirait la langue, comme pour attraper des flocons de neige.

« Les rouges voudraient qu'on prenne cette merde au sérieux, dit le coiffeur, mais c'est juste un complot pour forcer les États-unis à arrêter tous ces essais afin que les Russes puissent nous rattraper. Crois-moi. C'est rien. De la poussière. Rien du tout. Allez on y va.

— Rien », murmura Fredo en balayant la poussière invisible des manches de sa chemise.

Juste au-dessus d'eux, deux des énormes vitres en miroir de la salle de danse dissimulée derrière le plus haut parapet du casino avaient été pulvérisées. Les vieux joueurs de dominos du Patrick Henry Club se tenaient là, au vu et au su de tous, les bajoues incrédules. Fredo ne leva pas même les yeux. Pourquoi l'aurait-il fait ? Les fenêtres avaient implosé. Tous les éclats de verre avaient été aspirés à l'intérieur.

Livre III

AUTOMNE-NOËL 1955

Chapitre 12

La mort de Tony Molinari et Frank Falcone – survenue à l'aube d'une paix qui s'annonçait durable – se propagea telle une onde de choc dans tous les milieux de la pègre du pays. Dans tout autre contexte, n'importe qui aurait estimé que le crash était un accident : une grosse tempête, des poches d'air dues à la proximité du lac, l'affaire aurait été close. La disparition non élucidée de Gerald O'Malley, le seul survivant du crash, éveilla les soupçons, tout comme l'échange confus qu'il avait eu avec la tour de contrôle de Cleveland au cours duquel il s'était apparemment demandé si l'avion n'avait pas été saboté. Malgré cela, sa voix était restée ferme jusqu'au dernier instant où, juste avant l'impact, il avait crié « *Sono fottuto* », ce que l'Administration fédérale de l'Aviation avait traduit par « Je suis perdu ». Les enquêteurs ne trouvèrent aucune preuve manifeste de sabotage. Ils attribuèrent la déclaration du pilote à son manque d'expérience. Ils décrétèrent que le crash était un accident. Une erreur de pilotage.

En tout état de cause, le fait que le dernier enterrement auquel les quatre hommes avaient assisté fut celui de Vito Corleone était une pure coïncidence parfaitement dénuée de sens. Mais des ténébreuses origines contestées de la Mafia dans la Sicile du dix-neuvième siècle jusqu'à ce jour, tout acte humain – fût-il bienveillant ou violent, volontaire ou fortuit, fruit de l'agression ou de l'autodéfense, de la passion ou d'une *ragione* de glace – s'inscrit dans une vaste toile arachnéenne où nul frisson, nulle vibration n'est trop infime pour ne pas être ressenti sur toute la surface. Pour un Sicilien, dont la langue maternelle est la seule du monde occidental à ne pas posséder de futur, le passé et le présent ne font qu'un. Pour un Sicilien, dont le sang a été soumis à six mille ans d'invasion et d'occupation, les accidents ou les coïncidences ne sont pas plus dénués – ou chargés – de sens qu'un acte volontaire. Il est parfois impossible de les différencier. Pour un Sicilien, rien ne se produit hors contexte.

L'équipe de secours des gardes-côtes avait ficelé « O'Malley » sur une civière avant de le transporter au plus vite à l'hôpital le plus proche, où l'infirmière chargée des admissions – au vu du permis de conduire du Nevada trouvé au milieu de la grosse liasse de billets glissée dans la poche de devant du blessé – l'avait porté au registre à 22 h 25 sous la mention de « Gerald O'Malley, sexe masculin, type européen, 38 ans ». On réduisit la fracture qu'il avait à la jambe, on mit celle-ci en extension, on banda ses côtes brisées et ses autres blessures furent recousues. Il ne semblait pas avoir de graves lésions internes, mais il fallait encore lui faire quelques examens. Bien qu'il restât inconscient, son pronostic vital à long terme était excellent. De critique au départ, son état fut jugé sérieux. Selon son dossier, les médecins en eurent fini avec lui à 4 h 18. La dernière mention remontait à 4 h 30 – quoiqu'elle fût susceptible d'avoir été falsifiée. Seule l'heure avait été notée, ainsi que des initiales illisibles que personne n'avait été en mesure d'identifier à l'hôpital.

À cette heure-là, certaines irrégularités concernant le vol et les quatre corps, ou du moins ce qu'il en restait, avaient soit émergé d'elles-mêmes, soit été ramenées de main d'homme à la lumière blême du jour.

Les corps n'avaient pas encore été identifiés et les meutes de journalistes et de forces de l'ordre que cette identification ne manquerait pas de déclencher n'avaient pas encore été lâchées. Le plan de vol de Detroit avait été apparemment classé, mais il était introuvable. L'avion avait quitté Detroit ce matin-là et avait dû faire une escale ailleurs au cours des douze heures suivantes, mais lorsque le pilote était entré en contact radio avec l'aéroport de Burke Lakefront, il avait indiqué qu'il venait directement de Detroit. La tour de contrôle avait tenté d'obtenir des éclaircissements mais – en raison de la foudre, probablement – la transmission radio du bimoteur était brouillée par le grondement des parasites. Quand il s'était avéré que l'avion était en détresse, l'unique préoccupation du contrôleur avait été de tenter de le faire atterrir.

La conserverie de viande dont le logo se trouvait sur le fuselage avait été localisée dans la banlieue de Buffalo dans l'État de New York. Abruti de sommeil, le président de la société avait commencé par répondre à l'enquêteur qu'il s'était trompé de numéro et que son entreprise ne possédait pas d'avion, mais lorsque ce dernier lui avait demandé s'il en était certain, il avait eu un silence puis il avait lâché « Mais bien sûr, notre avion » avant de raccrocher. Le temps que d'autres coups de fil soient passés et que les flics de l'État filent le chercher chez lui pour l'interroger, il était douché et rasé de frais, en costume, et flanqué d'un avocat qui avait été procureur général de l'État. L'avocat informa les policiers au nom de son client que ce dernier avait gracieusement mis pendant toute une semaine ledit avion à la disposition de son ami Joe Zaluchi – deux fois lauréat du prestigieux prix annuel du Philanthrope du Michigan et membre du conseil d'administration depuis 1953 de Hooray ! à Detroit – afin de transporter les invités au merveilleux mariage de sa fille qui s'était déroulé le week-end précédent à Detroit, et auquel son client n'avait pu assister car il avait d'autres obligations par ailleurs. Son client ignorait tout des passagers et/ou passagères qui étaient à bord de l'avion, et n'avait aucune information sur le vol, à part celles communiquées au public. L'avocat demanda aux policiers s'ils avaient un quelconque mandat, de perquisition ou d'arrestation, puis les remercia de s'être donné la peine de se déplacer et de bien vouloir à présent laisser son client pleurer cette malheureuse tragédie.

Un avocat de Joseph Zaluchi déclara que celui-ci ignorait tout du pilote de l'avion qui s'était écrasé, si ce n'est qu'il était certifié et louait ses services à une compagnie d'affrètement réputée basée à New York. Il avait été engagé par téléphone par un associé de Mr Zaluchi. Mr Zaluchi exprimait ses sincères condoléances aux familles des victimes.

« Gerald O'Malley » disparut de l'hôpital entre 4 h 18, heure mentionnée sur la feuille et cinq heures du matin environ, quand un aide-soignant trouva, en entrant dans la chambre, le lit vide et les tubes reliés aux bras du patient pendouillant au bout de leurs appareils. La poulie accrochée à sa jambe cassée s'était également volatilisée, ainsi que les affaires du blessé.

Nick Geraci avait été arrêté à plusieurs reprises (sans jamais avoir été condamné, cependant) si bien que ses empreintes digitales étaient fichées. Mais quand il était arrivé à l'hôpital, il n'y avait eu aucune raison de prendre ses empreintes et sa chambre avait été nettoyée.

Les deux infirmières de garde qui auraient pu avoir la responsabilité de s'assurer régulièrement de l'état du patient admis sous le nom de Gerald O'Malley prétendaient l'une comme l'autre que c'était leur collègue qui en avait été chargée. Par la suite, l'infirmière en chef devait assumer pleinement cette faute et démissionner, disgraciée. Elle alla s'installer en Floride où elle se trouva un poste vraisemblablement moins bien payé dans une société d'assistance médicale à domicile. Bien des années plus tard, elle mourut paisiblement dans son sommeil. Quand son testament fut ouvert, ses enfants nouvellement enrichis s'émerveillèrent de cette habitude d'économiser propre à la génération d'Américains issue de la Grande Crise.

Plusieurs services de police et d'innombrables journalistes tentèrent pendant des mois de résoudre le mystère du pilote disparu. Tous échouèrent. Profitant de la fascination que suscitait cette affaire dans le public, des membres du Sénat américain évoquèrent la possibilité d'ouvrir les débats sur cette question ainsi que d'autres liées à la menace croissante – voire communiste – que représentaient les syndicats du crime organisé aux États-Unis, en qualifiant ces dispositions de mesures « attendues depuis longtemps », pour les uns, « sans doute inévitables », pour d'autres, ou encore « que nous devons à nos femmes et nos enfants, aux fondements mêmes de notre vie ».

Le permis de conduire n'était pas un faux, mais l'acte de naissance que possédait l'État du Nevada était en réalité celui d'un enfant en bas âge enterré dans un cimetière du New Hampshire. Bien entendu, les renseignements obtenus par les fédéraux grâce au brevet de pilote d'O'Malley conduisaient au même cimetière du New Hampshire.

(Seuls Dieu et Tom Hagen connaissaient le reste de l'histoire. Le cimetière se trouvait en bordure d'une route qui à plusieurs kilomètres de là, en direction du nord, devenait l'artère principale de la ville où Kay Adams Corleone avait grandi. Peu après que Michael eut assassiné le mari de sa sœur et menti à Kay en lui jurant qu'il n'y était pour rien, elle l'avait quitté. Elle avait embarqué les enfants et était allée s'installer chez ses parents. Michael ne l'avait appelée qu'une fois. Une semaine était passée. Un matin, Hagen était arrivé en limousine. Tom et Kay avaient fait une longue promenade dans les bois. Michael tenait à lui faire savoir qu'elle pouvait tout faire et tout avoir tant qu'elle veillait au bonheur des enfants, qu'il l'aimait et – en un de ces jeux de mots laborieux dont il avait le secret – qu'elle était sa *Donna*. Mais avant de lui transmettre ce message, Hagen lui avait confié certaines choses que Mike avait faites – un acte de défi qui aurait pu lui valoir la mort. Mais ça avait marché, Kay avait fini par rentrer au bercail. En rentrant à New York, Hagen s'était arrêté en chemin dans une bibliothèque municipale choisie au hasard où il avait compulsé un vieux recueil du journal local et appris la triste histoire de Gerald O'Malley, atteint de diphtérie et enlevé par le Seigneur à l'âge de onze mois. Laissant la limousine un peu à l'écart, le moteur tournant au ralenti, il s'était rendu au tribunal. Il avait une allure quelconque et savait quel comportement adopter dans une bibliothèque ou un tribunal pour qu'on l'oublie sitôt reparti. Ses divers voyages lui avaient permis de recueillir des copies notariées d'actes de naissance provenant des quatre coins du pays, mais jamais du même tribunal. Il en avait un stock aussi épais qu'un catalogue de vente par correspondance. Quand Geraci lui en avait demandé un avec un nom irlandais, il se trouve que celui du pauvre O'Malley était sur le dessus de la pile.)

Une fois que l'identité des victimes fut confirmée puis rendue publique, tous ceux qui savaient ou soupçonnaient qui était Vincent Forlenza et la situation qu'il occupait sur l'île de Rattlesnake présumèrent aussitôt que l'avion y avait passé l'après-midi – et ce, sans même se douter le moins du monde que le pilote était en réalité le filleul de Forlenza. Les autorités ne purent évidemment rien prouver. Forlenza, interrogé deux jours après l'accident, également en présence d'un éminent avocat, se demanda si tous ces braves représentants de la loi ne regardaient pas trop la télévision. Des *gangsters* ? Dans ce sanctuaire qu'était pour lui sa chère île. Voilà qui était un comble. Quoi qu'il en soit, il était resté tout le week-end chez lui, à l'exception du dimanche après-midi, quand ces soi-disant gangsters étaient censés avoir atterri sur l'île de Rattlesnake pour tenir une espèce de – quoi ? sommet ? assemblée de Peaux-Rouges ? Qu'importe. Forlenza déclara qu'il avait passé la journée en question à un barbecue de fruits de mer organisé par un des représentants locaux du syndicat, tassé sous une grande tente à boire de la bière maison bien glacée en refusant de laisser la pluie torrentielle gâcher cette célébration d'une importante fête nationale, et son histoire fut corroborée par quantité de membres du bureau du syndicat des Camionneurs de Cleveland.

Le signalement d'O'Malley que la police avait bricolé après avoir interrogé l'équipe de secours et l'équipe médicale n'était guère encourageant. Ils étaient davantage préoccupés par les signes vitaux du patient, que par la taille de ses oreilles, la forme de ses yeux (fermés) ou les subtilités de l'arête irrégulière de son nez maintes fois cassé, qui, de toute façon, avait été recassé dans l'accident et était bien trop violacé et enflé pour laisser imaginer son apparence normale.

Personne en dehors des organisations de Corleone et de Forlenza n'aurait pu deviner que Gerald O'Malley n'était autre que Nick Geraci. Personne, en dehors de ces Familles, ne savait vraiment qui était Geraci ou ce qu'il faisait. Malgré tous les combats arrangés, les sept ans qu'il avait passés sur le ring avaient suffisamment altéré ses traits pour que ses amis de jeunesse risquent fort de ne pas le reconnaître. Il avait combattu sous une telle quantité de faux noms, qu'il en oubliait lui-même. Chaque jour un nouveau boxeur devient homme de main et n'importe quel homme de main avec un peu de plomb dans la cervelle peut devenir soldat de la Mafia. Mais il est rare que ces gars-là gagnent gros et encore plus rare qu'ils soient en plus à deux doigts de décrocher une licence en droit. À New York, on savait que Sally Tessio avait pris Nick Geraci sous son aile, mais avec tout ce qu'il avait fait dans sa vie il aurait été quasiment impossible pour quiconque de reconstituer le puzzle. Plus quelqu'un devient exceptionnel, plus la place qu'il occupe dans le monde tend à devenir tout aussi extrême. Il a de fortes chances d'être connu de tous ou de personnc. Soit il se fait remarquer, sans que la plupart des gens le voient jamais en chair et en os, soit il disparaît, alors même qu'il se trouve à côté vous dans un snack de Tucson, fredonnant le refrain du dernier disque de Johnny Fontane en tapotant sa pièce de dix cents sur le comptoir de formica, attendant de pouvoir se servir du téléphone public.

Quel sacré monde de fous ! Des mois durant, Nick Geraci ou ce qu'il restait de lui y demeura caché, quelque part. Quasiment personne ne savait où il se trouvait. Quasiment personne ne le cherchait.

L'enterrement de Richard Aspromonte dit « Le Singe » – qui ne s'était jamais entendu demander d'où lui venait son surnom, si ce n'est un jour par une aveugle – eut lieu à Los Angeles, et fut suivi d'une réception au club de Gussie Cicero. Quand vint l'heure du toast, les quatre frères Aspromonte se tournèrent vers Jackie Ping-Pong qui connaissait à peine Le Singe mais sut néanmoins trouver des mots éloquents et émouvants qui réconfortèrent la mère éplorée du défunt. À San Francisco, les parents de Lefty Mancuso avaient souhaité que les obsèques se déroulent autant que possible dans la plus stricte intimité. La seule célébrité présente était un frère DiMaggio, moins illustre que son aîné, qui était un ancien camarade de lycée de Lefty. Et du côté de la Famille Molinari, seul le plus jeune frère de Tony Molinari, Nicodemo, était là. Par respect, même ses gardes du corps se tenaient à l'écart, devant le petit carré de flics et de curieux.

En temps ordinaire, un Don n'aurait assisté à de telles obsèques que si les défunts étaient des amis proches. Mais ce n'étaient pas des temps ordinaires. Ainsi le bruit se répandit au-delà de leur entourage et dans tout le milieu de la pègre que, comme convenu, Jackie Ping-Pong et Nicodemo Molinari dit « Butchie » avaient chacun pris en main la direction de son organisation.

Les chefs d'Aspromonte et Mancuso, Frank Falcone et Tony Molinari, furent enterrés le lendemain. Ils avaient de nombreux amis communs, mais personne ne pouvait assister aux deux enterrements.

Il fallait faire un choix. Et ce choix serait attentivement observé.

Tout en arpentant, la cigarette aux lèvres, l'impasse bordée de maisons inachevées où habitait Tom Hagen, sous le regard d'Al Neri et de deux autres qui attendaient dans une voiture garée de façon à bloquer la rue, Michael Corleone annonça seulement à Tom Hagen, qui lui fumait un cigare, qu'il devait commencer à amasser des fonds dont on ne puisse retrouver la provenance au cas où il y aurait une rançon à payer. Michael préférait ignorer lui-même leur origine exacte afin de se protéger et devait par ailleurs protéger Hagen de toute cette affaire. Hagen s'arrêta au fond de l'impasse. À l'autre bout de la rue, Andrew, son fils de treize ans, sortit en courant de chez eux, un ballon de football sous le bras, puis il dut voir la voiture d'Al Neri, car il laissa pendre la tête avec toute l'exaspération de l'adolescence puis retourna à l'intérieur. Le regard de Hagen se perdit au loin, sur l'horizon crénelé en dents de scie et il garda le silence pendant un long moment. Michael alluma une autre cigarette et lui dit que c'était la seule solution. « Tu n'irais tout de même pas payer la rançon, n'est-ce pas ? » lui demanda Hagen. Michael le regarda d'un air visiblement déçu, mais il se contenta de hausser les épaules. Hagen se tut encore un instant, puis il jeta son cigare à moitié fini de l'autre côté de la chape éclatante de ciment blanc et lâcha « Protège-moi » d'un ton ni implorant ni incrédule, mais simplement catégorique. Michael acquiesça d'un signe de tête. Ce fut tout.

Michael convoqua chez lui Rocco, Clemenza et Fredo. Ils montèrent en maugréant à l'étage et prirent place autour de son bureau de bois blond sur les chaises de plastique orange. Il leur demanda de but en blanc si l'un d'entre eux avait la moindre idée de ce qui était arrivé à Nick Geraci. Tous trois répondirent non avec une égale véhémence. « Ce n'était pas toi ? » s'étonna Rocco ; et quand Michael secoua la tête, ils eurent tous l'air surpris. L'accident était déjà désastreux en soi, mais en haut lieu, on finirait bien par apprendre que le pilote n'était autre que Geraci. « Et là, ça va nous péter à la gueule », dit Clemenza.

Michael hocha la tête. La seule solution pour sortir de ce pétrin, leur dit-il, était d'organiser une réunion de toutes les Familles, la première depuis celle que son père avait convoquée après l'assassinat de Sonny. D'admettre que c'était une décision absurde d'avoir voulu assister à un match de boxe, même si Falcone avait parié gros et fait pression sur lui. Il pourrait leur être restitué, tous les Dons promettraient que l'affaire était close et – à quelque chose malheur étant bon – ils pourraient profiter de l'occasion pour formaliser un accord de paix de plus grande envergure. Tout le monde y gagnerait. Certes, cette réunion supposerait que la question de faire ou non siéger Russo à la Commission serait mise aux voix, seulement à ce stade la fin définitive de la guerre en vaudrait bien la peine. Mais après tout, il fallait bien quc ça arrive un jour ou l'autre. « Le problème qui se pose à nous pour l'instant, c'est qu'en tout état de cause – qu'il s'agisse d'une tentative d'étouffer l'affaire, d'un enlèvement, voire d'une initiative du gouvernement – ça nous interdit d'organiser un tel sommet. »

Clemenza ricana et déclara que ça sentait le pourri à Cleveland et Michael inclina la tête. « J'ai vu Hamlet avec l'autre pédé. Comment il s'appelle déjà ? Il est célèbre. C'est drôlement bien, une fois que t'oublies les collants. » Il se tourna vers Fredo. « Quoi ? » lui fit ce dernier et Clemenza haussa les épaules puis demanda à Mike s'il pensait que les gars de Forlenza avaient saboté l'avion ou s'ils essayaient de garder le secret sur l'identité de Geraci pour qu'on n'aille pas *croire* qu'ils avaient saboté l'avion ? Car la meilleure manière de sortir de ce pétrin était de faire remarquer que le Juif n'aurait jamais été saboter un avion piloté par son filleul, ce qui était la porte ouverte à toute une autre série d'emmerdes. Peut-être était-ce de la part de Forlenza une malencontreuse tentative de protéger son filleul ? Qui sait, peut-être même de nous ?

En bas, le beau-père à moitié sourd de Michael avait mis la télévision à fond. D'une voix perçante de fausset, le petit Anthony Corleone chantait sur le thème du générique d'une émission de cow-boy.

« Nom d'un chien, quel *giambott'*, soupira Fredo. Ça peut partir dans tous les sens, cette histoire-là, ça me fait mal au crâne rien que d'y penser. »

Michael hocha la tête avec une telle lenteur que c'était visiblement une pause théâtrale, qui marquait non pas l'assentiment, mais la réflexion. Une pause nécessaire. Il n'allait pas, si peu de temps après avoir élevé son frère au rang de *sotto capo*, le désavouer fermement, même devant des hommes de confiance tels que Clemenza et Lampone.

« Mais tout ça ne nous dit pas ce qui est arrivé à Geraci », dit Michael.

Il se pencha sur son bureau danois. Il était temps de mettre un terme aux spéculations. Temps de passer aux choses sérieuses.

Le lendemain, Clemenza rentra à New York avec l'ordre de mener ses activités comme si la paix était établie et le crash ne s'était jamais produit. Ses hommes devaient en faire de même. Le surlendemain, Rocco, qui connaissait les hommes de l'équipe de Geraci, partit également pour New York avec pour mission de rester sur place et superviser les opérations jusqu'à nouvel ordre. En tant que *sotto capo*, Fredo serait temporairement chargé des hommes de Rocco au Nevada.

Les Corleone avaient longtemps été proches de Tony Molinari, qui avait protégé Fredo à la suite de la tentative d'assassinat dont son père avait fait l'objet et contribué à faciliter l'installation des Corleone à Las Vegas et aujourd'hui à Tahoe et Reno. Ni Vito ni à présent Michael n'avaient jamais considéré Frank Falcone comme un interlocuteur sérieux. Ils estimaient l'un comme l'autre que son organisation aussi tapageuse que médiocre n'avait ni les moyens ni la volonté de sortir des jupons de Chicago. Michael aurait pu choisir de se faire représenter à aucun des enterrements. La plupart s'attendaient à ce qu'il opte pour cette décision, et à première vue, c'était là le plus sage et le plus prudent des choix qui s'offraient à lui. Mais ce ne sont là que des mots – *sagesse*, *prudence* – et des mots facilement remplacés par d'autres – *orgueil*, *peur*, *faiblesse*. Un homme se résume à ses actions, publiques et privées, qu'il soit seul ou en présence de témoin.

Fredo, qui après tout avait été le plus proche de Tony Molinari dans toute l'organisation, fut envoyé à San Francisco. Michael, accompagné de Tommy Neri et des deux autres qui s'étaient cachés dans les bois du lac Tahoe allèrent à Chicago : la ville où Frank Falcone était né, celle où il avait fait ses premières armes, celle où sa dépouille allait être enterrée. Ceux qui avaient connu Vito Corleone reconnurent la logique à laquelle obéissait la décision de Michael. *Garde tes amis près de toi*, disait le grand Don, *et tes ennemis plus près encore.*

La cérémonie se déroula dans une minuscule église de bardeaux blancs à l'ouest de la ville, dans le quartier italien plus connu sous le nom du Patch, où Falcone avait passé son enfance et où ses parents tenaient une petite épicerie. Pour un mois de septembre à Chicago, il faisait chaud. La police de Chicago avait totalement fermé la circulation sur deux rues. Plusieurs personnalités – parmi lesquelles le vice-gouverneur de Californie, le champion du monde poids lourd et de nombreuses stars de cinéma, dont Johnny Fontane – furent escortées par des motards jusqu'à l'arrière de l'église. D'autres, dont Michael Corleone, étaient arrivés suffisamment en avance pour prendre leur place plus discrètement. Devant le parvis, la rue était bondée. Les origines de Falcone avaient tout d'une légende locale et si, dans l'église, l'assistance observait un silence respectueux, dans le brouhaha de la horde qui se bousculait dehors, personne ne pouvait échapper au récit de la vie du défunt. Frank n'avait que quinze ans, lorsqu'un soir son père, qui venait de fermer le magasin, et sa sœur aînée, qui comptait la recette de la journée, avaient tous deux été braqués et tués ; la police avait enquêté avec un tel manque de conviction sur ce crime – « C'est rien qu'une histoire de macaronis qui tuent d'autres macaronis à Macaroniville », avait dit un inspecteur en riant à portée de voix de l'adolescent et, pire encore, de sa mère – que Frank avait juré de se venger. Ça n'avait pas traîné. Le corps du voleur avait été retrouvé sur les marches du commissariat, poignardé, disait la légende, de soixante-quatre coups de couteau (le père de Frank avait quarante-cinq ans, sa sœur, dix-neuf). L'inspecteur et son collègue étaient partis à la pêche dans la vallée du Wisconsin et n'avaient jamais réapparu. Frank avait géré l'épicerie pendant quelque temps avec sa mère, mais le lieu était hanté de trop de souvenirs. Un acheteur avait surgi de nulle part (de Trapani, en fait) et racheté la boutique pour un bon prix. La mère de Frank avait pris cet argent et celui qu'elle avait empoché en vendant sa maison et s'était installée à côté, dans la famille de son frère. Frank s'était trouvé un emploi auprès de Mr Capone. Après les ennuis qu'avait connus Mr Capone, Frank était allé tenter sa chance à Los Angeles. Dans un premier temps, il s'était débrouillé pour s'attirer les bonnes grâces de tous en réussissant, en ne perdant jamais de vue d'où il venait et en s'acquittant de sa dette envers ceux qui l'avaient aidé à devenir celui qu'il était devenu. Ces hommes avaient bien assez de problèmes sans avoir à se soucier de tout ce qui était à l'ouest et qui était également censé dépendre de Chicago et, de toute façon, Falcone était des leurs, il le serait toujours. Difficile de savoir au juste quand, mais ils en étaient venus à penser que Falcone avait toujours été le boss là-bas – c'était sa petite affaire à lui. Il n'avait jamais forcé sa mère à déménager, même s'il lui avait construit une maison sur les collines de Hollywood, avec piscine et tout le bataclan.

Vingt policiers à cheval (tous munis d'œillères en raison des flashs qui ne cessaient de crépiter) se frayèrent un chemin à travers la foule, et le cortège funèbre où de nombreuses voitures arboraient de grands panneaux publicitaires vantant les mérites des hommes politiques et des juges qui se trouvaient à l'intérieur s'ébranla en direction du cimetière de Mount Carmel. Des milliers de personnes le suivaient à pied. Juste à l'entrée principale du cimetière, le cortège passa devant la dernière demeure de la dépouille syphilitique en décomposition d'Al Capone – qui était mort seize ans après avoir été tué par le fisc et dont l'enterrement d'une étonnante sobriété n'avait attiré qu'une portion infime de la foule qui s'était déplacée pour Falcone. Vito Corleone s'était contenté d'envoyer des fleurs.

Le mausolée des Falcone était en granit noir et surmonté d'une statue d'ange avec un faucon attaché à son bras. Le faucon était sur le point de s'envoler et ses ailes largement déployées offraient une ombre bienvenue à tout un petit groupe de spectateurs en nage. Le père et la sœur de Falcone n'y étaient pas enterrés mais sur deux des portes, des plaques de cuivre portaient leurs noms.

La mère de Falcone ainsi que sa femme et ses enfants étaient assis à côté du cercueil. La seule autre personne au premier rang était Louie Russo, paré de ses gigantesques lunettes. Les autres membres de la famille de Falcone – la famille de sang – étaient assis au second rang avec Jackie Ping-Pong et Johnny Fontane qui figurait dans le communiqué comme un des porteurs honoraires des cordons du poêle. Fontane pleurait comme une femme.

Les quarante-neuf autres porteurs honoraires – hommes politiques, commissaires, juges, hommes d'affaires, athlètes et vedettes de spectacle ; pas un seul membre de l'organisation de Chicago ni d'aucune autre – se virent également tous accorder une place dans les premiers rangs.

Certains regards devaient incontestablement se tourner vers

Michael Corleone, mais au milieu d'un tel cirque, ils n'étaient pas si nombreux. Il n'était pas réellement célèbre et encore moins comparé à Fontane, au champion du monde poids lourd, au vice-gouverneur de Californie ou même au philanthrope et ancien ambassadeur au Canada, Mr Corbett Shea (sixième rang, à côté de Mae West). Michael Corleone n'était pas la cible des photographes et seule une poignée de représentants de la loi en savait davantage sur lui que le public, soit peu de choses. C'était un héros de guerre, mais il était loin d'être le seul. Son nom avait fait la une des journaux au cours des troubles qui avaient agité New York ce printemps-là, mais les photos de lui étaient floues, elles avaient été prises de loin et quoi qu'il en soit le public a la mémoire aussi courte qu'un chien sénile. Dans son milieu, Michael Corleone était connu de tous mais parmi les hommes présents, nombreux étaient ceux qui ne le connaissaient que de réputation et auraient eu du mal à mettre un nom sur son visage. De son côté, il y avait un certain nombre de gens qu'il connaissait bien, mais il préféra garder ses distances, se contentant d'un signe de tête sombre. Fontane ne paraissait même pas l'avoir remarqué. Michael observa la cérémonie en silence. Puis il fit patiemment la queue pour présenter ses condoléances à la veuve de Falcone et à sa mère – les seules paroles de la journée qu'il prononça en public – avant de disparaître dans la froide pénombre de la banquette arrière de l'humble Dodge noire dans laquelle il était venu.

Et là, pour la première fois, Michael Corleone pleura la mort de son père.

Le convoi funèbre de Don Molinari progressait dans le brouillard, en une longue file de plus de cent voitures qui roulaient au pas en direction du sud, en serpentant à travers les rues embouteillées pour sortir de San Francisco. Frederico Corleone était dans la quatrième voiture qui suivait le fourgon mortuaire – dans une Cadillac blanche et noire que Tony Molinari aimait conduire lui-même. Fredo était venu seul. Il avait déclaré à Michael qu'après avoir été protégé par les Molinari pendant tant d'années, il ne pouvait amener Capra et Figaro avec lui sans que cela soit interprété comme un manque de respect – ou pire encore, le signe que les Corleone avaient quelque chose à craindre à San Francisco – et il avait été plus qu'étonné de voir son frère acquiescer. Le chauffeur était un *soldato* de Molinari dont Fredo essayait de se rappeler le nom. À l'avant, il y avait également la femme de Dino, le petit frère de Tony. Ses deux filles étaient à l'arrière avec Fredo.

Fredo ne se souvenait pas avoir jamais mis aussi longtemps pour arriver à un cimetière, et le trajet lui paraissait d'autant plus interminable que les fillettes pleuraient et qu'il s'efforçait maladroitement de les consoler. Il avait eu la bonne idée d'apporter avec lui de beaux mouchoirs en soie tout doux portant son monogramme, que les fillettes se passèrent et se repassèrent jusqu'à ce que l'une se mouchât si fort qu'elle se mit à saigner du nez et dut prendre les deux pour essayer de stopper l'hémorragie.

« Mais il est où, ce cimetière ? » demanda Fredo en prenant le faire-part où ce dernier était mentionné : LE CIMETIÈRE ITALIEN.

« Colma, répondit le chauffeur. Ils sont tous à Colma.

— Qui ça, tous ? Et où est-ce que ça perche, pu... » Il se retint. « Où est Colma ?

— Les cimetières. Ils sont interdits à San Francisco. Faut aller à Colma, on y est presque. À l'époque de la ruée vers l'or, on enterrait les siens là où ils étaient morts. Devant la maison, au fond du jardin, dans les allées, n'importe où. Il y avait bien des cimetières, réservés aux riches la plupart du temps. Mais on les a transférés à Colma, les corps. Il fallait bien. Ma *nonna*, elle raconte encore comment en ville, pendant les tremblements de terre, les cadavres remontaient à la surface et jaillissaient...

— *Ça suffit,* dit la femme de Dino. Tu parleras quand les poules pisseront », ajouta-t-elle en italien. Autrement dit, *Boucle-la.* Visiblement ses enfants ne comprenaient pas l'italien.

Le chauffeur ne dit plus un mot.

Fredo trouvait qu'en effet ce n'était pas une histoire à raconter à des enfants, mais les fillettes s'étaient toutes les deux arrêtées de pleurer et avaient l'air tout à fait intéressées.

Dehors, les maisons et les quartiers disparurent subitement et furent remplacés de tous côtés par des plaines ondulantes couvertes de pierres tombales, de caveaux, de croix et de palmiers qui s'étendaient à perte de vue en une vaste et implacable nécropole, et pour Dieu sait quelle raison, Fredo repensa à ce que lui avait dit son frère Sonny quand il l'avait de fait banni de la famille : *Las Vegas est une ville d'avenir.* Non, Sonny. Ça, c'est une ville d'avenir. Colma. *La* ville d'avenir. La ville des morts. Morts, comme Sonny. Fredo se sentit gagné par un rire nerveux, un rire insensé, et il le refréna.

Le cimetière italien se déployait sur des kilomètres des deux côtés de la route. Le convoi s'engagea dans une allée du côté sud, passa devant un monument hérissé de dizaines de mains vertes en métal qui serraient une longue chaîne noire.

Fredo secoua la tête d'un air ébahi. *C'est le racket du siècle. Évidemment que les Italiens ont un cimetière juste pour eux.* Bien avant que tout ça n'existe, à l'époque où on pouvait encore planter ses morts sous ses rosiers, Fredo pariait que des Italiens avaient acheté toutes ces terres en douce. Des terres rappelant la campagne sicilienne, où de pauvres fermiers essayaient tant bien que mal de faire pousser des raisins et des olives, jusqu'au jour où quelqu'un avait eu l'idée d'une meilleure plantation pour ces terres. Il suffit de s'arranger pour que les journaux publient quelques articles affolants où des médecins évoquent les risques sanitaires, de faire promulguer un arrêté, et le tour est joué, on se fait payer deux fois pour enterrer un siècle de morts déjà enterrés : une fois pour creuser et extraire les corps des morts, et une seconde pour les transférer au cimetière de Colma. On fournit du boulot à une bonne centaine de tailleurs de pierre italiens qui vous sont ensuite redevables. Et c'est valable d'ailleurs pour tous ceux qui cherchent du travail et savent manier une pelle. Puis, pour faire bonne mesure, on rachète les terrains de San Francisco où se trouvaient les cimetières, et des terrains de premier ordre avec ça, acquis à bas prix sous prétexte qu'ils ont été peuplés de cadavres. Mais on est en Amérique. Pas d'histoire, pas de mémoire. On construit les terrains en question et les gens font la queue pour les acheter. Et à long terme, on récupère une partie de toutes les activités liées au transfert des macchabées là-bas – concessions, pierres tombales, cercueils, fleurs, limousines. Sans compter le traditionnel bénéfice que l'on peut tirer de se trouver discrètement associé à la gestion d'un cimetière (si jamais celui qu'Amerigo Bonasera dirigeait à Brooklyn était retourné un jour, chaque tombe serait une vraie pochette-surprise).

Colma. Même le nom faisait italien.

Il fut parcouru d'un frisson. Son plexus se contracta. Il ferma les yeux. Il voyait ça d'ici : les marais du New Jersey s'étendaient devant lui, aussi vastes que dix Colma. Les Corleone avaient suffisamment d'appuis à New York pour faire promulguer un tel arrêté. La rivalité de territoire qui les opposait aux Stracci pouvait s'arranger. Il entendait presque son père lui dire : *Chaque homme n'a qu'un destin.*

« Ça va ? » lui demanda la femme de Dino.

Fredo rouvrit les yeux. Luttant contre la vague d'ivresse qui l'envahissait, il se força à hocher la tête aussi tristement que possible. Elle sortit de la voiture avec les enfants qui se bousculaient. Fredo vida sa flasque de whisky et se précipita pour prendre sa place à côté des autres porteurs.

Après la cérémonie, tout le monde refit le chemin en sens inverse pour se rendre à l'autre bout de la ville, à Fisherman's Wharf où Molinari's, le meilleur restaurant de San Francisco, avait été fermé au public depuis que les employés avaient appris la nouvelle de la mort de leur patron. Cependant, dès que Fredo huma l'air, en descendant de voiture, il lui apparut à l'évidence que le personnel n'avait pas passé la semaine à pleurer recroquevillé sur un canapé. La brise marine vibrait des arômes de beurre fondu, de crabe mou, de poisson bleu, de langouste grillée, de cuves entières de sauce marinara en train de mijoter, de barbecues tout juste installés alimentés au bois de chêne et couverts de filets mignons que les meilleurs bouchers de la Côte ouest s'étaient battus pour offrir. Des enfants jaillissaient par dizaines des voitures pour courir à l'arrière du restaurant où un apprenti cuisinier les attendait non pas avec des restes, comme ils devaient en recevoir d'habitude, mais des seaux métalliques étincelants débordant de sardines fraîches, qu'ils traînaient au bout de la jetée pour les lancer une à une en l'air, en déclenchant une explosion de battements d'ailes, un tourbillon confus de mouettes et de pélicans. Fredo, qui s'était attardé pour observer la scène, vit les oiseaux s'agglutiner au-dessus des enfants dans un vacarme de cris perçants digne d'un fléau biblique. Il en aurait été terrifié quand il était petit. Et Connie, sa sœur ? N'en parlons même pas. Elle en hurlerait encore. Mike serait resté assis sur un plot, les mains sur les oreilles en condamnant silencieusement tout ce gaspillage de bonnes sardines. Sonny ? Il aurait jeté des pierres, et non des sardines, à moins d'avoir pu dénicher une carabine, ce qu'il n'aurait sans doute pas manqué de faire. Hagen aurait eu une envie folle lui aussi de tirer sur les oiseaux mais il n'aurait jamais risqué d'encourir la réprobation de son père et aurait suivi le spectacle derrière la vitre de la voiture. Mais ces gamins se contentaient de sauter dans tous les sens sur la jetée en éclatant de rire, le visage aussi rayonnant que s'ils venaient de recevoir les clefs du parc d'attractions de Coney Island. Même lorsque les mouettes se mirent à bombarder les seaux en piqué, les enfants trouvèrent ça hilarant. Sans doute un adulte n'allait-il pas tarder à leur gâcher leur joie en leur ordonnant de se calmer et de montrer un peu de respect pour le pauvre oncle Tony. Et ça ne rata pas, car quelques instants plus tard, une corpulente *zia* à la mine rébarbative se précipita vers eux en gesticulant. Fredo préférait ne pas voir ça et il se tourna face aux rubans de crêpe noir qui ornaient la porte du restaurant. Quoi qu'il en soit, il était temps pour lui de s'acquitter de sa tâche. Il aurait préféré rentrer dans sa chambre d'hôtel pour réfléchir à la manière de présenter son projet de Colma Est à Mike. S'il avait été honnête avec lui-même – mais pour ça, encore eût-il fallu être plus ivre qu'il ne l'était –, il aurait pu se laisser aller à rêver à d'autres lieux où pouvaient l'entraîner la journée et la nuit, mais il refusa d'y penser. À la place, il respira à fond et pénétra à l'intérieur.

Molinari's était en toutes circonstances un restaurant sombre, avec des murs lambrissés de cyprès noir, des alcôves tapissées de cuir noir et des fenêtres aux rideaux rouges, tirés sur tous les côtés, si ce n'est celui qui donnait sur la baie, où l'unique clarté était souvent d'une pâleur vaincue par le brouillard. Ce jour-là, même ces rideaux avaient été tirés. L'éclairage était plus tamisé encore qu'à l'accoutumée, les bougies plus petites, et la salle était bondée de gens vêtus de noir aux cheveux bruns et au teint mat qui se tenaient au coude à coude. Les seules taches de lumière de la pièce venaient des nappes amidonnées d'une blancheur si immaculée que Fredo se surprenait à plisser les yeux. Au milieu de la célèbre fontaine de marbre du restaurant se dressait une statue en glace grandeur nature de Tony Molinari, la main tendue vers le bar. Les gens ne cessaient de passer la main sous l'eau pour lui toucher le front.

La foule était plus impressionnante qu'au cimetière – ce qui se comprenait aisément dès que l'on goûtait n'était-ce qu'une bouchée des mets proposés. Fredo fit sa tournée en embrassant les gens et en secouant tristement la tête à l'évocation d'une telle tragédie et d'un gâchis aussi navrant. Quelques personnes glissèrent des allusions sibyllines à sa promotion au rang de *sotto capo* et Fredo les remercia, leur répondit, que voulez-vous, il faut bien manger, et mangea. Il ne but que de la bière pour ne pas être ivre. Il n'avait peut-être pas le charisme de son père et de ses frères, mais en vieillissant il s'était aperçu que, pour cette raison même, il était plus doué qu'eux dans ce genre de circonstances. Il n'intimidait personne. Il était d'une maladresse si flagrante que les femmes avaient envie de le materner. Les hommes qui le voyaient rôder autour d'eux pendant qu'ils discutaient lui tendaient un verre et lui résumaient en deux mots l'histoire qu'ils étaient en train de raconter. Il leur rendait la pareille ; il suffisait d'avoir trinqué une fois avec lui pour que Fredo Corleone se souvienne jusqu'à la nuit des temps de ce que vous buviez. Si la partie hôtellerie du casino lui avait si bien réussi pendant toutes ses années d'exil, c'est qu'il aimait sincèrement voir les gens s'amuser et non uniquement parce qu'ils seraient ensuite redevables.

Avec les autres membres de la famille Corleone, les gens se comportaient comme des robots, répétant en silence chaque mot avant d'oser parler. Avec Fredo, ils pouvaient être eux-mêmes. Les gens l'aimaient bien. Il savait que tout le monde considérait cela comme une faiblesse, mais c'est là qu'ils avaient tort. *Il n'y a pas de plus grand avantage naturel dans la vie que d'avoir des ennemis qui surestiment vos erreurs,* avait dit son père. Pas à lui, certes. À Sonny. Vito avait donné des leçons à Sonny, souvent en présence de Fredo, qui se tenait assis dans un coin de la pièce, ignoré de tous. Sonny entendait. Fredo, lui, écoutait.

La salle bruissait de spéculations sur la disparition du pilote connu sous le nom d'O'Malley et les gens s'ouvraient à lui comme jamais ils ne l'auraient fait face à Mike. Il entendit toutes les théories possibles et imaginables, la plus répandue étant qu'O'Malley était en réalité une taupe de la police ou encore un type plus ou moins lié à la Famille de Cleveland. Peut-être même les deux. Mais dans les hauts rangs, on avait d'autres vues. Ainsi, Butchie Molinari qui embrassa Fredo et, avant de le relâcher, lui chuchota : « C'est Tête de Bite, non ? » Comme il n'avait cessé de le faire depuis le matin, Fredo répondit qu'il n'en avait pas la moindre idée, ce que Mike n'aurait jamais pu sortir.

Pourquoi se faisait-il du mal comme ça ? Pourquoi se comparait-il sans cesse à ses frères ? Fredo se tenait devant le miroir doré des toilettes pour hommes. Il redressa les épaules et rentra le ventre. Ses yeux avaient l'air de, comment c'était cette chanson, déjà ? de deux cerises dans un verre de lait. Ses frères ne perdaient certainement pas leur temps à se comparer l'un à l'autre et encore moins à lui. Il passa la main dans ses cheveux qui se clairsemaient. Il avait assez bu, ça, c'était sûr. Il regarda son visage rond et s'efforça de ne pas voir les traits qu'il avait hérités de ses parents, la même mâchoire que Sonny, mais en moins carré, les yeux identiques à ceux de Mike, mais plus rapprochés. Il prit un pot plein de peignes et de tonique et le fracassa contre son reflet. Un liquide vert dégoulina partout. Le miroir n'était que fendillé. Fredo tendit un billet de cent à l'homme qui se tenait devant le lavabo d'à côté, et un autre à l'employé noir qui lui dit qu'il comprenait, nous aimions tous Mr Tony. Fredo traversa le restaurant presque vide, passa devant la statue en glace de Tony Molinari dont le front avait horriblement fondu, comme s'il avait reçu une balle dum-dum en pleine tête et non ces mille caresses aimantes, puis il sortit dans la fraîcheur de la nuit, bien décidé à n'être personne, pas même lui.

Il ignora les hommes qui se tenaient à la station de taxis, et tête basse, descendit le quai. Le quartier n'allait pas tarder à devenir malfamé, il le savait, il allait atteindre les bars pleins de dockers et de matelots, et ces autres bars des ruelles borgnes que seuls les plus dépravés de ces hommes connaissaient.

Il s'arrêta. Non. Il n'allait pas remettre ça.

Powell Street était devant lui. Elle conduisait tout droit à son hôtel. À pied, c'était un peu long, mais ça lui ferait du bien. Ça lui éclaircirait les idées. Il contempla les lumières lugubres de ces bars dans le lointain, puis se tourna vers Powell Street. Il était quasiment sûr qu'elle traversait le vieux quartier italien de North Beach. Il pourrait y faire une pause, prendre un café, réfléchir à cette histoire de Colma. Ça serait bien, pile ce qu'il lui fallait.

À la seconde où il s'engagea dans Powell Street, il se sentit gagné par une vague de soulagement mêlé d'autosatisfaction.

Mais quand il gravit la première grande montée, il se retrouva en nage et se mit à éprouver des regrets. Il était trop essoufflé pour penser à son projet ou à quoi que ce soit d'autre, si ce n'est qu'il ne voulait plus de café, il avait envie d'une boisson fraîche, même une simple bière, quel mal à ça ?

La rue s'aplanit. Les commerces commençaient à avoir des noms italiens, cependant il y avait quelque chose qui clochait. Les rues étaient pleines de gamins crasseux en pull et salopette, certains noirs, dont aucun n'avait particulièrement l'air italien. Il essaya de se rappeler quand il était venu là pour la dernière fois – 47 ? 48 ? Il regarda Vallejo Street et aperçut le café auquel il pensait, il en sentit les effluves de loin, il n'avait pas changé de nom, Caffè Trieste, ce qu'il prit pour un signe – *prends un café, pas un verre* – mais en poussant la porte, il aperçut un jeune rouquin qui jouait du bongo pendant qu'un Noir en pull sombre planté à côté de lui hurlait allez savoir quoi – difficile de comprendre avec les clients attablés qui beuglaient et claquaient des doigts. *Filles aux yeux de mûres*, peut-être. *Gelée de menthe. Têtes d'ange en col roulé.*

Putain de beatniks. Il partit. Quelque part dans cette ville, un double whisky soda bien tassé attendait Fredo Corleone.

Il entra dans un autre café italien dont il se souvenait, Enrico's, qui n'avait pas l'air d'avoir trop changé, si ce n'est qu'à l'extérieur un panneau annonçait JAZZ LIVE CE SOIR ! Encore des bohèmes, mais cette fois, la musique n'était pas trop mauvaise, alors tant pis. Et puis merde. Il déboursa ses trois dollars et s'assit au bar. Piano, saxo ténor et un percussionniste avec des balais. Un truc de dingue, mais Fredo prit son verre et se mit à balancer la tête au rythme de la cadence syncopée. Il était le seul en costume dans la salle, ce qui lui valut étrangement de se faire aborder par des gens qui venaient lui parler de la « scène » et lui décrire les merveilleux effets du hasch. Il résista à la tentation de leur dire qu'il sortait précisément de l'enterrement d'un type qui avait tiré les trois quarts de ses bénéfices de leur précieux hasch. Après un autre verre, il décréta que cette formation était un des trucs les plus sensass qu'il avait jamais entendus. Bientôt, il se retrouva à une table en compagnie d'un paquet de gens, hommes et femmes, allant jusqu'à fumer du hasch quand on lui en passait. Les musiciens s'arrêtèrent et un gros Norvégien en fez monta sur la scène et annonça qu'après la pause il lirait ses haïkus et que les musiciens improviseraient dessus. Fredo sentit une main sur son bras. C'était un type au visage long flanqué de pattes tout aussi longues, la trentaine, en pull, des lunettes rafistolées au scotch. « On m'a dit que vous travaillez pour une maison de disques, dit-il, presque rougissant.

— Ah oui, on vous a dit ça ? » Fredo se souvenait vaguement avoir raconté ce mensonge en s'asseyant à la table.

« On a monté un groupe qui joue ici demain, poursuivit l'homme en se mettant à décrire sa musique dans un obscur jargon. Encore du charabia. *Tête d'ange en col roulé*, songea Fredo. Il l'examina des pieds à la tête. Pédé, impossible de s'y tromper.

« Je m'appelle Dean, dit-il. J'aime bien votre costume.

— Enchanté, Dean, répondit Fredo. Moi, c'est Troy. »

Les recherches entreprises pour retrouver le pilote disparu s'achevèrent quelques semaines plus tard, quand un corps fut découvert au fond d'un ravin à proximité de la rivière Cuyahoga, non loin de l'hôpital, coincé dans une grille d'égout. Les torrents d'eaux usées avaient accéléré la décomposition. Les rats de rivière s'étaient délectés de ce qui restait. Le visage et les yeux avaient totalement disparu et, quand on avait soulevé le corps, des rats vivants avaient glissé de sa bouche et de son rectum. Le bracelet d'admission (GERALD O'MALLEY, SEXE MASCULIN, TYPE EUROPÉEN, 38 ANS) et ce qu'il restait de la blouse furent authentifiés. Le coroner déclara que les blessures que portait le corps correspondaient à celles dont souffrait le pilote, jusqu'aux points de suture caractéristiques que pratiquait le chirurgien des urgences. Des empreintes dentaires auraient pu être utiles, mais les autorités n'avaient aucune idée de qui était réellement Gerald O'Malley. Quelle que fût sa véritable identité et la manière dont il avait atterri de l'unité de soins intensifs au fond de ce ravin, le pauvre homme était vraiment on ne peut plus mort.

Chapitre 13

Initialement, il était prévu que Billy Van Arsdale et Francesca Corleone prendraient l'avion de Floride jusqu'à New York avec les frères de Francesca, sa mère et son perpétuel fiancé, Stan le Caviste, mais les parents de Billy lui avaient donné son cadeau de Noël en avance : une Thunderbird bicolore qui l'attendait chez lui le jour où il était rentré de l'université dans sa guimbarde jaune, une vieille Jeepster que Billy adorait, certes parce que ses parents en étaient mortifiés, mais plus encore à vrai dire parce qu'elle avait tenu le coup de Tallahassee à Palm Beach. Il ne pouvait pas laisser passer l'occasion de faire un voyage pareil au volant d'une voiture comme la Thunderbird, expliqua-t-il à Francesca au téléphone. Elle crut comprendre ce qu'il avait également en tête, mais elle n'en dit rien et lui non plus. Ils avaient déjà acheté les billets d'avion, mais les parents de Billy, qui partaient faire du ski en Autriche, appelèrent leur agent de voyage et le chargèrent d'obtenir leur remboursement.

La veille du départ, Billy fit la route jusqu'à Hollywood. Il y était déjà allé pour Thanksgiving, un mois après qu'il eut commencé à sortir avec Francesca, et il semblait avoir fait bonne impression sur tout le monde sauf sur Kathy, qui s'était montrée d'une extrême froideur avec lui et avait écrit la semaine suivante à Francesca pour lui dire qu'elle était déçue que sa sœur se déteste à ce point. Francesca en avait traduit que Kathy crevait de jalousie.

Même en l'absence de Kathy, toutefois, le reste de la famille faisait apparemment tout son possible pour mettre Billy mal à l'aise. Avant même d'avoir pu serrer Francesca dans ses bras, Poppa Francaviglia l'avait traîné de force à côté pour qu'il l'aide à installer de nouvelles toilettes. Au beau milieu des opérations, Nonna était entrée avec une assiette de quartiers d'orange, les unes provenant de sa propre plantation, les autres de l'exploitation de la famille de Billy, en lui demandant de les goûter pour voir s'il était capable de les différencier. Ils étaient tous allés dîner dans un grill sordide sous prétexte qu'il appartenait au cousin de l'entraîneur de football de Frankie. Frankie avait demandé à Billy pourquoi il avait fait de la natation au lieu de jouer au football, avait-il été expulsé de l'équipe de football ? Francesca s'apprêtait à donner un coup de pied sous la table à son frère, mais Billy avait expliqué que c'était exactement ce qui s'était passé et raconté une anecdote cocasse à ce sujet. Chip avait renversé son Coca sur Billy. À deux reprises. Se pouvait-il réellement qu'un gamin de dix ans renverse son verre *à deux reprises*, sur la même personne, accidentellement ? À part Francesca, tout le monde semblait le croire.

Sandra supervisa le chargement des cadeaux de Noël dans le coffre et sur la banquette arrière de la voiture de Billy (ledit transport étant la clef qui avait permis d'arracher à Sandra son consentement à ce voyage), puis elle escorta Billy et Francesca à côté, chez ses parents, où le jeune homme avait été exilé afin d'éviter toute intimité. Il n'était que neuf heures et demie, mais une longue journée les attendait le lendemain. La seule raison pour laquelle Billy passait la nuit sur place – il n'habitait qu'à une heure de là – était qu'ils puissent partir à l'aube et respecter leur engagement de rouler jour et nuit, vingt-quatre heures d'affilée, jusqu'à New York sans s'arrêter dans un hôtel. « Et si *jamais* – espérons que non – un cas de force majeure vous obligeait à vous arrêter, répéta Sandra pour la énième fois, vous faites quoi ?

— On prend des chambres séparées, maman, psalmodia Francesca. On appelle pour dire que tout va bien.

— Quand ça ?

— Immédiatement. Allez, maman. Arrête.

— Et les notes de ces chambres séparées ?

— On te les montrera pour prouver que c'est vrai. » Comme si ça prouverait quoi que ce soit. « Maman, c'est du délire. »

Sandra força Billy à répéter la même litanie. Il s'exécuta. Sandra hocha la tête et leur dit que c'était bien, elle leur faisait confiance et préférait ne pas penser à ce qui arriverait si jamais ils trahissaient leur promesse. « Je sais que vous voulez vous embrasser gentiment avant d'aller dormir, dit-elle, alors je vous laisse. »

Hypocrite, se dit Francesca. Quand sa mère avait son âge, elle était déjà enceinte.

« Je t'aime, chuchota Billy en se penchant vers elle. Elle lui répondit également en chuchotant et ses lèvres articulaient encore ces mots quand il l'embrassa. Comme si ce baiser avait servi de déclic, la lumière du porche s'alluma.

« J'aime beaucoup ta famille, dit Billy.

— Tu es cinglé.

— Tu voudrais peut-être qu'ils te fichent la paix, mais ceux qui n'ont pas ta chance aimeraient être à ta place. »

Ce n'était pas la première fois qu'elle craignait que Billy ne soit avec elle que parce qu'elle était différente, exotique, *l'Italienne*, un moyen de choquer ses parents sans pousser la provocation jusqu'à sortir avec une Noire. Ou une Indienne, comme sa camarade de chambre Suzy. Mais c'était la première fois qu'elle osait aborder la question. « Tu es sûr que tu ne m'aimes pas seulement pour ma famille ? »

Il secoua la tête et détourna les yeux. Elle regretta aussitôt ce qu'elle venait de dire. Elle avait dû dire ou penser la même chose de toutes les filles avec lesquelles il était sorti, y compris Francesca. Elle se lança dans des excuses mais il se pencha de nouveau pour l'embrasser en ne posant sur elle que ses chaudes lèvres et il resta ainsi immobile. Quand elle rouvrit les yeux, il avait déjà ouvert les siens.

Peu avant midi le lendemain, ils avaient pris une chambre dans un petit hôtel du bord de mer au nord de Jacksonville en se faisant passer pour mari et femme. Francesca redoutait que le réceptionniste y trouve à redire – ni l'un ni l'autre ne portaient d'alliance – mais en signant le registre, Billy lui donna un pourboire. « Tu serais étonnée de toute la discrétion qu'on peut obtenir avec un simple billet de vingt », lui dit-il en montant dans leur chambre.

À présent, Francesca était dans la salle de bains et sortait le négligé vert pâle qu'elle avait roulé et caché dans son sac, sachant que sa mère fouillerait ses bagages.

Et voilà, se dit-elle. *C'est parti*. Elle se regarda se déshabiller dans le miroir, comme s'il s'agissait d'une autre qu'elle. *Une jeune fille – une femme – dans les derniers instants de sa virginité*. Déboutonnant, détachant, retirant, enlevant. Pliant chaque vêtement pour le placer en équilibre sur le dessus de marbre comme si elle avait peur qu'il lui explose entre les doigts. Se tapotant le ventre. Frottant les petites marques laissées sur sa peau par les larges bretelles de son soutien-gorge afin de les faire partir. Se contorsionnant en se démanchant le cou pour voir comment elle est de dos. Elle se touche les cheveux, ils ne bougent pas. Elle les brosse pour éliminer la laque – de longs coups de brosse réguliers – puis elle lève les yeux et secoue la tête pour voir de quel côté ils retombent, à quoi ils ressemblent comme ça. Elle applique une goutte de parfum sur le bout de ses doigts et s'en met partout où une vendeuse de rayon parfumerie conseillerait d'en mettre, puis elle baisse la tête, tend lentement la main vers la flamme de poils noirs entre ses cuisses et en rajoute un peu là également. Ses seins sont opulents mais (remarque Francesca en soupirant) encombrants, asymétriques : on dirait une poitrine de paysanne dans un tableau représentant un champ en pleine moisson (ou encore celle de sa mère, la dernière personne au monde à laquelle Francesca veut penser en cet instant). Elle respire à fond, plus profondément encore ; ses seins se soulèvent et adoptent des formes qui se rapprochent davantage de ce qu'on voit dans les magazines. Imperceptiblement, presque, elle rougit. Elle attrape le négligé visiblement coûteux sur son vieux sac marron éraflé et le met devant elle en le tenant par les rubans délicats de ses bretelles. Elle se déhanche d'un côté, puis de l'autre. Elle fronce les sourcils. Le négligé est magnifique, c'est indéniable, mais curieusement, là, en cet instant, il ne va pas du tout à cette femme-là. Elle le tient à bout de bras et le lâche. Il tombe en une flaque de tissu qui s'étale sur la pile impeccable de ses vêtements. Elle est toute nue, respirant non plus à fond, mais avec difficulté. Nue. En tenue d'Ève. Mais rien à voir avec un tableau. Une vraie femme, jeune et effrayée, épilée et poudrée, couverte de chair de poule et frissonnante malgré les minuscules perles de sueur sur son front et sous ses aisselles, le torse marbré de légères rougeurs. Elle secoue la tête et rit sous cape, puis elle esquisse un sourire qui se veut coquin ou du moins vaillant. Elle ouvre la porte. Elle se plante dans l'embrasure de la porte. « Bon (*C'est moi, ça ?* se dit Francesca. *Cette voix de jeune délurée ?*), ferme les yeux. » Elle croise les bras sur ses seins, blottie sur elle-même, ferme les yeux et pénètre dans l'incertitude de la chambre, dans l'inévitable.

Ils planifiaient leurs étapes des kilomètres à l'avance, cherchant des stations-service où ils n'auraient pas besoin d'attendre qu'on vienne les servir. Pour limiter les arrêts, ils buvaient le moins possible. Ils ne mangeaient que des sandwichs, des fruits et de petits biscuits *strufoli* que Nonna leur avait mis dans le panier pique-nique qu'elle avait préparé, quoique Francesca avait prévenu Billy que c'était déjà trop et qu'il risquait de le regretter. Ils étaient censés faire leur possible pour dormir à tour de rôle pendant que l'autre était au volant, et Francesca s'y efforçait, mais entre les quatre heures du Sand Dollar Inn qu'elle se repassait en boucle et la vitesse à laquelle Billy conduisait sa Thunderbird pour tenter de rattraper lesdites heures, dépassant à toute allure les semi-remorques et les braves pères de famille qui roulaient sans se presser dans leurs tristes Chrysler – sans compter l'habitude qu'il avait de mettre la radio à fond à chaque fois qu'il tombait sur un morceau de rhythm and blues ou une chanson du dernier disque sensationnel de Johnny Fontane –, elle en était réduite à fermer simplement les yeux.

Ils se firent arrêter par un policier. Billy lui montra son permis, les papiers de la voiture et un autre bout de papier en marmonnant une histoire d'« obligeance ». Un instant plus tard, ils étaient de nouveau sur la route, sans le moindre procès-verbal et roulant tout aussi vite. Une fois de plus, les dons faramineux que le père de Billy prodiguait à L'Ordre Fraternel de la Police avaient payé. « Mon passe-partout pour sortir libre de prison », dit Billy. Il rougit.

C'est le monde à l'envers, songea Francesca tandis que les pins de Caroline défilaient derrière sa vitre en une traînée fluide. Billy, ce garçon plus âgé qu'elle s'était d'abord maudite d'avoir eu la bêtise de croire qu'il pouvait être à elle, ce leader du campus, ce gosse de riches, réduit sous ses yeux au statut de petit ami, d'excellent petit ami, avide de plaire, lui obtenant des faveurs, fou d'elle. Tout avait commencé le jour où sa sœur était partie. C'était ce jour-là que Francesca avait rencontré Billy, mais malgré tout l'attachement qu'elle avait pour lui, le fait qu'il soit tombé amoureux d'elle n'était qu'un heureux fruit du hasard.

Dans leur jeunesse, Kathy avait toujours été la plus intelligente des jumelles. Francesca était la plus jolie, celle du moins qui avait envie de l'être ; la plus féminine. Kathy était la bohème qui aimait les rythmes déchaînés du jazz et fauchait des cigarettes. Francesca était bonne catholique. Francesca était pompom girl et hôtesse du comité de la fête annuelle du lycée. Francesca faisait ses devoirs, ou du moins prétendait les faire, chez un glacier. Francesca possédait non pas une, mais deux jupettes plissées. Mais à présent que Kathy n'était plus là, Francesca avait – inconsciemment – empli le vide creusé en elle par l'absence de sa sœur en devenant peu à peu Kathy. Sur le moment, elle s'était dit que tous les vêtements qu'elle avait achetés au cours des premières semaines d'université étaient destinés à sa camarade de chambre Suzy, quelque chose qu'elles pouvaient partager à deux et un moyen de forcer Suzy à arrêter de porter ces épouvantables cardigans et jupes de petite fille dont elle s'affublait. Ce n'est qu'après que Francesca s'aperçut qu'elle avait métamorphosé sa garde-robe en celle de Kathy, rouge et noire, avec des cols roulés et des pantalons. De même, Francesca n'avait pas le souvenir d'avoir décidé un jour de se mettre à fumer, et la même marque que sa sœur, qui plus est, mais en ouvrant son sac, elle était tombée sur le paquet. Si elle fumait, c'était sans doute dû au fait qu'elle étudiait. Elle n'avait jamais décidé consciemment de travailler davantage, mais sans comprendre ce qui lui arrivait, soudain, en cours, elle s'était mise à faire partie des meilleurs, levant une main judicieuse que ses professeurs harassés convoitaient quand ils avaient envie d'accélérer le mouvement. Qu'est-ce qui était venu en premier, le plaisir qu'elle éprouvait à être parmi les meilleures en cours, ou les longues nuits penchée sur son bureau, sous les volutes de fumée qui s'enroulaient dans la brume langoureuse de sa lampe de travail ?

Elle avait vu à plusieurs reprises Billy Van Arsdale étudier à côté d'une fille dans la bibliothèque, sortir d'un cinéma avec une autre, d'un des bars de Tennessee Street avec une autre encore. Parfois, Francesca était elle-même avec un flirt (des étudiants de première année, personne en particulier) ou dans un groupe de travail. Billy la saluait toujours d'un signe de tête, il s'arrangeait souvent pour croiser son regard, s'arrêtait même quelquefois pour échanger des civilités. Elle le haïssait de se moquer ainsi d'elle. Elle se montrait froide avec lui, tout en restant polie, craignant qu'il ne l'embarrasse davantage encore si elle l'ignorait ou, pire, le remettait à sa place. Elle n'avait pas imaginé un seul instant qu'elle déployait la tactique préférée de Kathy – sa seule tactique, à vrai dire – pour attirer les garçons. Francesca ne se serait peut-être jamais rendu compte de ce qu'elle était en train de faire – certes involontairement – sans une remarque de Suzy, qui était à la chorale avec George, le petit frère rondouillard de Billy. Un jour, alors qu'elles révisaient leurs partiels, Suzy dit à Francesca que si elle n'y prenait pas garde et continuait à jouer la fille qui se fait désirer, Billy Van Arsdale n'aurait jamais le courage de lui demander de sortir avec lui.

Jouer la fille qui se fait désirer ? Ridicule. Francesca était trop gentille, trop désireuse de plaire, trop timorée pour tenter d'obtenir ce qu'elle voulait en le repoussant. Francesca répondit à Suzy qu'elle avait perdu la tête, mais Suzy cita George, citant une conversation qu'il avait eue avec son frère, où ce dernier lui avait demandé s'il avait des cours avec Francesca Corleone. Pourquoi me demandes-tu ça ? avait répondu George. Oh, rien, avait dit Billy. Et Georges : Quoi, elle te plaît ? Espèce de con, avait lâché Billy en lui donnant un coup de poing dans le bras, avant d'ajouter : Laisse tomber. George lui avait alors dit qu'il n'avait pas de cours avec Francesca mais qu'il était ami avec sa camarade de chambre. Comment peux-tu être sûr qu'ils se sont dit tout ça ? demanda Francesca, à quoi Suzy répondit qu'elle ne pouvait pas en être sûre, mais pourquoi George aurait-il menti ? Francesca repensa alors à la façon dont ses frères se parlaient et estima que Suzy, une fille unique, n'aurait jamais pu inventer une histoire pareille. Quand elle recroisa Billy, Francesca se contenta simplement de soutenir son regard à peine plus que nécessaire, mais, naturellement, il n'en fallut pas davantage. Quelques secondes plus tard, il l'invitait à sortir avec lui. Il connaissait un bastringue sensass en pleine campagne. H-Bomb Ferguson y jouait ; son plus grand succès s'appelait « She's Been Gone », est-ce qu'elle l'avait déjà entendu ? Je n'ai pas eu ce plaisir, répondit Francesca en s'efforçant en vain de dissimuler son sourire, d'arrêter de rougir. Le lendemain, la responsable de la résidence avait frappé à sa porte et tendu à Francesca un 45 tours de H-Bomb Ferguson. Deux jours plus tard, ils sortaient ensemble pour la première fois. Et les voilà deux mois plus tard. Filant vers le Nord.

En l'observant en douce, elle s'apercevait – maintenant qu'elle avait vu de lui tout ce qu'il y avait à voir, maintenant qu'ils avaient couché ensemble et que malgré les centaines de filles qu'il avait dû avoir, il s'avérait que des deux, il était le plus coincé et elle la plus curieuse, montrant, posant des questions, prête à tout essayer (oui, ça faisait mal, un peu ; oui, après quatre fois en quatre heures, elle restait suffisamment sensible pour se dire a posteriori qu'elle s'était peut-être montrée un peu gourmande), maintenant qu'elle était convaincue qu'ils s'aimaient comme des adultes – que Billy Van Arsdale n'était pas celui qu'elle avait imaginé le premier jour à l'université. Il était un peu petit, avec des yeux de chien de meute et un sourire forcé qu'elle trouvait mignon mais qui n'aurait aucun succès à Hollywood. Ses cheveux blonds étaient constamment ébouriffés. Il avait une garde-robe d'avocat de petite ville du Sud – brodequins, costumes de seersucker ou de lin, montre de gousset (héritée de son grand-oncle qui avait été président de la Cour suprême de Floride), chemises sur mesure en coton d'Égypte aux poignets si élimés qu'elles en perdaient toute prétention – et, curieusement, il n'était pas plus tôt habillé que ses vêtements étaient déjà froissés. C'était un danseur franchement exécrable, ce dont il ne semblait même pas s'apercevoir. Il chantait à voix haute sur des chansons qu'il connaissait à peine. Il riait entre ses dents comme un personnage de dessin animé. Ses parents se haïssaient et les avaient délaissés, lui et son frère. La nounou noire qui l'avait élevé et qu'il aimait tant s'était suicidée après que son fils eut été assassiné par le Ku Klux Klan dans le Mississippi, et c'est Billy qui l'avait retrouvée recroquevillée sur le sol de la salle de bains, le contenu d'une armoire à pharmacie dans l'estomac. Il voyait un psychiatre une fois par semaine et en parlait comme s'il n'y avait rien de honteux à ça. Tout ceci pour dire que ce n'était pas son allure indéniable de beau garçon, ses multiples talents ou sa vie parfaitement romanesque qui lui avaient valu de conquérir autant de filles ou de se retrouver à la tête du Conseil des étudiants. C'était un politicien né : il y avait d'une part le nom de Van Arsdale et ce qu'il signifiait en Floride, d'autre part son exquise courtoisie et son côté mondain, mais également une qualité plus difficile à définir. Davantage encore que du charisme, se disait Francesca. Une sorte de magnétisme, presque.

Billy conduisit d'un bout à l'autre du trajet, ne lui laissant le volant qu'un moment pendant la traversée de la Virginie. Francesca finit par sombrer dans le sommeil, jusqu'au moment où elle sentit la main de Billy sur son épaule et se réveilla en sursaut, désorientée, aveuglée par la lumière hivernale que réverbérait la neige tombée.

« Je me suis dit que tu aurais envie de voir ça. » Il montrait la silhouette des gratte-ciel de New York. « Ta ville natale. »

Elle se redressa en se frottant les yeux. Billy semblait si fier de sa prouesse, fier de lui offrir cette vision miraculeuse. Elle n'était pas sûre d'avoir déjà vu New York en arrivant du New Jersey. Le panorama était extraordinaire, mais il ne lui évoquait en rien ses racines. « C'est beau.

— Tu dois être tout excitée, non ? lui demanda-t-il.

— Ça va, toi ? Tu n'as pas sommeil ? Tu avais déjà conduit dans la neige ? Quelle heure est-t-il ? »

Oui. Non. Souvent, pendant les vacances, au ski. Pile à l'heure. Ils avaient rattrapé les quatre heures.

« Je t'aime, dit-elle en se penchant pour embrasser sa joue mal rasée.

— Junior Johnson, pour vous servir, m'dame, dit-il en prenant un accent traînant du Sud.

— C'est qui, Junior Johnson ? »

Un coureur automobile qui avait commencé par déployer ses talents en semant les agents fédéraux à l'époque de la prohibition. N'avait-elle jamais entendu parler de Junior Johnson ? Un cousin éloigné de la mère de Billy, s'avérait-il.

« Ah, fit Francesca. C'est donc de là que vient la fortune des Van Arsdale. »

Billy s'apprêta à répondre mais il se ravisa.

« Vas-y, ne t'en fais pas, lui dit-elle. Il vaut mieux que ça sorte.

— Inutile, répondit-il.

— Tu es sûr ? » Ils en avaient déjà parlé. Elle lui avait dit que son père s'était rebellé contre tout ça, que c'était un homme d'affaires qui agissait en toute légalité. Si sa société d'import-export s'appelait Les Frères Corleone, ce n'était que pour respecter le souhait de son père. Il était le seul frère à la diriger. « Parce que c'est le genre de choses dont on ne discute pas, d'accord ? Si tu as des questions à poser, pose-les maintenant, mais en tout cas, ne m'embarrasse pas face à ma famille. »

Il se tourna vers elle, bouche bée. « Comment peux-tu croire un seul instant que je...

— Je ne crois rien, l'interrompit-elle. Je sais bien que tu ne le ferais pas. On est fatigués, c'est tout. Je suis désolée. Allez, roule. »

C'était la veille de Noël, mais la circulation matinale était tout de même difficile. Le temps d'arriver à Long Beach, ils avaient perdu une des heures regagnées.

Deux hommes râblés en long pardessus sortirent de la loge en pierre située à l'entrée de l'allée en demi-lune bordée de maisons que possédait sa famille. Francesca sentit les odeurs de cuisine provenant de chez sa grand-mère, à une bonne cinquantaine de mètres de là. Elle se pencha sur les genoux de Billy pour que les gardes la voient.

Un des hommes s'excusa en l'appelant Kathy, il n'avait pas reconnu la voiture, ne l'avait pas tout de suite reconnue sans ses lunettes.

Des lunettes ? « Moi, c'est Francesca », dit-elle.

Le garde hocha la tête. « On nous avait dit une Silver Hawk, pas une Thunderbird. Votre mère ne doit pas trop s'y connaître en voitures. Il vaut mieux vous dépêcher. Ça fait des heures qu'elle passe voir ici. » La façade de la maison de ses grands-parents – la plus petite et la plus discrète des huit, qui toutes appartenaient à sa famille – n'était ornée d'aucune décoration. Sa grand-mère était encore en deuil. En l'absence de guirlandes ou de quelconques illuminations, la maison semblait plus exiguë. Comme diminuée. De l'autre côté de la rue, le bungalow où elle avait vécu avec les siens était sombre et désert. Quelqu'un avait fait un bonhomme de neige dans le jardin et accroché sur la porte une couronne de la taille d'un pneu de camion.

Avant même que Billy ne soit entré dans l'allée, la famille de Francesca sortit en masse de la maison de sa grand-mère avec à sa tête nulle autre que sa sœur jumelle, l'indolente intellectuelle bohème, arborant de grosses lunettes à montures noires et cabriolant sur la pelouse enneigée avec des allures de pom-pom girl.

« Tu as faim ? demanda Francesca à Billy.

— Une faim de loup, répondit Billy.

— Retiens-toi. Mais pas trop, autrement ils croiront que tu ne les aimes pas. »

Dès qu'elle ouvrit sa portière, elle fut d'abord assaillie par le froid – *comment ai-je pu vivre dans une glacière pareille ?* – puis par Kathy qui se jeta à son cou en la plaquant contre le flanc de la voiture. Elles sautèrent sur place en poussant des cris stridents, ce qui n'était plus dans les habitudes de Kathy depuis des années. Quoiqu'à Thanksgiving leurs retrouvailles avaient été identiques. Ce n'est que lorsqu'elles s'écartèrent l'une de l'autre, sentant alors le vent glacial sur son visage, que Francesca s'aperçut qu'elle pleurait. « Tu portes des lunettes, dit Francesca.

— Tu es enceinte », répondit Kathy en reculant devant les autres membres de la famille qui venaient à la rencontre de Francesca.

Abasourdie, Francesca se retrouva dans leurs bras, couverte de baisers. Kathy se balançait sur ses talons en souriant et lui fit un petit signe apparemment innocent, bien qu'avec ses lunettes son expression fût indéchiffrable. Francesca savait bien qu'on pouvait tomber enceinte dès la première fois, et elle savait aussi que ce qu'avait fait Billy n'était pas prudent – se retirer d'elle et attraper sa main en la serrant contre lui. Mais c'était loin d'être la période du mois la plus risquée. Et de toute façon, jumelle ou pas, qu'est-ce que Kathy pouvait en savoir ?

Billy hissa un énorme filet d'oranges Van Arsdale sur une épaule et, sur l'autre, un de pamplemousses. « Où est le sapin ? demanda-t-il.

— Quel sapin ? » dit Kathy. Elle souleva Mary, l'adorable

petite fille de tante Kay et la posa sur sa hanche, comme une mère. « Què zapin ? répéta Mary comme un perroquet.

— Le sapin de Noël, répondit Billy. Pour mettre les cadeaux.

— Nous sommes italiens, Bee Boy. Il n'y a pas de sapin.

— Nou'om'*ita'ien* Bee Bo' ! » s'écria Mary.

Au moins, Francesca reconnaissait bien là Kathy. « Bon sang, dit Francesca, on a un sapin, chez nous. Il n'y a que grand-mère qui n'en a pas. Pose ça à côté du *presepe.* »

Sa grand-mère eut un tss-tss de désapprobation en entendant le langage de sa petite-fille. Billy inclina la tête.

« Un machin, là, comment on dit déjà, soupira Francesca. Une crèche, je crois. » Elle s'interrompit pour regarder Kathy, qui comprit la question tacite et acquiesça d'un signe de tête : oui, le *presepe* était assez vénérable pour ne pas heurter le deuil de Grand-mère Carmela. « Dans le salon. Tu le verras. »

La mère de Francesca haussa un sourcil, leva le bras gauche et regarda sa montre.

« La neige, dit Francesca. Ça nous a ralentis.

— Il a neigé pendant tout le trajet ? répondit sa mère.

— Depuis Washington », répondit au hasard Francesca. Elle dormait à ce moment-là.

« Mais non, vous n'avez pas mis si longtemps que ça, moi je trouve, lâcha un type chauve qui s'était présenté comme "Ed Federici, un ami de votre tante." » Kathy lui en avait parlé dans une lettre ; il était fiancé avec tante Connie, alors même qu'elle n'avait pas encore obtenu l'annulation de son mariage. « Avec une neige pareille. »

Stan Jablonsky acquiesça. « Ne fais pas attention, dit-il en glissant un clin d'œil à sa mère, ce que Francesca avait en horreur. Elle est debout depuis l'aube, ta mère, à guetter ton arrivée derrière les rideaux. »

Les deux fiancés se chargèrent du reste des paquets et, en remontant vers la maison, entreprirent d'interroger Billy sur les routes, les ponts et les raccourcis qu'il avait empruntés, sa consommation d'essence.

On croyait rêver, c'était un Noël en famille et les deux seuls hommes présents étaient ces étrangers ? Stan, fiancé à sa mère depuis trois ans sans qu'aucune date n'ait été avancée, et le comptable chargé des impôts de sa famille fiancé à une femme encore mariée ? Le plus viril d'entre tous, Santino, le père de Francesca, était mort. Son grand-père si enjoué, si aimant, qui était l'épicentre de toutes les réunions familiales était mort, lui aussi. Oncle Mike ne venait pas (il était pour affaires à Cuba ou en Sicile – elle avait entendu l'un et l'autre, peut-être était-ce les deux – mais pour Noël ? Grand-père Vito devait se retourner dans sa tombe.) Les Hagen étaient partis s'installer à Las Vegas et ils ne venaient pas non plus. Oncle Fredo était censé être là depuis la veille, mais il avait semble-t-il appelé en prévenant qu'il n'était pas sûr de pouvoir venir. Quant à oncle Carlo, il avait apparemment disparu de la surface de la terre.

Restaient les deux pitoyables fiancés. Et Billy. Son Billy.

Francesca le regarda partir en rêvant de lui épargner un après-midi de cartes, de matchs de football à la télévision et de ronde incessante de collations, soudain prise d'un tel désir pour lui qu'elle en avait les jambes coupées – était-ce réellement arrivé, à Jacksonville ? Mais elle fut emportée loin de lui, incapable de lutter contre la marée de femmes qui l'entraînait comme en rêve dans la chaleur âcre de la cuisine de sa grand-mère, cette forteresse d'amour immuable sur laquelle le temps ne semblait avoir aucune prise.

Des nuages de vapeur, un brouillard de farine, des marmites d'huile bouillante, des plans de travail envahis de pâte étalée, de feuilles de papier sulfurisé couvertes de poisson frais assaisonné. L'énorme fourneau blanc, une pièce de musée qui leur survivrait sans doute à tous. Sur l'arbre du tourne-disques, dans la pièce d'à côté, s'entassaient les mêmes 45 tours de Noël qui avaient toujours bercé l'atmosphère de la cuisine aussi loin que Francesca remontât dans ses souvenirs : Caruso, Lanza, Fontane, ils étaient tous là. Des enfants entraient et sortaient en courant, constamment dans les jambes, grignotant de petits restes de pâtisserie. Tante Kay était devant l'évier et s'occupait de la vaisselle en attendant le moment de faire les quelques choses qu'elle savait faire. Sa mère Sandra, aussi énergique que pragmatique, et tante Connie, criarde et amère, ne s'étaient jamais portées dans leur cœur mais, dans cette cuisine, elles anticipaient si bien les gestes et les besoins de l'autre qu'on aurait dit Fred Astaire et Ginger Rogers. Angelina – la tante palermitaine de leur grand-mère qui devait avoir cent ans à présent et ne parlait toujours pas un seul mot d'anglais – était assise dans un coin derrière une table à jouer, assemblant les ingrédients qu'on lui présentait. Et naturellement, grand-mère Carmela surveillait toutes les opérations en aboyant ses ordres, intervenant pour exécuter les tâches les plus délicates, le tout avec un amour constant que tous ressentaient sans que jamais elle ne l'affirme.

Kathy montra à Francesca une pyramide d'aubergines d'un blanc laiteux puis lui tendit un couteau de cuisine et une bouteille tout juste ouverte de soda à la cerise noire qui avait été rafraîchie dans un talus de neige. Dès qu'elle vit la bouteille – naturellement, on n'en trouvait pas en Floride – Francesca fondit de nouveau en larmes. Où était passée l'intraitable Francesca ? Où était cette part d'elle-même qui s'était muée en Kathy ?

« Ah, la douceur des larmes de joie », dit sa grand-mère en italien. Elle leva sa tasse à café ébréchée que Francesca lui avait toujours connue, dont le décor d'îles hawaïennes disparaissait à présent sous une croûte faite des restes d'une dizaine de pâtes à tarte et à beignet. « Pour une *cena de Natale* digne de ce nom, c'est l'ingrédient majeur ! »

Comment ne pas être ému par cette affirmation venant de la bouche d'une dame qui avait perdu son mari moins d'un an auparavant ? Toutes les femmes présentes se précipitèrent les unes sur leur tasse, les autres sur leur timbale ou leur bouteille pour la lever bien haut.

Francesca sentit au creux de sa nuque le visage de Kathy, la branche de ses lunettes. « Espèce de grosse cruche », chuchota Kathy et, simultanément, les jumelles partirent d'un rire identique.

À la messe, Francesca dut murmurer en permanence des instructions à Billy qui n'avait jamais mis les pieds dans une église catholique de sa vie. Il se signait et s'agenouillait avec une maladresse aussi touchante que lorsqu'il était sur une piste de danse. Mais elle sentait le regard de Kathy posé sur lui, même si ce dernier ne s'apercevait de rien. Elle l'entendait d'ici lui dire que c'était le genre de détails que l'on trouve charmants au début mais qui finissent par vous rendre fou, alors même que Kathy – qui était assise à l'extrémité du banc et soutenait la pauvre Zia Angelina – ne prononçait pas un mot si ce n'est pour chanter des cantiques et des litanies.

Quand la cloche de l'église sonna pour les appeler à se repentir, Francesca ferma le poing et se frappa doucement la poitrine quatre fois, une pour chacune des heures passées au Sand Dollar Inn. Devant la table de communion, elle recommença, à quatre reprises, une pour chaque fois où ils avaient fait l'amour. Elle retourna vers le banc les yeux baissés en signe de pénitence, mais, après s'être agenouillée et avoir dit sa prière, elle se rassit et lui prit la main. Ce n'est qu'alors qu'elle s'aperçut que tante Kay – qui était à côté d'elle, encore à genoux – avait également communié.

« Elle s'est convertie, lui dit Kathy sur le chemin du retour.

— C'est ce que je me suis dit, mais après toutes ces années ? dit Francesca. Ça doit être pour les enfants, non ? »

Ils étaient dans la Thunderbird de Billy.

Kathy haussa les sourcils. Malgré les lunettes, elle conservait une ressemblance déconcertante avec leur mère. « *Per l'anima mortale di suo marito.* » Pour l'âme mortelle de son mari.

L'âme mortelle de son mari ? Francesca regarda sa sœur en fronçant les sourcils.

« Elle y va tous les jours, dit Kathy. Exactement comme Grand-mère. Et pour la même raison.

— Tout le monde y va pour la même raison. » Francesca n'avait pas encore réussi à prendre sa sœur à part pour lui demander ce qu'elle avait voulu dire au juste en lui lançant : *Tu es enceinte.* « Plus ou moins. »

Kathy écarquilla les yeux d'un air exaspéré.

En dépit, ou plus vraisemblablement en raison même du poids écrasant des absents que ressentaient presque tous les convives attablés ce soir-là, le traditionnel réveillon de la famille Corleone avec sa ronde des sept poissons fut plus bruyant et tapageur que jamais. Le vin coula à flots, les femmes compensant toutes ces années où les hommes le buvaient à leur place. Au début du repas, on lut à voix haute, du plus jeune au plus grand, toutes les lettres de Noël des enfants qui disaient ouvertement tout l'amour qu'ils avaient pour leurs parents. À mesure que leurs auteurs étaient plus âgés, les accents poignants ou troublants se faisaient plus rares, mais chaque lettre fut accueillie dans un concert d'acclamations stridentes, qui culminèrent avec la lettre de tante Connie. C'était la première fois en plus de trente ans que Carmela Corleone ne recevait qu'une seule déclaration d'amour filial – un moment délicat qu'à la surprise quasi générale Connie avait su alléger par une lettre si hilarante qu'elle circulait encore parmi les convives après plusieurs plats.

De même le récit de la seule et unique intrusion de Vito Corleone dans la vie sentimentale de ses enfants leur mit à tous du baume au cœur – le rendez-vous surprise qu'il avait organisé bien des années auparavant pour Connie avec un brave garçon qui venait de décrocher son diplôme de commerce, alors qu'elle sortait depuis peu avec Carlo Rizzi. Le récit pittoresque, teinté d'autodérision que donna Ed Federici du rendez-vous calamiteux incita Mama Corleone à glisser entre deux plats un toast aux heureux *fidanzati*.

Et quels plats ! Cocktail de pinces de crabe et de crevettes, friture de *baccalà* et calamars farcis, clams cuits à l'étouffée en sauce marinara sur des cheveux d'ange frais. Et pour clore le tout – du moins jusqu'à la pause précédant le dessert –, carrelet fourré aux épinards, aux tomates séchées et à la mozzarella, sans compter divers ingrédients secrets que Zia Angelina avaient rajoutés quand tous avaient le dos tourné.

« Le risque d'infarctus, déclara Ed Federici, les mains bien à plat sur la table, avec le regard hébété de celui qui contemple l'espace désert où se trouvait la voiture qu'on lui a volée, triple dans la première heure qui suit un repas trop lourd. »

Stan avait jeté l'éponge au milieu du dernier plat et dormait dans la pièce voisine, baigné dans la lueur clignotante d'un match de football que personne ne regardait. Seuls deux convives continuaient à manger : Frankie qui se goinfrait allègrement et Billy qui picorait sa limande avec les airs d'un chercheur qui aurait trouvé de l'or et s'efforcerait de se rappeler ce qui le rend si précieux.

Connie fit taire Ed et lui donna une calotte sur le sommet de son crâne rougeaud prématurément dégarni. « Si mamma entend ça, c'est elle qui va avoir un infarctus. » Elle avait bu du vin toute la journée à la même cadence et venait d'ouvrir une bouteille de Marsala. Cette calotte qui se voulait en théorie espiègle claqua si fort que tous ceux qui en furent témoins tressaillirent. Plusieurs personnes qui se tenaient dans la pièce voisine se pressèrent à la porte pour voir ce qui se passait. Elle avait aussitôt laissé une empreinte de main.

Francesca entraîna Billy à l'écart de la table et l'emmena dans l'ancien cabinet de travail de son père, alors que Kay finissait de replier la table des enfants. « Vous avez eu assez à manger, Billy ? lui demanda Kay.

— Oui, m'dame. » Il se laissa lourdement tomber sur le canapé de cuir adossé au mur.

« Gardez un peu de place pour le dessert, lui dit Kay, le sourire en coin. Vous n'auriez pas vu Anthony, par hasard ?

— Il est dehors, je crois, répondit Billy. Avec Chip et quelques-uns des petits Clemenza. » C'était les enfants des gamins avec lesquels Francesca jouait elle-même quand elle avait l'âge de Chip. Ces anciens camarades de jeux avaient désormais fondé une famille et habitaient au bas de la rue.

Cette fois, ils étaient enfin seuls. « Tu t'es bien débrouillé, mon cœur. Ils t'aiment bien, ça se voit.

— Pourquoi ce sourire ? » lui demanda-t-il allongé en travers du canapé, se tenant le ventre à deux mains.

Elle s'agenouilla au pied du canapé. « Tu ne crois tout de même pas que tu vas manger gratis. Allez, mon pote, il faut payer. Embrasse-moi. »

Il s'exécuta. Cela se prolongea. Ce n'était pas le genre de baiser que Francesca avait imaginé dans ces lieux. Quand elle rouvrit les yeux, la lumière s'éteignait et s'allumait.

« Ne me force pas à te balancer de l'eau froide, lui dit Kathy. Allez. Vaisselle. On se dépêche. Je lave, tu essuies. »

Billy se rallongea avec ce même air repu qu'à l'hôtel et lui fit au revoir du bout des doigts.

Évidemment, les femmes avaient passé leur journée à faire la vaisselle. Francesca avait sous les yeux une modeste pile d'assiettes, de couteaux, de verres, de plats de service et de biberons qui ne lui prendrait pas plus de dix minutes. Un petit meuble radio que Kathy avait déniché quelque part passait du jazz. Dans un coin Zia Angelina ronflait au fond d'un fauteuil en bois grinçant. À part elle, les jumelles étaient seules. « Où est Grand-mère ? demanda Francesca.

— À la messe. Elle vient de partir avec tante Kay.

— Deux fois ? Tu me fais marcher.

— Va voir. La voiture n'est plus là. » Kathy inclina la tête vers Angelina. « Dieu merci, elle ronfle, dit Kathy. Autrement, on serait obligé de vérifier en permanence qu'elle n'est pas morte. Ne me regarde pas comme ça. Non seulement elle ne parle pas un mot d'anglais, mais en plus elle est sourde comme un pot.

— Combien tu paries qu'elle comprend bien plus qu'elle ne veut bien le dire ?

— Oh, comme ton Bee Boy tu veux dire ?

— Qu'est-ce que tu racontes ?

— Tu crois qu'on est tous aveugles...

— Je ne crois rien du tout.

— Mais c'est toi qui es aveugle. Cet espèce de ramenard avec son côté dandy du Sud en train de *dormir dans le bureau de Grand-père* – quel culot, quand même, tu ne trouves pas ? Tu ne vois pas qu'il se sert de toi ?

— *Il se sert de moi ?* répéta Francesca. Tu te crois au lycée ? C'est moi qui l'ai amené là-bas.

— Tu es quoi, là ? La Princesse Tapin de Tallahassee ? » Ses lunettes étaient à moitié embuées par la vapeur qui sortait du robinet d'eau chaude, mais elle les gardait tout de même.

« Tu as perdu la tête. C'est triste. Tu me fais de la peine. »

Francesca brandit un plat en porcelaine en forme de poisson en levant les sourcils.

« Aucune idée, dit Kathy. Tu n'as qu'à le ranger là-bas, avec le bazar qui est sous le téléphone. Tu ne vois pas que s'il est là, c'est juste pour vivre un authentique Noël dans la Mafia ? Pour lui, nous ne sommes qu'une bande de sales macaronis. Un truc marrant à raconter à ses copains Skip et Miffie au yacht-club en buvant son whisky soda, l'année où il a vu de vrais gangsters ritals avec des mitraillettes dans leur étui à violon. »

Anthony Corleone avait apporté son violon du Nevada pour pouvoir leur jouer « Douce Nuit » – il n'était pas très doué, mais c'était mignon. « Je ne vais pas m'abaisser à répondre à ça. »

Kathy heurta un verre à vin contre le robinet et il se brisa. Elle ne poussa pas même de juron. Elle s'était coupée. Au début, la plaie pissa le sang, mais en fait ce n'était rien. Elles la nettoyèrent sans dire un mot. Francesca alla lui chercher un pansement.

Kathy poussa un soupir, croisa le regard de sa sœur et marmonna quelque chose à voix si basse que Francesca dut lui demander de répéter. « Je disais que tout était vrai, murmura Kathy.

— Quoi donc ? »

Kathy rinça l'évier et dit à Francesca de prendre son manteau.

Elles allèrent tout au fond du jardin, à l'abri d'un projecteur, puis Kathy alluma deux cigarettes d'un coup avec de faux airs de truand version Hollywood – une vieille plaisanterie qu'elles avaient l'une et l'autre pratiquée des dizaines de fois – et en tendit une à sa sœur. « Toi et Billy ? C'est sans doute la première fois qu'un baiser est échangé dans cette pièce sans que ça se termine en... » Elle leva les yeux vers les flocons de neige, comme si elle espérait que le mot juste lui tombe du ciel.

« En quoi ? »

La main sur la hanche, Kathy souffla une volute de fumée loin du projecteur. « Tu sais combien de temps il faut pour que quelqu'un soit déclaré officiellement décédé ? Tu sais combien de temps ça prend pour obtenir une annulation de mariage par l'Église ?

— Quelques mois, j'imagine.

— Tu te trompes, petite sœur. » Kathy avait quatre minutes de plus que sa sœur. « C'est bien plus long. C'est comme ça que ça a commencé. » Quand leur tante Connie avait annoncé ses fiançailles et fixé la date en décembre, Kathy avait été choquée comme tout le monde. Elle avait pensé que Connie était enceinte, mais une découverte fortuite dans la salle de bains avait écarté cette possibilité. Kathy, pareille à elle-même, s'était rendue à la bibliothèque et avait passé quelques coups de fil. Il fallait un an pour qu'un État déclare quelqu'un officiellement décédé, et c'était une procédure compliquée. La plupart des annulations, même dans le cas d'une femme abandonnée, prenaient tout aussi longtemps.

« Franchement, dit Francesca. Et c'est tout ? Il suffit d'une donation à la caisse de financement de campagne d'un juge, une autre aux Chevaliers de Colomb pour activer les choses. Que veux-tu, c'est comme ça. »

Kathy secoua la tête. Elle se détourna et plongea le regard dans l'obscurité. « Tu ne comprends pas. Elle ne demande pas d'annulation. C'est un mensonge. Elle n'en a pas besoin. Ils nous ont menti. Ils ont étouffé l'affaire. Oncle Carlo n'a pas disparu. Il a été assassiné.

— Qui ça, 'ils' ?

— Oncle Mike et tous ceux qui sont sous ses ordres.

— Tu es complètement demeurée, dit Francesca. Il n'y a même pas eu d'enterrement pour oncle Carlo.

— L'acte de décès figure dans les archives, dit Kathy. Je suis allée au tribunal et je l'ai retrouvé.

— Je te parie qu'il y a des dizaines de Carlo Rizzi dans l'annuaire de New York. »

Dans l'obscurité, Kathy tirait sur sa cigarette en secouant la tête. « L'œil humain est totalement passif, dit-elle, citant de toute évidence quelque professeur ou encore un manuel. Seul le cerveau est capable de voir.

— Ce qui veut dire ? »

Kathy ne répondit rien. Elle finit sa cigarette, en alluma deux autres et poursuivit. Un dimanche, elle était allée déjeuner au Waldorf avec tante Connie. Connie était arrivée totalement ivre en compagnie d'un autre homme qu'Ed Federici ; elle avait dit au revoir à ce dernier en l'embrassant, s'était assise, et lorsque Kathy l'avait confrontée en lui demandant si sa demande d'annulation avançait, Connie avait tout déballé : Carlo n'avait pas disparu, lui avait-elle dit. Mike l'avait tué. Connie avait levé la main pour faire signe à Kathy de se taire. Elle était saoule mais elle parlait d'une voix posée. Mike l'avait tué, avait expliqué Connie, ou l'avait fait tuer parce que Carlo avait tué ton père. Carlo avait tué Sonny.

Francesca éclata de rire.

Kathy avait le regard inerte. « Connie m'a dit que Carlo l'avait battue en sachant pertinemment que papa viendrait à son secours. Quand elle l'a appelé, c'est ce que papa a fait, ou voulu faire, du moins. Des types armés de mitraillettes l'ont abattu alors qu'il était arrêté au péage de l'autoroute de Jones Beach.

— Tante Connie est totalement cinglée, répliqua Francesca, et toi aussi si tu crois une histoire pareille.

— Tais-toi et écoute, tu veux ? »

Francesca s'abstint de répondre.

« Les gardes du corps sont arrivés sur place juste après qu'il a été tué et ont emmené son corps chez un entrepreneur de pompes funèbres qui avait une dette envers grand-père Vito. Rien n'a filtré dans les journaux. Des flics ont reçu des pots-de-vin pour établir un rapport concluant à l'accident.

— Papa n'avait pas de gardes du corps. Personne n'a... » Elle s'apprêtait à dire *tué papa*, mais elle en fut incapable.

Kathy jeta son mégot. « Attends, tu te souviens bien des gardes du corps, tout de même ?

— Je vois qui tu veux dire, mais c'était des types de sa société. Des importateurs. »

Kathy se mordit la lèvre inférieure. « Tu crois vraiment que j'irais plaisanter là-dessus ?

— Je ne crois pas que tu plaisantes. Je crois seulement que tu te trompes.

— Ce n'est pas facile, dit Kathy. Écoute-moi jusqu'au bout. »

Francesca fronça les sourcils et lui fit signe de poursuivre.

« Bon, reprit Kathy. Alors, tante Connie m'a dit que les hommes qui... Enfin les types du péage, apparemment, ces types travaillaient pour ceux-là même qui avaient payé oncle Carlo pour qu'il la frappe. Elle pleurait toutes les larmes de son corps en me racontant ça, crois-moi, si tu l'avais vue, toi aussi tu l'aurais crue. Son propre mari a accepté de l'argent pour la battre, il l'a battue, et s'il a fait ça, c'est pour que ces types puissent tuer *son frère*, siffla Kathy, pour qu'ils puissent tuer papa...

— Arrête.

— ... et elle est restée avec lui encore *sept ans*. Elle a *baisé avec lui* pendant encore...

— Ça suffit.

— ... sept ans et elle a eu des *bébés* avec ce monstre. Mais il y a encore bien pire que ça. Connie dit que les hommes qui ont fait ça sont les mêmes que ceux qui ont tiré sur Grand-père Vito et les mêmes que ceux qui ont tué la femme de Mike.

— Pour commencer, tante Kay n'est pas... »

De nouveau, la main l'arrêta. Pas Kay. Mais l'autre, Apollonia, la première femme qu'il avait eue en Sicile et dont Kay ignorait tout. Elle avait été expédiée dans un monde meilleur en sautant dans une voiture piégée.

Apollonia ? se dit Francesca. Une voiture piégée ? Kathy avait assez d'imagination pour inventer des histoires aussi insensées, mais tante Connie certainement pas. Si c'était vraiment là ce que racontait Connie, soit elle était elle-même victime de mensonges, soit elle disait la vérité.

Kathy poursuivit en accélérant le débit, enchevêtrant le récit de Connie et les faits qu'elle avait été en mesure de vérifier elle-même par la suite. Sa voix devenait de plus en plus en plus froide. Francesca ne savait plus si elle parlait depuis cinq minutes ou cinq heures. Elle était incapable de rester là un instant de plus, incapable de bouger. Elle se concentra sur les pétards qui explosaient dans le jardin, les rires des enfants. Un peu plus tard, elle remarqua que ces bruits avaient cessé mais sur l'instant, elle ne s'en était pas aperçue. Elle porta un moment son attention sur la neige qui fondait dans ses cheveux. Elle essaya de regarder sa sœur, puis, au-delà, les vestiges hivernaux de ce jardin si cher au cœur de son grand-père, où il était mort heureux, en paix.

« ... et c'est pour ça que tante Kay est devenue catholique et qu'elle va à la messe tous les jours, quand ce n'est pas deux fois par jour. Elles sont là à prier à genoux pour tenter de sauver des flammes de l'enfer l'âme maléfique de leurs assassins de maris, comme maman devrait le faire pour... »

Et puis soudain, comme ça, en baissant les yeux, Francesca vit sa sœur recroquevillée dans la neige, saignant à nouveau, du nez cette fois. Elle avait encore la cigarette aux lèvres. Ses lunettes avaient volé à quelques mètres de là. Francesca avait encore le poing droit serré et il était endolori. Kathy esquissa un mouvement. « Espèce de folle », murmura-t-elle.

Une vague de rage gronda dans les tympans de Francesca. Elle lui lança un coup de pied dans les côtes. Le coup n'avait pas porté directement, mais suffisamment pour que Kathy pousse un gémissement de douleur.

Francesca se retourna et s'enfuit en courant.

Francesca était étendue de son côté du grand lit dans la chambre plongée dans l'obscurité qui avait autrefois été celle d'oncle Fredo, qui avait vécu là avec ses parents jusqu'à l'âge de trente ans. Il y avait dix ans qu'il était parti à Las Vegas, mais le décor – tentures et boiseries sombres, une vieille carte décolorée de Sicile et un tableau de pêche à la mouche qui avait l'air d'avoir été acheté dans un catalogue de vente par correspondance – semblait inchangé comme si Grand-mère Carmela pensait qu'il pouvait à tout instant revenir s'installer.

Au bout de quelques heures ou de quelques minutes, Francesca entendit des bruits provenant de la salle de bains qui était de l'autre côté du couloir, un vacarme d'objets entrechoqués et de robinets ouverts suivant un tempo bien précis qui n'appartenait qu'à Kathy. Puis Francesca entendit les pas de Kathy, elle l'entendit grimper de l'autre côté du lit. Elle n'avait pas besoin de regarder pour savoir que Kathy était couchée en chien de fusil, face à l'autre mur, image inversée de Kathy, si ce n'est qu'elle était en pyjama. Francesca portait des chemises de nuit.

Elles restèrent ainsi un long moment. Si Francesca n'avait pas passé des milliers de nuit dans la même chambre que Kathy, elle aurait eu toutes les raisons de croire qu'elle était endormie. « Pourquoi tu as dit que j'étais enceinte ? demanda Francesca.

— De quoi tu me parles ?

— Quand on est arrivés. Quand tu t'es précipitée sur la voiture comme si tu étais contente de me voir. »

Une fois de plus, toute autre que Francesca aurait cru que Kathy s'était endormie. « Aaahhh, ça, dit-elle enfin. Tu ne te rappelles pas ? Quand on t'a déposée à l'université, la dernière chose que tu m'as dite c'est de ne pas m'esquinter les yeux à force de lire. Moi je t'ai dit d'éviter de tomber enceinte. Sitôt arrivée, la première chose que tu m'as dite, avec ce remarquable sens de l'évidence qui te caractérise, c'est que je portais des lunettes. Alors je t'ai dit...

— C'est l'inverse. Tu m'as dit d'éviter de tomber enceinte et je t'ai dit de ne pas t'esquinter les yeux.

— D'accord, je me suis trompée. Alors, oui ou non ?

— Non, répondit Francesca après un silence. Bien sûr que non.

— Tu n'as pas... ? Du tout ?

— Pourquoi ? Toi si ?

— Non », répondit Kathy avec un tel empressement que Francesca comprit que la réponse était oui.

Elles ne reparlèrent pas de ce qui s'était passé à l'abri du projecteur – ni des histoires de Kathy, ni du coup de poing, ni même du sort des lunettes de Kathy. Elles demeurèrent immobiles, chacune de son côté du lit, à l'opposé l'une de l'autre. Elles restèrent éveillées si longtemps qu'elles entendirent en bas leur grand-mère qui faisait revenir des saucisses, ce qui signifiait qu'il devait être aux alentours de quatre heures et demie. Finalement, elles s'endormirent. Et comme souvent les gens qui dorment, elles remuèrent. Inexorablement, elles furent attirées vers le milieu du lit. Elles entrelacèrent leurs bras et leurs jambes. Elles respiraient même comme si elles ne faisaient qu'un en soufflant chacune dans le cou de l'autre.

« Oh ma belle, chuchota Francesca dans l'obscurité, pensant que sa sœur était endormie. J'ai du mal à croire que j'ai fait ça. Que je t'ai fait ça à toi.

— Peut-être que je suis toi », murmura Kathy et, comme si elles ne faisaient qu'une, elles replongèrent dans le sommeil.

Dès le réveil, Francesca fut assaillie par les cris perçants des enfants et les murmures des adultes qui conduisaient leur petit troupeau. Elle se redressa. Il neigeait. En bas, le tapage se fit de plus en plus strident. Au-dessus du vacarme s'élevait la voix grave de Grand-mère Carmela qui leur lançait à tous *Buon Natale !* Quelqu'un venait d'arriver. Francesca se précipita par le petit escalier de derrière. La cuisine débordait de choses à manger mais elle était déserte. Elle entendit deux personnes s'approcher et s'arrêta pour ne pas recevoir la porte de la cuisine en pleine figure. La porte s'ouvrit à la volée. Kathy et Billy étaient tous deux lavés et habillés, souriant jusqu'aux oreilles comme s'ils venaient de surprendre le Père Noël la main dans le sac et de réquisitionner le traîneau. Billy arborait un blazer rouge, une cravate verte et une chemise d'un blanc si éclatant que la neige en était humiliée. Des poignets impeccables. Blanc meringue.

« Tu ne devineras jamais qui vient d'arriver avec ton oncle, dit Billy.

— Quel oncle ? » Elle lissa ses cheveux ébouriffés. Elle ne s'était pas même brossé les dents.

— À ton avis ? lui demanda Kathy.

— Mike. » *Ils sont venus me chercher tous les deux car ils se disputaient le privilège de m'apprendre la nouvelle en premier.*

« Enfin, franchement. » Kathy roula les yeux. « Oncle Fredo. » Elle n'avait pas ses lunettes. Elle avait un œil au beurre noir, mais relativement discret. Il fallait le savoir.

« Allez, devine, dit Billy.

— Je donne ma langue au chat, dit Francesca. Le Père Noël.

— Encore plus fou.

— Plus fou que le Père Noël ?

— Deanna *Dunn* », lâcha Billy.

Francesca écarquilla les yeux. La dernière fois qu'ils étaient sortis ensemble, ils avaient été voir le film de Deanna Dunn où elle a un bébé sourd et où son mari meurt à la fin en combattant le grand incendie de Chicago. « Allez, dis-moi.

— Promis juré. » Il leva la main comme un juge prêtant serment. Malgré ses vingt-deux ans et son blazer rouge de Noël, il était facile de l'imaginer en juge.

— Ce n'est pas une blague, dit Kathy. C'est Deanna Dunn. Croix de bois croix de fer. » Sur ce mots, elle se signa. « C'est vrai que la rumeur courait qu'oncle Fredo sortait avec elle, mais je ne... »

À cet instant précis, la porte de la cuisine s'ouvrit en grand et dans le sillage de Grand-mère Carmela apparurent oncle Fredo et Deanna Dunn. Quand on la voyait en chair et en os, elle donnait l'impression d'avoir une tête gigantesque. Elle était très grande, belle plus que jolie. Elle arborait à sa main gauche un diamant aussi ridiculement démesuré que son crâne.

« Miss Dunn ! s'exclama Francesca.

— Qu'est-ce que je t'avais dit ? » lui lança Kathy, bien que ce fût en réalité Billy qui le lui avait dit. Kathy aimait les films étrangers. Deanna Dunn était de ces actrices dont elle se moquait. Mais, en cet instant, on aurait dit la présidente du fan club de Deanna Dunn.

« Je vous en prie, ma chère, appelez-moi donc Deanna. » Elle avait un accent indéfinissable et sa voix n'avait rien d'humain.

Elle prit la main de Francesca.

Deanna Dunn, si magnétique que Francesca en eut le vertige. Ce qui s'était passé la veille à Jacksonville n'avait fait que déclencher de manière on ne peut plus indirecte l'échange qu'elle avait eu le soir avec Kathy. Rien à voir avec la vision irréelle de Deanna Dunn. La vie de Francesca obéissait soudain à la logique des rêves et des cauchemars.

Le jeune homme riche qu'aimait Francesca servit posément du café noir à une actrice qui avait obtenu deux oscars. La grand-mère de Francesca entonna un chant de Noël, non pas un cantique, mais une chanson de Père Noël. Le défunt père de Francesca avait été à la fois assassin et assassiné. Oncle Fredo était avachi contre la porte, les yeux rivés sur ses chaussures. On aurait dit qu'il avait avalé des huîtres avariées. Derrière lui, les flashs explosèrent soudain comme sur un signal. Francesca s'attendait à voir des hommes avec des visières et de gros appareils photo se bousculant pour être aux premières loges, les photographiant comme s'ils étaient au bord d'un tapis rouge.

De la pièce d'à côté, couvrant la clameur des mercis et le bruit des papiers cadeaux déchiquetés, retentit la voix de sa mère – la voix qui toute sa vie avait menti à Francesca.

« Si vous ne vous dépêchez pas, lança Sandra, vous allez rater Noël.

— Noël ! » s'écria Deanna Dunn en passant à la hâte devant oncle Fredo. Deanna Dunn n'était pas si grande que cela. Cette impression venait de ce qu'elle se tenait à côté de Fredo, qui lui, était relativement petit, de sa démarche altière et de sa tête absolument colossale. L'œil est passif. Seul le cerveau est capable de voir. « C'est *merveilleux* ! »

Livre IV

1956-1957

Chapitre 14

Ce printemps-là, après des mois de négociations, on décida enfin de réunir la Commission. La première question à l'ordre du jour serait l'intégration de Louie Russo en qualité de huitième membre. Viendrait ensuite l'acceptation officielle de l'accord de paix. Les chefs des vingt-quatre Familles étaient tous invités. Tous les efforts seraient faits pour s'assurer que cette fois la paix puisse être durable.

Michael Corleone prit un vol de nuit pour New York en la seule compagnie de trois gardes du corps. Hagen, qui avait déclaré sa candidature au Sénat américain, ne pouvait être des leurs. Toutes les questions importantes ayant été réglées, ce n'était pas d'un brillant stratège dont Michael avait besoin à ses côtés ce jour-là, mais davantage d'un homme dont la seule présence fût synonyme de stabilité et de respect de la tradition. En de telles circonstances, Clemenza était le *consigliere* idéal.

Michael n'avait aucune intention de désigner un jour de *consigliere* permanent. C'était un poste qui requérait un amas de qualités pour le moins contradictoires. Ce devait être un intrigant qui savait se montrer loyal. Un négociateur machiavélique et cependant sincère. Un homme entreprenant dépourvu d'ambitions personnelles. Il avait été prévu que Vito serait le dernier à détenir ce titre. Les P-DG avaient un conseil d'administration et un bataillon d'avocats. Le Président, lui, avait une équipe, un cabinet ministériel, des juges qui lui devaient leur siège, et le contrôle de la plus puissante armée du monde. L'organisation des Corleone se déploierait désormais au grand jour et selon ces mêmes principes.

Clemenza alla le chercher lui-même à l'aéroport. La seule

vision de ce gros bonhomme était rassurante. Il avait renoncé aux cure-dents et repris le cigare. Le seul détail qui avait changé chez lui depuis que Michael était petit c'était qu'il marchait à présent avec une canne.

Ils allèrent tout droit à Manhattan et firent un saut au passage dans Mulberry Street pour s'acheter des pâtisseries, puis à l'appartement de West 93rd où les Corleone retenaient en otage un Bocchicchio – un lointain cousin avec une bouille de gamin qui avait débarqué la veille de Sicile. Il jouait aux dominos avec Frankie Pants, Little Joe Bono et Richie Nobilio dit les « Deux Flingues » – les gars de Clemenza. Ils se levèrent. Michael et Pete les embrassèrent chacun à leur tour. Dans un anglais hésitant, le gamin, qui répondait au nom de Carmine Marino, appela Michael « Don Corleone » et le remercia de lui avoir offert cette chance de voir l'Amérique. La seule fenêtre de l'appartement était obscurcie par ce qui avait toutes les apparences d'une couche de goudron. « *Prego*, répondit Michael. *Fa niente.* »

« T'as pas rapporté de café ? demanda Richie les Deux Flingues en ouvrant le carton à pâtisserie.

— T'as qu'à t'en faire, du café, espèce de flemmard, répondit Clemenza. Ou descendre t'en acheter dans un snack. Des bonnes pâtisseries, il n'y en a pas à tous les coins de rue, mais du café tu peux en trouver n'importe où. Qu'est-ce que tu veux, que j'aille flanquer du café partout dans ma bagnole toute propre en venant jusqu'ici pour te le rapporter froid et à moitié renversé ? »

Clemenza fit un clin d'œil, frotta l'épaule de Frankie, sortit les pâtisseries et leur en vanta les subtilités à la manière d'un guide touristique.

Les pourparlers de paix commençaient à deux heures. À l'heure qu'il était, toutes les Familles invitées détenaient un Bocchicchio. Les otages venaient de leur plein gré. C'est ainsi que les Bocchicchio gagnaient leur vie. S'il arrivait quoi que ce soit mettons à Michael ou Clemenza, un de leurs hommes tuerait ce garçon. Et les Bocchicchio n'auraient de cesse de le venger – en punissant non pas son meurtrier mais ceux qui s'en étaient pris aux associés de ce dernier. De tous les clans qu'avait pu connaître la Sicile, celui des Bocchicchio était le plus tenace sur les questions de vengeance, ne reculant devant rien, ni devant la prison ni devant la mort. Il était impossible de leur échapper. Les Bocchicchio offraient une meilleure garantie que cent gardes du corps. Les hommes qui viendraient s'asseoir à la table des négociations ne seraient accompagnés que de leur *consigliere*.

De retour dans la voiture, Michael demanda à Clemenza quel

âge pouvait avoir à son avis le jeune Bocchicchio avec sa tête de gamin.

« Carmine ? » Le gros homme réfléchit longuement. « Je ne suis plus très doué pour ça. Maintenant, je trouve que tout le monde a l'air d'un gamin.

— Je ne lui donnerais même pas quinze ans.

— À ce qu'il paraît, les Bocchicchio ne sont plus très nombreux, répondit Clemenza. D'un autre côté, à l'âge que j'ai, quelquefois, c'est toi qui me fais l'effet d'avoir quinze ans. Sauf ton respect, bien sûr.

— Bien sûr. » Quinze ans. Quand Michael avait quinze ans, il s'était levé en plein dîner et avait toisé son père en lui déclarant qu'il préférait mourir que devenir comme lui. Malgré les années, quand il repensait à ce qui s'était passé après, Michael en avait encore froid dans le dos. S'il n'y avait pas eu cet instant de fierté aussi puérile qu'imbécile, aurait-il même suivi cette voie, se demandait-il. « Je n'aurais pas même cru qu'on autorise un gamin aussi jeune à prendre l'avion tout seul, dit Michael.

— Ça je ne sais pas, répondit Clemenza. Mais il n'est pas venu en avion. Il a pris le bateau, avec la plupart des autres otages. En troisième classe. Ça existe encore, sur les bateaux ? Enfin, peu importe, la moins chère. Je ne sais même pas si les Bocchicchio le paient. Les trois quarts du temps, ils envoient un cousin fauché qui a envie de vivre en Amérique. On leur paie une rançon royale pour ça, mais va savoir comment ils redistribuent les ressources ? Laisse tomber. »

Clemenza secoua sa grosse tête triste. Ils traversèrent le pont de Tappan Zee et prirent la direction du nord.

« Alors dis-moi, lâcha Michael après un long silence. C'était quoi au juste ces rumeurs que tu as entendues sur Fredo ?

— Quelles rumeurs ? » s'étonna Pete.

Michael garda les yeux rivés sur la route.

« Je te l'ai déjà dit, répondit Pete. Il boit trop, et quant au reste, les sources sont plus que douteuses. »

Michael respira à fond. « Tu as entendu dire qu'il est homosexuel ?

— Qu'est-ce qui te prend ? Tu crois que c'est ce que j'ai entendu ?

— Le type qu'il a tabassé à San Francisco était homosexuel.

— Ça veut pas dire que c'était pas un voleur. Un type peut parfaitement être voleur et pédé, les deux. Si tous les gars qui descendaient des pédés devenaient pédé, y aurait des pédés à tous les coins de rue. »

À en croire Fredo, il était allé se promener pour se remettre les idées en place après l'enterrement de Molinari et s'était arrêté prendre un verre en chemin. Un jeune qui se trouvait au bar l'avait suivi jusqu'à son hôtel et, un peu après, il était entré par effraction dans sa chambre pour le dévaliser. C'était une histoire ridicule – pourquoi, par exemple, ce garçon n'avait-il pas délesté Fredo dans la rue ? Pourquoi aurait-il attendu de devoir forcer la serrure de sa chambre ? Pour couronner le tout, les parents du jeune en question étaient morts récemment en lui laissant près de trente mille dollars – ce n'était peut-être pas une fortune, mais pourquoi aurait-il été dévaliser qui que ce soit ? Hagen, agissant strictement en qualité d'avocat, avait réussi à éviter que les journaux en parlent et à s'assurer qu'il n'y ait aucune poursuite, mais à son retour de San Francisco, il avait diverses inquiétudes.

« Tu es sûr de ne jamais avoir entendu dire ça ? demanda Michael.

— Je n'ai jamais dit que je n'avais jamais entendu dire ça. J'ai dit que ça venait de sources plus que douteuses. Si je devais croire tout ce que j'entends de sources douteuses, je ne... Enfin bon sang, Michael. C'est de ton *frère* qu'il s'agit. Il a peut-être fait une connerie et tabassé une tantouse, tout ce que tu veux, mais je peux pas croire que tu t'imagines une seule seconde qu'il en est peut-être. On parle bien de Fredo, hein ? Les cheveux bouclés, grand comme ça ? Le mec qui dépense tout son blé en avortements et en bijoux, qu'est marié à une putain de star de cinéma – c'est bien de lui que tu parles ? Je vais te dire, moi, ce que je tiens de source sûre. Tu sais, le médecin que vous avez là-bas ? Segal ? Il m'a dit qu'alors qu'il était déjà avec Deanna Dunn, il a culbuté une girl. Marguerite quelque chose. Française, genre explosif, quoi. Tu trouves peut-être que c'est une conduite de pédé, ça ? »

Michael resta impassible.

Il avait donné à Fredo une chance de se distinguer, et le résultat ? Il continuait à picoler. À culbuter des girls. Michael ne savait pas trop ce que Fredo avait essayé de prouver en allant épouser cette *puttana* d'Hollywood. Quoique, s'il y a quelque chose qui peut rendre un homme plus viril, c'est bien le mariage. Et puis, en terme d'image, le fait qu'un Corleone soit à présent marié à une star de cinéma n'était pas dépourvu d'intérêt, même si ladite star avait ses plus belles années de carrière derrière elle. Michael reconnaissait ça à Fredo.

« Tu veux savoir un truc ? reprit Pete. Moi je vais te dire, que ça te plaise ou pas. C'est plutôt à ton sujet que ton père s'inquiétait. De ce côté-là. Enfin, à une époque. »

Michael se pencha pour allumer la radio. Clemenza ne lui apprenait rien qu'il n'eût entendu directement de la bouche de son père. Pendant des kilomètres, ils ne décrochèrent pas un mot.

« Les Bocchicchio, finit par lâcher Clemenza.

— Quoi ? » dit Michael.

Ils avaient gardé le silence si longtemps que Michael avait exploré plusieurs dizaines d'autres sujets. « Quoi, les Bocchicchio ?

— C'est un sacré bizness qu'ils ont monté, c'est tout. Comment un type – et un type aussi con que le Bocchicchio de base – a pu ne serait-ce qu'imaginer un système pareil ?

— Si c'est ton destin, tu n'as peut-être pas besoin de réfléchir, répondit Michael. Il suffit d'écouter.

— Comment ça, écouter ?

— S'il y a bien quelqu'un qui a trouvé son destin, c'est toi, Pete. »

Clemenza plissa le front et cogita un moment. Puis son visage s'épanouit en un large sourire. « Écoute ! Je crois bien que mon destin m'appelle ! » Il haussa les sourcils en feignant la surprise et mit la main en cornet autour de son oreille gauche comme s'il s'efforçait d'entendre une voix provenant de la forêt. « *Pete*, dit-il comme en aparté. *Gare-toi et viens pisser.* »

Nick Geraci se rappelait avec précision du crash et de tout ce qui s'était ensuivi jusqu'à l'instant où, en état de choc, il avait perdu connaissance dans l'eau. Il y avait sans doute un moyen de savoir à qui appartenaient les doigts qu'il avait détachés de son bras et cassés, mais il espérait ne jamais l'apprendre.

Il était resté inconscient tout le temps qu'il avait passé à l'hôpital et pendant plusieurs jours après. Quand il avait enfin repris connaissance, il était dans une pièce jaune citron si minuscule que le lit une personne dans lequel il se trouvait occupait quasiment toute la place. Sa jambe était plâtrée et suspendue à une poulie accrochée à une poutre du plafond. La lumière entrait à flots par une porte-fenêtre qui semblait donner sur un balcon. Ce n'était pas un hôpital mais il était branché sur toutes sortes d'appareils médicaux. Il fixa le plafond en essayant de se rappeler par quel concours de circonstances il avait atterri là. Quel que fût le lieu.

Quantité de médecins sont juifs, naturellement, mais en voyant que la première personne à entrer dans sa chambre après son réveil était un vieux monsieur à l'air manifestement juif qui était muni d'un stéthoscope, Geraci supposa que s'il se trouvait là, c'était grâce au Juif, autrement dit à Vincent Forlenza – supposition parfaitement absurde, il en eut d'emblée conscience, mais parfaitement exacte, s'avéra-t-il par la suite.

« Eh, les aigles, ça y est, il est réveillé », lança le médecin par-dessus son épaule. Dans la pièce voisine, il entendit des chaises qu'on reculait et quelqu'un qui téléphonait.

« Qui êtes-vous ? marmonna Geraci. Où suis-je ?

— Je ne suis personne, répondit le médecin. Je ne suis même pas là et si je ne m'abuse, vous non plus.

— Ça fait combien de temps que je suis là ? »

Le médecin soupira puis il lui fit passer une rapide série de tests et lui donna un petit récapitulatif de ses lésions. En lisant entre les lignes, Geraci supposa – à raison, une fois encore – qu'il était dans cette chambre depuis une semaine. Il avait surtout mal aux côtes, mais elles avaient si souvent été brisées qu'il savait que ce n'était rien. Idem pour le nez. Le médecin libéra sa jambe en traction. « La seule chose qui m'inquiète à long terme, dit-il, c'est cette commotion cérébrale. Ce n'est pas la premièrc, hein ?

— J'ai fait de la boxe, autrefois.

— En effet, dit le médecin. Et si je puis me permettre, pas si bien que ça.

— Vous m'avez vu boxer ?

— Je ne vous avais jamais vu de ma vie, répondit le médecin. Qui que vous soyez, c'est la dernière commotion que vous pourrez encaisser, faute de quoi vous finirez à l'état de débile gâteux.

— Si je comprends bien, je ne suis pas encore un débile gâteux ? Voilà qui est une grande nouvelle, docteur.

— Je n'ai rien dit de tel. Quoique, je dois reconnaître que votre capacité de guérison frise le miracle.

— C'est de famille, dit Geraci. Mon père a reçu l'extrême-onction après un accident de hors-bord et un mois après il a failli décrocher un 300 au bowling, à une boule près.

— Sans parler de la fois où il a reçu une balle dans le ventre un vendredi et repris le volant de son camion le lundi suivant.

— Vous savez ça, vous ?

— Je ne sais rien. » Il haussa les épaules en signe de concession. « Ne vous inquiétez pas. » Il tapota le plâtre de Geraci avec le capuchon de son stylo à encre. « La médecine, ça, je connais. »

Il dit à Geraci de ne pas bouger et sortit.

Geraci sentit une odeur de doughnuts. De chez Presti's. Encore une autre supposition ridicule ; qui saurait reconnaître la provenance d'un doughnut à sa seule odeur ? Même s'il se trouvait quelque part à Cleveland, Little Italy était bien le dernier quartier où il pensait avoir atterri. Trop évident. Mais quelques minutes plus tard, Geraci entendit un homme gravir péniblement l'escalier. La porte s'ouvrit et Sal le Jovial entra dans la petite chambre de Geraci, en tendant à bout de bras un gros sac de chez Presti's. « Tu veux un petit goût du pays ? lui lança-t-il. Allez, vas-y. Prends-en deux. »

Nick Geraci s'exécuta.

Les hommes qui se trouvaient dans la pièce d'à côté glissèrent une chaise derrière Sal le Jovial et ce dernier s'assit. Il lui expliqua la situation. Geraci avait été emmené à Cleveland dans un appartement du deuxième étage de Little Italy, à quelques rues seulement de l'étroite maison où il avait grandi. Dans l'entourage de Don Forlenza, seule une poignée d'hommes parfaitement dignes de confiance savaient que Geraci se trouvait là. L'idée venait exclusivement de Don Forlenza, qui avait pris cette décision sur un coup de tête, craignant que son organisation ou son filleul puissent être tenus pour responsables du crash, même si personne n'y était pour rien. « Inutile de te dire que par chez nous, quand on a un ami qui est victime d'une crise cardiaque, il y en a pas mal qui cherchent à se venger de Dieu.

— Tu étais là, Sal. Tu sais à quel point il voulait le voir, ce combat, Frank... Don Falcone.

— Et il a pas été déçu ! Sacré punch pour un type assis. »

Merci, songea Geraci. « Non, je te parle du match de boxe. Il a insisté...

— Tu sais quoi ? Son mec a gagné. Son boxeur a rapporté cinq contre un. S'il était pas mort, ç'aurait été son jour de chance à Frank.

— Ma famille, dit Nick. Ma femme et...

— Charlotte et les petites vont bien, répondit Sal. Ton vieux est toujours aussi... enfin, il a la pêche, hein ? Il parle pas beaucoup, mais pour ce qu'on en sait, il va bien, lui aussi.

— Et ils savent que je vais bien ?

— Bien ? répéta Narducci. Je sais pas. Tu vas bien ?

— Ça ne saurait tarder, dit Geraci. Un type qui m'avait tout l'air d'être un médecin m'a dit que, d'un point de vue médical, je n'étais pas un débile gâteux.

— Débile, dit Narducci. Qu'est-ce qu'ils y connaissent, les

médecins ? Bon. Dis-moi. Qu'est-ce qui s'est passé là-haut pour que tu aies parlé de sabotage ?

— Je n'ai jamais dit ça. »

Narducci fit la grimace. « J'ai comme le vague sentiment que si.

— Ah bon, fit Geraci. Je n'en ai aucun souvenir. Aucun.

— Aucun. Par radio, non ? À la tour de contrôle ? Ça te dit rien ?

— Non, mentit Geraci.

— Non ? Réfléchis bien. »

Geraci savait pertinemment pourquoi Narducci insistait tellement sur ce point. S'il y avait eu sabotage, cela signifiait que quelqu'un avait réussi à s'introduire dans l'île pour s'en charger. Quand bien même par la suite on découvrait qui était le coupable, qui avait tiré les ficelles, Don Forlenza serait tenu pour responsable.

Était-ce un sabotage ? Il y avait eu tant de problèmes dans ces derniers instants. Geraci avait l'impression de tout se rappeler et, pourtant, il n'avait toujours pas la moindre idée de ce qui avait pu se passer. Il était tout à fait possible que ce soit uniquement de sa faute. La certitude que l'avion était en passe de s'écraser l'avait poussé à dire et faire n'importe quoi. Ça lui avait échappé. *Sabotage*. La tour avait répondu, *Répétez*, et il s'était tu. Il avait eu tort de penser à Charlotte et aux petites, à leur doux visage grimaçant de douleur en apprenant sa mort. Ça n'avait sans doute pas duré plus de deux secondes, mais qui sait ? Peut-être étaient-ce les deux secondes qui lui avaient manqué. Il ne voyait pas la piste, mais il savait qu'il n'était pas loin du rivage. Certes, l'horizon artificiel était détraqué, mais il pouvait y avoir de multiples causes à ça. Ses instruments lui donnaient des indications contradictoires et il s'était fié à ses impressions. *Si vous vous laissez aller à vos impressions*, lui avait dit son instructeur, *elles vous tueront*. L'instructeur était un ancien pilote d'essai. *La réalité est souveraine*, avait-il prêché. Un bon pilote ne perd jamais cela de vue. Geraci craignait de l'avoir oublié.

« Il y a eu des pépins, dit Geraci. Ça s'est passé si vite. »

Narducci attendit, immobile.

« Si j'ai parlé de sabotage – je ne m'en souviens pas, mais admettons –, c'est que je devais penser à voix haute. J'écartais cette possibilité. » Geraci croyait avoir fini les deux doughnuts et il eut la surprise de constater qu'il en restait encore un gros morceau. Il le mangea. « C'est terrible, ce qui s'est passé, mais personne n'y est pour rien.

— Personne n'y est pour rien. » Narducci répéta ces mots à plusieurs reprises, l'air interdit. « Bon, c'est bien, dit-il enfin. Et maintenant, j'ai une dernière question à te poser.

— Je t'écoute.

— Parle-moi un peu d'O'Malley. Qui sait que c'est toi ? Ou qui peut le deviner ? Il y a beaucoup de gens qui ont du flair en ce monde, n'oublie pas. Beaucoup de types bien plus malins que tu ne le penses. Là encore, prends ton temps. Je ne suis pas pressé. La seule idée de redescendre cet escalier... » Il frémit.

La liste était brève. Elle ne comptait que Narducci, Forlenza et les principales têtes de la Famille Corleone. Il n'y avait aucune raison de ne pas la lui donner. Si Don Forlenza avait seulement voulu se couvrir, Geraci serait déjà mort. Si son parrain et ses hommes voulaient aider Geraci à se sortir de ce pétrin, il leur fallait des informations.

Sur une petite route du nord de l'État de New York habituellement empruntée par les tracteurs et les pick-up, défilait un flot discontinu mais persistant de Cadillac et de Lincoln. Des policiers en tenue dirigèrent la voiture de Clemenza vers un pâturage situé derrière une ferme de bardeaux blancs. À en juger d'après la longue rangée de grosses voitures soigneusement garées, ils étaient parmi les derniers arrivés. Si Hagen était encore *consigliere*, Michael se serait encore entendu dire que Vito Corleone, lui, aurait été parmi les premiers. Chacun sa méthode. Michael avait la sienne. Les derniers mois, son père lui-même avait conseillé à Michael de faire les choses comme il l'entendait. Clemenza sifflotait un vieil air de folk et ne critiquait rien, pas même la distance qu'il allait devoir parcourir à pied.

Ils descendirent de voiture. Derrière la ferme se trouvait une grande tente où était dressé le buffet. Juste à côté, enfourché sur une broche, un cochon si gros qu'il aurait pu passer pour un jeune hippopotame tournait en chuintant au-dessus d'une fosse remplie de braises.

Ni Michael ni Clemenza n'avaient jamais assisté à ce genre de réunion, mais ils s'avancèrent vers la maison comme s'ils savaient ce qui les attendait. Michael croyait le savoir. Mais il croyait également savoir ce qui l'attendait quand au large de Pelleliu, tapi au fond de son char amphibie, il s'apprêtait à s'emparer de la plage.

Ce n'était pas la même chose, se dit-il. La guerre était derrière lui. Devant lui s'ouvraient des perspectives de paix.

« Tous les dix ans, hein ? » Clemenza tapota sa montre. Il en profita pour s'arrêter un moment, histoire de reprendre péniblement son souffle. « C'est réglé comme du papier à musique.

— En fait, ça ne fait que huit », répondit Michael. Malgré l'assurance Bocchicchio, il scruta les bois à l'affût d'un tireur isolé ou de quiconque n'ayant rien à y faire. La force de l'habitude.

« La prochaine fois, on attendra douze. Ça fera la moyenne. Hé, vise un peu ce cochon, t'as vu le mastard ? »

Michael éclata de rire. « Tu es sûr que tu ne veux pas être *consigliere* à temps plein ? »

Clemenza fit signe que non et se remit à marcher. « *A chi consiglia non vuole il capo.* » Qui conseille ne veut être chef ; un vieux proverbe. « Je n'ai rien contre Hagen ou Genco, dit-il. Mais moi, je suis juste là pour aider. »

La porte de l'arrière s'ouvrit. Ils furent accueillis par un concert d'acclamations, comme des invités à une fête. Clemenza donna une claque sur l'épaule de Michael en jetant un œil derrière lui au cochon qui rôtissait et le suivit à l'intérieur.

Nick Geraci passa des semaines dans cet appartement jaune citron, se réveillant tous les matins environné de l'odeur des doughnuts et du bruit des ménagères en pantoufles qui balayaient leur véranda en marmonnant en italien. Charlotte et les filles continuaient à aller bien, lui assurait-on, et il savait qu'il récupérait on ne peut mieux. On lui avait expliqué que Vincent Forlenza et Michael Corleone faisaient leur possible pour négocier un accord qui lui permette de rentrer chez lui en toute sécurité. Il ne se passait quasiment pas un jour sans que quelqu'un vienne lui dire à quel point il avait de la chance d'avoir deux parrains qui avaient une telle affection pour lui.

Durant tout ce temps, Geraci ne sut jamais comment s'appelait le vieux médecin ni de quelle dette il était redevable envers Don Forlenza. Elle devait être de taille. Le médecin avait supervisé la préparation du corps qui devait être retrouvé au fond du ravin, sur les berges de la rivière, un bloc-notes couvert de multiples schémas à la main, en conseillant les hommes de Forlenza qui avaient sorti un cadavre de la stature de Geraci et lui infligeaient des blessures quasiment identiques à celles que ce dernier avait subies. Le médecin avait recousu lui-même les plaies simulées en imitant les points de suture des charcutiers des urgences.

Geraci n'avait jamais su d'où venait le corps. La seule question qu'il posa, le jour où on le sortit de là pour l'emmener en Arizona retrouver sa famille, c'était s'ils savaient à l'avance ce que les rats allaient ronger et, en ce cas, comment ils le savaient. Le visage avait été fort utilement dévoré, lui avait-on dit, et le corps en décomposition grouillait de rats. Était-ce là un phénomène naturel quand on cachait un corps au bord d'une rivière ? Ou avaient-ils fait ce qu'il fallait pour s'en assurer ?

« Qu'est-ce que ça change ? » lui demanda Sal le Jovial qui était assis à côté de lui dans le fourgon mortuaire dont ils se servaient pour l'emmener à la gare.

Geraci haussa les épaules. « Pure curiosité intellectuelle.

— Ça y est, c'est reparti ! soupira Narducci en secouant la tête. Toujours là à jouer les grosses têtes.

— Quelque chose dans ce goût-là.

— Je parie qu'il y a des gens que ça emballe pas, ce côté-là.

— Des gens, oui, acquiesça Geraci. Je parie. »

Il avait étudié cette façon qu'avait Narducci de manier le silence et la répétition. Et à présent, il l'imitait. Les gens ne se reconnaissent jamais. Même sur un ring, on pouvait envoyer des types au tapis comme ça.

« Il y a de fortes chances que la nature aurait suivi son cours, lâcha enfin Narducci. Mais comme souvent, même quand on a toutes les chances de son côté, il vaut mieux ne prendre aucun risque. »

Malgré la distance qui le séparait de l'Arizona, Geraci avait refusé de prendre l'avion, pas même un avion sanitaire de luxe avec hi-fi et ravissante infirmière. Plus d'avion. Jamais. Aussi, ils l'expédièrent dans un cercueil à bord d'un wagon de marchandises, dans le même funérarium que celui où il s'était rendu l'été précédent, à la mort de sa mère.

En réalité, la seule portion du voyage que Geraci dut accomplir dans le cercueil fut le chargement et le déchargement. Une fois dans le wagon chargé de quatre autres cercueils et d'un piano en caisse, il put sortir, lire, se détendre, jouer aux cartes avec les deux hommes chargés de le surveiller et les plumer jusqu'au dernier cent. Il les plaignait. Il avait un endroit où dormir et eux non. Il leur suggéra de sortir deux des morts des autres cercueils, mais ils refusèrent. Pour leur prouver sa bonne volonté, il leur proposa de leur rendre leur argent, ce qu'ils refusèrent, naturellement. De bons petits gars de Cleveland.

Quand le train entra dans Tucson, il leur dit au revoir et

referma le couvercle sur lui. Il avait dormi deux jours là-dedans et le coussin de velours empestait. Le prochain visage sur lequel il poserait les yeux serait soit celui de Charlotte, comme on le lui avait assuré, soit celui d'un immonde salopard prêt à le descendre.

Il resta dans le noir, totalement immobile. Bientôt, il entendit des voix d'hommes qui parlaient en espagnol et sentit des mains qui attrapaient les poignées et le soulevaient. Le cercueil fut amplement ballotté et cogné contre des murs jusqu'au moment où Geraci entendit quelqu'un dire en anglais « Attention » et quelques instants plus tard il fut posé au sol, sans ménagement. Il en eut le souffle coupé. Les Mexicains explosèrent de rire. Geraci mit les deux mains sur sa bouche, s'efforçant de contrôler les sifflements grinçants que produisaient ses poumons assoiffés d'oxygène aux prises avec ses muscles contractés. Peut-être le prochain visage qu'il verrait ne serait-il ni celui de Charlotte ni celui d'un tueur.

Les hommes continuèrent à rire et s'injurier dans un mélange d'anglais et d'espagnol. Ils soulevèrent à nouveau le cercueil. Geraci retrouva une respiration à peu près normale. Ce n'est qu'alors qu'il s'aperçut qu'il s'était heurté la tête au passage. Ils ne tardèrent pas à le glisser dans ce qui devait être un autre fourgon mortuaire.

Michael Corleone avait fait savoir qu'il ne tenait pas Geraci pour responsable du crash et qu'après tout le travail qu'il avait fourni au cours des derniers mois, il avait plus que mérité de passer quelques mois au repos dans le désert en compagnie de sa famille. On lui avait assuré que tout allait bien, que personne ne s'était lancé à sa poursuite. Il n'était pas recherché. Si on l'avait fait sortir clandestinement de Cleveland, ce n'était que par pure mesure de précaution, histoire d'éviter les policiers et les petits malins.

Tout cela était sans doute vrai. Mais c'était exactement le genre de paroles rassurantes qu'on vous balançait juste avant de vous descendre.

Cependant, même si Geraci n'aimerait jamais Michael Corleone, il éprouvait de l'admiration pour lui. Il avait confiance en lui. Michael sauverait Nick Geraci, ne serait-ce que parce qu'il avait besoin de lui. Il avait besoin de sa loyauté, de son habileté à récolter de l'argent, de sa jugeote. Michael voulait transformer une organisation fondée sur une bande de rustres sanguinaires en une société digne de figurer dans la plus grosse arnaque de jeu légale jamais inventée – la Bourse de New York. S'il voulait y parvenir, il ne pouvait certainement pas se permettre de perdre un homme tel que Geraci. Dans le grand ordre des choses, Geraci le savait pertinemment, il n'était jamais qu'un simple clampin de Cleveland, un bagarreur qui avait su encaisser les coups, qui avait travaillé dur, suivi des cours du soir et vaguement réussi comme avocat et homme d'affaires à la petite semaine. Mais, comparé à la plupart des types de ce milieu, Nick Geraci était Albert Einstein.

Néanmoins, Nick Geraci avait tout de même commis des erreurs. Il aurait dû tenir tête à Falcone et refuser de décoller par un temps pareil. Il n'aurait pas dû dire que l'avion avait été saboté alors qu'il n'en avait aucune idée. S'écraser, voilà encore qui était désastreux. Il n'aurait jamais dû s'éloigner de l'épave comme s'il était coupable de quelque chose. Ses erreurs avaient réduit ses options. Il n'avait d'autre choix que de jouer les cartes qu'il avait en main.

Si c'était une tentative pour l'exécuter, elle était extrêmement compliquée, mais cela n'en excluait pas la possibilité pour autant. On lui en avait raconté des plus compliquées, il avait *participé* à des plus compliquées.

Quand on l'avait forcé à tuer Tessio, Geraci était dans une colère noire contre Michael Corleone. Mais dès l'instant où il s'était éloigné de la tombe béante de Tessio et jusqu'au moment où il avait été débarqué du train pour être emmené allez savoir où, Geraci n'y avait plus jamais repensé.

Le fourgon mortuaire s'arrêta. Il fut déchargé par des hommes qui ne disaient pas un mot, ce qui ne présageait rien de bon.

Il avait le cœur qui palpitait. Il pouvait à peine respirer. C'est que les cercueils n'ont pas de trous d'aération... Durant la première partie du voyage, il n'avait passé que le dixième de ce temps-là avec le couvercle rabattu. Il allait finir par mourir étouffé de trouille. Quand ils viendraient le dézinguer, il se serait déjà asphyxié. Mais il suivit les ordres. Il resta bien sagement à l'intérieur, le couvercle fermé, jusqu'à ce que Charlotte vienne le chercher.

Les hommes le transportèrent sur un sol en ciment et le posèrent sur quelque chose. Il était certain que c'était du ciment. Ça pouvait fort bien être l'arrière-salle du funérarium des frères Di Nardo. Le soir où il avait tué Tessio, le crématorium où ils avaient apporté les têtes, il avait bien un sol en ciment, non ?

Ça pouvait également être un entrepôt. Une chambre froide. Un grand garage appartenant à un particulier.

Il entendit une porte s'ouvrir. Des semelles en caoutchouc

s'approchèrent en crissant. Un sol en ciment ciré. Il retint ce qui lui restait de souffle.

Le couvercle fut ôté.

C'était Charlotte.

Il se redressa et sentit l'oxygène déferler en lui en une vague qui vint lui picoter l'extrémité des membres. L'air se propagea dans son dos et lui balaya le crâne. Charlotte était bronzée, l'air heureuse. « Tu as l'air en pleine forme ! » lui dit-elle. Elle paraissait sincère. Elle n'eut aucune réaction en le voyant haleter. Sa respiration se calma peu à peu. Ce n'est qu'alors qu'il vit Barb et Bev debout côte à côte contre le mur du fond lambrissé, manifestement effrayées, tenant horizontalement une paire de béquilles à hauteur de leur taille.

Charlotte lui déposa un baiser rapide sur la bouche. Elle avait l'air totalement partie. Elle ne sentait pas l'alcool. « Bienvenue à la maison.

— Merci », répondit-il. Enfin, ce n'était pas exactement la maison, mais il savait ce qu'elle voulait dire. Des obsèques se déroulaient à l'étage. Une psalmodie étouffée. Une prière ou un credo. « Je suis content d'être... rentré. Ça va, vous ?

Geraci tendit les bras vers ses filles. Elles lui firent un signe de tête mais restèrent immobiles.

« Très prises, répondit Charlotte. Mais ça va. » Elle passa doucement la main sur la protubérance qui s'était formée à l'endroit où il s'était cogné la tête.

Barb avait onze ans ; Bev venait d'avoir neuf ans. Barb était une petite réplique blonde de Charlotte, jusqu'au récent bronzage. Bev était une brune un peu forte au teint pâle qui était la plus grande de sa classe (garçons compris) et mesurait cinq bons centimètres de plus que sa sœur aînée, pourtant également grande.

« Elles ont été voir un film qui est en train d'être tourné dans le désert et depuis elles sont intarissables sur le sujet, dit Charlotte en faisant signe aux filles de s'approcher du cercueil. Allez, les filles, racontez-lui. »

Bev lâcha les béquilles d'une main pour le montrer du doigt. « Tu vois ? dit-elle à sa sœur. Tu vois. Je t'avais dit que papa n'était pas mort.

— Pas pour l'instant, dit Barb. Mais ça viendra. »

Geraci fit signe à Charlotte de l'aider à sortir, mais elle ne s'en aperçut pas.

« Papa ne mourra jamais, dit Bev.

— Tu es bête, dit Barb. Tout le monde meurt un jour.

— Allons, les filles, intervint Charlotte. Soyez sages. »

C'était à croire qu'elle ne voyait pas l'incongruité de cette scène : on lui avait fait parcourir plus de trois mille kilomètres jusqu'à l'arrière-salle d'un funérarium pour récupérer son mari disparu dans un cercueil. Dieu sait pourquoi, là-haut, un orgue attaqua les premières mesures de « Yes, Sir, That's My Baby ».

« Lui aussi, il mourra, dit Barb. Tout le monde meurt.

— Pas papa, protesta Bev. Il l'a promis. Hein, papa, que tu as promis ? »

Le fait est qu'il avait promis. Autrefois. Son père lui avait toujours dit qu'une promesse est une dette. *Ogni promessa è un debito*. C'était en devenant père à son tour – davantage encore qu'au fil de sa vie professionnelle semée de trahisons – qu'il avait compris la leçon.

« Maintenant, tu vois ce que je vis tous les jours », lui dit Charlotte. Son ton était enjoué, cependant. Elle n'avait pas l'air trop éprouvée. Elle sourit et prit son visage couvert d'ecchymoses entre ses mains pour l'embrasser. Pas d'élan impérieux ou passionné, mais un simple baiser conjugal tout ce qu'il y a de plus ordinaire, légèrement prolongé peut-être, de ces baisers que l'on peut apprécier au petit déjeuner. Ce n'était pas le genre de baiser qu'il s'attendait à recevoir, assis dans un cercueil avec les côtes bandées et la jambe cassée – et qui sait, peut-être même une nouvelle commotion cérébrale – tandis qu'au-dessus de sa tête, un chœur de voix étouffées chantait une vieille chanson de variété aux obsèques d'un pauvre macchabée. Quoique, à la décharge de Charlotte, aucun baiser ne se prêtait réellement à de pareilles circonstances.

« Tu peux m'aider à sortir de là ? lui demanda-t-il.

— Ton père attend dans la voiture, répondit-elle. Tu veux que j'aille le chercher ?

— Non. » Naturellement, son père n'allait pas s'embêter à descendre de voiture pour venir l'accueillir. « J'ai juste besoin d'un coup de main. On peut y arriver. »

Ils y parvinrent. Les filles s'avancèrent, parfaitement synchrones. Elles avaient répété la scène. Elles lui présentèrent ses béquilles comme des paysannes offrant un humble présent au roi.

Puis elles s'effondrèrent et il passa un long moment à les serrer simplement dans ses bras. Au bout d'un moment, Bev murmura « Tu avais promis » et il lui murmura à son tour « Jusque-là, j'ai tenu promesse.

— C'est bon de t'avoir avec nous », dit Charlotte.

À l'extérieur, le parking en gravier du funérarium aurait été assez grand pour un centre commercial. Il y avait peut-être une cinquantaine de voitures mais bien entendu son père, Fausto, avait pris le meilleur emplacement, juste à côté de l'entrée. Il était probablement venu la veille pour jauger le nombre de places du parking, puis il était arrivé des heures en avance pour s'assurer d'avoir celle-ci. Il était derrière le volant de son Oldsmobile qui tournait au ralenti, le regard rivé devant lui, la radio branchée sur de la musique mexicaine. Il avait mis la climatisation à fond sans doute pour se trouver un prétexte de porter sa vieille veste à carreaux ornée du logo de son syndicat dans le dos. Il attendit même que Nick ait fini de se débattre avec les béquilles et réussi à s'installer à l'arrière pour se retourner vers lui.

« Mais qui voilà, dit Fausto Geraci. C'est notre as de l'aviation, Eddie Rickenbacker en personne. »

Une équipe de charpentiers du coin avaient été chargée de fabriquer de longues tables en érable pour les pourparlers de paix. Les tables étaient disposées en un grand rectangle dans une ancienne écurie transformée en salle de danse. La teinture à bois était sèche mais elle venait d'être posée et on la sentait encore. Au début, l'odeur n'était pas trop gênante, jusqu'au moment où la salle fut envahie par la fumée de cigare et de cigarette. On ouvrit toutes les fenêtres, mais le *consigliere* de Philadelphie, qui avait un emphysème, et Don Forlenza de Cleveland, qui souffrait d'à peu près tous les maux possibles et imaginables, furent forcés de suivre les débats de la pièce d'à côté. Dehors, il faisait à peine plus de quatre degrés. Abstraction faite de Louie Russo qui devait avoir quelque chose à prouver, les participants suivirent toute la réunion en écharpe et pardessus.

Pour préserver la paix, tous ceux qui se trouvaient autour de la table acceptèrent de s'en tenir à la version suivante : personne n'était pour rien dans le crash du lac Érié. Frank Falcone avait parié cent mille dollars sur le match du Cleveland Armory et avait insisté pour y aller malgré la tempête qui faisait rage. Juste avant le crash, un contrôleur de la tour avait entendu Geraci prononcer le mot de *sabotage*, mais Geraci réfléchissait simplement à voix haute en écartant cette hypothèse. La transmission était brouillée par le tonnerre et les éclairs. L'avion s'était écrasé et tout le monde avait été tué sur le coup, sauf Geraci, qui avait failli mourir lui aussi. Don Forlenza avait appris la mort tragique de ses invités, et il avait aussi appris que les autorités estimaient que le crash était peut-être dû à un sabotage. Aussitôt, Don Forlenza s'était assuré que personne, dans son organisation, n'avait pu saboter l'avion. Puis il s'était porté au secours de son filleul blessé en le sortant de l'hôpital. Que pouvait-il faire d'autre ? Si Don Falcone et Don Molinari avaient été tués en raison d'un sabotage, l'organisation de Cleveland risquait d'en être tenue pour responsable. Son filleul, qui était inconscient – incapable de se protéger et de se défendre – risquait également de se voir incriminé. Qui, dans cette salle, n'aurait pas agi de même pour son propre filleul ? D'autant que Geraci étant membre de la Famille Corleone, Don Forlenza craignait que son filleul ait pu être la cible de violences de la part d'une des autres Familles de New York. Geraci avait repris connaissance. Les autorités fédérales avaient écarté l'hypothèse du sabotage. Le crash était dû à une cause naturelle. Don Corleone avait informé les autres membres de la Commission que le pilote disparu était Geraci. Comme il avait déjà eu l'occasion de le leur dire, Don Forlenza les assurait une fois de plus que le faux nom qui figurait sur le brevet de pilote de Geraci était uniquement destiné à tromper les représentants de la loi, et du même ordre que les permis de conduire que certains avaient sur eux. Dans ce cas précis, le pseudonyme avait eu l'effet escompté. Alors que tous, dans cette salle, savaient depuis des mois que Gerald O'Malley n'était autre que Nick Geraci, les autorités avaient supposé qu'O'Malley était le cadavre retrouvé rongé par les rats dans ce ravin.

Quel plus bel hommage à la mémoire des quatre défunts que de constater que les discussions entamées pour comprendre les raisons du crash débouchèrent bientôt sur d'autres sujets. Ils ne tardèrent pas à parvenir à un accord de paix durable – un accord qu'ils étaient tous venus ratifier.

La version officielle était en grande partie véridique, mais personne, dans cette ferme, ne la prenait au pied de la lettre.

Bien qu'il n'y en ait aucune preuve, il était plus que probable que les hommes de Louie Russo avaient pénétré dans la petite île fortifiée de Vincent Forlenza et saboté l'avion. Après tout, les passagers qui se trouvaient à bord de cet avion représentaient bel et bien les quatre principaux rivaux de Chicago à Las Vegas et de tout l'Ouest. Le crash avait réussi à faire passer Don Forlenza pour un vieil imbécile. Les luttes qui s'étaient déroulées à New York avaient ouvert une brèche à Louie Russo et ce dernier avait saisi l'occasion qui s'offrait à lui. Il avait forgé des alliances avec plusieurs autres Don – Carlo Tramonti de la Nouvelle Orléans, Bunny Conglio du Milwaukee, Sammy Drago de Tampa et le nouveau chef de Los Angeles, Jackie Ping-Pong.

Quand Russo était allé à Cuba, il avait séjourné au palais présidentiel. Personne, hormis les alliés de Russo, ne voyait d'un bon œil le retour au pouvoir de Chicago, mais, de l'avis de tous, Russo présentait moins de danger s'il siégeait à la Commission que si on le laissait en marge poursuivre ses visées expansionnistes. La plupart des représentants assis à ces tables ne voyaient guère l'intérêt de chercher à tout prix à prouver la responsabilité de Russo dans le crash. Le plus important pour eux était de pouvoir se consacrer pleinement à leurs affaires. Butchie Molinari lui-même avait été convaincu (par Michael Corleone, d'ailleurs) de déclarer publiquement qu'il acceptait la version officielle du crash et jurait de ne pas chercher à se venger.

Louie Russo et son *consigliere* n'étaient pas prêts de démentir une accusation qui n'avait pas été ouvertement portée, quand bien même ils savaient qu'elle était fausse. Russo n'avait pas donné l'ordre d'exécuter les hommes qui se trouvaient à bord de l'avion. S'il avait sa petite idée sur l'identité du coupable – si tant est qu'il y eût un coupable – il la gardait pour lui.

Russo savait certaines choses, naturellement. Jackie Ping-Pong également. Sal Narducci – qui siégeait seul à la table centrale en raison des problèmes de santé de Don Forlenza, comme s'il était déjà à la tête de Cleveland – en savait d'autres.

L'homme que Narducci avait chargé de saboter l'avion était parti en vacances à Las Vegas quelques jours plus tard et n'avait pas réapparu depuis. (Ou plus exactement, il n'avait pas réapparu depuis qu'Al Neri, un homme qui se souciait peu de savoir qui il tuait ni pourquoi, l'avait abattu et enterré dans le désert.)

Clemenza en savait beaucoup, mais pas tout.

Michael Corleone était quasiment certain d'avoir suffisamment brouillé les pistes pour que personne – ami ou ennemi, flic ou *capo* – ne puisse jamais reconstituer le puzzle.

Qui aurait pu imaginer une seule seconde que Michael ne s'était pas contenté d'ordonner l'exécution de Barzini, de Tattaglia, de Tessio, le plus important de ses propres *caporegime*, *et* du mari de sa sœur – sans compter les autres assassinats qu'avaient entraînés ces exécutions – mais qu'il avait ensuite négocié un cessez-le-feu et employé cette trêve précaire pour orchestrer l'exécution des passagers de l'avion, parmi lesquels Nick Geraci, qu'il venait de promouvoir au rang de *capo* et Tony Molinari, son indéfectible allié ? Il n'y avait aucune rumeur laissant à penser que ces deux hommes avaient pu le trahir – et ce, dans une large mesure, parce qu'il n'en était rien, naturellement.

Qui aurait pu deviner à quel usage était destinée en réalité la sacoche qu'avait livrée Fontane ? Même Hagen avait supposé qu'il s'agissait d'un investissement dans le nouveau casino du lac Tahoe.

À voir Michael Corleone assis là, tapotant cette vieille montre suisse qui lui avait été donnée par le caporal-chef Hank Vogelsong, qui aurait pu penser – ne serait-ce qu'après avoir *lu* comment les avions japonais explosaient en boules de feu coupant en deux les transports de troupes – qu'un homme qui avait vu ce que Michael Corleone avait vu dans le Pacifique puisse aller tuer *qui que ce soit* en ordonnant un crash ?

Tous les matins, Fausto Geraci – à l'italienne, de préférence, mais après tout, tant pis, les gens pouvaient bien le prononcer comme ils voulaient – était toujours le premier levé. Il se préparait un café et sortait en caleçon et maillot de corps dans le patio, à l'arrière de sa petite maison en stuc, où il s'asseyait sur une chaise longue en alu pour lire le journal en fumant des Chesterfield Kings à la chaîne. Une fois qu'il avait terminé son journal, il contemplait sa piscine vide. Le fait de pouvoir profiter de la présence de ses petites-filles pendant presque toute une année scolaire n'influait guère sur son humeur, visiblement tout du moins.

Fausto Geraci avait le cœur rongé par une amertume plus corrosive encore que de l'acide de batterie. C'était un homme convaincu de s'être fait entuber sa vie durant. Toutes ces années passées à s'arracher de son lit pour grimper dans une cabine gelée de semi-remorque et transbahuter tout ce qu'on peut imaginer et beaucoup de choses qu'on préfère ne pas imaginer. À charger et décharger ses camions, une corvée harassante que les destinataires de toutes les merdes qu'il avait pu transporter dans sa vie trouvaient normale. À conduire des voitures qui abritaient peut-être des gangsters en fuite – allez savoir. Mais il le faisait. Toute sa vie il avait tenu tête à tous ceux qui s'en prenaient aux Italiens et il était resté loyal à ce connard de Vinnie Forlenza et à son organisation. Il était même allé en prison pour ces gens-là. S'était-il plaint, avait-il dit quoi que ce soit ? Non. À leurs yeux, il n'était que Fausto le Chauffeur, un malabar genre placide qui travaillait dur et suivait les ordres. Il avait abattu toute cette besogne pour eux, des boulots qui avaient damné son âme depuis si longtemps que sa femme elle-même avait renoncé à prier pour lui, mais était-ce pour autant qu'on le traitait d'égal à égal ? Non. Évidemment, il avait bien reçu de l'argent, mais ils donnaient davantage de chances aux juifs et aux Nègres qu'ils n'en avaient jamais accordé à Fausto Geraci. Il était censé leur être reconnaissant de lui avoir déniché un poste au syndicat. La bonne blague. Il restait leur marionnette. Ça payait plutôt bien, mais pas assez pour compenser les heures passées derrière un bureau à écouter tous ces flemmards déverser leurs flots de récriminations pitoyables. Mais il écoutait tout de même, n'ouvrait quasiment pas la bouche et faisait son boulot. Il avait passé ainsi des années à résoudre les problèmes des autres, mais les problèmes de Fausto Geraci, hein, qui en avait quoi que ce soit à foutre ? Et puis un beau jour, après toutes ces années de loyauté, paf. Exit. Ils avaient refilé son poste à un autre (Fausto le Chauffeur avait eu la sagesse de ne pas poser de questions) et lui avaient accordé une « retraite anticipée ». Acheté son silence. Acheté son départ. Qu'avait-il fait ? Il était parti. Loyal jusqu'à la fin. Au-delà même de la fin. Ce bon vieux Fausto.

Quant à ses enfants, bon sang, il valait mieux éviter de le lancer sur le sujet. Sa fille était une prof célibataire toute desséchée qui avait quitté Youngstown pour s'installer à Tucson dans l'unique but de lui pourrir l'existence – tous les soirs après ses cours, elle passait le voir et c'était *mange ceci, ne mange pas ça, tu en es à combien de cigarettes aujourd'hui, papa ?* Ça n'en finissait pas. Et son fils, celui-là même qui portait son nom ? Il se croyait meilleur que tout le monde. Il faut dire que sa mère l'encourageait. Tout lui était tombé dans le bec, à ce gamin. Il avait épousé une blonde avec des nichons comme ça. Non seulement il avait été à l'université mais aussi dans une putain de fac de droit. Et cette idée qu'il avait eue de se mettre au pilotage ? Encore une manière de prouver au monde qu'il n'était pas comme son vieux – un as de l'aviation privée et non un chauffeur de poids-lourd en bout de course. Chaque respiration de ce petit fumier d'une ingratitude absolue était un affront. Même son nom, il ne savait pas le prononcer. Ace Geraci. Bon sang. Qui lui avait ouvert la voie, à son avis ? À tous les coups, il pensait que c'était Vinnie Forlenza. Ou encore ces enfoirés de New York.

Quand les autres se réveillaient, Fausto s'extirpait de sa chaise longue pour aller dans le garage, avant qu'ils aient le temps de l'emmerder. Il y gardait une robe de chambre et des pantoufles. Il les enfilait et s'en allait s'occuper de son jardin, histoire de transpirer un bon coup. Avant de partir pour l'école, Barb et Bev, Dieu les bénisse, venaient l'embrasser. Il aurait voulu protéger ces adorables gamines d'un monde qui allait les décevoir avant de les détruire, mais il restait planté là en robe de chambre, le tuyau ou le râteau à la main, et se contentait de leur faire au revoir de la main en souriant comme un brave paysan réjoui.

Puis il rentrait se laver et prenait sa voiture pour rejoindre la caravane de Conchita Cruz, à l'autre bout de la ville. Elle ne parlait quasiment pas anglais et il ne parlait quasiment pas, mais ils s'étaient rencontrés dans un bar peu de temps après son arrivée à Tucson et ils étaient parvenus à cet arrangement. Il ne savait même plus comment, c'est dire à quel point leur relation était insouciante. *Hair-AH-si*, elle prononçait son nom, ce qui était foutrement mieux que son fils. Il leur arrivait de baiser, mais la plupart du temps, ils passaient une heure ensemble sans se poser de questions. À exister, tout simplement. La télévision, c'était bien pour ça. D'autres fois, c'était les cartes, les dominos, ou encore un massage des pieds. Ils déjeunaient, sur place ou au bistrot du coin, puis il l'embrassait sur le front. Ils n'échangeaient ni mots d'amour ni promesses. Elle allait prendre son poste à la conserverie et il partait pour une courte virée dans le désert. Tous les jours, sauf le dimanche, sur la même ligne droite, il appuyait sur le champignon et décrassait son moteur – et son cœur aussi, ou du moins c'était l'impression qu'il avait en poussant l'aiguille du compteur dans le trou noir situé au-delà des 190. Une fois qu'il en était là, il levait le pied, et laissait retomber sa vitesse, son pouls et son moral. Puis il rentrait chez lui où son pauvre con d'homonyme et sa satanée Suédoise étaient en train de se chamailler. Quand ils étaient arrivés, Charlotte s'était montrée une épouse modèle et Nick avait tellement merdé que ça lui avait un peu rabattu le caquet. Mais au bout de quelques semaines, à peu près au moment où on lui avait ôté son plâtre, ils avaient commencé à se disputer. Le seul fait d'allumer la télévision était prétexte à des querelles imbéciles. C'était pire que tout. De jour en jour, ils se comportaient de plus en plus comme Fausto et sa défunte femme, encore un moyen qu'avait trouvé son fils pour se moquer de lui.

Ils n'avaient rien à faire. Rien. Fausto Geraci était malade de les voir perdre tout ce temps. Charlotte sortait dépenser l'argent de Nick en achats inutiles. Parfois, Nick allait faire un tour dans une voiture de location, passant des coups de fil de cabines téléphoniques qui se trouvaient sur son chemin et s'arrêtant dans ce bar qui faisait grill, une espèce de trou à rats où il s'était imposé en jouant des muscles, mais les trois quarts du temps il restait là à lire des livres ou discuter avec les hommes qui venaient lui transmettre des messages.

Un jour, en rentrant, Fausto avait trouvé Nick en train de remplir cette saloperie de piscine. À peine Fausto avait-il froncé les sourcils que son fils s'était lancé dans une longue explication comme quoi sa mère était peut-être morte dans cette piscine, le jour où son cœur avait lâché, usé par le cancer, mais elle était morte en faisant ce qu'elle aimait. Elle n'aurait pas voulu qu'il vide cette piscine. Qu'est-ce qu'il en savait, ce gamin ? Ce n'était pas lui qui avait repêché son corps. Sale petit égoïste. Sa volonté, je t'en foutrais, oui. Si Nick voulait remplir la piscine, c'est qu'il avait envie de s'en servir. Et ça n'avait pas raté, à son retour, le lendemain, non seulement le fiston se prélassait dans l'eau sur un matelas gonflable, mais il lisait un livre sur Eddie Rickenbacker. Encore une façon de se payer sa tête. Pendant des semaines, il l'avait bassiné à longueur de temps avec les histoires de l'as de l'aviation, celles du pilote de course, celles des disparitions en mer, celles du magnat de compagnie aérienne. Un type remarquable, c'était indéniable : un vrai héros américain et tout et tout. Mais vous savez quoi ? Eddie Rickenbacker pouvait bien aller se faire foutre.

Nick traitait ses deux filles comme des garçons, surtout cette pauvre Bev, qui adorait son père et finirait sans doute célibataire et prof de gym comme cette mégère racornie qu'était sa tante. Avec Charlotte, ils emmenaient les enfants partout : au zoo, au cirque, au concert, aux matchs, au cinéma – à croire qu'ils essayaient de se faire pardonner.

Tout compte fait, ces gamines s'étaient drôlement bien adaptées à leur nouvelle existence ici. Elles s'étaient fait des amis dans le voisinage, elles se débrouillaient bien à l'école, tout. Elles ne demandaient qu'à vivre comme des enfants normales, mais ça, leurs parents étaient incapables de le voir.

Quand soudain, sans crier gare, la décision fut prise de rentrer à Long Island, ce fut Charlotte qui le lui annonça. Apparemment son petit génie de fils avait mieux à faire que se préoccuper de ce que pouvait ressentir son père. Fausto Geraci sortit de ses gonds. Il n'en était pas fier, mais, pour une fois, il dit tout haut ce qu'il pensait. Ces fillettes avaient changé d'école au milieu de l'année scolaire pour venir ici et elles s'en étaient bien sorties, et là, ils voulaient les rechanger d'école, deux mois à peine avant la fin des classes ? Quelle bande de sales égoïstes ! Ne savaient-ils pas à quel point il était difficile de s'intégrer pour des enfants ? Il n'était pas d'accord. Que Nick rentre. Et Charlotte aussi. Dieu sait qu'à New York ça serait bien plus facile de claquer du fric qu'ici. Mais les filles restaient. Qu'est-ce qu'elle croyait, qu'il était incapable de s'occuper de ces deux petits anges pendant quelques semaines, lui, Fausto Geraci, qui avait passé sa vie à s'occuper des problèmes des autres ? Était-elle tellement conne qu'elle pensait savoir mieux s'y prendre que lui ?

C'est vrai qu'au cours de l'engueulade, il y avait eu de la casse, mais c'était des objets qui lui appartenaient. Et s'il avait versé des larmes, c'était uniquement de rage. Et maintenant ses satanés gamins voulaient qu'il aille voir un médecin.

Voilà ce qu'on obtient quand on dit la vérité. Rien. Les seules joies de Fausto Geraci étaient ses petites-filles et une Mexicaine qui vivait dans une caravane et ignorait quasiment tout de lui. Et à présent, les petites s'en allaient. Il les accompagna à la gare et leur dit joyeusement au revoir en leur faisant de grands signes de la main. Son fils et cette femme n'eurent pas même un dernier regard pour lui, pas plus que l'aînée des filles. Mais Bev se retourna, redressa les épaules et lui souffla un baiser. Quel sourire ! Elle devrait sourire plus souvent, cette gamine.

L'expédition à la gare lui avait fait rater son déjeuner avec Conchita. Il n'avait pas non plus envie de faire une virée dans le désert. Il retourna chez lui, dans sa maison déserte. Il aurait pu aller n'importe où pour se retrouver seul, mais il était habitué à son patio. Conchita ne tarderait pas à disparaître, elle aussi, se disait-il. Fausto Geraci contempla sa piscine. Une dernière Chesterfield, deux peut-être – trois tout au plus – et il viderait cette foutue piscine pour de bon.

Les historiens et les biographes ont souvent relevé qu'à chaque fois que Michael Corleone avait pris une décision audacieuse durant ses années de jeunesse, c'était en opposition à son père. S'enrôler dans les Marines. Épouser une femme telle que Kay Adams. Entrer dans les affaires de la famille sans que Vito Corleone qui était plongé dans le coma puisse l'en empêcher. Se lancer dans le trafic de drogue. D'aucuns ont même suggéré que Michael Corleone s'était servi de la mort de son père comme d'un prétexte pour déclarer la guerre aux Barzini et aux Tattaglia, contrairement à l'avis de Vito qui aurait jugé cela prématuré.

Il se peut qu'en décidant de laisser Nick Geraci en vie, Michael Corleone ait pour la première fois rompu avec ce scénario. Quoi qu'on puisse dire des conséquences de cette décision, c'est exactement celle qu'aurait prise son père, et ce pour quatre raisons.

Avant tout, comme l'avait prévu Michael Corleone, la nomination de Geraci au titre de *capo* de l'ancien *regime* de Tessio avait dissipé les éventuelles rancœurs qui pouvaient subsister après l'exécution malheureusement indispensable du vieux Salvatore. Nick était apprécié des gars de la base, qui ignoraient qu'il était O'Malley et croyaient simplement qu'il avait passé quelques mois à Tucson pour lancer de nouvelles opérations, ce en quoi ils n'avaient pas complètement tort. Les Corleone avaient mis en place quelques usuriers, acheté un bar-grill et un commissaire, et déniché une filière d'approvisionnement de marijuana protégée par un ancien président du Mexique.

Deuxièmement, toutes les raisons qu'il avait pu avoir de se méfier de Geraci étaient désormais tempérées, voire éliminées. Même s'il était peu probable que Chicago, Los Angeles ou San Francisco lancent un jour un tueur à ses trousses, Nick conserverait toujours cette crainte, ce qui mettrait un frein à son agressivité. De toute évidence, il était profondément et sincèrement reconnaissant à Michael d'avoir assuré sa protection après le grotesque enlèvement imaginé par Forlenza, en l'installant à Tucson et en arrangeant son retour à New York. Et, à présent que Narducci était prêt à prendre le contrôle de Cleveland, les liens qu'entretenait Geraci avec Forlenza n'avaient plus d'importance.

Troisièmement, Geraci rapportait gros. La moindre transaction qu'il concluait était une mine d'or.

Quatrièmement, Michael Corleone avait besoin de paix. Son organisation n'était pas les Marines. Il n'avait pas assez d'éléments et encore moins de bons éléments pour faire la guerre indéfiniment. En conservant Nick Geraci en vie, Michael Corleone consolidait l'opinion largement répandue selon laquelle Russo était responsable du crash, une des clefs de l'accord de paix qui avait été officialisé lors de cette première réunion au sommet dans l'État de New York.

Quel besoin en ce cas y avait-il d'une *seconde* réunion ? Quel besoin d'en organiser une tous les ans ? Et pourquoi dans le même lieu ?

Les participants à la première réunion organisée dans la ferme en bardeaux blancs n'avaient aucune raison majeure de remettre ça l'année suivante (et de fait, la réunion de 1957 ne fut qu'une banale affaire de routine, un simple appendice historique à celle de 1956 et cette autre, fatale, de 1958). Les questions qu'ils étaient venus soulever et résoudre avaient déjà été soulevées et résolues. La paix conclue lors de cette première réunion était aussi historique que durable ; à ce jour, les Familles n'ont plus jamais connu d'éruption de violence comparable à la guerre de 1955-1956 (ni celles qui l'avaient précédée, d'ailleurs, que ce soit la guerre des Cinq Familles dans les années 40 ou celle de Castellammarese en 1933). Jamais un tel rassemblement n'avait ainsi été programmé à l'avance ; toutes les réunions précédentes n'avaient été organisées qu'en réponse directe à des problèmes existants.

Ce n'est que peu après la réunion de 1956 et non ce jour-là que fut prise la décision de tenir ces assemblées annuellement. Rien ne serait arrivé s'il n'y avait eu ce soudain changement de temps et plus encore, ce cochon gargantuesque.

Michael avait pensé partir aussitôt après que toutes les questions auraient été réglées. Mais pendant des heures, les fenêtres étaient restées ouvertes. Pendant des heures, les effluves du cochon qui rôtissait avaient envahi la salle, enchantant les papilles de leur odeur succulente. Clemenza – comme la plupart de ceux qui se trouvaient là – n'était pas homme à repartir pour une longue route sans en goûter une tranche, si ce n'est six. Le pain à l'ail était à pleurer, quoique ce ne fût pas exactement dans les habitudes des convives réunis ce jour-là. Mais il était tout de même fabuleux. Il y avait même de la tarte. Un festin certes modeste, mais appétissant, par ce qui s'avérait être la première belle journée de printemps. Les hommes s'attardèrent. Faire autrement eût été une *infamità*.

Michael Corleone sentit une main glacée sur sa nuque. « Je ne mange pas de porc », dit Russo. Il avait la voix à peine plus grave que la petite fille de trois ans de Michael. « Ça me brise le cœur, mais si j'en mange, dit-il en se tapotant la poitrine, ça sera encore pire. Je peux vous dire un mot avant d'y aller ? »

Ils s'éloignèrent sur la pelouse tandis que les autres attaquaient le cochon. Le *consigliere* de Russo monta dans sa voiture.

« Je ne tenais pas à parler là-bas. Je suis nouveau. Quand on est nouveau, on se tait et on écoute. »

Michael hocha la tête. En réalité, Russo avait abondamment parlé durant la réunion.

« Je n'ai pas votre éducation, dit-il de cette étrange voix haut perchée, mais il y a quelque chose que je ne comprends pas. Quand vous avez parlé de changement, à la fin, je n'ai pas suivi.

— Je n'ai pas l'intention de dire aux autres comment gérer leurs affaires. Mais viendra le moment où d'autres prendront le contrôle du banditisme, comme les Italiens ont pris le relais après les Irlandais et les juifs. Il suffit de voir comment le pouvoir des Noirs s'étend dans certaines villes.

— Pas à Chicago.

— Quoi qu'il en soit, je ne vois pas l'utilité d'accroître notre pouvoir et notre prospérité si ce n'est pas pour sortir de l'ombre et agir en pleine lumière. Et c'est bien ce que j'ai l'intention de faire. »

Des rires éclatèrent dans l'obscurité. Assis sur une grosse pierre à proximité de la tente, Pete Clemenza et Joe Zaluchi, désormais liés par le mariage de leurs enfants, racontaient des blagues, entourés de toute une cour.

« Quand vous parlez d'ombre et de lumière, je ne vous suis plus. »

Michael se lança dans des explications.

« Non, non, fit Russo. Ne me parlez pas comme à un idiot. »

Michael s'abstint de s'excuser ou de relever ce petit accès de colère inadmissible de la part d'un Don, fût-il de Chicago.

« Disons les choses comme ça, reprit Russo. Vous parlez du jour où vos enfants deviendront représentant du Congrès, sénateur et même président, alors qu'il y a pas mal de ces gars-là qui sont à notre solde à nous.

— Un président, jamais, répliqua Michael en pensant à l'Ambassadeur. Pas encore, se dit-il.

— Pas encore, dit Russo. Ne me regardez pas comme ça. Je sais que vous avez parlé à Michael Shea. Qu'est-ce que vous croyez, qu'il ne traite qu'avec vous ? »

Plusieurs Don regardaient dans leur direction. S'il y avait bien une chose que devait éviter Michael, c'était qu'il y en ait un qui aille s'imaginer qu'il complotait. « On ferait mieux de rentrer, dit-il.

— Je ne rentre pas, compris ? dit Russo. Je m'en vais. Écoutez, tout ce que j'essaie de vous dire, c'est qu'au moins, à Chicago, on élit qui on veut et une fois qu'ils sont en poste, on en tire ce qu'on veut en tirer. Et si ce n'est pas nous qui les contrôlons, d'autres s'en chargent. »

Ne me parlez pas à moi *comme à un idiot*, songea Michael en se taisant.

« Alors, pourquoi souhaiter ça à nos enfants ? Pourquoi leur souhaiter d'être des pantins ? On n'est pas exactement des naïfs, nous autres, et pourtant, il y en a parmi nous qui continuent à caresser ce grand rêve de dupe. Je ne comprends pas. Je ne comprends pas du tout. »

Sous la tente, on les appelait.

Michael sourit. « Personne ne peut échapper totalement au contrôle des autres, Don Russo. Pas même nous.

— Je tenais juste à dire ce que j'avais à dire. Ah, et j'allais oublier...

— Hé, Mike ! lança Clemenza. Quand tu auras un moment, on a besoin de toi.

— Oui ? dit Michael à Russo.

— Ce ne sera pas long, répondit Russo. Je veux clarifier les choses une fois pour toutes. Vous savez sans doute que Capone avait envoyé mon frère Willie et un autre gars pour aider Maranzano à l'époque où ils réglaient leurs comptes avec votre père. »

C'était donc ça, le but de la promenade.

« C'est ce qu'on m'a dit », répondit Michael. L'aide en question n'était autre qu'un contrat sur la tête de Vito Corleone. Seule la tête de Willie Russo, dit Pic à Glace, avait fait le voyage de retour à Chicago.

« Pour moi, Capone est entièrement responsable. Je tenais à ce que vous le sachiez. Ça ne le regardait en rien, les problèmes de New York. » Russo tendit sa minuscule main douce. « Votre père a juste fait ce qu'il avait à faire. »

Michael accepta la poignée de main qui se transforma en accolade, scellée par un baiser, et Don Russo monta dans sa voiture dont le moteur tournait au ralenti.

« Où est passé Don Russo ? » lui demanda Clemenza quand Michael retourna sous la tente. Pete devait être malade à crever de ne pas avoir pu l'appeler « Tête de Bite » devant les autres Don.

« Il ne mange pas de porc, répondit Michael.

— Je croyais que comme juif de service on avait déjà Vinnie Forlenza, dit Zaluchi.

— Ça suffit ! lança Forlenza dans son fauteuil roulant. Sans les juifs que je vous ai envoyés à Las Vegas, les trois quarts d'entre vous crèveraient la dalle, bande de clochards.

— On aurait gagné encore plus que ça, répliqua Sammy Drago, le Don de Tampa, si on avait touché dix cents à chaque fois que tu nous as bassinés avec eux. »

Forlenza l'écarta d'un geste écœuré. « Hé, Joe. Tu as demandé qu'on vote, alors votons. »

Dans l'euphorie du barbecue et de l'atmosphère conviviale qui régnait, Pete avait suggéré de tenir ces assemblées chaque année et Joe Zaluchi avait acquiescé en levant son verre et insisté pour que la réunion soit suivie d'un vote. Tous les membres de la Commission à l'exception d'un seul étaient présents. Le vote fut unanime.

Peu avant son retour à New York, Nick Geraci retrouva Fredo Corleone dans un saloon, sur le tournage d'*Embuscade à Durango*. On s'y serait cru, si on oubliait les câbles et les passerelles. Fredo avait un rôle dans le film (« Tricheur nº 2 ») mais il n'était pas encore en costume. Ils s'attablèrent à côté des portes battantes. Il n'y avait personne d'autre. À l'extérieur, le réalisateur, un Allemand à monocle hurlait sous prétexte qu'il n'aimait pas la couleur et la texture de la boue.

« Tu as vu cette merde ? » dit Fredo en jetant le journal du matin sur la table. LA REINE D'HOLLYWOOD EN VOYAGE DE NOCES AVEC SON TRUAND DE MARI, disait le titre. Les deux premiers paragraphes rapportaient des citations anodines de Deanna Dunn. Le troisième mentionnait que Fredo avait également un rôle dans le film et faisait « ses débuts au grand écran dans la peau du méchant ». Puis l'article se poursuivait par une compilation d'informations qui avaient paru dans les journaux new-yorkais au fil des années, le tout émaillé de *prétendument*. Il y avait des photos, ceci étant. Fredo était furieux qu'ils aient été ressortir la photo de lui pleurant comme un veau sur le trottoir au lieu d'essayer de sauver Vito juste après que le vieil homme eut été touché. « Je ne joue pas le méchant, protesta Fredo. Je surprends le méchant en train de tricher.

— À quoi bon ? dit Geraci. Si tu appelles le journal ou que tu y vas, c'est pour le coup qu'ils la tiendront, leur histoire. Ça ne fera qu'empirer les choses. Pas mal, ton costume, au fait. Tu connais quelqu'un ?

— Tu as bien dit empirer ? Tu vois ? C'est que tu es d'accord. C'est sérieux. Pour que ça empire, il faut déjà que ça ne soit pas terrible terrible. Pour ne pas dire franchement mauvais.

— Qu'est-ce que tu en as à faire ? lui demanda Geraci. Ce n'est que la feuille de chou de Tucson.

— C'est bourré d'erreurs. »

Ne serait-ce que le fait que Deanna Dunn soit encore qualifiée de « reine » d'Hollywood. Elle était portée sur la bouteille et sa beauté en souffrait, tout comme sa carrière. Geraci se disait qu'elle n'avait épousé Fredo que pour s'assurer de pouvoir continuer à mener grand train une fois que les rôles viendraient à se tarir.

Dehors, le réalisateur cria « Moteur ! » Une calèche dévala en trombe la rue poussiéreuse et Deanna Dunn se mit à hurler.

« C'est dans le scénario, expliqua Fredo. Fontane meurt et Dee Dee hurle. » Elle jouait la veuve du shérif. Johnny Fontane était le prêtre flingueur.

« Si tu veux des faits, dit Geraci, ce n'est pas dans les journaux que tu les trouveras.

— On s'est mariés il y a un mois. Ça n'a rien de secret, comme ils disent, et notre voyage de noces, on l'a déjà fait. Un week-end à Acapulco dans cet hôtel où on descend sur la plage en Jeep rose.

— Plutôt court, comme voyage de noces.

— On est très occupés, tous les deux.

— J'ai touché un point sensible, hein ?

— Hé, qui n'aimerait pas prolonger un peu son voyage de noces ?

Geraci, lui, n'en aurait eu aucune envie, si cela supposait de se retrouver coincé dans une chambre d'hôtel avec une femme d'un égocentrisme aussi forcené que Deanna Dunn. À moins peut-être de réussir à la faire beugler comme ça au pieu. Le réalisateur refit la prise. Les cris de Deanna furent encore plus convaincants. « Je ne suis jamais allé à Acapulco, dit Geraci. C'est bien ?

— Je ne sais pas. Oui. Ça ressemble à pas mal d'autres endroits. » Fredo martela son poing sur la table, en plein sur une photo de lui montant dans une limousine à l'aéroport. « Tu peux m'expliquer ça, dis ? Ça fait trois semaines qu'elle est là, moi presque autant, et voilà que d'un coup, il y a cette merde qui sort ?

— Tu as épousé une star de cinéma, Fredo. Qu'est-ce que tu crois ?

— Ça fait un mois que j'ai épousé une star de cinéma.

— Mais maintenant, toi aussi tu es une star de cinéma, bon sang.

— Arrête, c'est des conneries, une vaste rigolade. J'ai deux répliques.

— N'empêche.

— En ce cas, ils pourraient dire que je suis un type venu du show-business qui cherche à se diversifier, non ? »

Geraci reconnut dans la bouche de Fredo les mots de son frère. Michael Corleone avait soutenu Fredo dans sa volonté de renforcer son image publique, estimant que ça pouvait contribuer à légitimer les Corleone, en apparence du moins.

« Écoute, dit Geraci. Ça fait des mois que je lis ce canard. Crois-moi, personne ne le lit. »

Fredo éclata de rire. L'instant d'après, le sourire s'évanouit de son visage. « C'était une blague, hein ? »

Geraci haussa les épaules, puis il sourit à son tour.

« *Coglionatore* », lui dit Fredo en lui donnant une bourrade affectueuse dans l'épaule.

Trois semaines encore auparavant, avant que ne débute le tournage de ce film, Geraci n'avait quasiment jamais adressé la parole à Fredo. Il s'était finalement avéré franchement sympathique.

« Tu crois que c'est du vrai whisky, tout ça ? demanda Fredo en montrant les bouteilles claires sans étiquettes alignées derrière le bar vaguement dégrossi.

— Comment veux-tu que je sache ? Tu n'as qu'à aller jeter un œil. »

Fredo rejeta cette suggestion d'un geste, en fronçant le sourcil. « J'ai pas besoin de ça.

— Une aspirine ?

— C'est fait.

— Sacrée soirée.

— Je vais te dire, dit Fredo en secouant la tête : de nos jours, la java c'est tous les soirs. »

Il se trouve que la veille, ils étaient sortis en ville avec leurs femmes. Ils avaient décidé sur un coup de tête de partir au Mexique. Une fois là-bas, Deanna Dunn avait insisté pour aller voir un de ces shows dits « à l'âne » qui étaient une spécialité locale. Charlotte n'adressait plus la parole à Nick, depuis le matin en tout cas. Quoique si elle était furieuse, c'est peut-être que d'un bout à l'autre de la soirée, Deanna Dunn n'avait cessé de ramener la conversation à elle dès que quelqu'un ouvrait la bouche. Geraci s'était mis à sauter d'un sujet à l'autre de façon parfaitement arbitraire, mais à chaque changement, aussi absurde soit-il, elle en profitait pour raconter une nouvelle anecdote de Deanna Dunn. Une fois de retour chez eux, Charlotte l'avait accusé de flirter avec elle. Il avait laissé courir. Elle ne pouvait qu'être déçue que cette Reine d'Hollywood qu'elle était tout excitée à l'idée de côtoyer se soit avérée être une grande gueule affligée d'un énorme crâne, qui racontait en plaisantant comment son mari n'aimait pas les pipes – sous le nez même de Fredo, planté là comme un type qui s'efforce de sourire en pleine crise de coliques – et trouvait marrant de regarder une Indienne prépubère se faire enfiler par un âne. Mais qu'on lui laisse le temps et Charlotte irait raconter sa folle nuit à toutes les commères d'East Slip en se donnant des airs de jet-setteuse.

Au bas de la rue un horrible fracas d'accident retentit soudain. La calèche.

« Ne t'inquiète pas, dit Fredo. Ça aussi, c'est dans le scénario.

— Que veux-tu, dit Geraci. Pardonne-moi, mais les accidents, ça me rend un peu nerveux.

— Je n'ai pas ce pouvoir-là, répondit Fredo. Si tu veux te faire pardonner, c'est le rayon de Mike. »

Geraci essaya de dissimuler son étonnement. Il n'avait jamais entendu Fredo formuler le moindre ressentiment à l'égard de son frère. « Alors, Fontane est là ? »

Fredo fit non de la tête. « Ils ont expédié un scénariste par avion pour le faire disparaître du film, tu imagines un peu ? Le type qui est en train d'agoniser là-bas, c'est sa doublure. »

Le désintérêt croissant que manifestait Fontane pour sa société de production devenait de plus en plus problématique, mais c'était la première fois qu'il lâchait un film en plein milieu du tournage. « Et c'est tout ? demanda Geraci. Il va s'en tirer comme ça ?

— Je ne veux pas m'en mêler, répondit Fredo. J'ai déjà Dee Dee qui me casse une oreille, mon frère qui me casse l'autre et ce putain de Hagen, la troisième.

— Parce que tu as trois oreilles ?

— C'est l'effet que ça fait. Et je souhaite ça à personne. »

Ils se mirent à discuter affaires. Nick s'attendait à ce que Fredo lui transmette des nouvelles des opérations à New York, comme à chaque fois qu'ils se retrouvaient. Mais cette fois, Fredo l'informa des pourparlers de paix qui avaient eu lieu la veille. Tout était réglé : Geraci pouvait rentrer.

Là encore, c'était exactement le genre de truc qu'on vous balançait avant de vous descendre. Mais si c'était ce qui était prévu, pourquoi Mike avait-il envoyé Fredo ?

« Ça va ? lui demanda Fredo. Tu deviens dur d'oreille, ou quoi ? J'aurais cru qu'un mec qui apprend une nouvelle pareille sauterait au plafond. »

Des éclairagistes étaient arrivés pour préparer le tournage d'une scène. Les accessoiristes répandirent de la sciure par terre et disposèrent des jeux de cartes, des jetons de poker, des verres sales et une partition pour le pianiste vraisemblablement condamné. « C'est juste que ça va être un peu compliqué de rentrer », répondit Geraci.

Fredo baissa la voix. « Hé, tu t'entends comment avec les Stracci ? Enfin, avant ? Avant tout ça. Si je te pose la question, c'est que j'ai une raison.

— Il y en a avec qui je travaille. » Sans le tribut qu'il reversait à Tony Stracci dit Tony le Noir, la drogue n'aurait jamais pu débarquer dans le New Jersey et parvenir à New York aussi facilement. « C'est quoi, cette raison ?

— C'est une idée que j'ai eue. Ça pourrait peut-être t'intéresser. Une nouvelle source de revenus. Ça pourrait bien être une des meilleures combines qu'on ait jamais eues. Quand j'en ai parlé à Mike, il m'a dit pas question, mais plus je te connais, plus je me dis qu'en s'y mettant à deux, on pourrait peut-être le convaincre.

— Je ne sais pas, Fredo. » Geraci espérait ne pas le montrer, mais au fond il était stupéfait. Ils se connaissaient à peine que déjà Fredo voulait le recruter pour braver Michael Corleone. « Si le Don a refusé...

— Ne t'en fais pas pour ça. Je m'en occupe. Je le connais mieux que personne.

— J'en suis sûr », répondit Geraci. Cette déloyauté affichée aurait été scandaleuse de la part d'un petit voyou de quartier. Mais venant du *sotto capo* ? Du frère du Don ? « Je dois être franc avec toi, Fredo. Je ne vais pas...

— Je comprends bien ce que tu me dis, mais écoute-moi, OK ? Bon. Voilà. Tu es avocat, hein ? Tu savais qu'il était interdit par la loi d'enterrer les morts à San Francisco ? »

Faux, il n'était pas avocat, mais Geraci ne prit pas la peine de rectifier. Sur ces entrefaites, Deanna Dunn poussa les portes battantes.

« Barman, grommela-t-elle, file-moi un coup de raide, et du meilleur. »

« Pas mal », dit Geraci. Et c'était vrai. À l'entendre, on aurait dit l'acteur qui jouait le méchant dans le film, une espèce de rustre grisonnant qui lui aussi avait fait ses débuts comme boxeur.

« Ce ne sont pas de vraies bouteilles de whisky, lui dit Fredo.

— Ton attachement à la réalité est vraiment mignon, répliqua-t-elle. Arrête, tu veux.

— Ah oui, et puis, poursuivit Fredo à l'adresse de Geraci, en ignorant sa femme. J'allais oublier. » Il empoigna les revers de sa veste. « Je connais quelqu'un. Il est à Beverly Hills, mais je le fais venir à Vegas pour les essayages. C'est le même que Fontane, là-bas, c'est comme ça que je l'ai connu.

— Contrairement à toi, dit Deanna Dunn, Johnny est obligé de se faire faire ses pantalons sur mesure. Autrement ils ne lui iraient pas tellement sa bite... »

Fredo sourit tristement. « C'est vrai.

— Il en a une grosse, ah oui ? » Geraci avait du mal à croire que Fredo lui laisse passer ça.

« C'est ce qu'on raconte, dit Fredo.

— Qui ça, on ?

— Enfin, chéri. » Deanna Dunn tourna une chaise et s'assit à califourchon. « On, c'est tout le monde. » Elle remua les sourcils.

Geraci voyait bien dans le regard de Fredo qu'il était fou furieux, mais le sourire s'attarda affreusement sur son visage de *sotto capo*.

« J'ai tourné un film avec Margot Ashton, dit Deanna Dunn, du temps où elle était encore mariée avec Johnny. Le réalisateur – Flynn, cette espèce de gros plouc d'Irlandais – la charriait d'avoir épousé un avorton tout maigrichon comme Johnny Fontane, qui devait faire quarante-cinq kilos tout mouillé. C'était il y a un bout de temps. Et du coup, devant *tout le monde*, Margot lui a répondu, en parlant bien fort "Il est peut-être maigrichon, mais il a des proportions idéales. Cinq kilos de Johnny pour quarante de queue." »

Fredo explosa d'un rire strident.

« Charmante, cette Miss Ashton », dit Geraci. *Et vous, Miss Dunn, c'est cinq kilos de Deanna pour quarante de citrouille géante.*

« Naturellement, quand elle m'a dit ça, je me suis fait un devoir d'aller vérifier si elle n'exagérait pas un peu. »

Geraci n'avait jamais vu un visage passer aussi rapidement de la joie au désespoir que celui de Fredo Corleone, si ce n'est celui de ses deux ravissantes filles, et encore, quand elles étaient bébés.

« Et c'est donc avec un immense plaisir, devant vous tous braves gens, que je peux révéler après de longues, je dis bien longues...

— Il vaut mieux que je rentre », dit Geraci en y allant. Les macchabées de San Francisco attendraient une autre fois.

Il y avait un détail qui chiffonnait Pete Clemenza.

Ce soir-là, au Castle in the Sand ? Quand ils étaient en train de regarder Fontane, Buzz Fratello et Dotty Ames, et que Mike avait reçu le coup de fil de Hagen qui lui apprenait que l'avion s'était écrasé ? Pourquoi Mike lui avait-il tapoté l'épaule pour lui faire signe qu'ils y allaient avant même d'avoir parlé à Hagen ? Comment savait-il qu'ils partiraient sans crier gare ?

Ce n'est pas qu'il avait l'intention de soulever la question.

Mais c'était le genre de petit détail qui vous obsède. Le genre de détail qui vous fait sortir de chez vous en pyjama de soie à deux heures du matin, allumer un bon cigare, mettre les projecteurs et astiquer votre Cadillac comme un malade.

Chapitre 15

Le représentant du Congrès – un ancien procureur général de l'État, farouche opposant de l'incursion de la Cosa Nostra dans son cher Nevada et, précision qui vaut ce qu'elle vaut, propriétaire d'un ranch situé sous le vent de Doomtown – apprit le terrible diagnostic dans l'aile récemment achevée de l'hôpital, l'aile Vito Corleone. Quand il rentra à Washington, il demanda un second avis d'un spécialiste. Le diagnostic fut le même : cancer lymphatique, inopérable, six mois à vivre. Il choisit de garder le secret sur sa maladie et de la combattre. S'il y avait bien un homme qui était capable de tordre le cou au cancer, c'était cette armoire à glace. Un an plus tard et quarante kilos en moins, il mourut. Comme c'est souvent le cas, celui à qui revenait la responsabilité constitutionnelle de nommer le successeur n'était autre qu'un rival politique du défunt. Le gouverneur demanda à Thomas F. Hagen, un éminent avocat et financier de Las Vegas, de renoncer à sa candidature plus que hasardeuse à l'investiture sénatoriale de son parti pour accepter d'être nommé au Congrès. Mr Hagen consentit aimablement à mettre de côté ses ambitions afin de servir les braves citoyens de l'État du Nevada.

Cette nomination fut loin de faire l'unanimité. Le problème n'était pas tant les associés de Mr Hagen – il était loin d'être le seul homme politique actuel à avoir de telles accointances – que la brièveté de sa résidence au Nevada. Par ailleurs, il était novice en politique et n'avait aucune expérience du service public. Tous les journaux de l'État sans exception critiquèrent ce choix et consacrèrent de nombreux articles à la controverse. La primaire ne fit qu'accroître les complications. Le défunt représentant du

Congrès s'était présenté sans opposition. Les procès eurent beau se multiplier, l'élection générale de novembre prenait l'allure d'un face-à-face entre Tom Hagen et un mort.

Pour s'assurer le pouvoir, il arrive que l'on doive contrôler ceux qui, en apparence, sont les moins puissants. C'était là le secret de la capacité qu'avaient les Corleone de contrôler des juges. Bien que la corruption et la vénalité sévissent dans toutes les couches de la société, le juge lambda – le public sera peut-être soulagé de l'apprendre – est plus honnête que le citoyen lambda. En pratique, les juges sont aussi difficiles qu'onéreux à contrôler. Toutefois, les affaires sont généralement assignées « au hasard » par un greffier qui gagne approximativement le même salaire qu'un professeur d'espagnol de base. Celui qui contrôle dix pour cent de ces employés et la majorité des juges est largement moins puissant que celui qui s'est offert la moitié des greffiers et, aux postes stratégiques, quelques juges atteints de cynisme aigu, mauvaises habitudes ou secrets honteux.

Les journaux fonctionnent en sens inverse. Certains journalistes peuvent être influencés par un déjeuner, une dette de jeu oubliée ou une simple bière bien glacée. Mais la plupart ont un penchant pour les croisades et font une telle fixation sur tout ce qui ressemble de près ou de loin à une information qu'elle l'emporte chez eux sur toute forme de loyauté. Fort heureusement, ils ont également tendance à s'exciter et se jettent à la queue leu leu dans une quête assoiffée d'informations toujours plus récentes. Pour contrôler les informations, il faut pouvoir exercer une influence au sommet. Le public a la mémoire courte. Si une affaire disparaît au bout de quelques jours pour être remplacée par une autre, le public se moque que l'ancienne soit résolue, il veut de nouveaux détails sur la dernière en date. Ou une nouvelle affaire encore. Contrôlez ceux qui contrôlent ceux qui décident du temps consacré à une affaire et la place qu'on lui accorde dans le journal, et vous contrôlez l'information.

Quelques jours plus tard débarqua à Las Vegas un type fascinant à l'allure étrange, vêtu de cuir noir et arborant des pattes plus noires encore – un phénomène musical qui faisait sensation au Mississippi, un jeune Blanc qui beuglait des chansons de Noir. Hagen fut supplanté en première page et dans l'imaginaire du public par le compte rendu jubilant de la piètre prestation qu'avait donnée le jeune phénomène de la folk et les spéculations de ceux qui y voyait le signe de la fin, non seulement de la carrière du jeune bouseux, mais celle de cette mode vulgaire d'inspiration semblerait-il communisante connue sous le nom de

« rock and roll ». Le jour où Hagen prêta serment et s'envola pour Washington afin d'entrer en fonction, son nom ne fut mentionné que dans un seul journal du Nevada sous la plume d'un journaliste opiniâtre qui des profondeurs d'une page centrale tentait de démêler la bataille juridique qui entourait la nomination au Congrès. Rongé par les luttes intestines et les injonctions, le parti du défunt semblait de moins en moins susceptible de choisir un candidat et de le présenter au scrutin à temps. Hagen, le nouveau représentant du Congrès, avait davantage de chance. Bien qu'il eût été nommé à son poste bien après la date de clôture des inscriptions pour le scrutin de novembre, il avait soumis toutes les pétitions et les papiers nécessaires moins d'une semaine après l'annonce de sa nomination. Était cité un greffier déclarant que dans ces circonstances, la requête présentée par les avocats de M. Hagen pour que lui soit accordé le délai nécessaire ne serait sans doute qu'« une question de routine ».

Les Dons et leurs *capi* se comportaient de plus en plus comme des chefs d'entreprise ou de gouvernement. C'était là le vœu de Michael, Hagen le savait : s'inscrire dans la légalité. Michael poursuivait dans cette voie en se passant des conseils de Hagen. Tant qu'on ne lui demanderait pas son avis, Hagen garderait ses réserves pour lui.

Contrairement à Hagen, Michael n'avait jamais travaillé en entreprise. Dans leur secteur d'activité à eux, il était rare de subir un préjudice à moins de l'avoir cherché. Mais dans les autres secteurs, dits « légaux » ? Avant de démissionner pour se mettre au service de Vito Corleone, Hagen avait passé quelques mois en tant qu'avocat d'affaires à plancher sur les « taux de décès acceptables ». Combien d'innocents devraient encore mourir de diverses manières dans divers accidents de voitures fabriquées par le client de son cabinet avant que les procès inévitables justifient le coût de l'installation de nouveaux composants, plus sûrs, plus onéreux. Des bébés, des lycéens, des femmes enceintes, des jeunes Blancs brillants gagnant bien leur vie : le tout documenté, calculé, soigneusement noté dans le rapport qu'il classa le jour où il partit. Qu'avaient-ils fait, tous ces gens, pour mourir ainsi ?

Quant au gouvernement, c'était encore pire, ce que Hagen savait bien avant d'entrer lui-même en fonction. « Souvenez-vous du Maine ! » Vous vous rappelez ? Ce leitmotiv scandé à longueur de page par les journaux puis repris par les foules après l'explosion d'un cuirassé américain en rade de La Havane en 1898. Tout ça n'était qu'un vaste mensonge concocté pour que les États-Unis puissent entrer en guerre sous un faux prétexte et que les dirigeants puissent enrichir encore davantage leurs amis riches (y compris les magnats de la presse qui avaient répandu cette fable justement pour servir leurs propres intérêts). Cette guerre inventée de toutes pièces avait fait plus de morts que toutes les luttes mafieuses réunies. Ce ne sont que les stéréotypes négatifs que l'on véhicule sur les Italiens qui conduisent les gens à penser qu'ils constituent une menace pour l'Américain moyen. Le gouvernement, d'un autre côté, mène une guerre permanente audit Américain moyen et ces pauvres jobards mangent leur pain, vont aux jeux du cirque et continuent à faire semblant de vivre dans une démocratie – un mensonge si confortable qu'ils sont incapables de se rendre à l'évidence : l'amérique est entièrement régie via des tractations de coulisses entre riches. Dans l'écrasante majorité des élections, le plus riche des deux candidats remporte la victoire. Quand le moins riche des deux est élu, c'est généralement parce qu'il a accepté de jouer le larbin pour des gens plus riches encore que ceux qui soutenaient l'autre candidat. Allez-y, essayez de vous débarrasser de ces salopards. Vous verrez ce qui arrivera. Ou plutôt, vous verrez ce qui n'arrivera pas. Ç'aurait dû être son slogan : *Hagen au Congrès : Voyez ce qui n'arrivera pas.*

Hagen doutait qu'il y ait jamais eu au monde de racket plus juteux que celui du gouvernement américain. Pas facile d'intenter un procès à un gouvernement, et quand bien même vous gagneriez, que se passerait-il ? Tenez, voilà un million de dollars. Et sur ce, on augmente les impôts de deux millions. Sans compter que pour ce qui est des entreprises, il faut bien que quelqu'un quelque part achète les merdes qu'elles produisent. Que voulez-vous faire du gouvernement ? C'est le vôtre, c'est *vous*, vous l'avez sur le dos, point final.

Durant des années, Hagen avait conclu des marchés avec des hommes politiques, scruté leur regard éteint et vu ces opportunistes qui avaient perdu leur âme bien avant qu'il ne mette les pieds dans leur bureau pour leur expliquer les avantages mutuels d'un arrangement qu'ils n'avaient d'autre choix qu'accepter. Ces hommes – et plus rarement ces femmes – cédaient sans objection, remerciaient Hagen, lui serraient la main, lui souriaient de leur sourire de fonctionnaire et lui disaient qu'il serait toujours le bienvenu. Si jamais, dans un miroir, Hagen découvrait un jour ce regard au fond de ses yeux, il se verrait peut-être forcé de se coller une balle entre les deux.

Il n'avait jamais imaginé occuper des fonctions d'élu ailleurs qu'au Nevada (et même là, il y était plus que réticent), et ce ne serait jamais arrivé si la mort de son prédécesseur ne lui en avait pas offert l'occasion inattendue. Les citoyens du Nevada semblaient aussi angoissés de voir Tom Hagen au Congrès qu'il l'était lui-même – moins, cependant, que sa femme Theresa. Elle n'avait pas supporté le concert de critiques qui avait accueilli sa nomination, même après qu'il se fut calmé. Elle craignait l'effet qu'elles pouvaient avoir sur les enfants. Et la seule idée de devenir une de ces épouses de Washington lui faisait froid dans le dos. « Tu obtiens toujours ce que tu veux, lui avait-elle dit, et je te connais suffisamment bien pour savoir que ça, ça n'a jamais été ce que tu voulais. » Il avait essayé de nier, mais elle avait vu clair en lui. Elle avait besoin de temps pour réfléchir. Elle était partie avec les enfants passer l'été chez ses parents sur la côte du New Jersey.

Peut-être est-ce précisément à cause de la réticence avec laquelle Tom Hagen s'était embarqué dans tout cela qu'il fut si ébranlé par son arrivée à Washington. Dans le taxi qui traversait le Potomac, il réalisa brusquement où il était, qui il était. Hagen avait beau ne se faire aucune illusion sur ce qui se passait dans cette ville, le spectacle du Lincoln Memorial lui serra la gorge.

Quand ce premier soir, à l'hôtel, il ne ferma pas l'œil de la nuit, il mit cela sur le compte du décalage horaire et du café, même s'il passait sa vie à prendre l'avion et boire des litres de café sans que jamais ça ne l'empêche de dormir dès qu'il s'en accordait le temps. Il ouvrit les rideaux et vit les lumières du Mall. Il eut la chair de poule.

Il était millionnaire. Il était représentant du Congrès des États-Unis. Il se mit à rire.

Puis il s'habilla.

Il avait écouté son cœur et ce n'est qu'une fois dans l'ascenseur qu'il songea à l'inexcusable sentimentalisme de ce qu'il s'apprêtait à faire.

Il traversa Constitution Avenue et gagna l'extrémité ouest du Bassin des Reflets, qui sentait l'œuf pourri. L'eau miroitait de lumières. En face de lui, un couple s'embrassait main dans la main. Quelle beauté extraordinaire.

Orphelin, voilà ce qu'il était. Quand il avait dix ans, sa mère avait perdu la vue, puis elle était morte, et son père s'était tué à force de boire. Hagen avait été placé dans un orphelinat d'où il s'était enfui et il avait passé plus d'un an dans la rue avant de se lier d'amitié avec Sonny Corleone, qui l'avait ramené chez lui comme un chiot perdu. Sur le moment, il lui avait paru absurde que le père de Sonny n'y voie aucune objection, mais Hagen était bien trop reconnaissant pour mettre quoi que ce soit en question. Par la suite, il n'y avait même plus repensé. Sa mère souffrait de maladie vénérienne, son père était un ivrogne forcené qui allait au-devant de la mort. Hagen était passé maître en l'art de taire les choses ou de ne plus y penser bien avant que Vito Corleone ne peaufine et n'exploite chez lui ces talents.

Mais subitement, cette nuit-là, ça lui sauta aux yeux. Vito, lui aussi, était orphelin, et il avait été recueilli par les Abbandando à peu près au même âge où lui-même avait été recueilli par les Corleone. Vito avait grandi sous le même toit que celui qui était appelé à devenir son *consigliere*. Vito avait recréé chez lui une image inversée de cette dynamique, qui avait vu tout d'abord Sonny puis Michael donner ce même rôle à Hagen.

Hagen se retourna lentement, les bras écartés, embrassant du regard le Lincoln Memorial, le Jefferson Memorial, le Washington Monument, le Capitole, et dans le ciel, au-dessus, les étoiles éparpillées comme au hasard qui pour une raison ou une autre avaient décrété que ce serait là désormais qu'il exercerait ses activités. Hagen resta à l'extrémité ouest du bassin, où il se reflétait et réfléchissait, ne cessant de se retourner. Il ne croyait pas en Dieu, pas plus qu'en l'au-delà ou quoi que ce soit de mystique, mais en cet instant, il sentit sans l'ombre d'un doute peser sur lui la présence des morts, aussi lourde, aussi tangible qu'un bloc de glace. Washington, Jefferson et Lincoln. Son défunt prédécesseur au Congrès. Sonny et Vito Corleone. Bridget et Marty Hagen. Ces milliers de morts passés sous silence qui avaient reçu des balles en pleine tête ou en plein cœur au nom d'une cause supérieure qui l'emportait sur leur famille proche et sur leurs intérêts. Tous ces gens dont la vie avait été sacrifiée pour qu'il puisse mener la sienne – pour qu'il se retrouve, aussi brièvement soit-il, dans la peau de ce remarquable inconnu aux cheveux grisonnants répondant au nom de Thomas F. Hagen, représentant du Congrès.

Tout le temps que dura son mandat au Congrès, il devait souvent repenser à cet instant et à l'euphorie qu'il avait éprouvée – généralement dans ces moments – plus fréquents qu'il ne l'aurait imaginé – où ses collègues semblaient manifester un intérêt aussi légitime que désintéressé pour l'amélioration des conditions de vie de parfaits inconnus. Contrairement à ceux qui passaient leurs premiers jours à Washington à voir leur idéalisme naïf rapidement réduit en poussière, pulvérisé par les réalités de la politique et de l'argent, Hagen n'avait aucun idéal à détruire. Quand des représentants du Congrès qu'il avait déjà croisés pour les soudoyer le voyaient dans le Capitole et se présentaient en faisant mine de ne pas le connaître, Hagen ne trouvait cela que modérément drôle. Il avait passé sa vie assis derrière un bureau à voir des gens défiler sous son nez en lui demandant des services, si bien qu'il remarquait à peine leur goujaterie. D'un autre côté, si les qualités de vertu et d'altruisme sont denrées rares sur la colline du Capitole, pour un homme incapable de désillusion, elles sont omniprésentes.

Cette première nuit à Washington, cependant, son euphorie fut brusquement interrompue, lorsque, en pleine contemplation du firmament, il sentit un canon de revolver contre ses côtes. C'était un Noir coiffé d'un chapeau de cow-boy blanc, le visage camouflé par un bandana.

« J'espère que cette montre n'a pas de valeur sentimentale, lui lança-t-il.

— Non », répondit Hagen, bien qu'elle lui eût été offerte par Theresa pour un de leurs anniversaires de mariage. Pas un des plus marquants, mais tout de même, il l'aimait bien. « C'est une montre comme une autre.

— Une sacrée belle montre.

— Merci. Dites-le bien à votre fourgueur. Au fait, j'aime bien votre chapeau.

— Merci. Vous êtes friqué, hein ? » dit-il en rendant à Hagen son portefeuille vide.

— Un peu moins maintenant », dit Hagen. Il n'avait que deux cent dollars sur lui.

« Désolé, dit le type en repartant. Les affaires... que voulez-vous ?

— Je comprends parfaitement », lui lança Hagen tandis qu'il s'éloignait. Cette ville avait-elle jamais vu victime plus joyeuse ? « Bonne chance à vous, l'ami. »

Fidèle à lui-même, Hagen s'était gardé une ample marge pour descendre le long de la côte d'Asbury Park où se trouvait la maison des parents de Theresa jusqu'à Atlantic City où devait se tenir la convention de son parti, et ce n'est qu'à l'entrée d'Atlantic City où une déviation provoquait des embouteillages, qu'il eut une raison de vouloir jeter un œil sa montre. Il avait remplacé celle qui lui avait été volée par une autre, identique, pour ne rien avoir à dire à Theresa. Mais il l'avait laissée sur la table de chevet. Il la voyait parfaitement : elle était posée juste à côté de son invitation à la convention. Il frappa le volant du plat de la main.

C'était absurde de ne pas avoir pris un hôtel à Atlantic City, mais il avait essayé de convaincre Theresa et il avait été ravi de voir les enfants. Même les garçons paraissaient contents de le voir. Ils avaient mis des paniers dans l'allée en parlant de filles, de voitures et même de cette musique discordante de barbares qu'ils adoraient. Tout s'était très bien passé. Theresa rentrait à la fin de l'été – Hagen n'en était pas sûr jusque-là – et lui avait même annoncé qu'elle assisterait peut-être à certaines étapes de la campagne, si Tom réussissait à lui obtenir une nomination au conseil d'administration du nouveau musée d'art moderne qui devait s'ouvrir. Mais il avait sous-estimé à quel point les allers et retours le fatigueraient et, naturellement, le seul jour où il devait réellement y être était également celui où la circulation était la pire, sans compter qu'à force de se disperser les oublis étaient inévitables. S'il n'avait pas voulu faire trop de choses à la fois, il se serait fait accompagner de son secrétaire général – un jeune abruti sorti de Harvard, antipathique mais d'une méprisante efficacité, qui lui avait été recommandé par le gouverneur – et Ralph se serait assuré que son patron avait tout pris, même s'il était occupé à courir sur la plage pour piquer une dernière tête dans l'eau avec sa fille.

Hagen ignorait depuis combien de temps il martelait son volant quand, soudain, il se vit dans le rétroviseur, le visage cramoisi, en sueur, au bord de la crise cardiaque. Il respira à fond, sortit un peigne et reprit ses esprits.

N'ayant pas de passe pour le parking, il se gara à l'autre bout de la promenade qui menait au palais des congrès où se tenait la convention. Le temps qu'il y arrive, il était en nage et tellement échevelé que malgré diverses tactiques inventives auprès des différents vigiles qui gardaient les accès, il ne réussit pas à pénétrer dans le palais à temps pour assister au discours d'investiture du gouverneur James Kavanaugh Shea. À en juger d'après les clameurs de la foule, tout avait l'air de bien se passer.

Pour la première fois, Hagen remarqua les mots gravés dans la façade de grès du palais des congrès : CONSILIO ET PRUDENTIA. Du latin. « Sagesse et prudence. » *Consiglio. Prudenza.*

Au train où allaient les choses, Hagen ne serait pas étonné qu'un jour la Mafia loue une arène de ce genre pour ses affaires. Choqué, peut-être, mais pas étonné. Si Hagen avait encore été *consigliere*, la première de ses remarques aurait été que les mariages, les enterrements, les championnats de boxe, ou encore les rivalités entre propriétaires occultes de night-clubs se vantant du plus beau spectacle, de la plus belle affiche, rendaient les rassemblements des différentes Familles trop fréquents, trop publics, trop *glamour*, tous, y compris les enterrements. Il avait entendu dire que la réunion de New York avait abouti à un accord au terme duquel elles devenaient annuelles. Et puis quoi encore ? Des titres au porteur ? Une retransmission télévisée en direct ?

À l'intérieur, de nouvelles ovations.

Hagen poussa un soupir et traversa la promenade pour aller s'asseoir sur un banc.

À une centaine de mètres de là, des techniciens se dépêchaient de monter une scène provisoire pour le concert en extérieur que Johnny Fontane devait donner le soir même. Une équipe de cinéma était également en train de s'installer – aux frais de la société de production de Fontane, bien qu'il n'ait aucunement été prévu de présenter le film en salle ni même en dehors des quatre murs de la résidence du chanteur à Beverly Hill. Des hommes déchargeaient des camions remplis de chaises et de plates-formes – des concessions sous le contrôle de la Famille Stracci.

Quelle importance si Hagen n'avait pas entendu le discours ? Qui saurait qu'il l'avait raté ? Quelle importance si grâce à Tom Hagen et ses talents de négociateur la convention s'était tenue là et non à Chicago comme ç'aurait sans doute été le cas autrement ? D'autres s'en verraient attribuer le mérite et au bout du compte, c'était très bien ainsi. Il n'était pas dans sa nature de s'attribuer le mérite de quoi que ce soit, comme il est nécessaire de le faire si vous voulez que les andouilles qui croient toujours que nous vivons dans une démocratie votent pour vous.

Il s'épongea le front, tordit son mouchoir et l'épongea une fois. Hagen s'était chargé des négociations, mais le plan avait été échafaudé par Michael Corleone, et la tenue de la convention à Atlantic City était un véritable coup de maître. Dans cet État, la machine du parti était contrôlée par les Stracci. Mais Tony le Noir (qui se teignait les cheveux dans un noir de jais depuis qu'il était jeune) n'avait pas suffisamment de relations en dehors du New Jersey et il avait été plus que reconnaissant de pouvoir bénéficier de l'entière coopération des appuis politiques des Corleone. Les Stracci en avaient d'autant plus tiré profit qu'ils contrôlaient les services de blanchisserie et d'enlèvement des ordures d'Atlantic City, ainsi que les casinos clandestins des Jersey Palisades. Ç'avait été le ciment d'une amitié entre les

Corleone et Don Stracci, qui avait permis au *regime* d'Ace Geraci d'utiliser les docks des Stracci pour la contrebande qui devait financer une grande part des opérations ultérieures.

C'est au gouverneur Jimmy Shea que revint le mérite d'avoir fait venir la convention et son cortège de bénéfices économiques dans le New Jersey. Il se retrouva invité à donner un grand discours en direct sur les trois chaînes, à l'heure de grande écoute, sans avoir à se lancer dans une course aux primaires dont il ressortirait perdant. En échange de ces services, son frère Danny (qui ne savait pas pour qui son père intervenait) aida à limiter toutes les poursuites judiciaires dont les Familles pouvaient faire l'objet à la suite des récents assassinats. Par ailleurs (là encore par l'entremise de l'Ambassadeur), Jimmy Shea accepta de ne pas s'opposer à une mesure légalisant les jeux à Atlantic City. Et moyennant un bon discours, Jimmy Shea se voyait aujourd'hui offrir l'occasion de préparer le terrain pour devenir – qu'il le sache ou pas – le premier président américain élu grâce à la Cosa Nostra.

Une chose est sûre, il finirait bien par le savoir.

Dans la salle, un tonnerre d'applaudissements éclata. Un orchestre de cuivres assourdi entama « Into the Wild Blue Yonder », l'hymne de l'Air Force.

C'était ce soir-là que se jouait l'adieu à la paix. Hagen avait été au centre de toute l'opération, mais au moment clef, où se trouvait-il ? Dehors, sur un banc, de l'autre côté de la promenade. Il n'avait jamais mis les pieds dans le Palais des Congrès. Il abritait le plus grand orgue du monde, paraît-il. Chaque année y était organisé le concours de Miss Amérique que Hagen avait vu à la télévision. Nul doute que la seule différence entre les positions de Miss Alabama sur les perspectives (elles s'ouvrent à vous !), les enfants (ils sont l'avenir !), l'éducation (pour !), les clefs d'une belle vie (le travail ! la religion ! la famille !) et la paix mondiale (possible dans notre avenir proche !) et celles du gouverneur Shea était que ce dernier n'était pas obligé de les exprimer en talons aiguilles et maillot de bain.

Et puis merde. Qu'est-ce que ça pouvait lui foutre, à Hagen ?

Il se rendit à l'hôtel où l'Ambassadeur avait loué la grande salle de bal, en se disant qu'il était un peu en avance mais qu'avec un peu de chance il pourrait déjà prendre un verre. Une bannière de velours bleu ornée du logo d'un syndicat accueillait les délégués, mais en réalité l'Ambassadeur s'était chargé de régler discrètement la note. Étonnamment, il y avait déjà beaucoup de monde. Jimmy Shea avait achevé son discours et la salle se remplissait peu à peu d'un flot de gens qui s'extasiaient sur l'éloquence inspirée du gouverneur, se lamentaient que ce dernier n'ait été chargé que du discours d'investiture au lieu d'être lui-même choisi, espéraient que Shea – jeune, séduisant, héros de guerre – aurait sa chance en novembre, contrairement à cet insipide ronchonneur de l'Ohio que le parti s'apprêtait à sacrifier sur l'autel des élections.

Hagen savait que parmi eux se trouvaient un certain nombre de sous-marins payés pour encenser le discours du gouverneur quoi qu'il arrive. Il savait également que, bien qu'authentique, l'héroïsme dont Shea avait fait preuve pendant la guerre avait été exagéré dans l'imagination du public par l'ampleur et la nature de la couverture que la presse lui avait accordé à l'époque, et que Hagen s'était personnellement chargé d'orchestrer. Et il savait aussi que, malgré le peu de temps qu'il avait passé à Washington, « l'insipide ronchonneur de l'Ohio » était en réalité un homme aussi respectable que redoutable. Ce que la jeunesse et la séduction avaient à voir avec les fonctions de Président, Hagen n'en avait pas la moindre idée. Il prit un double scotch-soda et balaya la salle du regard à l'affût de têtes connues qu'il était prudent d'aller saluer. À cet instant, il y eut une émeute du côté de la porte, accompagnée de cris de joie. Hagen se retourna au moment précis où une main s'abattit sur son épaule.

« Mais c'est notre représentant du Congrès ! lança Fredo Corleone en smoking blanc. Hé, mon vieux, si je promets de voter pour toi, est-ce que tu me donneras un autographe ? »

Hagen mit la main à l'oreille de Fredo. « Qu'est-ce que tu fabriques ici ? Comment va mamma ? »

Fredo était ivre. Il montra la porte du pouce.

Contrairement à ce que pensait Hagen, ce n'était pas Shea qui faisait son entrée, mais Johnny Fontane escorté de toute une cour.

« Je suis venu avec Johnny, dit Fredo.

— Et mamma ? » Deux semaines auparavant, Carmela Corleone avait été admise en urgence à l'hôpital pour ce qui s'était avéré être une embolie cérébrale. Dans un premier temps, on avait cru qu'elle ne s'en sortirait pas, mais elle s'était rétablie. La dernière fois que Hagen avait été là-bas, Fredo lui avait assuré qu'il resterait à New York pour s'occuper de tout, mais voilà qu'il était ici, dans ces lieux.

« Elle va bien, répondit Fredo. Elle est rentrée.

— Je sais bien qu'elle est rentrée. Comment se fait-il que tu ne sois pas avec elle ?

— Crois-moi, je suis de trop, là-bas. »

Hagen en doutait. Connie Corleone avait quitté Ed Federici pour s'envoler vers l'Europe avec un play-boy éméché et s'était contentée d'envoyer un télégramme et des fleurs. La tante de Carmela était morte au début de l'année. Mike et Kay y étaient allés quelque temps, mais ils avaient dû rentrer. Ils avaient embauché une infirmière. La seule famille qui restait à Carmela là-bas était Kathy, la fille de Sonny, qui vivait sur le campus de Barnard.

D'un signe de tête, Hagen indiqua de la tête l'arrière de l'escorte de Johnny Fontane – Gussie Cicero, un propriétaire de boîte de nuit de Los Angeles et associé de Jackie Ping-Pong, et deux types de l'organisation de Chicago. « Et eux, qu'est-ce qu'ils font ici ?

— Eux aussi, ils sont venus avec Johnny Fontane.

— Répète un peu ?

— Tu oublies que Gussie était marié avec Margot Ashton avant que Johnny l'épouse. Et ils sont devenus des amis à moi. Du calme, Tommy. On est là pour s'amuser. Bon sang, t'as vu un peu ce discours ? »

Fredo avait été invité à la convention ? « Tu l'as vu, toi ?

— À la télévision. On était dans le penthouse de Gussie et Johnny. Jimmy et Danny y étaient hier soir. C'était *fou*. Hou là ! Tu aurais dû passer. »

Il n'avait pas été invité, il n'était pas même au courant. « Jimmy et Danny Shea ?

— De qui veux-tu qu'on parle ? Évidemment, Jimmy et Danny Shea. »

Hagen savait que cette conversation aurait dû attendre. Avec la presse exécrable qui avait suivi sa nomination, il aurait dû éviter d'être vu en pleine discussion ici, en public, et se contenter d'un simple bonjour.

« Et tu dors où ?

— T'en as déjà vu des plus gros, toi ? » Fredo indiquait du menton Annie McGowan et les énormes seins auxquels elle devait sa célébrité. C'était la blonde qui était juste derrière Fontane, aux côtés du comique que ce dernier surnommait Couille Molle et qu'elle avait remplacé en première partie des spectacles de Johnny, mais qui semblait encore faire partie de son entourage. Annie McGowan avait supplanté une Mae West plus toute jeune dans les blagues sur les femmes à gros seins.

« Il faut que j'y aille, Fredo.

— Tu l'as déjà rencontrée ?

— Une fois, répondit Hagen. Elle ne se rappellerait pas de moi. »

Jimmy Shea fit enfin son entrée, flanqué de son père et de son frère. La salle explosa en un tonnerre d'applaudissements accompagné d'une version enregistrée de « Into the Wild Blue Yonder ».

« Shea et Hagen en 1960 ! » hurla Fredo.

Pour autant que Hagen put en juger, la voix de Fredo fut noyée dans le tumulte général.

Hagen s'éclipsa. La salle était comble, à présent. Il s'efforça de serrer les mains qu'il fallait, mais ce n'était pas facile. Malgré tous ses efforts, il y eut plus d'une fois où il tendit la main vers ce qu'il croyait être un sénateur, un représentant du Congrès ou un adjoint de haut rang et n'obtint en retour qu'un regard vide. Il essaya de trouver des membres de la délégation du Nevada – les seuls, vraisemblablement, qui avaient pu remarquer son absence. Il n'aperçut qu'une institutrice de Beatty. Allez savoir où ça perchait.

« La Porte de la Vallée de la Mort, lança-t-elle en criant pour couvrir le vacarme.

— Je vois, dit-il. *Parce qu'ils s'en vantent, à Beatty ?*

— On a des mines, à Beatty. Quoique, il y en a plusieurs qui ont fermé.

— C'est bien pour ça qu'il faut se débarrasser des salopards », lâcha Hagen.

Elle fronça les sourcils. Peut-être était-ce le terme de *salopards*, peut-être était-ce parce qu'il faisait partie des salopards dont elle aurait voulu se débarrasser, mais avant qu'il ait eu le temps de s'excuser, son visage s'éclaira soudain. « Vous êtes fabuleux ! » s'écria-t-elle, manifestement ravie.

Hagen mit une seconde à s'apercevoir que le gouverneur Shea s'avançait derrière lui en arborant un large sourire en guise de chasse-neige. Shea braqua son sourire sur l'institutrice et lui dit, le pouce levé : « Merci, je suis content de vous voir » avant de lui tapoter l'épaule. Puis le gouverneur serra la main de Hagen – ils ne s'étaient jamais rencontrés – et avant même de l'avoir lâchée, tourna les yeux sur la personne suivante. Ce fut tout. Mais la jouissance orgasmique qui se dessina sur les traits de l'institutrice lui donna une leçon directe de politique. La jeunesse et la séduction n'avaient rien à voir avec les fonctions de Président, mais tout en revanche avec le succès d'une élection.

Hagen se pencha vers son oreille. « Si je comprends bien, vous avez vu le discours du gouverneur Shea ?

— On *entend* un discours, répondit-elle, les sourcils de nouveau froncés.

— Certes. »

Elle colla sa bouche à l'oreille de Hagen. « Si je puis me permettre, monsieur, vous perdez votre temps, dit-elle. Je n'ai jamais enfreint les consignes du parti, mais je m'apprête à le faire en novembre, en votant contre vous. »

Elle fit un pas en arrière en battant des paupières pour souligner le sarcasme.

Que vouliez-vous qu'il dise ? *Madame, mon adversaire est mort ?* « Très bien, lui répondit-il en lui tapotant l'épaule, imitant inconsciemment Shea. Ravi de vous avoir rencontrée. »

Hagen se faufila à travers la foule. Malgré toute l'affluence dans la salle, il n'y avait quasiment personne au bar. Les gens étaient presque tous bouche bée devant les nombreuses célébrités.

Fontane, Shea et Annie McGowan étaient montés sur une table. Fontane et Shea étaient bras dessus bras dessous et Annie McGowan sur le côté, les mains croisées devant elle en feuille de vigne. À leurs pieds, l'Ambassadeur mit les doigts dans sa bouche et siffla. Quand il le regardait, Hagen avait du mal à s'empêcher de le revoir tout nu, brûlé par le soleil, au bord de sa piscine. Fontane demanda à tout le monde de bien vouloir se joindre à eux pour chanter « America the Beautiful ».

Il y avait longtemps de cela, Hagen avait emmené Andrew qui était encore petit voir Annie McGowan dans le temple du jouet F.A.O. Schwartz, alors que son spectacle de marionnettes, *Jojo, Mrs Cheese & Annie*, débutait à peine. L'année précédente, plus ou moins à l'époque où Annie avait quitté Danny Shea (qui était marié, de toute façon) pour se mettre avec Johnny Fontane, elle avait arrêté son émission de télévision pour devenir chanteuse.

Shea descendit de la table en saluant. Fontane et Annie restèrent pour entonner à pleins poumons une chanson de spectacle qui avait initialement célébré un autre État et affichait désormais des paroles exaltant les vertus du New Jersey.

Hagen sortit la fiche sur laquelle son secrétaire général avait – dans une écriture lilliputienne parfaitement dessinée – dressé la liste des soirées auxquelles il devait assister, assortie de directives méticuleuses, du nom des gens à voir et même d'idées de conversations. Et puis merde. Il en avait assez vu, il en avait marre. Hagen rentrait à Asbury Park retrouver sa famille.

En sortant, il vit Fredo dans le hall en train de discuter avec les deux types de Chicago et un homme en manteau à carreaux, Morty Whiteshoes, qui travaillait essentiellement à Miami.

« Tu t'en vas, Tom ? » lui lança Fredo.

Tom lui fit signe de rester assis. « On s'appelle tout à l'heure.

— Non, attends, dit Fredo en s'excusant. Je t'accompagne. Je reviens, les gars. »

Fredo le rattrapa sur la promenade encombrée. Hagen marchait plus vite que nécessaire.

« J'ai un truc à te demander.

— Je m'en suis chargé, répondit Hagen, pensant qu'il parlait du pétrin dans lequel il s'était fourré l'année précédente à San Francisco. C'est oublié, OK. Alors laisse tomber.

— Écoute, est-ce que Mike t'a touché un mot de cette idée que j'ai eue ? demanda Fredo. Cette vision, plutôt, où on ferait passer une loi interdisant d'enterrer qui que ce soit à New York – dans aucun des districts, ni même à Long Island.

— Parle moins fort. » Instinctivement, Hagen jeta un œil autour de lui.

« Je ne parle pas de ces enterrements-là, poursuivit Fredo. Je te parle des normaux, tu vois. Tout le monde. Tu fais passer une sectorisation pour que...

— Non, l'interrompit Hagen. Tu sais que je ne m'occupe plus de tout ça. Écoute, il faut vraiment que j'y aille. » Il passa devant Fredo et marcha à reculons en espérant couper court à la conversation. « Dis bonjour de ma part à Deanna, OK ? »

Fredo s'arrêta, l'air interloqué. Quoique, c'étaient peut-être les lunettes qui donnaient cette impression. Hagen ne voyait pas ses yeux.

« Deanna, répéta Hagen. Ta femme. Ça te dit un truc ? »

Fredo hocha la tête. « Embrasse bien Theresa et les enfants pour moi, dit-il. T'oublies pas, hein ? »

Il avait parlé d'un ton qui ne disait rien de bon à Hagen. Il l'entraîna à l'écart dans un passage. « Tu es sûr que ça va, Fredo ? »

Fredo baissa les yeux en haussant les épaules, avec un air d'adolescent boudeur qui lui rappelait ses fils.

« Tu ne veux pas m'en dire un peu plus sur ce qui s'est passé à San Francisco ? »

Fredo leva les yeux et ôta ses lunettes. « Va te faire foutre, OK. Je n'ai pas de comptes à te rendre, Tommy.

— Dans quelle embrouille es-tu allé te fourrer à Hollywood, Fredo ?

— Qu'est-ce que je viens de te dire ? Je n'ai pas à te répondre, OK ?

— Tu veux me dire pourquoi tous les amis de Fontane couchent avec des femmes qui ont couché avec lui ou ont couché avec des femmes qui couchent maintenant avec lui ?

— T'as dit quoi, là ? »

Hagen répéta.

« C'est bas, Tommy. »

Il n'avait pas tort. « Laisse tomber, dit Hagen.

— Non, je te connais, dit Fredo en s'avançant, forçant Hagen à reculer contre le mur du passage. Tu laisses jamais tomber, que dalle. Tu vas tourner et retourner ça dans ta tête jusqu'à ce que tu croies tenir la solution, même s'il y a pas de solution, même si la solution est tellement simple que tu peux pas le supporter parce que dans ce cas-là, tu peux pas gamberger encore » – il lui enfonça le doigt dans le plexus – « et encore » – de nouveau – « et encore » – de nouveau – « et encore ».

Hagen avait le dos plaqué contre un mur de brique crasseux. Fredo avait été un gamin violent, à une époque, et puis ça lui avait passé. Jusqu'à ce qu'il tabasse ce pédé à San Francisco.

« Il vaut mieux que j'y aille, dit Hagen. D'accord ? Je dois y aller.

— Tu te crois tellement malin, putain. » Il lui lança une bourrade dans la poitrine. « Pas vrai ?

— Allez, Fredo. Doucement, hein ?

— Réponds-moi.

— Tu as un revolver, dis ?

— Qu'est-ce qu'il y a ? Tu as peur de moi ?

— Depuis toujours », répondit Hagen.

Fredo rit à voix basse, tristement. Il tendit sa main ouverte et lui donna sur la joue une légère calotte à mi-chemin entre la tape affectueuse et la gifle. « Écoute, Tommy, ce n'est pas compliqué. »

Qu'est-ce qui n'était pas compliqué ? Hagen fit la moue et hocha la tête. « Ah non ?

— Non. » Fredo avait l'haleine qui sentait l'oignon et le vin rouge. Il avait oublié de se raser à un endroit, dans le cou. « Quand tu es un chaud lapin comme Johnny ? Et que tous tes amis sont des chauds lapins aussi ? C'est fatal. Crois-moi, les bons coups, y en a pas tant que ça, et au bout d'un moment, les mecs finissent par se faire rattraper par le nombre. Tu comprends ?

— En théorie, oui, répondit Hagen. Sûr. Je comprends. »

Fredo recula et remit ses lunettes de soleil. « La prochaine fois que tu verras Mike, dis-lui qu'il y a pas mal de détails que j'ai résolus, pour mon idée, OK ?

— Enfin, Fredo. Je te l'ai dit, je ne m'occupe plus...

— Vas-y, bon sang. » Fredo montra vaguement la mer du doigt. « Il faut que tu y ailles, alors vas-y. »

Ce soir-là, quand Tom Hagen revint chez les parents de Theresa, à Asbury Park, ses fils se bagarraient en se roulant par terre dans le minuscule jardin.

Il descendit de voiture. Il s'agissait apparemment d'une histoire de fille, qui avait d'abord plu à Andrew, mais que Frank avait embrassée. Hagen commença par ne pas s'en mêler, mais quand il vit Theresa sortir sous le porche, il mit les doigts dans sa bouche, siffla, puis il s'interposa au beau milieu de la bagarre et les sépara. Il leur ordonna de monter dans la voiture, puis il rentra dans la maison récupérer sa montre. Gianna regardait une série de westerns à la télévision avec ses grands-parents. Il l'attrapa et entassa tout le monde dans la voiture pour aller prendre des glaces. « Papa et maman ont des glaces ici », protesta Theresa, mais Tom la fit taire du regard et elle le suivit.

Ils arrivèrent au Dairy Duchess au bord de l'autoroute au moment de la fermeture. Tom Hagen passa par-derrière, glissa un billet de cinquante au propriétaire et, quelques instants plus tard, les Hagen se retrouvèrent installés autour d'une table verte poisseuse sous la lueur jaune d'une lampe à alcool : en famille. Gianna – qui était bien la fille de son père – mangea son cornet comme une directrice de cours de maintien sans même en faire couler une goutte. Le sundae de Theresa fondit pendant qu'elle tamponnait le visage bouffi d'Andrew avec une serviette en papier humectée de salive. Andrew avait pris un truc fourré au brownie. Frank engouffra un banana split servi dans une coupe en plastique rouge en forme de barque. Tom se contenta d'un café.

Quand ils eurent tous fini, Tom Hagen se leva et se planta au bout de la table pour leur annoncer qu'ils allaient passer le reste de l'été à Washington, en famille. Avant la rentrée, ils repartiraient ensemble au Nevada, en famille. Quand il perdrait les élections face à un mort, comme il en était quasiment certain, là encore, ils y feraient face, et comment ?

Gianna leva la main. « En famille !

— Bravo, ma fille », lui dit-il en déposant un baiser sur ses cheveux roux. « Je sais que ça n'a pas été facile pour vous. Je sais que les journaux ont écrit des choses délirantes, je sais aussi que des gens vous ont dit en face des choses encore pires. Mais nous devons nous serrer les coudes. Pour l'instant, je suis un représentant du Congrès des États-Unis. C'est un honneur, un privilège, un miracle, franchement. Une expérience dont je veux que vous vous rappeliez toute votre vie. Notre vie. »

Ses enfants se tournèrent vers Theresa. Elle prit son souffle et hocha la tête. « Tu as raison, dit-elle. Et je suis désolée de ne pas avoir été...

— Inutile, répondit Tom en l'arrêtant d'un geste. Je comprends parfaitement. »

Ce n'est pas qu'il oublia de dire à Theresa et aux enfants que Fredo les embrassait, mais il ne trouva pas le bon moment.

Le lendemain, ils montèrent tous dans la voiture pour se rendre à Washington. Le temps qu'ils arrivent, Ralph avait déménagé toutes les affaires de Hagen dans une suite plus spacieuse et désigné un stagiaire pour faire office de guide touristique. Ils virent tous les monuments, visitèrent les coulisses de la Cour suprême et de la bibliothèque du Congrès. Ils firent le tour de tous les musées. Il y avait longtemps que Theresa, diplômée en histoire de l'art de l'université de Syracuse, n'avait pas paru aussi heureuse. Tom et les garçons jouèrent au basketball dans le gymnase du Congrès et se firent couper les cheveux chez le coiffeur du Congrès.

Ralph avait même organisé une rencontre en famille avec le Président dans le Bureau ovale. Mieux encore, Princess, le colley du Président, qui était de la même famille que la chienne qui jouait Lassie à la télévision, avait donné naissance à une portée de chiots et les Hagen allaient en avoir un. Ils firent le chemin à pied ensemble depuis l'hôtel et furent surpris par une averse sans avoir de parapluie. Sur la photo prise par le photographe officiel de la Maison-Blanche, les Hagen, la mine aussi dépitée qu'une famille de chats trempés flanquaient un Président au sourire aussi crispé que s'il était saisi d'une colique intempestive. Grimaçante, la petite Gianna tenait à bout de bras le chiot – qui finit par être baptisé Elvis – les yeux rivés sur la crotte de la taille d'un haricot qui allait tomber en plein dans la tasse de café du Président.

Tom la fit tirer au plus grand format possible. Toute la famille la trouva hilarante. Quand ils rentrèrent à Las Vegas, il l'accrocha au-dessus de la cheminée, à la place de la lithographie de Picasso que Theresa avait payé une petite fortune mais qui allait mieux dans le salon, de toute façon.

La défaite de Hagen fut une des plus écrasantes de l'histoire du Nevada – et de loin la victoire la plus décisive que les morts aient jamais remportée sur les vivants, dans les urnes tout du moins.

Que ce soit à la réunion du Kiwanis ou à celle du Rotary, du syndicat des Mineurs ou celui des Professeurs, ou encore de l'association des éleveurs du Nevada, Hagen s'était invariablement avéré être un orateur guindé, dénué d'humour, impopulaire. C'était un catholique irlandais doublé d'un avocat dans un État dirigé par des baptistes et des cow-boys agnostiques. Hagen avait découvert son État d'adoption en entamant sa campagne. Dans les asiles de nuit infestés de puces, on trouvait des vagabonds qui avaient passé plus de temps au Nevada que Tom Hagen. Le débat qui l'avait opposé à la minuscule veuve farouche de son adversaire avait été une déplorable erreur, commise en désespoir de cause, comme un ultime sursaut car à ce stade, déjà, tout indiquait qu'il n'avait aucune chance de gagner. La froideur persuasive déployée par Hagen avec tant de succès du temps où il formulait des centaines d'offres impossibles à refuser, faisait à la télévision un effet franchement reptilien. Le Nevada possède plus d'espèces de lézards que tout autre État américain. Les reptiles, on les reconnaît de loin.

Quelques jours avant l'élection, un journal de Las Vegas déclara que Hagen avait été non seulement l'avocat du célèbre gangster Vito Corleone, dit « Le Parrain », ce qui était notoire, mais également officieusement, son pupille, ce qui l'était moins. D'après l'article, les enfants survivants de Vito appelaient parfois Hagen leur « frère ». Hagen ne nia rien. Il cita son exemple comme un de ces milliers d'actes de charité que les membres de la famille Corleone avaient accomplis, au nombre desquels on comptait l'aile la plus vaste du plus grand hôpital du Nevada ou le prochain musée d'art qui était appelé à devenir le plus beau de l'ouest des Rocheuses à l'est de la Californie. Il montra à la journaliste une copie de l'article du *Saturday Evening Post* décrivant la Fondation Vito Corleone comme une des nouvelles organisations philanthropiques des années 50 les plus prometteuses, et une double page de *Life* qui évoquait l'héroïsme de Michael Corleone durant la Seconde Guerre mondiale. Hagen lui fit remarquer que les Corleone qu'elle semblait considérer comme des criminels n'avaient jamais été reconnus coupables du moindre délit, pas même d'avoir traversé hors des passages cloutés. Elle l'interrogea alors sur les nombreuses fois où ils avaient été accusés de crimes, en particulier le défunt Santino

Corleone. Hagen lui tendit un exemplaire de la Constitution américaine en lui conseillant de lire le passage où il est déclaré que tout individu est présumé innocent jusqu'à ce que sa culpabilité soit prouvée. L'article soulignait que cette tournure de phrase n'apparaissait nulle part dans ce document.

Il était difficile de dire si la journaliste ou son rédacteur avaient eu un tuyau sur les origines de Hagen. En ce cas, ça pouvait provenir de différentes personnes. Des amis et des voisins que Hagen avait connus dans sa jeunesse. Fontane, qui n'avait jamais aimé Hagen. Les hommes de Chicago, qui avaient été furieux de la nomination de Hagen. Peut-être même – étant donné son étrange comportement depuis quelque temps – Fredo. Il n'était pas impossible que la journaliste l'ait deviné toute seule. Quoi qu'il en soit, Hagen et Michael Corleone choisirent de ne pas perdre de temps à démêler cette énigme, pour l'instant tout du moins. À quoi bon ? Même sans cet article, Hagen était condamné à perdre l'élection, et de loin.

Peu après, cependant, à Washington, une autre petite énigme fut résolue, une injustice plus anodine réparée. Plusieurs semaines de bonnes questions posées par les bonnes personnes connurent leur dénouement un beau jour avec l'apparition d'une Cadillac rouge et noire immatriculée à New York qui se gara devant un immeuble des bords de l'Anacostia. Il neigeait. Deux Blancs descendirent de la voiture, un petit en costume brillant et un grand en blouse grise. Ils se dirigèrent vers la porte d'entrée et, quasiment dans la foulée, l'homme en blouse l'ouvrit d'un coup de pied. Quelques instants plus tard, un coup de feu retentit. C'était un quartier où les coups de feu étaient aussi courants que les lézards au Nevada. L'homme en costume brillant sortit de l'immeuble en premier en tenant un chapeau de cow-boy blanc coincé sous le bras comme un ballon de football. Sur ses talons, apparut l'homme en blouse, la montre de Hagen roulée dans le poing. En haut, l'agresseur – qui aimait trop la montre pour la vendre – était étalé, inconscient, sur le linoleum glacé de son appartement. Il avait été mis KO par le grand type, un honnête boxeur poids lourd du nom d'Elwood Cusik, dont la maîtresse mariée avait pu se faire avorter – et dans un hôpital stérile de New York, avec ça – grâce à un homme endetté envers Ace Geraci. Le petit – Cosimo Barone, dit « Momo le Cafard », le neveu de Sally Tessio – avait tiré une balle de .38 dans la main coupable du Noir, en guise de leçon. Le voleur ne s'était pas réveillé. Cusik, pour qui ce boulot était une première, souleva la main inerte du Noir pour lui prendre le pouls. Régulier. Idem pour la respiration. Les blessures du voleur étaient de celles qu'on peut aisément éviter en s'abstenant de détrousser qui que ce soit. En admettant qu'il reprenne conscience avant de se vider de son sang et à moins qu'il n'ait eu l'intention d'apprendre le piano, il s'en remettrait.

« Et elle est à qui, cette montre ? » demanda Cusik en l'essayant dans la voiture.

Momo le Cafard ne répondit pas. Il rabattit la visière et jeta un œil dans le miroir à sa carapace de cheveux laqués. Ils avaient quitté la ville quand le boxeur hasarda une autre question.

« Et le chapeau, il appartient au même type que la montre, ou à quelqu'un d'autre ?

— Tu n'as qu'à l'essayer, aussi », dit le Cafard.

Cusik haussa les épaules et obéit. Le chapeau lui allait parfaitement. « Qu'est-ce que t'en dis ? » demanda-t-il.

Le Cafard hocha la tête. « Il est fait pour toi, dit-il. Dis, Tex, tu veux pas me rendre un service ? Essaie voir un peu si tu es aussi doué pour la boucler que pour balancer des coups de poing. »

Là encore, Cusik haussa les épaules et obéit.

Au bout du compte, le voleur – affalé sur le sol d'un réduit dans des parages où les gens mettaient du temps à appeler la police et la police encore plus de temps à réagir – se vida de son sang. Appelez ça les affaires. Appelez ça le destin. Appelez ça la loi des conséquences involontaires. Peu importe. Qu'est-ce que ça pouvait faire à Tom Hagen ? Un homme fait des choses qui en déclenchent d'autres. Un mort n'a pas à signifier quoi que ce soit. C'est rarement le cas.

Chapitre 16

À l'instant où elle aperçut l'île de la Sicile, Kay Corleone en eut le souffle coupé.

Michael leva les yeux du livre qu'il était en train de lire – *Peyton Place*, que Kay avait acheté sur les conseils de sa mère, de Deanna Dunn et de plusieurs de ses amies de la Junior League de Las Vegas, son association d'entraide –, bien qu'elle l'eût fini depuis des heures et trouvé nul. « Ça va ?

— Ça va, répondit Kay. Mon Dieu, tu ne m'avais jamais dit que c'était si beau. »

Il posa le livre et se pencha au-dessus de Kay pour regarder par le hublot. « C'est vrai que c'est beau. »

Une crête de montagnes couronnées de neige encerclait les remparts de Palerme, qui était visible du ciel, dévoilant un foisonnement de clochers, de pierres sculptées et de balcons à volutes. On n'était qu'en février, mais la Méditerranée était d'un bleu inimaginable et le soleil constellait d'or sa surface lisse que seule venait troubler une vibration infime pareille à celle d'un verre de vin posé sur une radio réglée au plus bas. La piste d'atterrissage avait été aménagée sur une langue de terre au nord-ouest de la ville. Un des innombrables arguments qu'avait donnés Michael à Kay pour la dissuader de venir passer des vacances là était que statistiquement, c'était un des plus dangereux aéroports du monde. La plupart du temps, quand il venait, il atterrissait à Rome et prenait ensuite un train puis un ferry. En voyant l'avion virer au ras de l'eau, si près d'un petit chalutier gris qu'elle aperçut les visages mal rasés des pêcheurs, Kay – qui était déjà allée en Europe, mais uniquement par bateau – fut ravie d'avoir insisté pour prendre l'avion.

Ce n'est que lorsque l'ombre de l'avion se dessina sur les rochers de la côte qu'elle fut saisie d'un accès de panique fulgurant – *les petits !* – mais ça ne dura pas. Quelques secondes plus tard, ils se posèrent, un peu trop brutalement peut-être au goût des passagers, mais dans l'ensemble ce fut un atterrissage sans problèmes.

« Après toutes ces années, s'émerveilla Kay, me voilà enfin en Sicile.

— Le berceau de Vénus, dit Michael en lui caressant la cuisse. La déesse de l'Amour. »

Kay avait passé toute sa vie de femme à entendre parler de ce qui était sicilien et de ce qui ne l'était pas, de tout ce qu'elle ne pourrait jamais comprendre parce qu'elle n'était pas sicilienne. Michael était venu là d'innombrables fois pour ses affaires et il y avait même vécu *trois ans*. Le moins qu'il pouvait faire, c'était de l'y emmener : une semaine de tourisme et une deuxième semaine terrés dans un hôtel romantique niché à flanc de montagne non loin de Taormina. Il lui devait bien ça. Au moins ça.

Tandis que l'avion rejoignait le terminal, Kay remarqua une rangée de petites voitures italiennes soigneusement alignées sur le gazon qui bordait le terrain. À côté des voitures, une trentaine de personnes dont un bon nombre portaient du pain ou des fleurs sous le bras se tenaient derrière une corde qui leur arrivait à la taille et souriaient en saluant l'avion de la main. Devant la corde se trouvaient quatre carabinieri en tenue, deux avec à l'épaule une épée d'argent étincelante, deux autres, l'épée rengainée, armés de mitraillettes en travers de la poitrine.

« Tu les connais ? » demanda Kay.

Elle plaisantait, mais Michael hocha la tête. « Des amis, dit-il. Enfin, des amis d'amis. Il semblerait qu'on nous ait préparé une fête surprise dans un restaurant de la plage de Montello. »

Elle lui lança un regard noir.

« Je sais, dit-il.

— Je croyais qu'on s'était mis d'accord.

— Oui, mais ce n'est pas moi qui te fais la surprise. Les surprises, je n'en ferai plus, c'est promis. Pour ce qui est des régions du monde qui échappent à mon contrôle, tu n'as plus qu'à t'en prendre à Dieu.

— Qu'est-ce que ça veut dire ? » Était-ce une plaisanterie sur le fait qu'elle était devenue catholique ?

« Rien, dit-il. Écoute, je n'étais pas sûr qu'elle allait avoir lieu. Je t'ai prévenue dès que je me suis rendu compte que si.

La surprise aurait été la même si je t'avais parlé d'une fête surprise qui aurait fini par ne pas avoir lieu, d'accord ? »

Elle secoua la tête en lui tapotant le genou. Il avait vraiment besoin de vacances. Elle aussi. Elle posa la main sur sa cuisse. « On ne peut pas passer d'abord à l'hôtel pour prendre une douche ?

— Si tu y tiens vraiment, répondit-il, ce qui était sa manière à lui de lui dire non. En tout cas, essaie d'avoir l'air surpris. Pour leur faire plaisir. »

Quand l'avion fut à l'arrêt, les carabinieri sans mitraillette rengainèrent également leur épée et se précipitèrent sur le tarmac. Une hôtesse de l'air demanda aux passagers de ne pas quitter leur siège.

« Que se passe-t-il ? chuchota Kay.

— Aucune idée. » Michael pivota quasi imperceptiblement la tête pour interroger du regard Al Neri, assis deux rangées derrière. Le seul fait que Michael ait accepté de partir en vacances avec un seul de ses gardes du corps (certes, le meilleur de tous et celui en lequel il avait le plus confiance) était le signe incontestable que la situation s'était améliorée. Et Michael avait tenu parole, il y avait presque deux jours qu'ils passaient d'avions en aéroports et Neri avait parfaitement su se faire oublier.

La porte s'ouvrit. Les marches furent descendues. L'hôtesse de l'air en chef et les carabinieri eurent une conversation à laquelle Kay ne comprit pas grand-chose, bien qu'elle aimât penser qu'elle comprenait l'italien.

L'hôtesse se retourna vers les passagers. « Puis-je avoir votre attention, dit-elle dans un anglais parfait. Mr et Mrs Corleone pourraient-ils avoir l'amabilité de se faire connaître ? »

Elle avait moins d'accent que la plupart des employés de Michael. Elle prononçait même *Corleone* à l'américaine.

Neri se leva pour se diriger à l'avant. L'hôtesse lui demanda s'il était Mr Corleone. Neri se tut.

Ce n'est qu'une fois que Neri fut passé devant eux que Michael leva la main. Kay l'imita.

Kay garda les lèvres serrées. « Surprise, marmonna-t-elle.

— Je suis sûr que ce n'est rien, dit Michael. Une histoire de logistique, c'est tout. »

Neri échangea quelques mots en italien avec l'hôtesse – apparemment, il était question de protection et du fait que Michael Corleone était un homme important en Amérique, et puis de grossièreté et d'hospitalité, le tout d'une voix si étouffée que Kay ne comprenait toujours pas ce qu'il se passait. Puis Neri se retourna vers Michael et Kay et leur fit un geste qui se voulait rassurant. Michael hocha la tête. L'hôtesse de l'air pria Mr et Mrs Corleone de bien vouloir rester assis pendant que les autres passagers débarquaient. Neri prit un siège vide à l'avant de l'avion et resta là.

« Que se passe-t-il ? murmura Kay.

— Ça va s'arranger, répondit Michael.

— Ce n'est pas ce que je t'ai demandé. »

Quand tous les passagers eurent quitté l'avion, les deux carabinieri montèrent à bord. Neri les intercepta au passage. Ils discutèrent brièvement à voix basse puis remontèrent le couloir central pour venir à la hauteur de Michael et Kay.

Michael les accueillit en italien. Un des carabinieri semblait le connaître. Michael leur fit signe de s'asseoir. Ils restèrent debout. Ils expliquèrent que selon des sources sûres, il était fort possible, sans qu'on puisse en avoir la certitude, que la fête de bienvenue de Montello soit en réalité un traquenard.

« "Des sources sûres" ? » répéta Michael en italien.

Les carabinieri gardèrent un visage inflexible. « Oui », répondit en anglais celui que Michael avait l'air de connaître.

Michael jeta un coup d'œil à Neri, qui articula *Chicago* en silence. Que pouvait-il bien vouloir dire par là ? Peut-être était-ce autre chose, peut-être était-ce le nom de quelqu'un.

Michael se leva et leur montra l'avant de l'avion. Les carabinieri le suivirent et ils reprirent leur discussion en chuchotant hors de portée de voix. Kay ne savait pas si elle devait être terrifiée ou furieuse. Dehors, les gens venus accueillir les passagers s'amassèrent en gesticulant avec exubérance en direction de l'avion. Un certain nombre remontèrent en voiture et s'en allèrent. Kay baissa le store de son hublot. Finalement, Michael donna une claque dans le dos des carabinieri. « *Bene*, dit-il sans plus chuchoter. *A che ora è il prossimo volo per Roma ?* »

Le carabinieri qui semblait le connaître eut un sourire radieux. « Nous avons le plaisir de vous annoncer, répondit-il en anglais, que vous y êtes. » Et sur ces paroles, les carabinieri repartirent.

Non seulement Michael, Kay et Neri étaient sur le vol en partance pour Rome, mais il s'avérait que c'était un vol privé. Les hôtesses prétendirent que c'était prévu ainsi de toute façon, mais elles eurent toutes les peines du monde à leur expliquer pourquoi.

« À vide, leur dit Michael. À vide, c'est le mot que vous cherchez.

— Je vous demande pardon ? demanda l'hôtesse qui parlait parfaitement anglais.

— *In inglese la parola è* à vide.

— À vide, répéta-t-elle. Merci. » Elle avait l'air vexée qu'il ait eu recours à l'italien. Elle nettoya la cabine avec les autres hôtesses puis s'en alla avec ses collègues.

« Ça ne m'étonne pas de toi, dit Kay à Michael. Tu ne voulais absolument pas aller en Sicile et là, tu as fini par gagner.

— Tu plaisantes, j'espère.

— Pense à ta mère », dit-elle en songeant à la malle pleine de cadeaux qui était stockée quelque part dans l'avion. Pendant des mois, la préparation de cette malle avait été sa raison de vivre, la raison pour laquelle elle s'était si bien remise après avoir frôlé la mort de si près, tout le monde s'accordait à le dire, même ses médecins.

« Je vais la faire débarquer, dit-il. Je connais des gens qui peuvent se charger de tout distribuer.

— Le contraire m'aurait étonné.

— Kay.

— Ça me rend folle d'avoir fait tout ce voyage jusqu'ici en laissant les enfants. Et tout ça pour quoi ? Pour rien. »

Michael ne dit rien. C'était inutile. Il voulait emmener les enfants quelque part. Ça au moins, ç'aurait été des vacances pour lui. Le plus dur aurait été de rester sans bouger pendant qu'ils l'enterraient dans le sable. Kay aurait passé son temps à s'occuper d'Anthony et de Mary, ce qu'elle adorait, mais qui pour elle était tout sauf des vacances. Pendant deux ans, elle s'était dévouée sans compter, se pliant aux besoins de Michael. Elle avait dû élever les enfants presque comme si elle était veuve (allant jusqu'à devoir les serrer dans ses bras durant des heures de pleurs inconsolables l'année où Michael était tellement occupé par ses projets à Cuba qu'il n'avait même pas trouvé le moyen de rentrer pour Noël). Elle n'avait toujours pas repris l'enseignement et commençait à craindre de ne jamais le faire. Elle avait organisé seule le déménagement à Las Vegas. Puis elle s'était lancée dans la tâche encore plus considérable de concevoir et superviser la construction de tout le complexe du lac Tahoe : leur maison, un kiosque pour les spectacles et des ébauches de plans d'architecture harmonieux pour les maisons des Hagen, de Connie et Ed Federici, de Fredo et Deanna Dunn, d'Al Neri, et même d'un petit bungalow pour les invités. Kay avait été étonnée de voir à quel point elle s'était amusée à construire une maison : les innombrables détails et décisions, l'occasion de dévaliser les boutiques, tout ça pour le bien de sa famille. Il n'en demeurait pas moins que c'était du travail. Elle n'avait quasiment rien demandé à Michael, si ce n'est de partir en vacances où elle en aurait envie, juste tous les deux.

« Qu'allons-nous faire, maintenant ? soupira Kay. Faire demi-tour et rentrer ?

— Rien ne nous oblige à rentrer. Je te rappelle que ce genre d'incidents est précisément une des raisons pour lesquelles je ne voulais pas t'emmener en Sicile.

— Mais nom de Dieu, Michael, nous sommes en train de prendre la fuite devant une menace de mort !

— Nous ne prenons pas la fuite.

— C'est vrai, nous prenons l'avion.

— Ce n'est pas ce que je voulais dire. Et ce n'est pas vraiment une menace, tout juste une mesure de précaution. Écoute, Kay, s'il y a bien un point sur lequel je suis, comment dire, inébranlable, c'est la protection de ma famille. »

Kay détourna le regard sans mot dire. En fait il était inébranlable en tout. Dans ses qualités comme dans ses défauts. C'était le meilleur et le pire de ses côtés.

« Tu vois ces hommes-là ? Les carabinieri ? dit-il. L'un des deux est Calogero Tommasino, le fils d'un vieil ami de mon père. Il m'est arrivé de traiter avec son père, et avec lui, aussi. J'ai confiance en lui. À l'heure qu'il est, nous ne courons aucun danger et il est probable que de toute façon rien ne nous serait arrivé. Je te le répète, c'est une précaution. Essaie de comprendre. Quoi qu'il en soit, il est évident que tu n'aurais jamais couru le moindre danger. Le code est de ne jamais...

— S'en prendre aux femmes et aux enfants, dit-elle en roulant les yeux. D'autant plus, évidemment, qu'on est en Sicile, ce que, bien entendu, je n'ai aucune chance de comprendre, puisque je ne suis pas sicilienne, c'est bien ça ? »

Michael s'abstint de répondre. Il avait une mine épouvantable. Peut-être était-ce la fatigue du vol. Elle était incapable de l'admettre à présent, mais si elle avait su quelle épreuve représentait le voyage de Las Vegas à Palerme, elle aurait sans doute accepté d'aller à Hawaï ou Acapulco.

Les pilotes remontèrent à bord. Neri alla les voir dans la cabine. Quelques instants plus tard, il revint s'asseoir loin derrière Kay et Michael. Les voitures et les gens avaient quitté le tarmac. L'avion décolla.

« C'est vrai que tu ne comprendrais pas, lâcha enfin Michael. Comment pourrais-tu ? »

— Oh, bon Dieu », soupira Kay. Elle se leva pour aller s'asseoir loin de Michael. Cela faisait deux fois, en l'espace de quelques instants, qu'il l'avait poussée à invoquer en vain le nom du Seigneur.

Il ne la retint pas.

Mais elle savait bien que son silence finirait par fonctionner. Ce n'est pas parce qu'il savait si bien se servir du silence comme d'une arme qu'il y était lui-même insensible, encore moins venant d'elle. Elle prit un siège sur la droite de l'avion et regarda patiemment la côte italienne défiler avec lenteur.

Au bout d'une heure environ, il la rejoignit. « Est-ce que cette place est occupée ? demanda-t-il.

— Alors, tu as fini ton livre ?

— Oui. J'ai trouvé ça plutôt bien, en fait. Parfait pour se changer les idées.

— Puisque tu le dis. » Il avait emporté pour le voyage *La Dernière Fanfare* d'Edwin O'Connor que Kay lui avait offert à Noël. Mais il lui tombait des mains. Quand elle avait terminé le sien, il avait fini par le lui emprunter tandis qu'elle prenait celui d'O'Connor. Kay jugeait que *La Dernière Fanfare* était ce qu'elle avait lu de mieux sur la politique urbaine. Elle était consternée que ça ne lui ait pas plu. « Et au fait, oui, c'est occupé.

— Kay, dit-il. La raison pour laquelle tu ne pourrais pas comprendre c'est que je n'ai pas... » Il ferma les yeux. Peut-être que là encore, s'il avait du mal à trouver ses mots, c'est qu'il était épuisé par ce vol interminable, mais, à le voir, il paraissait davantage ébranlé que fatigué. « C'est que c'est vrai que... que je n'ai pas été entièrement, tu sais... » Il poussa un soupir de dépit qui s'acheva en un gémissement angoissé.

« Michael, lui dit-elle.

— Il y a des choses que je voudrais te dire. Que je dois te dire. »

La plupart du temps, quand elle le regardait, elle reconnaissait à peine l'homme dont elle était tombée amoureuse. Son visage avait été défiguré, puis refait. Il avait des mèches grisonnantes et – elle avait beau se répéter qu'elle se faisait des idées – c'était à présent le portrait craché de son père. Mais en cet instant, il avait le même regard qu'il avait eu, bien des années auparavant, sur un golf du New Hampshire, dans la tiédeur d'une nuit étoilée, quand il lui avait raconté ce qu'il avait fait pendant la guerre, des choses qu'il n'avait racontées à personne, avant de s'effondrer en sanglots dans ses bras. Toute sa colère s'évanouit soudain.

« Ça serait bien, dit-elle d'une voix tremblante. Merci. » Elle tapota le siège à côté d'elle.

Il s'assit. « Je suis désolé, dit-il.

— Il ne faut pas, lui répondit-elle en lui prenant la main. Ne t'excuse pas. Parle-moi, c'est tout. »

Ils ne restèrent à Rome que le temps de se remettre du décalage horaire et faire un dîner somptueux dans un restaurant où Kay était allée avec ses parents il y avait bien des années de cela. Le lendemain, tandis que Michael dormait encore en haut, elle avait demandé au concierge de l'hôtel de leur réserver une chambre dans une station des Alpes suisses. Ce dernier l'avait également aidée à louer un avion afin que Michael puisse l'emmener lui-même là-bas. Elle savait qu'il adorerait ça. Elle n'était jamais allée dans les Alpes, mais quand ils les avaient survolées avant d'arriver en Italie, elle s'était promis d'y aller un jour. Il s'avérait que ce serait le lendemain.

Quand ce fut terminé, elle se retourna et vit Al Neri assis dans un fauteuil à l'autre bout du hall, qui fumait en dévorant un petit pain au sucre. Elle hocha le menton en signe de refus, il fit oui de la tête. Elle annonça au concierge qu'elle s'était trompée. Il lui fallait deux chambres. De préférence éloignées. Il soupira en esquissant un geste excédé mais il reprit son téléphone et réussit à changer les réservations.

Kay prit un expresso au bar de l'hôtel. L'hôtel avait une cour vitrée et quand elle alla chercher une table, elle se fit siffler par un homme de son âge. Un autre, plus jeune, haussa le sourcil et l'appela beauté. Elle s'efforça de ne rien montrer, mais c'était une femme heureuse, et ils ne faisaient que la rendre plus heureuse encore. Elle n'avait que trente-deux ans. Évidemment, c'était des Italiens, mais c'était agréable de se dire qu'elle pouvait arracher des compliments spontanés à des inconnus.

Elle s'attabla seule, baignée par cette lumière d'un blond rosé qui n'appartient qu'à Rome.

Le jour où Michael l'avait demandée en mariage, il avait prévenu Kay qu'ils ne pourraient pas être sur un pied d'égalité. Kay avait protesté ; le père de Michael se confiait forcément à sa mère, non ? Certes, avait reconnu Michael, mais il y avait *quarante ans* que sa mère était loyale envers et contre tout à son père. Si tout se passait aussi bien entre eux, lui avait dit Michael, peut-être lui dirait-il un jour certaines choses qu'elle n'aurait pas forcément envie d'entendre. Et ce jour était enfin arrivé. La veille.

Kay aurait sans doute dû être furieuse, effrayée ou ne serait-ce que désemparée. En dépit ou en raison même de ce que Michael lui avait raconté, elle ne se rappelait pas avoir été aussi heureuse depuis longtemps. C'était totalement irrationnel, mais tout bonheur est irrationnel.

Son mari était un meurtrier. S'il s'était enfui en Sicile, ce n'était pas parce qu'il avait été injustement accusé d'avoir assassiné ces deux hommes – le commissaire et le caïd de la drogue – mais parce qu'il leur avait tiré dessus, l'un dans la tête, l'autre dans le cœur et la gorge. Trois ans après ces meurtres, Michael était revenu aux États-Unis. Quand il avait retrouvé Kay, il lui avait avoué qu'il avait bel et bien été avec une femme, mais seulement parce qu'il croyait ne jamais revoir Kay et uniquement pendant six mois. Ce qu'il avait omis de mentionner, jusqu'à hier, c'est que la femme en question, une jeune paysanne du nom d'Apollonia, avait été son épouse. Et que si cela n'avait duré que six mois, c'est que six mois plus tôt, elle avait sauté dans une Alfa-Romeo piégée.

Son frère Sonny n'était pas mort dans un accident de voiture. Il avait été réduit en chair à pâtée à un péage d'autoroute.

Tout ce que Tom Hagen lui avait raconté deux ans plus tôt – que Michael avait ordonné l'exécution de Carlo, Tessio, Barzini, Tattaglia et une série d'autres, liées à celles-ci – était vrai. Le jour où Hagen lui avait raconté tout cela – ajoutant que si jamais Michael apprenait qu'il lui avait fait ces confidences, il était un homme mort – avait été le pire de sa vie.

Lorsque la veille, Michael avait eu suffisamment confiance en elle pour lui raconter ces choses-là lui-même, ça n'avait rien eu de plaisant. Mais ça n'avait pas été le pire jour de sa vie. Personne n'aurait été content d'apprendre que de tels méfaits aient pu avoir lieu, mais au fond d'elle-même, s'apercevait-elle, elle exultait à l'idée qu'il lui en ait parlé. Kay était choquée, mais pas étonnée. Les femmes savent. Kay savait qui était Michael. Depuis le premier jour de leur rencontre, il avait toujours été le parfait mélange du bon et du méchant. Au mariage de Connie, Kay avait mis sur le compte du vin capiteux l'état d'exaltation euphorique qui l'avait saisie, mais en réalité, elle le devait à l'impassible description que Michael lui avait donnée des activités de sa famille. Quand, après ça, il l'avait forcée à poser pour la photo de famille – *six ans* avant de l'épouser – Kay avait eu l'impression d'être plongée dans une pièce de Shakespeare. Elle avait joué les réticentes, mais ce n'était qu'un jeu. En fait, elle était ravie.

Pour être honnête, elle aussi avait ses petits secrets, qu'elle n'avait pas encore confiés à Michael. Durant les années où il s'était caché, elle avait eu une longue liaison avec son professeur d'histoire de Mount Holyoke (elle aussi croyait ne jamais revoir Michael) dont elle n'avait jamais parlé à Michael. Deanna Dunn lui avait raconté des choses sur Fredo que Kay n'oserait jamais répéter à Michael. Et Kay ne lui avait jamais révélé que Hagen lui avait dit quoi que ce soit.

Kay était tombée amoureuse de Michael le soir où il lui avait parlé de l'horreur qu'il avait vécue dans les îles du Pacifique – les corps décapités, incinérés, pourrissant dans la chaleur de la boue. Il lui avait parlé des hommes qu'il avait tués. Elle avait été clairement excitée par cette violence virile à l'état pur – la force qu'il avait fallu à cet homme non seulement pour survivre à pareille atrocité mais pour se laisser aller à se livrer à elle, dans ses bras. Là aussi, il avait tué des hommes, et elle avait trouvé ça excitant. Si Kay avait pu tomber amoureuse d'un homme qui avait tué d'autres hommes pour sa patrie (et tomber amoureuse de lui non pas en dépit mais bien en raison même de cela, elle le savait), pouvait-elle être si choquée d'apprendre qu'il avait tué et ordonné de tuer pour défendre les siens ?

Kay avait désormais quelques années de plus, naturellement. Et elle était mère. Cela changeait tout – tout, si ce n'est ce qu'elle ressentait en cet instant. Elle termina son café. Son cœur battait la chamade.

Elle remonta à l'étage (elle entendit Neri sur ses talons mais ne se retourna même pas pour jeter un œil dans sa direction), referma la porte derrière elle en mettant la chaîne, ouvrit les rideaux et laissa la lumière inonder la chambre. Michael remua dans son sommeil. Kay se déshabilla et se blottit contre lui sous les couvertures.

« Nous partons dans les Alpes », lui murmura-t-elle. Son cœur battait encore plus vite.

« Je ne sais pas skier, répondit Michael.

— Nous n'allons pas skier. Je ne sais même pas si nous mettrons le nez hors de la chambre.

— Sauf pour aller à la messe, évidemment. »

Ce n'était pas une moquerie. « Même pas, répondit-elle. Je ne suis pas obligée d'y aller tous les jours. » Ce n'est qu'en prononçant ces mots qu'elle s'aperçut qu'elle n'en éprouvait pas non plus le besoin.

Elle lui détailla le programme. Ils prendraient un petit avion qu'il piloterait lui-même. Ils y passeraient une semaine, puis ils rentreraient plus tôt que prévu et récupéreraient les enfants pour les emmener à Disneyland. Elle avait télégraphié à un agent de voyages de New York qu'elle connaissait et, là aussi, toutes les dispositions avaient été prises pour le voyage. Il avait l'air abasourdi qu'elle ait réussi à sauver leurs vacances aussi rapidement.

« Tu me sous-estimes, lui dit-elle. As-tu la moindre idée de l'avance qu'on a prise au lac Tahoe ?

— C'est vrai que je vais survoler les Alpes ?

— Je me suis dit que ça te plairait, répondit-elle. Si ça te paraît trop difficile ou...

— Non, dit-il. Je suis ravi. » Il lui serra la hanche. Elle s'enroula contre lui dans un élan de consentement voluptueux.

C'est là qu'ils s'étaient toujours entendus le mieux, au lit. Il n'était pas impossible qu'il lui fasse un enfant. Dans l'état d'esprit qui était celui de Kay en cet instant, il aurait été le bienvenu. Les rares fois où ils faisaient l'amour, ces derniers temps, Michael se mettait sur elle, parfois l'inverse, et ils restaient dans la position de départ en s'exécutant avec autant d'ardeur que s'ils s'acquittaient de quelque fastidieuse commission d'ordre domestique. Cette fois-là, comme le jour de leur arrivée, ils firent ce qu'aimait Kay, changeant de position souvent, tantôt lui dessus, tantôt elle, puis Kay lui tournant le dos, les paupières serrées, le broyant inlassablement, se fondant en lui, si heureuse qu'elle aurait pu s'en contenter. Mais à son grand étonnement, il n'éjacula pas. Il se leva du lit et la souleva pour la poser sur le lavabo de marbre. Au contact de la pierre glacée, elle fut parcourue d'une vague de frissons saccadés et enroula les bras autour de son cou. Elle renversa la tête en arrière. Les mains de Michael glissèrent sur les courbes de ses seins puis lui frôlèrent les côtes et de nouveau elle trembla, plus violemment, cette fois. La hauteur parfaite. Quand elle le sentit au bord de l'orgasme, elle effleura son torse ruisselant de sueur du bout des doigts. Elle n'eut rien besoin de dire. D'instinct, il s'arrêta et se retira et elle se précipita vers le lit où elle se mit à quatre pattes. Quand Michael la pénétra, elle entendit un râle s'échapper de sa gorge. Le soleil sur sa peau était torride, brûlant, cuisant. Les draps s'étaient défaits aux coins, dévoilant le matelas de toile rayée. Les bras de Kay cédèrent et elle s'écroula, le visage à plat dans les draps tire-bouchonnés. L'instant d'après, sans savoir comment tant ce fut rapide, elle se retrouva de nouveau sur lui. Il la tirait à lui de toutes ses forces et ce fut l'expression qui se dépeignait sur le visage de Michael, cette franchise, cette ardeur, cette attention à elle, à ce qu'elle aimait et comment elle l'aimait, qui eut raison d'elle. Ce fut douloureux, plus proche de l'électrochoc que de l'orgasme, et elle eut l'impression de répandre des rayons de soleil – comme si elle irradiait, nimbée d'ondes lumineuses. Au milieu de la cascade de tressaillements des répliques, sous elle, loin en dessous, elle le sentit à son tour parcouru de spasmes. Et l'instant d'après – ç'aurait pu être dix secondes comme dix ans – Kay se sentit s'effondrer, épuisée, sur le matelas trempé.

Évidemment, ça n'avait pas été douloureux.

Michael souffla doucement sur son dos ruisselant. Il la caressa du bout du doigt. Il traça des « Je t'aime ». Indéfiniment. Sa respiration finit par ralentir ainsi que les battements de son cœur. Soudain, elle déversa un torrent de mots, une longue déclaration d'amour emplie de gratitude. Ce n'est que lorsqu'elle se tut qu'elle comprit qu'elle avait parlé en italien.

« Où est-ce que tu as bien pu apprendre tout ça ? lui demanda Michael en riant avec stupeur.

— Aucune idée, répondit-elle en anglais en se retournant pour l'embrasser. C'est... »

Il posa un doigt sur ses lèvres. Ils sourirent. Il avait raison. Les mots étaient inutiles.

Mary ne quittait plus ses oreilles de Mickey, sa robe de Cendrillon et ses mocassins de Davy Crockett. Elle avait trois ans et croyait que l'ours avec lequel elle avait dansé était un vrai. Anthony passait son temps à chanter à pleins poumons les chansons des spectacles et des attractions d'une voix parfaitement juste. Il lui suffisait d'entendre une chanson une fois pour l'interpréter, c'en était hallucinant. Ça lui avait attiré bon nombre d'ennuis au jardin d'enfants, mais sa mère avait la certitude qu'à long terme ce talent était de bon augure. Le père de Kay, qui était un mordu d'opéra, avait même dans l'idée de lui offrir des cours de chant pour son prochain anniversaire. Sans doute ces enfants avaient-ils de la chance, se disait Kay, cependant, plus que tout, c'est elle qui avait de la chance de les avoir.

Michael avait-il la moindre idée de ce qu'il ratait en étant si souvent absent ? Mais il les aimait, lui aussi. Il avait éprouvé un plaisir manifeste, viscéral, à les emmener à Disneyland. À chaque fois qu'il était à la maison, il était en adoration devant Mary. Ses relations avec Anthony étaient plus difficiles, toutefois la perplexité que lui inspirait son fils était d'autant plus poignante qu'il lui portait un amour non dissimulé. Quelques jours après leur retour de vacances, Michael dut rejoindre New York pour ses affaires et pour voir comment allait sa mère – elle avait eu des complications mais elle était de nouveau chez elle. Il faisait ses bagages lorsqu'il demanda à Kay de venir voir par la fenêtre de leur chambre. Anthony avait creusé un grand trou derrière la balançoire et se tenait au bord, seul, tête basse, plongé en prière.

« Il enterre sa casquette en raton-laveur, lui expliqua Kay.

— Tu te fiches de moi.

— Ne te fâche pas, dit-elle.

— Je ne suis pas fâché. Je... » Manifestement, il ne trouvait pas le mot pour décrire ce qu'il ressentait.

« Je trouve ça plutôt mignon.

— Cette casquette a coûté quatre dollars.

— À moins que tu me caches encore quelque chose, nous pouvons nous permettre de perdre quatre dollars. »

Il se tut. De toute évidence, il y avait encore des choses qu'il ne pouvait lui dire. Ils le savaient l'un comme l'autre. « Ce n'est pas le problème. Les quatre dollars. Ça va de soi.

— Ah oui ? Alors, quel est le problème ? »

Si Anthony enterrait cette casquette, Kay le savait bien, ce n'était pas tant par compassion pour un raton-laveur mort que parce que, plusieurs mois auparavant, à la télévision, il avait vu un sénateur du Tennessee coiffé d'une casquette identique qui faisait campagne pour la présidence en dénonçant nommément Michael Corleone, entre autres. C'est Michael et non Anthony qui avait tenu à l'acheter. Anthony réussissait rarement à dire à son père ce qu'il voulait ou non et malgré toutes ses bonnes intentions, Michael ne s'en rendait pas compte. Mais c'était là un sujet que Kay préférait ne pas aborder avec Michael, pas pour le moment.

Michael poussa un soupir résigné. « Il croit que c'est une vraie fourrure de raton-laveur qu'il enterre ? demanda-t-il. Ou du lapin ? » Elle l'embrassa sur le haut du crâne. Il se força à rire et sortit pour rejoindre Anthony. Kay observa la scène. Ils se tenaient tous les deux de part et d'autre du trou. Anthony avait le regard baissé, l'air silencieux. Au bout d'un moment il entonna l'Ave Maria. Michael l'écouta jusqu'au bout. Il n'aurait guère eu l'air plus mal à l'aise s'il venait d'apprendre que son fils était en réalité un petit homme vert venu de Mars.

C'est pendant ce voyage de Michael à New York que leur maison à moitié terminée du lac Tahoe fut réduite en cendres. Tom Hagen, qui avait repris ses fonctions d'avocat de la famille, passa apprendre la nouvelle à Kay. La foudre était tombée dessus. L'assurance couvrirait tout, lui assura-t-il. Les fondations n'étaient pas touchées. Kay avait su si bien prendre toutes les décisions qu'il leur suffirait d'engager quelques équipes d'ouvriers supplémentaires pour que tout soit reconstruit en un clin d'œil. Et puis il y avait un manoir à Reno, un château même, qui avait appartenu à un magnat du chemin de fer ; il allait être détruit pour laisser place à un hôtel moderne et Kay pouvait avoir toutes les installations qu'elle voulait. Quand elle verrait les lieux, elle se dirait que cet incendie était en réalité une bénédiction. Hagen savait qu'elle espérait déménager pendant l'été, et il avait parlé à l'entrepreneur en chef – lequel avait l'air de penser que ce devait être faisable pour le premier septembre.

« Tu lui as parlé, toi ? Avant qu'il m'en ait parlé ? Ou que tu m'en aies parlé toi-même ?

— C'est également l'entrepreneur de notre maison, là-bas.

— Est-ce que Michael est au courant ?

— Oui. »

Elle fronça les sourcils, et se planta dans l'embrasure de la porte, les mains sur les hanches, sans l'inviter à entrer. Depuis le matin, elle savait qu'elle n'était pas enceinte. Et en cet instant, c'était plutôt une bonne nouvelle.

« Je ne lui ai pas parlé directement, dit Hagen. J'ai laissé un message.

— À Carmela ?

— Bien sûr que non. » Il n'en dit pas plus. « Je sais ce que tu penses.

— Rien de moins sûr.

— On vérifie, OK ? dit-il. Mais tu reconnaîtras qu'un coup de foudre arrangé comme ça, là, c'est franchement du domaine de Dieu.

— Et on est sûr que c'est la foudre ?

— On est sûr que c'est la foudre.

— Et comment en est-on sûr ? Quelqu'un l'a vue ?

— Je sais bien que tu es bouleversée, Kay. À ta place, je serais bouleversé moi aussi. Je suis bouleversé, tout le monde là-haut est bouleversé.

— Quelqu'un l'a vue ? »

Derrière elle, Mary se mit à pleurer. Anthony se laissa tomber à genoux, écarta les bras et se lança dans une chanson qui devait sa célébrité à un personnage de dessin animé mélancolique connu sous le nom de Dudley.

Livre V

1957-1959

Chapitre 17

« Alors, est-ce que Kay a râlé en apprenant que c'était infesté ? » chuchota Fredo à l'oreille de son frère en se penchant pardessus une chaise vide.

Michael alluma une cigarette. Kay et Deanna qui se rendaient aux toilettes se trouvaient alors à l'autre bout de la salle de banquet. Francesca, la fille de Sonny, et ce petit connard de bourge friqué qu'elle venait d'épouser étaient sur la piste de danse (cet abruti avait trouvé le moyen de se casser la jambe en faisant du ski ou un autre sport de riche et il traînait son plâtre en clopinant le jour de son mariage). La plupart des invités dansaient, y compris, curieusement, Carmela, qui deux mois plus tôt était encore à l'article de la mort. Elle virevoltait avec le fils de Sonny, Frankie, la vedette de football. Michael et Fredo étaient seuls à leur table. Il y avait une éternité que Fredo ne s'était pas retrouvé en tête à tête avec son frère, ne serait-ce qu'ainsi, au vu et au su de tous.

« Elle ne sait pas, finit par lâcher Michael.

— Kay est plus maligne que tu ne le crois. Elle finira par deviner. »

Michael souffla la fumée de sa cigarette. Il fumait avec le flegme étudié de ceux qui ont cultivé cette habitude en regardant les acteurs dans les films. Il fumait ainsi depuis le premier jour. À chaque fois, il se faisait enguirlander par Sonny, et il faut dire qu'au début il avait l'air franchement ridicule, un peu comme un gamin qui se déguise. Mais avec le temps, il avait fini par savoir le faire.

« Tu es plutôt mal placé pour me dire comment je dois m'y prendre avec ma femme », répondit Michael.

C'était une allusion rosse à Deanna, bien évidemment, mais Fredo s'abstint de la relever. « Et pour ces... bestioles », reprit-il en parlant des micros qu'un intrus avait réussi à encastrer dans les poutres mêmes de la nouvelle maison de Michael à Tahoe. Neri les avait trouvés grâce à ses engins et, apparemment, la maison de Michael était la seule touchée. « Tu as fait – comment on dit déjà, quand c'est infesté de bestioles – désinfecter ? C'est désinfecté, là ? Est-ce qu'on... » Il hésita. Il voulait savoir qui les avait placés. « Est-ce qu'on sait ce que c'était comme bestioles ? »

Michael plissa les yeux.

« Tu as fait venir les services de désinfection ? » *Autrement dit, Est-ce que Neri s'en est occupé ?*

« Arrête de jouer au plus malin, ça ne te va pas vraiment.

— Qu'est-ce que tu veux dire par là ?

— Tu as beaucoup bu ?

— Pourquoi cette question ?

— Va danser, plutôt, dit Michael. Ça fera plaisir à ta femme. »

Bon, Mike ne voulait pas en parler en public. Pourtant, la plupart des invités étaient de la famille, ils n'étaient pas réellement en public. Et quoi qu'il en soit, même en admettant qu'il y ait des oreilles indiscrètes, personne n'aurait pu comprendre de quoi il retournait. Des bestioles. Les gens sont infestés de bestioles. Ils désinfectent. Ils éliminent. Surtout en Floride. Avec la vermine qui pullule un peu partout, même dans les beaux hôtels ? Laissez tomber. Qui irait se poser des questions en entendant parler de bestioles à Miami Beach ? Franchement.

« Excuse-moi », murmura Fredo.

Fredo secoua la tête. « Ah, Fredo.

— Ah non, garde tes "Ah Fredo" pour toi. Tout ce que tu veux, mais pas ça.

— Je contrôle la situation », dit Michael.

Fredo écarta les mains et les agita en signe de dépit. *Mais encore ? Parle-moi.*

« Quand est-ce que tu pars ? lui demanda Michael. Mon avion pour La Havane décolle de bonne heure, mais on peut peut-être prendre le petit déjeuner quelque part tous les deux. Juste toi et moi. Ou au moins faire une balade sur la plage.

— Ça serait sensass, Mikey. Vraiment sensass. On a un vol l'après-midi, je ne sais plus trop à quelle heure. » Il y avait des mois que Fredo essayait de voir son frère. Fredo passait la moitié de son temps à L.A. à cause de Deanna. Et quant à Michael, il passait la moitié du sien en voyage. Et les rares fois où ils étaient dans la même ville, ils ne trouvaient jamais le temps de se voir simplement en frères – pour assister à un match, boire une bière, aller à la pêche. Ils n'avaient rien fait de tout ça depuis la guerre. Et encore moins depuis qu'ils étaient dans les affaires. Fredo devait absolument lui reparler du cimetière qu'il voulait implanter dans le New Jersey sur le modèle de celui de Colma. Fredo avait soigneusement étudié la question. Nick Geraci avait été d'une aide précieuse. Fredo était persuadé qu'il pouvait convaincre Mike à revenir sur sa décision.

« Kay ne t'accompagne pas à La Havane ? lui demanda Fredo.

— C'est un voyage d'affaires, Fredo. Tu le sais bien.

— C'est vrai. » Fredo se frappa la tête du plat de la main. « Désolé. Et ça se passe bien, de ce côté-là ? lui demanda-t-il. La Havane, Hyman Roth, tout ça ? »

Michael fronça le sourcil. « Demain, répondit-il. Au petit déjeuner. »

L'imprécision de Fredo provenait de son ignorance et non d'une quelconque discrétion. Roth avait été associé à Vito Corleone à l'époque de la Prohibition. C'était désormais le plus puissant caïd de la mafia juive de New York – et par extension de Las Vegas et de La Havane. Fredo ne savait pas exactement ce que Michael et Roth mijotaient à Cuba, si ce n'est que Michael était sur le coup depuis un certain temps déjà et que c'était une grosse affaire. « J'adore le petit déjeuner », dit Fredo. Il avait attendu jusque-là pour savoir de quoi il s'agissait, il pouvait bien encore attendre jusqu'au petit déjeuner. « C'est le repas le plus important de la journée.

— Quand est-ce que ton émission de télévision doit commencer ? lui demanda Michael.

— En septembre. J'ai retenu Fontane pour la première. » Ce dernier avait accepté immédiatement. Avec toutes les faveurs qu'ils avaient accordées à Johnny Fontane, c'était le moins qu'il puisse faire.

« C'est une bonne idée, répondit Michael.

— Quoi, Fontane ? Ou l'émission ?

— Les deux, probablement. Mais je parlais de l'émission.

— Tu crois vraiment ?

— Il faut changer l'image que se font les gens de nous. Si nous voulons que nos activités évoluent comme nous le souhaitons, il peut être utile de montrer au public qu'en définitive les Corleone ne sont guère différents de gens comme les Van

Arsdale, dit-il en montrant le côté de la salle de danse qu'occupait la famille du marié.

— Merci », répondit Fredo.

Ils convinrent de se retrouver à six heures du matin, le lendemain, dans le hall de l'hôtel.

« Tu sais quoi, je les ai toujours confondues toutes les deux. » Michael indiqua du menton Francesca et Kathy.

« Celle en robe de mariée, c'est Francesca. »

Michael se mit à rire. « Non, pas possible ? »

Fredo prit son frère dans ses bras et ils restèrent ainsi enlacés. Fredo ne se rappelait pas avoir jamais serré son frère si longtemps contre lui. Puis ils resserrèrent encore leur étreinte. Ils pensaient à Sonny, ce qu'ils savaient sans doute tous deux sans le dire. Son fantôme avait été présent toute la journée, plus vivant que n'importe quel invité. Fredo et Mike avaient failli l'un et l'autre s'effondrer quand ils avaient fait la queue pour offrir leur enveloppe à Francesca. Et lorsque les deux frères s'écartèrent, leur visage luisait de larmes qui ne se cachaient pas. Ils se tapotèrent l'épaule et ne prononcèrent pas un mot de plus.

C'était un moment dur à passer. Qui aurait pu lui en vouloir d'avoir envie de noyer son chagrin ? Fredo buvait trop, il s'en rendait bien compte, mais dans de pareilles circonstances, ce n'était tout de même pas un délit fédéral. Et puis il y avait le prêtre qui conduisait la cérémonie – le portrait craché du père Stefano, le prêtre qui avait donné envie à Fredo d'entrer au séminaire : le même sourire en coin, le même panache de cheveux noirs, les mêmes hanches étroites de coureur de fond. Fredo s'efforçait de ne pas penser au père Stefano, et la plupart du temps, il y parvenait – il s'écoulait des mois sans qu'une image, aussi fugace soit-elle, vienne le perturber –, mais les rares fois où il se laissait aller à penser à lui, Fredo avait toujours tendance à trop boire.

Si les gens ne buvaient pas pour oublier, la moitié des chansons qui passaient à la radio et les trois quarts des distilleries de la planète seraient vouées à la disparition. Fredo resta au mariage jusqu'au bout, il ne fit pas de scène et s'abstint d'aller où que ce soit après. Il se mit à danser avec Deanna sur tous les morceaux et le fait est qu'elle avait l'air heureuse, mais ils étaient trop ivres l'un et l'autre pour que leurs émotions soient à l'abri de tout soupçon.

Quand ils remontèrent dans leur chambre, il la prit parderrière, chose qu'il n'aurait jamais fait à jeun, et elle ne protesta même pas, ce qu'on pouvait également mettre sur le compte de tout ce qu'elle avait bu.

Lorsqu'il se réveilla le lendemain matin, Fredo ne se rappelait pas comment il avait regagné sa chambre. Il souleva le bras inerte de Deanna pour jeter un œil à sa montre Cartier. Il avait la tête qui cognait. Ses yeux étaient si chassieux qu'il eut du mal à faire le point. Il était presque onze heures. Pris de panique, Fredo appela la chambre de Michael. « Je suis désolé, monsieur, dit le standardiste. Mr Corleone et toute sa famille sont partis depuis des heures. »

(Le Fred Corleone Show *passa par intermittence, généralement le lundi soir, sur une chaîne UHF de Las Vegas, de 1957 à la disparition de son animateur vedette en 1959. Elle était retransmise du bar du Castle in the Sand au milieu d'un décor minimal : un table basse ronde flanquée de chaises à motif léopard destinées à l'animateur et son invité. Sur un panneau, derrière eux, des faisceaux blancs dessinaient FRED ! en lettres lumineuses. Le panneau dissimulait un rideau sombre. Ceci est un extrait de la première émission datée du 30 septembre 1957 [la transcription nous a été confiée par le musée de la Radio et de la Télévision du Nevada].)*

FRED CORLEONE : Cette première émission, elle va être de première bourre. Disons extra, pour ceux qui ne comprennent pas ce que ça veut dire. Je vois plein d'émissions avec de tout, des filles, des blagues, des sketchs, que sais-je encore. De la musique. Et j'en passe. Il y a des fois où les plateaux sont tellement encombrés d'invités qu'il leur faut un flic pour régler la circulation dans les coulisses. Les types qui font ces émissions sont de braves gars, mais moi, je me dis que s'ils vous balancent des numéros à tout va, c'est qu'ils ne sont pas sûrs de vous captiver. Ils ont plus d'invités que de spectateurs derrière leur petit écran. Ce soir, c'est tout autre chose que nous vous offrons et j'espère que vous allez passer un bon moment avec nous. Un seul invité, pas plus, mais c'est un champion toute catégorie, une star de la scène et du grand écran et un chanteur à nul autre pareil, et qui plus est un frère *paesano*. Mesdames, messieurs, Mr Johnny Fontane.

(Corleone se lève et applaudit. Fontane salue le public. Les deux hommes se rassoient, allument une cigarette et se mettent en train en prenant leur temps.)

FRED CORLEONE : On dit que *Groovesville* pourrait bien devenir le plus grand 33 tours de l'histoire du disque. La mode du rock and roll est en train de s'éteindre et vous voilà propulsé au sommet, numéro un d'un bout à l'autre du pays.

JOHNNY FONTANE : Merci. Ma carrière a rasé le bitume pendant quelque temps, mais j'ai remonté la pente et saisi les aubaines qui se présentaient. En toute modestie, les disques que j'ai eu la chance d'enregistrer avec ce génie qu'est Cy Milner – pas seulement *Groovesville*, mais aussi, *The Last Lonely Midnight*, *Johnny Sings Hoagy* et *Fontane Blue*, pour commencer – sont peut-être les meilleurs disques que j'aie jamais enregistrés.

FRED CORLEONE : Peut-être bien les meilleurs 33 que personne ait jamais enregistrés.

JOHNNY FONTANE : Vous devriez inviter Cy à votre émission. Il va aussi faire mon prochain disque, qui est un peu un rêve pour moi, un disque en duo avec Miss Ella Fitzgerald.

FRED CORLEONE : Je n'y manquerai pas. (*Il se tourne vers les coulisses.*) Notez-moi ça, vous voulez. Cy Milner, un génie, et hmm... Le programmer pour l'émission, on dit comme ça, non ?

JOHNNY FONTANE : Vous devriez faire venir Ella aussi. C'est le nec plus ultra.

FRED CORLEONE : Évidemment.

JOHNNY FONTANE : Je n'emploie pas le mot de génie à la légère.

FRED CORLEONE : Contrairement à tous ces poseurs d'Hollywood. Je sais bien que non.

JOHNNY FONTANE : Tous les chanteurs qui ont travaillé avec Cy Milner vous diront que c'est un génie, pour la simple raison que pendant toutes les années où il a été tromboniste dans l'orchestre de Les Halley, il...

FRED CORLEONE : C'est celui qui joue du trombone.

JOHNNY FONTANE : ... en jouait comme on joue de la voix humaine, si bien qu'en studio avec lui, n'importe quel chanteur, n'importe quelle chanteuse est aussi éblouissant qu'un million de dollars, comme on dit.

FRED CORLEONE : Quoi de mieux qu'un million de dollars ?

JOHNNY FONTANE : Un million de dollars et... (*Il tire une longue bouffée de cigarette. Hausse les épaules.*)

FRED CORLEONE : Vos disques font des millions, eux. Et ça n'a rien d'une légende.

JOHNNY FONTANE : Ce que j'ai appris, au cours de toutes ces années que j'ai passées dans ce qu'on appelle le show-business, c'est que le succès que j'ai pu avoir...

FRED CORLEONE : Et un succès phénoménal.

JOHNNY FONTANE : ... je le dois au public. (*Il salue devant les applaudissements.*) Merci. C'est vrai.

FRED CORLEONE : Pensez-vous comme moi que le rock and roll n'ira pas plus loin ? Pour moi, ce n'est pas... vous voyez, ce n'est pas de la musique. Et puis, si vous me permettez, ça manque de classe.

JOHNNY FONTANE : Ça vient de ce que les gens ont de plus primaire en eux. Sur le plan artistique, ça ne valait déjà pas un clou au départ, alors il ne lui reste plus qu'à s'en retourner d'où il vient.

FRED CORLEONE : Ça fait plaisir d'entendre ça. Je veux dire, votre avis sur la question. Maintenant, permettez-moi... entrons dans le vif du sujet, d'accord ? Ce que les spectateurs ont vraiment envie de savoir.

JOHNNY FONTANE : Allez-y, envoyez.

FRED CORLEONE : D'après vous, dans tout le show-business et parmi toutes les femmes ? Toutes. En les classant de une à dix, dix étant le plus fort...

JOHNNY FONTANE *(montrant la tasse à café de l'animateur)* : Il n'y a pas que ça qui est fort.

FRED CORLEONE : ... et en deux catégories, la beauté et le talent. Donc de un à vingt. Ou de un à dix, puis vous additionnez les deux et vous divisez pour obtenir la moyenne. L'échelle importe peu.

JOHNNY FONTANE : Vous ne m'aviez pas prévenu que j'aurais besoin d'un doctorat de math pour faire l'émission.

FRED CORLEONE : Par souci d'objectivité, disons à l'exception de votre fiancée, Miss Annie McGowan, qui elle sait tout faire – chanter, danser, raconter des blagues, et même jouer. Sans compter les marionnettes, que je n'ai jamais vues mais dont j'ai entendu le plus grand bien. Mais attendez. Il faut que je m'arrête.

JOHNNY FONTANE : Je n'avais pas remarqué que vous aviez commencé.

FRED CORLEONE : Annie, donc. Vous savez ce qu'on raconte. Sur... eux. Aidez-moi, Johnny. Nous devons tenir compte du public familial. Tout le monde sait de quoi je parle, croyez-moi. Comment dois-je dire ? Ses quoi ?

JOHNNY FONTANE : Sa poitrine ?

FRED CORLEONE : Sa poitrine. Exact. Avec tout le respect que je vous dois à tous les deux, c'est une poitrine extrêmement célèbre.

JOHNNY FONTANE : Il n'y a pas de mal. Quelle était la question ?

FRED CORLEONE : Quelle est la meilleure combinaison de talent et de beauté de tout Hollywood ?

JOHNNY FONTANE *(faisant mine d'y regarder à deux fois)* : Vous allez m'achever avec une interview pareille.

FRED CORLEONE : Bigre, mais c'est qu'il me charrie, l'animal. Vous leur en donnez pour leur argent, exactement comme quand vous êtes sur scène. Il faut que vous remontiez sur la scène mondialement célèbre du Castle in the Sand.

JOHNNY FONTANE : Merci. Merci beaucoup. Il y a un moment que je n'ai pas pu me produire sur scène à Las Vegas. Pour ceux qui ont envie de venir me voir, j'ai quelques dates prévues à Los Angeles et Chicago.

FRED CORLEONE : Notre émission ne couvre que Las Vegas, et encore pas totalement. Je ne capte même pas cette chaîne de chez moi, vous imaginez ?

JOHNNY FONTANE : Vous avez une tour ou juste une petite antenne ?

FRED CORLEONE : Vous plaisantez ? Une tour. Mais revenons aux choses sérieuses, si vous voulez bien. Blague mise à part, vous êtes en train de me dire que vous n'allez pas chanter, pas ici ? Aujourd'hui ? Pour nous ? On m'avait dit qu'on faisait venir une petite formation pour vous accompagner.

JOHNNY FONTANE : J'aimerais bien, mais il faut que je me mette mes cordes vocales au repos. Ce sont des concerts importants. Désolé.

FRED CORLEONE : Voilà qui est décevant. Très décevant. Et j'ai l'air de quoi, là, d'un abruti ?

JOHNNY FONTANE : Ni plus ni moins que tout à l'heure.

FRED CORLEONE (*s'esclaffant*) : Vous êtes marrant, vous !

JOHNNY FONTANE : J'essaie.

FRED CORLEONE (*à quelqu'un en coulisse*) : Est-ce qu'on a appelé cette formation pour... C'est ça. C'est fait ? C'est fait. Pourquoi je suis toujours le dernier à savoir ces choses-là ? *(Il se retourne vers Fontane)* Bon, d'accord ? C'est reparti. Qu'est-ce que ça vous inspire, le transfert des Dodgers et des Giants en Californie ?

JOHNNY FONTANE : Des trucs qui ne passeront pas auprès du public familial. Pour les gens, ç'a été un vrai déchirement.

FRED CORLEONE : Je ne sais pas. Les entreprises passent leur temps à se relocaliser tout le temps. L'affaire de mon frère, à laquelle je suis associé, celle-ci – hôtels, spectacles, construction, ciment – elle aussi, elle s'est transférée dans l'Ouest. Et ce transfert nous permet d'être réunis dans cette émission. Pourquoi en irait-il autrement du base-ball ? Je suis attaché à New York tout comme vous, mais d'un autre côté c'est le passe-temps national, du moment que ça reste américain, je ne vois pas où est le problème ?

JOHNNY FONTANE : Le base-ball est indissociable des quartiers et des espoirs que les gens du peuple mettent en lui. Toutes les fois où je suis allé à Ebbets Field... je ne peux pas imaginer ce stade vide ou démoli. S'ils le détruisent, c'est une part de moi qui est détruite.

FRED CORLEONE : Vous avez bien quitté New York pour vous installer à l'ouest.

JOHNNY FONTANE : Ce n'est pas la même chose. Le public peut écouter mes disques, voir mes films n'importe où. Tôt ou tard, je finirai par donner des concerts un peu partout.

FRED CORLEONE : Je parie que vous irez voir des matchs des Dodgers à Los Angeles. À l'heure actuelle, vous êtes davantage lié à Los Angeles qu'à New York.

JOHNNY FONTANE *(s'interrompant pour allumer une autre cigarette)* : Bien sûr, j'irai. Mais ce ne seront jamais les vrais Dodgers. Ils se coupent de ceux qui ont fait d'eux les vrais Dodgers.

FRED CORLEONE : Bon, écoutez, laissons de côté ce sujet délicat. Parlons politique, plutôt. Il paraît que vous soutenez une candidature pour les prochaines présidentielles. C'est mon petit doigt qui me l'a dit.

JOHNNY FONTANE : Comment va Deanna ?

FRED CORLEONE : Elle va bien. Mais ce n'est pas de ça que je parlais.

JOHNNY FONTANE *(faisant un clin d'œil à la caméra)* : Parce que pour répondre à votre question précédente, si on se réfère aux catégories de la beauté et du talent, je ne vois personne qui surpasse Deanna Dunn. Sauf votre respect et le sien, elle est du tonnerre.

FRED CORLEONE : Merci, Johnny. C'est très aimable, d'autant qu'entre nous soit dit, je partage votre avis. Pour ceux qui viennent seulement de nous rejoindre, sachez que le veinard ici présent, pour vous servir, a le bonheur d'être marié avec la ravissante et talentueuse Deanna Dunn.

JOHNNY FONTANE : Lauréate de l'Academy Award.

FRED CORLEONE : À deux reprises. Quoique, vous en avez décroché un, vous aussi. Avez-vous été surpris que le trophée soit si lourd ?

JOHNNY FONTANE : Le seul truc que j'ai trouvé lourd, c'est de recevoir un honneur pareil de la part de mes pairs.

FRED CORLEONE : En parlant de prix, vous soutenez le gouverneur Shea du New Jersey aux présidentielles ? Il a reçu un grand prix pour son livre, vous voyez lequel.

JOHNNY FONTANE : S'il se présente, j'ai un penchant pour lui, en effet. J'espère qu'il va se présenter. C'est un homme bien et il serait bon pour notre pays. Avez-vous lu son livre ?

FRED CORLEONE : Il est sur ma table de chevet. Je le lirai avant qu'il vienne à l'émission.

JOHNNY FONTANE : Il doit venir à l'émission ?

FRED CORLEONE : On y travaille. Écoutez, Johnny, j'ai une question pour vous. Avez-vous vu un film intitulé *Embuscade à Durango* ?

JOHNNY FONTANE : Si je l'ai vu. (*Il rit.*) Vous plaisantez ?

FRED CORLEONE : Johnny a joué dans ce film, pour ceux qui sont arrivés après la première bobine.

JOHNNY FONTANE : Et vous aussi. Avec votre femme.

FRED CORLEONE : Un battement de cils, et vous m'avez raté. Deux, et les gens vous ont raté, vous aussi.

JOHNNY FONTANE : Auquel cas, ils seront en bonne compagnie. La plupart des gens ont raté le film, tout court. Il n'y a pas que des chefs-d'œuvre, vous savez. Ou de gros succès au box-office.

FRED CORLEONE : Il paraît que vous auriez l'intention de prendre vos distances avec le cinéma ?

JOHNNY FONTANE : Non, pas du tout.

FRED CORLEONE : Mais le cœur n'y est plus. Vous avez votre propre société de production, et pourtant...

JOHNNY FONTANE : Nous avons des films en cours de tournage qui devraient faire un tabac. Un film de gladiateurs, par exemple.

FRED CORLEONE : Une comédie musicale ?

JOHNNY FONTANE : En effet. Des chansons sensationnelles. Comment le savez-vous ?

FRED CORLEONE : Je connais plus ou moins la moitié de l'équipe de paroliers. Allez, on doit bien payer nos factures.

JOHNNY FONTANE : Parce que vous ne payez pas vos factures ?

FRED CORLEONE : Je parlais de la coupure publicitaire, vous le savez.

JOHNNY FONTANE : On revient tout de suite.

FRED CORLEONE : C'est qui l'animateur, ici ?

JOHNNY FONTANE : Allez, je vous laisse le dire, en ce cas. Comment est-ce qu'un bon à rien comme vous a réussi à décrocher une émission de télévision, pour commencer, sans parler d'une nana comme Deanna Dunn ?

FRED CORLEONE : Vous voyez ce que je veux dire, vous autres ? Vous êtes un trésor national ! On revient tout de suite.

De la fenêtre de la suite du dernier étage du Château Marmont, Fredo Corleone contemplait Sunset Boulevard, seul dans l'obscurité, en attendant le retour de sa femme. La suite lui coûtait davantage par semaine que ce que son père payait pour toute l'allée privée de Long Island, mais ça en valait sans doute la peine. Il pouvait y vivre sans que Deanna soit harcelée par des fans ou qu'il ait en permanence des gardes du corps sur le dos. Il jeta un œil à sa montre. Presque deux heures. Ils avait réservé dans un restaurant pour onze heures. Le tournage se terminait généralement vers neuf heures, mais il avait fait trois films lui-même (de grands rôles, à chaque fois) et savait bien qu'on ne pouvait jamais être sûr. Deanna n'avait pas fait de succès depuis cinq ans – autant dire cinq siècles à l'échelle de temps hollywoodienne. Elle avait décroché ce rôle après qu'il eut été refusé par plusieurs jeunes actrices, et tous les jours, elle rentrait du tournage en disant que ce film allait être un véritable navet et que l'espèce de dandy qu'elle avait pour partenaire était un acteur calamiteux.

Tout en se détournant de la fenêtre pour aller vers le téléphone, Fredo se dit qu'il n'allait pas appeler, il voulait juste se mettre à l'épreuve. Il appela. Le standard lui passa le bungalow n° 3. La voix grave ensommeillée qui répondit appartenait à Wally Morgan, l'un des paroliers d'un des tandems les plus demandés dans le milieu. Il avait été dans la marine, faisait des courses de moto, aimait la chasse ; on n'aurait jamais imaginé qu'il puisse être pédé. Avec le temps, Fredo avait appris qu'il ne fallait pas se fier aux apparences. Ce n'est pas parce qu'un type repeint une pièce chez lui que ça fait de lui un peintre. C'est juste un type qui a repeint une pièce. Et puis, il était à Hollywood. Ce n'était pas pareil, ici. Fontane traitait les tapettes d'*enculeur*, comme ça en pleine figure, mais il en invitait toujours des ribambelles à ses soirées pour entretenir la conversation avec les femmes quand il parlait football avec les garçons ou lançait d'énormes pétards dans le ravin derrière la maison. Et où était Fredo pendant ce temps ? Avec les garçons, dénigrant les quarterbacks et emmerdant les voisins. Donc, il ne pouvait certainement pas être pédé.

Fredo toussota et lui demanda s'il pouvait faire un saut chez lui pour prendre un verre.

« Un saut ? » Morgan gloussa. « Bel euphémisme, le Tigre. Mais c'est bon, je prépare des martinis. Sois sympa, apporte aussi quelques-uns de nos petits amis verts, OK ?

Euphémisme. Nos petits amis verts. Le Tigre. Fredo avait peine à croire qu'il puisse avoir quoi que ce soit à voir avec un type qui parlait comme ça. Il prit son maillot, un flacon de comprimés et partit. Le maillot était pour plus tard, après un petit plongeon histoire de s'éclaircir les idées.

Quand il rejoignit enfin la piscine, il était quatre heures du matin et un couple était en train de baiser du côté du grand bain. Dans le noir. Fredo se changea dans la cabine en espérant que le temps qu'il ait enfilé son maillot, ils auraient fini, mais quand il ouvrit la porte, ils étaient toujours là. Il n'avait pas pris de douche dans le bungalow n° 3. Il fallait qu'il trouve un moyen ou un autre de se laver avant de retourner à l'appartement, au cas où. Le couple était plus ou moins au même endroit – contre la paroi, près de l'échelle – et ne paraissait aucunement pressé. Après tout, qu'est-ce que ça pouvait lui faire ? Il sauta du côté du petit bain et fit quelques longueurs. Il n'avait rien mangé, mais les comprimés lui avaient donné toute l'énergie du monde. En ramassant ses vêtements, il jeta un œil sur le couple qui poursuivait son affaire du côté du grand bassin. C'est alors qu'il s'aperçut que la femme n'était autre que la sienne.

« Dee Dee ? »

Elle se mit à rire. L'homme aussi. C'était son partenaire, Matt Marshall. « J'arrive tout de suite, lança Deanna. Là, pour l'instant, je suis un peu occupée. »

Fredo baissa la tête et se dirigea vers l'ascenseur. Une fois dans la suite, il boucla le ceinturon qu'il avait volé sur le plateau de *La Rivière des Apaches* (son second film ; il jouait un Indien) et prit deux colts Peacemaker chargés. Malgré les comprimés, il était en proie à un calme inébranlable. Sa vengeance était justifiée et, dans quelques instants, il la tiendrait.

Mais quand il retourna à la piscine, ils étaient partis.

Sans même savoir comment il était arrivé là, Fredo se retrouva l'instant d'après dans le garage du Château Marmont, le revolver braqué sur la Corvette Regal Turquoise 1958 qu'il avait offerte à Deanna pour leur premier anniversaire de mariage. Il entendait les battements de son cœur. Il respira à fond plusieurs fois, le revolver immobile, serrant la gâchette, sans toutefois appuyer dessus. Ils étaient allés la choisir ensemble à Flint. Leur agent s'était arrangé pour faire paraître les photos de ce moment idyllique dans tous les journaux et les magazines du monde entier – tous les intéressés y avaient gagné.

Fredo ouvrit le feu : dans la vitre arrière, le pneu arrière gauche, deux dans la portière du conducteur, une par la vitre du conducteur qui ressortit par celle du passager, une autre encore dans le pare-brise. Ça faisait du bien de massacrer une voiture.

Le verre vola en morceaux, les pneus éclatèrent ainsi que la garniture intérieure. Il y eut des échos métalliques, puis une cascade de cliquetis en tout genre.

Il rengaina le premier colt, ouvrit le capot de la Corvette et dégaina le second. Le directeur de l'hôtel apparut, escorté de plusieurs membres du personnel, mais ils connaissaient Fredo et savaient que c'était la voiture de Deanna Dunn. Ils avaient vu bien d'autres célébrités se conduire de manière plus étrange et plus ouvertement criminelle encore. D'une voix posée, le directeur lui demanda s'il pouvait lui être utile en quoi que ce soit.

« Non. » Fredo tira une balle dans le carburateur à quadruple corps. « Elle est assurée, merci. »

La balle suivante provoqua une petite explosion suivie d'une bouffée de fumée blanche. Les premiers curieux pointèrent le bout du nez.

« Il est tard, Mr Corleone. Comme vous pouvez le constater, plusieurs de nos clients...

Il expédia une autre balle dans le bloc du moteur.

— ... ont malheureusement été dérangés. »

Deux autres du côté passager. Sa dernière balle rata la voiture.

Derrière lui, une dame hurla et brailla des inepties d'une voix perçante dans une langue qui pouvait être du français. Quand Fredo se retourna, il vit Matt Marshall – torse nu, pieds nus, en pantalon de coton, qui fonçait vers lui, ses traits insipides de beau garçon grimaçant de rage.

Fredo dégaina son autre revolver et les braqua tous les deux sur Marshall, qui devait être cinglé, à moins qu'il ne se soit rendu compte qu'il n'y avait plus de balle, car il continua à marcher droit sur lui. Fredo n'avait jamais connu une telle lucidité. Il tint bon. Marshall se jeta sur lui. Fredo l'évita avec la virtuosité d'un matador. Marshall tomba sur le bitume. Il se releva, en sang, et chargea à nouveau, en baissant stupidement la tête. Fredo eut envie de rire, mais à la place il lui balança un uppercut magistral en pleine figure avec son pistolet. Ça fit comme un bruit de rôti s'écrasant du toit d'un immeuble. Marshall s'écroula.

À l'exception de la Française qui poussait des hurlements, la foule rassemblée lâcha comme un seul homme : « Oooh ! »

Fredo rengaina les revolvers. « Autodéfense, dit-il, pure et simple. »

Ce fut Hagen qui vint payer sa caution.

« Tu as fait vite, dit Fredo en sortant du poste de police. Tu as pris l'avion ?

— Oui. Bon sang, Fredo. Tu dois être le seul qui ait trouvé le moyen de se faire arrêter dans cet hôtel.

— Balles perdues, répondit-il. Ça peut arriver à n'importe qui. Je m'en veux à mort pour le chien, ceci dit. »

La dame française était une comtesse déchue qui promenait son caniche nain. Une des balles avait déchiqueté la tête de l'animal, ne laissant que quelques lambeaux effilochés. L'autre coup de feu problématique avait réussi à traverser la Corvette pour massacrer la calandre de la voiture garée derrière, une DeSoto Adventurer blanche qui avait remporté le championnat du monde d'Indy 500 en 1957. Le vainqueur de la course avait amassé une petite fortune en la vendant à Marshall, qui était célèbre auprès du grand public pour avoir joué l'abruti de fanfaron au grand cœur dans *Pilote de course*. Si ce connard avait voulu se battre, ce n'était pas pour défendre Deanna, ni à sa demande. Ce qui l'avait mis en pétard, c'était l'âcre fumée qui s'échappait de sa précieuse voiture.

« Il n'y a pas que les balles perdues, Fredo. Ces revolvers...

— Ils sont réglo. Neri m'a assuré qu'ils étaient tout ce qu'il y a de plus nickel.

— Il y a intérêt, parce que la police de Los Angeles a appelé le FBI pour les aider à vérifier.

— Ils sont réglo. »

Ils montèrent dans la Buick de Hagen – subitement, ils s'étaient tous mis à conduire des voitures plus barbantes les unes que les autres, dans la Famille – et ils roulèrent en silence vers le Château Marmont. Non seulement la direction de l'hôtel n'avait pas jeté Fredo dehors, mais Hagen y avait pris une chambre. Les hôtels dotés d'un personnel discret présentent bien des avantages. Hagen et Fredo allèrent se promener dans le parc tropical à l'écart des regards.

« Et ces comprimés qu'ils ont retrouvés dans ta poche ? lui demanda Hagen.

— Ils m'ont été prescrits. C'est Segal qui me les a donnés. »

C'était vrai. Indirectement du moins. Il avait chargé Figaro, le gars qu'il avait à Las Vegas, d'aller les lui chercher. Jules Segal, un vieil ami de la Famille, était chirurgien en chef de l'hôpital que les Corleone avaient fait construire.

« Il paraît qu'ils étaient dans un flacon d'aspirine.

— Je les ai mis là et puis j'ai pris toutes les aspirines. Il n'y a aucune loi qui interdise de transporter ses comprimés comme on veut.

— Je ne sais pas. Segal s'est déjà fait suspendre pour ça, il y a longtemps, avant qu'il n'exerce dans notre hôpital. Mais aujourd'hui... l'hôpital donne une bonne image de nous et si...

— Alors, tu n'as qu'à demander à un autre toubib de dire que c'est lui qui les a prescrits. Paie-le pour ça. Merde, Tommy. Papa disait toujours que tu étais le plus sicilien de nous tous. Putain, qu'est-ce qui t'est arrivé ? Ils t'ont ôté ça par une loi du Congrès ? Je t'ai dit ce que ce type a fait ! Avec ma femme !

— Tu me l'as dit au téléphone. Ce qui n'était pas très malin, Fredo. »

Fredo haussa les épaules, admettant son erreur. « Marshall n'est pas mort, d'accord ?

— Non, Dieu merci, répondit Hagen. Il s'en tirera. Mais pour sa figure, c'est une autre histoire.

— Salement amochée, hein ?

— Salement amochée. Matt Marshall gagne sa vie grâce à ses pommettes, et maintenant, il en a une qui est réduite en bouillie. Ce qui en soi n'est déjà pas rien, mais comme tu le sais, il est en plein tournage. Apparemment, ils ne pensent pas pouvoir le terminer sans lui. On pourra peut-être régler la question mais on a suffisamment de problèmes en ce moment à L.A., avec ceux de Chicago...

— On a fait la paix avec eux. Ils me connaissent, ils m'aiment bien. Je peux m'en charger.

— Quoi qu'il en soit, j'ai déjà pas mal de pain sur la planche grâce à toi.

— Allez, Tom. Qu'est-ce que tu aurais fait si ç'avait été Theresa ?

— Je ne sais pas moi. Bousillé une voiture, un caniche et un film à gros budget ?

— Au moins, tu n'as pas dit que Theresa n'aurait jamais fait ça.

— Theresa n'aurait jamais fait ça.

— Va te foutre, espèce de putain de cul-bénit de mes deux.

— Combien as-tu pris de comprimés, aujourd'hui, Fredo ?

— Aucun. » Il ne faisait jamais le compte. « J'en prends seulement de temps à autre. » Il ne voulait pas passer devant le bungalow nº 3, pas plus que devant la piscine. « On a une meilleure vue par ici, sur Sunset Boulevard et tout ça.

— Je sais, répondit Hagen. J'ai déjà séjourné ici. C'est moi qui t'en ai parlé.

— En ce cas, tu le sais. On a une meilleure vue par ici. »

Ils prirent le chemin en question.

« Au fait, je voulais te demander, dit Fredo. Est-ce que Kay a piqué une crise quand tu lui as dit, pour les micros ?

— Elle ne sait rien », répondit Hagen.

Fredo avait deviné juste. Mike ne le lui avait pas même dit. Il avait laissé Tom s'en charger. En voilà un qui avait perdu sa femme. « Kay est maligne. Elle sait tout. Et même si elle ne sait pas, tôt ou tard, tu finiras par le lui dire.

— Qu'est-ce que tu racontes ?

— Je ne dis pas que tu as un faible pour elle, mais tout le monde sait bien qu'elle est douée pour te tirer les vers du nez.

— Je n'ai jamais rien entendu d'aussi ridicule.

— Quand je t'ai parlé de mon idée de mettre la main sur le coup du cimetière de New York comme ils ont fait à Colma, tu m'as bien dit que tu n'avais jamais rien entendu d'aussi ridicule.

— Cette idée de cimetière ? Tu en parles toujours ? Mike te l'a dit, c'est un projet dans lequel nous ne pouvons pas nous engager pour le moment. On laisse tomber les combines. On ne veut rien devoir aux Stracci. Ça nous obligerait à demander des faveurs à une ribambelle d'hommes politiques de New York, et s'il y a bien une chose que nous voulons éviter en ce moment, c'est de gaspiller ces faveurs pour un projet comme celui-ci – et j'ajouterai, un projet avec autant de failles. »

Au détour d'une allée, ils tombèrent sur Alfred Hitchcock qui se promenait avec Annie McGowan accompagnée de son agent. Fredo présenta Hagen en disant qu'il était représentant du Congrès. Annie lui demanda s'il allait bien. Fredo lui répondit que c'était une longue histoire et qu'il l'appellerait un peu plus tard. Non, Johnny n'était pas là, dit Annie. Il était à Chicago. Hitchcock insista pour poursuivre leur promenade et ils s'éloignèrent.

« Quoi, comme faille ? demanda Fredo une fois qu'il se retrouva de nouveau seul avec Hagen.

— Il y a des failles, répéta Hagen. Écoute, la situation est la suivante : les gars de New York vont tout maintenir en l'état. Si nous lançons de nouvelles opérations, elles devront être parfaitement légales.

— Mais c'est précisément la beauté de l'affaire, Tom. Ce n'est pas une combine. Ce sera parfaitement légal.

— Fredo, tu ne peux pas tout avoir. Tu ne peux pas d'un côté être un homme en vue, marié avec une vedette de cinéma, diriger la partie divertissement de nos hôtels de Las Vegas et lancer ton émission de télévision – qui au fait s'est bien passée, m'a-t-on dit.

— Merci. On fait ce qu'on peut.

— Mais tu ne peux pas faire tout ça et en même temps gérer en sous-main un projet comme celui de ton cimetière. Et tu ne pourras rien faire si tu ne commences pas par arrêter tes conneries. Ouvre les yeux, bon sang. »

Fredo ne demandait pas mieux que d'ouvrir les yeux, si seulement les flics ne lui avaient pas confisqué ses putains de comprimés. « On n'a qu'à laisser quelqu'un d'autre se charger du sale boulot, dit-il. Rocco, par exemple. Ou tu sais qui serait parfait ? Nick Geraci. Une fois que tout sera réglo, c'est moi qui reprendrai la direction des opérations. C'est moi qui ai eu l'idée, Tom.

— Les idées ne valent pas un clou, répondit Hagen. Ce qui compte, c'est de savoir ce qu'on en fait.

— Je sais quoi en faire, de mon idée, putain. Je sais comment la mettre en pratique. Je sais comment diriger cette putain d'opération une fois que tout sera en place. Mon seul problème, c'est que tu ne veux pas me laisser faire. »

Hagen s'apprêta à lui répondre.

« Dis-le, l'interrompit Fredo. Dis-le que ce n'est pas toi qui m'en empêches, que c'est Mike. Merde, Tom, il profite de toi encore plus que de moi. On est tous les deux plus vieux que lui. On s'est tous les deux fait doubler dans cette histoire, pourquoi ? »

Hagen fronça les sourcils.

« Tu n'es pas italien, dit Fredo, et tu n'es pas de la famille, je veux bien, ça complique les choses, mais pas au point de faire automatiquement de toi son coursier.

— J'aurais dû te laisser poireauter ici, espèce de petit salopard d'ingrat. Ça ne te déplairait peut-être pas la prison.

— Et ça veut dire quoi, ça ? »

Hagen ferma les yeux. « Rien.

— Qu'est-ce qu'il y a ? T'as la trouille ? »

Hagen ne répondit pas.

« Merde, je t'ai posé une question.

— Si tu veux me frapper, vas-y, Fredo.

— Je sais ce que tu essaies de me dire, Tom. Vas-y, dis-le. C'est à propos de ce petit jeune, le voleur de San Francisco. » Fredo n'avait pas eu à tuer pour être initié aux affaires de la Famille. Dean le beatnik était le premier homme qu'il ait jamais tué. Si seulement ce gamin ne s'était pas souvenu de cette vieille photo de Fredo pleurant sur le trottoir. Fredo avait joué les innocents. Il avait une tête qui ressemblait à beaucoup d'autres, avait-il dit à Dean. Mais le jeune avait insisté. Fredo l'avait étouffé avec un oreiller, puis il l'avait rhabillé et avait bourré son cadavre de coups de poing pour faire bien. C'était un brave gamin, mais il n'en demeurait pas moins que c'était un pervers. Pas seulement un petit jeune qui s'amusait, mais un type qui se voyait comme une tantouse. C'était répugnant. Sur l'instant, Fredo avait été tellement paniqué à l'idée d'être reconnu que ç'avait été facile. Il avait eu plus de mal à s'en sortir après, mais là encore, ça avait fini par s'arranger. « Arrête de me regarder comme ça. Dis-le.

— Je n'ai rien à dire, bon sang, répondit Hagen. En ce qui me concerne, San Francisco, c'est de l'histoire ancienne.

— Tu commences franchement à m'énerver, Tom.

— Je commence seulement ? »

Fredo lui balança un coup de poing. Tom l'intercepta de la main gauche, tordit le bras de Fredo puis lui enfonça son poing dans le ventre avec une telle force que Fredo décolla du sol. Tom lui lâcha le bras. Fredo chancela puis s'écroula à genoux, le souffle coupé.

« Putain, je te hais, dit Fredo au bout d'un moment, la respiration encore haletante.

— Tu quoi ?

— À la minute où tu as franchi le seuil de la maison, dit Fredo, tu es devenu le préféré de papa.

— Enfin, Fredo, tu n'es plus un gamin.

— Mike était le préféré de mamma, poursuivit-il, le souffle ralenti. Sonny n'avait besoin de personne et Connie était une fille. C'est moi qui étais le préféré de papa avant que tu n'arrives. Tu le savais, ça ? Est-ce que tu y as seulement pensé ? Tu t'en fichais pas mal, hein ? Tu as pris ce qui était à moi.

— Tu ne balances pas un truc pareil au mec sur lequel tu comptes pour te sortir du pétrin dans lequel tu t'es fourré.

— Qu'est-ce que ça peut bien faire, ce que je dis ? De toute façon, tu le feras. Tu feras tout ce que Mike te demande.

— Je suis loyal envers cette famille.

— C'est des conneries, ça. Tu es loyal envers lui.

— Écoute-toi un peu, Fredo. »

Fredo se releva et fonça en avant. Le second coup de poing de Hagen le toucha en plein dans le menton et le fit basculer sur le dos au milieu d'un parterre de jasmin d'Asie.

« Ça te suffit, là ? »

Fredo se redressa et se frotta les mains sur son visage gris mal rasé. Il respira plusieurs fois à fond. « Je n'ai pas dormi, vraiment dormi, depuis, je ne sais pas... des jours.

— Un cigare ? demanda Hagen en mettant la main à sa poche de poitrine.

— Non merci », répondit Fredo.

Hagen hocha la tête. « Va voir ta femme, Fredo.

— Ne me dis pas ce que j'ai à faire. Et de toute façon, elle n'est pas là-haut.

— Où veux-tu qu'elle soit ? Ils ne tournent pas aujourd'hui.

— Elle est là ? »

Hagen tapota l'épaule de Fredo. « Je t'aime beaucoup, Fredo. Tu le sais, hein ? »

Fredo haussa les épaules. « Moi aussi, Tommy. Mais il n'empêche...

— On en a déjà parlé, répondit Tom. Laisse tomber.

— Il faut croire que c'est inévitable, entre frères, hein ? »

Hagen inclina la tête, l'air dubitatif.

« Pas mal intercepté, ceci dit, ce coup de poing, dit Fredo. Jolis réflexes.

— C'est le café, répondit Hagen.

— Tu ferais bien de freiner un peu là-dessus. Ça te tuera.

— Allez, vas-y. Repose-toi. Tout va s'arranger. »

Hagen avait raison, pour un temps, du moins.

Deanna vint l'accueillir. Elle l'embrassa longuement et lui fit couler un bain bien chaud dans l'immense baignoire. Il se prélassa dans l'eau pendant qu'elle le rasait.

C'était peut-être une des actrices les plus célébrées de sa génération, mais Fredo était convaincu que l'ardeur qu'il avait déclenchée en prenant fait et cause pour elle, en se battant pour elle, ne pouvait être feinte. Depuis tout le temps qu'ils étaient ensemble, ça ne s'était jamais aussi bien passé au lit.

« Alors, comment un bon à rien comme moi a pu finir avec toi, hein ? »

Elle poussa un soupir – de contentement, manifestement. « À cheval donné on ne regarde pas la bouche, dit-elle.

— Et là ?

— Là, il faut absolument regarder. Approche-toi et regarde bien. Je veux que tu regardes, avec les yeux.

— Mais non, ce n'est pas ce que tu veux.

— J'avoue, roucoula-t-elle en serrant sa nuque à deux mains. Ce n'est pas ce que je veux. »

Chapitre 18

En mars de cette année-là, le père de Nick Geraci vint à New York – c'était sa première visite depuis que Nick avait quitté Cleveland. Naturellement, il fit la route en voiture. Tous ces milliers de kilomètres depuis l'Arizona, il les parcourut seul et en trois jours, qui plus est. Jusqu'à la fin, il demeurerait Fausto le Chauffeur.

Au début, il se contenta de mijoter en autarcie dans son cocon tissé de regrets moroses, en contemplant la piscine de son fils. Il se trouva à court de Chesterfield King. Charlotte lui offrit une cartouche de ses cigarettes. Il s'en accommoderait, lui dit-il. C'était des cigarettes de femme, mais il l'assura qu'il connaissait quelqu'un qui fumait les mêmes et qu'elles pouvaient faire l'affaire à la rigueur. Nick lui fit un clin d'œil et lui demanda s'il parlait de Miss Conchita Cruz. « Ferme-la quand tu ne sais pas de quoi tu parles, d'accord ? Tu veux que je te les paie ? » Il prit son porte-monnaie.

« Mais non, papa. Non.

— Tu es peut-être un cador, mais je paie ma part, d'accord ?

— Nous voulons juste que tu t'amuses bien, OK ?

— C'est beaucoup me demander, répondit-il. Vous ne voulez pas vous occuper de vos affaires, plutôt ? Et prends cet argent, à moins que tu n'en veuilles pas, de mon argent ?

— On ne veut pas de ton argent dans cette maison, papa, répondit Nick. Tu es notre invité.

— Invité ? s'esclaffa-t-il. Ne sois pas idiot, espèce d'abruti. Je suis de la famille.

— Je suis content de te voir », dit Nick qui refusa l'argent mais embrassa son père qui l'embrassa à son tour.

Au matin, il y avait cinq dollars sous le sac de Charlotte.

Le lendemain, par une chaleur inhabituelle pour un mois de mars à New York, ils allèrent en famille déjeuner chez Patsy's, le restaurant italien préféré de Nick en ville, où il avait quasiment sa table attitrée à l'étage, puis faire le tour de Manhattan en bateau par la Circle Line, ce qui était une idée de Charlotte. La croisière permettait de voir la ville comme on ne la voyait jamais, même quand on y était né, comme elle, et puis, lui semblait-il, c'était une manière idéale de passer l'après-midi pour un homme qui passait ses journées à contempler l'eau d'un air méditatif. Nick et Charlotte avaient fait la croisière au début de leur relation, mais les filles, jamais. Barb était au collège et ne se déplaçait presque jamais sans ses amies, dont un escadron l'attendait à l'embarcadère. Mais Bev, qui malgré ses onze ans avait l'air d'avoir le même âge que Barb, ne lâcha pas son grand-père d'une semelle et lui posa des questions sur Ellis Island – la seule et unique fois où Fausto avait été à New York, quand il était petit. Avant même d'arriver en vue de Roosevelt Island, elle avait réussi à lui extorquer des leçons de dialecte sicilien.

Après être passé devant le stade de base-ball des Polo Grounds mais avant que les étendues désertes de la pointe nord de Manhattan saisissantes au premier abord ne finissent par devenir ennuyeuses à mourir, Fausto qui était d'une humeur aussi enjouée que possible prit son fils à part et lui glissa qu'en réalité il était venu à New York pour affaires.

Nick fronça les sourcils en inclinant la tête.

« Un message du Juif, dit-il en faisant allusion à Vince Forlenza. C'est une longue histoire. Pas ici. C'est loin d'ici, Troy ?

— Troy, où ça ? Troy, dans l'État de New York ? » Nick Geraci n'était pas sûr que son père lui ait jamais raconté une longue histoire, quelle qu'elle soit.

« Mais non, cador. Troy comme dans Troie, avec Hélène et son canasson géant. Bien sûr, Troy dans l'État de New York.

— Il faut qu'on aille à Troy pour que tu me dises ce que tu as à me dire ?

— On n'est pas obligés d'aller à Troy. On peut très bien régler ce qu'on a à régler chez toi ou dans ton cher club Henry Hudson, n'importe où du moment qu'on peut parler et...

— Patrick Henry », rectifia Nick. Son quartier général à Brooklyn. Son bureau.

« Peu importe. Je vais te dire. Je veux aller à Troy. D'accord ? Tu peux bien accorder une petite faveur comme celle-là à un mourant, non ?

— Depuis quand tu es mourant ?
— Depuis que je suis né.
— Je croyais que tu allais dire depuis que, moi, je suis né.
— Ce n'est pas la modestie qui t'étouffe, le crack. »

Il s'avéra que Fausto avait entendu dire qu'il y avait des combats de coqs à Troy, soi-disant le haut lieu du genre. C'était tout au nord de l'État, sans doute sous le contrôle direct ou indirect de la Famille Cuneo. Fausto avait toujours été un aficionado des combats de coqs et, au fil des années, il avait laissé tellement d'argent dans une salle de Youngstown que son nom aurait dû figurer en bonne et due forme sur le contrat. Il y avait des combats de coqs à Tucson, mais ils étaient gérés par des Mexicains et Fausto pensaient qu'ils étaient truqués.

« Tu plaisantes, dit Nick. À Youngstown, c'était plein de coqs avec de la cocaïne sur les plumes. Des bêtes bourrées d'anticoagulants pour qu'elles perdent en pissant le sang, repartent battues d'avance puis se décrassent le système de toutes ces cochonneries et remportent le combat. Des bêtes avec des milliers de poisons sur les éperons. Il y en a tellement que je ne me rappelle même plus toutes les méthodes qu'ils employaient pour que des bêtes qui s'apprêtaient à tuer aient l'air malade ou pour que d'autres qui allaient mourir aient l'air en pleine forme.

— Tu es naïf. Les Mexicains sont pires. Mais il faut reconnaître que ce sont des génies. »

Ils ne devaient partir qu'en milieu d'après-midi, pourtant Fausto s'était levé à l'aube pour étudier les cartes routières et prodiguer ses soins au moteur bichonné de son Oldsmobile 88. Il avait insisté pour conduire, naturellement. Le chauffeur habituel de Geraci – Donnie la Poche, son cousin par alliance – se contentait de conduire la voiture, mais le père de Nick, lui, était un vrai pro du volant. À le voir derrière son tableau de bord et sans rien savoir de lui, n'importe qui se serait dit qu'il conduisait comme un vieux : énormes lunettes, tête penchée sur le volant, mains gantées à deux heures moins dix, radio éteinte pour mieux se concentrer sur la route. Il avait toujours roulé ainsi. Il n'empêche qu'il manœuvrait son bolide au milieu du flot des voitures comme le pilote de Formule 1 qu'il aurait dû être, changeant sans cesse de file, se glissant dans des créneaux qui n'étaient jamais trop étroits en dépit des apparences. À part les voitures et les camions qu'il avait délibérément démolis et malgré les mois passés à la prison de Marion pour homicide au volant (un camouflage auquel il avait participé par loyauté envers le Juif, après que la nièce de ce dernier, âgée de quatorze ans, eut malencontreusement écrabouillé une vieille dame dans un rodéo), Fausto Geraci n'avait jamais eu un seul accident. Il avait également un sixième sens pour détecter la présence des flics et les rares fois où il se faisait arrêter, il lui suffisait de jauger le policier d'un coup d'œil pour savoir instantanément s'il valait mieux lui tendre le badge indiquant qu'il était un retraité de la patrouille de l'Ohio Highway (le badge était authentique et, aussi absurde soit-il, il avait été acheté dans un vide-grenier) ou lui glisser ledit badge avec un billet de cinquante replié dessous. Il en avait toujours un en réserve, plié d'avance, dans la boîte à gants, entre le badge et les papiers de la voiture. Un jour, quand il avait dix ans, Nick avait pris l'argent. Son père lui avait donné une raclée mémorable : c'est d'ailleurs ce qui l'avait amené à se faire appeler « Nick » et non plus « Faustino » ou « Junior » comme jusque-là, et à prendre des leçons de boxe.

Nick attendit que son père se décide à parler. Quelle que soit son histoire, il la lui raconterait quand il se sentirait prêt. Une chose est sûre, ce devait être important. Il donnait l'impression d'avoir enfin été chargé du genre de mission digne d'un homme aux talents aussi incontestables que les siens.

Finalement, après avoir franchi George Washington Bridge et s'être rabattu sur le bas-côté pour dépasser deux semi-remorques, Fausto Geraci donna un coup de volant pour repasser sur la route, respira à fond et entreprit de raconter à son fils tout ce qu'il avait appris de Vinnie Forlenza – et en personne, qui plus est.

« Tu m'écoutes ?

— Je suis tout ouïe », répondit Geraci en tirant sur ses oreilles.

Apparemment, Sal Narducci avait fini par se lasser d'attendre que le Juif se décide à mourir. Mais si Sal le Jovial avait sans doute tué l'équivalent d'un stade comble en son temps, il n'avait pas le cran de tuer son boss. Il avait décidé d'humilier Forlenza pour le forcer à se retirer, tout d'abord en chargeant quelqu'un de saboter cet avion – oui, cet avion-là – puis en lui suggérant l'idée de kidnapper Nick et de le cacher, afin de donner de Forlenza l'image d'un homme aussi faible qu'imprudent, ce qui dans une certaine mesure tout du moins avait abouti au résultat escompté.

« Mais attention, l'As, dit Fausto d'un ton sec, comme à chaque fois qu'il l'appelait par son surnom, ne va pas non plus te précipiter vers ton boss, OK ? C'est ce *pezzonovante* qui a tout manigancé. »

Nick Geraci avait plus que du mal à croire à une énormité pareille.

« Pourquoi crois-tu que tu es encore en vie, bougre d'abruti ? lança Fausto. Tu crois qu'ils t'auraient gardé en vie s'ils pensaient que tu avais merdé ? Tu en connais beaucoup, toi, des gars qui ont foiré comme tu as foiré dans le lac sans finir avec deux balles dans le crâne, un crochet à viande dans le cul et tout le tremblement ? »

Ce n'était pas les raisons qui manquaient. Michael avait besoin de lui. « Les experts ont conclu à l'accident, pour le crash. »

Fausto soupira. « Et dire qu'ils sont tous là à me dire que mon fils est un génie... »

Ce n'est qu'alors que Nick Geraci s'aperçut qu'il ignorait tout des hommes qui travaillaient pour l'Administration fédérale de l'Aviation, et ne savait pas s'il était facile ou non de les soudoyer. Quoique, on pouvait toujours mettre la main sur un quelconque clampin sous-payé, un simple subalterne : un plongeur, un assistant du labo de la police, quelqu'un qui soit prêt à mentir sur des questions de vie ou de mort pour une petite enveloppe ou une nuit avec une pute de luxe.

Il resta longtemps sans mot dire. Il écoutait. Son père récapitula ce qui s'était passé. Tout concordait. On avait bel et bien versé quelque chose dans ces réservoirs. Don Forlenza l'avait deviné quand il avait entendu parler d'un gars qui était parti en vacances à Las Vegas et qu'on n'avait jamais revu. C'était non seulement un mécanicien, mais aussi un *cugin'*, qui rêvait plus que tout de devenir un homme qualifié. Fausto se mit à rire. « Crois-en mon expérience personnelle, ça fait un bail que ces gens-là n'admettent plus personne. »

Fausto maintenait la voiture à cent quarante, comme si le compteur de l'Oldsmobile était bloqué.

« Toujours est-il que le *cugin'* n'est pas revenu de Las Vegas, et voilà que son copain, un autre *cugin'*, monte sur ses grands chevaux et débarque au club pour essayer de comprendre ce qui lui est arrivé. Dans l'esprit du Juif, ça fait tilt. Un mécanicien. Disparu, vraisemblablement... » Fausto mit la main en pistolet, tendit le bras et fit mine d'exploser la tête de son fils. « Du coup, Forlenza emmène le copain dans un coin tranquille. Une question par-ci, une question par-là, tout le tremblement. Le copain était au courant de tout. Je te laisse deviner la suite.

— Ça veut dire quoi, je te laisse deviner la suite ? Tu veux dire que ce qui reste du copain est sous une chappe fraîchement coulée à Chagrin Falls ?

— Petit malin, va. Oublie le copain. Pour faire court, disons que ton boss et Sal le Jovial ont demandé au mécanicien qui est mort de glisser quelque chose dans ton réservoir. Regarde dans la boîte à gants, petit malin. »

Nick lui jeta un regard. « Vas-y, dit Fausto. Je ne te collerai pas de raclée. »

Elle remontait à trente ans, cette raclée et ils n'en avaient plus jamais reparlé, ni l'un ni l'autre. Trente ans entre un père et son fils, c'est parfois ça. En fait, c'est généralement ça.

La boîte à gants était immaculée, tout comme le reste de la voiture : le badge, soigneusement posé sur le billet de cinquante (que Nick prit soin de ne pas toucher), les papiers de la voiture, deux enveloppes blanches et le manuel du conducteur. Une des enveloppes contenait le carnet d'entretien de la voiture. « L'autre, dit Fausto. Celle-là. »

Elle contenait six billets de train pour Cleveland, pour Nick et cinq de ses hommes, ce qui rendait peu probable une quelconque embuscade.

Fausto lui expliqua en détail où il devait se rendre et les mesures de sécurité qu'il devait observer pour sa rencontre avec Don Forlenza, qui aurait lieu dans une partie du musée d'Art de Cleveland où ne se tenait actuellement aucune exposition et qui était fermée au public. « Tu ne te souviens sûrement pas de Mike Zielinsky, le polak qui dirigeait ma section au syndicat ?

— Tu plaisantes, papa ? Bien sûr que je m'en souviens. » Zielinsky, le polak en question, était un ami de la famille depuis des années. C'était le parrain de la sœur de Nick et un des meilleurs et uniques amis de Fausto.

— Bon, très bien. Sois au musée à neuf heures et quart tapantes. Tu verras ce gros con à côté de cette espèce de Penseur, là...

— La sculpture ?

— Sculpture, statue. Devant, là.

— S'il est là – le polak, pas le Penseur – c'est qu'il n'y a pas de pépin et tu entres direct. Pas de polak, tu retournes à l'hôtel, il sera dans le hall. »

Nick Geraci était passé du stade où il avait du mal à croire à toute cette affaire à celui où il avait du mal à l'accepter. Quels pouvaient être les mobiles de Michael ? Pourquoi aurait-il voulu l'assassiner ?

« Je sais ce que tu penses. » Fausto secoua la tête. « Tu es vraiment naïf.

— Comment ça ?

— Ça fait combien de temps que tu es dans ce milieu ?

— Où est-ce que tu veux en venir ?

— Nulle part, justement, répondit son père. Il y a des saloperies qui ont l'air de n'avoir aucun sens, sinon pour leur auteur et les gars qu'il a chargés d'agir à sa place. Et encore, les trois quarts du temps, ils savent que dalle. Ils se contentent d'obéir. C'est un miracle que tu ne sois pas mort depuis belle lurette, cador. »

C'était une bonne chose que la route soit aussi longue jusqu'à Troy et que son père ne soit pas bavard. Les silences lui laissaient le temps de réfléchir à ce qu'il devait faire. Et malgré tout, il luttait. Il mènerait sa petite enquête, vérifierait ce qu'il pouvait vérifier sans éveiller les soupçons. Il agirait lentement. Il en saurait plus. Il examinerait chaque manœuvre, sous tous les angles.

Une chose était sûre : si ce que son père lui avait raconté était vrai, Nick Geraci trouverait un moyen d'infliger à Michael Corleone un châtiment pire que la mort.

Ils arrivèrent à Troy. Les combats de coqs se déroulaient dans une ancienne glacière. Le devant de la salle avait été transformé en bar. Derrière la bâtisse, il y avait un énorme parking qu'on ne voyait pas de la route.

« Comment as-tu entendu parler de cet endroit, papa ? »

Fausto Geraci roula les yeux. « Tu connais tous les tenants et les aboutissants et je ne sais trop quoi encore, c'est ça ? Et ton paternel, il connaît que dalle. »

Nick ne releva pas. Ils descendirent de voiture. Son père se plaignit du froid. Du temps de Cleveland, ce type-là était capable de résister à des températures polaires.

« On est en mars, papa, et dans l'État de New York.

— Ça glace le sang. » Il s'arrêta toutefois pour allumer une des cigarettes de Charlotte, poussa un petit ricanement de mépris, marmonna quelque chose entre ses dents et se dirigea vers l'entrée.

— Tu dis ?

— "Je m'aperçois que la guerre aérienne est en réalité une forme de meurtre scientifique". » Il marchait sacrément vite pour un homme de son âge.

« Je m'aperçois que quoi ?

— Ça vient de ton bouquin sur Eddie Rickenbacker, génie,

dit Fausto. C'est lui qui a dit ça. Tu l'as laissé. Le livre. Sois gentil, arrête de me regarder comme si tu me prenais pour un analphabète. »

Nick Geraci croyait se rappeler que la citation était mentionnée en page de garde.

Quand ils entrèrent, des hommes que Nick n'avait jamais vus de sa vie le reconnurent et vinrent à sa rencontre. Ça lui arrivait souvent à New York, mais c'était agréable de voir ça dans ces lieux, à travers les yeux de son père.

Ils allèrent aux toilettes. « Un dernier mot là-dessus, chuchota Fausto, les yeux rivés sur le mur, au-dessus de l'urinoir. Si tu veux que je m'occupe de qui tu sais – il lâcha sa queue, se tourna vers son fils et claqua les doigts des deux mains – je m'en charge dès demain. »

Nick lui sourit. « Merci, lui dit-il. Je te dirai.

— Ne le prends pas à la légère, dit Fausto en remontant sa fermeture Éclair. Ce type a expédié à lui seul plus de gars en enfer que...

— Compte sur moi. » Nick se lava les mains et lui tint la porte. « Le premier pari est pour moi. »

Il misa avec le billet de cinq que son père avait laissé sous le sac de Charlotte. Il paria sur un gros mâle à tête bleue on ne peut plus laid qui était donné perdant à dix contre un et qu'ils avaient vu au préalable dans sa cage, en train de se chier dessus. Fausto avait inspecté la diarrhée, allant même jusqu'à coller son doigt dans une éclaboussure qui avait giclé par terre pour la renifler. Au bout de trente secondes, le coq à la queue pleine de merde bondit et frappa son adversaire à la carotide. Fausto le Chauffeur avait deviné juste, la diarrhée n'était qu'un leurre provoqué par du sel d'Epsom.

Les Geraci empochèrent cinquante dollars de bénéfices et gardèrent la tête froide, essayant de déterminer ce qui déciderait de l'issue du prochain combat mortel, et ce quelle que soit la rage qui battait dans le cœur des deux coqs suivants.

Chapitre 19

Pete Clemenza était entouré de sa cour dans un petit restaurant des abords de Garment District, qui possédait une arrière-salle réservée aux seuls familiers de Clemenza. Le propriétaire des lieux aurait pu être le père de Clemenza et ce dernier avait déjà soixante-dix ans. Ils étaient liés par une amitié de si longue date qu'ils ne savaient plus à quand elle remontait. Ce matin-là, le patron était chez lui, alité, et Pete était au fourneau, un tablier noué sur son costume en soie, cuisinant des poivrons et des œufs, recommençant l'émincé d'oignons (ceux qui avaient été préparés avaient été « hachés mille fois trop gros »), montrant les ficelles du métier aux voyous qui travaillaient pour son ami et maintenant la discipline. Assis à une table métallique coincée dans un angle, deux des hommes de Clemenza écoutaient leur chef faire ce qu'il faisait les trois quarts du temps quand il ne dormait pas, en d'autres termes, raconter une histoire. C'est ce qui avait scellé ses liens avec Vito Corleone. Pete était un conteur né et Vito, le public rêvé.

Celle-ci s'était déroulée il y avait de cela cinq ans, juste après la sortie de prison de Pete qui avait effectué une courte peine pour extorsion (le jugement avait été cassé en appel). Pete était allé admirer la nouvelle télévision de Tessio. « Comparé aux postes de la boîte, celui-là avait une image si belle que t'en bandait. C'était un vendredi soir et Tessio avait invité quelques-uns d'entre nous chez lui histoire de regarder les matchs de boxe, s'en jeter un ou deux, parier entre amis. Tessio possédait des tuyaux sur tous les matchs existants mais il avait l'hospitalité généreuse, et quand on perdait un pari face à lui c'était un peu comme si on refilait un petit billet au resto pour être bien placé.

Le seul que je connaissais pas sur le tas, c'est un petit jeune – un nouveau, nerveux comme un écureuil. Pour un gars qui n'est pas connu, il pose beaucoup de questions et je finis par lui faire une réflexion. Le gamin devient blême mais Sally me fait « Laisse-le, faut bien qu'il apprenne. » Un peu plus tard, dans le couloir, je sors des chiottes et Richie les Deux Flingues me demande d'où il sort, l'écureuil. J'en sais foutrement rien, que je lui fais, même que comme épitaphe, ça ferait peut-être pas mal sur ma tombe. Le premier combat commence et Sally demande à Richie d'éteindre le son, la tête du présentateur ne lui revient pas. Puis Sally demande à l'écureuil d'annoncer le combat. Le gamin rigole, mais Sally sort un flingue et l'agite sous son nez, l'air de dire, allez, magne-toi. On dirait que le gamin va se pisser dessus. "Bienvenue à Madison Square Garden", il fait, et je vous jure, sans déconner, sa voix sort de la télé ! "En noir, c'est qui ?" demande Sally. L'écureuil fait "En noir, nous avons Beau Jack", et de nouveau, ça sort de la télé. Sally sourit et dit qu'il n'aime pas non plus ce présentateur. Richie arrache la chemise du gamin et voilà-t-il pas que cet enfant de salaud a un fil collé sur son torse tout poilu. C'est la première fois que j'en voyais un avec un émetteur. Le gouvernement lui avait refilé une merde tellement préhistorique que ça passait directement par la nouvelle télé de Sally. Sally s'approche, se penche dans le microphone et dit "*Fatta la legge, trovato l'inganno.*" Autrement dit, dans chaque loi, il y a une faille. Quoi qu'il en soit, le flic, ou peu importe, devait comprendre l'italien et il avait dû piger que malgré le principe qui interdisait de tuer des flics, Sally allait tout de même lui régler son compte. Et là, l'écureuil se pisse dessus pour de bon. Ça provoque un court-circuit dans ce putain d'émetteur. L'écureuil se met à gigoter en hurlant. Je vous jure, il a les couilles en feu. Les couilles ! »

Dans la cuisine encombrée, tout le monde se mit à rire.

Clemenza bascula en avant sur le gril.

Sans doute crurent-ils qu'il s'apprêtait à rire plus fort encore. L'espace d'un instant – tandis que son cœur énorme éclatait comme un pneu de camion usé jusqu'à la corde – le gros homme déchaîna l'hilarité générale. Puis la chair de sa figure joufflue se mit à brûler et à grésiller et son veston prit feu. Ses hommes bondirent et le retirèrent du gril. Ils étouffèrent les flammes en un rien de temps.

Tous les derniers employés d'origine de la fabrique d'huile d'olive Genco Pura – son président, Vito Corleone, son directeur, Genco Abbandando, et ses deux représentants, Sal Tessio et Pete Clemenza – avaient à présent disparu.

La gare de Cleveland était si proche du lac que des rafales de vent glacial renversaient les passagers à leur descente du train. Nick Geraci tomba, ainsi que deux de ses hommes. Eddie Paradise se cassa le bras, bien qu'il mît deux jours à s'en apercevoir.

Le polak se tenait à côté du Penseur.

C'était la veille de l'enterrement de Pete Clemenza, une heure avant la fermeture du musée. Geraci fut conduit dans une salle blanche, entièrement vide, abstraction faite de Vincent Forlenza et son fauteuil roulant. Il appela ses hommes en leur demandant d'apporter une chaise ou un banc pour Mr Geraci, mais ce dernier l'assura qu'il n'en avait pas besoin et qu'il resterait debout. L'infirmière de Forlenza et tous les gardes du corps attendaient au bout d'un long couloir.

Geraci lui confessa que sa première impulsion avait été de saboter la voiture de Sal le Jovial et de camoufler la chose en accident. Plus ou moins la loi du talion. Forlenza quant à lui avait dans l'idée de plastiquer la voiture de Narducci pour le pulvériser dans les recoins de l'oubli. Les Familles du Midwest avaient un penchant pour le plasticage de voiture. C'était une manière de se faciliter la tâche, en évitant d'avoir à se débarrasser des corps.

Ils discutèrent des avantages qu'il y avait à torturer Narducci, tout comme Forlenza avec le copain du mécanicien, tous deux morts, à présent. Mais il n'y avait rien que Narducci pût leur dire dont ils n'avaient déjà eu la confirmation. S'ils devaient le tuer, autant lui coller deux balles dans le crâne ou, effectivement, piéger sa voiture.

Mais Geraci persuada de garder Narducci en vie. Pour l'heure.

Tout d'abord, si Narducci mourait ou disparaissait, ça mettrait la puce à l'oreille de Michael Corleone. Et Narducci ne présentait guère de menace. Il avait attaqué Forlenza de la manière la plus indirecte qui soit. De plus, à sa connaissance, aucun *consigliere* n'avait jamais trahi son boss. Ce serait terriblement embarrassant pour l'organisation de Cleveland. Il fallait se débarrasser de Narducci sans que Don Forlenza puisse être soupçonné d'avoir ordonné son exécution ni même d'avoir fermé les yeux.

Une des autres options qui s'offraient à eux était de tuer Michael Corleone ; comme celle de tuer Narducci, elle aurait le mérite d'être satisfaisante. Mais à quoi ça les mènerait-il ? Le chaos, la guerre, et entre-temps, des millions de dollars de bénéfices envolés. Même s'ils gagnaient, ils en sortiraient perdants.

Pour l'instant, ils se contenteraient de surveiller de près les hommes qui les avaient trahis mais ils s'emploieraient à bâtir un nouveau réseau d'alliances. Geraci travaillait déjà avec Tony le Noir et son organisation. Forlenza avait des liens avec Paulie Fortunato. Maintenant que Pete Clemenza était mort, Geraci contrôlerait les opérations courantes de la Famille Corleone à New York. À présent, il avait quasiment le statut de chef. Ce qui faisait trois des Familles de New York.

Désormais, la clef était Chicago. Louie Russo avait déjà formé une coalition avec le Milwaukee, Tampa, la Nouvelle-Orléans et Dallas. Qu'on lui associe celle que pouvaient établir Geraci et Forlenza et Michael Corleone regretterait de ne pas être mort.

La meilleure façon de se venger de Michael Corleone était bel et bien la loi du talion.

Ils se serviraient de Fredo comme Michael avait essayé de se servir de Nick Geraci.

Ils resteraient au-dessus de la mêlée et regarderaient leurs ennemis s'entre-tuer.

Ils agiraient avec lenteur. Avec prudence.

Quand ce serait fini, Cleveland, Chicago et les autres Familles du Midwest reprendraient le contrôle de l'Ouest. Nick Geraci régnerait sur l'ancien empire de la Famille Corleone et ferait des affaires à New York et dans la région. Il leur suffisait de mettre Fredo entre Michael et Hyman Roth.

Don Forlenza secoua sa tête frêle. Les morgues regorgeaient de nouveaux arrivés qui avaient l'air plus frais que le vieux patriarche. « Dis-moi, Fausto. Pourquoi Fredo ferait-il ça ? »

Fausto. Forlenza était le seul avec Michael Corleone à appeler Geraci Fausto et, à chaque fois, ça le déroutait un peu. Le vrai Fausto ne l'appelait jamais par un quelconque prénom, juste des surnoms : *Le génie. Le cador. L'As.*

« La fois où il a pleuré dans la rue le jour où son père s'est fait tirer dessus ? dit Forlenza. C'était après que Sonny ait pris parti contre la Famille sur la question de la drogue, non ? »

Don Forlenza ignorait que son filleul était le plus grand importateur d'héroïne des États-Unis. « Je ne sais pas », répondit Geraci. Ce qui était faux, naturellement. « C'est bien possible, oui.

— Sonny aurait plus ou moins fait abattre Vito, c'est ce qu'on m'a raconté. Je ne vois pas comment, après avoir vécu ça, Fredo pourrait commettre un acte pire encore.

— Premièrement, répondit Geraci, Fredo picole et son mariage est un désastre. Il est incontrôlable. Deuxièmement, si on s'y prend bien, il finira par se pendre...

— Se pendre ?

— Façon de parler. »

Forlenza haussa les épaules. « S'il se pend, il se pend.

— Certes. Enfin, bon. Quoi qu'il en soit... Voilà : Fredo a dans l'idée de construire une nécropole dans le New Jersey. On dirait qu'il a eu une espèce de vision mystique.

— Une nécropole ?

— Un grand cimetière. Une arnaque. C'est une longue histoire. Michael n'est pas chaud et il a probablement raison. Comment Fredo, qui est marié à une vedette de cinéma et vit sur la côte Ouest, pourrait diriger une nouvelle opération de grande envergure – plus ou moins sur le territoire d'une autre Famille ? Le fait est que Fredo estime avoir pondu un projet qui vaut un milliard de dollars et que Mike est trop pris par son affaire de Cuba pour lui accorder du temps. Ou qu'il en a tellement marre d'avoir un frère aussi calamiteux qu'il ne veut pas lui donner autre chose qu'un titre symbolique et la direction d'un lupanar réglementaire. »

En s'entendant prononcer ces mots, Geraci sut qu'il ne pouvait plus faire machine arrière. Il prenait également parti contre la Famille. Et puis merde. La loyauté est à double sens. Nick Geraci n'avait jamais laissé échapper le moindre souffle de traîtrise – jusqu'à ce que Michael Corleone essaie de le tuer.

Pour Nick Geraci, c'était une chose de trahir, c'en était une autre de se venger.

Don Forlenza ferma les yeux et resta ainsi si longtemps immobile que Geraci baissa les yeux sur la poitrine du vieil homme pour s'assurer qu'il respirait encore.

« Hyman Roth est associé avec les Corleone depuis plus longtemps encore que toi, mais ils sont sur un si gros coup, à Cuba, que les négociations sont plus ou moins dans l'impasse. » Geraci se rapprocha. Il haussa la voix, histoire de réveiller Forlenza si besoin était. « On peut se servir de Fredo pour tout faire capoter. Roth a encore pas mal d'influence politique à New York. Si Fredo pense que Roth soutient son projet de cimetière, il aura vite fait de s'intéresser à lui. »

Forlenza continuait à respirer. Ses doigts caressaient imperceptiblement le plaid étalé sur ses genoux.

« Ce qu'on fait, poursuivit Geraci, c'est qu'on passe systématiquement par Louie Russo. Les gars de L.A. sont les pantins de

Russo. Fredo est pote avec pas mal d'entre eux. L'idée, c'est ça : tu demandes à Russo de transmettre le message à L.A. Gussie Cicero ou un autre peut s'arranger pour qu'un des gars de Roth – Mortie Whiteshoes, Johnny Ola, un fêtard de ce genre – tombe par hasard sur Fredo à Beverly Hills. Fredo refilera aux gars de Roth toutes les informations qu'ils veulent sur Mike du moment qu'il croit qu'en échange, si tu meurs à New York, il aura sa part du gâteau. »

Forlenza leva enfin les yeux. « Et pourquoi j'irais mourir à New York ?

— Parrain, j'ai la certitude que tu ne mourras jamais où que ce soit. »

D'un geste, Forlenza balaya cette assurance en riant. « *La testa di cazzo*, hein ? Qu'est-ce qui te garantit que Tête de Bite te suivra ?

— C'est dans son intérêt. C'est le principal. Mais l'autre raison, c'est que la personne avec laquelle il traitera, c'est toi – le seul Don qui n'est pour lui ni le pantin de Russo, ni un ennemi.

— Tu crois ça, toi ? dit Forlenza, manifestement flatté.

— Si j'en suis arrivé où j'en suis arrivé, tu sais, c'est que j'ai bien fait mes devoirs. »

Forlenza sourit. Il savait. Il donna son accord à ce plan et le scella d'un baiser.

Au moindre problème, la responsabilité serait rejetée sur Russo. En cas de défaillance de cet écran de protection, elle retomberait sur Forlenza, sur lequel Geraci pouvait compter pour le laisser en dehors de ses tractations avec Russo – d'une part pour protéger son filleul, et d'autre part parce qu'il voudrait s'attribuer seul le mérite de ce plan. Geraci ne souhaitait pas que la responsabilité retombe sur Forlenza, mais mieux valait encore son parrain que lui.

Ils discutèrent longuement des détails.

« Fais-moi confiance, lui dit Geraci à la fin, Fredo est tellement bête qu'il trahira son frère en croyant l'aider.

— Ne dis jamais *Fais-moi confiance*. Parce que personne ne te fera jamais confiance.

— Ah oui ?

— Fais-moi confiance. »

Geraci sourit jusqu'aux oreilles. « Tu me fais confiance, parrain, n'est-ce pas ?

— Mais oui, bien sûr. Naturellement !

— Suffisamment pour me rendre un service ? Un dernier détail dont on n'a pas encore parlé. »

Forlenza fit la moue et leva les paumes vers le haut, l'air de dire, *dis toujours*.

« Le moment venu, reprit Geraci, je veux tuer moi-même ce rat de Narducci. »

Ce rat. Geraci imaginait le rat d'eau qui se glissait hors du rectum du macchabée que Sal le Jovial avait planté au bord de la rivière, le cadavre que tout le monde avait pris pour Gerald O'Malley.

« Pour être franc, répondit Forlenza, je te l'avais déjà réservé. »

Clemenza était le plus vieil ami de Vito Corleone, mais le seul membre de la famille du défunt Don qui se rendit à New York pour assister à l'enterrement fut Fredo. Carmela avait eu une nouvelle embolie – aux jambes cette fois – et elle ne pouvait pas voyager. Michael était occupé par ses affaires. De l'avis de beaucoup, Kay était sur le point de le quitter. Connie avait plaqué son second mari, ce pauvre bougre de comptable Ed Federici, et elle était à Monaco, où elle frayait, nue sur les plages, avec la racaille européenne. Quant à Hagen, les raisons de son absence étaient confuses, du moins aux yeux de Nick Geraci. Il en allait de même pour tous les membres de l'organisation, y compris Rocco Lampone, le vétéran de guerre éclopé devenu *caporegime*, qui avait gravi tous les échelons grâce à l'indéfectible soutien de Clemenza. Pas un seul n'était venu, si ce n'est Fredo, qui avait sans doute été envoyé de manière symbolique, bien qu'en arrivant à l'aéroport il déclarât à Geraci qui était venu le chercher que pour rien au monde il n'aurait manqué cette occasion de rendre un dernier hommage à Pete Clemenza.

En se rendant à l'enterrement, Fredo Corleone et Nick Geraci s'arrêtèrent en pleine tempête de neige pour faire un tour dans le jardin botanique de Brooklyn. C'était le repaire favori de Tessio quand il souhaitait parler affaires, et désormais, c'était celui de Geraci. En semaine, il y avait suffisamment peu de monde pour pouvoir discuter tranquillement. Et puis il était impossible d'y placer des écoutes.

La neige s'écrasait mollement en gros flocons qui faisaient parfois plus de dix centimètres. Le jardin des rochers ressemblait à la surface bosselée de la Lune. Quatre hommes de Geraci suivaient à plusieurs pas derrière, Momo le Cafard, Eddie Paradise et deux nouveaux (en d'autres termes des Siciliens fraîchement débarqués qui avaient la réputation d'être impitoyables, même parmi les autres affranchis). Deux autres (Tommy Neri qui était venu avec Fredo et le chauffeur de Geraci, Donnie la Poche, qui devait son surnom à la poche de colostomie qu'il portait depuis que sa femme lui avait tiré une balle dans le ventre) étaient restés à côté des voitures.

« À ce qu'on m'a dit, la crise cardiaque de Pete n'en serait pas une, déclara Fredo.

— L'autopsie a conclu à une crise cardiaque, dit Geraci. Provoquer une crise cardiaque. Bon sang. Tu sais ce que je pense ? Les gens regardent trop la télévision. Ça leur déglingue le cerveau. Sauf ton respect.

— Il n'y a pas de mal, répondit Fredo. D'autant que tu as peut-être raison. » La rumeur la plus répandue voulait que les hommes qui disaient avoir retiré Clemenza du gril l'aient en réalité maintenu de force dessus, pour le faire brûler, lui et le restaurant, mais qu'ils auraient eu de la veine : il aurait eu une crise cardiaque, ce qui leur avait facilité la tâche. Plusieurs hommes, au sein de son équipe et en dehors, étaient soupçonnés du meurtre, si meurtre il y avait, ce qui demeurait hautement discutable.

Tout cela n'empêchait pas d'autres rumeurs d'aller bon train. Ils étaient nombreux à penser que Clemenza avait été assassiné par Hyman Roth, le caïd juif, ne serait-ce que parce qu'il était en pleine négociation avec Michael Corleone pour prendre le contrôle de Cuba. On ne pouvait pas non plus écarter l'hypothèse d'une intervention de l'organisation de Louie Russo, à Chicago. S'il s'agissait d'un meurtre, Geraci quant à lui pariait sur les frères Rosato, des éléments dévoyés du *regime* de Clemenza qui entretenaient des liens avec Don Rico Tattaglia. Ceci étant, le pragmatisme et les habitudes alimentaires de Clemenza indiquaient une crise cardiaque pure et simple. L'autopsie avait montré que son cœur était deux fois plus gros que la normale.

« Hagen lui aussi trouve toutes ces rumeurs ridicules, dit Fredo.

— Et le Don, qu'est-ce qu'il en dit ? demanda Geraci.

— Mike est d'accord avec Hagen. J'en ai parlé moi-même avec lui », répondit Fredo en sautillant sur la plante des pieds.

Il ne fallait pas être bien doué dans le déchiffrage de l'âme humaine pour savoir que c'était là un mensonge, mais Geraci n'avait pas même eu à le deviner. Le principal garde du corps de Fredo avait été le coiffeur de Geraci. Tout le monde l'appelait Figaro. Le cousin de Figaro était soudeur et monteur-ajusteur – c'était lui auquel Geraci faisait appel pour camoufler des espaces de stockage dans les voitures et les camions afin de transporter les marchandises des docks du New Jersey. D'après Figaro et son cousin, c'est à peine si Fredo avait dit bonjour à Michael depuis le mariage de Francesca.

Fredo grelottait tellement qu'il était au bord de la convulsion. Il vivait dans l'Ouest depuis douze ans et déclara qu'il ne supportait plus le froid. C'en était pitoyable. S'il voulait vraiment savoir ce que c'était que d'avoir froid, il devrait prendre ce putain de train pour Cleveland, un jour. Mais par compassion, Geraci l'entraîna dans une serre peuplée d'orchidées et d'une troupe d'éclaireuses.

« Comment va ta mère ? lui demanda Geraci. Bien ?

— Elle est solide. Mais elle a été secouée par le déménagement. Sa maison de Tahoe est mille fois mieux que celle de Long Island, mais elle l'avait construite avec papa. Elle était pleine de souvenirs.

— Si elle est comme ma mère, dit Geraci en se signant, le regard perdu sur la neige qui tombait, le changement de cadre devrait lui faire un bien fou.

— Sans compter le changement de climat, renchérit Fredo. Je n'avais jamais vu d'orchidée orange », ajouta-t-il en pointant le doigt.

La troupe d'éclaireuses ressortit et les deux hommes se retrouvèrent seuls dans la serre.

« Mike voulait vraiment venir, mais il est accaparé par une grosse affaire. Il aimait Pete comme un oncle. On l'aimait tous, bon Dieu. »

Geraci hocha la tête en se forçant à garder un visage impassible. « Je suis sûr que le Don sait ce qu'il fait. » Geraci pensait que l'unique raison pour laquelle Michael n'était pas venu, c'est qu'il voulait à tout prix éviter d'être vu à l'enterrement par un journaliste de New York ou le FBI. Son obsession de « légalité » était telle qu'elle l'emportait sur sa fidélité au plus vieil ami de son père, un homme qu'il avait aimé – dans la mesure toutefois où il était capable d'amour ou de toute autre forme d'émotion. « Une grosse affaire ?

— Pour être franc, dit Fredo. Je ne sais pas grand-chose. »

C'était sans doute vrai. Mais Geraci, lui, en savait long sur la question. Michael et Roth ignoraient apparemment que les négociations qu'ils menaient pour s'assurer le contrôle de Cuba étaient inutiles dans la mesure où le gouvernement de Batista était condamné d'avance et qu'elles n'avaient d'autre intérêt que de faire d'eux de simples rouages d'une gigantesque machine manœuvrée par une coalition des Familles du Midwest, dirigée par Chicago et Cleveland. Louie Russo avait passé un accord avec les rebelles. Quand bien même Batista parvenait à rester au pouvoir, la faiblesse de Fredo constituerait une arme pour retourner Roth et Michael l'un contre l'autre. Ne resterait de leurs tractations que le marché qu'ils avaient passé et dont Russo et ses associés étaient pleinement disposés à reprendre les conditions à leur compte.

Geraci lui indiqua la porte d'un signe de tête. Ils devaient continuer à avancer.

Il mit Fredo au courant des derniers développements du projet qu'ils avaient baptisé Colma Est. Il avait réglé les questions de territoire avec les Stracci. Il avait un homme de paille, un type avec qui il était impossible d'établir le moindre lien avec la Famille Corleone, qui possédait un grand terrain marécageux. Et dans la mesure où Geraci faisait déjà venir la majeure partie de son héroïne de Sicile entre des plaques de marbre trop lourdes pour être déplacées par les inspecteurs des douanes, il n'aurait aucun mal à pénétrer le milieu des tailleurs de pierre. « Et de ton côté ?

— C'est dans la poche. Il faut encore que je trouve un moment pour régler quelques petits détails avec Mike.

— Ce n'est pas encore fait ? demanda Geraci en feignant d'être surpris. Parce que de mon côté, je ne peux pas aller plus loin. Les arrêtés, les modifications de plans d'urbanisme, tout ça, ce sont des domaines juridiques que je ne connais pas trop. Je sais à qui m'adresser, comment mettre la machine en branle mais d'abord, il faut que tu obtiennes l'aval du Don. Celui des politiques – là encore, c'est son domaine, pas le mien. Il y a aussi la question de savoir quelle serait la réaction du public au projet, comment le leur vendre. Comment éviter qu'il soit mis aux voix et ainsi de suite. Fredo, je respecte ce que tu as entrepris, mais tu ne crois pas que si le Don estimait que c'étaient de simples bricoles faciles à régler, on aurait déjà attaqué ?

— Mais non. Le moment n'est pas très bien choisi, c'est tout. Pour l'instant, Mike a autre chose en tête. Mais le seul fait de savoir que tu es dans le coup devrait suffire à le convaincre. De son point de vue, toi et moi, on est parfaits pour une affaire comme ça. Son frère et le type qu'il estime le plus au monde. »

Geraci posa sa grosse main sur l'épaule de Fredo. « Mike n'a jamais dit ça. »

C'était une impertinence manifeste, un risque calculé, mais naturellement Geraci avait raison.

« Je n'ai jamais dit qu'il avait dit ça, répliqua Fredo. Ce que j'ai dit, c'est juste sa manière de penser.

— Je ne suis qu'un clampin de Cleveland. » Geraci resserra sa poigne. Fredo tressaillit. « Je fais ce qu'on me dit de faire, je gère ma petite affaire, je distribue les bénéfices, tout le monde est content. De temps à autre, quand une occasion se présente, je la saisis. Et je ne suis pas *dans le coup* non plus. Tu m'as demandé de me renseigner et c'est ce que j'ai fait. Point final. C'est clair ? »

Fredo hocha la tête. Geraci lâcha son épaule. Ils se remirent à marcher. Le soleil avait percé, mais il continuait à neiger.

« J'ai horreur de ça, dit Fredo. La neige et le soleil. Ce n'est pas normal. C'est comme si on avait lâché la bombe et que le monde s'était mis à dérailler.

— Autre chose qu'il faut que tu comprennes bien, Fredo. Je ne veux pas me retrouver coincé entre toi et ton frère.

— Tout va bien entre mon frère et moi.

— Que les choses soient bien claires. Je refuse de prendre parti. En aucun cas.

— Il n'y a pas à prendre parti. Enfin, voyons, on est d'accord sur tout. Et ceux qui disent le contraire ne me connaissent pas. Et ils ne connaissent pas Mike non plus.

— "Vous protestez outre mesure ce me semble."

— C'est quoi ces conneries ? »

Du pouce, Geraci indiqua la direction d'où ils venaient. « Shakespeare. C'est ce jardin m'y a fait penser. Tu es un acteur, maintenant. Il serait peut-être temps d'apprendre tout ça.

— Arrête de me faire la leçon, toi le clampin de Cleveland. Tu te crois supérieur ?

— Facile, répondit Geraci. Je ne crois rien. J'avais Shakespeare en tête, c'est tout.

— Parce que tu vois, j'ai déjà été voir Shakespeare. J'ai même vu Shakespeare en italien.

— Lesquelles ? Quelles pièces ?

— Je ne sais plus lesquelles, OK ? Attends, putain, tu te prends pour qui, là, pour mon prof de lettres, ou quoi ? Tu ne le sais peut-être pas, mais j'ai pas mal de trucs sur le feu. Je ne passe pas mes journées le cul vissé sur ma chaise à siroter du sherry en faisant la liste des pièces où je suis allé. J'ai été à des pièces. D'accord ? Espèce de petit malin ? Des pièces.

— Bon, bon », dit Geraci.

Ils poursuivirent leur chemin. Geraci lui laissa le temps de se calmer.

« Écoute, dit Nick au bout d'un moment. Je suis à cran, d'accord ? J'ai horreur de faire quoi que ce soit dans le dos de Mike, même de pisser.

— Ne t'en fais pas. C'est une opération d'une telle envergure que personne ne peut en connaître tous les détails, ni le voudrait d'ailleurs. »

S'il croyait ça, Fredo ne connaissait certainement pas son frère.

« Le problème, avec Mike, poursuivit Fredo, c'est qu'il est intelligent, mais il ne sait pas s'y prendre avec les gens. Il peut pas comprendre que c'est normal qu'ils aient envie d'agir par eux-mêmes, de créer. Tout ce que je veux, c'est quelque chose qui soit à moi. Ma part d'héritage, si tu préfères. Si tu n'éprouvais pas la même...

— Ça ne nous mène à rien, Fredo. J'ai dit ce que j'avais à dire. » Geraci ne se trompait pas. Fredo était un brave gars mais assez idiot pour empocher ses trente pièces d'argent et trahir son frère en bon Judas sans même s'en apercevoir. L'instant était cruel. En dépit de tout, il avait beaucoup d'affection pour Fredo. « Le reste se joue à cent pour cent entre toi et Mike. Point final. »

Fredo haussa les épaules puis il regarda ses mocassins. « Tu veux que je te dise, ces chaussures, elles sont vraiment pas faites pour cette soupe.

— Tu aurais dû mettre tes bottes de cow-boy, dit Geraci.

— Quelles bottes de cow-boy ?

— Je croyais que là-bas tous les types se baladaient en bottes de cow-boy et six-coups, tout le bataclan. Qu'ils tiraient sur les bagnoles et les petits chiens. »

Fredo se mit à rire. Généralement, il acceptait volontiers de se faire chambrer, preuve que c'était vraiment un chic type. Quelle tristesse de devoir se servir de lui dans toute cette affaire. « S'il y a bien deux bagnoles qui l'avaient cherché, c'est celles-là. Mais pour le chien, c'est dommage.

— C'est vrai que ça lui a arraché la tête ? »

Fredo leva les yeux, l'air consterné. « Net. Je n'aurais jamais réussi un coup pareil si j'avais visé.

— Il faut qu'on y aille, dit Geraci en montrant le parking où ils s'étaient garés. J'aime autant ne pas être en retard là-bas.

— Tu sais quoi, on se ressemble pas mal, toi et moi, dit Fredo.

— Je prends ça comme un compliment », répondit Geraci en lui passant le bras autour des épaules et en le tapotant dans le dos pour le taquiner comme le ferait un frère ou un vieil ami.

Ils franchirent un petit pont en bois qui enjambait une mare à peine gelée.

« Il faudrait que tu voies ce jardin au printemps, dit Geraci. C'est plein de cerisiers en fleur, tu peux pas imaginer, d'un rose incroyable.

— Il faudrait, oui.

— Tu sais quoi, dit Geraci. Il y a une question que j'ai toujours voulu te poser.

— Tout ce que tu veux, mon pote.

— Surtout dis-moi si je pousse le bouchon un peu loin, mais ce titre de *sotto capo*, ça te donne quoi au juste comme responsabilités ? Qu'est-ce qu'il t'en a dit Mike ?

— C'est une blague, ou quoi ? Qu'est-ce tu racontes ? Pourquoi tu me demandes ça maintenant ?

— Parce que je crois que personne ne le sait vraiment. Pour beaucoup, mais là, j'avoue qu'en fait, je parle pour moi, même si je ne suis pas le seul, sauf ton respect, ça paraît surtout symbolique.

— Symbolique ? Tu déconnes, ou quoi ? Symbolique ? Je fais plein de trucs. Tu peux peut-être comprendre qu'il y en a un tas dont je ne peux pas te parler, non ?

— Ça je veux bien. Mais c'est juste que...

— Maintenant que Pete n'est plus là, je pense que j'irai même à la réunion des chefs de toutes les Familles avec Mike, dans le nord de l'État de New York.

Je pense. Ce qui signifiait en d'autres termes qu'il n'en avait aucune idée. Le seul fait d'en parler était aussi choquant que pitoyable, car Pete n'était pas même encore en terre et Fredo n'aurait jamais dû émettre ce genre de spéculation devant tout autre que son frère.

« C'est juste que dans les trucs que tu fais, il y en a pas mal qui sont sacrément publiques.

— Arrête. Des petits bouts de rôle. Une émission de télé locale. C'est rien. Il n'y a pas de mal à ça, ça peut même aider.

— Je ne dis pas, répondit Geraci. Je vois bien l'avantage que ça peut représenter pour l'organisation si c'est dans le seul but de s'écarter de tout ce qui peut relever du crime, de l'association de malfaiteurs et autres. Mais dans tout ça, il y a d'autres aspects à prendre en considération. »

Ils remontèrent dans la voiture.

Ce que Nick Geraci aurait bien aimé savoir, c'est ceci : Si Michael voulait donner à l'organisation l'envergure d'une grande entreprise, plus grande encore que la General Motors, qui contrôlerait des présidents et des potentats, pourquoi la gérait-il comme une épicerie du coin ? Corleone & Fils. Corleone Frères. Quand Vito Corleone s'était retrouvé dans l'incapacité d'assumer ses fonctions après avoir été blessé, qui avait pris la relève ? Non pas Tessio, le plus intelligent de ses hommes, le plus expérimenté. Mais ce crétin enragé de Sonny. Et pourquoi ça ? Parce que c'était un Corleone. Fredo était trop faible pour se voir confier quoi que ce soit d'important, mais il n'en demeurait pas moins que, symbolique ou pas, Michael avait fait de cette espèce de fantoche son second. Hagen était le *consigliere* alors même qu'il n'était pas censé l'être, le seul *consigliere* qui ne soit pas italien de tout le pays. Et pourquoi ? Parce que Michael avait passé son enfance sous le même toit que lui. Michael quant à lui avait toute la compétence du monde, mais au bout du compte, il était encore plus ridicule que tous les autres. Sans même consulter ses *caporegime*, Vito avait fait de Mike le boss – un gars qui n'avait jamais rapporté un cent à qui que ce soit, qui n'avait jamais dirigé d'équipe, qui n'avait jamais fait ses preuves, sinon le soir où il avait descendu deux types dans un restaurant (exécution qui avait été réglée dans les moindres détails par ce génie qu'était que le défunt Pete Clemenza). Seuls trois hommes avaient jamais été admis dans la Famille Corleone sans avoir eu à démontrer tout d'abord qu'ils rapportaient de l'argent. Et ces trois hommes, c'étaient bien évidemment les frères Corleone.

Et à présent toute l'organisation était sous le contrôle d'un type qui n'avait jamais rien fait d'autre que d'agiter de grandes idées et ordonner des exécutions. Il était intelligent, c'était indéniable, mais personne, à part Sally Tessio, Nick Geraci et peut-être Tom Hagen, n'avait-il encore compris que tant que Mike se croirait plus intelligent que tout le monde, l'organisation serait à la merci de son ego ?

Certes, Geraci ne se serait jamais permis de remuer ce genre de pensées avant d'avoir appris que Michael Corleone avait tenté de l'assassiner. Mais bon. Ça ne voulait pas dire pour autant qu'il avait tort.

À l'époque, personne ne pouvait s'en douter, mais les obsèques de Pete Clemenza furent les dernières funérailles en grande pompe de la Mafia. Dans la cathédrale Saint-Patrick, l'air était quasiment irrespirable, tant il était chargé du parfum des dizaines de milliers de fleurs qui recouvraient l'autel et se répandaient dans les travées, accompagnées d'hommages aux signatures si peu énigmatiques que jamais plus on en verrait de la sorte. Pour la dernière fois, sur les bancs, des dizaines de juges, d'hommes d'affaires et de politiciens se pressaient sans la moindre gêne. Aujourd'hui encore, les chanteurs et autres gens du spectacle assistent à ce genre d'enterrement, mais jamais en foule aussi impressionnante qu'à celui de Clemenza. En passant en revue la multitude assemblée sous la nef, tout observateur averti – et pour l'heure, ils n'étaient encore qu'une poignée – aurait composé une équipe vedette d'affranchis de New York et de pontes en tous genres venus des quatre coins du pays et jusque de Sicile. Jamais plus un Don ne devait assister aux obsèques d'un membre d'une autre Famille. Jamais plus la présence des forces de l'ordre ne serait aussi négligeable. Et jamais plus, à part une seule et ultime fois, autant de personnages haut placés de la Cosa Nostra, ne devaient ainsi se trouver réunis dans un même lieu. Et tout ça, pour un importateur d'huile d'olive qui avait fui le devant de la scène et ne connaissait qu'à peine les trois quarts des célébrités qui étaient venues lui rendre un dernier hommage. La seule célébrité qu'il connaissait réellement – Johnny Fontane – ne s'était pas même déplacée.

Nick et Charlotte Geraci prirent place juste derrière Sal Narducci, sa femme et son fils Buddy, qui travaillait dans le secteur des centres commerciaux avec Ray Clemenza – une société privée parfaitement réglementaire à l'instar du Castle in the Sand dans laquelle certains éléments des organisations Corleone et Forlenza avaient investi on ne peut plus légalement. (Autrement dit, indépendamment de la provenance initiale de l'argent investi, mais sait-on jamais d'où provient initialement l'argent, tout argent ? Quel sens donner à « initialement » ?) Sal se retourna et passa le bras par-dessus le banc pour donner une accolade interminable à Geraci. D'un bout à l'autre du sermon et de la série d'hommages, Sal le Jovial, fidèle à lui-même, répéta à chaque pause les derniers mots de celui qui venait de parler, sans même prendre la peine de chuchoter. Charlotte connaissait vaguement Clemenza, mais son petit jeu finit par lui taper sur les nerfs.

À la fin de la cérémonie, Sal le Jovial se tourna vers les Geraci, le visage ruisselant de larmes. « Et si jeune, dit-il. Quelle tragédie. »

Nick Geraci hocha la tête d'un air sombre, comme n'importe qui dans de telles circonstances. Narducci et Clemenza avaient à peu près le même âge.

Quand une soprano du Metropolitan Opera entonna l'Ave

Maria, Charlotte croisa les bras et se retourna vers le fond de la cathédrale. Les énormes portes de chêne étaient ouvertes. Les porteurs commencèrent à descendre les marches. Le cercueil en bois de rose de Clemenza disparut dans la neige qui tombait.

Chapitre 20

Pour les experts, un certain nombre d'éléments ont conduit la Cosa Nostra de l'âge d'or qu'elle a connu dans les années cinquante et soixante à cette ombre infidèle d'elle-même, maniérée, qu'elle est de nos jours. Diverses commissions du Sénat et du Congrès. Le fait que le FBI ait délaissé le Péril rouge pour s'intéresser à la Mafia. La tendance que les entreprises créées par des immigrants de la première génération ont eue à être fragilisées par la seconde et ruinées par la troisième. L'idée répandue parmi les Américains moyens (idée généralisée par la Mafia et renforcée par le scandale du Watergate) que les lois et les règles ne s'appliquent qu'aux autres, en d'autres termes les gogos. Les profits bien supérieurs que l'on pouvait tirer en dirigeant de grandes entreprises dites « légales » qui obtenaient des contrats libres de tout appel d'offres grâce à de puissants appuis au gouvernement. Mais plus encore, la Mafia fut sapée par la loi RICO sur les organisations crapuleuses qui fournirent à tous les procureurs fédéraux du pays une arme redoutable, l'inculpation de banditisme, qui envoya bon nombre de membres du milieu purger de longues peines derrière les barreaux et propagea dans bien des recoins obscurs de la pègre américaine le sentiment que la violation de l'*omertà* s'imposait peu à peu comme la règle.

Certes, ce furent là des éléments d'une importance considérable, mais ils découlaient tous d'une seule et même origine, le coup le plus dévastateur qui ait été porté au crime organisé aux États-Unis : la commande, passée moins d'un mois avant la première réunion de toutes les Familles dans une ferme de bardeaux blancs au nord de l'État de New York, de deux douzaines de tables en érable fabriquées sur mesure.

Si, mettons, ils s'étaient contentés d'acheter, de voler, ou même de louer les tables, la teinture n'aurait pas été aussi fraîche. Les vapeurs n'auraient pas forcé les participants à ouvrir les fenêtres. Les effluves du cochon qui rôtissait n'auraient pas eu tout l'après-midi pour envahir la salle et enchanter les papilles de leur succulent parfum. Les Dons et leur *consigliere* ne se seraient pas attardés. Ils n'auraient peut-être jamais programmé d'autres réunions des chefs de toutes les Familles.

Et quand bien même les tables avaient été fabriquées à la dernière minute, si le chef menuisier n'avait pas été Mr Floyd Kirby, l'Amérique dans laquelle nous vivons serait peut-être très différente. Et ce non seulement parce qu'un autre menuisier aurait éventuellement choisi une marque de teinture moins nocive, mais également parce que Mr Kirby avait épousé la cousine d'un policier de l'État de New York. Ce Noël-là, le policier avait entendu parler de toutes ces tables et du genre d'individus auxquels elles pouvaient être destinées. Le policier savait que le propriétaire de la brasserie qui vivait dans cette maison était soupçonné d'avoir la police locale dans sa poche. Le policier et son collègue rendirent visite à plusieurs résidents du secteur, mais aucun n'avait remarqué quoi que ce soit d'inhabituel, ou c'est du moins ce qu'ils leur répondirent.

Le policier prit note de surveiller les lieux, mais qui sait s'il y aurait donné suite s'il n'avait pas récemment divorcé et si l'occupante de la caravane rouillée qui se trouvait au bord de la route conduisant à la ferme ne s'était pas montrée aussi aimable. Ils commencèrent à sortir ensemble. Lorsqu'eut lieu la seconde réunion des chefs des Familles, ils étaient mariés. Sa femme avait quitté la caravane mais l'avait gardée car elle possédait le terrain. Ils projetaient d'y construire une jolie maison un jour. Ils étaient précisément en train de faire l'amour dans la vieille caravane en souvenir du bon vieux temps quand le défilé de Cadillac et de Lincoln passa avec fracas sur la route caillouteuse, juste devant.

Une fois encore, pour s'assurer le pouvoir, il faut parfois contrôler les moins puissants. Le policier glissa des billets de dix aux réceptionnistes des motels des environs pour qu'ils le préviennent si jamais ils avaient un soudain afflux de réservations de clients originaires d'autres États, avec des noms italiens (il savait également déterminer d'instinct d'où les gens étaient originaires). L'année suivante, il fut averti suffisamment à l'avance pour pouvoir monter une opération.

Elle faillit ne jamais se produire. Son propre commandant, qui ne voyait guère l'intérêt de l'enquête, n'y avait affecté que le policier et son collègue. Au FBI, ses messages restaient sans réponse. Il fit une ultime tentative désespérée, et contacta le Bureau de l'Alcool, du Tabac et des Armes à Feu, l'ATF. Il tomba sur un interlocuteur jeune et enthousiaste. Le policier prit également l'intiative de passer quelques coups de fil aux journalistes. Le lendemain, il se posta dans la caravane avec des jumelles en compagnie de son collègue. Devant un routier, en bordure de l'autoroute, vingt agents de l'ATF garés dans leurs Chevrolet grises réglementaires attendaient le signal. Dans des voitures de location rangées derrière les Chevrolet, se trouvaient la presse, un bataillon de photographes et de journalistes et même un reporter de la radio d'Albany.

La suite des événements fit la une de tous les grands journaux des États-Unis et la couverture du magazine *Life*. Malgré toutes ces années, la plupart des lecteurs se souviendront de cette scène : la rafle dans la ferme blanche et la débandade des quelque soixante-dix hommes qui avaient vu les policiers arriver.

Les photos sont célèbres : des messieurs ventripotents en costume de soie et feutre blanc cavalant à travers bois. Le gros Rico Tattaglia et Paulie Fortunato, plus gros encore, menottés, tandis qu'un cochon à moitié découpé tourne sur une broche derrière eux. Des agents du Bureau tapis à côté des barrages placés sur la route bordée d'arbres alors que les Dons de Detroit, Tampa et Kansas City émergent de leurs véhicules respectifs (blindés, avait appris un public fasciné). Le policier qui sourit jusqu'aux oreilles comme s'il venait d'attraper le plus gros doré du lac, alors que l'homme qui se tient à côté de lui – Ignazio Pignatelli, dit Jackie Ping-Pong (ces surnoms ! le public en raffolait !) – enfouit sa figure joufflue entre ses deux mains.

Les hommes furent emmenés dans les locaux de police les plus proches et inculpés de – de quoi au juste ? Voilà qui était problématique. Certes la présence de tous ces hommes rassemblés dans cette ferme était louche, mais cela ne suffisait pas à constituer un délit en soi. « Nous pouvons dire sans risque de nous avancer que tous ces Italiens en beau costume ne sont pas venus des quatre coins du pays pour faire rôtir un cochon », déclara un agent de l'ATF à un journal de New York. Peut-être. Mais qu'étaient-ils venus faire ? Personne à part eux n'en avait la moindre idée, or ces derniers gardaient le silence.

D'éminents avocats rappliquèrent aussitôt (et parmi eux, un ancien sous-secrétaire américain à la Justice, le principal associé de ce qui était à l'époque le plus gros cabinet de Philadelphie et l'ancien représentant du Congrès Thomas F. Hagen du Nevada.) Ils étaient suffisamment chevronnés pour pouvoir rappeler que la Constitution des États-Unis garantissait la liberté de réunion.

Les détenus invoquèrent leur droit constitutionnel à ne pas déposer contre eux-mêmes. Dès lors, quelques-uns furent accusés d'obstruction à la justice – accusations qui furent par la suite balayées sous les rires au tribunal. En dépit des efforts d'innombrables procureurs fédéraux et d'État, la seule conséquence directe de la rafle fut l'expulsion vers la Sicile de trois des détenus, dont un certain Salvatore Narducci de Cleveland, qui vivait depuis qu'il était tout petit aux États-Unis, soit plus de soixante ans. Il prétendait ne pas s'être aperçu qu'il n'avait jamais obtenu la citoyenneté américaine.

En revanche, les conséquences indirectes furent légion. Quand les journaux relatant la rafle atterrirent dans les vérandas des braves citoyens américains, ce fut la première fois, pour beaucoup, que ces derniers entendirent les mots de Mafia et de Cosa Nostra. Les articles spéculaient sur l'existence jusque-là insoupçonnée d'un syndicat international du crime. On retrouvait ce terme dans de nombreux gros titres : *syndicat*. C'est un mot que les Américains n'aiment pas trop – ils lui préfèrent généralement celui d'*union*. Il fait vaguement mathématique, or les États-Unis sont tout, sauf un pays mathématique.

Il y eut un tollé général : *Mais qui sont ces hommes ?*

Avant la rafle, les policiers de quartier, les commissaires, les politiques redevables de leurs faveurs et les chroniqueurs de revues telles que *Manhunt* ou *Thrilling Detective* en savaient plus long sur les hommes qui se trouvaient dans cette ferme – ainsi que sur les *uomini rispettati* qui travaillaient pour eux et les cohortes de petits truands aux ordres de ceux-ci – que le FBI.

Cette époque était presque révolue.

À l'heure actuelle, vingt-trois de ces ravissantes tables d'érable quasiment indestructibles se trouvent entreposées en caisse dans un lieu tenu secret dans le district de Columbia ou à proximité. La vingt-quatrième devrait normalement être exposée à la Smithsonian Library. *Cette table*, dirait la plaque, *a contribué à frapper le coup le plus dévastateur qui ait jamais été porté au crime organisé aux États-Unis*. Avec une tête de cochon dessus, accompagnée d'un modèle réduit de la caravane rouillée.

Au lieu de quoi, la table est passée d'une maison blanche à l'autre. Depuis 1961, elle est constamment utilisée dans le Bureau ovale ou à côté.

Tom Hagen n'avait pas eu à se précipiter, évidemment. Ce n'était qu'une impression. Quand les inspecteurs lui demandèrent comment un résident du Nevada avait pu faire aussi vite, Hagen leur répondit qu'il se trouvait déjà à New York où il se rendait souvent, ce qui était vrai.

Hagen était parmi les plus jeunes participants. Il réussit à gagner le bas de la colline et longea un torrent rocailleux qui le conduisit jusqu'à une ville. Il entra dans un petit restaurant. Tom Hagen n'avait pas le profil d'un homme susceptible d'être recherché et la voiture dans laquelle il était venu et qui était restée garée derrière la ferme était enregistrée au nom d'un propriétaire fantôme. Il s'assit à une table en alcôve et déjeuna tranquillement. Puis il alla chez Woolsworth, s'acheta une valise et se fit indiquer la direction du tribunal du comté. Il était situé dans la ville voisine. Il retourna dans le restaurant et appela un taxi. La valise dans la main comme un banal voyageur, Hagen prit une chambre dans un hôtel du chef-lieu du comté. Il se rendit chez le coiffeur le plus proche du tribunal. Quand il régla le coiffeur, il avait appris l'essentiel de ce qui s'était passé. Il téléphona au standard de Las Vegas. Il revint à l'hôtel et fit un somme. Quelques heures plus tard, il fut réveillé par le téléphone. C'était Rocco Lampone qui l'appelait de Tahoe. Hagen prit un taxi jusqu'au poste de police le plus proche. Michael n'était pas parmi ceux qui avaient été arrêtés, mais par courtoisie, Hagen offrit son assistance judiciaire à quelques amis de la Famille.

En 1959, sous serment et devant une sous-commission du Sénat américain, Michael Corleone jura qu'il ne se trouvait pas dans la ferme. Il nia avoir été de ceux qui avaient échappé à ce qui était sans nul doute une opération de police illégale.

À strictement parler, Michael Corleone disait vrai.

Hagen et lui étaient venus séparément, pour diverses raisons d'affaires et de sécurité (malgré l'assurance aussi archaïque qu'inopérante dans le cas d'une rafle de police que leur procurait le Bocchicchio qu'ils détenaient en otage dans un lupanar perdu en plein désert). Si Michael avait eu la ponctualité de son frère, il aurait certainement été de ceux qui avaient dévalé la colline en faisant fi de leur dignité. Certes, il avait échappé à des situations plus désespérées, environné de balles, de bombes et de Zéro japonais qui fonçaient sur lui, portés par un providentiel vent arrière. Mais il y avait douze ans et cent mille cigarettes de ça. Allez savoir s'il aurait réussi à courir suffisamment vite et suffisamment loin pour ne pas se faire prendre.

Il n'eut pas à le découvrir – et ce, uniquement parce que, à son habitude, il était en retard, si outrageusement en retard en fait qu'ils avaient commencé sans lui. Une fraction de seconde avant que Michael ne mette son clignotant pour bifurquer dans le chemin caillouteux, il aperçut un éclat jaune dans les buissons, non loin de la caravane rouillée. Il reposa la main sur le volant et continua tout droit. Il dépassa le chemin et amorça un virage. Dans son rétroviseur, il vit deux hommes – des flics quelconques – tirer des barrages jaunes hors des buissons.

Il était au volant d'une Dodge bleue vieille de quelques années équipée d'un détecteur de police (Al Neri avait été flic ; c'est lui qui avait eu l'idée de la voiture standard et du détecteur). Michael trouva la fréquence qu'utilisaient les agents de l'ATF.

Il cogna le volant de toutes ses forces et poussa un rugissement de désarroi.

Ce devait être la dernière fois que Michael assistait à une réunion de la Commission ou de l'ensemble des Familles. Il avait prévu de négocier sa retraite. À partir de ce jour-là, il ne lui aurait plus suffi qu'à boucler les négociations de Cuba et il aurait été un homme d'affaires parfaitement respectable. Il cogna de nouveau le volant.

Calme-toi, se dit-il. *Réfléchis*.

Il alluma une cigarette. Il se renversa sur le siège et se força à respirer posément, profondément, en suivant à la radio la rafle à laquelle il venait d'échapper de justesse. C'était l'écho d'un monde en passe de disparaître. La nouvelle de Pearl Harbor, aussi, il l'avait apprise à la radio.

Michael Corleone ne savait pas où conduisait cette petite route en lacets. Le soleil était au zénith et il ne pouvait pas même dire dans quelle direction il allait. Mais il continua à rouler en observant scrupuleusement le code de la route, à l'affût du moindre panneau. Il n'avait pas d'autre choix. Une chose est sûre, il ne pouvait pas rebrousser chemin.

Fredo ne se réveilla pas en se disant *C'est aujourd'hui que je vais trahir mon frère*. Ce n'était aucunement délibéré et comme l'avait prédit Nick Geraci, Fredo ne prit pas même conscience de ce qu'il avait fait une fois que son sort fut scellé par l'acte qu'il venait de commettre. Loin de là, sa journée débuta dans la suite du Château Marmont, lorsque Deanna Dunn sortit de sa douche et, l'haleine encore imprégnée du gin de la veille, se glissa sous les draps auprès de son mari endormi.

« Allez, beau gosse », roucoula-t-elle en se mettant à lui attacher le poignet au montant du lit avec une petite serviette de toilette.

Fredo dégagea son bras d'une secousse. « Qu'est-ce que tu fabriques ?

— Sois sympa, dit-elle.

— Quelle heure il est ? Je n'ai dormi qu'une heure, au maximum. »

Elle se rembrunit et jeta la serviette. « Tu ne veux tout de même pas que je sois frustrée pour mon premier jour avec un nouveau partenaire ? »

Il savait de bonne source – Wally Morgan, qui était bien placé pour ça – que le partenaire en question ne risquait pas vraiment de poser la main sur elle.

Fredo lui donna néanmoins ce qu'elle voulait.

« Tu n'as pas mieux que le missionnaire à la papa ? » lui dit-elle.

Il était dessus. « C'est pas vraiment agréable à entendre, pour un mec. » Il essaya de côté, ou peu importe ce qu'elle voulait. « Pas en plein milieu.

— Tu veux que je me retourne ? » Avant même qu'il n'ait eu le temps de répondre, c'était fait. C'était toujours comme ça, avec elle. « Mais pas dans le cul. » Elle était à quatre pattes. « Pas dès le réveil.

— Ce n'était pas mon intention, répliqua-t-il. Bon sang. » Pourquoi n'arrêtait-elle pas de mettre ça sur le tapis ? Même avec Wally Morgan, Fredo se contentait en général de se faire sucer la queue. La veille, par exemple, il s'en était tenu à ça. Fredo débanda. Il se laissa tomber sur le matelas, écœuré.

« Ne sois pas comme ça, lui dit-elle en approchant la main de sa bite. Ce n'est pas grave. »

Fredo écarta sa main d'une claque. « Pour moi, si.

— Tu bois trop, c'est tout.

— Et tu sais de quoi tu parles », riposta-t-il.

Ils restèrent côte à côte à se contempler dans le miroir qu'elle avait demandé à l'hôtel d'installer au plafond de leur chambre, moyennant finance. Au bout d'un moment, Deanna prit les choses en main – et elle n'y alla pas de main morte. Fredo alluma une cigarette et l'observa. Le côté obscène de la chose l'excitait. Il s'efforçait de détourner le regard du type ventripotent au crâne dégarni avec sa bite molle avachie contre la cuisse. Deanna planta les pieds dans le matelas, souleva le cul et au moment de l'orgasme, bascula les hanches en avant en faisant tout un cinéma. Il avait l'impression de regarder un documentaire animalier à la télévision. Ensuite, elle l'embrassa. Il lui tourna le dos. Ils restèrent ainsi et sombrèrent dans un nouveau silence interminable.

« Fredo, dit-elle au bout d'un moment. Écoute mon chou, je veux que tu saches que je sais. J'ai toujours su.

— Su quoi ? » Fredo sortit du lit et alla pisser. Mais il savait très bien ce qu'elle voulait dire. Il fut submergé par une bouffée de rage.

« On est à Hollywood. On est dans le monde du spectacle, tu vois ? Il y a beaucoup de gens qui se marient pour couvrir... ça. Ce n'est pas grave. Tout ce que je demande, c'est un toit accueillant pour la nuit et peut-être une petite gâterie de temps à...

— De quoi tu me parles, là ?

— Rien. » Elle soupira. « Laisse tomber. »

Fredo se lava les mains et se campa dans l'embrasure de la porte de la salle de bains. « Je veux savoir. » Il leva le poing et cogna légèrement contre le chambranle.

« Qu'est-ce que tu vas faire ? Tu vas me frapper ? Descendre un autre petit chien ? Je te dis que je comprends ce que tu es. Je ne sais pas si on peut vraiment parler de pardonner, mais...

— Me pardonner de quoi ? »

Il pouvait la balancer par la fenêtre. C'était une pocharde dont la carrière était sur le déclin. Tous les jours il y avait des femmes comme elle qui se jetaient par la fenêtre.

« Je t'assure, dit-elle. Laisse tomber. Désolée, je n'aurais pas dû mettre ça sur le tapis. »

Ses frères l'auraient rouée de coups. Fredo le savait bien. À leurs yeux, il n'était qu'un faible. Aux yeux de tous. Mais c'était faux. Il était fort. Il en fallait de la force pour ne pas la jeter par la fenêtre ou la frapper. Fredo se força à respirer calmement et se fit monter le petit déjeuner. Quand il arriva, il ne lui écrasa pas son pamplemousse sur la figure. Il avala imperturbablement son petit déjeuner et attendit qu'elle soit partie.

Une fois qu'elle fut hors de portée de voix, il lança son verre de jus d'orange contre la porte.

Il attrapa la lampe posée sur la table et projeta son pied en métal dans l'écran du téléviseur. Il expédia un cendrier vert dans la rangée de bouteilles d'alcool alignées derrière le bar. Il sortit un couteau et entreprit posément de taillader le canapé, les fauteuils, le lit, les oreillers et même les rideaux.

Il prit son élan et décocha une bonne douzaine de coups de pied qui laissèrent leur empreinte dans le mur.

Curieusement, les seules choses auxquelles il prit garde de ne pas toucher furent les vêtements et les bijoux de Deanna. Et ses vêtements à lui. Autrement, il démolit tout ce qui lui passait sous la main. Ça n'avait pas dû passer inaperçu, mais personne ne vint l'arrêter.

Finalement, il dégaina son revolver. Une vraie merde qui ne portait pas de marque, rien à voir avec ses colts. Il alla dans la salle de bains et tira une balle dans le bidet, le bidet dont il s'était toujours demandé si c'était lui qui ne savait pas s'en servir ou s'il était uniquement réservé aux femmes. Merde, à quoi bon raquer une fortune pareille pour une piaule, si c'était pour avoir l'impression d'être un abruti. Un débris de porcelaine lui entailla la joue mais il le sentit à peine.

Il se regarda dans la glace de la salle de bains. Il colla une balle dans le reflet de son crâne dégarni. Puis il tira aussi sur le miroir qui était au-dessus du lit. La pluie d'éclats de verre fut spectaculaire. Jusque-là, sa vie se résumait à quarante-trois ans de malchance ; quelle importance s'il venait d'en rajouter sept autres, quatorze autres ?

Fredo regarda sa montre. Toute sa journée était fichue. Il était censé retrouver d'ici une heure Jules Segal et des investisseurs potentiels au club de Gussie Cicero. Fredo appela la réception et déclara que sa femme avait donné une folle soirée la veille. « Il vaut mieux que vous envoyiez quelqu'un pour évaluer les dégâts, dit-il. Mettez ça sur mon compte. »

Le réceptionniste lui demanda s'il avait entendu des coups.

« Ah, ça, répondit Fredo. C'était un western à la télé, je l'avais mis à fond. »

Il raccrocha. Il balança un coup de pied dans le téléviseur fracassé. Il alla dans la salle de bains inondée et coupa l'eau des toilettes. Il parcourut la suite du regard. C'était un sacré merdier, mais finalement, il n'avait gâché qu'une journée. Il avait bien perdu quarante-trois ans à faire un merdier de sa vie. Il prit son smoking et ses souliers. Il s'habillerait chez Cicero.

Après deux bis, J.-J. White Jr. sortit de scène, en nage, sous les ovations du public qui l'acclamaient debout. Fredo et Jules Segal étaient attablés au premier rang, en compagnie de deux avocats de Beverly Hills, Jacob Lawrence et Allen Barclay – des amis de Segal qui se trouvaient être également les propriétaires officiels d'un casino de Las Vegas qui appartenait en réalité à Vincent Forlenza. Fredo avait réussi à décrocher deux sublimes starlettes pour les deux avocats mariés. Quant à Segal, il était en compagnie de Lucy Mancini, l'ancienne *goumada* de Sonny Corleone. Ces dames s'éclipsèrent pour aller aux toilettes.

Figaro et Capra étaient assis à la table voisine, également avec des filles, et suivaient Fredo des yeux.

« Bon, toubib, dit Fredo en s'asseyant. Moi j'ai ma théorie.

— Je sais ce que tu vas dire, répliqua Segal. J.-J. est meilleur quand il est en solo au lieu de lécher le cul de Johnny Fontane en jouant les braves nègres de service.

— Ma théorie à moi, intervint Lawrence, c'est que les juifs sont les rois du spectacle. On a ça dans le sang. »

Barclay et Segal éclatèrent de rire. White, qui était noir, avait épousé une juive et s'était converti. Lawrence, Barclay et Segal étaient tous trois juifs de naissance, bien que les deux avocats aient changé de nom.

Fredo fronça les sourcils. « J.-J. est épatant, mais c'est pas ça dont je parle, dit-il. Je parle de notre éventuel arrangement dans le New Jersey. Ma théorie, c'est que pour convaincre les gens, le truc, c'est de leur faire croire qu'au départ l'idée vient d'eux.

— Et c'est seulement maintenant que tu t'en aperçois ? dit Segal. Tu as quel âge, dis ? » Quelques années auparavant, il avait les cheveux gris. À présent, ils étaient châtains, chocolat au lait, très exactement. Son visage bronzé était à peine plus clair.

Fredo se força à sourire. « Ce que je veux dire, c'est que je pourrais compliquer les choses et vous faire croire que c'est vous qui avez eu l'idée de ce cimetière, mais en affaires, je ne suis pas comme ça. Je n'essaie pas de vous vendre quoi que ce soit. Vous ne voulez pas monter dans le wagon de tête ? Croyez-moi, je connais des centaines de types qui ne demanderont pas mieux. Mais tu vois, Jules, tu m'as souvent sorti du pétrin où je m'étais fourré avec les filles ; le moins que je puisse faire, c'est de t'offrir cette chance. Vous aussi, les gars. Les amis de Jules sont mes amis. Et je suis ami avec vos amis de Cleveland, aussi. Avec Nick Geraci, vous devez sans doute le connaître, on est comme ça. Comme les doigts de la main. Le moment venu, lui aussi sera dans le coup, faites-moi confiance. Et le Juif ? dit-il en parlant de Forlenza. C'est un ami à moi. » En réalité, Fredo ne l'avait jamais vu de sa vie. « Pour faire court, c'est mon idée, d'accord ? Mais mettez votre fierté dans votre poche et vous verrez que si vous vous lancez là-dedans, on se fera tous un petite fortune. »

Capra enfouit la tête dans les cheveux de sa petite amie. Son anglais était trop hésitant pour qu'il comprenne ce qui se passait à la table voisine. De son côté, Figaro était stupéfait que Fredo s'adresse à des civils pour récolter des fonds – même si Geraci lui avait dit que c'était probablement ce qui arriverait. Figaro était l'ancien coiffeur de Geraci ; c'était par l'entremise de Tessio, qui était également un de ses clients, qu'il était entré en contact avec la Famille. Plus il passait de temps au Nevada et en Californie, plus il était convaincu que les fils de Vito étaient en train de tout saccager. Le pouvoir de la Famille était enraciné à New York – sa ville natale à laquelle Figaro restait fidèle. Il soutiendrait Nick Geraci jusqu'au bout.

Gussie Cicero et Figaro se regardèrent d'un bout à l'autre de la salle. Figaro hocha la tête. Gussie alla prévenir Mortie Whiteshoes et Johnny Ola que c'était l'occasion ou jamais de convaincre Fredo de les aider à faire en sorte que leur boss et Michael bouclent des négociations semble-t-il avantageuses pour les uns comme pour les autres. Pour autant qu'il le sache, Gussie rendait un petit service anodin et Figaro se contentait de confirmer que Fredo parlait bien de ce dont il était censé venir parler. Pour autant que le sache Gussie Cicero, l'idée de pousser Ola et Whiteshoes à rencontrer Fredo – quelle qu'en soit la raison – venait de Jackie Ping-Pong. Pour autant que Ping-Pong le sache, l'idée venait de Louie Russo. Pour autant que Russo le sache, elle venait de Vincent le Juif.

« C'est peut-être une bonne idée, Fredo, dit Segal, mais les bonnes idées sont faites pour les gogos. »

Fredo inclina la tête.

« Ce qui fait la valeur d'une idée, poursuivit Segal, c'est de savoir ce qu'on en fait. »

C'était un sacré manque de respect de la part d'un petit baiseur juif m'as-tu-vu qui n'aurait jamais récupéré son autorisation d'exercer si les Corleone n'avaient pas fait au directeur de la commission de révision une offre qu'il ne pouvait pas refuser. « Je sais quoi en faire », dit Fredo en chuchotant à moitié, singeant la discrète menace que pratiquaient si naturellement son père et son frère.

Les hommes attablés en face de lui ne semblèrent nullement intimidés.

« Peut-être bien, dit Lawrence, mais nous avons étudié ça en détail. Il sera quasi impossible de faire passer les arrêtés. Et même si vous réussissez, vous pouvez être sûr que les cimetières existants et les entreprises qui gravitent autour multiplieront les procédures pour faire annuler toute nouvelle loi. J'ignore comment ça s'est passé à San Francisco ou pourquoi, mais ça n'a pas d'importance. C'était un autre État, un autre siècle. Aujourd'hui, vous devez vous méfier des gens comme Allen et moi. Les avocats. Si vous persistez dans ce projet, croyez-moi, il y aura beaucoup... comment dites-vous déjà, vous autres ? Beaucoup de becs à arroser.

— “Vous autres” ? » répéta Fredo.

Lawrence haussa les épaules. Les dames revenaient à la table.

« Il y a d'autres problèmes, intervint Segal. Dis-lui, toi, Allen.

— Les cimetières doivent pouvoir être entretenus jusqu'à la fin des temps grâce aux seuls intérêts d'un trust. Autrement dit, vous immobilisez d'avance une fortune, ce que je vous vois mal faire, connaissant la nature de vos activités. Sans compter, et ne prenez pas ça mal, Mr Corleone, que l'argent devrait être plus blanc que blanc.

— Ne vous en faites pas pour ça », répondit Fredo. Il n'en croyait pas ses oreilles, ils n'allaient tout de même continuer à parler de ça devant leurs petites copines. Je me suis déjà occupé de tout ça. » Ce qui était faux.

Les femmes s'assirent et embrassèrent chacune leur homme.

« Je ne parle même pas de tous les problèmes qui se poseraient pour transporter des millions de cadavres d'un État à l'autre. Ni de l'impossibilité d'instaurer un quelconque monopole là-dessus dans le New Jersey.

— Des cadavres ! » s'écria Lucy Mancini.

Fredo fusilla du regard les trois autres hommes, qui eurent au moins l'intelligence de ne pas se lancer dans des explications. Les autres femmes détournèrent les yeux. Lucy rougit, devint cramoisie, plus rouge encore que le Singapore Sling qu'on venait de lui apporter. Elle avait assez d'expérience pour éviter ce genre de commentaire et, de toute évidence, elle le savait.

Segal passa le bras autour de Fredo et lui tapota l'épaule.

« Comme combine pour s'enrichir rapidement, lui dit-il, je n'ai jamais rien entendu de pire. »

Segal tendit le bras vers ses amis et ces derniers assurèrent à Fredo que Jules avait raison.

Fredo se leva. Il demanda à la serveuse de leur apporter une nouvelle tournée. « Mesdames, si vous voulez bien m'excuser ? » Il leur ferait croire qu'il allait pisser, mais il n'avait aucune intention de retourner à la table. Ce serait un bon moyen de semer ses gardes du corps, aussi, et de passer une soirée digne de ce nom en ville.

À l'autre bout de la salle, Johnny Ola – le Sicilien de service de Hyman Roth – se leva et le suivit à une distance respectable jusqu'aux toilettes.

Il vaut peut-être mieux que je rentre chez moi, songea Fredo. Mais où était-ce au juste ? Chez lui ? Depuis une douzaine d'années, il avait passé le plus clair de son temps dans des suites d'hôtel. Son père était mort. Sa mère était à Tahoe, où Fredo avait une maison, lui aussi. Mais ce n'était pas chez lui. C'était seulement un cottage au bord du lac. Un cabanon de pêcheur. Fredo Corleone était un citadin qui étouffait déjà à Las Vegas, mais à Tahoe ? Il suffoquait.

Il aperçut Gussie Cicero et lui glissa un billet de mille. Pour l'addition. Gussie dit à Fredo qu'il ne voulait pas de son argent. « Allez, tu n'as qu'à acheter des fleurs ou un petit quelque chose à ta femme, répondit Fredo. Ou alors tu n'as qu'à le donner à la quête demain, à la messe.

— Demain, à la messe ! répéta Gussie en empochant les mille dollars. Tu me fais marrer. »

Devant l'urinoir, il se demanda quelle serait la réaction de Deanna devant le carnage de leur chambre si elle rentrait avant lui. Il frémit à cette idée. À moins que ce ne soit le simple fait de pisser qui lui faisait cet effet-là.

Fredo remonta sa braguette, se retourna et se cogna si violemment contre Johnny Ola que ce dernier en perdit son chapeau et que lui-même atterrit par terre. L'employé des toilettes se précipita, mais Ola aidait déjà Fredo à se relever en s'excusant.

« C'est moi qui vous ai fait ça ? » demanda-t-il à Fredo en lui montrant l'estafilade qu'il avait sur la joue.

Fredo fit non de la tête. « Je me suis coupé en me rasant.

— Vous êtes bien Fredo Corleone, non ? Johnny Ola, lui dit-il en lui tendant la main. Nous avons des amis communs. J'espérais bien tomber sur vous tôt ou tard. Je ne pensais pas que ce serait au sens propre. » Il eut un large sourire. « Ça serait bien qu'on discute. Un de ces jours. »

Deanna devait déjà être là-bas, elle devait avoir vu ce qu'il avait fait. Si Fredo n'avait pas reculé à l'idée d'affronter sa réaction, il aurait peut-être eu la vie sauve.

« Pourquoi attendre ? » répondit Fredo.

Quelques instants plus tard, il roulait en direction d'Hollywood en suivant la voiture d'Ola et Mortie Whiteshoes. Ils s'arrêtèrent au Musso & Frank Grill. Le restaurant était bondé mais à l'abri de hautes cloisons, une alcôve en acajou aux banquettes matelassées de cuir rouge s'ouvrit comme par enchantement.

« Ça c'est un endroit comme je les aime, dit Fredo. Le meilleur martini dry de Los Angeles. Préparé à la main, pas au shaker, comme il se doit, et c'est un Italien qui vous le dit. »

Si le martini dry n'avait pas coulé à flot, s'il n'y avait pas eu ces alcôves privées, si Fredo n'avait pas eu une journée aussi désastreuse, qui sait ce qui se serait passé ? Fredo ne se considérait pas comme un faible, mais en repensant à ces heures-là, sans doute y verrait-il un moment de faiblesse. Ola et Whiteshoes lui expliquèrent que leur patron et le frère de Johnny étaient sur un gros coup. Ils prétendaient ne pas en savoir plus. Ils ne mentionnèrent pas même le nom de Cuba. Ola déclara que Michael se montrait déraisonnable dans les négociations. S'il avait été dans un meilleur jour, Fredo aurait peut-être compris que c'était une manière élégante de dire que Roth voulait se débarrasser de Michael. Sur l'instant, la seule chose que se dit Fredo c'est que s'il y avait bien quelqu'un avec lequel Michael se montrait déraisonnable, c'était avec son grand frère. Fredo s'efforça de garder un visage impassible, mais il n'avait jamais été très doué pour ça, même quand les circonstances s'y prêtaient.

Ola assura Fredo que s'il pouvait les aider – juste un petit renseignement qui leur permettrait de confirmer la situation et les avoirs de la Famille, rien de bien important –, il recevrait un dédommagement. Ils étaient prêts à discuter de la nature de celui-ci. Une prime en liquide, peut-être.

C'est alors que Whiteshoes intervint en glissant que son petit doigt lui avait dit que Fredo projetait de créer une sorte de nécropole dans le New Jersey. « Je sais seulement ce que mon ami Jules Segal m'en a dit, dit Mortie, mais je dois dire que ça me plaît bien, ce projet. »

(*Extrait du* Fred Corleone Show, *23 mars 1959 [dernière émission]*)

FRED CORLEONE : Mesdames et Messieurs, dans notre émission, ce soir, nous étions censés recevoir une invitée de marque, mais comme vous le voyez, ce n'est pas le cas. Enfin, nous allons bel et bien recevoir un invité et je me suis mal exprimé en laissant entendre – je vais trop vite en besogne – que cet autre invité n'est pas un invité de marque. Car c'en est un. Un type sensationnel. Je ne suis pas... (*Il baisse les yeux, se frotte le visage à deux mains.*) Il vaut mieux faire simple. Pourquoi compliquer les choses. Miss Deanna Dunn, qui vous le savez peut-être... Ce que je veux dire, c'est que malgré ce qui est écrit dans le journal, notre invitée ce soir n'est pas Deanna Dunn. (*Il regarde en coulisses.*) J'en ai assez dit, non ?

VOIX DU RÉALISATEUR : (*Inaudible.*)

FRED CORLEONE : Pas vraiment. (*Il se retourne vers la caméra.*) Ne vous en faites pas. Arrêtons là les chichis, d'autant que ça n'a jamais été l'habitude sur ce plateau pour accueillir notre premier invité. Le voici, c'est un merveilleux acteur qui tourne actuellement un film avec Mr Johnny Fontane et toute son équipe, une histoire de vol dans un casino, je crois savoir, mais je suis impatient d'en savoir plus et je vous demande d'applaudir Mr Robert Chadwick.

(*Applaudissements enregistrés. C'est la seule émission qui y eut recours, bien que celle-ci ne se déroulât plus en public depuis un certain temps déjà.*)

ROBERT CHADWICK (*saluant le public inexistant*) : Merci. Merci, Freddie.

FRED CORLEONE : C'est vous que je remercie, Bobby. Vous me sauvez la vie en acceptant ainsi de venir au pied levé.

ROBERT CHADWICK : Je vous en prie. J'ai joué les pis-aller pour des vedettes de cinéma bien moins légendaires que Deanna Dunn, je vous assure.

FRED CORLEONE : C'est manifestement de l'humour, j'apprécie. Mais plus sérieusement, bel homme comme vous êtes, avec votre carrure de premier rôle et votre accent anglais si chic, ça m'étonnerait que ce soit le cas. Dans la plupart des rôles que vous obtenez, vous devez avoir été choisi en premier, non ?

ROBERT CHADWICK : Les scénarios que je reçois ont été lus par une telle ribambelle d'acteurs qu'il y a plus de taches de café que de mots sur les pages. Mais je dois dire que c'est toujours mieux que d'avoir à travailler pour gagner sa vie.

FRED CORLEONE : Quoi ?

ROBERT CHADWICK : Je disais, il faut bien gagner sa vie.

FRED CORLEONE : Pardon. Désolé. J'étais juste...

ROBERT CHADWICK : Ne vous en faites pas. Au fait, je voulais vous dire que j'étais désolé pour votre mère. J'ai perdu ma mère l'an dernier, alors je sais ce que vous endurez. On ne s'en remet jamais vraiment.

FRED CORLEONE (*fronçant les sourcils*) : Vous savez ce que moi, j'... ? (*Il ferme les yeux, hoche la tête, se déride.*) Ah oui. Bien sûr... Merci.

ROBERT CHADWICK : Mais je vais vous dire ce que je crois. Ma philosophie de la vie, si vous préférez. Entre la disparition de votre mère et... je sais que vous ne tenez pas à en parler en direct, mais je voulais juste vous dire que je suis également désolé que ça n'ait pas marché avec votre femme.

FRED CORLEONE : Merci.

ROBERT CHADWICK : Mais entre ces deux malheurs, je peux presque vous garantir que la chance va bientôt vous sourire.

FRED CORLEONE : Presque, hein ?

ROBERT CHADWICK : (*fixant la caméra*) : Alors, Mesdames, vous n'avez plus qu'à vous mettre sur les rangs ! Ce balourd qui est là, à côté de moi, est de nouveau libre !

FRED CORLEONE : Ce n'est pas pour tout de suite. Avant que je...

ROBERT CHADWICK : Bien sûr. Mais une de perdue dix de retrouvées.

FRED CORLEONE : C'est ce qu'on dit. Je crois savoir que vous-même, vous êtes heureux en ménage.

ROBERT CHADWICK : En effet. Ça fera sept ans ce mois-ci que je suis marié, en fait.

FRED CORLEONE : Avec une fille formidable. La sœur du gouverneur Jimmy Shea, si je ne me trompe.

ROBERT CHADWICK : Absolument.

FRED CORLEONE : Vous en pensez quoi, comme prochain président ?

ROBERT CHADWICK : De Margaret ?

FRED CORLEONE : Non, du gouverneur Shea. Ah oui, je vois. Elle est bien bonne.

ROBERT CHADWICK : Je crois, oui. En tout cas, j'espère. Je le connais depuis le lycée, en fait. C'est un grand leader, un grand ami. Un héros de guerre, comme vous le savez peut-être. Il a beaucoup fait pour le New Jersey et je crois en toute honnêteté que l'Amérique a besoin d'un homme comme lui, un homme jeune et intelligent qui peut inspirer les gens et nous guider dans l'ère de l'espace. Ce n'est pas pour monter au créneau, mais c'est vous qui m'avez posé la question.

FRED CORLEONE : Quoi ? Ah oui, c'est vrai. Non, je suis de votre avis. Ce n'est pas une émission politique, mais je suis américain et j'ai mes opinions. Les opinions exprimées par les invités sur ce plateau ou même par le présentateur ne représentent pas nécessairement et cetera et cetera... Peu importe. Quoi qu'il en soit, je crois que nous ferions mieux de changer de sujet.

ROBERT CHADWICK : Moi aussi, je suis américain, mon vieux.

FRED CORLEONE : Ah oui ? Je croyais...

ROBERT CHADWICK : Depuis l'âge de douze ans.

FRED CORLEONE : C'est formidable. J'aimerais savoir comment vous, Fontane et tous vos copains – Gene Jordan, J.-J. White Jr...

ROBERT CHADWICK : Morrie Streator, Buzz Fratello.

FRED CORLEONE : Oui. Vous passez toute la nuit sur scène, à faire votre numéro dans ce casino que je ne veux pas nommer ici...

ROBERT CHADWICK : La Kasbah.

FRED CORLEONE : ... et le lendemain, vous tournez un film toute la journée ?

ROBERT CHADWICK : Ça a l'air de demander beaucoup de travail, mais en fait, on rigole comme des fous.

FRED CORLEONE : Que faites-vous sur scène ?

ROBERT CHADWICK : Quasiment rien.

FRED CORLEONE : Sérieusement ?

ROBERT CHADWICK : Je ne chante pas et je suis absolument incapable de danser. Tout ce que je fais, c'est de monter sur scène et de raconter quelques blagues salées. Des blagues complètement nulles, je vous assure. Mais ça fait rire les gens. Quand on s'amuse à ce point, c'est contagieux.

FRED CORLEONE : Nous y reviendrons dans une minute, mais avant la page publicitaire, je voudrais en savoir plus sur le film que vous tournez. À ce qu'il paraît, avec Fontane, Gino, Buzz, tous vos amis, vous êtes persuadés que vous allez dévaliser tous les casinos de Las Vegas.

ROBERT CHADWICK : Ce n'est qu'un film, mon vieux.

FRED CORLEONE : Non, je comprends ça, bien sûr, dans la mesure où...

ROBERT CHADWICK : Vous étiez magnifique dans *Embuscade à Durango*, au fait. Ça m'a fait froid dans le dos.

FRED CORLEONE : Merci. En fait, je me demande comment vous allez vous y prendre pour faire votre coup. À mon avis, soit vous allez opter pour une combine qui ne pourrait jamais marcher dans la réalité, auquel cas le public trouvera ça ridicule. Ou *alors* – et c'est là qu'est ma question – vous avez une combine réaliste, mais en ce cas vous courez le risque d'être imité.

ROBERT CHADWICK : Vous plaisantez, hein ? C'est ça, votre question ?

FRED CORLEONE : (*haussant les épaules*) : C'est un argument valable, je crois.

ROBERT CHADWICK : Vous voulez que je vous dise comment on s'y prend ? Comment ils s'y prennent ? Dans le film ?

FRED CORLEONE : Oui. Ce serait très intéressant.

ROBERT CHADWICK : Certes. Mais qui irait voir le film, dans ce cas-là ?

FRED CORLEONE : C'est le genre de film que beaucoup de gens iront voir. Qu'est-ce vous en dites, les gars, vous voulez savoir comment ils s'y prennent pour faire leur, comment on dit ? Leur casse, je crois qu'on dit. Qu'est-ce vous en dites ?

(*Applaudissements enregistrés.*)

ROBERT CHADWICK : Pas bête. L'ennui, Freddie – et vous tous aussi, braves gens –, l'ennui, c'est que je pourrais vous le dire, mais qu'en ce cas, je serais forcé de vous tuer.

FRED CORLEONE (*Il fixe son invité en fronçant les sourcils ; un silence interminable.*)

ROBERT CHADWICK : Diantre. (*d'une voix forte*) Des chaussures ! Apportez-moi un mocassin italien en beau ciment gris en quarante-six fillette, bien lourd, surtout. Vous enverrez la note à ce monsieur, ici.

FRED CORLEONE : Nous vous retrouvons tout de suite.

ROBERT CHADWICK : L'un de nous, en tout cas.

Deux jours plus tard, Fredo Corleone alla au lac Tahoe pour régler quelques détails relatifs à la mort de sa mère. Il avait également promis à son neveu Anthony de l'emmener à la pêche.

Le jeune garçon avait beau vivre au bord du lac, son père ne l'emmenait jamais. Son oncle Fredo l'emmenait à chaque fois qu'il était dans les parages. Anthony avait huit ans et il adorait son oncle Fredo.

Anthony aimait la pêche, mais il n'avait jamais eu autant envie d'y aller que ce jour-là. Ses parents se séparaient et il ne pouvait s'empêcher de penser que c'était de sa faute. S'il avait été plus sage, peut-être que tous ces malheurs ne seraient pas arrivés. Avec sa petite sœur, ils n'avaient même pas le droit d'habiter avec leur mère. Elle s'installait ailleurs. Il restait là, avec son père qui était tout le temps absent, dans cette maison angoissante qui avait été mitraillée par des tireurs quelques mois plus tôt. Si l'on savait où chercher, il y avait encore des traces de balles un peu partout. Et Anthony savait où chercher.

Une heure après que sa mère lui eut dit au revoir, Anthony monta à bord du bateau avec oncle Fredo et Al Neri qui travaillait pour son père. Mr Neri lui avait dit de l'appeler oncle Al, mais ce n'était pas vraiment l'oncle d'Anthony. Anthony pensait que c'était peut-être un péché et il n'avait jamais voulu. C'était comme ça qu'on se faisait piéger par le diable. Par ce genre de ruses.

Mr Neri lança le moteur. Oncle Fredo avait un secret pour attraper les poissons et ils allaient l'essayer. Anthony n'avait pas très envie de dévoiler le secret à Mr Neri, mais il était si impatient d'être sur l'eau qu'il n'allait pas protester. Anthony était aussi heureux que pouvait l'être un petit garçon accablé de tristesse.

À l'instant où ils s'apprêtaient à partir, tante Connie se précipita sur le quai en criant que le père d'Anthony devait l'emmener à Reno. Anthony commença à rouspéter, mais le visage d'oncle Fredo se durcit et il dit à Anthony qu'il devait y aller. Il lui promit de l'emmener le lendemain, à la place. Le petit garçon, effondré, hocha la tête et s'efforça de ne rien laisser paraître.

Tante Connie ramena Anthony dans la maison. Il y avait quelques mois encore, tout le monde la critiquait. Et maintenant, c'est elle qui allait s'occuper de sa petite sœur et de lui tous les jours. Pour autant qu'il pouvait en juger, elle n'était même pas capable de s'occuper de ses propres enfants.

Une fois à l'intérieur, tante Connie l'envoya dans sa chambre. Il lui demanda ce qu'il en était de Reno. Elle lui répondit qu'elle n'était pas au courant pour Reno, et d'aller dans sa chambre. Il obéit.

De la fenêtre de sa chambre, le petit garçon regarda Mr Neri et oncle Fredo s'éloigner. Une fois qu'ils eurent disparu, il resta là, immobile, alors qu'il n'y avait plus rien à voir. Anthony était seul. Il ne pleurait pas. Il se jura de ne jamais pleurer, quoi qu'il lui arrive. Il serait toujours sage, et peut-être que ses parents s'aimeraient de nouveau.

Quelques minutes plus tard, il entendit un coup de feu.

Peu de temps après, Mr Neri rentra seul à bord du bateau.

Anthony fondit en larmes. Il pleura pendant des jours et des jours.

Lors de l'âpre divorce de ses parents, l'enfant rassembla tout son courage pour affronter son père en lui racontant ce qu'il avait vu. Michael Corleone renonça à demander la garde des deux enfants, qui furent confiés à Kay Adams Corleone.

Les eaux glacées du lac Tahoe empêchent souvent la formation des gaz intestinaux qui font remonter les cadavres à la surface. Le corps de Frederico Corleone ne fut jamais retrouvé. Son neveu n'alla plus jamais à la pêche.

Livre VI

1920-1945

Chapitre 21

On dit que les bébés naissent avec leur étoile et ce fut le cas de Michael Corleone. Les Corleone croupissaient dans la pauvreté, au fond d'un appartement du quartier de Hell's Kitchen. Les rails du chemin de fer passaient en plein milieu de la rue. Jour et nuit, résonnait le grondement des trains de marchandises chargés des bêtes qu'on menait à l'abattoir. Les enfants se disputaient pour jouer au cow-boy en se juchant sur un cheval pour prévenir les piétons de s'écarter de la voie. Chaque semaine, il y en avait un ou deux qui n'entendaient pas.

Depuis la naissance de Santino, dix ans plus tôt, Carmela avait connu quatre fausses couches. Le bébé qui avait survécu, Frederico, avait été constamment souffreteux au cours des cinq premières années de sa vie. Vito travaillait six jours par semaine dans l'épicerie de quartier que possédaient ses parents adoptifs. Pour arrondir les fins de mois, il avait aidé ses amis Clemenza et Tessio à pirater un camion, avant de s'apercevoir qu'un certain Fanucci, une espèce de brute aux allures de dandy qui habitait dans le voisinage voulait leur extorquer une part exorbitante de leur butin. Quelques semaines avant la naissance de Michael, le meurtre de Fanucci perpétré par Vito – qui était largement soupçonné sans que personne n'en parle ouvertement – avait valu à ce dernier le respect de ses voisins reconnaissants. Avec un minimum de mots, il avait entrepris de régler les conflits et de protéger les commerçants des voyous et des policiers.

La naissance de Michael avait été aussi peu douloureuse que pouvait l'être ce genre de choses. Il avait un teint d'ivoire, de longs cils noirs et un casque de cheveux lustrés. Quand la sage-femme lui avait donné une claque sur les fesses, il avait poussé un grand souffle, mais n'avait pas crié. Elle avait soupiré comme une midinette devant un film de Rudolph Valentino. Dès l'instant où on l'avait mis sur le sein de sa mère, il était devenu le préféré de ses enfants. Dès qu'il avait franchi le seuil de la chambre, Vito avait remarqué les nobles traits de Michael. Le bébé était le portrait craché du père de Vito, qui s'était battu aux côtés de Garibaldi. Vito était tombé à genoux en pleurant de joie.

Le lendemain, mû par le souvenir de l'oliveraie si chère au cœur de son père, Vito s'était décidé à entrer dans le commerce de l'huile d'olive. Tessio et Clemenza seraient ses représentants. Autre chance qui coïncida plus ou moins avec la venue au monde de Michael Corleone, celle de la Prohibition qui offrit à leurs camions de livraison de nouvelles perspectives d'usage lucratives. Tous ne tardèrent pas à s'enrichir.

La petite enfance de Michael se déroula sans que sa température ne dépasse jamais les trente-sept. Souvent, elle était inférieure. Il avait de l'assurance, comme s'il savait qu'on l'aimerait et qu'on pourvoirait à ses besoins et ne voyait par conséquent aucune raison de faire des histoires. Son baptême eut lieu dans la rue que la police avait accepté de fermer par égard pour le jeune et généreux importateur. C'était à croire que tous les Italiens de New York étaient là. Le parrain de Michael, le sombre Tessio, passa l'après-midi à faire risette au bébé qui savait déjà sourire. C'était le sourire de Vito, la menace en moins.

Au bout d'un an ou deux, les deux aînés se rendirent compte que Michael avait usurpé leur place en devenant le préféré de leurs deux parents. Fredo réagit en glissant des souris dans le berceau et en passant par une brève phase de régression où il se mit à faire pipi au lit. Un jour, à l'école, il alla même raconter à tout le monde que son petit frère avait été coupé en deux par le chasse-pierres du train de marchandises de la 11e Avenue.

Sonny fit preuve de plus d'audace et décida de compromettre la place qu'occupait Michael dans le cœur de Vito en ramenant chez eux un nouveau rival choisi par ses soins – un gamin malade et couvert de crasse dont les parents avaient été tués par l'alcool. À l'âge de douze ans, il était à la rue et se débrouillait au jour le jour grâce à son ingéniosité – qui devait s'avérer considérable. Il s'appelait Tom Hagen. Sonny céda son lit étroit à son ami orphelin et coucha par terre. Il ne fut jamais ouvertement question de pérenniser cet arrangement. Mais comme beaucoup d'affaires que traitait le Don, lorsqu'un besoin se présentait, il se trouvait réglé en un minimum de mots.

Le premier souvenir de Michael fut le jour où sa famille alla s'installer dans le Bronx. Il avait trois ans. Sa mère était sous le porche, faisant ses adieux aux voisins en les serrant dans ses bras et en versant autant de larmes que la petite Connie qui était encore tout bébé. Tom et Sonny devaient déjà être dans le nouvel appartement. Michael était dans la voiture avec son père et un chauffeur. Fredo se tenait sur le trottoir et regardait les trains. « Qu'est-ce qu'il y a ? » lui avait crié Vito. Fredo voulait jouer au cow-boy. Sonny avait réussi à y jouer une bonne centaine de fois. Fredo, pas une seule, et voilà qu'à présent ils quittaient le quartier. Vito vit le désespoir se peindre sur les traits de Fredo. Il prit Michael par une main, Fredo par l'autre, et leur fit descendre la petite rue au pas de gymnastique. Le cavalier aperçut Vito et, l'instant d'après, Fredo se retrouva juché en selle, attendant que le train passe. Quand ce dernier apparut au loin, Vito percha Michael sur ses épaules. Fredo traversa la voie à cheval, avertissant les piétons en hurlant, heureux, nullement effrayé.

Le nouvel appartement des Corleone était situé à Belmont, dans le Bronx, au premier étage d'un immeuble en briques rouges de sept étages. En soi, l'appartement était modeste, mais il avait un nouveau réfrigérateur, un bon chauffage et suffisamment de place pour tout le monde. Vito possédait tout l'immeuble, mais il était si discret à ce sujet que même le gardien l'ignorait. Aux yeux du jeune Michael, Belmont était un véritable paradis. Les rues étaient envahies de garçons qui jouaient au base-ball et résonnaient du cri des hommes qui poussaient leurs charrettes à bras lourdement chargées. L'air frémissait de l'odeur forte des oignons qui mijotaient et de la vapeur sucrée du pain qui levait. Après le dîner, les femmes sortaient les chaises sur le trottoir et papotaient jusqu'à la tombée de la nuit. Les hommes se lançaient des boutades affectueuses. Il y avait plus d'Italiens à Belmont que dans la plupart des bourgades dont ils étaient originaires. Ils restaient parfois des années sans sortir du quartier.

À l'extérieur de l'appartement des Corleone se trouvait un escalier de secours en métal. Par les nuits de chaleur, ils y dormaient, une aventure que seules venaient tempérer les odeurs du zoo du Bronx qui flottaient dans Arthur Avenue quand le vent tournait. « Ça suffit, disait Vito à ses enfants qui s'en plaignaient. Ce zoo ? Il a été construit par des Italiens. Cette odeur-là, c'est le fruit de leur labeur. Comment un de mes enfants pourrait-il refuser un fruit qui est le don de Dieu ? » Les autres continuaient parfois à se plaindre, mais pas Michael. D'autant qu'il y avait des lions, dans ce zoo. Il adorait les lions. Les Corleone. Les cœurs de lion.

Les Corleone participèrent à la vie de leur nouvelle église. Au début, même Vito assistait à la messe. Fredo y allait avec sa mère tous les jours. À l'âge de dix ans, il se leva en plein dîner et annonça qu'il avait parlé au père Stefano, le prêtre préféré de sa mère, qui se trouvait être par ailleurs son entraîneur de boxe, et décidé de devenir prêtre. La famille le félicita dans une explosion de joie. Ce soir-là, sur l'escalier de secours, Michael regarda sa mère parader avec Fredo dans tout le quartier. Quand son frère rentra, il avait le visage couvert de traces de rouge à lèvres.

Quand ses camarades, à l'école, se livraient à ce rituel ancestral qui consiste à se vanter de leur père, Michael s'en allait. Il avait appris à ne jamais se faire valoir. Il faut dire que c'était inutile. Même les pires terreurs de la cour de récréation savaient que le père discret de Michael était un homme que l'on respectait. Quand Vito Corleone marchait dans une rue, les gens s'écartaient sur son passage en s'inclinant presque comme devant un roi.

Un soir, au dîner, alors que Michael avait six ans, on frappa à la porte. C'était Pete Clemenza. Il s'excusa de les déranger en plein dîner et demanda à parler à Vito seul à seul. Quelques instants plus tard, derrière la porte fermée du petit salon, Vito se mit à hurler en dialecte sicilien, que Michael ne comprenait pas parfaitement. Son père était manifestement en rage. La mère de Michael servit des olives et des calamars à Connie en feignant de ne rien remarquer. Tom secoua la tête en esquissant un sourire narquois. « C'est Sonny », dit-il. Sonny ne dînait pas là – ce qui était de plus en plus fréquent – mais l'air moqueur de Tom semblait indiquer qu'il ne lui était rien arrivé de grave.

Toutefois, Michael était terrifié. Seul Sonny – et plus tard Michael – avait jamais pu faire voler en éclats la patience et la réserve légendaires de Vito Corleone. Il n'y avait pas de plus grande mesure de l'amour immense qu'il leur portait. Si les morts parlaient, beaucoup d'entre eux témoigneraient que ce dont il fallait se méfier plus que tout, c'était précisément de la patience et de la réserve de Vito.

« Qu'est-ce qu'il a fait ? demanda Michael.

— Une connerie de *cafone*, dit Tom. Du Sonny tout craché. »

Tom et Sonny étaient tous deux au lycée privé de Fordham. Depuis le déménagement, ils n'avaient pas les mêmes fréquentations. Tom faisait partie de l'équipe de tennis et il était brillant élève. Était-ce parce qu'il ne faisait pas réellement partie de la famille, était-ce par gratitude, mais le fait est qu'il était subrepticement devenu le fils parfait – le plus intelligent, le plus loyal, le plus courtois, le plus ambitieux et en même temps le plus humble. Il était le plus fervent disciple du code de conduite de Vito, parlait italien comme un enfant du pays et à tous les égards, si ce n'est le sang, il était le plus sicilien.

Quant à Sonny, il avait été renvoyé de l'équipe de football après s'être emporté contre l'entraîneur (lorsque Sonny avait demandé à son père d'intervenir, Vito avait giflé son fils sans mot dire.) Il buvait en douce du gin de contrebande et se faufilait à Harlem pour aller écouter du jazz. À seize ans à peine, Sonny s'était déjà fait une réputation d'homme à femmes, et pas seulement parmi les filles de son âge.

« Quoi, comme connerie de *cafone* ? demanda Michael à Tom.

— *A rubar poco si va in galera, a rubar tanto si fa carriera.* » Qui vole un peu va en prison, qui vole gros fait carrière. « Sonny et deux crétins qu'il prend pour des amis ont braqué...

— Arrêtez ! » Carmela plaqua les mains sur les oreilles de Connie. « Ça suffit ! »

La porte du petit salon s'ouvrit. Vito tremblait, le visage cramoisi, visiblement furieux. Il partit sans dire un mot, en compagnie de Clemenza. Connie fondit en larmes. Michael se força à ne pas en faire de même.

Des années plus tard, Michael devait apprendre que Sonny avait braqué une station-service qui était sous la protection de la famille Marenzano, ce qu'il ignorait. Le hold-up n'était qu'une blague. Ce soir-là, Vito avait été arranger les choses avec Maranzano puis il avait envoyé Clemenza à la recherche de Sonny. Pete avait trouvé ce dernier en train de chevaucher une ménagère démonstrative manifestement esseulée et l'avait ramené manu militari au bureau de Genco Pura pour affronter la colère de son père.

Quand Vito avait sommé Sonny de s'expliquer, celui-ci s'était défendu en répondant qu'il avait vu son père tuer Fanucci. Vito s'était laissé tomber sur son fauteuil, vaincu, dans l'incapacité de faire la morale à son fils. Quand Sonny lui avait demandé d'arrêter ses études pour prendre part à l'affaire familiale, Vito avait cédé en se disant que c'était la volonté du destin.

Vito estimait de son côté avoir fait ce qu'il avait à faire dans un monde qui n'avait guère à offrir à un homme qui avait la tête qu'il avait et venait d'où il venait. Il avait agi ainsi en ayant la ferme conviction que ses enfants auraient une autre vie. Il s'était juré qu'aucun d'entre eux, pas même Hagen, suivrait ses traces. C'est la seule promesse que Vito eût jamais rompue de sa vie.

À l'époque, toutefois, tout ce que sut Michael, c'est que c'était la première fois qu'il voyait son père d'ordinaire si stoïque se mettre en colère et que Sonny en était apparemment la cause. Quelques instants après le départ de Vito et Clemenza, Tom s'excusa, manifestement dégoûté, et se dirigea vers la porte. « Tu as besoin de quelque chose, mamma ? Je vais faire un tour. »

Elle n'avait besoin de rien. Elle avait le visage gris, les traits tirés.

Michael se précipita sur la porte à l'instant où Tom la refermait et lui emboîta le pas dans l'escalier. Quand ils sortirent dans la rue, il pleuvait à verse. Tom s'appuya contre la porte vitrée, l'air hésitant.

« Dis-moi ce qui se passe, Tom, dit Michael. J'ai le droit de savoir. On est une famille.

— Où est-ce que tu as appris à parler comme ça, petit ? »

Michael s'efforça de son mieux de durcir son visage.

Tom jeta un œil par-dessus son épaule. Le gardien rôdait dans les parages avec quelques locataires. « Pas ici. » Il lui montra un auvent à quelques portes de là. Ils coururent tous les deux s'abriter.

À seize ans, Hagen était loin de tout savoir. Mais il connaissait Sonny mieux que personne et vouait une véritable dévotion à Vito, si bien qu'il en savait bien plus qu'on ne l'aurait imaginé. Ce qu'il raconta à Michael ce soir-là sous l'auvent rayé de la boucherie Racalmuto n'était que la sincère vérité.

À partir de ce jour-là, Sonny se joignit à la garde rapprochée qui accompagnait Vito dans tous ses déplacements. Il rentrait tard – quand il rentrait. Lorsqu'il était là, il était en adoration devant Fredo, qui l'adulait tout comme Michael adulait Tom. Le jour des sept ans de Michael, Tom lui avait offert un pullover de tennis. Michael le portait autour du cou, à la manière de Tom.

En l'espace de quelques semaines, Sonny quitta le toit familial pour aller s'installer dans un appartement de Manhattan, juste derrière Mulberry Street, et Tom prit pension sur le campus de l'université de New York. Était-ce leur départ ou le simple fait d'avoir mûri, mais à treize ans Fredo se métamorphosa étonnamment en un vigoureux adolescent plein de virilité. Malgré sa petite taille, il devint arrière de l'équipe de football de première année de son lycée. Après des années passées à se taper dessus, il remporta un petit championnat de boxe de la jeunesse catholique. Ses notes s'améliorèrent et sous la houlette du père

Stefano il excellait dans ses études théologiques. Fredo était toujours aussi intimidé par les filles, mais cette timidité leur semblait soudain charmante et d'autant plus séduisante qu'elles savaient toutes qu'il voulait devenir prêtre.

Michael aurait été incapable de dire avec précision quand tout ceci bascula, quand la gaucherie de Fredo prit un aspect plus sombre, quand l'autosatisfaction se mua en un égocentrisme maussade. La transformation avait dû être progressive, mais Michael avait l'impression qu'il était directement passé du statut de gringalet à celui de robuste adolescent imbu de sérieux pour devenir subitement ce jeune homme qui s'enfermait dans sa chambre des heures durant. À l'âge de seize ans, Fredo annonça ce que tout le monde, à part sa mère, soupçonnait déjà : il ne voulait plus être prêtre. Il commença à redoubler des classes. Il se mit à avoir des petites amies, mais celles-ci ne sortaient avec lui que parce qu'elles le jugeaient inoffensif. Il ne tarda pas à rejoindre lui aussi l'affaire de son père, quoique ce dernier ne lui confiât que des tâches insignifiantes : transmettre des messages, aller chercher le café, décharger d'authentiques cargaisons d'huile d'olive.

Vito Corleone ne cessait de souligner l'importance de l'éducation et parfois, le soir, avec Michael, ils s'installaient sur l'escalier de secours afin d'échafauder de grands rêves d'avenir pour le jeune garçon. Vito avait eu des discussions similaires avec les autres, mais seul Tom – qui s'apprêtait à faire son droit à Columbia – était allé jusqu'au bout de ses études secondaires. Si Michael éprouvait de l'amour et du respect pour son père, il était tout de même terrifié à l'idée qu'à seize ans la voix du sang soit la plus forte et l'expédie dans le monde que lui avait décrit Tom.

Ce monde, Michael le voyait encore à travers les yeux d'un enfant de onze ans. L'été, pendant les grandes vacances, son père l'emmenait parfois en tournée – les jours qu'il prévoyait être peu mouvementés, sans nul doute. Vito semblait essentiellement passer d'un repas à l'autre, sillonnant les clubs, les restaurants et les cafés, serrant les mains, annonçant qu'il avait déjà mangé et finissant par manger tout de même. Il repartait sans qu'à aucun moment on ait pu avoir l'impression qu'il traitait des affaires, à moins qu'elles n'aient été menées en quelques mots glissés à voix basse.

Lors d'une de ces tournées, Vito dut soudain retrouver des gens à l'entrepôt de Genco Pura. Il demanda à Michael de l'attendre dehors. Michael trouva une balle de baseball dans le coffre de la voiture et alla dans la ruelle pour la lancer contre le mur. Il tomba sur un jeune garçon qui faisait précisément la même chose. Ce dernier avait des traits résolument irlandais.

« C'est ma ruelle, déclara Michael, sans savoir pourquoi il avait dit cela.

— Allez, répondit le jeune garçon. Les ruelles sont à personne. » Il lui lança un sourire éblouissant et se mit à rire. Son rire avait tout d'un braiement, mais il mit Michael à l'aise.

Cependant, ils restèrent un long moment sans en dire beaucoup plus. Côte à côte, ils lancèrent inlassablement leur balle éraflée contre le mur, en essayant mutuellement de se surpasser alors qu'ils n'étaient ni l'un ni l'autre doués pour le baseball.

« T'sais quoi, lâcha enfin le jeune Irlandais à bout de souffle en faisant une pause, mon papa c'est le patron de tous les camions qu'il y a là et tu sais ce qu'y a dedans, hein ?

— Dans les camions, il y en a qui sont à mon papa. Tous ceux où il y a Huile d'Olive Genco Pura écrit dessus.

— D'l'alcool ! » Son accent ressemblait à celui de Katherine Hepburn : ni vraiment américain, ni vraiment anglais, mais les deux à la fois. Michael mit un moment à comprendre qu'il avait parlé d'alcool. « Assez d'alcool pour soûler tout New York ce soir et la moitié du New Jersey avec. »

Michael haussa les épaules. « C'est écrit *Huile d'Olive.* » Il savait pourtant que la plupart de ces camions transportaient de l'alcool. Il avait déjà regardé dedans. « Où est-ce que t'a appris à parler comme ça ?

— Je pourrais te retourner la question, répliqua le jeune garçon. T'es italien, pas vrai ?

— J'ai pas d'accent spécial.

— C'est ça. Tu veux savoir pourquoi les poulets sont pas en train de les arrêter tous pour vente d'alcool de contrebande ? Tu veux, dis ?

— T'es dingue. Il n'y a que de l'huile d'olive dans ces camions.

— Parce que mon papa y refile des pots-de-vin à tous les poulets de New York ! »

Michael jeta un œil dans la ruelle. Il n'y avait personne à portée de voix, mais il n'appréciait pas que le jeune garçon parle aussi fort de ces choses-là. « Tu mens », lui dit Michael.

Le garçon lui expliqua en détail comment son père soudoyait les flics. Il décrivit par le menu les meurtres et les tabassages indispensables si l'on voulait tirer des bénéfices de la vente d'alcool. Soit il avait l'imagination fertile, soit il disait la vérité. « C'est rien que des bobards, dit Michael.

— Vous autres, vous êtes encore pires, d'après ce que j'ai entendu.

— Tu fais de l'épate, c'est tout. Tu sais rien.

— Pense ce que tu veux, dit le jeune garçon. En attendant, je te mets au défi d'aller chercher une bouteille d'alcool dans un camion, de la rapporter et de la partager avec moi. »

Ce n'était jamais venu à l'idée de Michael, mais il se contenta de hocher la tête et s'exécuta. Fredo aidait un autre type à décharger un camion. Michael leur dit que son père voulait les voir. Quand ils furent partis, Michael prit une bouteille de whisky canadien et la rapporta dans la ruelle.

« Je pensais que tu te dégonflerais, dit le garçon.

— T'avais tort. Peut-être que t'es pas doué pour penser. » Michael ouvrit la bouteille et prit une gorgée. Ça le brûla, mais il ne se laissa pas démonter pour autant. « Hé, tu t'appelles comment ?

— Jimmy Shea », répondit le jeune garçon en prenant la bouteille. Il avala une bonne rasade et fut aussitôt pris d'une quinte de toux. Il s'agenouilla et se mit à vomir.

Quelques instants plus tard, leurs pères surprirent les deux gamins de onze ans en train de boire du whisky en plein jour au plus fort de la Prohibition et le leur firent payer très cher. Si leur existence suivit des voies parallèles, les deux garçons ne se reparlèrent plus jamais directement.

Quand la Prohibition fut abolie, Vito Corleone se retrouva une fois de plus à la croisée des chemins. Il avait, et ce sans subir la moindre arrestation, amassé une petite fortune, de quoi subvenir aux besoins de sa famille et vivre confortablement pendant le restant de ses jours. Au lieu de quoi il chercha à s'associer avec Salvatore Marenzano, le caïd de la pègre new-yorkaise. Était-ce là l'unique destinée de Vito Corleone ? Un calcul d'un opportunisme purement vénal ? Ou se contentait-il de faire ce qu'il faisait parce qu'il excellait dans ce domaine ? Peut-être Vito n'avait-il pas d'autre choix. Sonny et Fredo étaient des jeunes gens qui n'avaient guère d'instruction et peu d'aptitudes. S'ils avaient été livrés à eux-mêmes, en l'espace d'un an, ses fils seraient sans doute morts l'un ou l'autre. Mais quand on était un homme aussi riche et aussi brillant que Vito, il devait bien y avoir des affaires licites à diriger. S'il y a bien une époque où les Corleone auraient dû s'installer à Las Vegas, c'était celle-là.

Ce qui arriva à la place appartient à l'histoire.

Maranzano dédaigna de s'associer à part égale avec Vito

Corleone, ce qui déclencha la guerre de Castellammarese. Al Capone, l'allié de Maranzano, envoya deux de ses meilleurs hommes à New York pour assassiner Vito Corleone. L'un était Willie Russo, dit Pic à Glace, le frère aîné du futur Don. La stratégie chère à Vito Corleone, qui consistait à tirer son pouvoir de ceux qui n'en possédaient aucun, fut une fois de plus payante. Un employé des wagons-lits de Chicago l'informa du train qu'avaient pris les deux hommes et, à New York, un porteur conduisit les tueurs dans un taxi dont le chauffeur était à la solde de Luca Brasi. Brasi les ligota et avec une hache de pompier leur trancha les bras et les jambes, puis les regarda calmement mourir sous ses yeux. Ensuite, il les décapita. Le soir du réveillon du Nouvel An, Tessio entra dans un restaurant et abattit Maranzano. Vito prit les rênes de l'organisation de Maranzano, répartit les différents intérêts de l'État de New York et du New Jersey entre les cinq Familles que nous connaissons aujourd'hui et devint le *capo di tutti capi*. Il y parvint sans trop d'effusions de sang et pratiquement aucune mention de son nom dans les journaux.

À l'époque, Michael avait bien remarqué que les hommes qui montaient la garde étaient plus nombreux que d'ordinaire et que son père s'absentait davantage le soir. Mais à part cela, la crise n'avait pas touché l'immeuble du Bronx. Quand, des années plus tard, il apprit ce qui s'était passé, il fut abasourdi. Il gardait le souvenir d'une période heureuse pour la famille. Sonny s'était marié. Tom avait achevé ses études de droit. Connie avait eu son premier poney. Michael avait été élu délégué de sa classe. Fredo était sorti de sa coquille et emmenait souvent Michael jouer au billard. Ce dernier était très doué et possédait une perception quasi visionnaire des angles de la table. Fredo, quant à lui, était un joueur passable mais un calculateur né, capable de prévoir les angles potentiels bien avant tout le monde, si ce n'est les pires requins. Quiconque sous-estimait l'adolescent flegmatique et discret et son sympathique braillard de grand frère quittait la table totalement fauché. La seule fois où Fredo et Michael se firent plumer, Sonny retrouva les deux mauvais perdants, les tabassa à mort en plein jour au beau milieu de la 114e Rue et les laissa là. L'inspecteur chargé d'enquêter sur le meurtre était à la solde des Corleone. Un usurier véreux de la Famille fut reconnu coupable. Michael n'en sut rien jusqu'au jour où, des années plus tard, Sonny lui raconta l'histoire, qu'il trouvait hilarante. Pourquoi croyaient-ils n'avoir été plumés qu'une fois ?

La paix régna pendant plus de dix ans. Le pays sombra dans

la crise de 1929 dont il se releva pour combattre dans une guerre juste, mais durant ces années noires Vito Corleone continua à amasser pouvoir et richesses. Il fit venir une équipe de tailleurs de pierre de Sicile pour bâtir des mausolées à la mémoire d'imaginaires défunts qui s'avérèrent être des caches étonnamment spacieuses pour entreposer des millions de dollars en liquide. Quant à eux, les Corleone continuaient à mener une existence modeste.

Un jour, bien après que cette paix eut été établie, Michael était au tableau au cours de géométrie du lycée quand on frappa à la porte. C'était Fredo. Il annonça au professeur qu'il y avait une urgence familiale. Fredo attendit d'être dans la voiture pour parler. « C'est papa, dit-il. Ils lui ont tiré dessus. Dans la poitrine. Il va s'en sortir, d'après eux, mais... »

Michael l'entendait à peine. La voiture était toujours garée en double file devant le lycée mais il avait l'impression qu'elle venait de franchir un énorme fossé en travers de la route. « Qui lui a tiré dessus ?

— Des moins que rien, dit Fredo. Un gang de petit merdeux irlandais qui ne savent même pas que papa n'est pas le genre avec lequel on se lance dans une guerre de territoire. Ce crétin d'Irlandais a marché droit sur papa en pleine rue et lui a tiré dessus, et la seconde d'après on a tous ouvert le feu sur lui.

— Sur papa ? » *Guerre de territoire* ? *Gang* ? Personne n'avait jamais parlé ainsi devant lui.

« Quoi ? Mais non. Enfin, Mickey, ne sois pas idiot. » Il embraya et démarra en trombe.

« Où va-t-on ?

— À la maison. Il y a trop de monde à l'hôpital. »

Trop de monde. C'était un euphémisme. Michael ne savait pas pour quelle raison et n'insista pas.

Carmela fit bonne figure devant les enfants, mais Michael ne s'y trompa pas. Quand ils furent tous allés se coucher, il l'entendit à travers la cloison de sa chambre. Elle priait encore quand il s'endormit enfin, et le lendemain matin, à son réveil, aussi. Il se précipita dans la cuisine pour préparer le petit déjeuner de toute la famille afin de lui épargner ce fardeau, aussi infime soit-il. Elle le chassa de sa cuisine, mais l'arrêta sur le pas de la porte pour le serrer dans ses bras en psalmodiant quelque chose en latin qu'il ne comprit pas.

Un peu plus tard, ce matin-là, quand Fredo annonça qu'il était temps d'aller à l'hôpital, Michael refusa.

« Il va s'en sortir, on est bien d'accord ? dit Michael.

— Oui, répondit Fredo.
— Alors je le verrai à son retour. »
Sa mère se rembrunit.
« J'ai un examen bientôt, dit Michael. Du moment que papa va bien, il vaut mieux que j'aille en cours. »
Sa mère lui tapota la joue en lui disant qu'il était un brave garçon et que son père serait fier de lui.
Le lendemain matin, Michael refusa de nouveau d'y aller. Fredo dit à sa mère de l'attendre dans la voiture avec Connie. Puis il prit Michael à part et lui demanda ce qu'il essayait de prouver.
« Je ne sais pas, dit Michael. Rien.
— Rien ? Tu te fiches de moi.
— Il l'a probablement cherché, dit Michael.
— Quoi ? Qu'est-ce qui te prend ?
— Rien. C'est un criminel. Les criminels se font tirer dessus. Il a de la chance de ne jamais s'être fait tirer dessus avant. Vous avez tous de la chance. »
Le coup de poing de Fredo l'atteignit en pleine joue. Michael tomba à la renverse dans le fauteuil préféré de son père et entendit un craquement sourd. C'était le gros cendrier en céramique orné d'une sirène posée sur un récif au centre. Il s'était cassé net au beau milieu.
Michael persista tout de même dans son refus. Fredo renonça. Une fois que la colle eut séché, la fissure se vit à peine.
Le jour où Vito sortit de l'hôpital, Carmela s'était levée dès l'aube pour préparer un repas afin de célébrer son retour. Toute la famille vint le chercher : Sonny et sa jeune épouse, Sandra, Tom et sa fiancée, Theresa, tout le monde. Vito avait davantage l'air abattu qu'affaibli. Il manifesta une tendresse particulière pour Michael. Il ne fit aucune allusion au fait que Michael n'était pas allé le voir à l'hôpital.
Au fur et à mesure que les plats se succédaient sur la table et que les verres se levaient à n'en plus finir, la colère monta dans la poitrine du jeune Michael Corleone. Dans moins d'un an, il aurait seize ans et il craignait toujours de se retrouver forcé d'une manière ou d'une autre de travailler pour son père. Même lorsque la paix et la prospérité régnaient dans le monde que dirigeait son père, Vito n'était jamais à l'abri de ces innombrables individus qui estimaient avoir tout à gagner en l'assassinant. Michael aimait sa famille du plus profond de son âme, et pourtant il avait hâte de sortir de là, de cet appartement, de ce quartier, de cette ville, de cette existence. Pour aller où, il ne le savait

pas vraiment. Pour quelle raison, cela dépassait son entendement. Il lui faudrait attendre d'être très vieux pour comprendre la folie de vouloir à tout prix deviner ce qui pousse les êtres humains à agir comme ils agissent.

Comme Carmela faisait signe à Connie de l'aider à débarrasser la table pour le dessert, Michael fit tinter son verre avec une cuillère. Il se leva. Il n'avait pas porté de toast de toute la soirée. Michael ne regarda que son père, qui tenait sa fourchette en suspens. Quand leurs regards se croisèrent, son père esquissa l'ombre d'un sourire. De voir son père sourire ainsi face à un tel traumatisme ne fit que redoubler sa colère.

« Je préférerais encore mourir, déclara Michael en levant son verre, que de devenir un homme comme toi. »

Un silence hébété s'abattit sur la table comme un pesant linceul de laine. Aux yeux de Michael, tous les convives avaient disparu. Il n'y avait que deux personnes au monde.

Vito avala la dernière bouchée de *scaloppine* de poulet et posa sa fourchette. Il prit sa serviette et s'essuya la figure d'un geste presque coquet, puis il posa sa serviette et avec dans le regard une froideur qu'il n'avait jamais eue pour aucun des membres de sa famille, il toisa son plus jeune fils.

La gorge de Michael se serra. Il serra son verre de vin. Il resta debout, s'armant de courage en s'apprêtant à entendre son père se moquer de lui ou bien lui dire qu'il avait encore du chemin à faire pour devenir un homme tout court.

Mais son père se contenta de le toiser.

Michael se sentit frissonner de la tête aux pieds et ses jambes se mirent à trembler. Sur le verre de vin, les articulations de sa main droite étaient livides. Le verre se brisa. Le vin, le sang et les éclats de verre giclèrent sur la table, cependant personne ne pipa mot. Michael s'efforça de rester immobile, mais il grelottait.

Enfin, Vito Corleone prit son verre de vin.

« Je partage ton souhait », dit-il d'une voix à peine audible. Il vida son verre, le reposa en silence. « Bonne chance », ajouta-t-il en continuant à le toiser.

Les genoux de Michael se dérobèrent sous lui. Il s'assit.

« S'il te plaît. » Vito montrait du doigt les éclats de verre. « Rends service à ta mère. Nettoie ça. »

Michael s'exécuta. Connie et sa mère se levèrent pour débarrasser le reste et apporter le dessert, mais aucun d'entre eux ne prononça une parole. Le *sfogiatelle* et le café apparurent sur la table et on n'entendit plus que le bruit des cuillères et des convives qui mastiquaient. Michael enroula sa serviette autour de sa main en sang et mangea la tête basse. Fredo n'essaya même pas de détendre l'atmosphère et de faire la paix.

Les autres enfants Corleone n'avaient jamais paru tentés de se rebeller contre leur père. Santino était comme un chien farouchement loyal à ses maîtres. Fredo était servilement en quête de l'approbation de son père. Bien que Tom ne soit pas du même sang, il recherchait l'assentiment de Vito avec la même ferveur que Fredo, et somme toute avec davantage de succès. Connie, qui était la seule fille, se complut dans son rôle d'enfant docile et affectionnée jusque bien après la mort de Vito. Seul Michael éprouvait le besoin de se rebeller – comme souvent, par pur esprit de contradiction, l'enfant chéri de la famille.

C'était la rébellion du bon fils italien. Elle n'était aucunement dirigée contre sa mère. Michael l'adorait tellement que Vito avait nourri quelque temps des inquiétudes sur la virilité de son fils. Il ne plongeait jamais la famille dans l'embarras. Il ne désobéissait pas à ses parents et, cependant, toutes ses décisions semblaient avoir été soigneusement calculées pour constituer une sorte d'affront à son père.

Ainsi, la première fois où Fredo fit part à Michael des interrogations de leur père sur la virilité de son plus jeune fils, Michael cessa de ramener ses copines à l'appartement dans l'unique but de laisser sa famille dans l'ignorance. Lorsque Sonny lui proposa de lui offrir les services d'une prostituée pour son dix-septième anniversaire, Michael lui répondit qu'il ne pensait pas que sa petite amie apprécierait, et quand Sonny lui avait répondu « Quelle petite amie ? », il était arrivé au déjeuner du dimanche avec une blonde à gros seins avec laquelle il sortait de façon épisodique depuis des mois. Il se mit à ramener une nouvelle fille toutes les deux semaines. Aucune n'était italienne. La seule fois où son père y fit allusion, Michael lui répondit qu'il adorait sa mère mais qu'elle était et resterait à jamais unique au monde. « Cela ne me regarde pas », lui chuchota un peu après Vito d'un air manifestement approbateur. Michael ne ramena plus aucune fille pendant sept ans, jusqu'au jour où il invita Kay au mariage de Connie.

Michael postula à Princeton et Columbia et fut admis aux deux. Il choisit Columbia car c'est là que Tom avait fait ses études de droit. Au milieu du premier trimestre, il apprit que son père avait fait une considérable donation anonyme à la fondation de l'université. Il donna rendez-vous à Tom pour le déjeuner au

Plaza Hotel et lui annonça qu'il abandonnait ses études. Il lui demanda s'il pourrait aller habiter chez Theresa et lui. Tom travaillait à Wall Street et ils avaient un appartement en ville. « Prends des cours particuliers, lui conseilla Tom. Beaucoup d'étudiants ont du mal la première année.

— J'ai d'excellentes notes », lui répondit Michael. Il expliqua à Tom la raison pour laquelle il avait décidé de lâcher ses études.

« Si tous les étudiants dont les pères sont en mesure de soutenir financièrement l'université...

— Je me fiche des autres. Je veux être là-bas pour mon seul mérite.

— Tu es si naïf que j'ai du mal à te regarder en face.

— Alors, c'est d'accord ? lui dit Michael. Évidemment, il faut que tu demandes à Theresa. »

Tom fit non de la tête, il pouvait parler pour Theresa. Si Michael voulait faire la plus grosse erreur de sa vie, ce n'est pas lui qui allait l'en empêcher.

À la fin du trimestre, Michael quitta les bancs d'une autre grande université avec toujours d'aussi excellentes notes et essaya de trouver du travail. En désespoir de cause, un soir, au dîner, il demanda à Tom s'il pouvait emprunter de l'argent pour suivre des cours à l'université de City College. Lorsque Tom lui répondit que tant qu'à emprunter de l'argent, autant choisir Columbia, Michael garda le silence.

« C'est exactement ce que le vieux aurait fait », lui dit Tom. Il s'interrompit, mais Michael ne lui demanda pas ce qu'il entendait au juste par là. « Il n'aurait pas répondu », expliqua Tom.

Michael persista dans son silence. Theresa débarrassa la table sans qu'aucun d'eux n'ait prononcé un mot.

« Tu ne peux pas échapper à ce que tu es », finit par lâcher Tom.

Michael se mit à rire.

« On est en Amérique, mon ami orphelin, lui dit-il. C'est précisément le fait d'échapper à ce qu'on est qui fait ce qu'on est. »

Tom eut une brève lueur de colère dans le regard. Il se calma. « Tu veux de l'argent, tu sais où trouver tout l'argent dont tu peux avoir besoin. Je suis déjà assez intervenu comme ça. »

Michael se sentit piégé. Il pouvait braver la volonté de son père en lui demandant de travailler dans l'affaire familiale, ce qui était hors de question. Qu'il fasse des études, réussisse, devienne médecin, avocat, professeur : voilà ce que voulait son père. Il voulait que Michael suive une tout autre voie. Mais quelle voie pouvait-il suivre qui n'ait été balisée au préalable par la main invisible de son père ? D'autant que, pour la plupart, elles ne se contenteraient pas d'être balisées. Elles seraient bitumées, illuminées par des projecteurs et flanquées de solides garde-fous.

Où pouvait-il aller ?

Son père construisait une maison sur Long Island et la famille devait déménager au cours du printemps – Connie, qui avait seize ans, mais également Fredo qui vivait encore sous le toit familial. Sonny et Sandra venaient d'avoir des jumelles et ils auraient une maison juste à côté. Le plan de la maison de son père comportait une pièce marquée « chambre de Michael ». En le voyant, Michael avait éprouvé la même sensation d'étouffement qui le saisissait quand il craignait d'être happé par l'affaire familiale à l'âge de seize ans.

Michael était aux prises avec la malédiction de la jeunesse : il savait uniquement ce qu'il ne voulait pas. Une existence guidée par l'évitement est comme une équipe qui essaie de ne pas perdre. Comme un parachutiste qui s'efforce de ne pas tomber dans l'arbre qui se dresse, solitaire. Comme un voyageur de commerce qui se fiche de dormir dans une grange tant que ça ne lui arrive pas. Comme les deux amants du Paradis qui sont libres de faire ce qu'ils veulent, à l'exception d'une chose.

C'est ainsi que Michael Corleone fit ce que des milliers de jeunes gens perdus firent dans les années 30 : il s'enrôla dans les Civilian Conservation Corps de Roosevelt qui employaient des chômeurs à des travaux d'utilité publique.

Naturellement, la plupart de ses camarades du CCC étaient des gens sans privilèges ni perspectives d'aucune sorte, des hommes qui lui parlaient de conditions de vie d'une misère absolue, dont Michael n'avait jamais eu conscience jusqu'alors, malgré les récits similaires que lui faisaient ses parents de l'existence qu'ils avaient connue. Il était stationné dans la vallée de la Winooski, dans le Vermont. Il planta d'innombrables arbres et déplaça d'incalculables tonnes de terre. Contrairement aux autres Italiens, il mangeait la fade pitance qu'on leur offrait sans rechigner. Bien que son nom fût constamment écorché, il ne rectifiait jamais. Il se porta volontaire pour aider les professeurs qui venaient dispenser des cours du soir et ne tarda pas à se retrouver chargé du programme d'instruction du camp. Il apprit à lire à des centaines d'hommes, dont bon nombre ne savaient pas même déchiffrer l'italien quand Michael avait commencé à leur donner des cours. Comme tous ses camarades, il recevait trente dollars par mois, dont vingt-deux étaient automatiquement envoyés à sa famille. Le soir, dans son lit, Michael essayait d'imaginer la tête de son père, quand il recevait le chèque tous les mois. Jamais Michael Corleone ne fut aussi heureux, si ce n'est à l'époque où il fit la cour à ses deux femmes, Kay (sa seconde femme et la première à laquelle il ait réellement fait la cour) et Apollonia (sa première femme et la seconde à laquelle il ait fait la cour).

Le camp comptait un millier d'hommes environ. La plupart n'était qu'à une ou deux générations de leurs racines européennes. S'il y a une chose qui les unissait, cependant, c'était leur fierté d'être américains – une fierté accrue par la mission quotidienne qu'ils partageaient. Aussi, lorsque les Allemands annexèrent la Tchécoslovaquie, les hommes originaires d'Allemagne ne ressentirent aucune animosité de la part de leurs camarades tchèques ou slovaques. De même, la seule ferveur nationaliste qui agita la vallée de la Winooski à la suite de l'invasion italienne en Albanie ou le conflit finno-soviétique se traduisit par une peur commune de ce qui risquait de suivre et des retombées que cela pouvait avoir pour les États-Unis.

« Ça ne sera pas la même chose quand ça sera nous », lui dit un soir Joe Lucadello. Ils étaient les derniers dans le bâtiment où se donnaient les cours, en train de fermer. « Les Italiens. Tu vas voir. »

La famille de Joe venait de Gênes, via Camden dans le New Jersey. Il voulait être architecte, mais sa famille avait tout perdu dans le krach de 1929. À présent, il dessinait des murs de soutènement et des abris à pique-nique. Malin comme un singe, maigre à faire peur, Joe était le meilleur ami de Michael au CCC.

« C'est ce que je me dis, moi aussi », répondit Michael. Si les États-Unis se laissaient entraîner dans la guerre européenne, tous ceux qui avaient des origines italiennes seraient soupçonnés.

« Les Allemands ont l'air de...

— Je sais, dit Michael. Tu as raison.

— Ne te moque pas, mais ça fait un moment que je travaille sur un projet d'assassinat de Mussolini.

— Arrête, dit Michael en riant. Et tu comptes t'y prendre comment ?

— Je n'ai pas dit que je savais comment. J'ai dit que j'y travaillais. »

Joe offrait le rare mélange d'un conspirateur de génie doublé d'un homme d'action. D'une manière générale, il était doté d'un esprit relativement pratique, mais il avait aussi un côté idéaliste.

« Tu ne pourrais pas t'approcher de Mussolini à moins de dix kilomètres. Ni toi ni personne.

— Réfléchis. Tu as lu pas mal de livres d'histoire. Il n'y a jamais eu personne – que ce soit un héros, un bandit, un roi ou un quelconque dirigeant – qu'il ait été impossible de tuer. »

Voilà qui donnait à réfléchir. Michael médita la question, puis il admit que Joe avait peut-être raison. « Et quand tu en auras fini avec Mussolini, j'imagine que tu t'attaqueras à Hitler.

— Je sais bien que c'est juste un rêve, répondit Joe. Je ne suis pas idiot. Je sais bien que ce n'est pas un boulot pour moi. C'est juste que c'est dur de voir ce qui se passe dans le monde et de ne rien pouvoir faire. »

Ils tombèrent d'accord là-dessus. Le fossé séculaire qui séparait les Italiens du Sud de ceux du Nord n'affectait en rien leur amitié ou le mépris commun que leur inspirait Mussolini. Ils redoutaient la guerre. Et en même temps, ils l'appelaient de tous leurs vœux – car c'était le seul moyen d'écraser Mussolini tout en offrant par ailleurs à des hommes comme eux l'occasion de faire leurs preuves une fois pour toutes aux yeux des Américains.

Et puis il y avait la question d'Ustica. Plus ou moins à l'époque de la signature de l'entente de l'Axe avec Hitler, Mussolini avait ordonné à son armée d'arrêter tout ce que la Sicile comptait de mafiosi notoires ou présumés pour les emprisonner sur la minuscule île d'Ustica (Vito continuait à penser que Mussolini n'était qu'un de ces oppresseurs arrogants qui ne durent pas). Quand Michael et Joe parlaient des hommes emprisonnés à Ustica, ils critiquaient l'absence de toute procédure légale américaine. Michael ne faisait jamais la moindre allusion aux liens que son père entretenait avec ces hommes. Joe savait que les Corleone étaient des importateurs d'huile d'olive. Il y en avait des caisses dans la cuisine du mess.

En juin 1940, quand l'Italie déclara la guerre aux Alliés, Joe Lucadello eut une idée. « On va au Canada, dit-il.

— Pourquoi le Canada ? »

Joe sortit une coupure de journal. D'après l'article, la Royal Canadian Air Force recherchait des pilotes américains confirmés. Un as de la Première Guerre mondiale du nom de Billy Bishop – « l'Eddie Rickenbacker du Canada » le surnommait l'article – veillerait personnellement à les former.

« Formidable, dit Michael. Mais on n'est pas des pilotes confirmés. »

Joe avait tout mis au point. Il avait un ami, un juif polonais de Rhode Island, qui était employé comme pilote au CCC à larguer de l'eau pour lutter contre les incendies de forêt ou arroser de DTT les zones infestées d'insectes avant que des équipes d'ouvriers n'y soient envoyées. Joe le persuada de leur donner des leçons et ils partirent tous les trois à Ottawa pour s'enrôler. Joe avait fabriqué de faux brevets de pilote tout à fait convaincants pour Michael et lui-même. Deux jours plus tard, Billy Bishop entra en personne dans leur barraquement et demanda à voir Michael Corleone (sans écorcher son nom – signe qu'il y avait du louche). Il le pria de lui montrer son brevet de pilote. Parmi les hommes présents dans la salle, un certain nombre d'entre eux ne possédaient pas de brevet, propriétaires de petits avions de tourisme ou sulfateurs qui quelques mois plus tard devaient tenir tête à la Luftwaffe. Le problème était ailleurs. Michael comprit que son père avait réussi d'une manière ou d'une autre à retrouver sa trace. Il était inutile d'exhiber son faux brevet et risquer que Joe soit également expulsé. « Je suis désolé, dit Michael à Billy Bishop. Je n'en ai pas. »

Michael reprit un car qui le ramena au camp où il retrouva son poste. Six mois plus tard, il était dans un autre car qui se rendait à New York où une surprise party avait été organisée pour l'anniversaire de son père, quand le chauffeur apprit l'attaque de Pearl Harbor à la radio. Il se gara sur le bas-côté en tremblant et mit la radio plus fort. Au bout d'un moment, il redémarra. Michael alla directement du terminus à Times Square. La place grouillait d'hommes qui se vantaient d'aller faire un carnage. Michael fit la queue pour l'Army Air Corps, mais pendant qu'il attendait, un officier parcourut la file en annonçant que tous ceux qui faisaient moins d'un mètre soixante-dix-huit devraient exercer leur soif de vengeance dans d'autres branches de l'armée. Michael était à près de trois centimètres en dessous de la barre requise. Il était également attiré par les Marines, qui se rapprochaient de ses idéaux. Une troupe d'élite combattante, plus endurcie que toutes les autres, avec une initiation rigoureuse et un code d'honneur sacré. La taille minimum requise était la même, mais l'émotion était à son comble, Michael et le lieutenant chargé du recrutement échangèrent un regard et se comprirent sans un mot. Michael prit un taxi pour se rendre chez son père.

Le préféré de Vito Corleone fut le dernier à lui dire « Surprise ! »

Vito accueillit avec stoïcisme la nouvelle que lui apportait Michael. Il se contenta de lui poser les questions que tout père aimant s'inquiétant pour son fils aurait posées. Il était clair qu'il n'approuvait pas cette décision, quoiqu'il ne fît aucun commentaire.

Dans les jours qui suivirent, le gouvernement américain rassembla tous les citoyens italiens qui vivaient sur le territoire et les fit interner comme prisonniers de guerre (c'est ainsi qu'Enzo, le boulanger, devait passer deux ans dans une prison du New Jersey). Par ailleurs, plus de quatre mille Américains qui portaient des noms italiens furent arrêtés. Parmi ces derniers figuraient les parents de Theresa Hagen, qui ne furent pas inculpés et se virent rapidement libérés. Des centaines de gens qui n'avaient pas la chance de bénéficier d'une représentation en justice aussi sophistiquée furent détenus bien plus longtemps – des mois, parfois des années – sans être convaincus du moindre crime, eux non plus.

Peu avant Noël, le gouvernement fit paraître un décret restreignant la collaboration des Italo-américains aux industries de guerre. Dans tout le pays, des citoyens américains travailleurs, respectueux des lois, dockers, ouvriers d'usine, dactylos du civil, furent sommairement renvoyés.

À ce moment-là, Michael était dans le camp d'entraînement de Parris Island en train de ramper comme un serpent sur un parking couvert de débris de coquilles d'huître.

Quatre pour cent de la population américaine étaient originaires d'Italie. Ils étaient destinés à faire dix pour cent des victimes.

Tout l'équipement que le gouvernement donna à Michael était trop grand – son casque, son uniforme, même ses godillots. C'est à peine s'il le remarqua. Il était fier d'être un Marine, il avait ce qu'il voulait. Mais la première fois que sa mère vit la photo de son plus jeune fils, le crâne rasé, vêtu d'une tenue de cérémonie blanche trop grande qui ressemblait davantage à un costume qu'à un uniforme, elle éclata en sanglots et pleura pendant trois jours. Puis elle posa la photo sur la cheminée. À chaque fois qu'elle passait devant, elle se remettait à verser des larmes. Mais personne n'osa enlever la photo.

La section de Michael à Parris Island comptait quarante-sept hommes, qui venaient tous de la côte Est, avec une proportion relativement égale de représentants du Nord et du Sud. C'était la première fois que Michael allait dans le Sud. Il connaissait bien la rivalité qui opposait le nord et le sud de l'Italie et fut surpris de constater qu'il en allait de même avec le nord et le sud des États-Unis. Étant du sud de l'Italie et du nord des États-Unis, il avait une double perspective. Les querelles portaient sur des riens. La musique, par exemple. Les hommes du Sud aimaient ce que ceux du Nord appelaient la musique de plouc. Ces derniers aimaient Cole Porter, Johnny Mercer, des morceaux classe sur lesquels ils pouvaient danser. Bien qu'il connût Johnny Fontane depuis qu'il était tout petit, Michael se garda bien de le dire durant les multiples disputes qui éclatèrent au sujet de ses chansons. À chaque fois qu'une querelle insignifiante les poussait à oublier, ne serait-ce qu'un instant, qui était leur véritable ennemi, leur sergent instructeur le leur faisait aussitôt regretter – en devenant leur ennemi. Ils étaient tous arrivés là en craignant plus que tout d'avoir peur, de manquer à leur devoir le moment venu. Une heure plus tard, ils craignaient plus que tout le sergent Bradshaw. Michael était un soldat honorable, réservé, mais il passait le plus clair de son temps persuadé que son sergent instructeur était capable de le tuer à tout instant. La nuit, Michael transpirait dans son lit en songeant à l'extraordinaire efficacité du système des camps d'entraînement.

Le soupçon qu'avait Michael que la taille minimum requise avait été en partie instituée afin d'écarter les Italiens des corps d'élite se trouva vérifié lorsqu'il s'aperçut qu'il n'y avait qu'un autre homme d'origine italienne dans sa section. Tony Ferraro, également de New York, était un joueur de baseball de seconde ligue – receveur. Il en avait l'allure : trapu, avec une calvitie. Tout comme Michael, il s'était enrôlé dès qu'il avait appris la nouvelle de Pearl Harbor, mais son souhait le plus cher était de retourner en Italie pour expédier Mussolini en enfer.

Tony et Michael étaient les deux plus petits de la section. Ils marchaient lentement, étaient mauvais tireurs, mais ils étaient arrivés à Parris Island en meilleure condition physique que la plupart de leurs camarades – fort heureusement pour eux, car tout ce qu'on leur avait raconté des camps d'entraînement des Marines était vrai. Les hommes s'effondraient, vomissaient, parfois même du sang. Michael finit par adorer l'entraînement. Il plaignait les sections que leur instructeur renvoyait dans leur baraquement au bout de quatre heures de marche dans du sable à mi-genoux au lieu des huit heures que le sergent Bradshaw les forçait à faire. Quand le camp d'entraînement s'acheva, il s'adressa pour la première fois à eux en les traitant d'*hommes*.

Tous les Marines de la section l'adoraient. Ils furent nombreux à verser des larmes sans se cacher.

Michael, qui n'avait rien perdu au camp si ce n'est quelques malheureux kilos, s'émerveilla une fois de plus devant le génie de ce qui lui avait été infligé.

Quelques mois plus tard, Tony Ferraro assurait la sécurité

d'une île si petite qu'elle n'avait ni nom ni aucun intérêt militaire quand un tireur japonais isolé le toucha en plein cœur.

Avant l'aube, les hommes prirent leur fusil, mirent leur sac de marin à l'épaule et se tinrent au garde-à-vous à côté d'une rangée de camions, dont les moteurs tournaient au ralenti. Un caporal-chef avec un fort accent du Sud égrena les noms et les affectations. Il écorcha Corleone, ce qui n'étonna pas Michael. Ce qui l'ébranla, en revanche, ce fut la suite.

Camp Elliott, M1, infanterie. Michael Corleone allait dans le Pacifique.

Le rêve qu'il caressait de contribuer à la libération de l'Italie se voyait brisé. Mais que pouvait-il faire, écrire à son représentant du Congrès ? À tous les coups, c'était une combine de ce dernier – agissant sur un simple signe de tête de son père.

Michael ne laissa rien paraître. Un Marine va où il est envoyé.

Un gars du Sud qui était déjà dans le camion du Camp Elliott lui tendit la main. « Bienvenue à bord, Dago ! » lança-t-il en l'aidant à monter.

Dago, c'était le nom que les Marines donnaient à San Diego. C'était également ainsi qu'on appelait les métèques mais Michael ne mordit pas à l'hameçon. Ils étaient des Marines avant tout, des Américains ensuite. Le reste n'était que secondaire.

Michael n'était jamais allé non plus dans l'Ouest. Il passa la majeure partie du voyage à la fenêtre du wagon de troupe, fasciné. C'était un bon moyen de voir pour quoi il se battait. Rien n'aurait pu le préparer à l'immensité, la splendeur, la beauté de ce pays. Plus il s'enfonçait dans l'Ouest, plus il tombait amoureux de ces improbables paysages escarpés.

Ils s'arrêtèrent pour une séance d'entraînement dans le désert à une cinquantaine de kilomètres de Las Vegas, où le premier grand casino avait ouvert quelques mois auparavant. Ce soir-là, Michael tua un lapin à mains nues et mangea sa chair filandreuse en contemplant les lueurs irréelles de la ville que des visionnaires comme lui devaient transformer en une industrie qui serait encore là, florissante, longtemps après la chute des puissances de l'Axe, de l'Empire britannique et de l'Union soviétique, et la fermeture de la plupart des usines et des aciéries américaines délocalisées en Asie du Sud-Est.

À San Diego, Michael subit encore quelques semaines de cours et d'entraînement, de combat au corps à corps, d'épreuves de natation, toutes les touches finales, mais quand vint le moment d'embarquer, il fut de nouveau abattu. Il avait été affecté au détachement de garde. Indéfiniment.

Dès qu'il le put, il alla appeler Tom d'une cabine téléphonique. Les Hagen étaient en train de dîner. Un bébé pleurait dans le fond.

« J'ai une question à te poser, Tom. Si tu me mens, je le saurai tout de suite. Rien ne sera plus jamais pareil entre nous.

— Quand une question commence comme ça, c'est qu'il vaut mieux ne pas la poser », lui répondit Tom.

Michael était jeune et ne se laissa pas décourager. Viendrait le temps où il comprendrait que Tom venait précisément de répondre à la question qu'il s'apprêtait à poser : « Est-ce que papa est intervenu pour mon affectation ?

— C'est quoi comme affectation ? » demanda Tom.

Michael baissa la voix. « Je ne me suis pas enrôlé dans les Marines pour être flic.

— Tu es flic ? » lui dit Tom.

Michael lui raccrocha au nez. Quelques jours plus tard, Michael fut affecté dans une patrouille de police militaire et se retrouva sur les quais, le fusil à l'épaule, regardant ces hommes sur lesquels il avait appris à pouvoir compter s'embarquer dans un concert de fanfaronnades en se vantant de l'hécatombe qu'ils s'apprêtaient à faire dans les rangs japonais. Il ne revit jamais aucun d'entre eux.

Le pire, dans le détachement de garde, c'était de faire respecter le couvre-feu aux civils. Les gens estiment toujours être des cas à part et il est impossible de leur faire entendre raison. Au bout de quelques soirées exaspérantes passées à les convaincre, Michael rêvait de massacrer leur figure lisse, prétentieuse, avec la crosse de son fusil, mais il ne tarda pas à avoir une meilleure idée. Son commandant, qui avait encore moins d'estime que lui pour les civils, la jugea brillante. « Je n'aurais jamais cru que je dirais ça un jour à un Italien, dit-il, mais vous avez peut-être l'étoffe d'un officier. »

Michael prit deux hommes et les emmena dans un dépôt de fuel situé au nord de la ville, sur la côte. Deux énormes citernes, toutes deux vides. Ça lui faisait du bien de se retrouver loin de tous ces civils qui passaient leur temps à geindre, d'autant que c'était l'occasion ou jamais de mettre à profit l'entraînement au maniement des explosifs qu'il avait reçu.

Le lendemain, les journaux et la radio (citant une source anonyme qui n'était autre que Michael se faisant passer pour le commandant) rapportèrent que les citernes de fuel qu'ils avaient fait exploser avaient été frappées par un sous-marin qui n'avait eu aucun mal à toucher sa cible en raison de l'éclairage illégal de la ville.

Après cela, il leur fut bien plus facile de faire respecter le couvre-feu.

Michael remonta la hiérarchie de Camp Elliot en s'efforçant de faire modifier son affectation. Il postula pour une formation de pilote. Au début de la guerre, les pilotes devaient être diplômés d'université, mais la règle avait été modifiée de telle sorte que quiconque avait obtenu un 117 à l'examen d'entrée puisse être admis. Michael passa l'examen, obtint 130, mais il ne se passa rien. Après une des nombreuses fois où il était resté quatre heures en faction au garde-à-vous devant le bureau de l'amiral King, Michael réussit à échanger quelques mots avec lui. L'amiral promit de s'en occuper personnellement. Il lui laissa même entendre qu'il serait peut-être possible de le transférer sur le front européen.

Il finit par s'apercevoir que le secrétaire de l'amiral remplissait toutes les paperasses de ce dernier, quand il ne les signait pas. Michael nota les goûts musicaux du secrétaire et lui procura deux places de premier rang au Hollywood Bowl pour qu'il aille voir avec sa femme le seul, l'unique Mr Johnny Fontane.

Quelques jours plus tard, Michael fut réaffecté dans un bataillon de combat.

Il fut embarqué à bord d'un paquebot de luxe reconverti, qui avait été repeint en gris cuirassé et équipé de canons. Les troupes passèrent des semaines entassées dans ce bateau. Ce n'est qu'à quelques encablures du port qu'ils furent officiellement informés qu'ils allaient débarquer à Guadalcanal.

Les combats duraient depuis des mois, les croiseurs japonais lançaient encore des obus sur la plage la nuit et il restait encore des poches de résistance, et notamment des centaines d'hommes terrés dans des tunnels souterrains, mais la bataille était pratiquement finie.

La plage de Guadalcanal était un dépotoir de véhicules brûlés de toutes sortes – tanks, jeeps, chars amphibies –, mais lorsque Michael découvrit les lieux, avec tous ces cocotiers verts et ce sable blanc, il eut encore l'impression d'un paradis tropical, les filles en moins.

Michael descendit le long des filets et se retrouva à bord d'une barge de débarquement. Il entendit des pilonnages d'artillerie au lointain, mais il n'essuya aucun tir au moment du débarquement. Une fois sur la plage, il trébucha sur une masse molle et s'étala de tout son long. Il se releva et courut vers la rangée d'arbres. Il se mit à couvert en plongeant à côté d'un monceau de fils de clôture enchevêtrés et d'un tas de cadavres noircis. La puanteur se traduisait moins par une odeur que par un goût – un goût de chair calcinée qui remontait au fond des narines et pénétrait jusqu'au fond de la gorge. Michael se retourna vers la plage et s'aperçut que ce contre quoi il avait trébuché était également un cadavre.

Les Japonais laissaient leurs morts pourrir sur place ou être emportés par la mer. C'était les premiers cadavres qu'il voyait en dehors d'un funérarium.

Les Marines expérimentés qui accueillirent les renforts étaient tous aussi sales, barbus et épuisés. Ils se montrèrent peu bavards. Avec leurs beaux discours bravaches, les nouveaux venus sanglés dans leurs uniformes tout propres avaient soudain des allures de gamins jouant aux cow-boys et aux Indiens. Ces hommes étaient des guerriers. Quand ils emmenèrent Michael faire sa première patrouille, il poussa des beuglements à chaque bruissement de feuille. Ils se contentaient d'esquisser un sourire narquois et continuaient à avancer à pas lourd dans la jungle. Quand ils se couchaient à terre, Michael les imitait. Il pouvait être sûr que dans la fraction de seconde qui suivait, il y aurait des balles, des balles traçantes, des obus, des bombes – quelque chose destiné à le tuer.

Le deuxième jour que Michael passa à Guadalcanal, il était en faction en bordure de la piste d'atterrissage. Il entendit un avion qui s'approchait. Un Hellcat de l'US Navy qui rasait les arbres en crachant de la fumée. Le pilote s'écrasa quelques centaines de mètres plus loin. L'avion s'embrasa. Michael courut pour essayer d'aider le pilote à s'extraire de là. Mais deux jeeps pleines de gens s'étaient arrêtées et le chef de section de Michael, le sergent Hal Mitchell, lui hurla de revenir. Les flammes étaient trop dangereuses. Leur camion incendie avait été bombardé. L'équipement dont ils se servaient à la place aurait à peine pu éteindre un feu de camp. Michael discernait l'intérieur du cockpit. Le pilote piégé hurlait en regardant Michael droit dans les yeux et en le suppliant de l'abattre. Michael empoigna son fusil mais son sergent ne lui donna aucun ordre. Les hurlements cessèrent peu après. Le seul fait de s'être approché de l'avion obligea Michael à se faire soigner pour des brûlures.

Une semaine plus tard environ, la victoire fut proclamée à Guadalcanal. Les Marines qui avaient le plus combattu furent relevés pour être renvoyés chez eux ou du moins en permission en Nouvelle-Zélande. Les troupes de relève restèrent sur place pour assurer la sécurité de l'île. Guadalcanal n'était qu'un minuscule point sur une carte, mais l'île faisait plus de cent cinquante kilomètres de long sur une trentaine de large, elle était peuplée d'une forêt dense avec un terrain accidenté et ravagé par des mois de combats. Sans compter toutes les grottes.

Les grottes étaient un véritable cauchemar. Des cadavres évidemment, de profondes crevasses emplies d'eaux usées, des fourmis de près de trois centimètres de long qui piquaient, des rats aussi gros que des ratons laveurs. Les Marines exploraient les grottes par groupes de quatre accompagnés d'un doberman. Michael adorait le premier chien, mais après en avoir vu deux exploser au contact de cadavres piégés, il n'avait plus voulu s'y attacher.

De son côté, Michael captura glorieusement un seul et unique Japonais émacié qui était à l'article de la mort. Il le releva. Le Japonais montra le poignard Ka-Bar de Michael. « Couteau », dit-il. Il mima le geste de se l'enfoncer dans le ventre. Michael refusa de le lui donner. L'homme eut l'air soulagé.

Dans un premier temps, comme tous les autres hommes en mission dans les grottes, Michael y vit une opération de secours. Il apprit à dépouiller un cadavre en moins de temps qu'il n'en fallait pour sortir sa montre et regarder l'heure. Au camp, le marché était inondé de ces butins et les meilleurs articles repartaient de l'île avec les Marines qui avaient beaucoup combattu. Mais avec un peu d'initiative, il y avait toujours moyen de les écouler. Michael Corleone avait choisi les indigènes. Il était facile de vendre aux gens du coin tout ce qui pouvait servir dans une maison. Michael troquait la majeure partie de ce qu'il trouvait contre du poisson frais. Les Marines ont une affection toute particulière pour ceux de leurs frères d'armes qui sont capables d'améliorer le rata, surtout dans les zones de guerre.

Un matin, cependant, au réveil, Michael vit un cacatoès apprivoisé que lui avait donné un indigène en échange d'une cartouche de cigarettes se faire avaler entier par un rat. Il chassa le rat de la tente et aperçut alors en levant les yeux la plus grosse toile d'araignée qu'il eût jamais vue déployée entre deux cocotiers. L'araignée avait attrapé une mouette et était en train de la dévorer après l'avoir empaquetée dans sa toile. Et puis un autre chien mourut. Il y avait des jours, comme ça. Ils s'apprêtaient à faire sauter une dernière grotte avant de retourner au camp de base, quand Michael remarqua par terre un dessin au crayon de couleur. Il trouva curieux qu'un Japonais puisse passer son temps là-dedans à colorier des dessins. Michael se pencha. Il y en avait tout un tas. Celui du dessus représentait un avion dans le ciel avec le drapeau japonais sur le flanc et des gens au sol qui souriaient en agitant la main. Il y en avait un d'une famille attablée pour le dîner avec une place vide, un autre d'une princesse, et plusieurs autres avec des poneys. Juste une petite fille comme les autres qui faisait des dessins de poneys pour les envoyer à son papa, qui était sans doute mort au combat dans une guerre dont il n'aurait pu changer le cours. Michael les lissa soigneusement et les reposa par terre. Il donna le signal de faire sauter la grotte.

En rentrant au camp, il apprit que la Sicile avait été libérée. Michael Corleone ne prit plus jamais rien à l'ennemi qui ne fût nécessaire à sa survie.

Comparé à beaucoup d'autres, le bataillon de Michael ne rencontra guère de problèmes à Guadalcanal et il se sortit relativement bien de quelques escarmouches sur les îles environnantes.

Peleliu fut une tout autre histoire. Ils étaient les premiers à y aller. De la chair à canon.

À voir le convoi embarqué à bord du bateau pour l'invasion, on aurait dit une cohorte de travailleurs agricoles en route pour l'Ouest. Chaque centimètre du pont était encombré d'hommes et de machines entassées les unes sur les autres et recouvertes d'un patchwork de bâches. La chaleur était insupportable, quarante-quatre le jour et trente-trois la nuit. En bas, il n'y avait pas assez de place pour que tout le monde puisse y dormir. Ils se couchaient sur le pont, dans des camions ou en dessous, n'importe où, du moment qu'ils étaient à l'ombre. Michael feignait seulement de dormir. Même les hommes les plus expérimentés étaient pâles et tremblants.

Lorsque Peleliu fut en vue, l'île n'offrait au regard qu'un mur de flammes. Des dizaines de cuirassés pilonnaient l'île d'obus de quarante qui faisaient un vacarme de trains de marchandises volants. Des croiseurs la criblaient d'obus de mortier de plus petit calibre. Bientôt le fracas des armes qui bombardaient Peleliu ne fut plus qu'un grondement de tonnerre assourdissant. Michael se sentait écrasé par le bruit. Tout le bateau s'était mis à vibrer. Une odeur de gasoil flottait dans l'air. Les forces d'invasion s'entassèrent dans les chars amphibies et les barges et se tapirent sous les plats-bords.

Ils se retrouvèrent en plein milieu de l'action. Les balles claquaient tout autour d'eux. La fumée était si épaisse que Michael avait peine à imaginer comment le conducteur discernait quoi que ce soit. Il sentit le char racler le corail. Le sergent Mitchell leur cria l'ordre de gagner la plage. Michael sauta et se mit à courir. De toutes parts, ce n'était qu'un chaos noyé dans la fumée. Il avait conscience des hommes qui tombaient autour de lui et des hurlements de douleur, mais il garda la tête baissée et plongea à l'abri d'un arbre à côté de deux autres Marines. D'un bout à l'autre de la plage, les chars amphibies explosaient en s'embrasant et parfois, certains réussissaient à s'en extraire avant d'être déchiquetés sous le feu des mitrailleuses. Michael vit plus d'une centaine de ses frères d'armes mourir sous ses yeux. Des hommes qu'il aimait, en qui il avait confiance – et à l'époque, déjà, il n'accordait pas sa confiance si facilement. Mais il n'éprouva rien. Le flou. Il avait été lui-même touché au cou, sur le côté. Une simple entaille, mais elle pissait le sang. Michael ne s'en était pas même aperçu jusqu'à ce que son voisin, un caporal-chef du Connecticut du nom de Hank Vogelsong lui demandât si ça allait.

Au combat, personne ne sait vraiment ce qui se passe. Quelque part, loin derrière eux, il y avait un colonel qui dirigeait les opérations sans savoir dans quelle direction ils pointaient leurs armes. Un homme que Michael ne connaissait pas et qui ne le verrait sans doute jamais de sa vie avait décidé qu'il était sacrifiable. Non pas Michael en personne. Ça n'avait rien de personnel, c'était juste la guerre. Et Michael n'était qu'un pion. La seule chose qu'il essaya de faire, à Peleliu, fut de ne pas mourir. Rien de bien intelligent, rien de bien courageux. Il eut juste plus de chance que le millier de camarades de sa division qui trouvèrent la mort ce jour-là.

Une fois qu'ils furent assez nombreux à avoir traversé la plage, ils purent progresser vers l'intérieur des terres et commencer à entasser des pierres et des débris pour pouvoir riposter. Les tirs ennemis diminuèrent, mais Michael passa cependant la première nuit cloué sur place. Ils avaient apparemment renoncé à ces attaques en masse auxquelles Michael avait été entraîné et à aucun moment ils ne purent les faucher.

Aux premières lueurs du jour, le sergent Mitchell décida de prendre d'assaut la crête d'où provenaient la plupart des tirs. Michael et dix autres de ses camarades coururent de toutes leurs forces sur une cinquantaine de mètres pour rejoindre un taillis d'arbres et de broussaille. Deux de ses camarades furent tués et deux autres blessés avant d'y parvenir. Un tank américain avança vers l'autre côté de la crête en attirant le feu ennemi, comme le font souvent ces engins. Puis les tirs cessèrent. Ils étaient à six mètres du pied de la crête. Hal Mitchell envoya trois hommes avec des fusils automatiques et deux autres équipés de lance-flammes au sommet de la crête. À l'instant où ils s'apprêtaient à tout carboniser, les Japonais ouvrirent le feu. Le sergent Mitchell ordonna à Vogelsong et Michael de l'aider à retirer les blessés de là puis de battre en retraite. Tandis que Michael les couvrait, Vogelsong et le sergent Mitchell transportèrent un des blessés où se trouvait Michael. Au moment où ils repartaient chercher l'autre, un obus de mortier de 80 mm tua ce dernier en blessant Vogelsong et Mitchell.

Par la suite, quand il fut interrogé sur ce qu'il avait ensuite fait – à la fois par ses supérieurs et, plus tard, par un journaliste du magazine *Life* –, Michael fut incapable d'expliquer ce qui l'avait pris d'aller chercher ses frères d'armes ni par quel miracle il avait réussi à s'en sortir vivant. Peut-être le mortier était-il enrayé par la poussière de corail. Peut-être croyaient-ils avoir tué tous les fantassins et s'occupaient-ils du char qu'ils firent sauter à l'instant où Michael attaqua leur bunker. Michael ne s'était jamais entraîné à manier le lance-flammes. Il se contenta de s'en emparer sans réfléchir et recula à l'instant où une grosse langue de feu jaillissait par-dessus la crête.

Il y eut un tir de mitrailleuse provenant d'une grotte, sur sa droite et Michael eut l'impression que sa jambe avait été arrachée. Il s'écroula et rampa pour se mettre à l'abri – seul sur la crête, une cible facile. L'odeur de chair brûlée et de napalm était atroce. Il avait une balle dans la cuisse et une autre qui lui avait traversé le mollet.

Devant lui gisaient six soldats ennemis les yeux bouillis, les lèvres brûlées. Leur peau avait quasiment disparu. Leurs muscles ressemblaient à des dessins anatomiques.

Michael ne resta coincé sur place que vingt minutes avant que les Japonais de la grotte ne soient également capturés et qu'un infirmier de la Navy couvert de sang de la tête aux pieds escalade la crête pour venir le sortir de là. Il avait vu des années entières passer plus rapidement que ces vingt minutes-là.

Il ne gardait aucun souvenir du voyage jusqu'à Hawaï.

Sa première pensée, quand il reprit ses esprits, fut que sa mère devait être morte d'inquiétude. Il lui écrivit une longue lettre et persuada une infirmière de trouver un cadeau qu'il puisse joindre à celle-ci. Elle choisit une tasse à café avec une carte d'Hawaï peinte dessus. Le jour où Carmela Corleone la reçut – accompagnée de la nouvelle du retour de son fils – elle la remplit de vin, la leva et remercia la Vierge Marie d'avoir exaucé ses prières. De ce jour, à chaque fois qu'elle passait devant la photo de Michael sur la cheminée, Carmela souriait.

Michael et Hal Mitchell se remirent tous deux de leurs blessures. Hank Vogelsong n'eut pas cette chance. Juste avant de mourir, il dit au médecin qu'il voulait que Michael Corleone ait sa montre. Quand il la reçut, Michael qui connaissait à peine Vogelsong écrivit à ses parents, fit l'éloge du courage de leur fils au front et leur proposa de leur retourner la montre. Ils lui répondirent en le remerciant, mais lui dirent qu'ils tenaient à ce qu'il la garde.

Alors que Michael était encore à l'hôpital, il apprit qu'il avait été admis à suivre une formation de pilote. Il était également promu sous-lieutenant. Mais la promotion n'était que symbolique et il n'alla jamais à l'école de pilotage. Ce fut la fin de la première guerre de Michael Corleone.

Juste avant que Michael ne soit renvoyé dans ses foyers, un journaliste de *Life* vint l'interviewer. Michael, convaincu que son père était derrière cet article, remercia le journaliste de l'intérêt qu'il lui portait mais lui répondit que sa vie privée ne regardait que lui. Il avait déjà une médaille et préférait se passer d'une quelconque publicité. Mais l'amiral King en personne demanda à Michael Corleone d'accepter cette interview. C'était bon pour le moral des troupes, lui dit-il.

Michael fut photographié dans un uniforme à sa taille. L'article parut dans un numéro spécial consacré aux Américains au combat. Le tout jeune héros Audie Murphy était en couverture. En vis à vis, on trouvait James K. Shea, le futur président des États-Unis.

Livre VII

JANVIER-JUIN 1961

Chapitre 22

Via un dédale d'intermédiaires, Nick Geraci avait reçu l'ordre de venir. Voir le boss. Geraci soupçonnait de quoi il s'agissait. Il avait suggéré le jardin botanique de Brooklyn. Trop exposé, s'était-il entendu répondre. Don Corleone ne pouvait se permettre de prendre le moindre risque susceptible d'attiser davantage encore la controverse soulevée par sa nomination à l'équipe présidentielle de transition – et encore moins à la veille de l'investiture. La rencontre devrait se dérouler dans la voiture, une limousine.

Ce qui réglait la question : ils allaient l'exécuter.

Dans une situation de ce genre, toutefois, il n'y a pas d'autre choix que de suivre les ordres. C'est la vie. Geraci le savait depuis longtemps. S'il est malin, un affranchi, quand il est convoqué, se prépare comme un avocat avant son procès. Il anticipe toutes les questions qu'on peut lui poser et il croise les doigts. S'il réussit à convaincre, il s'en va en râlant, il laisse tomber les remerciements.

S'il demandait à être accompagné de ses gars, il éveillerait les soupçons. C'était hors de question. Quant à embarquer un revolver ou un couteau, c'était trop risqué. Si jamais on le fouillait, il était fichu. Et même s'il ne l'était pas, il était peu probable qu'à l'heure de vérité, il ait le temps de dégainer une arme dissimulée.

Il attendit toute la matinée à une table d'angle dans un pub de la 1re Avenue en compagnie de Donnie la Poche, Eddie Paradise et Momo le Cafard. Quelques intermédiaires tournaient en rond dehors. Une rangée d'habitants du quartier, blafards, prenaient leur petit déjeuner. Le pub appartenait à Elwood Cusik, un ancien boxeur qui avait joué les hommes de main pour les Corleone.

Michael avait déjà essayé de le tuer une fois et Geraci s'était vengé en beauté. Il s'était servi de Forlenza pour mettre Russo au courant de ce qui se passait avec Fredo et à Cuba ; après cela, Geraci n'avait pas même eu à lever le petit doigt. Fredo avait involontairement trahi Michael, pour une broutille. Tout le monde voyait bien que Cuba était une véritable poudrière. Mais Michael était si aveuglé par la perspective des millions qu'il pouvait y récolter quasiment en toute légalité qu'il s'était laissé entraîner dans une spirale telle qu'il avait été jusqu'à tuer son propre frère. Sa femme l'avait quitté en emmenant les enfants et s'en était allée vivre sur un autre continent. Il avait perdu deux *capi* – Rocco et Frankie Pants, tous deux rivaux de ceux de Geraci – en se disputant un empire cubain destiné à ne jamais voir le jour. S'il existait réellement sort plus cruel que la mort, Geraci l'avait infligé à Michael Corleone.

Tout en attendant, Geraci essaya de comprendre comment Michael avait pu l'apprendre. Il n'en avait pas la moindre idée.

Deux heures plus tard, Donnie la Poche, qui était posté près de la fenêtre, lui fit signe que la limousine de Michael était là. Geraci traversa le trottoir flanqué du Cafard et d'Eddie Paradise. Il était prêt à tout. Il s'imagina le visage de ses filles. Et il tendit la main vers la poignée de la portière.

« Bonjour, Fausto.

— Don Corleone. » Geraci monta seul dans la limousine et s'installa en face de Michael. Il n'y avait personne d'autre dans la voiture, exception faite d'Al Neri qui était au volant. « Tu as fait bon voyage ? »

Geraci fit un signe de tête au Cafard qui referma la portière. Neri démarra.

« Extraordinaire. Ils font des avions qui volent quasiment tout seuls, aujourd'hui.

— Je veux bien te croire », répondit Geraci. L'Ambassadeur Mr Corbett Shea avait offert un avion à Michael en cadeau de remerciement. « Je rêve encore que je pilote. Ce qui est drôle, c'est ce que ce ne sont jamais des cauchemars. Mais dès que je me réveille, je ne peux pas imaginer remonter dans un avion, pas même comme passager. Au fait, félicitations. À part avoir un *paesan* à la Maison-Blanche, je ne vois pas mieux.

— Ce n'est que l'équipe de transition, répondit Michael. Je n'ai été qu'un conseiller. Parmi beaucoup d'autres. »

Au fil des années, les Corleone avaient rendu de nombreux

services aux Shea, qui avaient contribué pour certains à l'élection du nouveau président. En échange, Michael avait demandé ce poste. Geraci tenait de bonne source que Michael n'avait jamais rencontré qui que ce soit de la nouvelle administration. Il était clair que sa participation ne serait que symbolique. La seule chose qui intéressait Michael, c'était la crédibilité que lui accordait cette nomination.

« Tu crois qu'on verra ça un jour ? Un Italien à la Maison-Blanche ?

— J'en suis convaincu », répondit Michael.

Geraci s'était placé sur le siège de façon à obliger Neri à stopper la voiture avant de le tuer. Il était peu probable que Michael s'en charge lui-même. S'il devait être exécuté, ce serait ailleurs, là où il l'emmenait, et sans doute par des hommes qui les attendaient sur place. « J'espère que tu as raison, Don Corleone.

— Appelle-moi Michael, d'accord ? On est des vieux amis, toi et moi, et je me suis retiré des affaires, maintenant.

— C'est ce que j'ai cru comprendre. »

Les rumeurs laissant à penser que Michael avait l'intention de passer de l'autre côté de la barrière agitaient le milieu depuis des années et s'étaient intensifiées au lendemain de l'élection de Shea. « Mais je croyais que, dans notre secteur, la retraite ça n'existait pas. Et "Vous entrez vivants, vous en ressortez morts", qu'est-ce qu'on en fait ? On en a tous fait le serment.

— J'en ai fait le serment, et je m'y tiendrai. Je ferai toujours partie de la Famille que mon père a fondée, répondit Michael. Mais j'entretiendrai avec elle la même relation que les hommes de la génération de mon père qui, après de bons et loyaux services, sont allés s'installer en Floride ou en Arizona. Des hommes à qui on ne demande rien.

— Explique-moi comment ça va se passer, dit Geraci. J'ai entendu dire pas mal de choses, mais je me suis dit que ce n'était que des racontars.

— C'est simple. Comme tu le sais, j'avais promis à Clemenza et Tessio qu'ils pourraient avoir leur propre Famille le moment venu. Tessio nous a trahis et Pete est mort, mais la promesse tient toujours.

— *Ogni promessa è un debito*, c'est ça ? Comme disait mon père.

— Exactement, répondit Michael. Aujourd'hui, je paie cette dette. Tu es à tous les égards notre meilleur homme à New York. À compter d'aujourd'hui, je n'ai plus besoin des affaires que tu diriges, ni même des revenus qu'elles rapportent. Je me retire. C'est moi qui devrais t'appeler Don. Don Geraci. Félicitations. »

C'est bon. Je suis mort. « Merci, répondit Geraci. Là, comme ça ?

— Et comment voudrais-tu ? » demanda Michael.

Geraci ne put s'empêcher de jeter un œil à Neri. Ils roulaient vers l'ouest sur la 79e Rue et s'apprêtaient à entrer dans Central Park. Neri regardait droit devant lui. « C'est un grand honneur. Je suis extrêmement touché.

— Tu l'as mérité. »

Geraci leva son bras droit en tendant sa main nue. « Si j'avais su, j'aurais acheté une bague.

— Prends la mienne, dit Michael. Elle a été bénie par le pape en personne. » Il commença à l'ôter. C'était une bague raffinée, très élégante : un gros diamant entouré de saphirs.

Il ne donnerait pas tout de même cette bague à un homme qu'il s'apprêtait à tuer ? Et qui se déferait d'une bague bénie par un putain de pape ?

« Je plaisantais, dit Geraci. Je ne peux pas accepter. Tu t'es déjà montré bien trop généreux. » Geraci tendit sa grosse main droite qui faisait une fois et demie celle de Michael et était déformée par tous les coups qu'elle avait assénés, avec ou sans gants. « Et puis ça m'étonnerait qu'elle m'aille. »

Michael se mit à rire. « Je n'avais jamais remarqué. » Il remit sa bague.

Comment pouvait-il ne jamais avoir remarqué ? « Tu sais ce qu'on dit. Grosses mains...

— Grosses bagues.

— Exactement. Franchement, Michael, j'ai du mal à y croire. C'est comme dans un rêve.

— Tu ne savais pas ?

— Bien sûr que si. Mais j'avais entendu dire que ça coinçait du côté de la Commission.

— Tu es bien renseigné. La Commission a demandé que je reste. J'y étais opposé mais je suis obligé de me plier à sa décision. Je garderai un rôle de conseiller, auprès d'eux comme auprès de toi. Il va sans dire que cet arrangement est strictement confidentiel. Avant de nommer qui que ce soit *capo* tu dois obtenir le feu vert de la Commission et je te conseille de me consulter d'abord. Tu veux garder Nobilio, j'imagine ?

— Il faut que j'y réfléchisse. » Richie les Deux Flingues avait repris l'ancien *regime* de Clemenza. Geraci n'avait que de bons échos de Richie – ainsi, il avait contribué à établir le monopole que les Familles de New York avaient sur le ciment et il avait également une forte présence à Fort Lauderdale – mais il lui semblait préférable de ne pas répondre tout de suite par l'affirmative. Si tant est que Michael jouait franc-jeu, évidemment. « Tu ne crains pas que Richie le prenne mal en apprenant que c'est moi qui ai été choisi ?

— Là où il risque de le prendre mal, c'est s'il apprend que tu le rétrogrades.

— Je ne parle pas de le rétrograder. Je me demande comment il va prendre ça.

— Ça ne devrait pas trop l'étonner, logiquement.

— Tu lui as parlé ? »

Michael fit non de la tête. « Mais c'était dans l'air. Ceci dit, s'il y a un problème, je peux toujours lui parler.

— Tout se passera bien, j'en suis sûr. » Il avait discuté des rumeurs avec Richie. Ce dernier lui avait dit qu'il serait ravi de voir Geraci devenir le nouveau Don et faisait pression sur la Commission pour qu'elle accepte. Il était sans doute sincère. « Richie a l'air d'un chic type.

— Pour ton *regime*, je ne me permettrai pas de te faire des suggestions. Mais consulte-moi d'abord.

— Je n'y manquerai pas.

— Je te conseillerai dans une certaine mesure, mais je ne te servirai pas de *consigliere*. Je souhaite changer de vie. Je ne veux pas que mon passé empiète sur cette nouvelle vie.

— Je comprends. » Quoiqu'au fond de lui il ne comprenait pas, pas tout à fait. « Là aussi, je dois te soumettre mon choix ?

— À toi de voir.

— Si tu n'y vois pas d'inconvénient, j'aimerais prendre Tom Hagen comme *consigliere*.

— Malheureusement, dit Michael, il y en a un. Mon frère Tom doit continuer à collaborer étroitement avec moi en tant qu'avocat. »

Là encore, c'était bon signe. Si Geraci avait été sur le point d'être exécuté, Michael aurait peut-être accepté.

« Je me disais que je pouvais toujours tenter le coup. Tant qu'à faire, autant avoir le meilleur.

— Tu ne m'aimes pas, Fausto, hein ? » lui dit Michael.

Geraci jugea aussitôt qu'il était plus dangereux de mentir que de dire la vérité. « C'est vrai. Mais avec tout le respect que je te dois, je n'en connais pas beaucoup, des gens qui t'aiment.

— Mais tu as peur de moi.

— La peur est l'ennemi de la logique, répondit Geraci. Mais

tu as raison. J'ai peur de toi. Plus que de la mort. Je sais ce que tu essaies de me dire, Michael. Je suis prêt. Je sais ce que ça représente pour toi, tous ces sacrifices que ta famille a dû faire pour bâtir cette organisation. Je lui donnerais tout ce que j'ai. Tout. »

Michael tendit la main et lui tapota amicalement le genou.

Ils se retrouvèrent sur Broadway dans l'uptown.

Il n'avait pas été question de l'ancien *regime* de Rocco Lampone. Rocco s'était fait assassiner deux ans auparavant à Miami et il n'avait toujours pas été remplacé. Il y avait des initiés au Nevada – Al Neri, son neveu Tommy, Figaro, quatre ou cinq autres, sans compter leurs intermédiaires. S'ils étaient censés être dans le coup, Michael le lui aurait dit. Il valait mieux ne pas exagérer, et encore moins en présence d'Al Neri. Tant pis pour le Nevada.

Geraci se frotta le menton. « J'ai peut-être encaissé trop de coups, mais j'ai un peu de mal à comprendre. Tu es sûr de ne plus avoir besoin des affaires que je dirige ? Tu vas te contenter, quoi, de contrôler deux trois casinos au Nevada et en faire ta carrière ? »

Michael hocha la tête. « C'est une question légitime, dit-il. J'ai promis à ma famille de me retirer des affaires et je tiens ma promesse. En fait, c'était déjà en place il y a deux ans. Entre les casinos du Nevada, ceux de Cuba et nos diverses sociétés immobilières, je possédais un empire financier qui aurait pu tenir au moins un siècle. Mais sur ce, les communistes se sont emparés de Cuba et nous avons tout perdu là-bas. Les ennuis de toutes sortes que nous avons eus à la même époque ont signifié d'une part que l'organisation dans son ensemble avait encore besoin des revenus que rapportaient ces sociétés légales et d'autre part que je ne pouvais pas me retirer tout de suite. Mais depuis les deux dernières années et l'élection de Jimmy Shea, tout a changé. La perte de nos revenus licites du jeu à Cuba nous a porté un coup terrible, seulement à présent, nous avons des influences au New Jersey. Nous avons fait élire leur gouverneur président, mais à mon avis, ce qui est plus important encore, c'est l'accord mutuellement avantageux que tu as établi avec la Famille Stracci. Ça fait une éternité qu'il est question de légaliser les jeux à Atlantic City et j'ai l'intention de rester à la Commission jusqu'à ce la décision soit prise – d'ici un an, probablement – pour pouvoir aussi investir là-bas. Combien de temps un pays communiste à moins de deux cents kilomètres de nos côtes peut-il durer ? S'il n'y avait pas eu les Russes, nous aurions repris Cuba dès qu'ils ont commencé à nous piller, mais la différence entre Cuba et tous les autres pays communistes, c'est qu'ils sont tellement proches du pays le plus riche du monde qu'ils peuvent en avoir un avant-goût. Je leur donne deux ans, trois à la limite, pour que nos affaires reprennent là-bas. J'ai toutes les garanties du gouvernement de Shea qu'ils feront tout pour les forcer à restituer tous les biens à leurs anciens propriétaires. Ce que j'essaie de dire, c'est que si nous n'avons pas des ressources considérables en banque, il nous est impossible de diriger des casinos sans nous faire écraser par des types comme Louie Russo. Ces ressources, nous ne les avons pas encore. Entre ce que nous avons, sur le plan des finances et des hommes, et ce qui semble à présent inévitable, il vaut mieux partir un an plus tôt qu'une minute trop tard.

— Et tous ceux qu'on arrose, qui va débourser pour eux ? » demanda Geraci. Le plus grand atout de la Famille Corleone était le réseau de gens à sa solde. « Je connais pas mal des flics et des syndicalistes qu'on a, certains des juges et des procureurs, mais je suis sûr que je n'en connais pas la moitié. Et quant aux politiques, laisse tomber. Je ne connais que les rumeurs. »

Geraci dirigeaient la plupart des affaires de la Famille à New York, mais les intermédiaires dépendaient directement de Michael et de Hagen.

« Tom te contactera, lui répondit Michael. Il y aura une période de transition. Quand j'ai pris la suite de mon père, avec Tom, ils ont mis six mois à tout m'expliquer.

— S'il faut deux mois à un dirigeant du monde libre pour assurer la transition avec son prédécesseur, je dois bien être capable de comprendre tout ça en six. »

Michael pouffa de rire.

« Tu ne vas vraiment pas te servir de nos juges, de nos flics, tout le reste ? s'étonna Geraci. Tu lâches ça ?

— Je n'ai jamais dit ça. J'ai dit que je n'aurais plus besoin des revenus que rapportent les affaires que tu diriges.

— Bien sûr, je comprends, répondit Geraci. Tu te retires.

— Ne sois pas naïf, Fausto. Il y a beaucoup de membres de l'équipe présidentielle de transition qui arrosent bien plus de gens que nous. »

En d'autres termes, il y a retraite et retraite, se dit Geraci. *Compris*.

« Et pour ce qui est du siège à la Commission ? J'en ai un ou c'est toi ?

— Pour l'instant, c'est moi. Tu en auras un plus tard.

Commence par t'organiser et la Commission, on s'en occupera après. Ça ne devrait pas poser de problèmes, à mon avis. »

Ils discutèrent d'un certain nombre d'autres questions. La voiture retraversa le parc et s'engagea dans Lexington Avenue – pour commettre un meurtre, ce n'était pas idéal comme quartier. Ils n'allaient donc pas l'exécuter. Michael n'avait toujours pas appris qui était derrière la trahison de son frère. Mais Geraci ne voulait prendre aucun risque.

« En parlant de sources sûres, dit-il. Il y a quelque chose que je veux tu saches. Ils ont essayé de tuer ton frère.

— Qui a essayé de tuer mon frère ?

— Louie Russo. Tête de Bite.

— Mes frères sont morts.

— Il y a un bout de temps de ça. Je viens juste de l'apprendre.

— Lequel ? »

Geraci était dérouté que Michael puisse appeler Tom *mon frère* et l'instant d'après déclarer *mes frères sont morts*. « Fredo. Le coup a foiré et Russo a renoncé. Tu te souviens de la fête du Travail ? »

Geraci n'eut pas besoin d'en dire plus. Michael hocha la tête.

« Après le mariage du fils de Pete, Fredo a atterri dans un motel au Canada. Avec – je ne sais pas trop comment dire –, avec un autre homme. Les tueurs devaient faire croire que Fredo s'étaient suicidé par honte ou je ne sais pas. Je te dirais bien que c'était un coup monté, du pur bidon, s'il n'y avait pas quelques détails troublants. »

L'ennui avec Michael, c'est que lorsqu'il prenait l'air impassible, ça se voyait.

« Premièrement, dit Geraci, quand les gars de Russo sont arrivés au motel, Fredo était parti mais il y avait un type sur place – un représentant de commerce – un bon boulot, une femme, des gamins – et il était nu sur le lit. Deuxièmement, quand les tueurs ont ouvert la porte, le type a dégainé un flingue et leur a tiré dessus. Le revolver était un colt Peacemaker dont le numéro de série avait été limé. Peut-être qu'il appartenait à Fredo, peut-être pas, mais le fait est qu'il a bel et bien perdu un flingue pendant ce voyage – c'est Figaro qui me l'a dit – et Fredo adorait ces colts. Toujours est-il que le représentant en tue un et blesse l'autre. Le lendemain, quelqu'un chloroforme l'infirmière, égorge le gars, lui enfonce le couteau dans l'œil jusqu'à la garde et le laisse comme ça. Le jour d'après, le représentant a rendez-vous avec son avocat et on ne le revoit plus. À part ses mains, qu'on lui a tranchées et qu'on a expédiées par la poste à sa femme.

— Tu veux dire que Don Russo a voulu brouiller les pistes.

— Absolument.

— Et pourquoi n'ont-ils plus cherché à tuer Fredo ?

— L'idée, c'était d'embarrasser la Famille. Tu venais de nommer Fredo *sotto capo*, et peu après, il s'avérait qu'il était pédé. Je ne dis pas qu'il l'était, d'accord ? Je t'informe, c'est tout. »

Michael hocha la tête.

« S'ils avaient réussi à faire croire qu'il s'était buté, ç'aurait été fini. Pas de vengeance, rien. Notre organisation était affaiblie et c'était tout bénéfice pour eux. L'histoire de Las Vegas les avait rendus fous. Ils considéraient que c'était leur territoire. Mais après... tu sais. Après le crash, mon crash, ce n'était plus nécessaire. Pour le moment, en tout cas. Je ne peux pas le prouver, mais tout laisse à penser que Russo était derrière la tragédie de ton frère. Fredo était la moitié du temps à L.A. et c'est à L.A. qu'il nous a trahis. » Geraci haussa les sourcils et haussa les épaules. « Qui dit L.A. dit Chicago, non ? »

Ce n'était pas un secret parmi les initiés de la Famille que Michael avait ordonné l'exécution de son frère.

« Comment ça se fait que tu saches tout ça ? demanda Michael. Comment l'as-tu appris ?

— J'ai un gars, dit Geraci. Un type du FBI.

— Du FBI », répéta Michael, visiblement impressionné. Le FBI – malgré les frasques de son directeur – avait la réputation d'être incorruptible.

« Le revolver avec lequel Fredo a été arrêté à L.A. le jour où il a tué le chien ? C'était aussi un colt dont le numéro de série avait été limé. Au labo, ils ont réussi à faire réapparaître le numéro à l'acide. Idem avec le flingue de Windsor. Ils faisaient tous les deux partie d'un chargement que notre gars de Reno avait reçu et revendu à des personnes fictives. Dieu merci, pas à Gerald O'Malley. Ah oui, et encore une chose. »

Geraci extirpa de la poche de son manteau ce qu'il avait en guise d'arme dissimulée – un briquet : serti de pierres, fabriqué à Milan et portant une date gravée, NOËL 1954. Il le lança à Michael.

« Tu reconnais ? »

Michael rougit. Il retourna le briquet dans sa petite main soigneusement manucurée, puis referma le poing en le recouvrant. Presque.

« D'après le représentant, il appartenait à l'autre type, expliqua Geraci. Écoute, Michael, je suis vraiment désolé. Si tu veux que j'attaque Russo, tu n'as qu'un mot à dire. Je mettrai le paquet. »

Michael se détourna et regarda par la vitre. Il se tapota un long moment le menton avec le poing qui renfermait le briquet.

Geraci bluffait. Il n'avait personne au FBI. Il avait appris que ces deux colts provenaient du même revendeur et espérait que c'était vrai. Il avait obtenu ce briquet de Russo qui l'avait lui-même obtenu du tueur qui s'était chargé du représentant.

Mais quand il parlait d'attaquer Russo, Geraci était sérieux. Depuis cinq ans, la paix régnait dans son *regime*. Il avait amassé un sacré trésor de guerre. Au cours des dernières années, Cesare Indelicato, le *capo di tutti capi* avait non seulement fourni Geraci en héroïne et autres stupéfiants mais aussi en hommes. Geraci avait désormais à sa disposition toute une équipe de petits nouveaux du côté de Bushwick, sur Knickerbocker Avenue, et il avait trouvé des boulots dans des pizzerias à un certain nombre d'immigrants clandestins d'un bout à l'autre du Midwest, qui pétrissaient tranquillement leur pâte en gagnant de quoi vivre jusqu'au jour, peut-être, où ils devraient rendre service à Nick Geraci. C'était le type même de braves citoyens respectueux des lois qui vivaient depuis des années à Kenosha, Cleveland Heights ou Youngstown et pouvaient partir en vacances et descendre un type sans que personne ne puisse jamais établir un quelconque lien entre eux et un gangster abattu à plus de mille kilomètres de là. Si Richie les Deux Flingues était aussi bon qu'il le paraissait, Geraci avait la certitude que les Corleone pouvaient paralyser l'organisation de Chicago et remettre ces bandes de brutes sous la dépendance des Familles de New York. Et naturellement, Geraci pourrait en profiter pour gommer toute trace du rôle qu'il avait joué dans la manipulation qui avait poussé Fredo à trahir son frère. Mieux valait le faire sur l'ordre de Michael (sachant que ce dernier devrait en répondre à la Commission par la suite) que d'avoir à s'en préoccuper plus tard.

« Merci, répondit enfin Michael. Mais je te l'ai dit, je me suis retiré des affaires. »

La limousine se gara. Ils étaient de retour sur la 1re Avenue, devant le bar du Cafard. Geraci se demanda si Michael avait réellement pesé la question tout ce temps ou s'il avait simplement attendu la fin de la balade pour lui donner sa réponse.

Nick Geraci tendit devant lui sa main gauche tournée vers le bas, puis il mit la droite sous celle-ci, le doigt pointé vers la paume. « *Qui sotto non ci piove.* » Là-dessous, tu ne crains pas la pluie. « *Un giorno avrai bisogno di me.* » Un jour tu auras besoin de moi.

Un vieux dicton. Tessio le disait quand il accordait sa protection et Michael avait dû entendre son père le dire, lui aussi.

« Je suis très touché, Fausto, dit Michael.

— Ce n'est rien. »

Michael sourit. Nick Geraci eut froid dans le dos.

« Tu croyais que j'allais te tuer, lui dit Michael, n'est-ce pas ?

— Je passe mon temps à croire qu'on veut me tuer, dit Geraci. La force de l'habitude.

— C'est sans doute ce qui t'a sauvé la vie. »

Qu'est-ce qu'il entendait par là ? Que c'était sans doute pour ça que personne ne l'avait jamais tué ou que Michael ne le tuait pas ce jour-là ? Geraci n'était pas prêt de lui demander des éclaircissements.

« De toute façon, Michael, quelle raison aurais-je de croire que tu veux me tuer ? demanda Geraci. Tu l'as dit toi-même, tu as pris ta retraite. Bonne chance pour ta nouvelle vie. »

Michael tenait encore le briquet dans sa main.

Ils se donnèrent l'accolade et Geraci regarda la limousine s'éloigner. Quand il entra dans le bar, ses hommes s'étaient mystérieusement passé le mot et une trentaine ou une quarantaine d'entre eux s'étaient rassemblés. Geraci monta à l'étage en tremblant et se laissa tomber dans un grand fauteuil de cuir qui se trouvait dans le coin. Ses hommes le suivirent. Il glissa son alliance sur le petit doigt de sa main droite et ses hommes firent la queue pour venir baiser la bague.

Chapitre 23

« Mr Fontane ! Vous a-t-on promis un poste dans le gouvernement de Shea ? »

Constitution Hall grouillait de journalistes. Johnny Fontane était installé derrière une table sur une estrade comble, flanqué d'une douzaine de stars de la scène et de l'écran. Il y en aurait encore davantage le lendemain. Le moment était historique. Parmi tous ceux à qui il avait demandé de participer au bal d'investiture de Jimmy Shea, aucun n'avait refusé. Si les Russes larguaient une bombe sur Washington, il ne resterait plus grand-chose du show-business, à part les spectacles scolaires, le rock et les films porno. « Un poste ? répéta Johnny en prenant une mine horrifiée. Si je suis devenu chanteur de bar, c'est précisément pour ne jamais avoir à travailler. »

Il obtint sa part de rires. Il voulait leur laisser à penser que la réponse était peut-être affirmative. L'Ambassadeur avait évoqué la possibilité de lancer la candidature de Fontane à un poste. Jimmy en personne – chez Fontane, à Las Vegas, entre deux parties de jambes en l'air avec Rita Duvall qui était également sur le podium – avait suggéré de nommer Fontane ambassadeur en Italie. Ou que dirait-il d'un petit paradis sous les tropiques avec un ciel bleu et des filles à gogo ? Ils étaient passablement ivres, à ce moment-là.

« Que faut-il penser de la présidence Shea, cria une voix, quand on voit qu'il a choisi pour organiser le bal d'investiture quelqu'un comme vous, qui entretenez des liens notoires avec la Mafia ? »

Johnny n'en croyait pas ses oreilles. Quand est-ce qu'on allait arrêter de l'emmerder avec ça ?

L'enfoiré qui avait posé cette question travaillait pour un journal new-yorkais. Johnny lui avait déjà cassé la gueule une fois. L'affaire s'était soldée par un règlement à l'amiable de dix mille dollars dont il ne regrettait pas le moindre cent.

Bobby Chadwick – le beau-frère du président élu – se pencha sur son micro. « Quelqu'un comme Fontane ? Vous m'excuserez si vous êtes un correspondant de la planète Uranus qui ne connaît pas vraiment nos mœurs, mais ici, sur terre, on peut dire sans crainte de se tromper qu'il n'y a personne comme Johnny Fontane. »

Il obtint également quelques rires, mais ces derniers s'évanouirent et les autres journalistes gardèrent les yeux rivés sur Fontane, attendant qu'il réponde. S'il avait été dans un restaurant ou une boîte de nuit, Johnny n'aurait eu qu'à hausser vaguement le sourcil pour que cet enfoiré soit viré à coups de pied dans le cul.

« Notoire est un mot cher aux journalistes fainéants qui veulent inventer des histoires de toutes pièces, répondit Johnny. Tenons-nous-en aux faits. Il y a plus de cinq millions d'Américains de souche italienne. Selon un rapport publié il y a deux ans par le Sénat américain, il y a tout au plus quatre mille personnes associées avec ce qu'on appelle la Mafia. Je fais le calcul à votre place, mon petit gars. Ça nous fait une probabilité de un sur mille trois cents. On a plus de chances de se faire dévorer par un ours. Mais à chaque fois que quelqu'un dont le nom fait vaguement italien connaît une petite réussite, on peut être sûr que des sectaires dans votre genre vont lui demander s'il est de la Mafia.

— Êtes-vous de la Mafia ? »

Évidemment, il avait donné en plein dans le panneau. « Je ne vais pas m'abaisser à répondre à une question aussi stupide.

— Je me trompe peut-être, intervint Sir Oliver Smith-Christmas, l'acteur britannique distingué qui était assis au bord du podium, mais ne confondez-vous pas les messieurs qui sont fréquemment propriétaires des night-clubs aux États-Unis et ceux, comme mon ami Mr Fontane, qui se contentent de s'y produire ? Où voulez-vous qu'un chanteur de night-club se produise si ce n'est dans un night-club ?

— Ce que dit Ollie est tout à fait juste, acquiesça Johnny Fontane. Quand l'époque des grands orchestres a été révolue...

— Est-il vrai que le défunt Vito Corleone était votre parrain ? »

Pas le genre de parrain auquel tu penses, espèce de connard.

« Il m'a tenu sur les fonts baptismaux, en effet. C'était un ami de mes parents.

— Le président Shea a-t-il des liens avec le crime organisé ? demanda un autre journaliste. Michael Corleone, qui était de ceux qui ont été appelés à témoigner devant le Sénat il y a deux ans, a été membre de l'équipe de transition de...

— Pourquoi ne pas demander ça à Michael Corleone, hein ? l'interrompit Johnny. Ou mieux encore, pourquoi ne pas le demander à tous les enfants malades auxquels l'hôpital et les œuvres de bienfaisance de Mr Corleone ont porté secours ? Écoutez, c'est un moment exaltant pour notre pays. Je crois que je peux m'exprimer au nom de tous ceux qui m'entourent ici pour vous dire que nous sommes à cent pour cent derrière le président Shea. Mais si vous le voulez bien, nous allons nous limiter à des questions qui portent un peu plus sur le bal d'investiture lui-même, d'accord ?

— Vous avez grandi à New York, brailla l'enfoiré, mais vous êtes ami avec Louie Russo de Chicago et Ignazio Pignatelli de Los Angeles. » Ce con prononçait *Pig-natelli* au lieu de *pi-niatelli*, avec l'accent sur *Pig*. Et pourquoi pas ce cochon d'Italien, tant qu'il y était ? « La sœur de Pignatelli fait partie des associés de la nouvelle maison de disques que vous avez lancée. J'aimerais donc savoir s'il est possible de transférer votre appartenance...

— Ne me forcez pas à descendre d'ici pour vous apprendre la politesse, dit Johnny.

— Vous allez me faire buter ? C'est bien comme ça qu'on dit dans la Mafia, non, buter ?

— Putain, qu'est-ce que j'en sais, moi ? » dit Johnny. De toute évidence, tout le monde le savait, mais là n'était pas la question.

Un murmure parcourut la salle.

« Comment voulez-vous que je sache ? » se reprit Johnny.

Après s'être séparée de son mari et avoir quitté le Nevada, Kay Corleone trouva un poste d'enseignante dans un pensionnat chic du Maine. Elle habitait avec ses enfants une petite maison située dans l'enceinte même du pensionnat. Michael ne voyait pas la chose d'un très bon œil, mais elle avait besoin d'un travail, non pas pour des raisons financières, mais pour se forger une identité à part, loin de tout ce qu'elle avait pu être avec lui. Elle n'avait postulé que dans des établissements situés à des milliers de kilomètres du lac Tahoe. Elle ne s'attendait pas à ce que

Michael lui dispute à ce point la garde des enfants et elle avait été encore plus étonnée quand, du jour au lendemain, il lui avait annoncé qu'il s'était renseigné sur l'école où elle enseignait et que, selon lui, c'était là qu'ils recevraient la meilleure éducation. Kay n'avait pas la moindre idée de ce qui avait pu le faire changer d'avis. Michael prétendait qu'il s'était seulement aperçu qu'il se servait des enfants comme de simples pions dans leur divorce et faisait passer ses propres sentiments avant leur intérêt. Elle ne demandait qu'à le croire. Elle refréna l'envie de lui répondre que s'il avait écouté son cœur et non la froideur de sa raison, il n'en serait peut-être pas là.

Michael ne voyait pas souvent Tony et Mary. Et quand il les voyait, il venait généralement les chercher pour les emmener à New York passer un week-end d'activités frénétiques : patinage, promenades en calèche, musées, films, zoo – tout ce qu'il pouvait accumuler en l'espace de deux jours. Quand ils rentraient, ils étaient épuisés. Pendant des semaines et des semaines, Mary, qui avait sept ans et adulait son père, n'en finissait pas de raconter tout ce qu'ils avaient fait quand ils étaient ensemble. Tony, qui en avait neuf, ne parlait presque jamais de lui.

Quand Michael annonça à Kay qu'il avait un programme très chargé et lui demanda d'amener elle-même les enfants à New York, elle lui répondit que c'était impossible. Lorsqu'il lui parla du bal d'investiture en lui disant qu'elle pouvait également venir, elle déclina l'offre. Elle conservait beaucoup de mauvais souvenirs de Washington. Mais elle espérait qu'il réussirait à s'arranger pour venir chercher Tony et Mary. Et quant à laisser un sous-fifre quelconque venir prendre les enfants dans le Maine pour les conduire en voiture à New York, c'était hors de question.

Elle changea brusquement d'avis en entendant ce qui était arrivé à Jules Segal. Il avait été son médecin au Nevada. Elle l'avait recommandé à une amie qui s'était installée là-bas et venait d'apprendre qu'il avait été abattu plus d'un an auparavant.

Et c'est ainsi que le jour du bal, Kay attendait dans une suite d'Essex House qui donnait sur Central Park. Les enfants regardaient la télévision. Ils n'avaient plus de poste chez eux et de les voir fascinés devant l'écran la confortait dans sa décision. Elle regarda sa montre. Il était en retard. Comme toujours.

Enfin, elle entendit des voix dans le couloir. Michael et – naturellement ! – Al Neri ouvrirent la porte.

« Comment se fait-il qu'il ne soit pas habillé ? » demanda Michael en montrant Tony. Michael était déjà en smoking.

« Je ne vais pas à ton imbécillité de bal », dit Tony.

Kay était tellement bouleversée qu'elle n'avait pas remarqué que Tony avait enlevé son costume pour remettre la chemise bleue et le pantalon beige qu'il portait tous les jours à l'école.

Mary bondit du lit pour sauter au cou de son père. « Moi j'y vais ! lança-t-elle. Hein que j'ai l'air d'une belle princesse ? Parce que c'est les belles princesses qui vont au bal.

— Mais oui, ma chérie. Tu as vraiment l'air d'une belle princesse. Allez, Tony. Tu viens. Tu verras, ça va te plaire. »

Kay dit à Tony de renfiler son costume. Il l'attrapa en maugréant, alla dans la salle de bains en traînant les pieds. Neri s'installa sur le canapé, visiblement alléché par les dessins animés. Mary virevolta en faisant admirer sa robe. Kay lui dit de continuer à regarder l'émission, il fallait qu'elle parle en tête à tête avec papa. Puis elle entraîna Michael dans la chambre d'à côté et referma la porte.

« Je l'ai fait, Kay. Je me suis retiré – comment dire, des aspects les plus dangereux des affaires que j'avais héritées de mon père. Je t'avais promis de faire en sorte que toutes mes affaires soient parfaitement légales et je l'ai fait. »

Elle fronça les sourcils. « Cette promesse, tu me l'as faite il y a dix ans. » Ce devait être un grossier stratagème pour l'inciter à revenir. Mais pour le bien des enfants, elle espérait qu'il disait la vérité. Tôt ou tard, il finirait par se faire tuer ou jeter en prison et elle préférait ne pas penser à l'effet que cela aurait sur Tony et Mary. « Mais je suis contente pour toi, Michael. Sincèrement.

— Tu es splendide, Kay. Le Maine, l'enseignement, ça te réussit vraiment.

— Michael, j'ai une question à te poser. Je veux que tu me dises la vérité. »

En une fraction de seconde, le visage de Michael se mua en un masque impassible.

« Est-ce que tu as fait assassiner Jules Segal ?

— Non. »

Aucune hésitation. *Non*, c'est tout. N'était-ce pas exactement la réaction d'un menteur quand la réponse était en réalité *oui* ?

« Je ne te crois pas, dit Kay.

— Je t'ai déjà demandé il y a longtemps de ne pas me poser de questions sur mes affaires, Kay.

— Ce ne sont pas tes affaires, ce sont les nôtres. Tu as fait assassiner le Dr Segal à cause de moi, non ? À cause de...

— Ne prononce pas ce mot. » Au moins, cette fois, son visage avait retrouvé une expression. « Je ne veux pas l'entendre.

— L'avortement. Tu vas me redonner une gifle ? » Comme

il l'avait fait quand elle le lui avait appris, la gifle qui avait mis fin à leur mariage, dans un autre hôtel, mais à Washington, où il s'apprêtait à aller.

« Non, Kay.

— Parce que si ce cambriolage est ton œuvre...

— Je ne tiens pas à parler de ça.

— ... sache que ce n'était pas lui.

— Kay, arrête. Nous savons toi et moi que lorsque tu... lorsque ça s'est passé, c'est lui que tu es allée voir. Cet hôpital est à nous.

— En ce cas, tu n'aurais pas dû avoir de mal à obtenir mon dossier et voir que j'avais fait une fausse couche.

— C'est ça, tu as pris l'avion jusqu'à Las Vegas pour faire une fausse couche, et par pure coïncidence, il s'est trouvé que le médecin de service était précisément celui qui pratiquait les avortements à chaque fois que Fredo... »

Soudain, ce fut comme si deux mains robustes lui tordaient le ventre. « Mon Dieu, Michael. Je le savais. Je le savais. Tu as... J'étais tellement en colère. J'avais tellement peur. C'était horrible de vivre dans la crainte de ce qui pouvait t'arriver, mais j'avais compris que ce dont j'avais le plus peur, c'était de toi...

— Moi ? La protection de cette famille, de notre famille est toujours passée avant tout.

— Michael, tu avais épousé une autre famille bien avant que nous fondions la nôtre. Même ta première femme était en fait la seconde. Je n'étais que la troisième.

— Rien ne te serait jamais arrivé. Ni aux enfants. Rien ne vous arrivera jamais.

— Enfin, Michael. Notre maison au Nevada a été attaquée, comme une cible en pleine zone de combat. Et Apollonia, à elle aussi tu lui avais promis que rien ne pourrait jamais lui arriver ? Nous devons sans doute nous estimer heureux de ne pas avoir été pulvérisés.

— Kay...

— Et qu'est-ce que ça veut dire, Rien ne vous arrivera jamais ? De quelle protection, de quels gorilles disposes-tu en ta qualité d'homme d'affaires parfaitement respectable ? Parfaitement respectable. Ça reste à voir. Penses-tu vraiment que je vais croire que tu as changé en quoi que ce soit, que tu changeras jamais en quoi que ce soit ? Ce n'est pas parce que tu dis agir en toute légalité que ça changera quoi que ce soit à ce que tu as fait. »

Il mit la main à la poche de sa veste sans la quitter des yeux.

L'espace d'un instant, elle fut terrifiée à l'idée qu'il allait prendre un revolver ou un couteau. Il sortit une cigarette et l'alluma.

« Tu as fini ? lui demanda-t-il.

— Tu ne comprends pas. Je ne suis pas comme toi, Michael. Je n'aurais jamais pu tuer notre... notre fils. Je suis allée à Las Vegas pour organiser un dîner de gala afin de collecter des fonds pour le nouveau musée d'art et, juste après mon arrivée, j'ai fait une fausse couche. Après ça, tu m'as laissée sans nouvelles pendant deux semaines. *Deux semaines.* Aucune femme ne devrait avoir à affronter ça toute seule. J'ai décidé de te quitter. J'avais d'autres raisons, des raisons plus importantes, toutes celles dont nous avons parlé, mais là, ç'a été la goutte d'eau qui a fait déborder le vase. Je savais que tu ne m'accorderais jamais le divorce. Alors je t'ai dit que je m'étais fait avorter. Je voulais te blesser et pour ça, j'ai menti. Je voulais voir la tête que tu ferais, et je l'ai vue. Je voulais voir ce que tu ferais, et tu m'as frappée. »

Michael baissa les yeux et hocha imperceptiblement la tête.

« Jules Segal était mon médecin traitant, Michael. Crois-tu vraiment que quiconque, et encore moins lui, qui savait comme n'importe qui à Las Vegas qui tu étais, aurait été avorter la femme d'un... d'un homme dans ta position ? Segal t'aurait demandé la permission pour... je ne sais pas... pour allumer une cigarette. Je n'aurais jamais, jamais imaginé dans mes pires cauchemars que tu enverrais tes hommes de main...

— Il faut qu'on y aille, dit Michael. J'y vais. » Il tourna les talons et alla à côté. « Allez, Mary, Tony. Qui a envie d'une petite balade en avion ?

— Moi, moi ! » cria Mary. Tony ne répondit rien, mais, en l'espace de quelques instants, ses enfants avaient tous les deux embrassé leur mère et lui avaient souhaité une bonne nuit. Personne ne pensa à éteindre la télévision.

Kay Corleone – complice de meurtre par instigation – s'effondra sur le lit.

Elle ne pouvait s'en prendre qu'à elle-même. Michael était un tueur. Elle était tombée amoureuse de lui non pas en dépit mais – lorsqu'il lui avait raconté ce qu'il avait fait pendant la guerre – en raison même de cela. Au plus profond d'elle-même, elle savait qu'il avait tué ces deux hommes au restaurant. Elle était également au courant de beaucoup d'autres meurtres tout en feignant l'ignorance. Elle l'avait épousé et s'était même convertie – abandonnant une religion qui autorisait le divorce pour en adopter une autre qui l'interdisait – afin de pouvoir se confesser et tenter de se pardonner à elle-même d'aimer un tueur. Quand elle avait enfin réussi à persuader Tom de lui avouer de guerre lasse que la maison du lac Tahoe avait en réalité été incendiée et démolie au bulldozer parce que le FBI avait infesté les poutres et les fondations de micros, elle s'était dit *Cette fois c'en est trop*. Mais non. Elle était restée. Elle avait reconstruit. Quand des hommes armés de mitraillettes avaient ouvert le feu et manqué de tuer ses enfants, elle avait quitté la maison, mais elle était tout de même restée avec lui. Ce n'est que lorsqu'il l'avait abandonnée alors qu'elle venait de perdre le bébé puis qu'il l'avait frappée puis qu'il avait tué son frère qu'elle avait fait ce que toute autre femme réellement innocente aurait fait depuis des années.

Ce fut l'heure des informations. Naturellement, la prestation de serment du nouveau président au sourire chevalin fit la une. Kay leva les yeux. Dans un plan de la foule, elle aperçut Tom et Theresa Hagen. Elle renversa la tête et fondit en larmes, en proie à une solitude absolue, puis s'endormit à force de pleurer.

Chapitre 24

Vêtue d'une robe de bal rose qui contenait à peine son opulente poitrine, un pyjama de Superman à la main, Francesca Van Arsdale, enceinte de six mois de son deuxième enfant, pourchassait le premier (le jeune William Brewster Van Arsdale IV âgé de deux ans, qu'ils surnommaient Sonny) au milieu d'un dédale de cartons dans leur appartement de Capitol Hill. Sonny était tout nu, à l'exception d'un casque de footballeur doré de l'équipe de Notre-Dame que Frankie, le frère de Francesca, lui avait offert pour Noël. Elle entendit la Dual-Ghia de Billy et regarda par la fenêtre de la cuisine. En voyant la femme qui descendait de la voiture exorbitante de Billy, Francesca s'arrêta net.

Elle laissa tomber le pyjama. Ce n'était pas la baby-sitter. C'était elle. Cette Femme.

Francesca s'arc-bouta contre l'évier de la cuisine. Mais non. Ce n'était pas elle. Vue de plus près, la baby-sitter avait une quinzaine d'années et ne ressemblait pas davantage à la femme avec laquelle Billy l'avait trompée – une autre supportrice du comité de soutien de Shea en Floride – que n'importe quelle belle blonde élancée qui était tout ce que Francesca n'était pas.

« Tu es prête, Francie ? » lui lança Billy en ouvrant la porte.

Sonny se précipita extasié vers son père et lui donna par mégarde un violent coup de tête en plein dans l'entrejambe. Billy s'écroula en gémissant dans un fauteuil et Francesca ramassa au passage le pyjama et Sonny, puis donna à la fille – la petite sœur de quelqu'un que Billy avait connu en droit, à Harvard – une série de consignes effroyablement détaillées.

« Tu es ravissante, lui dit Billy en lui tenant la portière. Superbe. »

Francesca était tout à fait consciente d'avoir une allure de grosse vache rose. Elle se démena pour monter dans la voiture surbaissée en conservant un semblant de dignité. Billy ne parut pas même s'en apercevoir. Une fois qu'elle fut installée, il se pencha pour l'embrasser, chastement, tout d'abord, puis avec davantage de passion. À la fin du baiser, il la remercia. La remercia !

Cela faisait des semaines que ce manège durait. Sa propre mère lui avait dit d'oublier cette liaison. Les hommes finissent toujours par avoir des *goumadas*. Tu sais pourquoi les enquêtes disent qu'il y a cinquante pour cent des hommes qui trompent leur femme ? lui avait-elle demandé. Parce que les cinquante autres pour cent sont des menteurs. Mais de temps à autre, avait-elle ajouté, on peut feindre d'être étonnée d'apprendre qu'il y a une autre femme – ce qui, à petites doses, peut provoquer chez votre mari suffisamment de culpabilité pour qu'il vous traite comme s'il vous faisait la cour. À l'inverse, sa sœur lui avait conseillé de le tuer. Mais Kathy n'avait jamais aimé Billy. Et puis, elle n'était pas mère (malgré un chapelet de petits amis à Londres où elle préparait un doctorat de littérature européenne). Les femmes qui n'avaient pas d'enfant ne pouvaient pas imaginer à quel point le fait d'être mère changeait la donne. Qu'est-ce que Francesca était censée faire ? Demander le divorce ? Élever deux enfants toute seule ? Jusque-là, sa mère lui avait semblé être dans le vrai. Mais Francesca ne se fiait aucunement à la dévotion que lui manifestait depuis peu Billy. En dépit de sa tendresse contrite, il lui avait fait l'amour peut-être deux fois depuis que son ventre avait commencé à se voir. Pendant sa première grossesse, Billy trouvait ça si excitant qu'il voulait lui faire l'amour en permanence.

« Tu devrais voir mon bureau, poupée », lui dit Billy. Au lendemain du discours d'investiture, Daniel Brendan Shea – le frère du président et nouveau secrétaire d'État à la Justice – avait constitué son équipe et organisé une réunion. Ce qui ne laissait guère présager que Billy aurait un emploi du temps moins chargé que pendant la campagne (quoique cette fois, il se consacrerait peut-être plus exclusivement à son travail). « Il n'est pas très grand, mais il est au même étage que celui de Danny.

— Tu l'appelles Danny ? » *Et moi, depuis quand tu m'appelles poupée ?*

« C'est lui qui m'a dit de l'appeler comme ça. » Billy alla jusqu'à se frapper la poitrine avec fierté. Elle ne trouvait pas ce geste particulièrement séduisant. Autrefois, peut-être.

« Tu appelles le secrétaire d'État à la Justice par son prénom », s'étonna-t-elle. Et cette Femme, peut-être l'appelait-il *poupée*, elle aussi. « Je suis fière de toi. »

Ce qui était vrai, malgré tout.

« Le troisième plus jeune secrétaire d'État à la Justice de l'histoire des États-Unis, dit Billy. Et je ne serais pas étonné que plus tard on le considère comme le meilleur. Il a un incroyable mélange d'intelligence et – ça n'a peut-être pas l'air d'un compliment, mais c'en est un – d'impitoyable dureté.

— Il m'a l'air parfait pour le boulot », répondit-elle.

Avant de se rendre au bal, ils firent un saut dans diverses réceptions organisées dans des ambassades et des hôtels. Billy savait comme par enchantement où aller, où se trouvait le service des voituriers, comment s'appelaient les maîtres des lieux, comment les trouver. Dès que Francesca entrait quelque part, elle était forcée d'aller faire pipi – elle passait son temps à faire pipi ; à croire qu'elle avait un camion garé sur sa vessie. Elle ne pouvait s'empêcher d'être éblouie par ces demeures ornementées – l'ambassade de France, surtout, qui lui inspira une joie malveillante à l'idée de la jalousie qu'éprouverait Kathy en apprenant qu'elle y avait été invitée. Elle n'arrêtait pas de croiser des visages célèbres ou de rencontrer des gens haut placés. Mais, au fond d'elle-même, elle était déprimée. Elle ne cessait de se faire tripoter par des inconnus qui jugeaient normal de lui toucher le ventre et Billy ne leur disait jamais d'ôter leurs sales pattes. Son dos la mettait au supplice. Et elle ne se sentait pas à la hauteur, pas à sa place, comme souvent depuis qu'elle était mariée. Même en oubliant sa grossesse – et comment l'oublier, cet enfant allait être un géant –, elle ne ressemblait à aucune des autres invités. Les femmes étaient soit élancées, très grande bourgeoisie protestante, glamour, coiffées de hauts chignons laqués qui tenaient parfaitement en place (à l'image de Cette Femme, en d'autres termes), soit des épouses de Washington : d'élégantes matrones couvertes de grosses perles qui savaient se montrer pétulantes tout en restant discrètes.

Toutefois, dans toutes ces réceptions, Billy ne la quittait pas d'une semelle, si ce n'est lorsqu'elle allait aux toilettes. Francesca était quelque peu peinée de le voir refréner son envie de l'abandonner sur place pour aller faire sa tournée, mais pas au point d'être tentée une seule fois de lui dire d'aller faire ce qu'il avait à faire.

Ils arrivèrent enfin au Constitution Hall et ils étaient en train de monter les marches lorsqu'elle entendit une voix haut perchée qui ne lui disait rien l'appeler par son nom. Elle se retourna mais ne vit pas d'où elle provenait.

« Bee-Boy ! Bee-Boy ! »

Elle se sentit transportée de joie. C'était Mary Corleone et oncle Mike. Elle ne les avait pas revus depuis le jour de son mariage, plus de trois ans auparavant. Son oncle avait l'air d'avoir vieilli de dix ans.

Elle se pencha pour soulever Mary, puis se ravisa. « J'ai bien failli ne pas te reconnaître, dit Francesca. Tu es gigantesque.

— Toi aussi, tu es gigantesque », dit Mary en frottant le ventre de Francesca. Mary était sa cousine. Elle pouvait la tripatouiller autant qu'elle le voulait. « On a toutes les deux une robe de la même couleur. C'est un bébé qu'il y a là-dedans, hein ? Je suis intelligente. J'ai sept ans. »

Oncle Mike lui demanda s'il pouvait le toucher.

« Bien sûr, répondit-elle. C'est vrai que tu es intelligente, dit-elle à Mary. C'est un bébé. Et un gros, à mon avis. »

À l'instant où le bébé donna un coup de pied, Michael, ravi, recula, et Francesca remarqua son cousin Tony qui se tenait derrière son père. Elle se pencha pour l'embrasser lui aussi. Il lui sourit mais resta sans rien dire. Il y avait également un homme en long manteau qui restait en arrière, un garde du corps, sans doute.

« Mon frère ne parle pas beaucoup, dit Mary. Mais c'est pas un débile. Quand il chante, il dit plein de choses. Il y a des gens qui vont chanter au bal, tu savais ça, toi ?

— C'est toi qui es débile, dit Tony avec une élocution parfaite.

— J'espérais vous voir ici, dit Francesca. Quand êtes-vous arrivés ? »

Michael regarda sa montre. « Il y a un quart d'heure.

— Tu es là pour quelque temps ? demanda Francesca. Nous ne nous sommes pas encore vraiment installés, mais ça me ferait plaisir que tu viennes voir l'appartement. »

Billy et Michael échangèrent un regard, puis Billy se détourna. Ils ne s'étaient rencontrés qu'une fois, à leur mariage, et là encore, Billy avait eu une conduite étrange. Ce devait être parce qu'il craignait que le passé familial de sa femme ne puisse compromettre son avenir politique, elle le savait bien. Tous les couples ont des sujets de conversation tabous, se dit-elle, et dans leur cas, c'était le seul. Ils avaient de la chance.

« Juste ce soir, dit Michael. La prochaine fois que je viendrai, peut-être. Le gouvernement de transition a achevé sa mission, évidemment, mais je serai probablement amené à revenir souvent ici pour mes affaires. »

Billy tendit la main au garde du corps. « Billy Van Arsdale.

— Nous nous sommes déjà rencontrés », répondit Al Neri. Mais il n'en dit pas plus.

« Allez, oncle Mike, dit Francesca. Tu es sûr de ne pas avoir le temps d'un petit déjeuner fait maison ?

— Allez, tu es sûr ? dit Mary. Maman dit que le petit déjeuner est le repas le plus-très-très-important de la journée.

— Tu ne manges que du fromage au petit déjeuner, dit Tony.

— Ça, c'est dans une chanson, répliqua Mary d'un ton dédaigneux. Allez, papa, s'il te plaît ? Dis, on peut y aller ? »

Marguerite Duvall monta sur scène avec dix demoiselles en dessous rouge et dix messieurs sveltes en fausses jambières de cow-boy moulantes pour une reprise de la célèbre scène de la pièce de Broadway *Cattle Call*, avec l'incendie de la maison close et son célèbre final passablement osé quoique élégant. Rita jouait la tenancière française, la meilleure amie du shérif. C'était un petit rôle mais (ajouté à la rumeur qu'elle couchait avec celui qui était désormais président) il lui avait valu une nomination pour le Tony award.

Johnny Fontane se tenait en coulisses, vêtu d'une cape blanche doublée de satin violet et d'une queue-de-pie rayée qui avait été confectionnée spécialement pour l'occasion par le plus grand tailleur de Milan. Il buvait ce qui, malgré les apparences, n'était pas du bourbon mais du thé au miel avec des glaçons.

« La ravissante et talentueuse Miss J'me-les-suis-tous-faits Duvall », dit Buzz Fratello en secouant la tête d'un air admiratif. Avec Dotty, ils passaient juste après. « Il paraît qu'elle baise même avec Tête de Bite. »

C'est Johnny qui avait présentée Rita à Jimmy et Louie Russo. Mais c'est lui et lui seul qui avait décidé de l'engager pour le bal d'investiture sans que ni l'un ni l'autre ne lui en aient touché mot. Il était chargé d'établir la liste des artistes. L'Ambassadeur avait fait des suggestions, mais Johnny n'en avait tenu aucun compte. Rita n'était peut-être pas la plus grande vedette présente ce soir-là, mais bon sang, elle avait tout de même été nommée pour un Tony award. Fontane voyait en elle une sorte de fétiche porte-bonheur. Il l'avait rencontrée quand Hall Mitchell l'avait embarquée – à l'époque où elle n'était encore qu'une danseuse française qui essayait de s'en sortir – pour une partie fine la veille de la première séance d'enregistrement de *Fontane Blue*.

Depuis ce jour-là, ç'avait été fête quasiment tous les jours. Même à l'époque où son histoire avec Annie McGowan s'était terminée en eau de boudin, il avait suffi d'une semaine avec Rita à Acapulco et d'un Golden Globe pour son film avec l'inspecteur alcoolo pour que ça reparte comme sur des roulettes.

La fausse maison close était à présent en flammes. Le public avait l'air de dévorer le spectacle des yeux.

« Regarde-le, dit Fratello en montrant le président, au premier rang, en plein milieu, qui tenait sa femme par la main en contemplant avec un sourire rayonnant les ersatz de prostituées qui lançaient haut leur jambe ferme. Je vais mieux dormir cette nuit maintenant que je sais que le dirigeant du monde libre est un homme qui apprécie les belles pépées, dit-il.

— Ça détend la main qui est sur le bouton », acquiesça Johnny.

Buzz éructa ses inimitables bruits lubriques. « On parle de quel bouton, là ? » demanda-t-il, ce qui fit hurler de rire Johnny.

« Dis-moi, je peux te demander un truc, dit Johnny. Tu es un *paesano*. Tu chantes dans les mêmes boîtes que moi. Tu connais les mêmes types que moi. Pourquoi on te pose jamais des questions de merde sur la Mafia, à toi ?

— Tu connais la définition de *sale macaroni* ? Un monsieur italien qui vient de sortir de la pièce.

— Je suis sérieux.

— Moi, je suis drôle, répondit Buzz. Tu en connais toi, des gangsters qui sont drôles ?

— J'en ai une bonne à t'apprendre, mon pote. Tu n'es pas si drôle que ça.

— Moi aussi, je t'aime, espèce de sale rital. »

Il y avait peu de gens qui pouvaient lui parler comme ça, mais venant de Buzz, ce n'était pas pareil.

« Enfin, Johnny, tu possèdes des parts d'un casino. Il n'y a que les affranchis pour être propriétaires de casino.

— Mais non, beaucoup de gens, et tu le sais bien.

— Moi, je le sais, mais les gens voient ça autrement, répondit Buzz. Écoute, c'est ce que j'entends autour de moi. Tu as eu raison de répondre ça à ce journaliste, hier.

— Je n'entends jamais ça à propos de toi.

— Tu as sans doute vendu plus de disques depuis qu'on discute tous les deux que j'en vendrai toute l'année. Tu n'as qu'à lever le petit doigt pour que n'importe quelle nana te suive jusqu'à chez toi. Et en plus, tu es une vedette de cinéma. Et comme si ça ne suffisait pas, tu as fait élire président le type avec lequel tu cours le jupon, et il t'est redevable. Quand tu es au pinacle, mon bon vieux macaroni, il y a toujours des plus petits que toi qui le soir, chez eux, rêvent de t'en faire dégringoler. Laisse tomber. Tu les enterreras tous. »

Jimmy Shea était un grand visionnaire qui avait galvanisé le pays et obtenu la majorité des votes. Personne ne se faisait élire. Certes, Johnny s'était efforcé de l'aider du mieux qu'il pouvait, mais il était loin d'être le seul dans ce cas. Ceci étant, il était fier que Jimmy ait gagné et il nourrissait les plus grands espoirs à la perspective d'être un des meilleurs amis du président. Il avait déjà fait refaire sa propriété de Las Vegas, agrandissant la maison principale et construisant des pavillons destinés aux invités et aux services chargés de la protection du président. Il y avait désormais une seconde piscine et même une aire d'atterrissage pour les hélicoptères. Jimmy avait dit que serait sa Maison-Blanche de l'Ouest.

C'était le moment du final. Sur la scène envahie de fausse fumée, Rita déchira sa robe. Elle était en justaucorps. Les ringards des places à prix réduit auraient pu jurer qu'ils lui avaient vu le minou, mais de là où était Johnny Fontane, l'effet était totalement cucul et offrait qui plus est un piètre substitut de ce que donnait Rita dans son plus simple appareil.

« Tu sais pour quelle autre raison on ne me demande jamais si je fais partie de la Mafia ?

— C'est quoi ? » Johnny s'éloignait à reculons, s'apprêtant à monter en scène.

« Parce que je n'en fais pas partie.

— Et ça veut dire quoi, ça ? »

Buzz baissa la tête. « Désolé si je t'ai contrarié. » Il se mit à genoux, attrapa la main droite de Johnny Fontane et embrassa la chevalière que lui avait donnée Annie McGowan à l'époque de leur bref mariage. « Pardonne-moi, Parrain. »

Billy Van Arsdale n'avait demandé qu'une fois à Francesca Corleone si sa famille faisait partie de la Mafia. C'était la veille de la remise de son diplôme de Florida State University. Les parents de Billy les avaient emmenés dîner au Governor's Club, et, l'alcool aidant, ils avaient fini par se disputer en s'invectivant copieusement avant de partir chacun de leur côté. « J'aime beaucoup ta famille », lâcha-t-elle, pince-sans-rire, en espérant alléger l'atmosphère. Ce fut mal compris.

« Eux, au moins, ils ne sont pas dans la Mafia, répliqua-t-il.

— Tu te crois drôle ? lui demanda-t-elle.

— Je ne sais pas. » Il se dérida comme s'il rêvait de lui poser la question depuis le premier jour de leur rencontre et voyait enfin l'occasion de le faire. « Est-ce que ta famille est dans la Mafia ?

— C'est ce que tu penses, hein ? Que tous les Italiens sont dans la Mafia ? Qu'on mangia la pizza, qu'on écrase les tomatas et qu'on...

— Pas tous les Italiens, dit-il. Je te parle seulement des hommes de ta famille.

— Bien sûr que non. » Elle jeta sa serviette. Elle se leva, lui lança un coup de poing dans la bouche et sortit comme un ouragan.

Francesca savait bien que sa famille était dans la Mafia – Kathy l'avait convaincue – mais elle n'avait pas l'intention de mentir. Ce qu'elle avait perçu, c'était son angoisse à elle, l'angoisse tapie sous la question de Billy, la crainte qu'il ne fût avec elle que parce qu'il la jugeait exotique. Il était toujours en quête de nouveauté, d'originalité : les films étrangers, les derniers disques, la poésie beatnik dans un café de Frenchtown, le quartier noir de Tallahassee. Un jour, ils s'étaient rendus dans la réserve séminole à six heures de route de chez eux sous prétexte qu'il voulait apprendre à lutter avec des alligators. Toutes les semaines ou presque, il se trouvait un nouveau hobby. Chacune de ses coupes de cheveux était légèrement différente de la précédente.

Tu ne vois pas que si Billy est là, lui avait dit Kathy, *c'est juste pour vivre un authentique Noël dans la Mafia ?*

Francesca se mit à courir dans la chaleur de la nuit, bien décidée à ne pas pleurer. C'était fini. Très bien. Parfait. C'était son premier amour, et alors ? ce ne serait pas son dernier. À l'automne, il allait faire son droit à la Harvard Law School et elle, elle revenait là. De toute façon, ça n'aurait sans doute jamais marché. Et puis c'était un con. Un poseur. C'est fou ce que ça lui avait fait du bien de le frapper. Le coup avait claqué bien plus violemment qu'on aurait pu s'y attendre de la part d'une fille. Elle en avait la main encore endolorie. Elle pouvait remercier son frère Frankie de l'avoir tellement enquiquinée au fil des années qu'elle avait eu tout le loisir de perfectionner ses talents.

Ce jour-là, à Tallahassee, Billy avait montré la même capacité à apparaître et disparaître comme par enchantement que celle qu'il avait déployée dans les réceptions organisées le soir de l'investiture. Elle ne savait pas où elle allait. Elle avait dévalé une pente en courant et s'était retrouvée dans un quartier qui lui était totalement inconnu et, à l'instant même où elle s'était aperçue qu'elle s'était peut-être perdue, elle avait entendu une voiture ralentir à sa hauteur et Billy avait surgi au volant de sa Thunderbird. Il avait su d'instinct la direction à prendre.

« Waouh, sacré coup de poing ! » Il souriait en riant entre ses grosses dents blanches intactes. Voilà une fille qui était capable de vous casser la gueule, encore un trait de caractère qui la rendait exotique et originale à ses yeux. « Je t'adore, puncheuse.

— Et ta famille à toi, comment elle s'est enrichie ? demanda-t-elle. Il paraît que derrière chaque fortune, il y a un crime. » Elle avait lu ça dans un roman d'un des auteurs français qu'étudiait Kathy. Balzac, peut-être.

« Plusieurs, j'en suis sûr, dit-il. Ces connards sont capables de tout. »

Les *connards* en question n'étaient autres que son père et son grand-père. C'était étrange d'entendre quelqu'un parler des siens en ces termes.

Elle monta dans la voiture.

Ils se réconcilièrent ce soir-là, mais le caractère dramatique de la soirée donna le ton de leur relation.

Leurs amours contrariées par l'éloignement furent aussi mélodramatiques qu'elles peuvent l'être à cet âge et chargées de lettres de dix pages, de soupçons insidieux et de coups de téléphone larmoyants – du moins de la part de Francesca. Billy prétendait être si occupé à Harvard qu'il trouvait à peine le temps de manger et de dormir, et encore moins de lui écrire des lettres ou l'appeler à l'autre bout du pays. Puis il lui envoya une carte postale, et mieux encore, une carte postale tapée à la machine, pour lui annoncer qu'il avait trouvé un stage dans un cabinet de New York et ne rentrait pas dans le sud de la Floride cet été-là. Elle emprunta la Coccinelle de sa camarade de chambre Suzy et fit le trajet d'une traite jusqu'à Cambridge en roulant toute la nuit pour mettre fin elle-même à ce gâchis. Naturellement, ils couchèrent ensemble. Elle rentra chez elle plus désorientée que jamais et enceinte, s'avéra-t-il.

Il lui demanda de se faire avorter.

Puis il alla même jusqu'à s'entendre avec un médecin de Palm Beach pour qu'il s'en charge.

Francesca était horrifiée à cette idée. Mais elle ne voulait pas non plus avoir ce bébé. Il était hors de question qu'elle épouse Billy – non qu'il le lui ait demandé ni même qu'il ait évoqué cette possibilité. Elle dit à Kathy – la seule et unique personne à laquelle elle s'était confiée – qu'elle n'épouserait jamais ce serpent, quand bien même il serait le dernier homme sur terre. Dans tous les cas de figure, Francesca Corleone se trouvait confrontée à une décision impossible à prendre.

Billy se cassa la jambe en faisant du saut en parachute (la fin d'un autre de ses nouveaux hobbies) et, à l'hôpital, il changea soudainement d'avis – sans que Francesca puisse se l'expliquer, mais qui peut expliquer les changements d'avis ? Le jour où il sortit de l'hôpital, il sauta dans l'avion pour la retrouver et la demanda en mariage.

Au comble du bonheur, elle accepta.

Ils se marièrent en juillet, lui encore en béquilles. Elle était contrariée à l'idée qu'on soit obligé de fendre la jambe de son smoking, mais il lui avait assuré qu'il avait les moyens de payer la petite retouche nécessaire. Elle était contrariée pour un rien – certes, on pouvait y voir une prérogative de femme enceinte, mais en réalité, ce n'était qu'un substitut qui masquait les deux choses qui la contrariaient réellement. Comment aller jusqu'à l'autel et comment sortir de l'église. Pour ce qui était de la sortie, avec Billy sur ses béquilles, ce serait pitoyable. Mais il lui serait impossible d'aller jusqu'à l'autel. Qui pourrait jamais remplacer son père ? Pas ses petits frères et encore moins Stan le Caviste (qui était toujours fiancé à sa mère et ne l'avait toujours pas épousée). Son oncle Fredo était plus âgé que son oncle Mike, et elle connaissait mieux oncle Fredo. Mais elle était attirée par son oncle Mike, depuis toujours. C'était un héros de guerre, une figure romantique, un homme qui avait belle allure en smoking. Elle connaissait certains de ses ténébreux secrets – ne serait-ce que par le canal approximatif de Kathy et tante Connie –, mais en dépit de tout, il était le seul homme qu'elle imaginait la conduire à l'autel. « Papa aurait voulu que ce soit lui », dit-elle à Kathy, sa demoiselle d'honneur, en s'attendant à ce que sa sœur proteste. « Naturellement », lui répondit en fait Kathy. Personne n'était capable de lâcher *naturellement* avec un mépris aussi cinglant que Kathy. « Qui d'autre ? »

Oncle Mike contrebalança les nerfs à fleur de peau de sa nièce par une allure digne et majestueuse. Il lui dit que son père aurait été fier, que Santino était là, qu'il la regardait, elle pouvait en être sûre. Mais il eut l'intelligence de lui dire cela longtemps avant de la conduire à l'autel afin qu'ils puissent pleurer ensemble et se délivrer de leurs larmes. Quand ils furent enfin seuls dans la travée, il la prit par le bras. « Tu n'en as que pour le restant de tes jours. »

Elle se mit à rire. C'était exactement ce qu'il fallait dire.

Elle alla jusqu'à l'autel en rayonnant de bonheur. Ce n'est qu'à l'instant où Michael donna sa main à Billy qu'elle s'aperçut que c'était son oncle qui avait le visage ruisselant de larmes.

Pour sortir de l'église, elle soutint Billy qui réussit à se débrouiller sans béquilles. À la réception, il dansa même. De toute façon, c'était un si piètre danseur qu'au moins, avec le plâtre, il avait une excuse.

Ils allèrent s'installer à Boston. Quand il eut terminé ses études de droit, il refusa d'aller travailler à Wall Street où on lui proposait une fortune (il n'avait que faire d'une fortune, il en avait déjà une), et préféra devenir rapporteur d'un juge de la Cour suprême de Floride. Ce fut une épreuve pénible pour Francesca de retourner à Tallahassee pour assister à la remise des diplômes des étudiants de sa classe (elle alla à la fête que Suzy Kimball donna à cette occasion et c'est à peine si elle reconnut la jeune femme pleine d'assurance qui s'apprêtait à travailler comme missionnaire en Chine). Mais Francesca avait fondé une famille, et elle croyait sincèrement être heureuse – du moins jusqu'au jour où Billy démissionna de son poste au tribunal pour se joindre au comité de soutien de Shea en Floride. Il était toujours absent. Au bout du compte, elle s'aperçut qu'il ne faisait pas que faire campagne.

Comment Francesca découvrit-elle l'existence de Cette Femme ?

Francesca était une Corleone. Une des maximes que l'on répétait à l'envi dans sa famille était qu'il était impossible de tromper longtemps un Corleone. C'était une hypothèse. Elle était aussi cet adversaire redoutable entre toutes du coureur de jupon : une femme dont la pire crainte est que son mari ne la juge pas assez bien pour lui.

Ernest Hemingway n'est pas ce bon vieux Papa Hemingway avec sa barbe blanche. Ce n'est pas la voix d'une génération perdue. Ce n'est pas cet épouvantail du sexisme que brandissent tous ces plumitifs entweedés dont l'existence n'a rien à offrir au monde comparée à la plus banale après-midi de Hemingway. Hemingway, ce sont tous ces chefs-d'œuvre de jeunesse. Le reste ne compte pas.

Einstein n'est pas cette figure du génie placardée sur tous les murs. Picasso n'est pas un cavaleur bronzé au crâne déplumé. Mozart n'est pas un enfant terrible. Virginia Woolf et Sylvia Plath ne sont pas de tragiques affronts à l'hégémonie tyrannique des hommes. Mahatma Gandhi et Martin Luther King ne sont pas de charmants petits Noirs inoffensifs que les Blancs peuvent soutenir en toute quiétude. Babe Ruth n'est pas un gros plouc qui se goinfrait de hot-dogs et rendait visite aux enfants hospitalisés. Oui, la Mafia a arrangé le match de Sonny Liston qui a permis à Mohammed Ali de devenir champion de monde des poids lourds, oui, Ali a défendu ce en quoi il croyait. Mais d'abord et avant tout, c'était un homme capable d'expédier au tapis le type le plus balèze au monde par un K.O. aux airs de poème.

Johnny Fontane était un bon acteur quand il en avait envie. Il avait un pénis d'une taille enviable dont il faisait largement usage. Il avait contribué à transformer cette simple halte dans le désert qu'était Las Vegas en une ville affichant la croissance la plus rapide de tous les États-Unis. C'était un fils d'immigrés, l'incarnation même du rêve américain. Il portait le chapeau avec allure. Il avait inventé la décontraction à l'américaine (catégorie des Blancs).

Et alors ?

Qu'est-ce que ça changeait si Fontane avait donné pour la campagne de Shea un demi-million de dollars dans une sacoche qui lui avait été personnellement offerte par Jackie Ping-Pong ? Ping-Pong n'avait rien à voir avec l'argent lui-même. Il fallait bien que Johnny mette cet argent quelque part. (Quoi qu'il en soit, il évoluait dans un milieu où les gens passaient leur temps à se faire des cadeaux. Un jour, un de ses comptables lui avait dit de réduire ce genre de dépenses. Fontane lui avait envoyé une Rolex.) Fontane avait récolté des millions pour cette campagne, alors quelle importance si ce demi-million précis provenait des bénéfices non déclarés de la Kasbah, un casino de Las Vegas qui appartenait à Chicago ? Qu'importe entre quelles mains il atterrissait en Virginie-Occidentale ou comment il avait été employé par les destinataires en question pour assurer l'élection de Jimmy Shea dans un État qu'il aurait peut-être remporté de toute façon.

Fontane avait présenté Rita Duvall à Louie Russo et Jimmy Shea (sans compter Fredo Corleone dont elle fit adopter le bébé en 1956, juste après le lancement de sa carrière). Ce qui s'était passé après les présentations ne regardait qu'elle et aucunement Johnny Fontane.

Un jour, un adjoint de shérif, qui avait cassé la figure de Johnny Fontane après que ce dernier eut baisé avec sa femme, mourut mystérieusement dans le désert. Et alors ? Fontane passait son temps à baiser avec les femmes des autres. Tous les jours, il y avait des gens qui mouraient mystérieusement dans le désert. Il n'y avait jamais eu l'ombre d'une preuve établissant un lien de cause à effet entre ces deux faits aussi terribles que banals.

Certes, Fontane était le filleul de Vito Corleone. Il s'entendait bien avec Michael, aussi. Il était ami avec Russo, Tony Stracci, Gussie Cicero, et ainsi de suite. Il était loin d'être le seul dans ce cas (l'ambassadeur Mr Corbett Shea, par exemple). Il n'était pas *membre* de ce qu'il était convenu d'appeler les Familles du crime. Johnny Fontane était seulement loyal envers ceux qui s'étaient montrés loyaux envers lui quand sa vie était aussi déprimante qu'un lundi.

Et ainsi de suite.

Au bout du compte, Johnny Fontane était un chanteur. Un chanteur comme on n'en reverra plus jamais.

Il se considérait comme un chanteur de bar, mais c'était tout d'abord une forme d'humilité toute sicilienne, de la fausse modestie et – après tout les chefs-d'œuvre de la chanson américaine qu'il avait produits dans les années cinquante et soixante – une boutade hypocrite dont personne au monde n'était dupe.

Prenez, parmi les nombreux exemples que l'on pourrait citer, la prestation qu'il offrit au bal d'investiture de James K. Shea.

Sur n'importe qui d'autre, la fameuse queue-de-pie rayée aurait eu l'air grotesque, mais sur Fontane, elle paraissait parfaitement naturelle et marquait un sommet de la mode du vingtième siècle. Il se montra toute la soirée un maître des cérémonies spirituel et charmant, sans jamais se laisser aller aux blagues de potaches auxquelles il se livrait dans ses numéros de boîte de nuit ni au pesant boniment façon show-business des spectacles à gros budget de la fin de sa carrière. C'était, quand on le lui demandait, un remarquable partenaire de duo – en particulier avec Ella Fitzgerald sur une émouvante version épurée a capella de « The Battle Hymn of The Republic ».

Le programme de Fontane se limitait à trois chansons. L'occasion ne semblait guère jouer en sa faveur. Ses plus grands succès étaient soit des chansons réalistes chantées d'un point de vue uniquement masculin, soit des interprétations stéréotypées de complaintes sur des losers meurtris par la vie qui souffraient en silence, ce qui n'était guère de circonstance.

Nous le découvrons seul au milieu d'une flaque de lumière. Le chapeau haut de forme est posé sur un tabouret à côté de lui. Les premières notes de musique résonnent, juste le piano et la batterie. Les balais. C'est un arrangement souple et lent de « It

Had to Be You ». Fontane tient le micro de côté et chante la tête levée au plafond. D'un bout à l'autre de la chanson, il déplace le micro pour modifier la sonorité en jouant comme Charlie Parker de son saxophone. Les grandes voix sont légion, mais Johnny Fontane est un phénomène plus rare : un grand chanteur.

La foule applaudit à tout rompre. Fontane saisit son haut-de-forme et attaque « Ridin' High » en arpentant la scène avec une férocité animale que Cole Porter n'aurait pas même imaginée. Quand Johnny Fontane achève son morceau, hors d'haleine, la foule se lève d'un bond. Le sourire qu'arbore Fontane est incontestablement celui du gamin qui a grandi sans rien et s'aperçoit soudain qu'il a plus que tout.

Bien qu'il soit difficile de racheter l'honnête version de « Big Dreams » dont les partisans de Shea ont fait le thème officiel de la campagne (avec de nouvelles paroles écrites par Wally Morgan), Johnny Fontane, porté par son triomphe, s'y lance avec héroïsme. Sa sincérité ne fait aucun doute. Après le premier couplet, un rideau se lève derrière lui et les autres artistes invités à la soirée s'avancent pour chanter avec lui. Lorsque la caméra se braque sur le public, les lumières ont été rallumées dans la salle et tout le monde est debout et chante en chœur. Le président embrasse la première dame. Fontane leur jette son haut-de-forme. Le président l'attrape au vol et le met. Il lui va.

Chapitre 25

« Je sais que tu t'appelles Billy, dit Mary. Je t'appelle Bee-Boy parce que ma cousine Kathy qui ressemble exactement à Francie sauf qu'elle a pas de bébé dans le ventre t'appelle aussi comme ça, même si j'y ai pensé en premier, quand j'étais un bébé. Mais que j'étais née, bien sûr.

— Venant de toi, ça me plaît bien », répondit Billy en faisant visiter l'appartement à tout le monde.

Francesca était debout depuis quatre heures du matin, déballant les cartons de la cuisine, allant à l'épicerie et préparant le petit déjeuner. Elle était épuisée, mais elle y était habituée. Le bébé donnait tellement de coups de pied qu'elle ne dormait pas beaucoup de toute façon.

« C'est presque prêt, dit-elle. Désolée pour le bazar. Ça fait seulement deux jours qu'on est là. Billy, fais-leur visiter rapidement et puis on se mettra à table. Hé, Sonny ! Viens ici, tout de suite ! On a des invités ! »

Son fils, qui était planté devant la télévision, se leva d'un bond, se précipita en courant vers Tony et lui fit un tacle. Sonny allait bientôt avoir trois ans. Tony en avait neuf. Il le prit bien. Oncle Mike observa la patience de son fils avec une approbation manifeste. Francesca n'avait jamais remarqué une grande ressemblance entre son oncle Mike et grand-père Vito, mais soudain la similitude était si frappante que ça donnait le frisson.

« Alors comme ça, voilà Sonny, dit Michael en le soulevant. Je suis ton oncle Mike. Tu es un solide gaillard, dis-moi ? »

Francesca roula les yeux au plafond. « Sonny refuse d'ôter ce casque. La moitié du temps, il dort même avec. C'est de la faute de Frankie. À Noël, il a passé son temps à lui apprendre à jouer au football. »

Sans raison apparente, Billy lorgnait oncle Mike comme s'il craignait qu'il ne laisse tomber Sonny.

« Je parie que c'est un bon professeur », dit Michael. Frankie Corleone qui était en seconde année d'université était désormais secondeur de l'équipe de Notre-Dame.

« Et toi, mon gars, ça te plaît le football ? » demanda Billy à Tony.

Tony haussa les épaules.

« Je suis comme toi », dit Billy en lui ébouriffant les cheveux.

« Il a horreur de ça, dit Mary.

— Ça me dérange pas », dit Tony.

Elle tendit la main vers ses cheveux et il lui donna une claque sur les doigts. Michael reposa Sonny, prit Mary dans un bras et attrapa la main de Tony de l'autre.

« Désolé », dit Michael. Ils se calmèrent aussitôt. C'était un père extraordinaire.

« Tu n'as pas à t'excuser, lui dit Francesca. C'est de leur âge. Je parie que tu te disputais bien plus que ça avec tes frères et tante Connie. C'est un miracle si je n'ai pas tué ma sœur.

— Bel appartement », dit Michael.

L'immeuble avait plus d'un siècle. C'était un ancien hôtel particulier qui avait été divisé en quatre grands appartements. Le leur, situé au premier étage, englobait la majeure partie de ce qui devait être à l'origine une salle de bal et qui leur tenait à présent lieu de salon, de salle à manger et de cuisine. Les parquets étaient tellement inclinés et voilés que les jouets et les billes de Sonny roulaient sans cesse à travers les pièces. Francesca l'adorait. Elle n'avait jamais vécu dans une maison ou un appartement qui ait plus de vingt ans et encore moins dans un lieu d'une telle élégance, aussi vétuste soit-elle. Plusieurs fois par jour, elle sortait sur le trottoir juste pour admirer l'immeuble en s'émerveillant d'habiter là. En songeant à cela, elle jeta un œil vers le trottoir et aperçut Al Neri qui était resté dans la voiture. « Ton chauffeur peut venir aussi, tu sais, dit-elle tandis que tout le monde prenait place autour de la table. Il doit avoir faim.

— Il a déjà pris son petit déjeuner, dit Michael. C'est un lève-tôt. »

Francesca ne s'en faisait pas trop pour le petit déjeuner – après tout, à part oncle Mike, il n'y avait que Billy et les trois enfants. Elle s'excusa toutefois pour les saucisses – elle ne savait pas encore où faire ses courses et c'était ce qu'elle avait trouvé de mieux en s'y prenant à la dernière minute – mais tout le monde avait l'air de les juger à son goût. Elle aurait pris d'autres petits pains si elle avait eu le choix, mais là encore, personne ne parut s'en plaindre. Quant au carton de beignets à la confiture, elle ne put que le mettre sur le compte de sa grossesse.

Tous ces embarras étaient une manière d'éviter de parler de tante Kay. Elle ne savait pas comment aborder la question. Les Corleone étaient catholiques, et pourtant, au cours des dernières années, tante Connie (qui s'était séparée d'Ed Federici moins d'un an après leur mariage) et oncle Mike avaient tous deux divorcé. Et si Stan le Caviste et sa mère ne s'étaient jamais mariés, il devait bien y avoir une raison. Sans compter la situation de Billy. Tout cela inquiétait Francesca. L'idée de vivre sur un autre continent que ses enfants lui paraissait un des pires malheurs qui soit.

« J'ai été désolé d'apprendre ce qui vous est arrivé, avec Kay », dit Billy. Il avait lâché ça comme ça, de but en blanc. Francesca était partagée entre l'envie de l'admirer pour sa franchise et de le gifler.

Michael hocha tristement la tête.

Francesca tendit la main de l'autre côté de la table et serra le bras de son oncle d'un air compatissant.

« J'ai passé mon enfance à pousser mes parents à divorcer, dit Billy. Mais avec Kay, vous ne... »

Elle lui donna un coup de pied sous la table.

« Mais on ne sait jamais, dit Billy. Et Tony et Mary, vous réussissez à les voir assez souvent ? »

Là, comme ça, devant eux. La gifle s'imposait.

« Pas aussi souvent que je le voudrais, répondit oncle Mike. J'essaie de réorganiser la gestion de mes affaires pour pouvoir leur consacrer plus de temps.

— Papa a un nouvel avion ! s'écria Mary. Il va venir nous voir tout le temps, maintenant. »

Tony reprit un autre beignet alors qu'il n'avait pas fini celui qui était dans son assiette.

« J'ai un petit appartement à New York dont je me sers quand je viens pour mes affaires, dit Michael. Il est possible que je prenne quelque chose de plus grand pour pouvoir les accueillir quand je suis sur la côte Est.

— J'ai du mal à me faire à l'idée que vous tous, vous n'êtes plus à New York, dit Francesca. J'ai l'impression que vous venez seulement de vous installer au Nevada.

— Ça fait six ans, dit Michael. Presque quatre à Tahoe. J'ai gardé les deux maisons, à Las Vegas et à Tahoe. Elles sont toutes les deux trop grandes pour moi, mais pour Mary et Tony, c'est chez eux. C'était chez eux.

— De nos jours, les choses ont changé, dit Billy. Les gens déménagent beaucoup plus qu'autrefois. Regarde-nous, ma chérie. Trois ans de mariage, trois adresses.

— C'est drôle, dit-elle, après toutes ces années en Floride, c'est à New York que je me sens chez moi. J'aurais dû faire mes études là-bas, comme Kathy. Elle a adoré y retourner.

— Mais dans ce cas-là, on ne se serait jamais connus », lui dit Billy.

Francesca leva la tête. Il était si sincère avec sa mine de chien battu, comme s'il imaginait réellement ne jamais l'avoir connue. Sa vulnérabilité était telle qu'elle fondit aussitôt.

« L'amour de ma vie », dit-elle avec une même sincérité en lui caressant la joue.

« *Francie et Bee-Boy dans un arbre, ils se marient, font un petit...*, fredonna Mary. Allez Tony, chante avec moi.

— Dis papa, tu pourrais lui dire d'arrêter. »

Michael Corleone leva sa tasse à café. « À l'amour », dit-il.

C'était exactement ce qu'il fallait dire.

Les enfants cessèrent de se chamailler, tout le monde leva son verre et Francesca songea qu'en cet instant on ne pouvait que ressentir de l'amour.

Sauf Billy, qui aurait difficilement pu trinquer avec moins d'enthousiasme.

Quand ils s'en allèrent, Francesca leur confia une assiette copieuse pour le garde du corps.

Ils se tinrent sur le perron de marbre blanc en agitant la main tandis que la voiture s'éloignait. « Tu m'as toujours dit que tu aimais beaucoup ma famille », dit-elle à Billy. Sonny courait en rond en agitant les bras en cadence, serrant son nounours comme un ballon de football. « Alors pourquoi tu n'aimes pas mon oncle ? »

Ils avaient traversé tant d'épreuves. Pourquoi ne pas se débarrasser de ce tabou, également ?

Mais Billy resta sans mot dire. Il cria à Sonny de ne pas s'approcher de la rue. Sonny n'était pas si près que cela du trottoir, mais Billy l'attrapa et le fit rentrer.

Ce soir-là, une fois que Sonny se fut endormi, Francesca alla se coucher, épuisée, et trouva une pile de dossiers entassés de son côté du lit. Billy lisait, adossé contre les oreillers.

« Tu veux que j'aille dormir sur le canapé ? »

Il leva brusquement les yeux et ramassa aussitôt les dossiers pour les jeter par terre. Elle se faufila sous les draps. Il éteignit la lumière et se mit à la masser, consciencieusement, sans se presser, s'attardant sur ses pieds gonflés et ses reins endoloris. Elle s'était couchée dans un tel état de fatigue qu'elle arrivait à peine à fermer les yeux, mais lorsqu'au bout d'un moment il lui ôta sa chemise, elle se retourna vers lui, et à l'instant où il glissa sa langue entre ses lèvres, elle poussa un râle avide.

« Qu'est-ce qu'il y a ? s'étonna-t-il.

— Tais-toi et fais-moi l'amour », répondit-elle.

L'espace d'un moment, de quelques minutes, elle oublia tous ses soucis et se laissa aller à être, tout simplement.

Après, elle se retrouva hors d'haleine, en nage, se sentant de nouveau énorme.

Le bébé se remit à donner des coups de pied, plus fort que jamais.

« Pourquoi je n'aime pas ton oncle ? demanda Billy.

— Laisse tomber », lui dit-elle. De toute façon, elle le savait ou du moins, elle le pensait. « Je n'aurais rien dû dire. »

Soudain, elle fut transpercée par une douleur de contraction.

« Oh, je l'ai bien senti, là, dit Billy. Quel coup de pied ! »

Elle serra la mâchoire pour supporter la douleur. Peu à peu, celle-ci se calma.

« Tu te souviens quand je me suis cassé la jambe en sautant en parachute ? lui demanda Billy.

— Bien sûr, répondit-elle en reprenant son souffle.

— J'ai menti. Je n'ai jamais sauté en parachute de ma vie. »

Elle se cambra sous l'effet d'une nouvelle contraction, plus violente cette fois.

« Ça y est, je crois, dit Francesca. Je vais accoucher. »

Cette nuit-là, Francesca devint la victime de sa triste histoire familiale. Sa grand-mère paternelle refusait toujours d'en parler, mais elle avait fait au moins quatre fausses couches. Sa grand-mère maternelle se rendait à la messe tous les 22 juillet en mémoire de la sienne. Sa mère et deux de ses tantes en avaient également eu.

La petite fille de Francesca, née trois mois avant terme, était d'une nature combative. Elle vécut presque un jour. Elle fut baptisée Carmela, en hommage à son arrière-grand-mère. Francesca voulut l'enterrer auprès de celle-ci, dans le caveau familial de Long Island. Billy n'était pas de cet avis. Il estimait que le bébé devait être enterré en Floride. Les circonstances – l'horreur d'avoir perdu ce bébé et le profond remords qu'éprouvait Billy avant même cela – les préservèrent d'une dispute et les obligèrent à s'en tenir à un désaccord où le choix de Francesca prévaudrait.

Michael Corleone se chargea de tout payer. Francesca savait que Billy y était opposé, mais elle fut soulagée de voir qu'il avait eu le bon sens de ne pas insulter son oncle en refusant son aide. La cérémonie, intime, se déroula dans le cimetière sous une forte tempête de neige.

Les parents de Billy ne firent même pas le déplacement. Sa sœur jumelle ne vint pas non plus – elle se contenta d'envoyer un télégramme de Londres disant qu'elle était désolée pour elle. Son frère Frankie rata le match de football interéquipe du printemps sans même rechigner. Son frère Chip manqua la fête de son seizième anniversaire sans hésiter, lui non plus. La famille.

C'était un cimetière italien traditionnel, avec les photos des défunts dans des cadres en forme de camées fixés sur le monument en marbre. En partant, elle se pencha pour embrasser les froides images. Grand-mère Carmela. Grand-père Vito. Zia Angelina. Oncle Carlo. Son père, Santino Corleone. Elle plongea le regard dans ses yeux rieurs en songeant, *À bientôt, papa.*

Oncle Fredo avait disparu et passait pour mort, mais il n'y avait pas de photo de lui. Il n'y avait pas non plus de photo de la petite Carmela. Elle avait vécu brièvement, mais elle n'avait pas eu de vie.

Malgré un emploi du temps indubitablement très chargé, son oncle Mike vint de bonne heure, resta longtemps et se montra d'un extraordinaire réconfort. Même sa mère ne put évoquer aussi ouvertement qu'oncle Mike le cauchemar que représentait la perte d'un enfant. Et de voir Sonny jouer avec Tony et Mary pendant la réception qui suivit, de les voir si bien s'entendre, si enjoués, redonna à Francesca l'espoir de pouvoir continuer.

Billy ne se remettait pas de la mort du bébé et il avait du mal à en parler, ce qui se comprenait.

De son côté, elle avait du mal à ne pas lui en vouloir. C'était absurde, elle le savait. Et comment avait-il pu croire une seule seconde qu'en lui racontant qu'il avait tellement peu envie de l'épouser au départ qu'il ne s'y était résigné que le jour où son oncle avait envoyé des hommes pour lui casser la jambe, il aurait le beau rôle dans cette histoire ?

Pour couronner le tout, à chaque fois qu'elle le regardait, elle était persuadée qu'il s'inquiétait d'être pris en photo à un *authentique enterrement de la Mafia*. Sans doute était-ce injuste. Elle n'avait pas la moindre idée de ce à quoi il pensait. Mais ils avaient bel et bien été pris en photo. Bande de sales vautours impitoyables. Elle commençait à comprendre la pression à laquelle son oncle était confronté chaque jour, à laquelle son père avait été confronté lui aussi chaque jour.

Soudain, le jour où elle enterra sa fille, elle comprit. Il s'était servi de l'argent de ses parents et de la campagne qu'il avait menée en faveur de Shea pour décrocher un poste au Département de la Justice afin de *détruire sa famille*.

C'était ridicule, se dit-elle aussitôt. Elle n'avait pas les idées claires. Elle était bouleversée, désemparée, parcourue de la tête aux pieds d'hormones en folie qui se déchaînaient dans tous les sens. C'était de Billy qu'il s'agissait. Malgré tous ses défauts – et qui n'en a pas ? – c'était le seul, l'unique amour de sa vie.

Il n'empêche.

La fois où elle avait lui laissé sous-entendre que derrière la fortune de sa famille se camouflait sans doute un crime, il lui avait répondu avec nonchalance qu'il était convaincu qu'il y en avait eu plusieurs. *Ces connards sont capables de tout*, lui avait-il dit le plus sérieusement du monde. En ce cas, pourquoi s'inquiétait-il d'éventuels méfaits que sa famille aurait pu commettre ? Elle savait ce que lui aurait répondu sa sœur : *Parce que nous sommes italiens*. C'était Kathy qui avait découvert que le père du nouveau président avait fait des affaires avec grand-père Vito. De la contrebande d'alcool. Un crime qui n'existait plus. Un crime qui n'aurait jamais dû en être un, mais un crime tout de même. Une génération plus tard, James K. Shea était à la Maison-Blanche alors que Michael Corleone (encore une fois d'après Kathie qui le tenait de tante Connie, qui avait arrêté de boire et semblait être devenue une source d'informations plus fiable qu'autrefois) qui s'était retranché de toute activité criminelle était encore poursuivi par les impitoyables larves de la police jusque *dans l'intimité familiale des obsèques de sa petite-nièce*. Et pourquoi ? *Parce que nous sommes italiens*.

Quelques semaines plus tard, Francesca passa enfin le coup de téléphone outre-atlantique qu'elle mûrissait depuis l'enterrement et arracha sa sœur à un profond sommeil pour lui dire à quel point elle avait été blessée que Kathy n'ait pas fait le voyage.

« Tu l'as fait *enterrer* ? dit Kathy. Je croyais que c'était juste une fausse couche.

— Juste une fausse couche ? De toute façon, elle a vécu...

— Tu sais quelle heure il est, ici ?

— Ne me dis pas que tu ne savais pas qu'on l'enterrerait. Quand j'ai perdu la petite Carmela...

— Tu as *baptisé* ça ? Oh ma chérie. Ma chérie. Et du nom de *grand-mère* ?

Ça.

Francesca raccrocha.

Bien que Jimmy Shea lui ait assuré qu'il ne pourrait sans doute pas quitter la capitale pour aller à Las Vegas avant d'avoir franchi le cap des cent premiers jours de son administration, dès qu'il rentra de Washington, Johnny Fontane prit le temps, malgré un calendrier professionnel surchargé, de superviser les préparatifs de la propriété qu'il venait de faire agrandir comme si la première visite du président était pour le lendemain. Johnny recruta dix personnes de plus, dont un retraité des services chargés de la protection du président dont la mission consistait à rester en contact permanent avec ses anciens employeurs afin d'être prêt à réagir sur-le-champ si le président avait besoin d'un petit séjour dans l'Ouest histoire de décompresser. Il y avait désormais une chambre d'ami à laquelle on pouvait accéder par un ingénieux panneau secret, relié d'une part au bureau qu'il destinait au président et d'autre part à un escalier ménagé dans le sol de la penderie afin que les hommes de la protection puissent faire entrer et sortir des femmes en les faisant passer par le nouveau garage souterrain. Louie Russo avait offert à Rita Duvall une suite à la Kasbah mais Johnny Fontane avait en réserve au moins trois des déesses du sexe régnant alors à Hollywood qui toutes clamaient qu'elles étaient à sa disposition, là encore à tout instant. Danny Shea avait repris sa liaison avec Annie McGowan, qui avait été sa maîtresse avant qu'elle n'épouse Johnny, et ce dernier leur avait dit clairement qu'ils seraient toujours les bienvenus, que ce soit ensemble ou séparément. Il avait distribué cinq mille dollars par tête à quelques-uns des meilleurs chefs de Los Angeles pour qu'ils acceptent de tout lâcher le jour où Johnny les appellerait. Johnny ne donnait pas dans la drogue lui-même, mais Bobby Chadwick et le président avaient tous les deux un faible pour la cocaïne ; la marchandise que lui avait refilée Gussie Cicero était apparemment ce qui se faisait de mieux dans le genre.

Sur le plan commercial, la carrière de Johnny avait atteint des sommets. Il était possible que sa maison de disques soit financée dans une certaine mesure par Louie Russo et Jackie Ping-Pong.

Johnny s'efforçait de rester à l'écart de ce genre de considérations et laissait son équipe d'avocats et de comptables s'en occuper. Il en allait de même pour sa maison de production et le placement des Corleone. Ce qu'il savait, en revanche, c'est que les deux sociétés faisaient fortune. Ses disques se vendaient comme des petits pains et lui rapportaient trois fois plus de royalties qu'à l'époque où il était sous contrat avec National Records. Il avait débauché Phil Ornstein de National pour l'engager comme directeur de sa maison et les artistes que Phil avait fait signer empilaient les disques d'or. Tous les films que sortait sa société de production faisaient salle comble, y compris les plus mauvais (particulièrement les plus mauvais, peut-être même ; parmi les films produits par sa société entre 1959 et 1962, le seul à avoir perdu de l'argent lors de sa première sortie fut *Fried Neck Bones*, avec Oliver Smith-Christmas dans le rôle d'un avocat du Sud condamné par la maladie et J.-J. White, dans celui d'un chanteur de bastringue noir accusé à tort d'avoir violé une jeune Blanche, un film aujourd'hui considéré comme un classique.) Quand Johnny Fontane achetait une action, elle grimpait. Quand il achetait un terrain, idem. Le casino du lac Tahoe dont il était actionnaire à vingt pour cent, le Castle in the Clouds ? N'en parlons pas : il était bourré de gogos à longueur d'année, c'était la boîte dans le vent du coin. Évidemment, ce n'était pas mal d'être pote avec le président. Mais c'était encore mieux d'être Johnny Fontane.

Johnny n'avait pas eu de nouvelles des frères Shea depuis l'investiture. Il comprenait, naturellement, mais quelques jours avant que la barre des cent jours de l'administration Shea ne soit franchie, Johnny finit par craquer et appela le numéro privé qu'on lui avait donné. La secrétaire refusa de le lui passer.

« Pouvez-vous prendre un message ?

— Bien sûr, Mr Fontane.

— Voilà : *Sors ton rossignol de là avant qu'il ne dégringole. Je t'embrasse. JF.* Mot pour mot. »

Lorsqu'un peu plus tard, ce jour-là, la rumeur se répandit que l'extravagante petite invasion de Cuba n'était pas seulement l'œuvre d'une bande d'exilés en colère, mais qu'elle avait été entreprise avec le soutien du gouvernement américain, Johnny s'en voulut d'avoir laissé un message aussi frivole. Son ancien agent des services de la protection présidentielle lui dit qu'il était inutile d'appeler la secrétaire pour lui demander de supprimer le message. S'il était consigné, il était consigné.

Le gros de la controverse ne tarda pas à passer – toute l'opération avait eu l'aval du prédécesseur de Jimmy, qui en avait hérité à un stade bien trop avancé pour faire machine arrière – et Corbett Shea fit savoir que le président projetait son premier voyage dans l'Ouest. Il avait signé un décret décidant la création d'un nouveau parc national situé non loin de Las Vegas et voulait faire un discours sur le site même du futur parc. Il avait quelques autres haltes prévues à son programme – encore de quoi alimenter les actualités du soir de belles séquences de rire et de bonne humeur – mais ce serait d'abord et avant tout des vacances.

« Et des vacances bien méritées », dit Johnny Fontane, ce qui était le cas. Même les opposants politiques de Jimmy Shea étaient forcés de reconnaître que mis à part l'escapade cubaine, les débuts du jeune président charismatique étaient parmi les plus prometteurs de toute l'histoire des États-Unis. « Venez plus tôt, si vous le voulez. Avec votre femme ou seul. Vous pouvez rester aussi longtemps que vous le souhaitez.

— Ma femme », s'esclaffa l'Ambassadeur. Il avait été quelques fois chez Fontane à Beverly Hills et c'était un vieux libidineux de la pire espèce.

Il arriva quelques jours plus tard accompagné d'un détachement de la protection présidentielle. Il s'installa au bord de la piscine dans le plus simple appareil et passa le plus clair de ses journées à téléphoner dans d'autres États ou à l'étranger en affichant les trois quarts du temps un air excédé mais en parlant à voix basse. De temps à autre, il s'accordait quelques minutes de répit et montait dans sa chambre pour une petite séance avec une des pros de haut vol que Johnny avait fait venir pour lui. L'ambassadeur ne descendit pas une seule fois en ville pour aller voir un spectacle ou faire un pari entre amis, et ne fit même pas une partie de tennis, alors qu'il était censé jouer encore et que Johnny avait fait installer un court éclairé.

Les vivres et les boissons arrivaient par camions entiers pour la visite imminente. La veille du jour où le président devait partir dans l'Ouest, Johnny prit une charrette à bras et apporta la dernière livraison devant la grande piscine pour la montrer à son invité. C'était une immense plaque de bronze de quatre-vingt-dix centimètres sur un mètre vingt qui disait LE PRÉSIDENT JAMES KAVANAUGH SHEA A DORMI ICI.

« Et vous comptez en faire quoi, au juste ?

— Qu'est-ce que vous en pensez, Corbett ? J'ai une équipe qui arrive pour la boulonner sur la tête de lit dans la chambre réservée à Jimmy. J'ai failli mettre *dormi* entre guillemets mais je me suis dit que ce n'était pas très respectueux. »

L'Ambassadeur fronça les sourcils. « C'est un peu grand, vous ne trouvez pas ?

— Regardez un peu autour de vous, Corbett. Tout ce qui se fait de plus grand et de mieux. Mes amis méritent bien ça. »

L'Ambassadeur secoua la tête. « Il doit y avoir un malentendu, John. Jimmy ne vient pas. »

Johnny se mit à rire. « Bon, sérieusement. Vous avez une idée de l'heure à laquelle ils arrivent demain ? J'ai des dispositions à prendre.

— Vous êtes sourd, espèce d'abruti de macaroni ? Il ne vient pas. Je n'ai jamais dit qu'il viendrait. Vous m'avez invité ici et je suis venu. Jimmy a beaucoup de trop choses à régler en ce moment. Il va faire ce discours mais il n'a pas le temps de prendre des vacances. Et quand bien même il aurait le temps, il vaut mieux qu'il évite d'être vu dans une ville comme Las Vegas ou chez un... enfin, chez vous.

— Comment ça, chez moi ? Qu'est-ce que vous racontez ? »

Mais Fontane avait tout compris, à présent.

« Nous apprécions tous beaucoup ce que vous avez fait pour nous, vous le savez, dit l'Ambassadeur.

— Ça m'a tout l'air d'un lâchage en règle.

— Je suis désolé s'il y a eu un malentendu, John. C'est la faute de cet enfoiré à Cuba. Il a mis le petit dans l'embarras. On est en train de chercher un moyen de se venger. Mais vous autres, les Italiens, vous connaissez ça, hein ? La vengeance ? »

Qu'est-ce *cet enfoiré à Cuba* avait à voir avec une grossièreté aussi phénoménale ? « Et toutes ces provisions, pour qui elles sont à votre avis ? Tous ces...

— Qu'est-ce que vous voulez que j'en sache ? » Il se leva en laissant tomber sa serviette, et écarta les bras, tout nu. Il était large de carrure mais frêle. Pourquoi un vieux barbon comme lui tenait tant à se balader à poil à longueur de journées avec sa bite ratatinée battant au vent ? Ça dépassait Johnny. « Est-ce que j'ai l'air de cacher votre calendrier mondain sur moi ? »

Johnny secoua la tête. Il ravala la colère incendiaire qui montait en lui. Il laissa la plaque sur place, tourna les talons et rentra à l'intérieur. Il se disait que ce n'était peut-être pas une bonne idée de réduire en bouillie le père du président. Il fut tenté de passer quelques coups de fil histoire d'envoyer une fille porteuse d'une quelconque maladie border Corbett Shea, mais là encore, il se ravisa. Il se contenta d'éviter cet ignoble vieux croulant.

De bonne heure, le lendemain matin, l'Ambassadeur s'en alla sans lui dire au revoir.

De l'extérieur, Johnny Fontane parut prendre ce camouflet avec un impressionnant stoïcisme sicilien. Il alla jusqu'à louer un semi-remorque et aida son personnel à charger les vivres. Il indiqua au chauffeur une soupe populaire d'un des quartiers les plus pauvres de Los Angeles et lui donna la consigne formelle de dire au personnel que ça venait d'un donateur anonyme.

Le président fit son discours. Johnny Fontane le regarda à la télévision. Difficile d'en vouloir à un homme qui savait se montrer si rassurant pour l'avenir de votre pays.

Mais à la fin du reportage le reporter annonça que le président passerait la semaine suivante à Malibu en vacances chez un de ses anciens camarades de Princeton, un avocat qui – d'après le reporter – était « un descendant direct du président John Adams ».

Johnny était planté devant l'écran, abasourdi, incrédule.

Espèce d'abruti de macaroni.

Puis il éteignit la télévision et alla dans l'atelier qu'utilisaient les ouvriers. Il ne restait que deux bâtons dans la caisse de TNT dont ils s'étaient servis pour creuser un trou dans la roche, à l'endroit où se trouvait à présent la seconde piscine. Il n'avait jamais utilisé de TNT, mais il était dans un tel état de rage qu'il n'avait pas peur, du moins jusqu'à l'instant où il alluma le premier bâton et vit la flamme courir le long de la mèche. Il le lança et il atterrit en plein milieu de l'aire d'atterrissage des hélicoptères. Une pluie de sable retomba, accompagnée de blocs de ciment gros comme le poing.

Espèce d'abruti de macaroni.

Quand le deuxième bâton eut explosé, l'aire d'atterrissage ne fut plus qu'un cratère.

Chapitre 26

Tom Hagen, qui était en avance pour sa partie de golf, fit un saut dans le restaurant du country club pour prendre un café. Il en commanda deux, comme à son habitude, pour ne pas avoir à attendre qu'on le resserve.

« Mr Hagen ! » lança une voix.

Hagen se retourna. « Monsieur l'Ambassadeur », dit-il en s'approchant les mains tendues de la table du vieil homme. « Quelle bonne surprise. » Apparemment, son séjour chez Johnny Fontane était censé être un secret, mais au Nevada il y avait peu de secrets qui échappaient à Hagen. « Qu'est-ce qui vous amène à Las Vegas ?

— Ma fondation examine une demande de construction d'un théâtre dans l'université du coin, expliqua-t-il. J'ai été tellement éberlué d'apprendre qu'il y avait une université à Las Vegas et avec une section théâtre, qui plus est, qu'il fallait que je vienne voir ça. Assis. »

On aurait cru qu'il parlait à un chien. Mais c'était l'Ambassadeur. Hagen fit signe au serveur, puis il s'assit. « Je n'ai qu'une minute. Je prends le départ de bonne heure.

— Mieux vaut tard que jamais. Thé ? »

Hagen sourit. « Je suis plutôt café, répondit-il. Vous êtes membre du club ? »

L'Ambassadeur eut un mouvement de recul comme si Hagen lui avait demandé s'il avait déjà enculé un poulet.

« Votre fils s'en sort admirablement bien, dit Hagen. Je n'ai pas passé beaucoup de temps à Washington, mais suffisamment pour savoir à quel point il est difficile de faire des réformes, en particulier des réformes qui peuvent réellement changer la vie des Américains moyens. »

Sur ces entrefaites, l'Ambassadeur se lança dans une litanie de vantardises paternelles (d'où était absente toute mention de Cuba). Hagen était sincère, toutefois. Ses enfants avaient punaisé des portraits du président Shea sur leurs murs, aux côtés de chanteurs de rock and roll, de vedettes de cinéma et de Jésus. Aussi entachée qu'ait été son élection, aussi inexpérimenté que puisse être Jimmy Shea, Hagen avait été sidéré de voir avec quelle rapidité il était devenu un grand dirigeant. Ça rappelait à Hagen l'époque où il formait Michael à prendre la relève de son père.

Hagen termina son deuxième café. Il fallait qu'il y aille. « Vous êtes ici pour quelque temps ?

— En fait, je m'en vais, répondit l'Ambassadeur. Une ou deux petites réunions et je décampe de ce trou perdu dans le désert direction la Californie.

— Il faudra qu'on se fasse ce tennis, un jour, dit Hagen.

— Quel tennis ?

— C'est sans importance, dit Hagen. Transmettez toutes mes amitiés au président. S'il a besoin de quoi que ce soit, tenez-le pour fait.

— Je n'y manquerai pas. »

Tom Hagen usait sa patience sur ses affaires et sa famille et n'en avait plus une once pour le golf. Il louait une voiture de golf à chaque fois qu'il le pouvait. Il s'avançait vers la balle, visait, lançait. On frappe et on passe à autre chose.

Il avait le chic pour savoir exactement où atterrissait sa balle et piquait une crise – comme en cet instant – quand un de ses partenaires hachait les fourrés avec son fer numéro sept comme un grand explorateur en quête des sources du Nil. *Tu as peut-être des clubs personnalisés mais tu es complètement nul*, se dit-il en martelant le volant de sa voiture. *Drope une balle, putain.*

« Mais bon sang, drope une balle ! » cria Hagen. Les rares fois où il devait passer plus de dix secondes à chercher une balle, il se prenait une pénalité et continuait. La vie était trop courte.

« Je l'ai trouvée ! » lança Michael Corleone. Michael avait appris lui aussi que Corbett était en ville. Apparemment le président devait séjourner chez Fontane, mais il avait dû annuler. Ce qui ne voulait pas dire pour autant que l'histoire du projet de théâtre était inventée de toutes pièces.

« Ton handicap avoisinerait le zéro si tu passais plus de temps sur tes coups et que tu ne dropais pas à la première occasion, lui dit Michael en prenant tout son temps pour viser.

— Laisse tomber, répondit Hagen. Je me retrouverais avec un handicap encore pire. » En fait, il avait un handicap six, le meilleur des quatre. Hal Mitchell avait quinze, Mike, tout au plus vingt. Joe, l'ami de Mike, jouait avec des clubs qu'il avait empruntés et il aurait de la chance s'il ne dépassait pas les cent au-dessus du par au neuvième trou. « Tu as retrouvé ta balle ; vas-y, putain, frappe et on y va. »

À côté de lui, dans la voiture, Hal Mitchell secoua la tête en pouffant de rire. Dans d'autres circonstances, Hagen n'aurait jamais osé parler à Michael sur ce ton. Mais il était convenu que dès qu'il était question de sport, Tom redevenait le grand frère, comme du temps de leur jeunesse, lorsqu'il s'efforçait d'apprendre à Mike à jouer convenablement au tennis. Leurs partenaires semblaient moins surpris que l'étaient généralement les gens. Tous deux connaissaient Mike depuis presque aussi longtemps que Tom – Mitchell depuis la guerre et Joe Lucadello depuis plus longtemps encore, depuis l'époque du CCC. Joe était un type maigrichon de Philadelphie avec des vêtements tapageurs et un bandeau sur l'œil. Il était en vacances à Las Vegas, invité au Castle in the Sand. C'était la première fois que Hagen le rencontrait.

« Mike m'a dit que vous vous étiez enrôlés ensemble dans la Canadian Air Force », dit Mitchell. Joe venait allègrement d'aligner quatre putts sur le green le plus plat et le plus lent de tout le parcours. Ils s'apprêtaient à rejoindre le départ suivant.

« La Royal Canadian Air Force, Mr Mitchell, rectifia Joe en lui faisant un clin d'œil.

— Appelez-moi Sergent, répondit-il. Tous mes amis m'appellent comme ça.

— Merci, l'ami.

— Tu aurais dû nous voir, Sergent, dit Michael. Deux petits voyous qui étaient à peine capables de manœuvrer le petit coucou sur lequel on avait pris des leçons, et pourtant, on était persuadés qu'on pouvait descendre le Baron Rouge.

— La jeunesse, dit Joe. C'est aussi simple que ça. Au fait, tu t'es trompé de guerre, le Baron Rouge, c'était l'autre. Lui, c'était la Grande. Nous, la bonne.

— Trompé de guerre », maugréa Mike.

Depuis l'histoire de Fredo, Michael était comme ça, il avait des sautes d'humeur. Ça pesait aussi sur Hagen. Du temps où il était *consigliere*, il estimait qu'il y avait des choses qu'il fallait faire et on les faisait. Une fois que c'était fait, on n'en parlait plus. On les oubliait. La plus minuscule brèche entre ce qu'on croyait et ce qu'on faisait suffisait à abriter les pires cauchemars.

On ne se laisse pas aller. On frappe et on passe à autre chose.

Hagen s'en tira haut la main. Il catapulta la balle à plus de deux cent cinquante mètres, droit comme un mormon.

« Je n'ai pas comp'is ce que vous faites, Joe, dit Mitchell en rejoignant le départ du trou suivant. Toujours pi'ote ?

— Très drôle, répondit Joe. Vous êtes un marrant, vous. Je savais que vous dirigiez le casino, mais on ne m'avait pas dit que vous étiez aussi un des comiques. »

Pilote, avait voulu dire le sergent, mais le fait est, s'aperçut Hagen, qu'on aurait cru entendre *pirate*. Il ne voulait pas embarrasser Mitchell en le reprenant devant Joe et ne réussissait pas à attirer l'attention de Mike. Il s'ensuivit un long silence pénible, pendant lequel personne ne sut quoi dire.

C'est à ce moment-là que Hagen se demanda pour la première fois si Joe Lucadello était réellement un vieux copain du CCC et non un membre d'une autre Famille.

« Pas pi'ate, aboya le Sergent. Pi'ote. » Il écarta les bras en mimant un avion. Sa voiture de golf faillit faire une embardée dans un bunker. « Avions. »

« Ah oui, fit Joe. Désolé. Euh, non. Juste après la guerre, j'ai travaillé pour Eastern Airlines. Mais non.

— C'est une blessure de guerre ? demanda Mitchell. Votre œil ?

— Plus ou moins », répondit Joe.

Plus ou moins ? Hagen descendit et prit son bois numéro 1. Peut-être que ce n'était pas aussi étrange qu'il n'y paraissait. Beaucoup de vétérans n'aimaient pas trop parler de la guerre. Hagen n'était pas un vétéran, contrairement à ces trois-là. Cette manière d'éluder la question n'avait pas l'air d'étonner Mitchell outre mesure.

Hagen posa sa balle sur son tee.

« Alors, vous travaillez dans quoi ? demanda Mitchell.

— Oh, ici et là, répondit Joe. Des affaires à droite à gauche, vous voyez ? Mais les trois quarts du temps, je me la coule douce, comme on dit. »

Hagen s'éloigna de la balle. Il s'apprêtait à frapper, mais cela attira son attention. Ce n'était pas le manquement aux usages du golf qui le chiffonnait. Ils pouvaient jacasser autant qu'ils voulaient, il s'en fichait. C'était que Joe avait parlé exactement comme un affranchi. Michael était censé être là pour une réunion d'actionnaires de deux de leurs sociétés et Joe quant à lui était censé être en vacances. Si Joe appartenait réellement à une autre Famille, qu'est-ce que cela signifiait ? Hagen avait toujours soupçonné que la décision de s'effacer au profit de Geraci dissimulait autre chose que le seul désir de devenir un bon citoyen respectueux des lois. Si Mike voulait sincèrement se retirer, pourquoi y mettait-il autant de conditions ? La Commission ? Ils auraient été ravis de le voir partir. Michael avait dit que c'était pour se protéger, lui, sa famille et ses intérêts. À moins qu'il ne puisse se résoudre à abandonner les réseaux d'influence qui avaient toujours été le plus précieux atout des Corleone.

Ou encore que ce ne soit lié d'une manière ou d'une autre à ce Joe.

Hagen ajusta son coup.

Il persistait à penser que Michael avait conçu une de ces brillantes et complexes énigmes que Vito échafaudait souvent au grand plaisir de Hagen, qui s'amusait à essayer de les résoudre (quant à savoir pourquoi il avait tant de mal à accepter de devoir en faire de même avec Michael, il ne le comprenait qu'à moitié). Se pouvait-il que ce pirate en pantalon orange soit la clef de tout ? Michael avait dit que Joe était avec lui au CCC, et Hagen l'avait cru sur parole. Joe avait mentionné qu'il était du New Jersey, aux environs de Philadelphie, mais Hagen ne connaissait pas vraiment les gens de Philadelphie. Ils étaient à part. En revanche, le New Jersey pouvait être une piste utile. Le président était originaire du New Jersey. Michael avait la tête si enfoncée dans le cul de l'Ambassadeur qu'il pouvait chanter dans le nombril de cette espèce de pourceau cramoisi. Tout ne collait pas – Eastern Airlines ? un affranchi n'aurait jamais dit ça – mais Tom Hagen avait pas mal de contacts qui pouvaient peut-être l'aider à résoudre l'équation.

Tom Hagen, encore en tenue de golf, alluma la lumière de son bureau de Las Vegas, juste au-dessus d'un marchand de chaussures non loin de Fremont, et s'installa à son bureau – le bureau à cylindre qui avait appartenu autrefois à Genco Abbandando et avait été expédié de la maison de Vito Corleone à Long Island. Hagen avait suffisamment de relations pour obtenir sur son bureau et dans du papier cadeau le curriculum de n'importe qui au bout de trois ou quatre coups de fil, généralement, et en un temps record. Une heure, à ses yeux, ce n'était franchement pas terrible. Il avait déjà les renseignements qu'avait donnés Joe

Lucadello au Castle in the Sand et ceux qu'il avait appris en une matinée de golf. Il estimait qu'en trois appels et vingt minutes, le cas Joe Lucadello serait réglé. Hagen regarda sa montre, nota l'heure et décrocha son téléphone.

Quatre heures plus tard, Hagen ne savait toujours rien. Il n'y avait jamais eu d'employé de ce nom-là chez Eastern Airlines, pas plus que de pilote de la RACF ou de membre du CCC. Il était inconnu à Philadelphie. Ses empreintes digitales n'avaient jamais été relevées où que ce soit aux États-Unis. Il n'avait jamais immatriculé de voiture ou de bateau, déclaré une arme ou déposé une plainte. Il n'avait jamais payé d'impôts. Certes, son identité était sans doute fausse, mais même les fausses identités laissaient davantage de traces que cela. Pour autant qu'il pouvait en juger, il n'y avait pas de Joe Lucadello. Il avait joué au golf toute la matinée avec Casper le Borgne, le petit fantôme.

Histoire de se dire qu'il n'avait pas perdu toute l'après-midi, il vérifia ce qu'avait raconté l'Ambassadeur. Tout était vrai : il était allé chez Johnny mais il était reparti, il avait bel et bien été voir les gens de l'université, qui étaient extrêmement désireux de savoir si Mr Corbett paraissait disposé à donner son approbation à la construction du théâtre. « Il est difficile de savoir ce que pense l'Ambassadeur, répondit Hagen. Mais je vous souhaite bonne chance. »

Il jeta de nouveau un œil à sa montre. Il avait à peine le temps de se changer pour être à l'heure au vernissage de l'exposition du musée d'art.

Il fonça à l'hôtel et se prépara à sortir dans l'affolement comme s'il était horriblement en retard mais il arriva en avance au musée, comme à son habitude. Le vernissage ne devait commencer que vingt minutes plus tard. Theresa, qui était présidente du comité des acquisitions du musée, était allée chercher l'artiste à l'aéroport. La gardienne ratatinée qui veillait sur la corde de velours agita son doigt sous le nez de Tom en lui enjoignant d'attendre là, mais le directeur du musée se précipita vers lui et se fondit en excuses.

Tom n'avait jamais entendu parler de cet artiste, mais il s'aperçut aussitôt que cette exposition était pour Theresa une manière de compromis agrémenté d'un clin d'œil malicieux. Il ne put s'empêcher de sourire. Elle était diplômée d'histoire de l'art et ses goûts la portaient vers la peinture abstraite. La plupart des dames de son comité étaient des femmes de propriétaires de ranch aux cheveux bleus qui ne connaissaient rien à l'art mais savaient en revanche ce qu'elles aimaient. Elles aimaient les huiles lugubres d'Indiens. Elles aimaient Norman Rockwell. Elles aimaient certaines des œuvres de jeunesse de Picasso. L'exposition s'intitulait « Chats, Voitures et Bande dessinée : Le Pop Art d'Andy Warhol ». Les voitures avaient l'air d'avoir été copiées dans des publicités de magazine, avec une même image de voiture de sport répétée en multiples exemplaires de différentes couleurs soigneusement alignés. Les bandes dessinées étaient des agrandissements éclatés de Popeye et de Superman. Les cheveux bleus tombèrent en arrêt devant les chats, ceci étant, y compris le vert aux yeux rouges qui lui donnait la chair de poule.

On abaissa la corde. Toujours pas de Theresa. Une foule clairsemée s'assembla peu à peu.

« Jolie voiture », dit Michael en montrant le tableau du doigt. Il était venu avec un groupe d'actionnaires et de prête-noms de leur plus grosse société immobilière, accompagnés d'Al Neri et de quelques autres gorilles. Après le vernissage, ils étaient tous invités à un dîner privé que donnait Enzo Aguello dans la salle de danse tournante du Castle in the Sand. « Mais avec toutes ces couleurs, c'est difficile de choisir.

— Je crois bien que c'est plus ou moins ce qu'il a voulu dire », dit Hagen.

Theresa finit par arriver en compagnie de ce qui devait être l'artiste, un frêle jeune homme impavide avec des cheveux blond rose et des lunettes à verres rouges. Les cheveux bleus s'agglutinèrent autour de lui.

« Ton ami Joe a l'air d'un type bien, dit Hagen.

— Oui, répondit Michael. C'est des plus chics types que j'aie jamais rencontrés.

— Ah oui ?

— Tu as passé un bon après-midi ? » lui demanda Michael.

Le ton n'était pas particulièrement aimable.

Comment avait-il pu être au courant, pour le croupier de blackjack de Bonanza Village ? Hagen avait pris toutes les précautions. Était-ce les fleurs ? Des écoutes téléphoniques ?

« Tu n'as rien trouvé, n'est-ce-pas ? »

Lucadello. C'était donc de ça qu'il s'agissait. « J'ai juste passé quelques coups de fil à son sujet, dit Tom. J'avais d'autres paperasses à régler. Mais pour répondre à ta question, non. Je n'ai rien trouvé.

— Si tu voulais des renseignements sur mon ami Joe, pourquoi ne pas t'être adressé à moi ?

— Simple curiosité », répondit Hagen.

Michael leva son verre de vin et pointa le menton en direction du chat vert. « Attention à ne pas te brûler les pattes, dit-il.

— Tu as eu des échos ?

— Aucun, répondit Michael en passant au sicilien. Je sais comment tu raisonnes, Tom. Je me doutais de ce que tu allais faire. Tu es comme ça, c'est pour ça que tu es un si bon avocat.

— Alors, à quelle Famille il appartient ? demanda Tom, également en sicilien. J'ai contacté Nunzio à Philadelphie...

— Pourquoi t'imaginer tout de suite qu'il fait partie de notre milieu, Tom ? Parce qu'il a un nom italien ? Tu me déçois.

— Pas parce qu'il a un nom italien, non. Tu me prends pour qui ?

— Bon, ça va. Joe te dira lui-même tout ce que tu veux savoir. » Michael repassa à l'anglais. « Ou plus exactement, tout ce que tu as besoin de savoir. De toute façon, nous avons rendez-vous avec lui dans ma suite à minuit. »

Theresa s'était échappée du cercle qui s'était attroupé autour de l'artiste pour se précipiter vers son mari et Michael. « Alors, qu'est-ce que vous en pensez ?

— Sensationnel, dit Michael.

— Visionnaire », ajouta Tom.

Elle l'enlaça comme s'ils étaient encore des collégiens.

« Je déteste, moi aussi, dit Theresa. Mais croyez-moi, ça va faire un malheur. Et lui aussi.

— L'avion a eu du retard ? » demanda Tom en écartant les bras comme le Sergent, ce qui arracha un sourire à Michael.

Theresa fit non de la tête. « Il m'a demandé de m'arrêter sous prétexte qu'il voulait descendre le Strip à pied. Il est resté planté sans bouger devant un fronton, perdu en contemplation, comme hypnotisé, je ne sais pas combien de temps. Une éternité. Il a recommencé devant la vitrine d'une boutique de cadeaux. Et puis il a récupéré tous les prospectus de bordel sur lesquels il a pu mettre la main. Des centaines, à des fins artistiques, évidemment, et qui a fini par se les coltiner ? Moi.

— Évidemment ? répéta Tom.

— Les filles, ce n'est pas son truc », murmura Theresa en aparté.

Tom détourna les yeux de Michael.

« En tout cas, il est en train de raconter à tout le monde que l'Amérique sera bientôt Las Vegas. Pas *comme* Las Vegas. Mais qu'elle sera Las Vegas. Ça fait à peine trois heures qu'il est là. »

Michael haussa les épaules. « Il y en a qui comprennent vite. »

En remontant dans la suite de Michael, après le dîner, ils trouvèrent Joe Lucadello qui faisait une réussite au bar, dans son pantalon orange et sans sa chemise.

« Tom. Quelle chance. Entrez. » Comme s'il était dans sa suite. « Mike m'a dit que vous aviez envie de mieux me connaître. Je suis flatté. »

Tom n'avait pas lâché Michael d'une semelle depuis le musée. Il voyait mal à quel moment Michael aurait eu le temps de lui dire quoi que ce soit.

Al et Tommy Neri les avaient suivis. Michael leur fit un signe de tête et ils allèrent dans la pièce d'à côté en refermant la porte derrière eux.

« Ah oui, Mike vous a dit ça ? » Hagen parcourut la pièce du regard et comprit aussitôt pourquoi elle lui semblait si familière. Le billard. C'était la suite qu'occupait Fredo avant son mariage. Elle avait été redécorée, mais le billard était toujours le même. Michael mit la télévision, à fond. Le poste avait également été changé. Fredo laissait la télévision allumée en permanence pour éviter le silence. Mais à présent, on l'allumait pour couvrir d'éventuels micros. C'était le programme de fin de soirée, un vieux film avec des acteurs en toge.

Joe brandit d'une main une bouteille entamée de Pernod, et de la seconde, une autre, intacte, de Jack Daniel's, et haussa les sourcils. Hagen en profita pour essayer de regarder derrière le bandeau, mais en vain.

« Pas pour moi, dit Tom. Écoutez, je ne veux pas avoir l'air de manquer de respect, mais j'ai eu une longue journée et ce n'est pas encore fini, alors pourriez-vous me dire ce qui se passe ? Qui que vous soyez.

— C'est Joe Lucadello, dit Michael en rangeant les boules dans le triangle. Je te jure que c'est vrai.

— Même si ça fait quinze ans que je n'ai pas été Joe Lucadello, admit Joe.

— Ah oui ? fit Hagen. Alors qui êtes-vous ?

— Personne. N'importe qui. Mike me connaît sous le nom de Joe Lucadello, puisque je m'appelais ainsi à l'époque où on s'est rencontrés. Je suis toujours Joe Lucadello, évidemment, mais comme vous avez pu le vérifier par vous-même, à part la fiche d'hôtel d'hier soir – qui disparaîtra, au fait – il n'y aucune trace de moi nulle part. Quelques personnes se souviennent encore de ce jeune homme, mais c'est tout.

— Si je comprends bien, dit Hagen. Vous êtes un fantôme. »

Joe éclata de rire. « Pas mal, Tom ! Vous brûlez ! »

Michael fit un tel fracas en cassant que Tom faillit tomber de son tabouret de bar.

Soudain, ça lui sauta aux yeux. Qu'est-ce qui était aussi insaisissable qu'un fantôme ? Une barbouze. Joe était une barbouze. CIA.

« Vous êtes sûr que vous ne voulez pas un verre. Vous êtes une vraie boule de nerfs.

— Il boit beaucoup de café. » Michael rentra deux boules de la casse. Il continua à tirer. « Tu n'imagines pas. Des litres.

— Ça finira par vous tuer », dit Joe.

Hagen se retourna vers Michael sans se lever de son tabouret. « C'est quoi cette histoire ? Un type borgne que tu n'as pas revu depuis que le bon Dieu a quitté Chicago passe comme ça, alors qu'il est vacances, en prétendant qu'il est à...

— La CIA, l'interrompit Joe.

— Et on est censé le croire ? Sans vérifier... »

Michael expédia la boule numéro deux dans une poche d'angle bien plus violemment que nécessaire.

« Tu es à côté de la plaque, Tom, lui dit-il en sicilien. Cette manie de tirer des conclusions à la hâte. Qu'est-ce qui te permet de dire que je ne l'ai pas vu depuis des années ? Je t'ai simplement dit que c'était mon ami Joe que j'avais rencontré au CCC. Qu'est-ce qui te permet de dire que je n'ai pas vérifié par moi-même pour qui il travaillait ? Qu'est-ce qui te permet de dire qu'il est passé me voir et non qu'il est ici pour discuter affaires avec nous ? »

Hagen fronça les sourcils. *Nous ?*

Et comment Hagen – ou Michael, en l'occurrence – pouvait être sûr que Joe ne comprenait pas le dialecte sicilien ?

Michael réussit un coup délicat en faisant une bande sur la trois avant de la rentrer comme si c'était un jeu d'enfants. « Tom, tu étais mon avocat devant la commission du Sénat, dit-il en anglais, et tu as fait un excellent travail, mais... »

Boule numéro trois, poche latérale.

« ... heureusement, j'avais un autre système de défense.

— Défense, c'est beaucoup dire, intervint Joe en ramassant les cartes sur le bar. Une assurance, tout au plus. Juste un petit service entre amis. Vous avez fait du si bon boulot, Tom, qu'on n'a pas eu besoin de faire grand-chose. »

Grand-chose ?

Michael posa la queue de billard.

Le fait est, expliqua-t-il, que Joe l'avait contacté peu après la rafle de la ferme de l'État de New York, au moment où le FBI avait mis en place son plan de lutte contre la pègre baptisé Top Hoodlum Program et qu'à l'évidence la soi-disant Mafia allait être talonnée sans relâche. Il n'avait pas revu Joe depuis le jour où Billy Bishop avait demandé à voir le brevet de pilote de Michael et qu'il avait protégé Joe en répondant qu'il n'en avait pas. Entre-temps, Joe, dont l'avion avait été abattu au-dessus de Remagen, s'était échappé d'un camp de prisonniers puis il avait été affecté aux services secrets américains. Après cela, tout s'était enchaîné. De nombreuses missions en Europe. Puis les dernières années, retour au pays natal. En bref, Joe – qui lui avait toujours été reconnaissant – s'était dit qu'il pouvait peut-être rendre service à un vieil ami. Il avait divers moyens de lui éviter la prison, de le préserver d'éventuelles poursuites. En ce cas, le FBI ne saurait pas qui était le responsable, ni même ce qui s'était passé. Qu'est-ce que ça cachait ? avait demandé Mike. Rien, avait dit Joe. On ne cherche pas d'informateurs, comme le FBI. Rien qui puisse t'attirer des ennuis dans ton milieu. La seule chose qu'ils voulaient, c'était un arrangement sur la base d'une simple prestation de service payée cash, c'est tout. Si jamais Michael n'avait pas envie d'envoyer des hommes pour effectuer un travail qu'on lui demandait, ce n'était pas un problème, lui avait promis Joe. Il lui suffisait de refuser et il n'en entendrait plus parler. Joe ne cherchait pas un esclave ou un suppliant terrorisé. Juste un marchand.

Hagen commença à passer en revue toutes les opérations qui l'avaient laissé songeur, mais il s'arrêta. Il ne pouvait pas se le permettre.

« Et comment se fait-il que tu décides soudain comme ça de m'embarquer là-dedans ? demanda Hagen.

— Joe a une proposition à nous faire, répondit Michael. Et j'ai besoin de tes conseils. C'est un pas important. Un pas en arrière par rapport à nos objectifs, mais qui nous permettra ensuite de faire un énorme bond en avant. Si nous acceptons, j'aurai besoin que tu sois derrière moi à cent pour cent.

— Une proposition ? »

Michael reprit sa queue de billard, la pointa en direction de Joe pour lui donner la parole puis entreprit d'évaluer les divers angles de tir de la boule numéro quatre qui paraissait injouable.

Joe donna une claque sur l'épaule de Tom. « Ce que je m'apprête à vous dire, soit ça vous dit et vous êtes des nôtres, soit on oublie tout. C'est de deux choses l'une. De toute évidence, je m'adresse à des hommes qui connaissent la règle de conduite dans ces conditions. »

Michael rata le coup, mais de peu.

« Il y a de ça longtemps, dit Joe Lucadello, j'ai dit à Michael – je parie que tu t'en souviens, Mike, on parlait de Mussolini – je lui ai dit que dans l'histoire, il n'y a jamais eu personne, ni héros, ni bandit, ni dirigeant d'aucune sorte qu'il ait été impossible de tuer. »

Michael acquiesça d'un signe de tête. « Ça m'avait marqué.

— En un mot, voici ce que vous propose le gouvernement. Ça vient directement d'Albert Soffet en personne – Soffet était le directeur de la CIA – avec l'approbation du président. Que diriez-vous – et je parle de vos intérêts commerciaux – de retourner à Cuba pour reprendre vos activités là où vous les avez laissées ? Que diriez-vous d'être payés pour effectuer pour nous un travail qui vous en donne la possibilité ? Et royalement payés, avec ça. Une rémunération parfaitement légale, jusqu'au dernier cent, et nous pouvons même nous arranger pour qu'elle soit exonérée d'impôts. Nous vous aiderions même à former vos hommes. En fait, c'est un point sur lequel nous insistons.

— Les former ?

— La révolution a changé bien des choses. Les hommes que vous enverrez pour faire le boulot ont besoin d'être mis au courant. Certains patriotes cubains en exil peuvent également se montrer utiles. Ces gens, nous les connaissons. Nous savons quelles sont leurs capacités et leurs limites. Et puis il y a une procédure précise à suivre, pour que personne ne se retrouve en prison, que ce soit aux États-Unis ou, pire encore, à Cuba. Le risque étant – soyons bien clairs – que si jamais ça se passe mal, nous n'aurons rien à voir là-dedans. Si les Russes croient que nous sommes derrière, nous allons tout droit vers la Troisième Guerre mondiale. Naturellement, si vos hommes ont des ennuis, nous ferons notre possible pour les aider, mais pas au risque de révéler notre implication dans le projet. Vous, ou plus exactement vos hommes, vous aurez agi en tant que simples citoyens. Vous ne m'avez jamais rencontré. Je n'existe pas. »

Hagen aurait souri de voir Joe leur expliquer tout par le menu – ils n'avaient incontestablement pas affaire à un quelconque affranchi – s'il n'avait suggéré un complot d'une telle énormité. Le meurtre d'un simple flic de base était contraire aux principes de leur tradition, songea-t-il. S'ils assassinaient le dirigeant d'un autre pays, ils ne s'en tireraient jamais.

Et contrairement à ce que le public, le FBI et manifestement la CIA semblaient penser, s'ils assassinaient, c'était pour une raison – la nécessité de se protéger, la vengeance – et non contre une rétribution.

Mais n'était-ce pas une vengeance ? Des hommes étaient morts pour avoir volé une centaine de dollars à un usurier des Corleone. Lorsque le gouvernement cubain avait saisi ou fermé leurs casinos – cela ne revenait-il pas à leur avoir volé des millions ?

Et à quels principes au juste obéissait un Don qui s'était retiré des affaires ?

En un spectaculaire tir combiné, Michael Corleone rentra la quatre dans la poche latérale. La six roula derrière la cinq comme un homme se répandant en excuses sur les talons d'une amoureuse courroucée puis elles disparurent toutes deux dans la poche d'angle.

« Sensass, dit Joe. On aura tout vu. »

Sur ces entrefaites, on frappa à la porte.

« On attend quelqu'un ? demanda Hagen.

— Il est en retard, dit Joe en laissant cependant Michael aller ouvrir la porte. Désolé. Comme vous le savez peut-être, il est presque toujours en retard. »

C'était l'Ambassadeur, Mr Corbett Shea.

« Désolé, messieurs », dit-il. Les hommes de la protection restèrent dans le couloir, ce qui signifiait qu'ils avaient été autorisés à fouiller la suite au préalable. « J'avais deux trois choses à régler avec mes fils. Alors, est-ce que je peux annoncer au président et au secrétaire d'État à la Justice que le marché est conclu ? Ou avez-vous des questions que je peux me charger de leur transmettre ? Comment dites-vous, déjà, monsieur le *Con-si-gui-li-é-ri* ? Si le président a besoin de quoi que ce soit, tenez-le pour fait ? »

Chapitre 27

Après le départ de Shea et Lucadello, Hagen se servit un verre bien tassé et sortit sur le balcon. Le nom de Johnny Fontane s'étalait sur le fronton du casino d'en face, la Kasbah. La boîte de Chicago. Aucun artiste n'« appartenait » à une Famille spécifique, mais depuis des années Hagen n'avait toujours pas digéré que les Corleone aient pu laisser la plus grande attraction de Las Vegas traverser la rue pour aller jouer dans le casino de leur pire rival. Hagen n'éprouvait pas pour Johnny la même affection que Vito et Fredo, et, dans une certaine mesure, Michael. Ce dernier avait raison de dire que les Familles ne pouvaient pas se battre sur des questions aussi dérisoires que la programmation de tel ou tel chanteur dans un casino ou un autre, toutefois, en réalité, il couvrait Fredo qui était chargé à l'époque de superviser les spectacles donnés dans les hôtels des Corleone. Croyant que les liens d'amitié qu'il entretenait avec Johnny lui épargnaient des négociations, Fredo avait été stupéfait le jour où Fontane – qui était également ami avec Russo, après tout – avait signé un contrat exclusif de six ans à la Kasbah. L'amitié, rien à foutre. Les affaires étaient les affaires.

Là encore, c'étaient les affaires. Il respira à fond. Ses émotions devaient rester en dehors de ça.

La porte-fenêtre s'ouvrit et Michael le rejoignit sur le balcon. Michael avait réglé le tuner de la chaîne hi-fi encastrée dans le mur sur une quelconque radio, de nouveau pour se protéger d'éventuels micros, sans doute. De l'opéra. Hagen n'aimait pas particulièrement l'opéra, Michael le savait pertinemment. Il ne prit pas la peine de protester.

« Ce n'est pas la première fois que tu entendais parler de cette proposition, dit Hagen. Depuis combien de temps es-tu au courant ? »

Michael alluma son briquet, une chose sertie de pierres qui portait une inscription gravée. Son visage luisait sous la flamme. Il aspira longuement sur sa cigarette. « Depuis la dernière fois où je suis allé à Cuba.

— La dernière fois que tu es allé à Cuba, tu... » *étais avec Fredo.* Hagen préférait éviter d'entrer dans ce genre de considérations. « La révolution était en marche. Ils le savaient déjà ? Tu le savais déjà ?

— On en a discuté, dit Michael. Sur le moment, c'était plus une idée qu'une proposition. Son idée. On n'a fait qu'en parler. À l'époque, je croyais que la révolution l'emportait de loin sur le charisme d'un seul homme. Je ne pensais pas qu'on changerait grand-chose en l'assassinant.

— Et aujourd'hui ?

— Toujours pas. Seulement maintenant, je crois que même si ça change quelque chose, ça ne change rien. »

Encore une énigme. Tom avala une rasade.

« Je t'aime beaucoup, dit-il, mais il est peut-être temps que nos chemins se séparent, toi et moi. Professionnellement, du moins.

— Je pensais justement le contraire, répondit Michael.

— Tu peux penser ce que tu veux, moi je te le dis, j'en ai jusque-là qu'on ne me dise jamais rien, j'en ai ma claque de tout ça, une fois je suis dans le coup, une fois hors du coup, une fois oui, une fois non. Une fois je suis ton frère, la fois d'après, juste ton avocat. Une fois, je suis ton *consigliere*, la fois d'après, un simple politicien à ta solde, une fois je suis chargé de tout régler à ta place quand tu pars à l'étranger, la fois d'après je ne suis qu'un pauvre minable que tu ne consultes même pas pour une affaire de cette envergure. Tu savais très bien que je ne dirais rien, que ce soit dans un sens ou dans l'autre, au sujet... que je ne dirais pas un mot, en fait, devant un homme que je ne connais que depuis ce matin, sans en avoir discuté avec toi au préalable. Et encore moins devant Corbett Shea. Et pourtant, pour une raison qui m'échappe, je me retrouve obligé d'essayer de comprendre tout seul et c'est toi qui l'as voulu.

— Écoute, Tom, il n'y a rien à comprendre. Je voulais que ce soit lui qui te mette au courant parce que c'est son opération. Pas la mienne. De notre côté, ce serait une simple prestation de service. Et puis Mickey Shea offre la garantie que le président est derrière. Tu as bien vu comme il était furieux, Mickey ? Pour nous, c'est une question d'affaires – d'argent, d'opportunités, de pouvoir. Pour eux, c'est une question de vengeance. Je n'en étais pas sûr, au départ, mais le mieux, c'était de pouvoir m'en rendre compte par moi-même. »

Mickey Shea. Hagen n'avait jamais entendu personne l'appeler ainsi, à part le Don. Vito.

« Tu veux qu'on en parle, Tom, eh bien, parlons-en. Cette opération est en soi un pas important pour nous. Et un pas d'autant plus considérable qu'on est obligés de s'associer pour l'occasion avec l'équipe de Geraci. Théoriquement, on devrait pouvoir faire appel aux hommes que nous avons au Nevada, mais le seul qui soit réellement prêt à effectuer ce genre de travail serait Al Neri, or nous ne pouvons pas risquer de le perdre. Il est plus que probable que c'est une mission suicide. Si nous laissons les hommes de Geraci s'en charger, soit ils réussissent, soit ils échouent. S'ils échouent, on se sera arrangés pour ne pas y être mêlés. Geraci essuiera toutes les retombées. Nous pas. Après tout, je me suis retiré des affaires. »

Hagen croqua un glaçon, le regard perdu dans l'ombre si proche du désert.

« Il est possible qu'ils réussissent, poursuivit Michael et que les communistes restent tout de même au pouvoir. Et alors ? Le monde n'en sera ni pire ni meilleur et nous récupérerons un petit quelque chose pour la peine. Mais imagine, Tom. Imagine que ça change quelque chose. La liberté est restaurée, et nous, nos affaires reprennent à Cuba. En toute légalité et dans des proportions qui dépassent tout ce que nous possédons aujourd'hui. Notre gouvernement et le régime fantoche que les États-Unis installeront à Cuba nous seront redevables, suffisamment pour que nous ayons la certitude d'être rétablis sur place avant toutes les autres Familles. Il nous sera facile de convaincre les autres membres de la Commission que Geraci et ses hommes n'étaient pour nous que de simples marionnettes. Si le fait que nous ayons collaboré avec le gouvernement suscite la moindre rancœur, elle sera vite apaisée par les millions qu'ils amasseront grâce à nous dès que Cuba rouvrira ses portes. En tout cas, quelle que soit l'issue de tout ceci, nous toucherons la moitié de la somme que le gouvernement est prêt à payer et Geraci, l'autre moitié. Il ne saura jamais que ça vient de nous. Joe et ses associés l'approcheront sans faire allusion à nous. Nous toucherons la moitié de ce qu'ils paient, de la même manière que Geraci nous reverserait une part sur n'importe quelle grosse affaire, si ce n'est que là, Joe nous l'apportera directement. Geraci est trop opportuniste, trop agressif pour refuser une offre pareille. Et il a à sa disposition tous ces Siciliens qu'il peut charger de l'opération – des types courageux, déterminés, qui présentent en plus l'avantage de n'avoir aucune règle en ce qui concerne l'assassinat de flics ou de représentants du gouvernement. Dans le cas improbable où Geraci vient nous voir pour nous demander notre avis et notre bénédiction, nous nous contentons de lui répondre que nous ne nous occupons plus de ce genre de choses. S'il nous propose une part des gains, nous déclinons poliment son offre. Il n'apprendra le fin mot de l'histoire que s'il réussit – sans doute par l'intermédiaire de son parrain, Don Forlenza. Encore une fois, et alors ? Geraci sera devenu un héros et c'est à nous tous qu'il le devra. Mais il y a un point essentiel, Tom : j'ai besoin d'avoir avec moi quelqu'un de si intelligent et de si loyal que je, que nous fonctionnerons avec deux cerveaux. Je ne peux pas, je ne veux pas me lancer là-dedans si tu n'es pas à mes côtés.

— Tu as déjà tout analysé en détail sans moi, répondit Hagen. Tu aurais ton vieux copain Joe à tes côtés. Neri, également. Geraci pour le sale boulot. Je ne suis pas indispensable, Mike. Tu as vu le nombre de morts qu'il y a déjà eu parmi nous et ça fait des siècles que ça dure, chaque année la liste s'allonge. Inutile d'aller grossir les rangs.

— Mais moi, j'ai besoin de toi, Tom. Tu connais l'Ambassadeur depuis des années. Le président ne nous fera rien si le vieux s'y oppose.

— Tu pourrais envoyer quelqu'un d'autre. Un avocat, un juge, quelqu'un comme ça.

— Tu es la seule personne au monde en qui j'ai confiance. Tu le sais. Si j'ai pu te mettre à l'écart de certaines décisions, ce n'est ni parce que je ne t'appréciais pas, ni parce que je n'avais pas besoin de toi. Mais pour te protéger.

— Me protéger, ah oui ? Trop aimable.

— Que veux-tu que je te dise ? Tu veux que je te dise que je suis humain ? Que j'ai fait des erreurs, surtout en ce qui te concerne, et que je suis désolé ? C'est ça que tu veux ? »

Tom soupira. « Bien sûr que non. Ce que je veux, ce sont des réponses claires. »

Michael tendit la main comme s'il s'effaçait devant lui. « Vas-y, interroge-moi, Maître.

— Ce bandeau sur l'œil, c'est sérieux ou non ?

— C'est ça ta question ?

— J'en viendrai aux autres après.

— Il m'a parlé d'une blessure de guerre. Je n'y ai plus jamais repensé.

— Et lui, il est sérieux ? Tu es sûr que c'est réglo, tout ça ? L'Ambassadeur a peut-être fait élire son fils, mais il n'a aucune fonction officielle. Je ne lui ai jamais fait confiance et je suis sûr que toi non plus.

— J'ai d'abord été contacté par Joe, mais quand je me suis dit qu'il était possible qu'on accepte, j'ai insisté pour rencontrer Albert Soffet. Quand je suis venu à Washington pour les réunions de transition, je n'ai pas rencontré tous ces gens-là, tu le sais bien. Mais j'ai rencontré le directeur Soffet. Même à l'époque, je trouvais que c'était trop risqué. C'est comme l'invasion qui a capoté, elle a reçu l'approbation de la précédente administration. Joe a dit la vérité. Soffet m'a dit la même chose. L'armée américaine ne peut pas envahir Cuba parce que les Russes exerceraient des représailles. Si les États-Unis se contentent de sanctions économiques, d'ici cinquante ans, les Communistes seront encore au pouvoir. Mais notre gouvernement n'ose pas agir directement. Par conséquent, ils ont besoin de recourir à d'autres moyens. Ils ont essayé le Plan A et il a échoué. Nous sommes le Plan B.

— Dois-je en conclure que c'est la véritable raison pour laquelle tu t'es retiré des affaires ?

— Oui et non. Écoute, tu sais déjà presque tout. Tu en sais plus que moi sur l'aspect financier de nos activités légales. Tu es au courant de tout ce que nous avons fait pour aider le président à être élu. Et quant au fait d'avoir mis tous les intermédiaires dans la même équipe pour qu'on puisse les utiliser, Geraci et moi, indépendamment l'un de l'autre – franchement, Tom, si tu étais sicilien, on appellerait ça un *regime*. »

Hagen avala une autre rasade.

« Je plaisantais », dit Michael.

Hagen fit s'entrechoquer les glaçons dans son verre. « Tu entends ? Ça, c'est moi qui ris. »

Une sirène se mit à hurler, puis une autre. Deux camions de pompiers passèrent à toute allure. Il y avait un grand incendie à l'autre bout de la ville.

« Bon, d'accord. Je ne t'ai pas tout dit. J'avais deux autres points à régler. Et je ne pouvais pas le faire en n'étant qu'un simple citoyen, alors j'ai passé un arrangement avec la Commission pour que... enfin, bon sang, Tom, là encore, c'est toi qui as monté le coup.

— Si je comprends bien, un des deux points en question est l'opération de Cuba ?

— Non. Cuba n'est qu'un moyen pour arriver à mes fins. »

Tom tapota sa veste à la recherche d'un cigare et finit par en trouver un dans sa poche de poitrine. Il se laissait amadouer. Bien qu'il doutât comme bien des orphelins de la constance des liens humains, il savait au fond de lui qu'il était à jamais voué à demeurer le *consigliere* de Michael.

Michael alluma son briquet. Pour un fumeur, il levait la flamme étrangement haut.

Hagen coupa l'extrémité de son cigare cubain du bout des dents.

« Merci, dit Hagen. Joli briquet.

— On me l'a offert, dit Michael.

— Et ces deux points ? » demanda Hagen.

Michael alluma une autre cigarette en montrant la Kasbah. « Numéro un.

— Fontane ? dit Hagen. J'en ai assez des devinettes.

— Fontane ? ricana Michael. Mais non. Je parlais de *Russo*. Si je me retire des affaires, complètement, Louie Russo a amassé un tel pouvoir ces dernières années que la Commission finira par le nommer *capo di tutti capi*, ce qui porterait un sérieux coup à nos intérêts, en particulier ici et au lac Tahoe. À Cuba aussi, si jamais c'est rouvert. Il s'en prendrait à nous et nous n'aurions aucun moyen de l'arrêter. Nous avons toute une équipe, ici, mais elle est relativement restreinte et c'est essentiellement des gros bras. Si jamais nous nous retrouvons sans siège à la Commission et avec Russo *capo di tutti capi*, nous allons nous faire écraser politiquement et c'en sera fini de nous.

— C'est vrai », acquiesça Hagen.

Le présentateur radio leur annonça qu'ils avaient écouté des extraits choisis de *La Cavalleria rusticana* de Mascagni, puis se lança dans une réclame de bière avec des débordements d'enthousiasme.

« Sans compter que, sachant ce que pense l'Ambassadeur, si jamais Russo devient *capo di tutti capi*, j'ai bien peur que Tête de Bite ne finisse par avoir ses entrées auprès du président à notre place.

— Ça, je l'avais plus ou moins compris, répondit Hagen. Mais c'est la première fois que je t'entends l'appeler comme ça. Je n'ai jamais entendu appeler un Don par son surnom.

— Eh bien, il y a une raison à ça et c'est précisément ce qui m'amène à mon second point. » Michael sourit. Son sourire n'était pas dénué de joie. « Tu veux savoir qui m'a donné ce briquet ?

— Laisse-moi deviner. Russo.

— Alors soudain, comme ça, on veut jouer aux devinettes ? Non, Tom. Pas Russo. »

Michael lui parla de ce qui s'était passé avec Geraci.

Il lui parla de sa tentative d'assassiner Geraci.

Il lui parla de la nécessité de recommencer, quand ce serait le bon moment.

Hagen l'écouta en silence, sachant qu'il aurait dû être furieux d'avoir été si longtemps tenu à l'écart au lieu d'être en proie à cette exultation qu'il s'efforçait en vain de refréner.

Il se versa un autre Jack Daniel's. Michael, qui ne buvait quasiment jamais, pas même du vin, lui demanda de lui en préparer un.

« J'ai une question, dit Hagen en lui tendant son verre. Qu'est-ce qui empêche la CIA de nous faire exactement ce que tu comptes faire à Geraci ? Se servir de nous pour l'opération puis se débarrasser de nous dès que ce sera fait ?

— Ça fait du bien de collaborer de nouveau avec toi comme ça, dit Michael.

— Alors ?

— Touché, admit Michael. C'est le piège. Mais on a des relations qui peuvent nous aider à monter le FBI contre la CIA et inversement, dans une certaine mesure, tout du moins. Et n'oublie pas qu'on a un membre de la famille au Département de la Justice.

— Qui ça, Billy Van Arsdale ? se moqua Hagen. Ce gamin croit encore qu'il a décroché ce boulot grâce aux relations de ses parents. Il fera tout son possible pour nous éviter.

— Il fera ce qu'on veut qu'il fasse, répondit Michael, autrement dit, jouer les taupes. Il est ambitieux et il nous en veut. Il se dit que s'il est coincé à la bibliothèque de droit au lieu de tenir des conférences de presse ou de plaider, c'est parce qu'il est apparenté à nous par son mariage. Nous n'avons pas besoin de nous servir de nos relations pour assurer sa promotion. Il se servira de nous – de ce qu'il croit savoir de nous – pour s'en charger lui-même. Et après, on lui demandera, poliment, de nous aider.

— En d'autres termes, dit Hagen en se mordant la lèvre pour s'empêcher de sourire, on lui fera une offre qu'il ne pourra pas refuser. C'est génial, Mike. Le vieux aurait été fier. »

Vito Corleone n'avait jamais mis les pieds à Las Vegas, mais les deux hommes qui se tenaient sur le balcon sentirent la force de son héritage peser sur eux comme une main ferme et chaleureuse.

« On verra, répondit Michael. La seule manière de tester un plan est de le mettre à exécution.

— À l'exécution », dit Hagen.

Ils trinquèrent à ce jeu de mot sinistre.

Livre VIII

1961-1962

Chapitre 28

C'est ainsi que Michael Corleone et Nick Geraci entamèrent leur dernière année de collaboration dans l'impasse totale de la guerre froide.

Ils s'étaient mutuellement attaqués et croyaient à tort que l'autre l'ignorait.

Ils étaient tous deux paralysés par un secret qu'ils croyaient être seuls à détenir, craignant à tout instant de se trahir.

Ils rêvaient peut-être de s'assassiner l'un l'autre, mais ils étaient dans l'impossibilité de le faire.

Geraci ne pouvait courir le risque de s'en prendre à Michael (ou à Russo, d'ailleurs) sans obtenir au préalable l'aval de la Commission, ce qui était fondamentalement impossible sans en être membre. Par ailleurs, et ce qui était tout aussi important, tuer Michael revenait à tuer la plus puissante armée de corrompus que le monde ait jamais connue : hommes politiques, juges, représentants de syndicat, flics, capitaines des pompiers, inspecteurs des travaux publics, coroners, rédacteurs de journaux et de magazines, réalisateurs des actualités télévisées, dactylos placées à des postes stratégiques. Michael et Hagen étaient les seuls à connaître tous ceux qui étaient à la solde de la Famille et les rouages détaillés de l'opération, or Hagen semblait incorruptible. Michael avait joué avec la dignité de Hagen, mais ces deux-là avaient autant besoin l'un de l'autre qu'un vieux couple. Quand bien même il se trompait là-dessus, Geraci avait raison : il était trop risqué d'essayer de retourner Hagen. Il avait à peu près une chance sur mille de réussir et neuf cent quatre-vingt-dix-neuf d'y perdre la vie. Même si Geraci parvenait à se débarrasser de Michael, il voyait mal Hagen – qui vivait au Nevada, n'était pas même italien et n'avait aucune chance de prendre la relève – lui dire, *Bon, OK, Nick, voilà comment ça marche*. L'accès à ce réseau de relations, aussi indirect soit-il, était pour Nick un atout trop précieux pour qu'il le compromette.

Quant à Michael, il avait bien trop besoin de Nick pour le tuer. Qui d'autre pouvait se charger de cette opération à Cuba ? Michael avait besoin de quelqu'un qui puisse à la fois choisir les meilleurs hommes, s'assurer que le boulot soit fait et être cependant éliminé ensuite : le profil exact de Geraci.

Et, ce qui était encore plus capital, pendant cette phase de transition, il était le seul boss crédible aux yeux des autres Dons. S'il tuait maintenant Geraci, Michael perdait toute chance de tenir la promesse qu'il avait faite à sa femme et à son père.

Son ex-femme. Son défunt père.

Peu importe. Le divorce et la mort sont des choses terribles, mais celui qui s'en sert pour rompre une promesse ne peut pas se considérer comme un homme d'honneur.

Nick Geraci n'avait jamais remarqué qu'il était sujet aux tremblements jusqu'au jour où Michael Corleone lui annonça qu'il était le nouveau boss. Par la suite, ceux-ci ne disparurent pas tout à fait, mais ils devinrent à peine perceptibles et s'expliquaient à chaque fois aisément (le froid, l'excès de café), jusqu'à cet été-là, à l'époque où il alla pour la première fois dans le New Jersey avec Joe Lucadello (qu'il prenait pour « l'agent Ike Rosen ») visiter le terrain marécageux que Nick avait trouvé quand il avait travaillé sur le projet de Colma Est avec Fredo. Quels que soient les mérites du projet de Fredo, le terrain avait été une bonne affaire. Geraci avait utilisé la grange pour entreposer diverses marchandises, et le reste du temps il n'en faisait rien. Il pouvait le revendre quand il le voulait au double du prix d'achat.

Ils s'y rendirent tous ensemble en voiture, Donnie la Poche au volant et Carmine Marino, le nouveau à bouille de gamin, également devant. Rosen avait un bandeau sur l'œil et n'avait pas du tout l'air juif. Il avait amené avec lui un autre agent, un type aux mâchoires serrées, très bourgeois protestant, qui disait s'appeler Doyle Flower. Le même représentant du Congrès qui avait certifié à Geraci que Michael n'avait jamais rencontré personne de l'équipe de transition présidentielle avait discuté de la question avec le directeur Albert Soffet, qui avait apparemment confirmé que Rosen et Flower étaient bel et bien des agents de terrain de la CIA. Geraci avait néanmoins demandé à Eddie

Paradise et quelques gorilles de suivre la voiture, par simple précaution.

Ils s'engagèrent dans le chemin boueux parsemé d'ornières qui menait à la grange. Depuis des années, les camions à ordures et les gens se servaient de cet endroit comme d'une décharge sauvage. Le terrain était couvert de cuisinières, de toilettes, de carcasses rouillées de voitures et de machines agricoles. Cet îlot de détritus qui se dressait au milieu d'une mare couverte d'algues faisait autrefois partie de l'ancien stade de base-ball d'Ebbets Field.

« Je parie que c'est un coin idéal pour coller vos macchabées, dit Rosen.

— Je n'en suis pas trop sûr », répondit Geraci qui disait vrai. S'il y avait des cadavres fraîchement enterrés sur le terrain, ce n'était pas l'œuvre de soldats. Tous les mafieux de la région – les gars de Stracci, essentiellement – savaient à qui il appartenait et se montraient respectueux. « Pour les flics, il n'y a pas meilleur bouc émissaire que nous. À chaque fois qu'on retrouve un type enroulé dans un tapis, on se fait accuser.

— On n'est pas des flics, répondit Rosen.

— Ma grand-mère avait un machin comme ça, dit Flower en parlant de la poche de colostomie de Donnie.

— On s'y fait, dit Donnie. Probablement comme le truc de pirate de votre pote.

— Vous avez chié ? demanda Rosen. Ça sent la merde là-dedans. »

Donnie prit un virage si sec qu'il fit gicler de la boue et il s'apprêtait à répondre une idiotie quand Carmine l'interrompit. « Ce n'est pas lui qui sent la merde. C'est le New Jersey. »

Flower et Geraci éclatèrent tous les deux de rire, ce qui détendit l'atmosphère. Carmine était né pour commander. Il avait presque trente ans, mais il en faisait dix de moins. Il était apparenté aux Bocchicchio par sa mère et, par ailleurs, il était le filleul de Cesare Indelicato, le Don de Palerme qui avait toujours été l'associé de Geraci dans le trafic de stupéfiants. Au départ, le gamin était venu comme otage lors de la première réunion de toutes les Familles. Cinq ans plus tard, il était déjà à la tête d'une équipe de petits nouveaux débarqués de Sicile qui travaillaient sur Knickerbocker Avenue.

Deux voitures étaient garées derrière la grange. Bien qu'il fasse grand jour, les deux voitures remuaient à la cadence d'accouplements illicites.

« Le seul problème qu'on a avec les gens du coin, c'est ça », dit Geraci.

La voiture d'escorte vint se ranger. Seul Eddie Paradise en descendit.

« Vous tremblez presque autant que ces bagnoles, dit Rosen. Ça va ?

— C'est Donnie et sa putain de climatisation », répondit Geraci, bien qu'il ne fasse pas particulièrement froid dans la voiture. Il descendit. Dès qu'il marcha un peu, les tremblements s'arrêtèrent.

Carmine sortit également. D'un geste souple, il dégaina un revolver glissé dans sa ceinture et tira dans la foulée trois balles dum-dum dans le flanc de la grange.

Les voitures qui étaient entrées sans autorisation se mirent à tanguer sur place ; à l'intérieur, les fornicateurs terrifiés essayaient de récupérer leurs vêtements éparpillés. Carmine tira à nouveau.

« Quatre d'affilée sur une grange, dit Flower. C'est impressionnant, pour un début. Mais je vous préviens, après, ça va se corser. »

Carmine salua au passage les voitures qui filaient à toute allure.

Ils éclatèrent tous de rire, même les agents. Geraci avait arrêté de trembler.

« La dernière fois qu'il a fait ça, dit Donnie, ces connards se sont embourbés. On est allés les aider à pousser, mais ils ont pris la fuite en courant. Un ami à nous s'est fait pincer alors qu'il démontait leur bagnole pour la vendre à la casse avec d'autres voitures volées, si tant est qu'on puisse dire qu'une bagnole abandonnée par des pervertis ait été volée. »

Momo le Cafard se trouvait à sa casse le jour où les flics y avaient fait une descente. Il était maintenant en prison pour vol aggravé.

« Elle avait des nichons de rêve, la fille de la Ford, dit l'agent Flower.

— Des nichons pareils, ce n'est même plus du rêve », renchérit Carmine.

Rosen hocha la tête, le regard dans le vague, en marmonnant « Pas mal, pas mal » et Geraci mit un moment à comprendre qu'il ne parlait pas de la poitrine de la rousse mais jaugeait le terrain.

« Vous trouvez ça comment ? » lui demanda Geraci.

Rosen continua à hocher la tête, trop perdu dans ses pensées pour lui répondre. Geraci les fit entrer dans la grange. Rosen grommela d'un air appréciateur. La bâtisse n'était délabrée que de l'extérieur. À l'intérieur, elle avait été fortifiée par le spécialiste qui s'occupait de blinder des voitures pour les Corleone.

« Quelqu'un a du papier ? » demanda Rosen. Il montra un crayon.

Flower sortit un petit bloc-notes de sa poche de chemise.

« Plus grand. » Rosen agita son crayon en l'air à un rythme que lui aurait envié Buddy Rich.

« On a un carton à pâtisserie », suggéra Eddie Paradise.

Rosen fronça les sourcils. À cet instant, on aurait presque pu voir ce qui se cachait derrière le bandeau. « Il me faut du papier.

— Désolé, dit Eddie. Je ne note jamais rien. Comme ça, ça m'évite de perdre quoi que ce soit. »

Geraci alla jeter un œil dans la voiture et trouva le cahier de sciences naturelles de Bev. « Ça vous va ? »

Rosen le remercia. Il s'assit à même le sol de la grange et fit des plans pour la reconvertir en gymnase. Il dessinait aussi vite que sa main le lui permettait. Il ressortit, trouva un endroit où construire une caserne dont il dessina également les plans. Sans doute inspiré par le spectacle de Carmine et Donnie qui tiraient sur les mouettes et les rats, juchés sur la crête qui dominait la mare, Rosen prit des mesures approximatives et crayonna un champ de tir.

Donnie ratait tous ses coups, mais à voir Carmine pulvériser les mouettes dans des gerbes de plumes rosies par le sang, on aurait dit Buffalo Bill. À part ceux qui avaient été flics ou fait la guerre, dans leur milieu, la plupart des hommes, Geraci compris, étaient bel et bien incapables de toucher une grange à dix pas. Quand il leur fallait tirer, c'était de près. Geraci n'avait même jamais entendu parler de quiconque qui ait été abattu d'un coup de fusil, ce que l'opération de Cuba nécessiterait sans doute. Depuis quand y avait-il des tireurs d'élite dans la Mafia ? Cela étant, s'il y en avait bien un qu'on pouvait envoyer à Cuba régler son compte à un ennemi déclaré de la liberté, c'était Carmine Marino.

« C'est un vrai truc de fou, hein ? » dit Flower qui poussa Geraci du coude en lui montrant la frénésie démentielle avec laquelle son collègue dessinait.

Rosen lui tendit le cahier de Bev. Les dessins étaient miraculeusement soignés vu la vitesse à laquelle ils avaient été exécutés. Ils étaient si clairs qu'on aurait pu aisément s'en servir pour construire. Le plan de la caserne était simple et irréprochable.

« Je suis un architecte frustré », dit Rosen, comme pour s'excuser.

Geraci lui dit qu'il avait une équipe qui pouvait abattre le boulot en trois jours. Rosen fronça les sourcils et lui répondit que ce serait bien plus compliqué que ça. Il s'avérait qu'il y avait des tas de réglements administratifs qui rendaient la chose impossible, tant pour des raisons financières (Geraci pouvait certes prendre en charge le projet, mais il avait tout de même le droit de se faire un peu de blé au passage) que de sécurité.

C'est alors que Geraci eut la certitude que toute cette affaire était du sérieux. Ces deux rigolos travaillaient réellement pour le gouvernement.

Rosen reprit le cahier et le feuilleta comme une vieille fille qui passe au triple galop devant la vitrine d'une boutique nuptiale. « Je ne sais pas, après tout, dit Rosen. S'il n'y avait pas le problème des gens du coin.

— Comment ça ? di Geraci.

— Si on ôte aux gens l'endroit où ils vont déverser les saloperies qui les encombrent ou baiser la baby-sitter, répondit Flower, ça ne passe pas inaperçu dans une communauté.

— Et encore moins dans le New Jersey », ajouta Carmine. Il était revenu à la voiture pour faire le plein de munitions.

« Je suis du New Jersey, lui fit remarquer Rosen.

— Alors, vous devez savoir de quoi je parle, rétorqua Carmine en rabattant violemment le capot du coffre.

— Vous me plaisez bien, vous, dit Flower en tapotant Carmine dans le dos. Vous êtes exactement l'homme qu'il nous faut.

— Vous voyez là, mon dos ? dit Carmine. Ne vous avisez plus d'y toucher.

— C'est drôle, dit Geraci, mais il n'aime pas trop ça, qu'on lui tape dans le dos.

— Drôle, oui. Je connais pas mal de types qui doivent encore en rigoler dans leur tombe.

— Voilà qui me renforce encore dans ma conviction, dit Flower. Mr Marino, vous êtes en tête de ma liste. Entre tous les rats que vous avez descendus et votre attitude, difficile de vous battre. »

Carmine sourit jusqu'aux oreilles et lui donna une claque dans le dos, que Flower fit mine de lui rendre avant de s'arrêter dans son élan puis ils se mirent tous les deux à rire comme des fous.

« Je n'avais jamais vu d'Italien qui n'aime pas qu'on le touche », marmonna Rosen. En entendant ça, Geraci se demanda si par hasard il ne serait pas lui-même italien ou si ce commentaire était à l'inverse typique de quelqu'un qui ne l'était pas.

« Il n'y aura aucun problème avec les gens du coin, dit Geraci. Faites-moi confiance. »

Le lendemain, une pancarte apparut au bord de l'autoroute, annonçant la construction d'un nouveau lotissement résidentiel huppé. LOT DE GRAND STANDING VENTE EN JUIN 1962 ! était-il écrit en dessous. Un an plus tard. Voilà qui tournerait sans doute à leur avantage la curiosité des gens du coin. Il était fort possible que l'attente porte ses fruits et que cela finisse par valoir la peine de faire réellement construire : assécher les marécages, engager des avocats et des architectes, soudoyer la commission d'urbanisation : bref, la routine habituelle, commune à tous les promoteurs immobiliers, qu'ils soient ou non Don de la Mafia.

Ce soir-là, pendant le dîner, Nick Geraci fut pris de tels tremblements que Barb et Bev en furent effrayées. Charlotte voulut appeler une ambulance. « C'est rien, lui dit-il. C'est le café. » Elle croyait qu'il n'en buvait plus, lui dit-elle. « C'est bien ça le problème, lui répondit-il. J'ai pris un expresso au club cet après-midi. » Ce qui était faux. Il mangea en se concentrant sur le mouvement de ses mains et de sa mâchoire, et les tremblements cessèrent. Mais lorsque le lendemain, ça recommença, Char lui dit que s'il refusait d'aller voir un médecin, elle lui planterait un couteau dans la jambe pour qu'il n'ait pas le choix. Il lui assura que tout allait bien, que ça allait passer. Elle alla chercher un énorme couteau dans la cuisine. Il sourit et lui dit qu'il l'adorait. Elle le brandit en lui répondant qu'elle ne plaisantait pas. « Moi non plus », lui dit-il. Ce qui était vrai. Il leva ses mains tremblantes : « Sois gentille, appelle-le pour moi, tu veux ? » Quoique, dès l'instant où elle raccrocha, il se sentit mieux.

Son médecin l'ausculta en long et en large et le bombarda de questions, mais il resta perplexe.

« Je me demande si ça ne serait pas dans votre tête ? lui dit-il. Vous traversez une passe difficile au travail ? Pression, stress, ce genre de choses ? Ou alors chez vous, tout va bien de ce côté-là ?

— Vous me prenez pour un cinglé, c'est ça ? »

Il conseilla à Geraci de consulter un spécialiste.

« Si vous entendez par spécialiste un quelconque psy, vous aurez de mes nouvelles et, cette fois, ce ne sera pas en tant que patient. »

Le médecin lui répondit qu'il comprenait tout à fait.

Le spécialiste était soi-disant un neurologue mondialement célèbre qui faisait à peine un mètre cinquante. Il diagnostiqua une maladie de Parkinson sous une forme atténuée, liée selon lui aux nombreux coups qu'il avait reçus à la tête quand il était boxeur et aggravée par une commotion cérébrale.

« Je n'ai pas tant reçu de coups que ça sur la tête, dit Geraci.

— Vous autres, les boxeurs, vous êtes tous les mêmes, dit le médecin. La seule chose dont vous vous souvenez, c'est à quoi ressemblait votre adversaire. Mais parlez-moi un peu de cette commotion cérébrale. C'est relativement récent, non ? »

Geraci ne lui avait pas dit un mot sur le crash qui avait failli lui coûter la vie. « Assez, oui, répondit Geraci. Six ans, ça dépend de ce qu'on entend par récent.

— Qu'est-ce qui s'est passé, il y a six ans ?

— Je suis tombé, dit Geraci. Je me suis assommé. Un truc de dingue. »

Le médecin lui examina le fond de l'œil avec sa torche électrique. « Et vous êtes tombé d'où, au juste ? De l'Empire State Building ?

— Quelque chose dans le genre », répondit Geraci.

D'une fenêtre de l'étage de l'Antica Focacceria, Nick Geraci regarda un moustachu sec et nerveux – son ami et associé en affaires Cesare Indelicato – traverser la Piazza San Francesco, théoriquement seul. La piazza était une oasis de lumière encaissée au fond d'un dédale de ruelles sombres dans le plus vieux quartier de Palerme.

Don Cesare n'était jamais seul. Il avait formé ses *soldati* et ses gardes du corps à se fondre dans le décor. Un observateur désinvolte n'aurait jamais soupçonné que les jeunes gens appuyés sur leurs Vespa devant la cathédrale étaient des hommes de Don Cesare, tout comme les quatre autres qui traînaient devant le restaurant en se disputant à propos de football. Un observateur de passage aurait peut-être soupçonné que ce monsieur quelconque en costume de confection qui traversait la piazza était un professeur d'histoire proche de la retraite et non un héros de l'invasion alliée en Sicile et le plus puissant des chefs de la Mafia à Palerme.

Mais il faut dire qu'à Palerme, l'œil est rarement désinvolte.

Il était trois heures de l'après-midi et le restaurant était fermé. Le serveur qui s'occupait de leur table avait été agréé et fouillé par les hommes de Don Cesare, dont l'un était posté à l'entrée du restaurant. Il y avait également des hommes en bas qui surveillaient les cuisiniers et la porte de service. Geraci et Indelicato discutèrent autour d'une bouteille de vin et des légendaires sandwichs à la rate de bœuf du restaurant, de divers aspects de leur trafic florissant de stupéfiants. Ils s'exprimèrent d'un bout à l'autre en anglais, non par mesure de sécurité mais parce malgré toutes ces années passées à voyager en Sicile pour affaires, toutes ces années où il avait vécu entouré de Siciliens d'origine, Geraci parlait atrocement mal italien et plus mal encore sicilien. Il le comprenait mais il était incapable d'aligner trois mots. Il ne se l'expliquait pas. Ça devait être un blocage psychologique.

« Je suis content que tu sois venu dans ma ville, mon immense ami, lui dit Don Cesare qui finit sa dernière bouchée en se léchant les doigts. Mais ce n'est pas pour me parler de tout ça que tu as fait tout ce chemin, hein ?

— J'ai amené ma famille, cette fois, répondit-il. Ma femme et mes filles. L'aînée entre à la fac l'an prochain. À l'université, tu dirais. Ce sont peut-être nos dernières vacances en famille. Elles n'étaient jamais venues dans ton beau pays et maintenant, elles en ont fait le tour, enfin, pour autant que ce soit possible en dix jours. » Ils auraient aimé y passer plus de temps, mais ils avaient dû venir en paquebot. Nick Geraci n'était pas prêt à remonter dans un avion de sitôt. « En fait, jusque-là, je n'avais jamais pris le temps de faire du tourisme. C'est la première fois que je vais à Taormina, c'est incroyable, non ? »

Don Cesare leva les mains au ciel d'un air de lamentation. « Je possède le plus bel hôtel de Taormina. Pourquoi tu ne m'as pas prévenu que tu allais là-bas ? J'aurais veillé à ce qu'on vous réserve un accueil royal, toi et ta famille.

— Tu en fais déjà tellement pour moi, Don Cesare. Je ne voudrais pas m'imposer davantage. »

Mais Don Cesare n'eut de cesse que Geraci ait promis de revenir à Taormina pas plus tard que l'année suivante séjourner dans son hôtel niché sur les hauteurs de la ville.

« Mais c'est vrai qu'il y a une autre raison pour laquelle je voulais te voir en personne, Don Cesare. Il s'agit de ton jeune filleul, Carmine Marino. »

Don Cesare fronça les sourcils. « Il va bien ?

— Très bien, répondit Geraci. C'est peut-être le meilleur de mes hommes. Et c'est bien pour ça que je voulais te parler d'un travail que j'aimerais lui confier. Un travail de valeur, un travail important, mais extrêmement dangereux. »

Geraci fut tenté de lui parler avec franchise. Indelicato était un allié précieux, un allié de confiance. Plus encore, c'était la seule personne que connaissait Geraci qui avait déjà travaillé avec la CIA. Pendant la guerre, les membres de la Mafia que les fascistes n'avaient pas exilés sur Ustica avaient opéré en Sicile tout comme la Résistance en France. Indelicato n'avait pas tardé à émerger comme un des chefs de cette organisation clandestine aussi violente qu'efficace. Par l'intermédiaire de Lucky Luciano, le Don américain déporté, Indelicato avait rencontré des agents de l'OSS – l'ancêtre de la CIA – pour leur fournir des renseignements destinés à préparer l'invasion de l'île. C'est, dit-on, Indelicato qui avait imaginé le coup de parachuter des dizaines de milliers de mouchoirs frappés du célèbre *L* du monogramme de Luciano pour alerter le peuple sicilien – mais non les occupants fascistes du Nord – de ce qui s'annonçait. Les Britanniques, qui ne collaboraient pas avec la Mafia, avaient subi d'énormes pertes en tentant de s'emparer du tiers est de l'île, mais dans les deux-tiers ouest, et plus particulièrement dans les régions qui étaient des bastions de la Mafia, les Américains avaient bénéficié de renseignements précis et essuyé relativement peu de pertes. Après le débarquement, bon nombre de villes occupées par les Américains virent des mafiosi accéder au poste de maire provisoire. Quand les Alliés se retirèrent, la plupart des maires restèrent en place. Et lorsque les Dons furent libérés d'Ustica, ils découvrirent à leur retour que grâce aux États-Unis et à l'OSS, le pouvoir politique de la Mafia avait connu une croissance exponentielle. Peu après, Cesare Indelicato avait été élu au parlement italien et était devenu un des fers de lance d'un mouvement étonnamment populaire qui appelait à la sécession de la Sicile et à son rattachement aux États-Unis au titre de quarante-neuvième État d'Amérique.

En définitive, Geraci décida de ne pas prendre le risque. « Je ne peux te donner aucun détail, dit-il. Tout ce que je peux te dire, c'est que Carmine veut se charger de cette mission et qu'il dirigerait les autres gars que j'envoie.

— Tu me dis ça pour quoi ? Quelle raison ? Tu veux ma bénédiction, comment veux-tu que je te la donne si je ne sais pas ce que je bénis, hein ?

— Si tu me demandes de retirer Carmine de cette opération, je le ferai. Mais je ne peux pas t'en dire plus sur ce que nous allons faire. Sur ce que nous devons faire. »

Don Cesare médita la question. « Tu me demandes d'approuver que mon filleul Carmine, qui envoie de l'argent à sa mère tous les mois, fasse quelque chose où tu penses qu'il va se faire tuer, c'est ça ? Parce qu'autrement, tu n'as rien besoin de me demander. »

Geraci ne répondit que par le silence.

« Et tu sais qu'il est du clan des Bocchichio ? Je ne veux pas qu'on m'accuse s'il lui arrive malheur. »

Don Cesare avait dit cela sans conviction, comme s'il tentait désespérément de se raccrocher à un semblant d'espoir. Geraci savait pertinemment de quelle famille venait Carmine Marino.

Geraci attendit en silence que Don Cesare se décide.

« Une question, alors, finit par lâcher Don Cesare. Carmine, il en sait autant que toi là-dessus, il connaît le risque et aussi la raison, et il veut tout de même le faire, *sì* ?

— Absolument. Il veut tout de même le faire. »

Le Don balança la tête d'avant en arrière, comme pour montrer qu'il pesait les conséquences de ce qu'il pouvait dire. « Carmine est un homme, dit-il. Ce n'est pas à moi de lui dire quel acte de bravoure il peut faire ou non.

— Merci, Don Cesare. » Geraci se sentit gagné par les tremblements et prétexta de devoir aller aux toilettes, alors qu'il voulait simplement se dégourdir en se concentrant sur ses mouvements jusqu'à ce qu'ils disparaissent. Curieusement, il n'y avait rien de tel, à cet égard, que se servir de sa queue d'une manière ou d'une autre. En général, le plus pratique était d'uriner.

« Pour de multiples raisons, dit Geraci en se rasseyant à la table, et notamment le fait que Carmine sera à la tête des opérations, il est préférable que tous les hommes que nous affecterons à cette mission soient siciliens. » Une autre des multiples raisons en question étant que les Siciliens n'avaient pas de règle concernant le meurtre de policiers et de représentants du gouvernement.

« Tu veux des gens, dit Indelicato. Je te trouverai des gens.

— C'est très aimable à toi. Mais je ne peux pas prendre le risque de faire venir des hommes juste pour ce travail. J'ai besoin d'hommes qui sont aux États-Unis depuis un moment. Je ne veux pas prendre trop de gars de la famille de Carmine, d'autant moins, et j'espère bien que non, s'il lui arrive quelque chose. Je vais faire venir les gars des pizzerias, les meilleurs. Tu y vois une objection ?

— Les boulots difficiles, ils sont faits pour ça, hein ? »

La quasi-totalité des hommes planqués dans les pizzerias avaient été directement ou indirectement envoyés en Amérique par Cesare Indelicato.

« Pour les trois quarts d'entre eux, je ne sais pas qui ils sont, dit Geraci.

— Bien sûr que non. Ils ne s'attirent pas d'ennuis, ils n'ont pas de problèmes, il n'y a rien à savoir.

— Exactement. J'ai des gars qui sont là depuis sept ans. Des gars que je n'ai jamais vus de ma vie. J'ai besoin de ton avis, Don Cesare. Si tu devais recommander les quatre meilleurs hommes que tu aies envoyés – les meilleurs en terme de résistance, de caractère, de jugeote – lesquels tu me conseillerais ? »

Geraci pensait qu'il aurait besoin de réfléchir un moment à la question, mais Don Cesare lui répondit sur-le-champ, allant même jusqu'à lui décrire brièvement les compétences de chacun. S'ils étaient ne serait-ce qu'à moitié aussi doués que le prétendait Indelicato, Geraci n'aurait même pas besoin d'envoyer Carmine pour réussir son coup.

« Il y a un dernier point, qui n'a aucun rapport avec ça, dit Geraci. Il s'agit d'un traître parmi vous. Un homme envoyé d'Amérique. Un homme qui gêne notre Commission, ou c'est du moins ce qui a été décidé. »

Geraci ne pouvait pas s'en charger lui-même, ce que Don Cesare comprenait, naturellement. C'était un boss. Ces choses-là devaient être confiées à d'autres.

Le frêle moine capucin descendit à grand-peine l'escalier qui conduisait aux catacombes. Il avait un glaucome et une arthrite de la hanche, mais il était déterminé à ne pas devenir un fardeau pour son ordre. Il pouvait encore effectuer toutes les tâches qu'il accomplissait quand il était arrivé tout jeune à Palerme – des plus sublimes, comme s'occuper du jardin, préparer le repas de ses frères dans le Christ ou embaumer les morts qui devaient être enterrés dans le cimetière municipal voisin, aux plus grotesques, comme vendre des cartes postales aux touristes ou ramasser les cochonneries qu'ils laissaient derrière eux, canettes de soda, bouteilles de vin, ampoules de flash usées (il était expressément interdit de prendre des photos), et même un jour, un préservatif usagé.

C'était après le déjeuner. Il était presque trois heures, l'heure à laquelle les catacombes devaient rouvrir au public. Un groupe de touristes allemands tournait en rond devant les portes de métal fermées. À mesure que le moine s'enfonçait sous terre, leur vacarme vulgaire s'estompait. Il sourit et remercia le Seigneur tout-puissant de le forcer à reconnaître qu'une baisse de l'audition pouvait parfois être un don du ciel.

Au bas de l'escalier, il y avait un papier de bonbon. Les genoux du moine craquèrent quand il se pencha pour le ramasser.

Devant lui, dans les galeries, se trouvaient les dépouilles effritées de huit mille Siciliens magnifiquement vêtus. Un grand nombre d'entre eux étaient alignés en longues rangées, suspendus à des crochets, le crâne incliné en signe d'humilité – du moins était-ce là ce que le moine se plaisait à penser. D'autres étaient allongés sur des étagères superposées du sol au plafond dans des alcôves en retrait. Quelques-uns gisaient dans des cercueils en bois, la tête reposant sur des coussins recouverts d'une pellicule de poussière qui avait jadis été de la chair. Du temps de leur vivant, c'étaient des ducs et des comtesses, des cardinaux et de grands prêtres, des héros militaires qui avaient combattu aux côtés de Garibaldi ou pris les armes contre lui. Certains, dont le propre grand-père du moine, avaient été déshonorés ici-bas par les liens qu'ils entretenaient avec ceux que les Siciliens appellent les Amis. Huit mille morts : des gens qui avaient versé de généreuses sommes à l'ordre pour que leur dépouille ou celle des êtres qui leur étaient chers puissent être exposée en ces lieux. Cette folie n'échappait pas au vieux moine. À une exception près – *La bambina*, que le moine avait contribué à faire admettre – l'ordre n'avait plus accepté de corps depuis 1881, il y avait de cela quatre-vingts ans, deux ans après sa naissance. Pour la majeure partie d'entre eux, ces gens qui voulaient tant que leur souvenir se perpétue à jamais avaient été oubliés de tous si ce n'est de leur Créateur. À part peut-être une poignée, aucun des enfants qui étaient enterrés dans ces catacombes – et dont toute une salle était remplie – n'étaient encore pleurés par qui que ce soit. La dégradation de ces huit mille corps avait été ralentie par d'habiles embaumeurs capucins et l'air frais et sec qui régnait dans les galeries, mais abstraction faite de *La bambina*, la décomposition et l'oubli terrestre avaient tout de même accompli leur œuvre.

Il prit sur la gauche en scrutant le sol à la recherche de déchets ou de fragments de corps tombés. Ses grands-parents, qui étaient venus de la petite bourgade de Corleone, étaient de ceux qui avaient été suspendus verticalement. Son grand-père était vêtu d'un manteau de velours vert (sous ce dernier, la blessure par balle qu'il avait dans le dos était béante et seule une tige métallique empêchait sa cage thoracique friable de ne pas s'effondrer). Sa grand-mère (dont un bras était tombé il y avait quelque temps de cela et avait été vaguement rafistolé avec un bout de fil métallique) était en robe de mariée. Quand le moine était arrivé en ces lieux, ils avaient encore un visage, comme bon nombre des défunts qui se trouvaient là. Durant un demi-siècle, il avait vu leurs yeux et leur chair disparaître peu à peu au fil des jours. Il déposait un baiser sur le bout de ses doigts, frôlait le front de ses aïeux avec une délicatesse arachnéenne, marmonnait une prière pour le salut de leur âme et s'éloignait précipitamment.

Au bout de la galerie reposait *La bambina*, cette adorable fillette de deux ans morte en 1920 qui était devenue une des attractions les plus populaires de Sicile. Le médecin qui l'avait embaumée avait nargué les moines en les mettant au défi de découvrir le nouveau procédé qu'il avait inventé. Avant que quiconque n'ait pu percer son secret, il avait disparu à son tour (pour avoir succombé au péché mortel de l'orgueil, disait le moine à ses jeunes frères, quoique plus prosaïquement ce fût à la suite d'un éclatement de la rate). Le vieux moine avait passé d'interminables heures de réflexion devant les piètres notes du médecin et le corps de l'enfant, s'efforçant en vain de deviner comment il s'y était pris. La fillette aux longs cheveux blonds était enfermée dans son cercueil vitré depuis quarante et un ans. On aurait dit qu'elle était morte depuis quelques jours à peine.

En s'approchant de *La bambina*, le moine eut l'impression que ses yeux troubles lui jouaient des tours. Contre la paroi, juste à côté de la pauvre petite, gisait un corps aussi bien préservé que le sien.

Il se frotta les yeux. C'était un homme chauve en imperméable. Des diamants étincelaient sur les bagues qu'il avait aux doigts ainsi que sur l'épingle qui ornait sa grosse cravate. Dans ces catacombes, la coutume voulait que les morts ne soient pas enterrés avec des bijoux. Puis le moine aperçut les deux traits noirs bien distincts qui lui encadraient la bouche et fut submergé par une vague de soulagement.

C'était une énorme marionnette. Les bijoux devaient être des faux. C'était une farce pour le moins curieuse, mais le moine vivait depuis si longtemps à Palerme qu'il avait appris à ne s'étonner de rien.

Il s'approcha encore.

Les traits de marionnette dessinés de part et d'autre de la bouche de Sal Narducci étaient en réalité des ruisselets de sang.

La corde qui avait servi à l'étrangler – peu avant midi, à l'heure où les catacombes fermaient pour le déjeuner – était par terre à côté de ses souliers lustrés.

Le moine embrassa du regard le tableau lugubre qui se

déployait dans cet étrange lieu sacré et son cœur se brisa. Un vulgaire voleur aurait pris les bijoux. Un vulgaire tueur aurait dissimulé le cadavre au lieu de le laisser là, dans la même salle que *La bambina* ! Le moine lança un torrent d'imprécations contre les Amis. Qui d'autre aurait pu faire une chose pareille ? Il avait consacré son existence à faire œuvre de pénitence pour expier la violence de sa Famille, mais elle n'avait cessé de le poursuivre. Et voilà qu'au soir de sa vie, il tombait sur cette atrocité ! Ça lui paraissait cruellement inévitable. La rage l'envahit, tel un poison. Il se mit à vociférer de plus en plus fort.

Les frères qui accoururent à son secours rapportèrent aux autorités que lorsque le cher vieil homme s'écroula avant de mourir, il avait le visage aussi rouge que la rayure de droite du drapeau italien.

Lorsque, sur la terrasse de sa villa perchée en haut des falaises qui dominaient la cité médiévale qu'il gouvernait de fait, Cesare Indelicato apprit de la bouche même du tueur ce qui s'était passé, il s'émerveilla du sens macabre de l'humour dont Dieu témoignait parfois. Don Cesare n'avait jamais rencontré le pauvre moine, mais son nom ne lui était pas inconnu. C'était le père de Don Cesare, Felice Crapisi, qui avait tué le traître qu'était le grand-père du moine. Plus insolite encore, Don Cesare s'était entendu demander à deux reprises de tuer Narducci (la première fois par Tom Hagen, la seconde par Nick Geraci). Le loyal *soldato* qu'il avait envoyé n'avait tué Narducci qu'une fois, et cependant, le Créateur, dans sa poésie sanglante, avait jugé bon de muer cet unique meurtre en une double mort.

Don Cesare remercia le tueur et le congédia.

Une fois seul, Don Cesare secoua la tête avec un étonnement mêlé d'une crainte révérencielle et leva son verre de grappa vers Palerme et les cieux qui s'obscurcissaient.

Quel toast pouvait-il porter à un monde, à un Dieu qui l'avait rendu si heureux, si riche, qui avait récompensé la moindre de ses perfidies tout en punissant les petites fourmis superstitieuses d'en bas qui s'efforçaient de faire le bien ?

Que demander de plus ?

« *Salut'* » s'écria-t-il. Il but.

L'écho du toast se répercuta sur la falaise. Il lui revint et de nouveau, il but.

Chapitre 29

Dans la résidence des Corleone, sur le lac Tahoe, Theresa Hagen et Connie Corleone (qui avait repris son nom de jeune fille) préparaient ensemble le dîner comme la plupart du temps quand elles étaient chez elles le soir, autrement dit, la plupart du temps. Elles passaient d'une cuisine à l'autre sans que Michael y discerne une quelconque logique, parfois chez lui, d'autre fois (comme ce soir-là) chez les Hagen. Il s'était opéré un changement extraordinaire en Connie depuis que, deux ans auparavant, elle avait renoncé à essayer de faire partie de la jet-set pour revenir dans le giron familial se mettre au service de son frère – tout comme des parentes restées vieilles filles ont de facto incarné les premières dames aux côtés de présidents veufs ou célibataires. Theresa avait joué un rôle non négligeable dans la métamorphose de Connie. Elle était devenue la grande sœur que Connie n'avait jamais eue – ce qui n'était pas sans entraîner de ces constantes chamailleries qui peuvent opposer deux sœurs, bien qu'à l'évidence, cela ne les empêchât pas de s'adorer. Grâce à Theresa, Connie s'était mise à s'intéresser à l'art et elle l'aidait à collecter des fonds pour créer un orchestre symphonique permanent au lac Tahoe. Elles avaient toutes deux un poste à la Ligue des électrices. Depuis un an, environ, Connie avait même adopté une garde-robe plus classique. Elles s'habillaient chez le même couturier que la véritable première dame.

En attendant que le dîner soit prêt, Michael et Tom s'étaient réfugiés dans le cottage en pierre situé derrière la maison dont Hagen avait fait son bureau. Les enfants de Connie rendaient Michael totalement fou, même son filleul, Mickey Rizzi qui avait six ans et passait son temps à pleurer. Connie faisait marcher la maison, mais Michael aurait pu engager du personnel pour s'en charger. La présence sous son toit d'autres enfants que les siens lui rendaient l'absence de Tony et Mary plus pénible encore que s'il s'était retrouvé tout seul chez lui à tourner comme un lion en cage. Sans parler des enfants Hagen, dans la maison d'à côté. Gianna Hagen et Mary avaient le même âge, elles avaient fréquenté la même école, elles étaient les meilleures amies. Il lui était impossible de regarder Gianna sans éprouver un pincement au cœur d'être privé du simple plaisir de lire une histoire à sa file avant qu'elle ne s'endorme.

Naturellement, il avait également besoin de discuter affaires avec Tom. Ce dernier avait évoqué avec l'Ambassadeur la possibilité de donner davantage de responsabilité à Billy au Département de la Justice. L'Ambassadeur prétendait avoir parlé à son fils Danny, le secrétaire d'État à la Justice, mais Tom avait des doutes. Billy continuait apparemment à être maintenu à l'écart de tout ce qui pouvait être d'une quelconque utilité aux Corleone.

Il y avait également la question de l'explication inventée de toutes pièces que donnait Vincent Forlenza du meurtre de son *consigliere* exilé depuis des années et Nick Geraci qui avait fait savoir qu'il souhaitait parler à Michael Corleone en personne et en tête à tête.

« Est-ce que Geraci a précisé de quoi il s'agissait ? » Ça devait avoir affaire avec Narducci, se disait Michael.

« Non, répondit Tom. Il a dit qu'il pouvait venir ici si tu préférais... Oh, merde... »

Sur le green qui se trouvait devant le bureau de Tom, Victor Rizzi – son neveu de douze ans qui venait d'être renvoyé de son collège pour s'être bagarré et livré à la boisson – venait de plonger en avant pour tacler Andrew Hagen qui avait sept ans de plus et entrait bientôt en seconde année à Notre-Dame. Il était peu probable que ce soit Andrew, qui étudiait la théologie et se destinait à la prêtrise, qui ait commencé. Victor se releva, prêt à se battre. Andrew lança son putter et plaqua Victor sur le green.

Michael haussa un sourcil.

« Laisse tomber, dit Tom. Andrew est assez grand pour se débrouiller.

— Ce n'est pas Andrew qui m'inquiète. »

Alarmé, le docile colley des Hagen se précipita en aboyant vers la porte de service de la maison. Un instant plus tard, Connie sortit en courant avec son tablier crasseux et se mit à tempêter contre Victor. Andrew tira avantage de ses bras plus longs pour tendre Victor à sa mère en furie.

« Ça ne te rappelle pas quelqu'un ? » demanda Tom.

Michael savait que Tom devait faire allusion soit à lui soit à Fredo, mais il n'avait pas le sentiment que ç'ait été dans leurs habitudes, à l'un ou à l'autre. Or ils ne prononçaient jamais le nom de Fredo, ni lui ni Tom. Il y avait des choses qu'il fallait faire, on les faisait, et on n'en parlait jamais. On n'essayait pas de les justifier. Elles étaient injustifiables.

« Tu veux parler de moi ? s'étonna Michael. Est-ce que tu m'as déjà vu... »

Tom roula les yeux au plafond. C'était donc bel et bien une tentative de parler de Fredo.

« Est-ce que tu... l'as déjà vu s'en prendre à Sonny et toi ? »

Tom secoua gravement la tête. « Je n'aurais rien dû dire. Je me fais vieux. »

Quelques secondes trop tard, Michael comprit que Tom ne parlait pas de Fredo. Il faisait allusion à Carmela qui, à elle seule, s'était interposée dans plus de bagarres dans leur quartier que dix flics réunis.

« Quoi qu'il en soit, dit Tom, pour faire venir Geraci ici, ça va prendre un moment. Il faudra qu'il vienne en voiture ou en train.

— Je suis censé aller voir les enfants dans deux semaines.

— Si tu tiens vraiment à le rencontrer, dit Hagen, ça sera le moment.

— J'y tiens.

— Il se peut que ce soit un piège. Et encore plus à New York.

— Ne t'en fais pas, dit Michael. Je m'en charge. Je veillerai à ce qu'Al prenne toutes les précautions.

— Et qu'est-ce qu'il va se passer si jamais ils apprennent que nous avons fait régler son compte à Narducci avant eux ? »

Sal Narducci n'était pas du genre à résister à la torture. Michael avait préféré ne pas courir le risque. Ils pouvaient agiter tous les soupçons qu'ils voulaient sur le compte de Narducci, il était hors de question qu'ils apprennent la vérité de la bouche de ce connard. « Comment veux-tu qu'ils l'apprennent ? Nous avons contacté le même homme qu'eux. Indelicato a attendu qu'ils donnent de leurs nouvelles, ce dont nous l'avions prévenu, puis il a fait le travail en suivant nos consignes.

— Tu as si confiance que ça en Cesare Indelicato ? C'est la première fois que je le rencontrais. Il travaille avec Geraci depuis des années.

— Il traite avec la Famille Corleone depuis plus longtemps encore que ça, dit Michael. Si mon père ne l'avait pas aidé à l'époque de la guerre, Cesare Indelicato en serait encore à voler des charrettes de tomates. De toute façon, quel intérêt aurait-il à se ranger d'un quelconque côté, sinon du sien ? Il a été contacté deux fois, a reçu une double récompense, et tout ça pour un seul et unique travail. Il ne se posera même pas de question.

— Après toutes les conneries que Forlenza a sorties à la Commission sur les activités de Narducci en Sicile, dit Hagen, je suis étonné qu'il n'ait pas chargé ses hommes de faire le boulot. Ou du moins de se mettre en rapport avec Don Cesare.

— Forlenza se contentera de dire que Geraci est de Cleveland – c'est son filleul, etc., etc. – et que de toute façon, il devait se rendre en Sicile pour affaires, ce qui est vrai. C'est peut-être louche, mais Forlenza n'en fait pas un mystère. Il a prévenu la Commission que c'est comme ça, qu'il comptait régler la situation. C'est du génie. Il donne l'impression de ne rien avoir à cacher.

— Et tu es toujours sûr qu'en réalité ils ont quelque chose à cacher. » Autrement dit Forlenza, Geraci et Russo.

« Qu'est-ce qui est sûr, dans la vie ? répondit Michael ? J'en suis suffisamment sûr.

— S'il ne s'agissait pas de toi, je te dirais de faire attention », dit Hagen.

Michael sourit. « Si ça ne venait pas de toi, je prendrais ça comme une insulte.

— Je crois que je sais comment on peut s'y prendre avec Russo », dit Tom.

Il fut interrompu par Connie qui sonnait le gong pour le dîner comme si elle appelait à la rescousse au lieu de s'apprêter à servir le repas du soir.

Quand ils vinrent s'attabler, ce fut un Victor châtié et couvert de bleus qui se chargea de dire le bénédicité.

Francesca Van Arsdale avait passé toute la matinée à préparer un pique-nique pour le déjeuner afin de faire une surprise à son mari, mais lorsqu'elle débarqua dans son bureau avec le petit Sonny, Billy commença par lui objecter que le Mall grouillait de touristes et qu'il faisait une chaleur de plomb, avant de la remercier de son geste et d'accepter de venir. « On ne peut pas dire que je croule sous le travail, je peux bien me libérer », dit-il.

Il est probable que lorsque Billy était entré au Département de la Justice, il caressait des espoirs déraisonnables, mais le fait est qu'en dépit des sept mois moroses qu'il avait passés à son poste, il avait toujours du mal à se l'avouer, et encore moins à sa femme. Il n'avait fini son droit que depuis deux ans, lui rappela Francesca, ce qui n'eut pour effet que de le lancer dans une litanie de noms qui lui étaient inconnus – des gens qui, comme Billy, avaient été présidents de la commission de révision juridique à Harvard et occupaient deux ans plus tard des fonctions prestigieuses et/ou lucratives.

« Exactement, répliqua-t-elle, et un jour, tu feras partie de la liste d'autres présidents de commission de révision juridique, plus jeunes. "Tu sais ce que le sénateur Van Arsdale...

— Arrête, Francie.

— ... faisait deux ans après avoir fini son droit ? Il travaillait pour le Département de la Justice, voilà, et pas pour n'importe quel secrétaire d'État. Non ! Pour Daniel Brendan Sha ! Le plus grand secrétaire d'État à la Justice de l'histoire des États-Unis et notre, tu sais, trente-septième président ou peu importe." »

Sonny cabriolait sur la pelouse du Mall en imitant la célèbre Danse du Singe de *Jojo, Mrs Cheese & Annie*. À part le casque de footballeur doré qui sautillait sur sa tête, c'était une imitation parfaite de Jojo. Les touristes s'arrêtaient pour le regarder.

« Comment il a appris à faire ça ? chuchota Billy en étalant le plaid.

— En regardant la télé », lui dit-elle. *Depuis des mois*, voilà ce qu'elle aurait dû lui répondre. Il fronça les sourcils, perplexe ou désapprobateur, Francesca préférait ne pas savoir. Sonny acheva son spectacle et les badauds applaudirent. Francesca lui déclara avec fermeté qu'il ne pouvait pas donner de bis comme Jojo, parce que c'était l'heure de manger.

Ils s'installèrent en famille. Pourquoi était-il incapable d'apprécier des moments pareils ? Incapable d'accepter que c'était là le sel de la vie, incapable d'y prendre plaisir ? Entre son désarroi au travail – dont il parlait sans cesse – et celui dans lequel ils étaient tous deux plongés depuis la perte du bébé – dont ils ne parlaient jamais –, elle avait de plus en plus le sentiment qu'il leur fallait à tout prix quitter cette ville de malheur. Billy s'était montré adorable avec elle du jour où elle avait découvert sa liaison au soir où elle avait perdu le bébé, mais depuis, il ne l'avait quasiment plus touchée. La seule fois où ils avaient essayé de faire l'amour, il n'avait pas pu avoir d'érection et elle était encore trop fragile pour l'aider. Il s'était laissé rouler sur le dos et s'était servi de sa main. Quand il avait joui, elle s'était mise à pleurer tout en étant étrangement soulagée. Depuis, sans raison apparente, il passait la moitié de ses nuits sur le canapé devant la mire.

« Tu ne comprends pas, Francie, dit Billy. C'est compliqué. » Il avait rajouté plusieurs serviettes repliées par-dessus le plaid pour ne pas salir son costume de seersucker en s'asseyant. « Je passe mes journées le cul vissé sur une chaise à la bibliothèque à vérifier les citations des autres, dit-il en se donnant une tape sur ledit cul. Certains des avocats qui ont écrit ces machins-là ont mon âge et confondent la syntaxe et – je ne sais pas moi, la Danse du Singe, mais...

— La Danse du Singe ! » Sonny jeta son sandwich à la mortadelle, attrapa son casque de footballeur et s'élança en dansant. Billy ne réagit même pas. Francesca se leva, immobilisa Sonny, puis elle fit une concession mineure en l'autorisant à garder son casque pour le persuader de reprendre le déjeuner.

« Quand j'étais à la révision juridique, dit Billy, j'avais des gens qui faisaient ça pour moi. »

Elle mit une seconde à s'apercevoir qu'il parlait de son travail à la bibliothèque de droit et non de ses efforts pour maîtriser un enfant de quatre ans obsédé par la Danse du Singe. Billy avait également des gens pour ça : elle. Un petit garçon de quatre ans normal et éclatant de santé était suffisamment épuisant pour ne pas avoir de surcroît à supporter un mari geignard. Elle n'avait que onze ans quand son père était mort. Elle savait bien qu'elle l'avait sans doute idéalisé, mais elle ne se souvenait pas l'avoir jamais entendu se plaindre auprès de sa mère, ne serait-ce qu'une seule fois. « Tu n'es plus à la révision, si je ne me trompe ? lui dit-elle.

— Comment veux-tu que je te parle de ça ? Tu n'as même pas terminé tes études à la fac. Personne dans ta famille.

— C'est ridicule. Tante Kay a terminé ses études, et oncle Tom et tante Theresa. »

Billy se mit à rire. « Vous n'êtes pas du même sang. À part Theresa, ils ne sont pas même italiens. »

Francesca lui aurait laissé passer cela – verbalement du moins – si Sonny n'avait pas été assis juste à côté. « Ma *sœur jumelle* a terminé la fac et elle passe son *doctorat*. Mon frère Frankie se débrouille très bien à Notre-Dame et...

— Ton frère Frankie joue au *football*. C'est quoi au juste la plus difficile de ses matières ? La théorie du cours de gym ?

— Ça, c'est mesquin. » Le fait est que Frankie préparait un diplôme de professeur d'éducation physique et n'avait jamais été doué pour les études. Elle était fière qu'il s'en sorte aussi bien, même si c'était dans une matière facile. « J'aurais eu mon diplôme moi aussi si tu n'avais pas... » Sonny était occupé à dévorer son sandwich, mais Francesca ne voulait pas prendre le risque de dire quoi que ce soit en face de lui. « Tu sais. »

Billy haussa les épaules. « Ces choses-là, ça ne se fait pas tout seul, dit-il. Si ça te posait un problème, ç'aurait pu être réglé. »

Il prit l'air horrifié ; il mesura aussitôt ce qu'il venait de dire.

« *Réglé !* répéta-t-elle.

— Je suis désolé ! » Il tendit la main vers elle mais elle repoussa son bras. Il passa les trois quarts du déjeuner à s'excuser. Il avait la parole facile. De guerre lasse, elle finit par capituler.

« C'est le boulot, dit Billy. C'en est arrivé à un tel point que ça affecte mes relations avec toi. J'ai besoin de jouer un rôle plus important dans le monde, et le résultat, c'est que je ne serai pas heureux tant que ce ne sera pas le cas. Tu peux comprendre ça ? »

Elle lui répondit qu'elle comprenait, comme elle le lui avait déjà dit, et ajouta qu'il fallait absolument qu'il aille voir le secrétaire d'État à la Justice pour lui faire part de son désarroi, ce qu'elle lui répétait depuis des semaines. Elle ne comprenait pas pourquoi il refusait. On lui avait toujours appris que lorsqu'on avait un problème, il fallait directement s'adresser en haut lieu. Lui qui avait été élevé avec tous les privilèges devait pourtant être de cet avis. Elle ne voyait qu'une explication : peut-être était-il intimidé par Danny Brendan Shea, ce qui, là encore, la laissait perplexe. Danny, qui n'était qu'une pâle et maigrichonne version de son frère, affichait en permanence l'allure ahurie, les yeux plissés de celui qui vient de se faire arracher ses lunettes, alors qu'à défaut d'être visionnaire, il avait une excellente vue.

Une fois le déjeuner terminé, il embrassa Sonny puis annonça à Francesca qu'il suivrait son conseil : si c'était ce qu'elle voulait, il irait tout droit dans le bureau du secrétaire d'État à la Justice pour voir s'il pouvait avoir un entretien avec Danny Shea.

« Je veux seulement que tu sois heureux », dit-elle, ce qui était un mensonge. Ses aspirations allaient désormais bien au-delà des horizons du bonheur auquel son mari pouvait prétendre. « Comme tu l'as dit. »

Ils regagnèrent ensemble le Département de la Justice. Il tenait son fils endormi dans un bras, le casque dans l'autre et se servit de ce dernier pour héler un taxi afin d'éviter à Francesca de porter le petit jusqu'à chez eux. Billy lui dit au revoir en l'embrassant sans y mettre plus de passion que s'il était un simple ami de la famille. Il la remercia, sans se rappeler une seule fois quel jour ils étaient.

Le taxi s'engagea dans la file des voitures qui remontaient Constitution. « Joyeux anniversaire à nous deux, murmura-t-elle.

— Pardon, madame ? dit le chauffeur.

— Rien, répondit-elle en serrant Sonny contre elle, retenant ses larmes. Rien du tout. »

Cet après-midi-là, Billy alla en effet voir Danny Shea. D'après les notes prises en sténo par la secrétaire de ce dernier, voilà comment se déroula leur entretien.

À 15 h 37, SEJ [Le secrétaire d'État à la Justice Daniel Brendan Shea] a réussi à caser le conseiller juridique adjoint Bill V. Airdale [*sic*] pendant une pause de dix minutes dans son programme de l'après-midi, à la condition que BVA accepte de le suivre dans sa séance d'exercice physique quotidienne, soit monter et descendre dix fois de suite en courant le grand escalier du bâtiment. [De nombreux ouvrages portant sur les Shea décrivent la secrétaire traînant péniblement sur les talons de SEJ qui donnait souvent ses entrevues ainsi, quoique l'histoire n'ait pas retenu la technique qu'elle employait à l'époque pour réussir à prendre quoi que ce soit en sténo dans ces circonstances.] BVA a accepté.

BVA a évoqué ses compétences professionnelles dans ce domaine et émit le désir de collaborer davantage aux questions relatives au ministère public et de passer plus de temps au tribunal et moins à la bibliothèque. BVA a demandé si le poste décevant auquel il avait été affecté était lié au fait qu'il était diplômé de Harvard, dans la mesure où la plupart des hauts postes du département étaient occupés par des diplômés de Princeton. SEJ a démenti catégoriquement avoir ce genre de préjugés et mentionné un certain nombre de juifs et de Noirs issus d'établissements subventionnés par l'État qui occupait des responsabilités importantes dans l'administration de JKS ainsi que le poste de collaboratrice du Sénateur [censuré] que SEJ avait personnellement obtenu pour Miss [censuré] de l'université de Miami, qualifiée par SEJ de « petite amie » de BVA. BVA s'est excusé. SEJ a accepté ses excuses.

BVA a dit qu'il était déçu de constater que SEJ ne voulait pas prendre l'affaire personnellement en main, d'autant que [suivent plusieurs lignes soigneusement censurées, à l'exception de quelques mots, dont « Agrumes Van Arsdale », correctement orthographié, bien que le nom de Billy ait été écorché au début.]

SEJ a dit qu'il ne comprenait pas.

BVA a expliqué que ses parents [deux autres lignes censurées].

SEJ a exprimé son étonnement, dans la mesure où ces facteurs n'étaient aucunement entrés en ligne de compte dans la décision d'embaucher BVA. SEJ a admis que MCS [son père, ancien ambassadeur du Canada, M. Corbett Shea] avait été le premier à lui recommander chaudement d'engager BVA. SEJ avait cru comprendre à l'époque que BVA devait tout d'abord cette recommandation aux excellents résultats qu'il avait obtenus à Harvard mais qu'elle avait été également favorisée par le bon travail qu'il avait accompli aux côtés de Miss [censuré] pendant la campagne électorale de JKS.

BVA quelque peu essoufflé et par conséquent difficile à comprendre, a paru douter que ses relations familiales n'aient joué aucun rôle et ne puissent en jouer aucun dans le cas présent.

SEJ a admis que c'était vrai, mais que lesdites relations étaient davantage entre MCS et la famille de la femme de BVA, de son nom de jeune fille [censuré].

BVA a demandé s'il avait été « imposé » à SEJ.

SEJ a répondu que ce n'était pas aussi simple que cela. Après avoir rappelé à BVA le respect de la confidentialité à laquelle il était tenu par serment, SEJ a expliqué qu'il projetait une grande campagne de poursuites judiciaires à l'encontre « des [nom censuré de la famille de la femme de BVA] et de ce genre d'individus. »

BVA a répondu que c'était son espoir le plus cher et qu'il ne communiquerait certainement pas cette information à sa femme ni à aucun membre de sa famille.

SEJ a manifesté son étonnement et lui a demandé si c'était vrai.

Fin de la séance d'exercice.

BVA a dit qu'il s'engageait à « tout faire » pour que l'ensemble des moyens juridiques soient mis en œuvre afin de s'assurer que la famille de sa femme ait à répondre des crimes qu'elle avait commis devant la justice et qu'autrement il n'avait [aucun] avenir politique. BVA a dit détenir des informations de première main sur certaines des activités illégales de la famille de sa femme susceptibles d'être utiles dans la campagne d'actions en justice que comptait lancer SEJ.

SEJ a dit qu'il était heureux de l'apprendre et qu'il devait pouvoir faire quelque chose en ce qui concernait la demande de mutation de BVA. Il a offert une serviette propre à BVA et l'a remercié de lui avoir accordé un moment et d'avoir parlé avec franchise. Fin de l'entrevue à 15 h 47.

L'aéroport qu'utilisait Michael Corleone quand il venait à New York était situé quasiment à l'extrémité de Long Island. C'était un ancien aéroport privé dont le gouvernement avait pris le contrôle depuis la Seconde Guerre mondiale. Plusieurs années auparavant, Nick Geraci, qui naturellement avait cessé de piloter, s'était arrangé pour que divers avions que les Corleone possédaient ou exploitaient puissent y atterrir.

Michael roula vers le hangar où il avait rendez-vous avec Geraci. Il stoppa l'avion à une cinquantaine de mètres du bâtiment. Geraci s'avança seul sur le tarmac. Al Neri descendit pour le fouiller. Geraci respira à fond et monta la passerelle.

« Laisse la porte ouverte », dit Geraci à Neri.

Neri jeta un regard à Michael qui hocha la tête. Neri laissa la porte ouverte et se posta devant.

« Alors, on en est là, toi et moi ? dit Michael.

— Comment ça ?

— Je te fais fouiller et tu ne veux pas me parler derrière des portes fermées.

— Pour ce qui est de la fouille, ce n'est pas à moi d'en parler, répondit Geraci, même si je n'y vois aucun inconvénient. Et comme je suis sûr que ce charmant et talentueux Mr Neri est armé jusqu'aux dents, ça montre bien que j'ai toujours en toi une confiance absolue. C'est juste que... je ne sais pas si tu réalises, mais c'est la première fois que je remonte dans un avion depuis... tu sais. »

Michael savait. Il se tut. Il remplit le plan de vol de la dernière étape de son voyage.

« Même quand j'emmène les enfants à Coney Island, poursuivit Geraci, il est hors de question que je monte dans une attraction foraine qui décolle du sol. Je te serais très reconnaissant de laisser la porte ouverte et si ça ne te dérange pas trop, tant que tu y es, de couper ce moteur. »

Michael avait entendu parler des tremblements de Nick Geraci, mais c'est la première fois qu'il les voyait. Ce n'était pas aussi sérieux qu'il l'avait imaginé.

« On va couper la poire en deux, répondit Michael en finissant de remplir le formulaire et en le tendant à Neri pour qu'il puisse l'apporter en vitesse à la tour. On garde la porte ouverte et je garde le moteur en marche. »

Geraci croyait-il vraiment que Michael allait décoller sans Neri ? Et avec la porte ouverte ? Que Michael serait assez fou pour tenter un coup pareil dans un espace clos et qui plus est face un ancien boxeur poids lourd qui malgré ses tremblements se maintenait en forme et pouvait tout à fait lui balancer un coup de poing qui le transformerait en légume pour le restant de ses jours ?

« D'accord, dit Geraci. Je te dis ce que j'ai à te dire et puis j'y vais. C'est quelque chose que je veux que tu saches. Comme je ne sais pas trop par où commencer, je vais aller droit au but. J'ai monté un coup qui va nous permettre de retourner à Cuba. »

Michael fut sincèrement étonné, quoique Geraci ne lui apprît rien. Ni la proposition de l'agent borgne « juif » de la CIA, ni l'existence dans le New Jersey d'un terrain clôturé gardé par une équipe de fédéraux doublée d'une meute de rottweillers. Ni le mélange explosif de mercenaires siciliens et de Cubains autrefois fortunés, rongés par l'amertume, qui avaient surmonté leurs différences (de langue, de culture, de motivations et autres) et un regrettable coup de couteau (un des hommes de Geraci qui se remettait de sa blessure à Toledo, dans l'Ohio) et s'apprêtaient dans quelques semaines à essayer d'entrer clandestinement sur l'île, par petits groupes de tueurs de deux ou trois dans l'espoir que le meurtre d'un homme produise certains effets escomptés. Ce qui décontenançait Michael, c'est que Geraci lui raconte tout dans les détails.

« Là où je ne suis pas sûr de te suivre, dit Michael quand Geraci eut fini, c'est quand tu dis que tu as monté un coup qui va nous permettre de retourner là-bas.

— Interprète ça comme tu voudras. Je sais que tu t'es retiré des affaires, tout ça, mais je ne m'occupe pas des casinos et toi si. J'ai pensé que ça t'intéresserait peut-être de savoir à l'avance que certaines occasions pourraient se présenter et m'assurer également que tu es au courant qu'il y a de la concurrence. »

De la concurrence ? « De quelle concurrence me parles-tu ?

— Eh bien c'est là que si j'avais su, je serais venu te voir tout de suite. J'avais tout lieu de croire que l'opération se cantonnait à mon camp du New Jersey, mais sur ce, j'ai appris que c'était loin d'être le cas. Il s'est avéré que Sammy Drago a une structure du même genre à Tampa avec des gars qui s'entraînent sur la plage tout au sud de Miami. Là où ça a commencé à m'embêter, c'est quand j'ai appris par hasard qu'une cinquantaine d'hommes s'entraînent dans une enceinte de la base navale de Jacksonville dont je me sers de temps à autre pour mes affaires. Tous les affranchis de cette base sur lesquels j'ai pu obtenir des renseignements sont liés d'une manière ou d'une autre à Carlo Tramonti et la Nouvelle-Orléans, mais... » Il leva ses paumes tremblantes, et esquissa un sourire narquois comme s'il fallait se rendre à l'évidence. « Tramonti est un pantin. Carlo Tramonti, un fantoche. Si on additionne tout ça, qu'est-ce que ça donne ? » De la main gauche, Geraci épela les lettres une à une comme s'il comptait : « R.U.S.S.O. »

Michael supposa que les formules *il s'est avéré* et *j'ai appris par hasard* n'étaient qu'une manière pour Geraci de camoufler ses sources évidentes – soit Vincent Forlenza qui passait l'hiver à Key Biscayne, soit Louie Russo en personne.

« Je t'arrête tout de suite, dit Michael. Je sais bien que tu me racontes tout ça par respect pour moi et pour notre amitié, et je t'en sais gré. Mais tu en as déjà trop dit. Je ne peux pas me mêler de ça. Je me doute que ça te met dans une position inconfortable, mais tout ce que je peux te dire, c'est que malgré tout ce qu'a pu te raconter ton parrain à Cleveland, je t'assure que je fais tout pour que tu hérites de mon siège à la Commission et que je puisse me retirer totalement des affaires. Je suis près du but. Nous sommes près du but. Toi et moi, nous voulons la même chose. Ce n'est vraiment pas le moment de déclencher un conflit avec les autres Familles. »

Michael aurait été incapable de dire si Geraci tremblait ou hochait la tête.

« Je sais que je n'ai pas besoin de ta bénédiction, dit Geraci en se levant pour partir. Je veux juste m'assurer de ne pas m'attirer l'inverse. Tes foudres, disons. »

Michael n'aurait jamais cru qu'il serait capable d'un acte de défensive aussi lâche. « Bonne chance à toi et à tes hommes à Cuba, lui dit-il. Salue bien de ma part tout ce qui nous a été volé. Bon, c'est bien compris ?

— Je n'y manquerai pas, dit Geraci en descendant la passerelle. Et oui, c'est bien compris. »

Une semaine plus tard, au lac Tahoe, Joe Lucadello arriva seul comme promis dans un petit rafiot et s'amarra au ponton des Corleone. Capra et Tommy Neri vinrent à sa rencontre pour le fouiller et donnèrent le feu vert à Michael. Michael appela Tom Hagen pour lui dire que Joe était arrivé, puis il attendit que Hagen soit là-bas pour descendre la pelouse en pente jusqu'au banc de métal installé au bout du ponton et prendre place au milieu.

« Manifestement, Tom n'a pas envie de me le dire, dit Joe. Mais tu le sais peut-être, toi. Qui a eu l'idée du coup des pizzerias ? Parce que je dois dire que c'est bluffant. »

C'était une idée de Geraci, mais Michael ne voyait pas l'utilité de le dire à Joe. « Dis-moi si ce que raconte Fausto Geraci est vrai, lui demanda Michael.

— Ça me fait toujours un drôle d'effet, dit Joe. Tu es le seul à l'appeler comme ça. »

Michael toisa son vieil ami.

« Bon, d'accord, lâcha Joe. Il y en a d'autres sur le coup. Je n'ai jamais dit qu'il y avait personne d'autre.

— Tu le savais et tu...

— Non. Pas au début. Plus j'en apprends sur votre... comment tu appelles ça, déjà ? Votre tradition, plus je trouve des similitudes. Les sociétés secrètes, le vœu de silence, le code de l'honneur, etc. Mais là, c'est un point de divergence. Tu as apparemment les moyens de savoir tout ce que tu as besoin de savoir. Mais dans mon métier, personne ne sait jamais tout.

— Ce n'est pas acceptable, dit Michael.

— Ce n'est pas moi qui établis les règles. Quoique, honnêtement, je vois mal en quoi ça peut te toucher. Tu fais partie du projet. Sitôt que le boulot sera fait, on peut dire sans crainte que tous ceux qui auront participé au projet recevront un gros cadeau pour la peine. De plus, notre opération est de loin la meilleure. Les autres ne sont pas prêts à perdre si nécessaire quelques hommes dans la lutte contre le communisme, toi si, car tu as été militaire, ce qui nous donne un énorme avantage. Je ne connais pas tous les tenants et aboutissants des autres plans, mais j'ai entendu des rumeurs. Ils parlent de débarquer dans la station de radio où notre cible donne ses discours au peuple cubain et de vaporiser à l'aérosol une drogue baptisée LSD qui le fera passer pour un fou. Ils essaient d'imaginer un moyen d'empoisonner ses cigares ou de cirer ses chaussures avec un produit chimique qui lui pénètre dans la peau et le rende totalement chauve, barbe comprise, pour le mettre dans l'embarras. Ils ont tué des centaines de cochons et de singes en testant des cachets qui sont censés se dissoudre instantanément dans le Daïquiri. À ce qu'on m'a dit, la dernière invention consiste à envoyer un mini-sous-marin déposer un joli coquillage sur le récif où il fait de la plongée. Le coquillage doit être attaché à une bombe et dès qu'il le ramassera, il sera transformé en hamburger. Autrement dit, ce n'est qu'une bande de gonzesses. Nous on y va direct. On va descendre ce salaud de coco. »

Les trois hommes restèrent un long moment sans mot dire sur le banc.

« Alors, qu'est-ce que tu décides ? demanda Joe. Tu veux décrocher ? Parce que les autres ne décrocheront pas, moi je te le dis.

— Est-ce que tu peux nous garantir que nos hommes seront les premiers envoyés ?

— Garantir ? Tu me prends pour quoi ? Un représentant en aspirateurs ? Je peux seulement dire que notre Geraci est le meilleur sur le coup. C'est le premier à avoir monté sa structure et ses gars sont les meilleurs. J'ai appris en haut lieu que ce sont les seuls à être quasiment prêts à partir. Pour être honnête avec toi, je me demande si certains de vos concurrents ne se contentent pas d'empocher l'argent sans avoir la moindre intention de faire quoi que ce soit. Par conséquent, oui, je suis persuadé que les nôtres seront les premiers, mais je ne garantis pas que le soleil se lèvera demain matin. Si les hommes de Geraci sont envoyés, je te le ferai savoir aussitôt. C'est une promesse, pas une garantie.

— Compris », dit Michael.

Ils discutèrent en détail du déroulement des opérations une fois les hommes débarqués à Cuba jusqu'à ce que Michael ait acquis la certitude qu'il fallait mettre le projet à exécution. Arriverait ce qui arriverait.

« Je n'aurais jamais cru qu'on aurait dans notre camp des hommes aussi chevronnés que ceux qui nous attendent à Cuba, dit Joe. Ce n'est pas que nos hommes soient inférieurs – loin de là – mais les nôtres ne travaillent que pour l'argent. S'ils échouent, ils y perdront peut-être du blé, une promotion, ce que tu veux. Mais les gars de Cuba, s'ils merdent, ils savent que ce fils de pute les tuera. C'est pour ça que son service de renseignement est si au point. Mais vos hommes ? » Joe secoua la tête d'un air admiratif. « Avec eux, on gagne sur tous les tableaux. »

Michael ne put que le remercier.

Joe se leva pour partir.

« Au fait, je ne sais pas qui a pensé au coup des pizzerias, dit-il tandis que Hagen ôtait les amarres de son bateau, mais en tout cas c'est une idée de génie. Soit dit entre nous, on a plus ou moins l'équivalent. C'est relativement récent. Des collaborateurs privilégiés, on les appelle. Je peux bien vous le dire, parce que croyez-moi, vous n'en entendrez jamais parler. La CIA les aide à s'établir, veille à ce qu'ils réussissent, mais à part ça, la plupart du temps, on les laisse tranquille pendant des années jusqu'au jour où on a besoin d'eux. Je ne m'en occupe pas du tout, mais croyez-moi, un jour viendra où le président des États-Unis sera un collaborateur privilégié. Et naturellement, vous ne vous apercevrez de rien. »

Tandis qu'il regardait le bateau s'éloigner, l'ombre d'un sourire flotta sur le visage de Michael. Il connaissait déjà au moins trois des collaborateurs en question : le candidat qui avait perdu face à Jimmy Shea aux dernières élections, le fils d'un sénateur à la solde de la Famille qui pour l'heure remuait de l'air au Texas en se faisant passer pour un pétrolier et le fils de Pete Clemenza, Ray, le magnat des centres commerciaux.

« C'est le moment d'aller voir Russo, dit-il à Tom Hagen. Ça te donne une raison.

— Tu es sûr ? »

Michael hocha la tête. « Que les gars de Geraci réussissent ou échouent, dans les deux cas, nous tirerons notre épingle du jeu. La nouvelle de Joe nous prend un peu à contre-pied, mais il n'y a pas de quoi s'inquiéter. Tout ce que ça veut dire, c'est qu'il faut qu'on passe à l'action. Tout est prêt sauf notre taupe du Département de la Justice, mais nous savons que Billy a sauté sur l'occasion de nous trahir pour gagner la confiance du Secrétaire d'État. Il faut lui laisser le temps d'en apprendre suffisamment pour que ça vaille la peine d'en tirer parti. Par conséquent, commence par Russo. Si tu es prêt, naturellement.

— Je suis prêt.

— C'est un grand pas.

— J'attends ça depuis, je ne sais pas, répondit Tom. Depuis longtemps.

— Alors, voilà qui est réglé », dit Michael en embrassant son frère aîné avant de remonter à pas lourds l'allée qui conduisait à sa maison déserte.

Chapitre 30

Moins d'un an après que la base eut été construite sur le terrain de Geraci, une équipe d'ouvriers vint la détruire. Aux frais du contribuable. Geraci avait offert les services de démolisseurs qui pouvaient s'en charger pour un prix raisonnable, mais l'« agent Ike Rosen » lui dit qu'il fallait s'y prendre de façon bien précise. Il y avait également des questions de sécurité. Les derniers hommes qui s'entraînaient furent renvoyés chez eux, en attendant d'être convoqués le moment venu dans une villa des Bahamas qui devait servir d'avant-poste.

Trois Cubains furent envoyés en premier, apparemment sur l'ordre du directeur de la CIA Albert Soffet en personne, au motif que les Cubains connaissaient mieux le pays que les hommes de Geraci et pourraient plus aisément s'évanouir dans la nature si jamais les choses tournaient mal. Geraci était furieux. Il aurait voulu un Cubain (pour leur servir de traducteur et de guide) et deux Siciliens (pour que la mission réussisse du premier coup). En s'y prenant comme ça, il ne pouvait y avoir aucun problème, avait-il dit à ses contacts. Les Cubains débarquèrent sur un îlot de corail sans nom non loin des eaux territoriales cubaines, furent recueillis par une vedette provenant des biens confisqués d'Ernest Hemingway et se firent tuer avant même d'avoir touché le rivage lorsque le bateau explosa dans des circonstances pour le moins suspectes. On supposa que le pilote était un espion à la solde du gouvernement cubain, mais Geraci ne put obtenir que des informations de seconde main. Geraci dit à l'agent Rosen qu'il l'avait prévenu. Geraci ne tenait pas à perdre d'hommes, mais il ne tenait pas non plus à ce que cet escroc de dictateur soit assassiné par une des autres factions, or il n'y avait apparemment aucun moyen de savoir exactement ce qui se passait dans les divers camps. À quoi bon entraîner ses hommes, protesta Geraci, si c'était pour charger les Cubains de faire le travail ?

Une semaine plus tard, environ, Rosen annonça à Geraci qu'il avait reçu l'autorisation d'envoyer trois autres hommes, cette fois dans un avion volant à basse altitude pour échapper aux radars, et qu'ils seraient récupérés par un agent de confiance qui les attendrait sur la plage. Geraci pouvait recommander un homme, lui dit-il. Geraci insista pour en conseiller deux. Un seul ou rien, lui répondit l'agent. Geraci choisit Carmine. Le *soldato* sicilien dit à Geraci de ne pas s'inquiéter ; à lui seul, il valait deux hommes, aussi chevronnés soient-ils.

Quelques jours plus tard, Geraci se trouvait dans son bureau derrière la piscine, le nez plongé dans la même histoire en deux tomes des guerres romaines qui lui résistait plus ou moins depuis sept ans, quand Charlotte frappa à la porte. « Quelqu'un a appelé pour toi. » Elle avait l'air excédée. Plus les années passaient, plus elle semblait avoir du mal à accepter de prendre ses messages, et encore moins quand ses interlocuteurs ne se présentaient pas. « Je ne sais pas qui c'était, mais il voulait que je te dise qu'ils sont entrés. C'est tout. Ils sont entrés. Ça veut dire quelque chose ?

— Oui. » À Cuba. Et pour lui, ça voulait tout dire.

« Et ce livre ? demanda-t-elle.

— Ces livres, rectifia Geraci. Deux tomes. Depuis quand tu n'as pas lu une ligne ailleurs que sur un écran de télévision ? Et pour tout te dire, ça avance. »

Il faisait encore nuit quand Tom Hagen quitta le Palmer House et prit un taxi pour aller voir Louie Russo. Theresa dormait encore dans leur chambre d'hôtel. Un peu plus tard, dans la matinée, elle avait rendez-vous à l'Art Institute de Chicago – pour une quelconque assemblée nationale des comités de musées. Le lendemain, ils devaient se rendre à South Bend, pour aller voir non seulement Andrew mais également Frankie Corleone, l'aîné de Sonny, qui commençait comme secondeur centre dans l'équipe des Fighting Irish et leur avait obtenu des billets pour le dernier match de l'année qu'ils jouaient chez eux contre Syracuse, l'université où Theresa avait fait ses études. Tom attendait ce week-end depuis des semaines.

Hagen aurait préféré une limousine, mais il était trop risqué d'organiser quoi que ce soit à l'avance. C'était un de ces chauffeurs typiques de Chicago qui passait son temps à débiner une équipe sportive en déversant d'un ton hilare des torrents de griefs et d'insanités. Hagen était préoccupé. Il n'avait pris que deux cafés et il était en nage. Il n'était pas angoissé et il ne faisait pas particulièrement chaud dans la voiture. Ce devait être sa tension artérielle qui atteignait de tels sommets que le médecin parlait peut-être sérieusement quand il lui avait dit qu'un jour il finirait peut-être par éclater comme une tique engorgée. Le chauffeur continuait à jacasser à n'en plus finir. Hagen n'essaya pas de le décourager. Plus il parlerait, moins il se souviendrait de son passager.

Russo avait un club privé en pleine cambrousse, quasiment dans le Wisconsin. Bien qu'ils fussent à contre-courant de la circulation matinale, le chauffeur mit plus d'une heure. Une fois devant le portail, Hagen eut l'impression de mettre autant de temps à traverser le parking pour rejoindre le club lui-même – une bâtisse de parpaings peints en blanc. Malgré des dehors peu engageants, ce club réussissait à programmer des chanteurs comme Johnny Fontane, tous les meilleurs comiques, même les Ice Capades. Au-dessus de la porte, une pancarte proclamait HECTOR SANTIAGO, LE ROI DE LA RUMBA ! Les spectacles ne faisaient jamais l'objet de la moindre publicité et se jouaient cependant à guichets fermés. Au pied de la bâtisse s'étendait une mare bordée de pins de la taille de quatre pâtés d'immeubles. Sur la rive opposée se dressait un entrepôt aveugle de deux étages parfaitement anodin qui avait été reconverti en casino. La nuit, des gondoliers faisaient la navette sur la mare pour transporter les clients. Russo était excessivement fier de son club ; au dire de tous, il était impossible de venir parler affaires avec lui sans se voir offrir une visite guidée de son précieux casino. Ceci étant, Hagen ne pouvait qu'admirer tous les efforts qui avaient dû être déployés pour soudoyer tous les flics qu'il avait fallu convaincre afin d'autoriser Louie Russo à transporter tous ses clients dans son tripot clandestin au vu et au su de tous et à bord d'un moyen de locomotion aussi lent qu'une gondole.

Derrière le casino, une ancienne ferme avait été agrandie pour être transformée en maison d'hôtes. Russo avait installé son bureau en haut, dans la plus grande chambre. Pour y être admis, Hagen dut tout d'abord passer devant une espèce de détecteur avant de franchir une porte métallique digne d'une salle des coffres. Comme il s'y attendait, deux des gorilles de Russo étaient assis dans une antichambre, une mitraillette sur les genoux. L'un des deux se leva, le fouilla mollement et lui fit signe d'entrer dans le repaire de son boss.

« Mais c'est l'unique, le seul *consigliere* irlandais au monde ! » lança Russo. Il arborait des boutons de manchette en diamant. « Quel honneur. »

Hagen le remercia et prit le fauteuil qui lui était offert. Russo resta debout en une démonstration de pouvoir aussi grossière que mesquine.

« Michael Corleone est prêt à soutenir votre candidature comme *capo di tutti capi* et à renoncer à son siège à la Commission, qui doit revenir à Nick Geraci, si nous parvenons tous les deux à un accord sur quelques points de détail.

— Hé, vous l'entendez, ce mec ? lança Russo aux gorilles assis dans le couloir avec leur mitraillette. Écoute, l'Irlandais. Chez nous, on se fait pas baiser s'il y a pas les manières. Vous voyez ce que je veux dire ? »

Hagen voyait parfaitement. « Je suis germano-irlandais, rectifia-t-il. Et je ne veux pas vous offenser, Don Russo. Je sais que vous êtes un homme très occupé et je me suis dit que vous préféreriez que j'aille droit au but.

— Un café ? Merde, où est passé mon savoir-vivre ? Ou un cocktail, l'Irlandais ?

— Un café, ça me va », répondit Hagen. Il venait d'une cafetière électrique, mais ça ferait l'affaire. « Merci. »

Russo fronça les sourcils. « Hé, vous êtes sûr que ça va ? Il ne fait pas si chaud que ça, ici.

— Ça va bien.

— Ma maman disait toujours qu'aller bien, c'était surtout une question de volonté.

— Voilà une femme clairvoyante.

— C'est ça, oui, eh bien à vous voir, on dirait que vous avez une frousse de tous les diables, ou alors ce machin, là, comment ça s'appelle déjà. Une fièvre tropicale. Un truc qui se chope dans la jungle. Hé, les gars, lança-t-il. Mon pote l'Irlandais aurait bien besoin d'une serviette.

— J'ai juste besoin d'un café, répondit Hagen en avalant son café en deux longues gorgées.

— Le seul type que j'ai jamais vu suer comme ça avait un micro sur lui.

— C'est vrai ? »

Russo hocha la tête.

Hagen leva les bras. « Allez-y, fouillez-moi. Ça ne me dérange pas. »

Ce n'était ni la fierté ni le respect qui étouffaient Russo. Il le fouilla. Naturellement, il n'y avait pas de micro. Russo fit signe à Hagen de se rasseoir. Hagen attendit que Russo se soit lui-même assis.

« Quelques points de détail, dites-vous ? » Russo prit place derrière son bureau. « Comme quoi, par exemple ? »

Du petit balcon du second étage d'une bibliothèque condamnée du centre de Cienfuegos, Carmine Marino chargea le fusil de fabrication russe qu'il devait utiliser et attendit que le cortège de voitures passe sous les fenêtres. Il avait perdu les deux Cubains indignés avec lesquels il était venu la nuit même où ils avaient atterri. À défaut de parler espagnol, il se contentait de bricoler son italien, mais il avait cependant réussi à parcourir plus de trois cents kilomètres sous une dictature pour rejoindre les deux espionnes qui devaient lui donner la suite des instructions. Carmine fut naturellement déçu d'être privé de torrides ébats dans l'obscurité étouffante de la nuit cubaine. Depuis quand les espionnes ne couchaient plus avec les fringants assassins de son espèce ? À quoi bon en ce cas être un assassin ? Elles étaient deux, et pourtant, rien. C'en était troublant. Peut-être étaient-ce des gouines. Peut-être avait-il une trop haute opinion de lui-même. S'il en sortait vivant, il retournerait voir ce juif borgne pour lui dire qu'il avait intérêt à lui dégoter une plantureuse espionne lubrique et vite fait. On ne la lui faisait pas, à Carmine. Les filles comme ça, il savait que ça se trouvait.

Les rues étaient bordées de soldats et de Cubains qui acclamaient le cortège. À mesure qu'il approchait, le vacarme devenait étrangement métallique, comme s'il s'agissait d'un disque d'ovations passé à plein volume et en vitesse légèrement accélérée. Quand il était petit, Carmine avait entendu un autre despote, Mussolini, acclamé de la sorte.

À présent, le cortège tournait au coin de la cathédrale et s'avançait vers lui. C'était une rangée de voitures américaines, ce qu'il trouvait hilarant. Ces gens-là avaient beau détester les Américains, regardez-les un peu. Carmine leva son fusil.

Dans la quatrième voiture – une décapotable bleue, comme promis – la cible barbue en grand uniforme souriait béatement en saluant de la main son peuple opprimé.

Marino inspira doucement et appuya sur la gâchette.

La tête du barbu se renversa en arrière. Une gerbe de sang

et de chair retomba en pluie sur le coffre. Le chauffeur appuya sur l'accélérateur.

Des cris jaillirent de la foule. Les policiers firent passer le reste du cortège – dont la berline noire située deux voitures plus loin que la décapotable, dans laquelle se trouvait le dirigeant cubain – par une rue transversale en direction de la sortie de la ville.

L'homme de la décapotable bleue qui était le sosie préféré du dictateur était mort.

Carmine Marino fut capturé alors qu'il s'apprêtait à rejoindre Guantanamo Bay, déguisé en femme.

Louie Russo accepta toutes les conditions. Les Corleone pourraient, sans ingérence de Chicago, exploiter leurs hôtels et leurs casinos au Nevada. À Atlantic City également, si la situation se débloquait là-bas. Hagen reconnut que l'escouade d'assassins de Geraci agissait en réalité sous le contrôle des Corleone et Russo reconnut sans ambages qu'il contrôlait de son côté les opérations que dirigeaient Tramonti et Drago. Ces Familles étaient peut-être rivales, mais elles avaient davantage en commun les unes avec les autres qu'avec cette bande d'opportunistes cyniques de la CIA et de la Maison-Blanche.

Après avoir brièvement discuté des détails, Russo consentit à ce que, si jamais ses hommes étaient les premiers à réussir la mission, les Corleone puissent reprendre le contrôle du Capri et du Sevilla Biltmore et les exploiter en toute légalité sans ingérence aucune de Russo ou de toute autre organisation – un pouvoir qu'aurait certainement Russo une fois que Michael Corleone l'aurait aidé à devenir le premier *capo di tutti capi* officiel depuis la mort de Vito Corleone, sept ans plus tôt.

Hagen quant à lui chapeauterait personnellement l'organisation des gens à la solde des Corleone. Ce secteur serait peu à peu partiellement transféré à Nick Geraci, étant entendu que Louie Russo pourrait en bénéficier ponctuellement dans la mesure où il s'engageait à aider Michael Corleone à devenir un homme d'affaires parfaitement respectable.

Russo se montra si coopératif que Tom Hagen eut de plus en plus la certitude que Tête de Bite n'avait pas l'intention de le laisser sortir de là vivant. Ils avaient envisagé cette éventualité, avec Michael. C'est une chose que d'envisager une *éventualité*, c'en est une toute autre que de sentir qu'elle est en passe de devenir réalité. Il transpirait toujours autant. Il aurait donné mille dollars pour pouvoir prendre une douche et enfiler des vêtements secs.

« C'est un grand jour, l'Irlandais, dit Russo. Ça se fête. Je vais même trinquer avec vous, sauf que pour le cocktail, tout à l'heure, je blaguais. À part du café et l'haleine de ces messieurs qui sont dans le couloir, je n'ai rien de corsé ici. Le bar du club n'est pas trop mal, mais pour le nec plus ultra, la meilleure sélection de tout l'Illinois, il faut traverser le lac Louie. »

Il n'était pas même neuf heures du matin.

« C'est très aimable à vous, dit Hagen. C'est tentant, mais je dois y aller.

— Allez, l'Irlandais. Si on ne trinque pas, il n'y a pas de marché qui tienne. D'autant que vous vous lancez dans les casinos autorisés – vous allez y perdre une fortune, je le regrette pour vous, mais personne ne vous a obligés à emprunter cette voie – enfin, quoi qu'il en soit, vous devriez jeter un œil à mon établissement, dont je dois dire, au risque de manquer d'humilité, que je ne suis pas peu fier. Ça n'ouvre pas tout de suite, mais... » Russo ôta ses lunettes noires. Ses yeux étaient uniformément rouges avec un anneau vert au milieu. Il sourit.

Tom Hagen fut parcouru d'un frisson qui n'était aucunement dû à l'effet cumulé de la transpiration et de l'air conditionné.

« ... je connais des gens, poursuivit Russo. Vous avez déjà fait une balade en gondole ?

— Pas vraiment, non », répondit Hagen.

Russo l'accompagna jusqu'à la porte. Les sbires aux mitraillettes se levèrent. « Vous savez quoi ? leur lança-t-il. L'Irlandais n'a jamais fait une balade en gondole. S'il y a un truc à faire si on ne veut pas mourir idiot, c'est bien ça. »

Joe Lucadello se rendit chez Nick Geraci au beau milieu de la nuit et sonna à la porte. Geraci s'était endormi dans son fauteuil dans son antre, au fond du jardin. Charlotte avait pris un somnifère et dormait comme une souche. Barb était à la fac. Après plusieurs coups de sonnette, Bev Geraci répondit à l'interphone.

« Dites à votre père que c'est Ike Rosen.

— Est-ce qu'il saura de quoi il s'agit ?

— Bien sûr.

— Qu'est-ce qui est arrivé à votre œil ? demanda-t-elle. C'est pour de vrai ?

— Oui. C'est une blessure de guerre.

— Je ne vous crois pas », dit Bev.

Lucadello souleva le bandeau. Même à travers le judas, le spectacle de l'orbite vide était si atroce que la jeune fille s'enfuit en hurlant. Lucadello poussa un soupir, s'assit sur le perron et attendit que la police débarque. C'était encore un de ces systèmes de génie que ces gens-là avaient mis au point. Ils utilisaient la police comme un service de sécurité privé et les autres – les civils – se chargeaient de les appeler si nécessaire.

Deux voitures de patrouilles répondirent aussitôt. Les flics débarquèrent armes au poing. Lucadello leva les mains. Il leur donna son permis de conduire au nom d'Ike Rosen et leur expliqua qu'il faisait de l'import-export avec Mr Geraci et qu'il y avait eu un regrettable incident à la douane. Le tapage avait réveillé Nick Geraci qui remercia les policiers et calma sa fille. Puis il conduisit l'agent dans son antre.

Lucadello prit place dans un des fauteuils que Geraci avait réussi à sauver des décombres d'Ebbets Field et lui raconta ce qui était arrivé à Carmine.

« Tu peux être sûr que quoi qu'on lui fasse, ce gamin ne parlera pas, dit Geraci.

— Il se peut bien que la question de savoir s'il parlera ou non soit le cadet de vos soucis.

— Ah oui ? » Geraci n'était pas sûr de comprendre, mais le choix des pronoms – *vos soucis* et non *nos soucis* – ne présageait rien de bon.

« Le gouvernement cubain serait fou de le torturer. Il serait fou de faire quoi que ce soit, si ce n'est un foin de tous les diables de voir qu'un ressortissant étranger a tenté d'assassiner leur cher et tendre révolutionnaire barbu. Ils vont avoir les Russes avec eux. Les Nations unies vont se retrouver embarquées là-dedans. Quand il sera extradé, nous ne pourrons pas faire autrement que de le mettre en prison, et peut-être même de l'exécuter.

— Ne vous en faites pas, répondit Geraci. Carmine Marino est toujours citoyen italien. S'ils le renvoient là-bas, il a un parrain sacrément puissant. »

Lucadello secoua la tête. « Vous ne comprenez pas. Il faudra que nous, nous l'exécutions bien avant. Mais ce n'est que le commencement de vos ennuis, j'en ai bien peur. »

Geraci n'allait tout de même pas laisser ce salopard de borgne le tuer dans son propre jardin. « Levez-vous, dit Geraci. Je dois vous fouiller.

— Comme vous voulez. Mais si je voulais vous tuer, vous seriez déjà mort. Et si vous perdez un temps précieux à des broutilles de ce genre, ça pourrait bien vous arriver. »

Geraci le fouilla tout de même et le délesta d'un pistolet et de deux couteaux.

« Gardez-les, je vous en fais cadeau, dit Lucadello. Je suis de votre côté, vous avez oublié ? »

Geraci lui fit signe de se rasseoir. « Il est tard. Je dormais. Excusez-moi mais je ne saisis pas très bien en quoi ce serait mon problème et non pas également le vôtre.

— Oh, c'est aussi le mien. Écoutez, quelqu'un de haut placé – non pas mon boss, mais le sien – m'a dit que le FBI a découvert l'existence du camp que Tramonti dirigeait à Jacksonville. Ils ont déjà lancé une enquête. Il y avait aussi une vague rumeur selon laquelle les fédéraux auraient été prévenus de notre opération, mais ça n'avait pas l'air plausible. Et puis après cet incident, peu importe. Il y a trop de risque que le FBI reconstitue toutes les pièces du puzzle.

— Et vous ne pouvez pas me protéger ? Il n'y a rien que vous puissiez faire ?

— Pas grand-chose, dans ces circonstances, dit-il. J'aimerais tuer ces types.

— Allez-y, en ce cas, tuez-les, dit Geraci. Ce n'est pas moi qui vous en empêcherai.

— Malheureusement, dit Lucadello, ce n'est pas envisageable. Et ça ne résoudrait pas tous vos problèmes, de toute façon. Nous avons appris de source sûre que votre ancien associé Michael Corleone projette depuis un moment de vous tuer. La seule chose qu'il attend, c'est que vous ayez effectué ce travail. Maintenant que vous êtes hors du coup, nous estimons que vous courez un danger de mort imminent. En outre, d'après des informations relativement moins fiables, il semblerait que Louie Russo projette également de vous tuer, apparemment parce que... je ne sais pas trop comment ça marche, chez vous, mais apparemment il y a une sorte de Commission ? »

Geraci haussa les épaules. « Jamais entendu parler.

— Naturellement. Quoi qu'il en soit, tous les agissements de Russo ont son approbation et, malheureusement, ce n'est pas le cas de votre opération. Il semblerait que ce soit là une violation du protocole suffisamment grave pour autoriser... qui exactement, nous n'en sommes pas tout à fait sûr. Probablement Mr Russo. L'autoriser à vous tuer. Vous ne tremblez pas.

— Ça va et ça vient.

— S'il m'arrivait un truc pareil, je tremblerais.

— C'est une forme de Parkinson. Et non de la peur. Ça n'a rien à voir avec la peur. Et de toute façon, comment pouvez-vous être si sûr que ça ne va pas vous arriver à vous ?

— Mais je suis sûr que si, répondit-il. En tout cas, tout va se décider très vite et il faut que vous vous décidiez encore plus vite.

— Pas nous ?

— Non, pas nous, dit Lucadello. Nous n'avons jamais rien eu à voir avec tout ça. Vous et moi, nous ne nous sommes jamais rencontrés. Il n'y a pas de *nous*. Pas plus que de moi. L'agent Ike Rosen n'existe pas. »

Lucadello lui dit que tout ce qu'il pouvait faire, c'était de sortir Nick Geraci et sa famille de là. Lui procurer des allers simples sous des fausses identités, pour n'importe quelle destination de la planète. Un agent pourrait éventuellement les attendre sur place à l'aéroport pour leur donner quelques petits tuyaux sur la meilleure manière de recommencer une nouvelle vie dans le coin en question. Ce ne serait pas possible partout, mais si Geraci voulait lui indiquer quelques endroits, il serait sans doute en mesure de lui dire si c'était des choix judicieux.

Geraci regarda le pistolet sur son bureau. Ce n'était pas l'envie qui lui manquait de descendre ce type.

Puis soudain, en un éclair, une vision presque, il entrevit le moyen de se sortir de cette situation, ou du moins de gagner du temps.

« Très bien, dit Geraci en tendant la main, imitant sciemment son parrain Vincent Forlenza. Quatre choses. Premièrement – l'index – je vais en Sicile. Je n'ai pas besoin de vos hommes. J'ai les miens. Deuxièmement – le majeur – je ne prends pas l'avion. Un point c'est tout. Mais vous allez m'aider à aller où je veux aller, moi et ma famille, si tant est qu'elle veuille m'accompagner, ce dont je doute. Troisièmement – l'annulaire – je vous promets que mon grand ami Michael Corleone ne va pas me tuer, alors vous feriez bien de vérifier que vos sources sont si sûres que ça, histoire de voir d'où vient la bourde. Et quatrièmement – l'auriculaire –

je vous conseille fortement de ne pas tuer ni faire tuer Carmine Marino.

— Pour les trois premières, il n'y a pas de souci. Quant à Carmine, moi aussi, j'ai de l'affection pour lui. Il n'a rien fait de mal. Il est allé où il était censé aller, il a réussi un très beau coup et touché la cible qu'on lui avait indiquée et il a eu l'intelligence de ravaler sa fierté masculine en se déguisant en femme pour essayer de s'échapper. S'il n'y avait que moi, je l'embaucherais... mais, tout ce que je peux vous dire, c'est que ça ne dépend pas de nous. »

Geraci sourit. « De son nom de jeune fille, la mère de Carmine s'appelle Bocchichio. »

Mais il eut beau lui expliquer cette capacité hors pair, étrangement mercenaire, qu'avait le clan Bocchicchio d'exercer sa vengeance, Lucadello resta de marbre.

« Alors, à qui s'en prendront-ils, hein ? Au gouvernement des États-Unis ? »

Geraci fit non de la tête. « Ils en feront une affaire personnelle.

— C'est-à-dire ? À moi ? Ou attendez, je sais ! Ils s'en prendront au président ! »

Brusquement, Geraci se mit à trembler. Pour se calmer, il traversa la pièce, attrapa à pleine poignée la chemise de Lucadello et le força à se lever. « Carmine est toujours vivant, chuchota-t-il. Arrangez-vous pour qu'il le reste et ils ne s'en prendront à personne. »

De si bonne heure, il n'y avait qu'un gondolier qui travaillait, mais les gondoles étaient vastes. Il y avait largement la place. Comme Hagen l'avait prévu, les hommes de Russo montèrent avec leur mitraillette.

« Ne fais pas cette tête, l'Irlandais, dit Louie Russo, en prenant place à l'avant. Je sais que les démonstrations musclées, ce n'est pas ton truc. Merde, bientôt, vous ne saurez même plus ce que c'est, vous autres ! Quoi qu'il en soit, détends-toi. Crois-moi, tu devrais faire de vieux os. »

Les gorilles trouvèrent ça hilarant. Le gondolier détourna les yeux sans dire un mot. Il entama la traversée des eaux fétides de la mare artificielle. Hagen réussit enfin à croiser son regard. Le gondolier hocha imperceptiblement la tête.

Hagen avait cessé de transpirer. Il fut submergé par un sentiment de paix. Russo racontait comment il avait acquis cet endroit, mais Hagen ne l'écoutait pas. Il scrutait le rivage, anticipant l'instant où ils parviendraient à mi-chemin, en se penchant suffisamment pour défaire sa ceinture sans que personne ne le remarque.

À mi-chemin, le gondolier sortit son aviron de l'eau. À force d'effectuer des milliers d'allers-retours sur cette mare, il avait des avant-bras que lui aurait enviés un conducteur de chantier. À l'instant où Hagen se redressa en arrachant sa ceinture, le gondolier balança son aviron en déchargeant toute la colère refoulée d'un homme qui rêvait depuis des années d'en faire autant avec tous les sales cons de m'as-tu-vu qui avaient pu monter dans sa gondole. Elle heurta de plein fouet le crâne d'un des gorilles.

L'autre fit volte-face mais avant qu'il n'ait eu le temps de tirer, sa tête fut renversée brusquement en arrière. La ceinture de Hagen s'enfonça dans son cou.

Le gondolier s'empara du revolver du premier mort et le braqua sur Louie Russo.

Le second se débattit à coups de pied et vira au violet. Hagen sentit la trachée de l'homme se briser. Quand ce dernier s'immobilisa, il le poussa sur le plancher de la gondole.

Russo s'apprêtait à sauter pour essayer de fuir à la nage quand le gondolier l'attrapa par l'arrière de sa chemise en le tenant solidement. Les lunettes de Russo tombèrent à l'eau.

Le Don aux doigts minuscules se mit à pleurer. « Je vous ai donné tout ce que vous vouliez et vous me faites ça ?

— Ne me prenez pas pour un imbécile », répondit Hagen. Il extirpa un .22 muni d'un silencieux de la poche du manteau de l'homme qu'il venait de tuer. L'outil préféré des tueurs. Il avait des fourmis dans les bras tant il lui avait fallu de force pour l'étrangler. « Vous alliez me tuer, lui dit-il en agitant le revolver sous le nez de Russo.

— Vous êtes fou, gémit Russo. C'est juste un revolver. Ça ne veut rien dire.

— Et même si ce n'est pas le cas, je m'en fiche. C'est vous qui avez suggéré à Roth de pousser Fredo à trahir la Famille et vous avez monté le coup avec vos gars de L.A. Avec tout ce que vous avez fait, des raisons de vous tuer, j'en ai des centaines.

— Vous ? » Les larmes de Russo atténuaient l'effet de ses yeux diaboliques. La morve dégoulinait de son nez phallique. « Me tuer, moi ? C'est pas votre rayon, ça, l'Irlandais. Putain, vous êtes un représentant du Congrès. Vous croyez qu'ils vont vous laisser buter un mec comme ça, l'Irlandais ? Vous êtes irlandais. »

Depuis que Tom Hagen était adulte, tout le monde s'était toujours trompé sur son compte. Il restait avant tout un petit Irlandais miséreux, un gamin des rues. Il avait passé tout un hiver à New York, réfugié dans les buissons et les tunnels, remportant des bagarres à coups de poing contre des adultes pour une demi-miche de pain moisi. Hagen leva le revolver. Cette fois, c'était son tour de sourire.

« À force de vivre avec les loups, dit-il, on apprend à hurler. »

Il tira. La balle transperça le cerveau de Russo et ricocha contre les parois de son crâne sans ressortir, comme l'aurait fait une balle de plus gros calibre.

Il jeta le revolver dans la mare.

Hagen et le gondolier attachèrent silencieusement des poids aux trois corps et les passèrent par-dessus bord. Personne ne les remarqua. Le gondolier ramena Hagen sur le rivage et s'empressa de récurer le bateau à l'eau de Javel. Il ne vit aucune trace de sang mais la prudence payait toujours (et bien). Hagen repartit au volant de la voiture de Russo. Le gondolier devait par la suite jurer sur l'âme immortelle de sa sainte mère qu'il avait vu s'éloigner la voiture de Russo. Celle-ci fut retrouvée deux jours plus tard sur un parking d'aéroport. Les journaux relatèrent que plusieurs passagers qui avaient pris l'avion ce jour-là portaient des noms identiques à certains des pseudonymes que l'on connaissait à Louie La Tête. Aucune de ces pistes ne déboucha sur qui que ce soit.

Les deux sbires étaient de loyaux *soldati* de confiance de Russo, des hommes qu'il aurait été difficile, voire impossible de soudoyer pour les Corleone. En revanche, ce gondolier ne gagnait pas même en une année ce qu'avaient coûté les boutons de manchette de Russo. Russo et ses hommes furent retrouvés un mois plus tard. Ils étaient loin d'être les seuls corps à avoir fini là. La mare acide accélérait la décomposition. Une fois qu'elle eut été drainée, sous la première couche de vase, la police d'État découvrit des monceaux d'ossements, dont la plupart étaient enfermés dans des sacs de jute, des valises et des tonneaux d'huile lestés de poids.

Le gondolier avait alors disparu.

Ni les autorités ni quiconque de l'organisation de Chicago ne retrouvèrent jamais sa trace. Il vécut le restant de ses jours sous une nouvelle identité dans une bourgade du Nevada, où il dirigea une armurerie et un cimetière privé sur un terrain qu'il avait acheté au gouvernement fédéral (avec l'argent d'autrui) à une trentaine de kilomètres seulement de la périphérie venteuse et irradiée de Doomtown.

Joe Lucadello appela d'une cabine téléphonique à moins d'un kilomètre de la maison de Geraci et rapporta l'entrevue en détail à Michael Corleone. Le mensonge qu'il avait raconté à propos de Russo, la vérité à propos de Michael. Les précisions sur le bateau qui devait emmener Geraci en Sicile. Seul. Sa femme et ses filles ne venaient pas avec lui, ce qui lui faciliterait la tâche.

« Désolé de ne pas avoir réussi notre coup, là-bas, dit Lucadello en parlant de Cuba. Je sais que tu comptais dessus.

— Nous nous en sommes tirés vivants, dit Michael. Que demander de plus ?

— Pas mal de choses, répondit Joe. Mais seulement si on est jeune. »

Dans sa demeure de Chagrin Falls, Vincent Forlenza s'éveilla dans le noir, parvenant à peine à respirer, en proie à cette familière sensation atroce d'avoir un éléphant sur la poitrine. Il réussit à sonner son infirmière. Il savait reconnaître un infarctus. Ce n'était pas le premier et, avec un peu de chance, ce ne serait pas le dernier. C'était moins douloureux que les précédents. Cette fois, on aurait plutôt dit un éléphanteau. À moins qu'il ait fini par s'y habituer.

L'infirmière appela une ambulance. Elle fit ce qu'elle put et lui dit qu'il s'en sortirait. Elle n'était pas cardiologue, mais elle était sincère. Ses signes vitaux étaient relativement bons étant donné les circonstances.

Vincent Forlenza était un homme prudent. Dieu paraissait avoir bien du mal à le tuer et ce n'était pas demain la veille qu'il allait faciliter la tâche aux simples mortels. Cette propriété et sa résidence de Rattlesnake Island étaient soigneusement gardées et fortifiées. Il y avait des années que Forlenza n'était pas monté dans une voiture ou un bateau sans que ses hommes n'aient vérifié au préalable qu'ils n'étaient pas piégés. Il confiait généralement cette besogne à deux hommes qui se détestaient ouvertement pour qu'ils rêvent mutuellement de surprendre l'autre à trahir son Don. Il ne mangeait plus que ce qui était préparé sous ses yeux. Mais en ces instants où il avait besoin du secours des médecins, personne, pas même

Don Forlenza n'aurait jamais songé une seconde à soupçonner les hommes qui venaient lui sauver la vie. Ni aucun des gardes du corps de la propriété. Ni l'infirmière, qui ne remarqua rien de bizarre dans les soins qu'ils dispensèrent au vieil homme. Rien à signaler non plus au sujet de l'ambulance – jusqu'au moment où elle partit et que, quelques minutes plus tard, une autre arriva, identique.

La première ambulance fut retrouvée le lendemain, non loin de là où elle avait été volée. Vincent Forlenza, dit « Le Juif » ne réapparut jamais.

Dans la tribune du stade réservée aux familles, Tom et Theresa Hagen et le séduisant Andrew se levèrent quand retentit l'hymne national. Tom se surprit à chanter en chœur, la main pressée sur la poitrine.

« D'habitude, tu te contentes de marmonner entre tes dents, lui dit Theresa.

— C'est un si beau pays, répondit Tom. Ça ne devrait pas être permis de marmonner. »

Frankie Corleone était le plus petit de toute la défense de Notre-Dame, mais dès la première passe qui suivit la mêlée, il frappa de l'autre côté de la ligne et toucha le gigantesque arrière des Syracuse Orangemen avec une telle force que sa tête se renversa, entraînant son corps dans la foulée. La foule se déchaîna mais Frankie se contenta de rejoindre au petit trot la réunion de stratégie comme si de rien n'était.

« Frankie ! hurla Andrew.

— Mon neveu ! s'écria Theresa.

Tom et Theresa s'embrassèrent et l'arrière sortit du terrain sans avoir besoin d'une civière.

À la phase de jeu suivante, Syracuse essaya de faire une passe. Le destinataire était planté seul au beau milieu du terrain. À l'instant où le ballon arrivait, Frankie surgit de nulle part et le dévia.

« Waouh ! hurla Theresa. Vas-y, Frankie !

— Le Tueur ! » C'était le surnom de son neveu. Il s'interdisait de s'appesantir dessus.

« Je croyais tu étais censée soutenir Syracuse, maman ? » se moqua Andrew.

C'était une belle journée de novembre où l'air était vif avec un soleil qui tentait de percer. Tout le monde devrait assister à un match de football à Notre-Dame. Le Golden Dome.

Touchdown Jesus ou le Seigneur de l'Essai, l'immense statue du Christ qui se dressait en bordure du stade.

« C'est différent, dit-elle. C'est la famille. »

Dans le port de Palerme, Michael Corleone s'installa sur le pont d'un yacht qui appartenait au vieil ami de son père Cesare Indelicato. Michael n'avait jamais voyagé avec autant d'hommes pour assurer sa sécurité, mais Cesare Indelicato ne s'en était pas offusqué. L'époque était mouvementée.

Michael se laissa enfin aller, certain d'être à l'abri de toute trahison et prêt à prendre le risque de se trouver à quelques centaines de mètres à peine de Geraci quand il arriverait en Sicile, pour la seule satisfaction de le voir embarqué sitôt à quai par les meilleurs assassins de l'île.

Michael devait retourner à New York. Exception faite de Hagen, les meilleurs hommes que conservait la Famille Corleone présentaient une menace inacceptable en raison de leurs liens avec Geraci. À part eux, il ne restait que des médiocrités comme Eddie Paradise ou les frères DiMiceli. Michael devrait reprendre le contrôle de la Famille, sous tous ses aspects. Il n'aurait guère de mal à donner l'apparence d'un retour en triomphe, il en était sûr – l'élimination de Louie Russo et de Vincent Forlenza le lui garantissait, aux yeux tout du moins des chefs des autres Familles new-yorkaises. Mais de multiples aspirations de Michael – la respectabilité, la paix, l'amour de sa femme et de ses enfants, une vie meilleure, différente de celle qu'avait connue son père – lui étaient désormais inaccessibles pour des années, peut-être même à jamais.

Et de tuer Geraci ne changerait rien à ce terrible déchirement. Il le savait.

Et pourtant.

Tandis qu'ils attendaient, Don Cesare discutait avec ce génie sicilien des circonlocutions des avantages d'être membre d'une loge maçonnique romaine, sans mentionner une seule fois son nom, Propaganda Due, qui était implicite entre les deux hommes. La loge P2, comme on la désignait le plus souvent (bien qu'Indelicato n'employât pas ce terme non plus) était une société secrète qui avait la réputation d'être plus puissante que la Mafia, le Vatican, la CIA et le KGB réunis. La candidature de Michael avait été proposée, et si tout se passait bien, il se pouvait fort qu'il devienne le premier Américain à y être jamais admis. Même le nom de son père n'avait jamais été avancé. À sa place, tout autre que lui aurait été flatté et Michael Corleone fit résolument semblant de l'être.

Le bateau apparut enfin. Michael but un verre d'eau glacé, sans quitter du regard les hommes qu'Indelicato avait postés au pied de la jetée.

Le bateau s'amarra à quai.

Les passagers débarquèrent peu à peu.

Il n'y avait aucune trace de Nick Geraci.

Indelicato fit un signe de tête à un homme qui se trouvait tout en haut du yacht et ce dernier agita un drapeau orange pour signaler aux hommes qui se trouvaient à quai d'embarquer pour chercher leur cible.

« Ils vont le retrouver, dit Don Cesare. Ce sont des gars expérimentés et il ne peut aller nulle part. »

Mais la radio de bord ne tarda pas à leur apporter la mauvaise nouvelle en crachotant. Leur cible leur avait apparemment filé entre les mains.

Hors de lui, Michael Corleone se servit de la radio pour appeler les États-Unis.

Il ne parvint pas à joindre Joe Lucadello, mais son assistant assura Michael qu'il n'y avait eu aucun problème. Ils avaient dû utiliser plusieurs intermédiaires successifs pour camoufler son identité, mais l'assistant lui certifia qu'à moins que Geraci ait sauté quelque part en Méditerranée, il était à bord de ce bateau. « Je vous assure que c'était lui, dit l'assistant. J'ai les papiers devant moi. Fausto Geraci. Passeport, photos, tout. »

En sifflant un air que sa mère palermitaine lui chantait quand il était petit, Fausto Geraci Senior disparut sous la vieille voûte de pierre qui se trouvait non loin des docks et s'enfonça dans le dédale de ce qui avait été jadis la cité fortifiée de Palerme.

Cesare Indelicato déclara être aussi abasourdi que Michael devant cette énigme.

Chapitre 31

Le téléphone de Michael Corleone sonna au beau milieu de la nuit. Il ne s'était pas encore remis du décalage horaire de son long voyage de retour exténuant depuis Palerme.

« Désolée de te réveiller, oncle Mike. C'est juste... qu'il y a eu un accident. »

Il avait toujours été incapable de différencier Francesca de Kathy, que ce soit au téléphone ou en chair et en os.

« Francie ! » lança Kathy de la cuisine. Elle avait posé la machine à écrire de Billy et plusieurs piles soigneuses de livres sur la table de la cuisine qu'elle avait déjà réquisitionnée quelques heures à peine après que son train fut arrivé à Washington afin de pouvoir travailler à sa thèse. « Téléphone !

— Qui est-ce ? » demanda Francesca. Elle était en train de couper les cheveux de Sonny qui était juché sur une chaise dans la salle de bains.

Les lèvres de Kathy articulèrent un nom que Francesca et Billy avaient banni de l'appartement, le nom de la grande pute blonde du comité de soutien de Shea en Floride.

Francesca lâcha ses ciseaux. Pendant quelques secondes d'égarement, elle en voulut à sa sœur de lui jouer cette farce cruelle, mais naturellement ce n'était pas une farce. Kathy ne savait même pas comment s'appelait cette femme. « Ne bouge pas, dit-elle à Sonny. Reste là. »

Sans doute l'enfant perçut-il quelque chose dans le ton de sa mère. Il se figea sur place.

Pendant la majeure partie de leur existence Francesca et Kathy avaient tout su l'une de l'autre, jusqu'aux détails les plus insignifiants. À quel moment cela avait-il changé ? Ce n'était pas seulement le fait d'être allées faire leurs études dans deux universités différentes, songea Francesca devant le téléphone noir de sa chambre, le sang grondant aux oreilles. *Les garçons*, se dit-elle. *Les hommes*. Quelle autre cause pouvait-il y avoir à tous les grands problèmes de l'existence ? Francesca avait envie de retourner dans la salle de bains, de fermer la porte à clef, de prendre son fils dans ses bras et de le serrer très fort en priant le ciel qu'il ne devienne pas un de ces caractériels aussi charmants qu'égoïstes.

Mais au lieu de cela, elle cessa de tergiverser, respira à fond et prit le téléphone.

« Je suis désolée de vous appeler chez vous. » À entendre sa voix, on aurait dit que Cette Femme venait de pleurer. Et elle n'avait pas l'air d'appeler de loin. « Ce n'est pas facile pour moi.

— Où êtes-vous ? demanda Francesca.

— Écoutez, ç'aurait été plus simple pour moi de ne pas appeler, répondit-elle. Bien plus simple. J'essaie seulement de faire ce que je crois juste.

— C'est un peu tard pour ça, espèce de pute, répliqua Francesca. N'essayez pas de me mentir et de me faire croire que vous n'êtes pas à Washington.

— Je n'ai aucunement l'intention de mentir. Je n'irais jamais m'infliger ça si ce n'était pas pour vous dire la vérité. »

Francesca résista à l'envie de lui raccrocher au nez. Elle savait d'instinct que ce que cette femme avait à lui dire était de ces choses qu'elle devait entendre, aussi pénibles soient-elles. « Un instant », dit-elle. Elle mit la main sur le récepteur et demanda à Kathy si elle pouvait finir de couper les cheveux de Sonny. Francesca ferma à clef la porte de sa chambre. Elle frappa le mur de plâtre de la base de la paume avec une telle force qu'elle fit un trou. Kathy lui demanda si ça allait. Francesca lui mentit en lui disant que oui. Elle reprit le téléphone et s'assit. « Allez-y », dit-elle. Elle se cacha les yeux derrière sa main droite, qui lui lançait, comme pour éviter de regarder un chien écrasé sur la route.

« Pour commencer, dit la femme, vous avez raison. Je suis à Washington. je travaille dans le bureau d'un représentant du Congrès. Si je me suis installée ici, c'est pour ce poste et non pour Billy, mais...

— Vous croyez vraiment que vous avez le droit de pleurer ? » lui dit Francesca.

Son interlocutrice recouvra son sang-froid et se confessa brièvement. Avec Billy, ils avaient repris leur liaison peu après que Francesca eut perdu le bébé. Ils avaient poursuivi des relations épisodiques jusqu'à une date récente, lorsque Billy l'avait mise enceinte et lui avait demandé d'avorter avec une telle désinvolture qu'elle s'était exécutée. Mais elle avait du mal à se regarder en face et avait décidé de quitter son poste pour retourner à Sarasota.

Francesca serra les dents et appuya de toutes ses forces sa main enflée contre la colonne du lit en s'aidant de la douleur pour éviter que la rage qu'elle sentait monter en elle n'explose. *Pas encore. Ne lui donne pas cette satisfaction, à cette pute.*

Elle appelait de son bureau, lui dit-elle. Avec Billy, ils étaient allés dans un hôtel de Dupont Circle pendant l'heure du déjeuner. Et là – les circonstances importaient peu – leur histoire s'était achevée dans les larmes. Elle prétendait que Billy avait pleuré autant qu'elle.

« Alors, vous vous sentez mieux ? lâcha Francesca entre ses dents serrées. Vous pouvez vous regarder en face, maintenant ? » Elle tremblait. Si elle avait été dans la même pièce que cette femme, elle n'aurait eu aucun mal à la tuer. L'envoyer au tapis et piétiner son joli crâne jusqu'à ce qu'il éclate comme un grain de raisin. Ou mieux encore, lui enfoncer un couteau de boucher dans le cœur.

« Pas vraiment, répondit la femme. Écoutez, vous pouvez me dire tout ce que vous voudrez, je le mérite. Je ne suis... » Encore des pleurs. « Je ne suis pas du genre à...

— Les gens malfaisants ne pensent jamais être du genre à faire ce qu'ils ont fait. Je vais vous dire un truc, espèce de pute. Vous n'êtes pas celle que vous croyez. Aucun de nous. On est ce qu'on fait, ni plus ni moins. Vous vous conduisez en pute, vous êtes une pute. Et maintenant, il faut que j'y aille.

— Non, attendez. J'ai autre chose à vous dire. C'est peut-être encore pire que ce que je vous ai déjà dit. Pour moi, c'est pire.

— Vous n'êtes pas vraiment bien placée pour parler d'échelle des valeurs.

— Il s'agit de votre famille. »

« Toi, ça ne va pas, dit Kathy. Ne me dis pas le contraire, je le sais.

— Aide-moi à bander ma main, dit Francesca.

— Il faut que tu voies un médecin, dit Kathy. Comment t'es-tu fait...

— Aide-moi. »

Après des années de querelle dérisoire et d'affection qui s'effilochait, les deux sœurs furent foudroyées par une complicité subite. Malgré les désaccords qui les avaient opposées au cours des dernières années, le lien qui existait entre les deux jumelles n'avait jamais disparu. À la première injonction, il avait obéi. Rien n'est plus compliqué ni plus simple que la famille, rien n'est plus facile à comprendre et cependant inexplicable. Avec les jumeaux, tout cela est multiplié par deux.

Francesca n'entra pas dans les détails, mais Kathy comprit néanmoins ce qu'elle devait comprendre. Elle aida Francesca à bander sa main, l'aida à s'habiller, écouta ses instructions pour Sonny (*pour le dîner, va à l'Eastern Market Lunch, il adore ça, il adore aussi le marché, mais habille-le chaudement, il paraît qu'il va neiger en fin de soirée*). Kathy essaya de la réconforter, sans que cela aille à l'encontre du but recherché.

Francesca embrassa Sonny et prit les clefs de la Dual-Ghia de Billy. Ils n'avaient qu'une voiture (bien que pour ce prix-là, il eût aisément eu de quoi en acheter deux, et des belles, qui plus est) et naturellement, elle était à lui, ce sale égoïste, une espèce de luxueux paquebot fabriqué sur commande qu'il rechignait généralement à lui prêter. Ce jour-là, il avait au moins eu le mérite de la lui laisser pour qu'elle puisse aller chercher Kathy à la gare.

« Ne fais rien que je ne ferais pas, lança Kathy à l'instant où Francesca claquait la porte derrière elle.

— Peut-être que je suis toi », lui cria Francesca.

Une fois arrivée là-bas, il lui fallut tourner un moment autour du bâtiment pour chercher une place car Billy était le seul à pouvoir se garer dans le parking. Elle avait des élancements dans sa main étroitement bandée. À chaque fois qu'elle changeait de vitesse, elle ressentait une douleur déchirante. Ce n'était pas si déplaisant. Ça l'empêchait de pleurer. S'il y avait bien une chose qu'elle voulait éviter, c'était de pleurer.

Elle martela le volant recouvert de cuir de son poing non bandé en essayant de refréner sa colère. Ça ne fit qu'aggraver la situation. *On est ce qu'on fait, ni plus ni moins*. Francesca était écœurée d'être du genre à chercher une place où se garer dans un moment pareil. Elle poussa un grondement sauvage de loup aux abois et d'un brusque coup de volant se gara sur une zone de livraison.

Elle monta d'un pas décidé, sans courir, les marches du Département de la Justice.

« Je suis désolée, Mrs Van Arsdale, dit la réceptionniste dans le bureau de Billy. Mais Mr Van Arsdale est en réunion à l'extérieur avec le secrétaire d'État. Je ne pense pas qu'ils repasseront ce soir. »

Francesca le savait. Elle était censée retrouver Billy du côté de Georgetown, en bordure du fleuve, dans un bar que ses collègues et lui aimaient bien, pour ensuite aller au restaurant puis au cinéma. « Billy a besoin de quelques dossiers, dit Francesca. Il les a oubliés. Il m'a expliqué exactement où je devais chercher. »

L'instant d'après, Francesca se retrouva seule dans le bureau de Billy, allant là où la pute lui avait dit d'aller et cherchant là où elle lui avait dit de chercher : dans le dossier qui se trouvait tout au fond du tiroir d'en haut. Le dossier était épais, déformé ; sur l'étiquette était écrit – de la main de Billy – *Assurance*.

Francesca ne voulait pas être surprise en train de le lire, pas dans ces lieux. Elle le glissa sous son bras, remercia la réceptionniste et repartit. Elle retourna à la voiture. Celle-ci n'avait pas été embarquée à la fourrière. Elle n'avait pas même été verbalisée. C'était un bon présage, se dit-elle sans se faire réellement d'illusions.

Comme la pute le lui avait dit, le dossier contenait des informations relatives à sa famille. Des coupures de journaux que n'importe qui aurait pu conserver, mais provenant de journaux de tout le pays. Des centaines de clichés soigneusement rangés et classés, y compris un certain nombre que Francesca avait pris avec son appareil avant même sa rencontre avec Billy : des photos de tous les membres de sa famille, mais plus particulièrement du côté de son père. Il y avait la photo de ses oncles et de son grand-père au mariage de Connie qui était autrefois sur sa coiffeuse et qui avait soi-disant été perdue lors d'un de leurs déménagements. Il y avait quatre cahiers, du type de ceux qu'elle devait utiliser en première année de fac pour ses dissertations de littérature, remplis de note sur sa famille et plusieurs pages dactylographiées résumant le contenu desdits cahiers. Elle essaya de voir quand il avait commencé. Le premier datait de décembre 1955, le lendemain du jour où ils avaient fait l'amour pour la première fois. Il n'était pas question de ça, mais de tout ce qui s'était passé chez sa grand-mère Carmela, ce n'était pas un journal intime, mais des notes, comme celles que l'on prend en cours. Elles n'étaient pas falsifiées. Il y avait là des choses que seul Billy pouvait connaître, rédigées d'une écriture qui était indubitablement la sienne (jusqu'aux A et aux M en capitale qu'il écrivait alors en lettres anglaises, avant de les remplacer quelques années plus tard par le script).

Tu ne vois pas que s'il est là, c'est juste pour vivre un authentique Noël dans la Mafia ?

Billy avait dit à cette pute de Sarasota qu'il avait ce dossier. Il le lui avait probablement montré. Ils avaient sans doute bien ri, nus dans une chambre d'hôtel donnant sur Dupont Circle.

Prise de vertige, elle s'écroula de côté contre le levier de vitesse, indifférente. Elle se laissa aller à pleurer. Ça n'arrangea rien. Elle voulait faire quelque chose, au lieu de rester là, dans la luxueuse voiture de son mari infidèle, à pleurer comme une femme désespérée.

Elle n'était pas une femme désespérée.

Elle était une Corleone.

Elle était la fille d'un grand roi guerrier, Santino Corleone.

Ce n'est qu'au bout d'un long moment qu'elle s'aperçut qu'elle murmurait inlassablement « Papa, aide-moi. »

Un agent de la police du Capitole s'arrêta pour lui dresser un procès-verbal, mais lorsque Francesca se redressa – le visage tordu par l'angoisse, échevelée, les yeux hagards – le policier rangea son carnet. On aurait cru qu'il avait vu un fantôme. Il tourna les talons et repartit dans l'autre sens en secouant la tête.

Sur un parking sombre en bordure du Potomac, Francesca attendait dans la voiture rouge de son mari en observant de l'autre côté de la rue le bar où elle était censée retrouver Billy. Cela faisait longtemps qu'elle était là, suffisamment pour avoir eu le temps de lire toutes les spéculations, les approximations, et les commentaires condescendants que contenait cet ignoble dossier. Elle n'avait pas de montre et la pendule de la Ghia n'était pas à l'heure. Elle avait épuisé la poignée de cachets d'aspirine qui se trouvaient dans son sac, à côté du couteau de cuisine que lui avaient offert Fredo Corleone et Deanna Dunn en guise de cadeau de mariage.

Dans sa main, les élancements étaient pires que jamais. Mais la douleur émotionnelle et la douleur physique s'alliaient pour l'empêcher de s'évanouir, comme deux poisons mortels mêlés dans le sang peuvent garder un être en vie.

Une heure auparavant, environ, Billy était entré dans le bar avec plusieurs autres jeunes avocats. Il ne l'avait pas vue. Autrement, ils se seraient déjà expliqués, à l'heure qu'il était. Elle ne se serait pas réellement servie de ce couteau (quoique ?). Elle était parfaitement capable de lui faire une scène. Mais elle ne pouvait pas s'y résoudre. Depuis qu'elle l'avait aperçu, elle avait été à plusieurs reprises à deux doigts de descendre de voiture. Elle l'aurait fait, se disait-elle, si elle avait su ce qu'elle ferait ou ne serait-ce que ce qu'elle voulait.

Elle ne cessait d'osciller entre le regret d'avoir emporté ce couteau et la crainte d'être dans l'impossibilité de s'en servir de la main gauche.

Elle ne cessait de penser à son petit garçon coriace, à sa drôlerie, ce qui tour à tour l'incitait à passer à l'acte et l'en dissuadait.

Elle ne cessait de se dire que si seulement elle se calmait, elle aurait les idées plus claires.

Elle finit par s'apercevoir que c'était aussi absurde que de penser que si son père avait été à ses côtés elle aurait eu une autre vie, une vie meilleure.

Elle crut qu'elle s'adoucirait peut-être en revoyant Billy, mais quand il ressortit enfin du bar, seul, titubant, remontant le col de son manteau pour se protéger du froid, ce fut le contraire qui se produisit.

Assurance.

Son cœur se mit à battre à tout rompre. Sa main lui faisait si mal qu'elle gémissait comme un animal agonisant. Billy tourna au coin de la rue et s'engagea dans une petite ruelle pavée escarpée qui rejoignait M Street. Elle savait ce qu'il faisait. C'était un gosse de riche qui avait acheté cette voiture parce que Johnny Fontane, Bobby Chadwick et Danny Shea avaient la même, mais il était également trop radin pour héler un taxi si cela l'obligeait à faire inutilement le tour du pâté d'immeubles. Dans M Street, il en trouverait un qui ne serait pas forcé de rebrousser chemin.

Francesca démarra. C'était une voiture rapide, la Dual-Ghia, une des plus rapides existantes, un parfait hybride du génie mécanique italien et de l'extravagance américaine.

Francesca passa nerveusement les vitesses au prix d'une douleur atroce et, en un éclair, propulsa le bolide dans la ruelle.

Billy se retourna en se protégeant les yeux pour ne pas être ébloui par les phares. Francesca s'arc-bouta sur le large volant en faux bois. Billy était juste devant elle. Une fraction de seconde, elle crut voir une ombre de sourire puis elle le heurta de plein fouet. Sous le choc, les chaussures de Billy furent éjectées, ses jambes tordues, son torse projeté en avant et sa tête vint s'écraser sur le capot avec la même force que s'il était tombé de dix étages. La voiture patina mais elle poursuivit sur sa lancée. Francesca s'arrêta posément, sans même donner un coup de frein. Billy resta sur le capot comme s'il y était incrusté.

Francesca attrapa le dossier et sauta de la voiture. Elle referma la portière comme si de rien n'était et, sans hésiter, s'éloigna de la Dual-Ghia.

Elle n'avait rien. Apparemment, personne ne l'avait vue. Elle n'éprouvait qu'une sorte d'ébahissement. Elle ne hurlait pas, ne pleurait pas. Elle avait eu la force mentale d'aller jusqu'au bout de son acte et la force physique de s'arc-bouter sur le volant, malgré sa main gravement blessée. À présent, la douleur était insupportable mais, sur le coup, elle n'avait rien senti.

À une cinquantaine de mètres du lieu de l'accident elle vit une des chaussures de Billy mais ne ralentit pas même le pas.

Elle s'interdit de regarder. Toutefois, à l'instant où elle s'apprêtait à bifurquer dans M Street, elle ne put s'empêcher de jeter un œil derrière elle.

Du haut de la ruelle, la voiture n'avait pas l'air sérieusement endommagée. Billy était toujours sur le capot, immobile. Une flaque de sang se répandait sur les pavés. Tout d'abord, elle ne comprit pas d'où venait tout ce sang, jusqu'au moment où elle s'aperçut que ses jambes n'étaient pas broyées sous le pare-chocs avant. Loin derrière la voiture, sous l'unique réverbère de la ruelle, gisait le bas de son corps, qui avait été sectionné.

Elle n'éprouva pas le moindre remords.

D'un bout à l'autre du chemin, elle endura la douleur qui lui vrillait la main, et celle, presque aussi vive, des bonds que faisait son cœur à chaque fois qu'elle entendait une sirène, et ce, sans jamais se retourner une seule fois.

Kathy était à la table, plongée dans sa thèse, et Sonny dormait dans sa chambre.

Francesca se laissa tomber sur le canapé.

« Est-ce que Billy a appelé ?

— Je ne sais pas, dit Kathy sans lever les yeux. J'ai débranché le téléphone pour pouvoir travailler tranquille. J'espère que tu ne t'es pas inquiétée. Sonny a été super. Un amour. Tout s'est très bien passé. Comment va ta main ?

— Tu te rappelles quand j'ai découvert que Billy me trompait et que tu m'as conseillé de le tuer. Eh bien, c'est ce que j'ai fait. »

Kathy commença à rire puis elle regarda sa sœur de plus près et s'arrêta, les yeux écarquillés. « Oh, mon Dieu, tu...

— Jette un œil à ça, dit Francesca en tendant le dossier à sa sœur.

— Dis-moi tout, lui ordonna Kathy. Dis-moi tout, et vite. »

La police arriva environ une heure après Francesca et cinq minutes peut-être après que Kathy fut montée dans le bus qui devait l'emmener à Union Station pour attraper le dernier train pour New York. Il n'y avait aucune trace de son passage dans l'appartement de Francesca. Kathy n'avait pas même prévenu sa mère et son fiancé, Stan le Caviste, qu'elle allait à Washington de peur que Sandra ne se mette aussitôt à la culpabiliser en lui reprochant de ne pas avoir été les voir en Floride depuis une éternité.

Quand la police lui apprit la nouvelle, Francesca courut dans sa chambre en hurlant, en proie à une hystérie qui n'était qu'à moitié feinte. Elle cogna le mur de la paume de sa main gauche – avec violence, certes, mais pas suffisamment pour casser quoi que ce soit. Le bruit était convaincant, ceci étant. Quand les policiers la rejoignirent, il y avait un trou dans le mur et la main de Francesca, à les en croire, était manifestement cassée et commençait à enfler. Les glaçons qui l'avaient précisément fait dégonfler de manière spectaculaire avaient été jetés dans les toilettes.

Miraculeusement, Sonny ne se réveilla pas une seule fois. Après le départ des policiers et du médecin envoyé par la secrétaire de Danny Shea, Francesca débrancha le téléphone et s'approcha du lit de son fils pour le regarder dormir, son casque de footballeur doré posé sur l'oreiller, à côté de lui.

Il faudrait qu'elle le lui dise. Elle appellerait Kathy à New York et ce serait elle qui appellerait tout le monde : leur mère et même le frère de Billy et ses parents. Mais pour une raison ou pour une autre, c'était Francesca qui devrait se charger de prévenir Sonny.

Elle alla dans la cuisine et retira le dossier qu'elle avait caché derrière ses casseroles. Elle le feuilleta une fois de plus en s'étonnant que quiconque puisse ainsi trahir sa famille. Et au nom de quoi ? Sa carrière ? Il était riche. La famille de Francesca avait des relations. Elle aurait pu lui tenir lieu d'assurance.

Francesca savait ce que c'était de grandir sans père. Elle ne savait pas ce que c'était de grandir avec un père qui était prêt à détruire toute sa famille.

Elle n'éprouvait toujours aucun remords.

Pour le moment, elle dirait à Sonny que papa avait eu un accident et qu'il était au paradis avec la petite Carmela. Mais un jour, se jura-t-elle, elle lui dirait la vérité.

Elle rebrancha le téléphone et appela Kathy pour lui dire ce qui était arrivé. Quand elle avait échafaudé un plan d'action quelques heures plus tôt, Kathy avait bien recommandé à Francesca de ne rien trahir au téléphone au cas où Billy les avait fait placer sur écoutes. Kathy et Francesca échangèrent une conversation fictive sur ce qui s'était passé et une autre, authentique, celle-là, sur les gens que Kathy devait contacter.

Le jour allait bientôt se lever. Il devait être très tard au Nevada. Mais Francesca appela tout de même. Il fallait le prévenir.

« Désolée de te réveiller, oncle Mike. C'est juste... qu'il y a eu un accident. »

Le lendemain – comme Kathy l'avait prévu – la secrétaire du bureau de Billy mentionna que Francesca était passée chercher un dossier pour Billy. Cela n'avait rien de compromettant, rien d'inhabituel. En quittant le bureau, elle n'avait pas l'air en colère ou désespérée. Billy conservait chez lui un certain nombre de dossiers que Francesca présenta à la police. Celui marqué *Assurance* était un dossier personnel de Billy. En dehors de son entourage familial immédiat, personne ne demanda jamais à le voir.

Francesca n'eut aucun mal à prouver ce qu'elle avait fait après s'être rendue au Département de la Justice. Les serveurs de l'Eastern Market Lunch attestèrent qu'ils avaient vu Francesca et le petit Sonny la veille au soir.

Les voisins du dessus dirent qu'ils avaient vu Francesca et

Sonny rentrer peu après la tombée de la nuit. Puis, ils avaient entendu quelqu'un taper à la machine en bas pendant au moins deux heures.

Ce que Francesca confirma. Elle expliqua qu'elle avait écrit une lettre à sa sœur à New York, qu'elle avait mise à la poste peu de temps avant que la police n'arrive. Elle fit cette déclaration en présence du meilleur avocat pénaliste de New York (discrètement requis grâce aux bons offices de Tom Hagen). Quelques jours plus tard, Kathy (efficacement représentée par ce même avocat) déclara qu'elle avait effectivement reçu cette lettre mais qu'elle l'avait jetée. Ainsi que plusieurs de leurs amis et de leurs parents (dont leur mère, Sandra) pouvaient en témoigner – ce qu'ils ne manquèrent pas de faire – les jumelles avaient pris leurs distances depuis quelques années. Cette triste histoire aurait du moins le mérite de les rapprocher et de resserrer plus que jamais leurs liens.

Le volant et le levier de vitesse de la Dual-Ghia semblaient avoir été essuyés pour effacer les empreintes (une impression due en réalité au bandage de Francesca). Néanmoins, les inspecteurs retrouvèrent quatre séries d'empreintes. Les trois premières appartenaient aux membres de la famille, dont c'était la seule voiture – Billy, Francesca et Sonny Van Arsdale (Kathy avait gardé ses gants pendant le bref trajet de la gare à l'appartement de sa sœur, détail dont elle s'était souvenu). La quatrième série d'empreintes – retrouvée à l'avant comme à l'arrière de la voiture – appartenait à une femme avec laquelle Billy avait une liaison depuis longtemps.

La police retrouva plusieurs personnes qui avaient vu cette femme l'après-midi même de la mort de Billy entrer dans un hôtel de Dupont Circle et en ressortir en larmes, environ dix minutes plus tard. La femme en question avait confessé à plusieurs de ses collègues du bureau que Billy avait mis un terme à leur liaison ce jour-là. Quelques mois auparavant, elle avait avoué à certains desdits collègues que Billy l'avait mise enceinte et forcée à se faire avorter.

Lorsque les inspecteurs l'interrogèrent à ce propos, elle ne cacha pas son désarroi. Ils l'arrêtèrent et l'inculpèrent de meurtre sans préméditation.

Livre IX

ÉTÉ 1962

Chapitre 32

L'arrestation de Carmine s'avéra être l'incident international que redoutaient tous ceux qui avaient participé à l'opération cubaine.

Le président Shea fut stupéfait d'apprendre jusqu'où la CIA était prête à aller à Cuba. En public, il affirma que les États-Unis emploieraient tous les moyens pour traduire en justice Marino, qui était un ressortissant italien (de son côté, le gouvernement italien déclara qu'ils avaient un certain nombre de Carmine Marino dans leurs archives, mais aucun correspondant à la description du célèbre tueur). Marino vivait aux États-Unis depuis six ans. Le dictateur cubain dit qu'il tenait le président Shea pour personnellement responsable. Le chef d'État soviétique ne publia aucun communiqué officiel sur la question, mais il se rendit à La Havane pour assister aux funérailles en grande pompe du sosie.

En privé, le président Shea passa de longues heures à consulter l'équipe du Conseil national de sécurité et à invectiver son directeur de la CIA. Mais avant que le président n'ait eu le temps d'exiger des explications de son père, qu'il soupçonnait d'être mêlé à toute cette affaire, l'Ambassadeur fut victime d'une grave attaque cérébrale. Il devait vivre encore de longues années, mais il ne reparla plus jamais.

Les liens que Marino entretenait avec les Corleone, que les journaux n'avaient jamais cessé de qualifier de « famille du crime », étaient faciles à démontrer. Même les journaux que contrôlait encore la Famille ne purent qu'emboîter le pas de leurs rivaux et enquêter sur les diverses rumeurs selon lesquelles le jeune gangster n'avait pas agi seul.

En public, le secrétaire d'État à la Justice rejeta avec dédain toute idée de lien entre le gouvernement fédéral et ce qu'il appelait à présent « la Mafia ». Lors d'une réunion en petit comité avec son équipe il dévoila un plan offensif visant à poursuivre en justice le crime organisé. Billy Van Arsdale était irremplaçable, mais ils œuvreraient en sa mémoire.

Le directeur du FBI n'avait pas oublié son entrevue avec Tom Hagen, bien des années auparavant, lorsque le futur représentant du Congrès avait exhibé une photo en noir et blanc le montrant à genoux, en train de pratiquer une fellation sur la personne de son adjoint. Autant dire que dans les circonstances présentes, il se trouvait dans une fâcheuse posture. Cependant, le directeur n'avait d'autre choix pour l'instant que de soutenir l'audacieuse initiative du secrétaire d'État à la Justice.

Aux Nations unies, les intermédiaires habituels – de petits pays dotés de bons systèmes éducatifs et d'armées dispersées – furent chargés de conduire des négociations afin de déporter ou d'extrader Carmine Marino, soit dans son pays natal présumé, soit aux États-Unis où il était censé acquérir la nationalité américaine quelques mois plus tard. Les négociateurs voulaient au minimum s'assurer que Marino bénéficie d'un procès rapide et équitable à Cuba. Le gouvernement cubain reçut ces hommes en grande pompe mais Marino était bien plus utile à Cuba, emprisonné en lieu sûr, avec le Glaive de la Justice suspendu indéfiniment au-dessus de la tête.

Que Marino ait ou non été torturé demeure à ce jour-là sujet à discussion, mais au dire de tous, il ne parla jamais.

D'autres crises, dont une nouvelle, bien plus alarmante, entre les États-Unis et Cuba ne tardèrent pas à évincer des pages des journaux l'assassinat du sosie du dictateur et ses regrettables conséquences. Il refit la une du journal gouvernemental cubain lorsque Carmine Marino fut abattu après une tentative d'évasion. La plupart des journaux américains ne consacrèrent à l'événement qu'un entrefilet. Quant à la télévision, c'est à peine si elle en parla. À aucun moment, la version officielle ne fut mise en doute.

Camouflé dans une galerie située sous Madison Square Garden, deux heures avant le concert de Johnny Fontane qui se jouait à guichets fermés, Michael Corleone, vêtu d'un smoking neuf de coupe classique attendait son *consigliere*. Michael alluma une cigarette avec le briquet de son frère. L'ennui, quand on arrivait en avance, c'est qu'il fallait attendre.

La rumeur annonçant le retour de Michael à New York circulait depuis des mois. Dans sa Famille comme dans les autres, tout le monde souhaitait le voir revenir. Et cela pouvait se comprendre. Les alliés de Michael s'enrichissaient. Mais il n'y avait pas que dans le milieu que l'on s'interrogeait sur la décision de Michael. Le public était tout aussi intrigué. À son grand désespoir, il était devenu une sorte de héros populaire. Malgré les centaines de crimes qu'il était censé avoir à son actif, il n'avait jamais été inculpé une seule fois. Alors que certains truands comme Louie Russo ou Emilio Barzini avaient disparu, Michael était toujours en pleine forme. La plupart des Dons des États-Unis avaient été arrêtés dans le nord de l'État de New York, or Michael qui, en toute logique, aurait dû s'y trouver, n'avait pas été aperçu à des milliers de kilomètres à la ronde. Ceux qui, parmi les figures les plus brillantes de sa Famille, avaient contesté son autorité – Sally Tessio, Nick Geraci – n'étaient plus là pour lui porter ombrage.

Il avait également acquis avec le temps une prestance qui ne devait rien au hasard. Ses costumes étaient admirablement coupés. Il avait les cheveux aussi bien coiffés, les dents aussi blanches que le président. C'était un héros de guerre. Il pilotait son propre avion. S'il ordonnait à quiconque de sauter, tous lui obéiraient au doigt et à l'œil, même Johnny Fontane, ce roi de la décontraction. Il avait surmonté le chagrin d'avoir perdu ses deux frères si populaires. Il avait aimé et perdu deux femmes, et y avait survécu. Il ne se passait pas un jour sans que les journaux ne publient d'articles ou de photos illustrant sa nouvelle idylle avec l'actrice Marguerite Duvall, lauréate du Tony Award. Elle vivait à New York, à présent. Il ne saurait tarder à la rejoindre, n'est-ce pas ?

Les New-Yorkais les plus futés ne pouvaient pas s'empêcher de s'interroger par ailleurs sur la faculté légendaire des hommes comme Michael Corleone de rendre les quartiers des grandes villes plus sûrs que les petites bourgades luthériennes de l'Iowa. D'un bout à l'autre de la ville, les promoteurs immobiliers s'efforçaient de trouver un moyen de lui donner des terrains en sachant qu'ils récupéreraient leur mise quand tout prendrait de la valeur autour.

Michael entendit Tom Hagen qui l'appelait.

Tom laissa ses gardes du corps en compagnie de ceux de Michael et parcourut seul la galerie. Ils se donnèrent l'accolade.

« Tu es prêt ? »

Michael hocha la tête. « C'est un dîner, rien de plus ?

— Rien qu'un dîner, acquiesça Tom. Bon, c'est par-là. »

Ils se dirigèrent vers le vestiaire de l'équipe de basket-ball qui devait venir affronter les New York Knicks, où se tenait ce soir-là un dîner de cérémonie réunissant les chefs des cinq Familles de New York et leurs *consigliere* respectifs. Pour la première fois, les quatre autres Dons – Tony le Noir, Leo le Laitier, le gros Paulie Fortunato et le dernier en date, Ozzie Altobello qui avait pris la relève du défunt Rico Tattaglia, qui était mort de sa belle mort – étaient amis avec les Corleone.

« Allez, Mike, dit Tom en passant le bras autour des épaules de Michael. Tout va bien se passer. Tu as essayé de faire ce que personne n'avait fait avant toi. Tu as essayé d'accomplir l'impossible et tu as bien failli réussir. À deux doigts. Tu ne peux tout de même pas t'en vouloir.

— Est-ce que j'ai l'air de m'en vouloir ?

— Pour qui ne te connaît pas, non. » Tom lui serra l'épaule avec la même tendresse dans le geste que lorsque Vito Corleone demandait un service. « Tu es de ceux qui ne font attention qu'à ce qu'ils n'ont pas. C'est ce qui fait ta grandeur, mais vient un moment où il faut prendre du recul et mesurer ce que tu as. »

Michael fut tenté de répondre qu'il n'avait rien de ce qu'il voulait. Mais c'était faux. Il le savait. Il avait deux enfants merveilleux, un frère et une sœur qui l'aimaient. Les souvenirs d'une enfance heureuse. La volonté de se ressaisir et de recommencer. Autant dire d'indicibles richesses dans le plus grand pays du monde qui exige quasiment de chacun de savoir se réinventer.

Tom le lâcha. Ils étaient sur le seuil de la salle où devait se dérouler le dîner.

« S'il est quelque part, dit Tom, nous le retrouverons. » Il ne prononça pas le nom de Geraci qui était désormais banni de leurs lèvres. « Personne ne peut se cacher à jamais.

Michael lui répondit qu'il n'en était pas si sûr. Ils avaient tous deux entendu parler de mafiosi siciliens qui étaient entrés en clandestinité et n'avaient plus jamais donné de nouvelles pendant vingt ou parfois même trente ans, or les États-Unis étaient sacrément plus vastes que la Sicile.

« Peut-être, mais les gens sont sacrément plus bavards ici que là-bas. S'il est quelque part dans le pays, j'ai tout lieu de croire que nous le retrouverons un jour ou l'autre.

— Tu as tout lieu de croire, ah oui ?

— Il faut bien garder l'espoir, Mickey. »

En haut, Fontane procédait à l'essai de micro avec ce grand hymne arrogant qu'il avait toujours prétendu détester.

« Je garde l'espoir », dit Michael.
Tom ouvrit la porte.
Les autres Dons acclamèrent Michael et se ruèrent pour venir le saluer, l'air réjoui.

Dans une grotte de la taille d'une salle de bal ménagée sous la maison de Rattlesnake Island, où il était prêt à rester aussi longtemps qu'il le pourrait, Nick Geraci acheva enfin les deux tomes de l'histoire des guerres romaines, les seuls livres qu'il avait eu le temps d'emmener avec lui. Il y en avait d'autres dans ce repaire, mais ce n'était que des romans de gare ou des livres porno que Geraci ne pouvait se résoudre à lire, serait-ce dans un moment de faiblesse. Il avait perdu la notion du jour et de la nuit mais il finit par s'endormir, désœuvré, et le lendemain, ou du moins ce qui lui en tenait lieu, il se fit un café, sortit un carnet et se mit à écrire. Il intitulerait ça *L'Occasion de Fausto*. Il y révélerait au grand jour les agissements du monde du crime aux États-Unis.

Qu'est-ce qu'il y connaissait en matière de livre ?

Et puis merde. Qui est-ce qui y connaissait quoi que ce soit ? Se lancer. Il n'y avait rien d'autre à connaître. Il se lança.

« Nous vivons selon un code de conduite, écrivit-il, ce qui est plus qu'on ne peut en dire de votre gouvernement, dont je suis bien placé pour parler, ayant vu de près ce qui s'y passait. Le temps que vous ayez fini ce livre, votre gouvernement aura perpétré plus d'assassinats et d'autres crimes que les hommes de ma tradition n'en ont commis en sept siècles d'existence. Croyez-moi. Vous refuserez sans doute. Comme il vous plaira. Sauf votre respect, c'est ce qui fait de vous, lecteurs, des jobards. De la part de mes anciens associés et, si je puis me permettre, de votre président, nous vous remercions. »

Il s'interrompit. Il ne pouvait certes pas passer sa vie là, mais il s'était arrangé pour pouvoir y rester un sacré bout de temps. Suffisamment longtemps pour écrire un livre, en tout cas.

Dans l'obscurité, parfois, il croyait entendre des bruits de foreuse – l'équipe qui creusait la galerie censée le relier un jour à Cleveland. Peut-être se faisait-il des idées. Peut-être que lorsqu'ils auraient fini, il serait parti ou mort. Ses chances étaient minces. Minces au point d'être inexistantes, minces au point que la rumeur courait qu'il avait été déjà buté.

Nick Geraci se mit à rire. Malgré toute sa détresse, il en fallait plus pour le décourager.

En sortant de l'ascenseur, Michael Corleone et Francesca Van Arsdale débouchèrent dans un penthouse vide éblouissant de blancheur. Roger Cole les suivit. Al Neri appuya sur le bouton d'arrêt et attendit dans l'ascenseur. Kathy Corleone était restée en bas avec le petit Sonny dans l'appartement qui serait réservé aux jumelles si Michael se décidait à acheter l'immeuble.

Le penthouse occupait tout le quarantième et dernier étage, mais c'était un immeuble relativement petit. Michael parcourut d'un pas décidé la pièce dallée de marbre poli pour s'approcher des fenêtres qui donnaient sur l'East River et le Queens. De l'extérieur, c'était un édifice quelconque, pour ne pas dire laid, coincé derrière un gratte-ciel dans une impasse située à l'extrémité de la 27e Rue. Les étages inférieurs étaient loués à des bureaux. Des gardes chargés de la sécurité étaient postés à côté de l'ascenseur menant aux appartements du haut ; il serait facile de les remplacer par des hommes choisis par Al Neri. Par ailleurs, pour accéder au penthouse, il fallait une clef spéciale. Ce serait un endroit plus sûr encore que la résidence du lac Tahoe ou l'allée de Long Beach. L'entreprise de Cole avait refait l'appartement de fond en comble bien avant que Michael ne lui dise ce qu'il cherchait, si bien qu'il n'y avait aucune chance que le fiasco des écoutes de Tahoe ne se reproduise.

Francesca restait bouche bée devant la beauté de la vue et de l'appartement. Pendant des semaines, Michael s'était attendu à ce qu'elle soit terrassée par ce qui s'était passé avec Billy, mais ce n'était jamais arrivé et il s'apercevait peu à peu que cela n'arriverait jamais. Plus encore que son frère, ce champion de football cent pour cent américain, elle était devenue l'incarnation presque parfaite de l'impitoyable ténacité de son père. L'assassinat de son mari était typiquement le genre d'acte irréfléchi qu'aurait pu commettre Sonny. Elle n'avait aucun moyen de savoir que Michael s'était déjà chargé de régler la question. Tom avait fait à Billy une offre qu'il ne pouvait pas refuser. Loin d'être un instrument de vengeance, il aurait représenté pour eux une incomparable ressource. L'espace d'un instant de gloire, ils avaient eu quelqu'un au Département de la Justice. Puis il avait été coupé en deux par sa propre femme, et avec sa propre voiture. Michael veillerait à ce que Francesca n'apprenne jamais la vérité.

Michael indiqua le couloir. « Les chambres des enfants sont... ?

— Tout à fait, répondit Cole. Par là. »

Cole était sans doute le plus célèbre promoteur et spéculateur immobilier de tout New York. De son nom de baptême Ruggero Colombo, il avait grandi dans un immeuble de Hell's Kitchen, non loin de chez les Corleone. Il aimait à raconter l'histoire émouvante du jour où Vito Corleone avait convaincu leur propriétaire de ne pas expulser les Colombo et de passer outre la clause du bail stipulant l'interdiction des animaux domestiques (en renonçant à la possibilité de louer l'appartement à d'autres locataires en augmentant le loyer) afin que le petit Ruggero puisse garder son chiot bâtard aussi bruyant qu'adoré (et dont Cole avait donné le nom à sa société, King Properties). Vito avait également payé à Cole des études de commerce à Fordham. Cole avait fait gagner des millions à Michael Corleone – discrètement, dans un premier temps et à présent, publiquement. Si Michael avait eu le temps de développer davantage de relations du style de celles qu'il entretenait avec Cole, il aurait peut-être pu tenir la promesse qu'il avait faite à Kay et à son père. Il n'était pas trop tard. Il pouvait encore essayer. Mais pour l'instant, il était de retour.

« Tu les vois souvent ?

— Qui ça ?

— Ta famille, dit-il. Tony et Mary. »

L'espace d'un instant, Michael avait cru que Roger parlait de ceux qui étaient théoriquement ses anciens associés. « Je les vois demain. »

Les pièces étaient vastes pour Manhattan, mais petites comparées à ce qu'ils avaient connu au lac Tahoe. « Ça devrait leur plaire, je pense.

— Et toi ? demanda Cole. Ça te plaît ? Parce qu'autrement, j'ai deux ou trois autres appartements qui pourraient faire l'affaire. Si tu as le temps.

— Qui est le vendeur ? » demanda Michael.

Cole sourit. « King Properties, jusqu'au dernier mètre carré. »

Ce qui signifiait qu'au titre d'associé commanditaire, Michael en possédait déjà une partie. « Et tout l'immeuble est à vendre ?

— Officiellement non. Juste les appartements. Mais pour toi, naturellement. »

Il pourrait plus que jamais attirer sa famille à lui. Kathy avait décroché un poste d'enseignante au City College ; Francesca et elle vivraient ensemble et élèveraient le petit Sonny. Connie et ses enfants emménageraient dans l'autre grand appartement situé au même étage. Tom et Theresa pourraient occuper tout l'étage d'en dessous. Il s'arrangerait pour faire de la place à tous ceux qui souhaitaient y emménager et veiller à leur sécurité.

Ils discutèrent des conditions.

« C'est parfait, Roger. »

Francesca applaudit. Les deux hommes s'embrassèrent. Ils se dirigèrent tous vers l'ascenseur.

« New York, quand tu nous tiens, dit Cole. Je savais que tu reviendrais. Bienvenue chez toi, l'ami !

— Je suis content d'être de retour », lança Michael d'une voix plus forte qu'il ne l'avait voulu. Lorsque les portes de l'ascenseur se refermèrent, l'écho caverneux de ses paroles se répercutait encore dans le couloir de marbre de son nouvel appartement désert.

Remerciements

Mes remerciements sincères et chaleureux aux personnes suivantes pour l'aide qu'elles m'ont apportée durant la rédaction de cet ouvrage : Dottie Ames, Lynn Anderson, Ignazio Apolloni, Rachel Bernstein, Thomas Bligh, Kate Blum, Christine Cabello, Felice Cavallaro, Gina Centrello, Roger Cole, Anthony Corleone, Sanyu Dillon, Deanna Dunn, Magee Finn, Francesca Fontane, Rino Francaviglia, Buzz Fratello, Father Andrew Hagen, Theresa Hagen, Cesare Indelicato, Jr., Jonathan Jao, Johnny « le stylo » Karp, Barbara (Geraci) Kennedy, J. A. Kriausky, Mike Lauer, Carole Lowenstein, la représentante du Congrès Winifred « Annie » McGowan, Elizabeth McGuire, Daniel Menaker, Kay Michaelson, Hal Mitchell, Moonflower® (née Beverly Geraci), Gene Mydlowski, Tom Nevins, Neil Olson, Leoluca Orlando, Phil Ornstein, Allyson Pearl, Beth Pearson, Thomas Perry, Dr. Katherine (Corleone) Pietralunga, Anthony Puzo, Jillian Quint, Kelle Ruden, Donald « Donnie Bags » Serio, Sir Oliver Smith-Christmas, Willie « the Journeyman » Serio, le Gouverneur George Van Arsdale, Harriet Wasserman, Don Weisberg, Anthony Ziccardi, et Andy Warhol.

Les organismes suivants m'ont également apporté un soutien très appréciable lors de la rédaction de cet ouvrage : The Corporation of Yaddo, the Hambridge Center for the Arts, the Ragdale Foundation, the Central Intelligence Agency, et le World War II Institute à la Florida State University à Tallahassee, Floride. Merci à vous tous.

Table des matières

CET OUVRAGE
A ÉTÉ ACHEVÉ D'IMPRIMER
SUR CAMERON
PAR L'IMPRIMERIE NIIAG
À BERGAME (ITALIE) EN SEPTEMBRE 2005

Composition et mise en page

NORD COMPO
multimédia

N° d'éditeur : FF883901
Dépôt légal : octobre 2005